おおえ
けんざ
ぶろう

大江健三郎
文集

おおえ
けんざぶろう

水死

水死

[日] 大江健三郎／著

许金龙／译

人民文学出版社

著作权合同登记号　图字　01-2023-1677

SUISHI
by OE Kenzaburo
Copyright © 2009 OE Kenzaburo
All rights reserved.
Originally published in Japan.
Chinese (in simplified character only) translation rights arranged with
OE Kenzaburo, Japan
through THE SAKAI AGENCY.

图书在版编目(CIP)数据

水死/(日)大江健三郎著;许金龙译.—北京:人民文学出版社,2023
(大江健三郎文集)
ISBN 978-7-02-017906-0

Ⅰ.①水… Ⅱ.①大…②许… Ⅲ.①长篇小说—日本—现代 Ⅳ.①I313.45

中国国家版本馆 CIP 数据核字(2023)第 045313 号

责任编辑　陈　旻
装帧设计　李思安
责任印制　张　娜

出版发行　人民文学出版社
社　　址　北京市朝内大街 166 号
邮政编码　100705

印　　刷　三河市鑫金马印装有限公司
经　　销　全国新华书店等

字　　数　359 千字
开　　本　880 毫米×1230 毫米　1/32
印　　张　14.5　插页 3
印　　数　1—5000
版　　次　2023 年 5 月北京第 1 版
印　　次　2023 年 5 月第 1 次印刷

书　　号　978-7-02-017906-0
定　　价　60.00 元

如有印装质量问题,请与本社图书销售中心调换。电话:010-65233595

"大江健三郎文集"编委会名单

(按姓氏拼音排列)

顾　问：
　　陈众议　　刘德有　　莫　言　　铁　凝

统　筹：
　　黄志坚　　李　岩　　谭　跃　　肖丽媛　　臧永清

主　编：
　　许金龙

编　委：
　　陈建功　　陈　旻　　陈晓明　　陈喜儒　　程　巍
　　川村凑　　次仁罗布　崔曼莉　　丁国旗　　董炳月
　　高旭东　　侯玮红　　黄乔生　　李贵苍　　李　浩
　　李建英　　李敬泽　　李修文　　李永平　　梁　展
　　刘魁立　　刘悦笛　　栾　栋　　彭学明　　平野启一郎
　　邱春林　　邱雅芬　　施爱东　　史忠义　　王　成
　　王小王　　王亚民　　王奕红　　王中忱　　尾崎真理子
　　翁家慧　　吴　笛　　吴晓都　　吴义勤　　吴岳添
　　吴正仪　　吴之桐　　小森阳一　徐则臣　　徐真华
　　许金龙　　严蓓雯　　阎晶明　　杨　伟　　叶　琳
　　叶　涛　　叶兴国　　于荣胜　　沼野充义　赵白生
　　赵京华　　中村文则　诸葛蔚东　朱文斌　　宗仁发
　　宗笑飞

代 总 序

大江健三郎——从民本主义出发的人文主义作家

许金龙

在中国翻译并出版"大江健三郎文集",是我多年以来的夙愿,也是大江先生与我之间的一个工作安排:"中文版大江文集的编目就委托许先生了,编目出来之后让我看看是否有需要调整的地方。至于中文版随笔·文论和书简全集,则因为过于庞杂,选材和收集工作都不容易,待中文版小说文集的翻译出版工作结束以后,由我亲自完成编目,再连同原作经由酒井先生一并交由许先生安排翻译和出版……"

秉承大江先生的这个嘱托,二〇一三年八月中旬,我带着与人民文学出版社外国文学编辑室负责人陈旻先生共同商量好的编目草案来到东京,想要请大江先生拨冗审阅这个编目草案是否妥当。及至到达东京,并接到大江先生经由其版权代理人酒井建美先生转发来的接待日程传真后,我才得知由于在六月里频频参加反对重启核电站的群众集会和示威游行,大江先生因操劳过度引发多种症状而病倒,自六月以来直至整个七月间都在家里调养,夫人和长子光的身体也是多有不适。即便如此,大江先生还在为参加将从九月初开始的新一波反核电集会和示威游行做一些准备。

在位于成城的大江宅邸里见了面后,大江先生告诉我:考虑到上了年岁和健康以及需要照顾老伴和长子光等问题,早在此前一年,已经终止了在《朝日新闻》上写了整整六年的随笔专栏《定义集》,在二〇一三年这一年里,除了已经出版由这六年间的七十二篇随笔辑成的《定义集》之外,还要在两个月后的十月里出版耗费两年时间创作的长篇小说《晚年样式集》(*In Late Style*),目前正紧张地进行最后的修改和润色,而这部小说"估计会是自己的'最后一部长篇小说'"。对于我们提出的小说全集编目,大江先生表示自己对《伪证之时》等早期作品并不是很满意,建议从编目中删去。

  在准备第一批十三卷本小说(另加一部随笔集)的出版时,本应由大江先生亲自为小说全集撰写的总序却一直没有着落,最终从其版权代理人酒井先生和坂井春美女士处转来大江先生的一句话:就请许先生代为撰写即可。我当然不敢如此僭越,久拖之下却又别无他法,在陈昊先生的屡屡催促之下,只得硬着头皮,斗胆为中国读者来写这篇挂一漏万、破绽百出的文章,是为代总序。

  在这套大型翻译丛书即将出版之际,我想要表达发自内心的深深谢意,也希望亲爱的读者朋友们与我一同记住并感谢为了这套丛书的问世而辛勤劳作和热忱关爱的所有人,譬如大家所敬重和热爱的大江健三郎先生,对我们翻译团队给予了极大的信任和支持;譬如大江先生的版权代理商酒井著作权事务所,为落实这套丛书的中文翻译版权而体现出良好的专业素养和极大的耐心;譬如大江先生的好友铁凝女士(大江先生总是称其为"铁凝先生"),为解决丛书在翻译和出版过程中不时出现的问题而不时"抛头露面",始终在为丛书的翻译和出版保驾护航;譬如同为大江先生好友的莫言先生,甚至为挑选这套丛书的出版社而再三斟酌,最终指出"只有人民文学出版社才是最合适的选择";譬如亦为大江先生好友的陈众议教授,亲自为组建丛书编委会提出最佳人选,并组织各语种编委解决因原作中的大量互文引出的困难;譬如翻译团队的所有成员,无一不在兢兢业业地辛勤劳作;譬如这套丛书的责编陈旻先生,以其值得尊重的专业素养,极为耐心和负责且高质量地编辑着所有译文;又譬如我目前所在的浙江越秀外国语学院,为使我安心主编这套丛书而提供了良好的工作环境并协助成立"大江健三郎文学研究中心"……当然,由于篇幅所限,我不能把这个"譬如"一直延展下去,惟有在心底默默感谢为了这套丛书曾付出和正在付出以及将要付出辛勤劳作的所有朋友、同僚。感谢你们!

另外,为使以下代序正文在阅读时较为流畅,故略去相关人物的敬称,祈请所涉各位大家见谅。

一、从民本主义出发

1.古义人:一个日本婴儿的乳名及其隐喻

日本四国岛松山地区的大濑村是座依山傍水的小山村,建于峡谷中一块纺锤形盆地。这座小村庄位于内子町之东,石锤山西南,为重峦叠嶂所围拥。小山村只有一条东西走向的街道,与从村边流淌而下的小田川大致平行。由于河流的上游和下游分别为群山所遮掩,盆地里的小村庄看似被山峦和森林完全封闭,状呈口小腹大的瓮形。一九三五年一月三十一日,一个小生命就在这个村子里的大江家呱呱坠地,曾外祖父随即为襁褓中的婴儿取了"古义人"这个含有深意的乳名。

所谓"古义人"之"古义",缘起于日本江户中期古学派大儒伊藤仁斋(一六二七年八月——一七〇五年四月)的居所兼授学之所"古义堂"。在位于京都堀川岸边的那所小院里,伊藤仁斋写出了其后成为伊藤仁斋学系重要典籍的《论语古义》《孟子古义》和《语孟字义》等论著,继而与其子伊藤东涯共同创建了名震后世的堀川学派,陆续拥有弟子多达三千余人。这位古学派大儒(或曰堀川派创始人)肯定不会想到,《孟子古义》等典籍及其奥义,会经由自己学系的后人,传给乳名为古义人的婴儿——五十九年后获得诺贝尔文学奖的大江健三郎,并被其内化为自己的道德观和伦理观,成为静静流淌于其文学作品底里的一股强韧底流,而"古义人"这个儿时乳名,则不时以"义""义兄"和"古义"以及"古义人"等人物命名,不断出现在《万延元年的Football》(1967)、《致令人眷念之年的信》(1987)、《燃烧的绿树》(三部曲)(1993—1995)和"奇怪的二人配"六部曲(2000—2013)等诸多小说作品中。譬如长篇小说《别了,我的书!》开首第一句便开门见山地表示:"虽说已经步入老年,可长江古义人还是因暴力原因身负重伤后第一次住进了医院。"为了更清晰地暗示读者,作者大江特意在日文原版正文第一行为"長江古義人"这几个日文汉字加了旁注"ちょうこうこぎと"。这里的"ちょうこう"是固有名词,指涉中国的"长江",而"こぎと",则是"古義人"之音读,在日语中与"古義堂"谐音,作者借此清晰地告诉读者,文本内外的古义人经由曾外祖父和古义堂所接受的民本思想,其源头在于长江所象征的中国。关于"古义人"这个名字的缘起,大江本人曾在《大江健三郎口述自传》里作如此回忆:

　　古义人的名字中,就融汇了这个学派的宗师伊藤仁斋的古学思想。我从阿婆那里只听说,曾外祖父曾在下游的大洲藩教过学问。他处于汉学者的最基层,值得一提的是,他好像属于伊藤仁斋的谱系,因为父亲也很珍惜《论语古义》以及《孟子古义》等书,我也不由得喜欢上了"古义"这个词语,此后便有了"奇怪的二人配"这三部曲①中的Kogi②,也就是

---

① 在写作《大江健三郎口述自传》时,大江已发表同以长江古义人为主人公的《被偷换的孩子》《愁容童子》和《别了,我的书!》这三部长篇小说,后三部长篇小说《优美的安娜贝尔·李　寒彻颤栗早逝去》《水死》和《晚年样式集》尚未创作和发表,故此处有"三部曲"之说。
② Kogi为"古义"的日语读音。

古义这么一个与身为作者的我多有重复的人物的名字。①

"古义"这个字词所承载的民本思想,与其后接受的日本战后民主主义思想以及经大江本人丰富和完善过后的人文主义思想一道,浑然形成大江健三郎之宏大博深且独具特色的文艺思想——勇敢战斗的人文主义和果敢前行的悲观主义。

2.由莫言引发的思考和回溯

大江的曾外祖父与孟子学说结下的不解之缘,要从其家族所从事的造纸业说起。大江的故乡大濑村所在地区的经济主要依靠农业和林业支撑,历史上曾是全国木蜡的主要产地,这里还生产利用森林中的黄瑞香树皮制作的纸浆,用以生产优质和纸。日本学者黑古一夫教授曾多次前往此地做田野调查,他认为"江户时代的大江家以武士身份采购山中特产,到了明治仍然继承祖业从事造纸业"②。其实,大江家作为批发商除了收购山中的柿干等山货外,从江户时代传承下来的造纸业才是其主业,自山民手中收集黄瑞香树皮并在河水中浸泡过后,将从中撕下的真皮加工为特殊纸浆,再向内阁造币局提供这种特殊纸浆以供其制造纸币。当时,日本全国一共只有几家作坊能够生产这种特殊纸浆原料。战后,由于货币用纸发生了变化,便不再使用这种纸浆原料。

为了更好地经营祖传产业,大江的曾外祖父年轻时曾前往大阪(或是京都),在古学派大儒伊藤仁斋学系开办的学堂里研习儒学,更准确地说,是研习孟子的相关学说,尤其是其中的民本思想和易姓

---

① 大江健三郎著,许金龙译《大江健三郎口述自传》,贵州人民出版社,二〇一九年三月,第10页。
② 黑古一夫著,翁家慧译《大江健三郎传说》,中国广播电视出版社,二〇〇八年三月,第22页。

革命思想。二〇〇八年二月二十一日下午,在东京都郊外小田急沿线的成城宅邸里,大江对来自中国的老朋友莫言这样解释曾外祖父专程学习儒学的原委:

  曾外祖父年轻时曾在大阪的新兴商人间开办的私塾里学习孟子的相关学说。在当时的日本,普遍认为孔子的《论语》有利于天皇制,因而比较欢迎《论语》,同时认为孟子学说中含有反天皇制的因素,便对孟子及其学说持反对态度。不过也有个例外,那就是江户时期的儒学家伊藤仁斋对孟子持肯定态度,认为后世诸家大多根据其时的统治阶层利益来阐释儒学,比如对朱子学也是如此,这就越来越背离了儒学的真义,所以需要回到原典中去寻找古义,想要以此为据,用以构建自己的思想体系,他还写了一本题为《孟子古义》的研究类专著。相较于宣扬孔子及其《论语》的私塾古义堂所授教材《论语古义》,曾外祖父选择了《孟子古义》的学术观点,并将这些观点传给了儿时的我。早在孩童时代,我就觉得《孟子古义》中的"古义"是个好词,就接受了这其中的"古义"这个词语。①

在被莫言的同行者问及"你的曾外祖父是个商人,为什么要去学习儒学?"时,大江则这样对他的老朋友莫言解释道:

  当时的日本商人都认为,经商是为得利,而若想得利,首先便要有义。若是不能义字当头,即便获利,也不会长久。本着这个义利观,曾外祖父就专程前去学习儒学中的"义",却不料被儒学的博大精深所深深震撼,更是与《孟子古义》中有关易姓革命的理论产生共鸣,在学习结束后,就带着据说是伊藤仁斋手书的"義"字挂轴回到家乡,却不再经商,而是在村里挂上那个"義"字挂轴,就在那挂轴下教授村里人学习儒学。再往后,就去邻近的大洲藩教授儒学去了。

---

① 根据二〇〇八年二月二十一日下午大江健三郎与莫言对谈现场所录文字整理而成。

莫言的访问引出大江对自身家学渊源的关注和回溯,那次访谈结束后,或许是认为自己未能更为透彻地向莫言阐释古学派的义利观,两年后的二〇一〇年三月,大江在刊于《朝日新闻》的专栏文章里,如此引用了三宅石庵①在怀德堂发表的讲义:

> 所谓利,是人的合理之判断,无外乎"正义"——义——的认识论之延长。实际上,商人绝不应考虑利用彼等职业追求利益,而应考虑从"义"这种道德原理出发之伦理性活动。义在客观世界中被转为行动之际,利无须努力追求亦不为欲望所乱便会"自然"呈现。"利者,纵然不使刻意追求,利亦将如影随形也。"②

这显然是日本近世儒学教育家对《易经》中"利者,义之和也"的解读,典出于《易经》"为乾之四德"中"元者,善之长也。亨者,嘉之会也。利者,义之和也。贞者,事之干也"。孟子在《孟子·梁惠王上》中亦曰:"王!何必曰利?亦有仁义而已矣。王曰'何以利吾国?'大夫曰'何以利吾家?'士庶人曰'何以利吾身?'上下交征利而国危矣。"我们也可以将孟子向梁惠王所作谏言,理解为孟子学说在《易经》义利观的基础上所做的寓言式诠释。

3. 大江对"古义"的再阐释

与莫言的访问时隔大约一年半后的二〇〇九年十月六日,在台北举办的第二届"大江健三郎文学学术研讨会"上,大江对莫言、朱天文、陈众议、小森阳一、许金龙、彭小妍等中日两国作家和学者更为详尽地讲述了曾外祖父学习儒学的背景:

---

① 三宅石庵(1665—1730),日本江户中期的儒学家,曾任怀德堂第一任堂主。
② 大江健三郎著,许金龙译《定义集》,贵州人民出版社,二〇一九年三月,第280页。

……我在孩童时代有个名为"古义人"的乳名。我的曾外祖父是中国哲学的研究者。……伊藤仁斋作为研究日本近世的中国哲学的学者而广为人知,他运用中国古典的正统解读法,写了"古义"(系列)的论著,准确地说,是《论语古义》和《孟子古义》等论著。

江户时代,有着基于近世的领导人和政治家的中国哲学意识形态。日本一直存在来自中国朱子的朱子学传统,及至日本近世,就出现了两个不同于朱子学的、对于古典的理解。其一,是作为学者而出现的著名的荻生徂徕这个人物,他主张把中国哲学真正视作古老的文本,遵循文本的本义进行解读。他的这种解读就成了武士和知识阶层的哲学,当德川幕府封建体制崩溃、发生明治维新、发生叫作明治维新的革命之际,就成了赋予日本知识分子力量的思想来源之一。……不过在这同一时期,另有一个对民众传授中国哲学的人,传授与政府的、权力方的解读相悖的中国哲学的人,此人就是伊藤仁斋。我的曾外祖父学习了这种中国哲学,便在自己的房间里挂起从先生那里得到的字幅,那上面有了不起的大人物手书的"義"字。曾外祖父将其悬挂起来,就在那下面教授我们那里的人学习中国哲学。曾外祖父说,这么大的字幅,是伊藤仁斋亲手所书。

这里需要介绍一下大江所说的、在日本以天皇为中心的意识形态之下,孔子与孟子学说在日本社会受容与传承的际遇迥然相异——"普遍认为孔子的《论语》有利于天皇制,因而比较欢迎《论语》,同时认为孟子学说中含有反天皇制的因素,便对孟子及其学说持反对态度"。以此观照孔孟学说东传日本的历史,孔子学说在圣德太子时期便奠定了儒家正统的地位,演变为天皇制伦理的法理基础和伦理基础,而孟子学说,则由于民贵君轻的基本政治伦理天然违背了天皇制自上而下的尊卑观,从而成为东传日本之儒教的异端。这种尊孔抑孟的主流意识形态,直至伊藤仁斋的出现,才得到反思和受到批判。

4. 不受历代天皇欢迎的孟子及其学说

《论语》早在三世纪后半叶便开始传往日本,公元二八五年,"百济博士王仁由于阿直歧的推荐,率治工、酿酒人、吴服师赴日,并献《论语》十卷、《千字文》一卷,这就是汉文字流入日本之始。其后继体天皇时(513—516)百济五经①博士段杨尔、高丽五经博士高安茂、南梁人司马达赴日,又钦明天皇时(554)五经博士王柳贵、易博士王道良等赴日,这可以说是以儒教为中心之学术文化流入日本之始"②。如果说这大约三百年间的儒学传入是时断时续的涓涓细流,那么到了七世纪,即中国的隋唐时期、日本的推古天皇时期,这涓涓细流就成了奔腾于日本本土文化这个河床中的汹涌洪流,广泛而持久地滋润着干涸的本土文化。在这个时期,有史可考的日本第一位女天皇炊屋姬,也就是推古天皇,为了抗衡把持朝政的权臣苏我马子,故而册封自己的侄儿、已故用明天皇的儿子厩户皇子为皇太子,这位皇太子便是后世盛传的圣德太子。其对内实施了一系列改革,对外则不断派遣遣隋使和遣唐使,如饥似渴地吸收和消化来自中国的先进文化,这其中就包括从中国大量引入的儒学和佛教文化。圣德太子更是学以致用,很快便基于儒佛文化亲自拟就并于六〇四年颁布旨在对官吏进行道德训诫的《十七条宪法》,试图以此为基础建立以天皇为核心的中央集权体制。该《宪法》除去第二条之"笃信三宝"和第十条之"绝忿弃嗔"取自佛教经典外,其余各条尽皆出自儒学经典和子史典籍。北京大学哲学系的朱谦之老先生曾对此做过清晰的梳理:

---

① 五经为《诗经》《尚书》《礼记》《周易》和《春秋》这五部典籍,是我国保存至今的最为古老的文献,也是我国古代儒家的主要经典。
② 朱谦之著《日本的朱子学》,人民出版社,二〇〇〇年十二月,第4页。

第一条"以和为贵"本《礼记·儒行》及《论语》"礼之用和为贵";"上和下睦"本《左传》成公十六年"上下和睦"与《孝经》"民用和睦,上下无怨"。第三条"君则天之,臣则地之"本《左传》宣公四年"君天也"与《管子》;"天覆地载"本《礼记·中庸》"天之所复,地之所载";"四时顺行"本《易·豫卦》"天地以顺动,故日月不过而四时不忒";"上行下靡"本《说苑》。第四条"上不礼而下不齐"本《韩诗外传》及《论语》"道之以德,齐之以礼,有耻且格"。第五条"有财之讼,如石投水,泛者之讼,似水投石",本《文选》李潇远《运命论》"其言如以石投水,莫之逆也"。第六条"无忠于君,无仁于民"本《礼记·礼运》"君仁臣忠";"惩恶劝善"本《左传》成公十四年。第七条"人各有任,掌宜不滥,其贤哲任官",本《尚书·咸有一德》之"任官惟贤材";"克念作圣"本《尚书·说命篇》。第八条"公事靡盬"本《诗经·唐风·鸨羽》,《鹿鸣之什·四牡》之"王事靡盬"。第九条"信是义本"本《论语》"信近于义"。第十条"彼是则我非"本《庄子》;"如环无端"本《史记·田单传》。第十二条"国靡二君,民无二主",本《礼记·坊记》"天无二日,土无二主"及《孟子》。第十五条"背私向公,是臣之道矣",本《韩非子·五蠹》篇"自环者谓之私,背私谓之公",与《左传》文公六年"以私害公非忠也";"千载以难待一圣"本《文选·三国名臣传序》。第十六条"使民以时,古之良典"本《论语·学而》篇"节用而爱人,使民以时"。①

由此可见,无论在形式上还是内容上,《论语》和"五经"都对《十七条宪法》带来巨大影响,从而为建立以天皇为核心的中央集权体制做了前期准备。当然,我们在这里需要关注的是,这部宪法引入《论语》者有四,而引入《孟子》者则为一。也就是说,在大规模引入中国儒学的初期阶段,或许是对于孟子有关易姓革命的民本思想不甚了解,圣德太子还是对孟子表示出了敬意,尽管在《宪法》中的参

---

① 朱谦之著《日本的朱子学》,人民出版社,二〇〇〇年十二月,第5—6页。

考和引用大大少于孔子的《论语》。

圣德太子去世后,孝德天皇在大化二年(646)颁布《改新之诏》,史称大化改新,提出"公民公地",将皇族和大贵族的土地收归天皇所有,"确立天皇的最高土地所有权及以天皇为中心的中央集权制。儒学的天命观及与之相联的符瑞思想成为革新的重要理论基点"[1],由此正式成立中央集权国家,并将大和之国名更改为日本国。随着神话传说故事《古事记》(712)和编年体史书《日本书纪》(720)的问世,日本历代天皇越发强调皇权天授、万世一系,及至明治维新后由伊藤博文起草并实施的《大日本帝国宪法》,更是借助日本传统中对天皇的尊崇,以法律形式确认天皇秉承皇祖皇宗"天壤无穷之宏谟"的神意,继承"国家统治大权"的上谕,其权力神圣不可侵犯,从而被赋予国家元首和统治权的总揽者之地位[2],集统治权、军权和神权于一身。于是,"民为贵,社稷次之,君为轻",强调主权在民、人民福祉才是政治活动之最大目的等孟子的政治主张,便不可避免地与日本历代统治阶层的利益发生了猛烈碰撞。至于孟子所提"贼仁者谓之贼,贼义者谓之残。贼残之人,谓之一夫。闻诛一夫纣矣,未闻弑君也"[3]等易姓革命的政治主张,更是为日本历代统治阶层所不容,不但代表皇室利益的公家不容,即便是代表幕府利益的武家也决不能接受。于是,在孔子自被奈良朝奉为"文宣王"(768)并享有王者至尊的一千余年间,孟子非但不能享受亚圣的荣光,就连其著述《孟子》也不得输入日本,致使坊间四处流传,不可将《孟子》由唐土带回

---

[1] 刘宗贤、蔡德贵著《当代东方儒学》,人民出版社,二〇〇三年十二月,第155页。
[2] 请参阅收录于《日本国宪法》之《大日本帝国宪法》,讲谈社学术文库2201,第61—77页。
[3] 引自伊藤仁斋著《孟子古义》第34—35页之《孟子·梁惠王下·2》相关内容。

日本,否则将会在回航途中遭遇海难……这大概就是大江健三郎对莫言所说的"普遍认为孔子的《论语》有利于天皇制,因而比较欢迎《论语》,同时认为孟子学说中含有反天皇制的因素,便对孟子及其学说持反对态度"的历史背景和政治背景吧。

5.以民意代天意的民本思想

这种尊孔抑孟的现象到了幕府时代也没有任何改变,"作为军事独裁政权的幕府政权一直提倡武士道及尚武精神,而儒家的伦理道德思想在武士道形成过程中成为一个重要的思想来源,统治者及其思想家们利用儒学阐释武士道,汲取了儒学忠、勇、信、礼、义、廉、耻等道德观念,依其统治利益所需改造儒学,冀以充实武士道"①。尤其到了德川幕府时期,"出于加强思想统治,维护并发展幕府政治、经济制度的需要,在国家意识形态方面,由佛儒并用转向独尊儒家思想学说,把儒学定为官学,同时强行禁止'异学'。……倡'大义名分',把纲常伦理绝对化的程朱理学作为占统治地位的主导思想"②。这里有两点需要注意:一是"依其统治利益所需改造儒学,冀以充实武士道";二是"把纲常伦理绝对化的程朱理学作为占统治地位的主导思想"。前者是说幕府根据其统治利益所需而任意"改造"儒学,用以"充实武士道";后者则表明被幕府选中的、可供其"改造"的儒学或曰官学,便是"把纲常伦理绝对化的程朱理学"了。由此可见,经过种种"改造"的这种所谓儒学,就只能是遭到严重篡改的"儒学",为统治阶层的伦理纲常保驾护航的"儒学"了。这种儒学,便是大江口中的"来自中国朱子的朱子学",也就是被权力中心所指定的官学。为了

---

① 刘宗贤、蔡德贵著《当代东方儒学》,人民出版社,二〇〇三年十二月,第156页。
② 同上,第167页。

对抗这种官学,"及至日本近世,就出现了两个不同于朱子学的、对于古典的理解。……有一个对民众教授中国哲学的人,教授与政府的、权力方的解读相悖的中国哲学的人,此人就是伊藤仁斋"①。

　　大江在这里提及的伊藤仁斋是江户时期古学派中具有代表性的重要学者,而伊藤仁斋所在的"古学派是日本儒学的重要派别,也是官学朱子学的反对派。古学派学者认为只有古代儒学才具有真义,汉唐以后的儒学全是伪说。他们尊信三皇、五帝、周公、孔子,以古典经典为依据,冀望从古典中寻找作用于社会的智慧源泉,重新构建不同于朱子学、阳明学的思想体系,实际是希望以复古的名义打破当时朱子学的一统天下。古学派的先导者是山鹿素行,另外两个著名人物分别是堀川学派的伊藤仁斋、萱园学派的荻生徂徕。他们在思想意识形态上具有共同的特点,政治上代表被闲置的贵族及中小地主阶级等在野民间势力"②。这里说的是在德川时代中期,占全国人口百分之八十多的农民附属于大小藩主,而这大大小小的藩主又附属于大名,各大名则附属于"大将军"德川幕府。随着德川幕藩制在政治方面和经济方面开始出现危机,其封建体制开始瓦解,近代思想也便从中逐渐萌发并发展起来,就这个意义而言,与朱子学对抗的古义学的出现和发展,也就是历史的必然了。尤其在享保年间,日本全国的农村经济因商业高利资本的侵入而衰落之际,风起云涌的农民暴动在震撼德川幕府封建统治基础的同时,也给维护封建等级制度和伦理纲常的朱子学带来沉重打击。正是在这种背景下,"初奉宋儒,……及年三十七八始出己见"的伊藤仁斋叛出朱子学,转而在《论语》和《孟子》等古典中寻找真义,认同孟子"天视民视,天听民

---

① 根据"大江健三郎文学学术研讨会"台北会议录音整理而成的资料。
② 刘宗贤、蔡德贵著《当代东方儒学》,人民出版社,二〇〇三年十二月,第164页。

听",即以民代天、以民意代天意的民本思想,主张以仁义为王道,所以仁者之上位,虽说是天授,其实更是人归。对于失去民心民意、引发天怒人怨的残暴之君,则认为其已被以民意为象征的天道所抛弃,从而可以对其放伐。

6.以革命颠覆不义的理想主义呼声

在详细阐释孟子的放伐理论时,伊藤仁斋更是在《孟子古义》里缜密地为孟子如此辩护道:

> 孟子论征伐。每必引汤武明之。及其疑于弑君者。乃曰闻诛一夫纣矣。未闻弑君也。盖明汤武之举。仁之至。义之尽。而非弑也。……何者。道也者。天下之公共。人心之所同然。众心之所归。道之所存也。传曰。桀放于南巢。自悔不杀汤于南台。纣诛于牧野。悔不杀文王于羑里。夫天下非一汤武也。向使桀纣自悛其恶。则汤武不必征诛。若其恶如故。则天下皆为汤武。不在彼则在此。不在此必在彼。纵令彼能于南巢牧野之前。得杀汤武。然不改其恶。则天下必复有如汤武者。出而诛之。虽十杀百戮。而卒无益。故汤武之放伐。天下放伐之也。非汤武放伐之也。天下之公共。而人心之所同然。于是可见矣。孟子之言,岂非万世不易之定论乎。宋儒以汤武放伐为权变。非也。天下之同然之谓道。一时之从宜之谓权。汤武放伐即道也。不可谓之权也。①

在当时看来,伊藤的宣言是何等的大胆。如果说在中国的历史上,易姓革命早已屡见不鲜,素有改朝换代之说的话,那么在日本这个所谓天皇万世一系的国度里,伊藤仁斋的以上话语可谓大逆不道了。所谓弑君,用日语表述便是"下克上",明显包括"犯上作乱"和"以下犯上"等道德和伦理层面的指责,但是伊藤仁斋在纣王被杀这

---

① 伊藤仁斋著《孟子古义》卷一,第35页。

件事上,却全然不做这种语义上的认可,倒是完全依孟子所言,认为武王伐纣是诛杀贼仁贼义之独夫而非弑君,可作为正义行为予以认可和鼓励,因为"夫天下非一汤武也。向使桀纣自悛其恶。则汤武不必征诛。若其恶如故。则天下皆为汤武",更是强调汤武放伐是天下之同然的"道也",而不是宋儒(或曰维护幕府等级制度的朱子学)所批评的从宜之"权变"。

伊藤仁斋笔下的"道",其后被暴动之乡的年轻商人所接受、所宣传、所传承,并取其宗师伊藤仁斋居所兼私塾的古义堂之"古义"二字,为自己的曾外孙命名为"古义人"。这个乳名为"古义人"的孩子多年后在作品里借小说人物之口讲述了这个乳名的背景:"宴会将近结束时,大黄突然说起古义人这个名字的由来。当然,这是以笛卡尔的西欧思想为原点的,然而并不仅仅如此。在与大阪——当时的大阪——有着贸易往来关系的这块土地上,不少人曾前往商人们学习儒学的学校怀德堂。古义人的名字中,就融汇了这个学派的宗师伊藤仁斋的古学思想。"[①]至于伊藤仁斋在上文中提及汤武放伐时所认定并高度评价的"道",时隔大约四百年之后,大江在《万延元年的Football》里做出了这样的回应:

> 关于武装暴动的原因,那位与我有书信往来的老教员乡土史家,既未否定,亦未积极肯定我母亲的意见。他具有科学态度,强调在万延元年前后,不仅本领地内,即使整个爱媛县内也发生了各类武装暴动,这些力量和方向综合在一起的矢量指向维新。他认为本藩惟一的特殊之处,就是万延元年前十余年,藩主担任寺院和神社的临时执行官,使本藩的经济发生了倾斜。此后,本藩向领地城镇人口征收所谓"万人讲"日钱,

---

[①] 大江健三郎著,许金龙译《被偷换的孩子》,译林出版社,二〇〇八年十月,第109页。

向农民征收预付米,接着是"追加预付米"。乡土史家在信末引用了一节他收集的资料:"夫阴穷则阳复,阳穷则阴生,天地循环,万物流转。人乃万物之灵长,若治政失宜,民穷之时,岂不生变乎!"这革命启蒙主义中有一股力量。①

在这里,大江借小说人物之口说出"人乃万物之灵长,若治政失宜,民穷之时,岂不生变乎!"其以革命颠覆不义的理想主义呼声,显然来自《孟子·梁惠王下》的相关内容及其在日本的传承者伊藤仁斋的影响。不仅如此,大江还把以上经其改写的话语定义为"革命的启蒙主义",而且特意指出其中蕴藏着"一股力量"。更具体地说,这既是对孟子"贼仁者谓之贼,贼义者谓之残。贼残之人,谓之一夫。闻诛一夫纣矣,未闻弑君也"等易姓革命主张的认同,也是在借伊藤仁斋对此所做的解读而赋予故乡暴动历史以正当性和合理性,让所有暴动者及其同情者据此获得伦理上的支撑——"夫天下非一汤武也。向使桀纣自悛其恶。则汤武不必征诛。若其恶如故。则天下皆为汤武"。显然,故乡的历史暴动史实与先祖传播的孟子有关"民本"和"革命"思想融汇在了一起,森林中的农民暴动叙事所体现的朴素村落政治观和斗争史,恰恰是"民本"古义与"革命"的现代左翼思潮相结合的表现,更是大江在未来的人生中接受战后民主主义思想的伦理基础。

二、暴动之乡的森林之子

1.大濑村的暴动历史

作为大江文学的重要构成部分,大江的革命想象不仅萌发于曾

---

① 大江健三郎著,邱雅芬译《万延元年的Football》,人民文学出版社,二〇二一年四月,第88页。

外祖父《孟子古义》之家学影响,无疑也受到故乡暴动历史世代口耳相传的浸染,将边缘与中心的权力抗衡内化为一种本土化的体悟。大江的"古义人"乳名和其接受孟子民本思想以及易姓革命思想的土壤,恰恰是故乡大濑村这块历史上暴动频发的土地,正如大江在北京的一次讲演中所言:

> 而我,则在边缘地区传承了不断深化的自立思想和文化的血脉。对于来自封建权力以及后来的明治政府中央权力的压制,地方民众举行了暴动,也就是民众起义。从孩童时代起,我就被民众的这种暴动或曰起义所深深吸引。……我曾写了边缘的地方民众的共同体追求独立、抵抗中央权力的长篇小说《万延元年的 Football》。这部小说的原型,就是我出生于斯的边缘地方所出现的抵抗。明治维新前后曾两度爆发起义(第二次起义针对的是由中央权力安排在地方官厅的权力者并取得了胜利),但在正式的历史记载中却没有任何记录,只能通过民众间的口头传承来传续这一切。……与中心进行对抗的边缘这种主题,如同喷涌而出的地下水一般,不断出现在此后我的几乎所有长篇小说之中。①

那么,作为大江革命想象的原型,故乡大濑村的革命暴动,是如何在德川幕府和其后的明治政府中央权力及其各级官吏等代理人的压制下被频频触发的呢?这些革命原型又与大江自身的文学建构有着何种关联?

当然,由于官方长年以来的持续遮蔽或改写,我们已经很难从官方记载中查阅并还原当年的暴动起因以及过程等完整信息了。大江本人在其作品以及讲述中所提供的信息亦缺乏完整性和系统性,更

---

① 大江健三郎著,许金龙译《北京讲演二〇〇〇》,《中华读书报》,二〇〇〇年十月十八日。

由于其小说的虚构性，小说叙事的史料价值也有待考鉴。与此同时，通过口耳相传的民间文学形式以及亲身参与了暴动文化之传播的老人们，亦随岁月流逝而日渐减少，其所提供的信息亦有模糊不清之处。所幸笔者在当地做田野调查时，曾获得一份非公开出版的方志。结合当地老人的回忆以及大江本人的讲述或文字记叙，得以大致瞥见当地暴动的肇因和状貌。这份由内子町志编撰委员会编写的《新编内子町志》第七节之《农民暴动》这个章节里有一个题为"大洲藩农民暴动（骚动）"的列表2-7：

年　号	公元	暴动名称
寛保元年	1741	久万山騒動
延享四年	1747	御藏騒動
寛延三年	1750	内子騒動
宝暦十一年	1761	麻生騒動
明和七年	1770	藏川騒動
明和八年	1771	麻生騒動
寛政元年	1789	柳沢騒動
文化六年	1809	阿藏騒動
文化七年	1810	横峰騒動
文化十三年	1816	大洲紙騒動
文化十三年	1816	村前騒動
文政十一年	1828	菅田騒動
天保八年	1837	柳沢騒動
天保八年	1837	横峰騒動
文久二年	1862	小薮騒動
文久三年	1863	宇和川騒動
慶応二年	1866	奥福騒動
明治四年	1871	廃藩置県騒動

明治四年　　　1871　　　郡中騒動

明治四年　　　1871　　　臼杵騒動

　　　　　　——以上为发生于大洲藩或与藩相关联的暴动。其资料来源于影浦勉「伊予農民騒動史話」「愛媛鼎史」『大洲市誌』和「高橋文書」。①

　　这份列表清晰标注了大濑村所在的大洲藩地区，自一七四一年至一八七一年这约一百三十年间，发生被官方蔑称为"骚动"的暴动共计二十次。也就是说，暴动平均每六年半便会爆发一次。这里需要说明的是，图表所列远不及实际曾经发生的暴动次数，譬如一七八八年肇始于大江家所在小山村的大濑暴动，就未能列入其中。在这片范围有限的区域内，如此高频度（有的地方甚至重复数次）发生暴动的原因不一而足，不过其主因不外乎来自各级官府的压榨、商人投机、官商勾结、粮食歉收、物价（尤其是粮食价格）高涨等等，这一点从大米和大豆在一八六一年至一八七〇年这十年间的涨幅便可略见一斑（2-8）：

年　号	公元	大米	大豆
文久元年	1861	205 錢	218 錢
二年	1862	250 錢	272 錢
三年	1863	290 錢	260 錢
元治元年	1864	400 錢	364 錢
慶応元年	1865	650 錢	540 錢
二年	1866	2000 錢	1140 錢
三年	1867	1800 錢	869 錢
明治元年	1868	6000 錢	5700 錢

---

①　内子町志编撰委员会著《新编　内子町志》，一九九六年十月，第161页。

| 二年 | 1869 | 12000 錢 | 10000 錢 |
| 三年 | 1870 | 14500 錢 | 21000 錢 |

——以上为一石粮食之价格。其资料由知清吉冈文书所作。①

正如大江自述的"明治维新前后曾两度爆发起义（第二次起义针对的是由中央权力安排在地方官厅的权力者并取得了胜利）"②，即列表2-7分别发生于一八六六年的奥福暴动③和一八七一年的废藩置县暴动。从列表2-8可以看出，在大江经常提及的这两场暴动前后短短十年时间内，大米价格从一八六一年的二百零五钱猛涨至一八七〇年的一万四千五百钱，同期的大豆价格则从二百一十八钱猛涨至二万一千钱，前者涨至七十点七倍，后者更是狂涨至九十六点三倍。按照这个势头，未能列入的一八七一年（即发生废藩置县暴动之年）的涨幅估计越发让人心惊肉跳。至于物价何以如此疯涨的主要原因大致如下：首先是江户末期农民阶层开始分化，大量贫困农民为借钱度日而将农地转手他人，只能依靠佃耕勉强糊口；其二则是巧取豪夺了大量土地的地主和富商与藩府加强勾结，通过向藩府提供金钱而获得更多特权，转而利用这些特权变本加厉地盘剥贫困农民；再就是大厦将倾的德川幕府在政治上开始出现崩溃迹象，在经济方面则出现全国性物价高涨，尤其是猛涨的大米价格更使得贫困农民和底层民众的生活越发艰难；第四，雪上加霜的是，在庆应二年

---

① 内子町志编撰委员会著《新编　内子町志》，一九九六年十月，第190页。
② 大江健三郎著，许金龙译《北京讲演二〇〇〇》，《中华读书报》，二〇〇〇年十月十八日。
③ 一八六六年七月十五日发生在包括大江健三郎故乡大濑村在内的奥筋地区的、规模达万余人的农民暴动。因暴动领导人名为福五郎（亦有福太郎、福二郎、福次郎之说），当地人便取奥筋中的奥以及福五郎中的福，将该暴动称之为奥福暴动。

(1866),遭遇了前所未有的大歉收,与藩府素有勾结的投机商人乘机将大米价格猛涨。正如大江在作品里所总结的那样:"人乃万物之灵长,若治政失宜,民穷之时,岂不生变乎!"于是,这一年的七月十五日,大江家所在的大濑村便爆发了名为"奥福骚动"的大暴动,前后历时三天,至十七日时共计波及三十余村庄,参与者多达一万余人。

这次暴动的经纬大致如下:该年七月某日,大濑村村民福五郎(亦有福太郎、福二郎、福次郎之说)因家中无粮,向村吏提出借用村中存米,随即遭拒,却发现村吏将米借给来村里出差的医生成田玄长,便与村吏发生激烈争执。福五郎由此痛恨贪图暴利的商人,决定发动村民一同上访,同村的神职人员立花丰丸于是承担其参谋,以福五郎之名撰写檄文并广泛散发于周围数十村庄,呼吁大家奋起暴动,不予合作之村庄则予烧毁!早已对为富不仁的富商心怀怨恨的数十村庄的农民纷纷加入暴动队伍。七月十五日晚间,赞成福五郎主张的大濑村村民捣毁村里的酒铺,在福五郎号令下开往内子镇,中途参加者络绎不绝,至十六日暴动队伍已达三千余人,当天在内子镇打砸店铺约四十间,继而在五十崎打砸店铺约二十间。及至十七日,共有三十个村庄、一万余人参加暴动。大洲藩府急遣信使往江户幕府报警,同时不断派人游说福五郎等三四位暴动头领,至当日晚间,福五郎等人被说服,继而解散暴动队伍。在参加暴动的农民相继回村后,三位暴动头领遭到抓捕,其中大濑村的福五郎以及同村的立花丰丸其后死于狱中……

诸如此类的暴动景象,通过世代的传述,在民间文学的传承下,从历历在目的口头讲述,化为跃然纸上的文学形象。这些暴动记忆和历史人物原型,促动大江以大濑为革命对峙的中心向压迫性体制发出挑战,而将暴动革命历史传承给大江的媒介,正是阿婆这位民间

21

文学的讲述者,暴动革命故事则作为元文本化入大江对于村庄暴动的文学虚构之中。

2.阿婆的暴动故事元文本

为儿时大江栩栩如生地讲述奥福其人和奥福暴动这段历史的人,是大江家里名为毛笔的阿婆。多年后,《读卖新闻》记者尾崎真理子采访时曾提及大江面对阿婆栩栩如生的讲述而心神荡漾的过往:"那个'奥福'物语故事,当然也是极为有趣,非同寻常。据说您每当倾听这个故事时,心口就扑通扑通地跳。由于听到的只是一个个片段,便反而刺激了您的想象。"①于是大江便这样对记者回忆了当年的情景:

> 是啊,那都是故事的一个个片段。阿婆讲述的话语呀,如果按照歌剧来说的话,那就是剧中最精彩的那部分演出,所说的全都是非常有趣的场面。再继续听下去的话,就会发现其中有一个很大的主轴,而形成那根大轴的主流,则是我们那地方于江户时代后半期曾两度发生的暴动,也就是"内子骚动"(1750)和"奥福骚动"(1866)。尤其是第一场暴动,竟成为一切故事的背景。在庞大的奥福暴动物语故事中,阿婆将所有细小的有趣场面全部统一起来了。
>
> 奥福是农民暴动的领导者,他试图颠覆官方的整个权力体系,针对诸如刚才说到的,其权力及至我们村子的那些权势者。说是先将村里的穷苦人组织起来凝为强大的力量,然后开进下游的镇子里去,再把那里的人们也团结到自己这一方来,以便聚合成更强大的力量。那场暴动的领导者奥福,尽管遭到了滑稽的失败,却仍不失为一个富有魅力的人。我就在不断思考奥福这个人的人格的过程中,度过了自己的少年时代。②

---

① 大江健三郎著,许金龙译《大江健三郎口述自传》,贵州人民出版社,二〇一九年三月,第8页。
② 同上,第8—9页。

……

是祖母和母亲讲述给我并滋养了我的成长的乡村民间传说。在写作《万延元年的 Football》时,我的关心主要集中在那些叙述一百年前发生的两次农民暴动的故事。

祖母在孩提时代,和实际参与这些事件的人们生活在同样的社会环境里,所以,她所讲述的民间故事,常常会添加进她当年亲自见过的那些人的逸闻趣事。祖母有独特的叙事才能,她能像讲述以往那些口耳相传的民间故事那样讲述自己的全部人生经历。这是新创造的民间传说,这一地区流传的古老传说也因为和新传说的联结而被重新创造。

她是把这些传说放到叙述者(祖母)和听故事的人(我)共同置身其间的村落地形学结构里,一一指认了具体位置同时进行讲述的。这使得祖母的叙述充满了真实感,此外,也重新逐处确认了村落地形的传说/神话意义。①

病迹学(Pathographie)研究成果表明,儿时的生长环境对于成人后的价值取向和审美取向都将产生重要影响,这对于川端康成和三岛由纪夫来说如此,对于大江健三郎来说也并不例外。在"心口扑通扑通地跳"着倾听阿婆讲述奥福故事的过程中,少儿大江的情感却在不知不觉间开始倾向遭到压榨的暴动者一方,从而产生了与弱势群体共情的义愤,以至于"在不断思考奥福这个人的人格的过程中,度过了自己的少年时代"。然而,这种感情倾向却面临一个无法回避的尴尬,那就是在日本这个国度里,被称为"骚动"的农民暴动明显带有被官方蔑视的语感,而暴动本身更是被认为是"下克上"的大不敬,亦即中文语感中的"以下犯上"和"犯上作乱"之负面语义。这显然是儿时大江的情感所不愿接受的,正是在这种情感冲突的背

---

① 大江健三郎著,王中忱译《在小说的神话宇宙中探寻自我》,引自《我在暧昧的日本》,南海出版公司,二〇〇五年十一月,第 7—8 页。

景下,经由曾外祖父传承的易姓革命思想和民本思想才开始具有意义,才能为暴动之乡的这个小童提供了伦理上的支撑,用以抗拒"下克上"所带来的道德和伦理层面的负面指责,从而"在不断思考奥福这个人的人格的过程中,度过了自己的少年时代"之际,顺理成章地"在边缘地区传了不断深化的自立思想和文化的血脉",将《孟子古义》中的易姓革命思想和民本思想内化为自己的道德观和伦理观,为其于日本战败后接受战后民主主义作了道德、伦理和理论上的前期准备。

另一方面,由于阿婆"在孩提时代,和实际参与这些事件的人们生活在同样的社会环境里,所以,她所讲述的民间故事,常常会添加进她当年亲自见过的那些人的逸闻趣事",而且阿婆"给我讲述(奥福)故事中的人物。故事情节只是一些片段,所以能够激发我勾连故事的能力。奥福是本地农民起义的故事中一个无法无天而且非常可爱的人物,用我后来遇到的语言来说是一个 trickster①"②,故而在引发少儿大江倾听兴趣的同时,还培养了其进行再创作的能力。

如果说,经由曾外祖父传承的《孟子古义》中的易姓革命思想和民本思想,从道德和伦理上支撑少儿大江"在边缘地区传承了不断深化的自立思想和文化的血脉"的话,那么,熟稔戏剧演出的阿婆用"独特的叙事才能"对儿时大江讲述当地暴动故事,在培养其勾连故事之能力的同时,亦为大江进行了一场文学启蒙,使得"从孩童时代起,我就被民众的这种暴动或曰起义所深深吸引。……我曾写了边缘的地方民众的共同体追求独立、抵抗中央权力的长篇小说《万延元年的 Football》。这部小说的原型,就是我出生于斯的边缘地方所

---

① 意为神话和民间传说中的精灵、既有社会秩序的破坏者。
② 大江健三郎著,王成译《我的小说家修炼法》,中央编译出版社,二〇一九年十一月,第6页。

出现的抵抗",而且"与中心进行对抗的边缘这种主题,如同喷涌而出的地下水一般,不断出现在此后我的几乎所有长篇小说之中"!由此可见,从发表于一九六七年的《万延元年的 Football》到晚近创作的长篇小说《优美的安娜贝尔·李 寒彻颤栗早逝去》(2007)以及《晚年样式集》(2013),随处可见的有关历史暴动叙事,既是大江的儿时记忆,也是其文学母题,还是其抗拒权力中心、用以构建根据地/乌托邦的重要依据。当然,这种叙事策略也使得其文学中的历史维度具有越来越开阔的空间。

3."我在文学作品中构建的根据地/乌托邦确实源自毛泽东"

仍然是在大江文学的历史叙事空间里,早在大江的少年时代,曾有两个于日本战败后从中国遣返回故乡大濑村的退伍老兵帮助大江家修缮房屋,在小憩期间,这两个退伍老兵盘膝而坐,聊起侵华期间所执行的杀光、烧光和抢光之三光政策,让少年大江第一次知道"皇军"在中国期间犯下的累累战争罪行,在其为之深感愧疚和惊恐不安的同时,也对战争时期的军国主义教育之虚伪有了更为深刻的认识。这两位老兵还说起在中国战场攻打八路军根据地时狼狈情状,他们告诉在一旁倾听的少年:八路军的根据地大多建在地势险要之处。由于八路军与中国老百姓是鱼水之情,所以攻打根据地的日军部队尚未到达目的地,就有发现日军行踪的老百姓向八路军通风报信,于是八路军便在根据地设好埋伏,待日军进入伏击圈后就枪炮大作,打得日军如何丢盔弃甲、如何死伤狼藉、如何狼狈逃窜……

村里这两个退伍老兵的无心之言,却在少年大江的内心掀起巨浪:如果本地历史上多次举行暴动的农民也像八路军那样,在家乡深山老林里的险要处构建根据地的话,那么家乡的历史会如何演变?日本的历史是否会是另一种模样?带着这个久久萦绕于心的思考,大江在东京大学仔细且系统地研读了《毛泽东选集》四卷本,尤其关注第一卷里《中国的红色政权为什么能够存在?》。这篇文章是毛泽东于一九二八年十月五日所作,在第六章《军事根据地问题》中第一次提及"根据地"并做了如下阐释:

> 边界党还有一个任务,就是大小五井和九陇两个军事根据地的巩固。……这两个地形优越的地方,特别是既有民众拥护、地形又极险要的大小五井,不但在边界此时是重要的军事根据地,就是在湘鄂赣三省暴动发展的将来,亦将仍然是重要的军事根据地。巩固此根据地的方法:第一,修筑完备的工事;第二,储备充足的粮食;第三,建设较好的红军医院。把这三件事切实做好,是边界党应该努力的。①

所谓"根据地"是军事术语,而且从以上引文中可以发现其历史并不悠久,是军事对峙中处于弱势的红军为更好地保护己方有生力量而于险峻之处据险而守,同时争取时间和空间发展和壮大己方力量。中国第一次国内革命战争时期由红军创建的根据地如此,抗日战争时期由八路军所建的根据地也是如此,同时辅以游击战、麻雀战、坚壁清野、储存粮食、建立伤兵医院以及灵活运用"敌进我退、敌驻我扰、敌疲我打、敌退我追"等游击战术,与强敌进行周旋。

在东京大学就读期间学习了《毛泽东选集》中有关根据地的相关论述后,大江开始将这些论述与家乡的暴动史乃至日本的近代史联系起来加以思考。当然,历史不可复制,故而大江开始考虑在自己的文学作品中构建根据地,构建以中国革命模式复制的根据地。于是,"暴动"和"根据地"字样开始频繁出现在大江的小说文本里。譬如在不足十万字的小长篇《两百年的孩子》中译本里,如果用电脑检

---

① 毛泽东著《毛泽东选集》(第一卷),人民出版社,一九九一年六月第二版,第53—54页。

索"暴动"/"一揆",可以发现共有二十二处。对"逃散"进行检索,则有五十三处。两者相加,总共七十五处。这里所说的"逃散",是指在日本的中世和近世,农民为反抗领主的横征暴敛而集体逃亡他乡。这种逃亡有两个特征,一是数个、数十个村庄集体逃亡;二是这种有时多达数千人、数万人的逃亡,往往伴随着与领主武装的战斗。同样使用电脑检索的方法对《两百年的孩子》进行检索,还可以发现含有"根城"和"根据地"的表述各有二十处,一共四十处。这里所说的"根城",在日语中主要有两个语义,其一为主将所在城池或城堡;其二则是暴动民众的据守之地,或是盗贼的巢穴。"根据地"的语义为"军队等队伍为修整、修养或补给而设立的据点",在大江的文学词典里,这个单词显然源于中国第一次国内革命战争时期创建的根据地,抗日战争期间用以抵御侵华日军、争取抗战胜利的根据地;当然,这也是大江赖以在小说中构建根据地/乌托邦的原型。

二〇〇六年八月,笔者曾在东京对大江做过一次采访,现摘录其中涉及"根据地"的内容引用如下:

许金龙:您于一九七九年发表了长篇小说《同时代的游戏》,相较于中国传统文化中桃花源式的那种逃避现实的理想,这部作品中的乌托邦则明显侧重于通过现世的革命和建设达到理想之境。从这个文本的隐结构中可以发现,您在构建森林中这个乌托邦的过程中,不时以中国革命和建设为参照系,对以毛泽东为首的老一辈革命家所进行的艰苦卓绝的长征、建立根据地并通过游击战反击政府军的围剿、发展生产以提高物质生活水平等给予了肯定,也对江青等"四人帮"在"文化大革命"中祸国殃民的举止表示了谴责,同时也在思索中国在革命和建设过程中遇到的一些问题以及解决方法,试图从中探索出一条由此通往理想国的具有普遍意义的通途。当然,您在自己的文学世界里建立根据地的尝试,《同时代的游戏》显然不是第一次,也不会是最后一次。其实,早在《万延元年的 Football》中,甚至更早的《掐芽打仔》等作品中,就已经出现了"根据地"的雏形。我想知道的是,您在文本中构建的根据地/乌托邦是否是以毛泽东最初创建的根据地为原型的?当然,您在大学时代学习过毛泽东的著作,那些著作里有不少关于根据地的描述,您是从那里接触到根据地的吗?

大　江:正如你所指出的那样,我在文学作品中构建的根据地/乌托邦确实源自毛泽东的根据地。而且,我也确实在毛泽东的著作中接触过根据地,记得是在《毛泽东选集》第一卷的前半部分。

许金龙:是在《中国的红色政权为什么能够存在?》那篇文章里?

大　江:是的,应该是在这篇文章里。围绕根据地的建立和发展,毛泽东在文章里做了很好的阐述。不过,我最早知道根据地还是在十来岁的时候。战败后,一些日本兵分别被吸收到国民党军队和共产党的八路军里。参加了八路军的日本人就暗自庆幸,觉得能够在中国的内战中存活下来,而参加国民党军队的日本人却很沮丧,担心难以活着回日本。他们之所以这么想,是因为在侵华战争中,他们分别与八路军和国民党军队打过仗,说是国民党军队没有根据地,很容易被打败,而八路军则有根据地,一旦战局不利,就进入根据地坚守,周围的老百姓又为他们提供给养和情报,日本军队很难攻打进去。后来在大学里学习了毛泽东著作后,我就在想,我的故乡的农民也曾举行过几次暴动,最终却没能坚持下来,归根结底,就是没能像毛泽东那样建立稳固的根据地。可是日本的暴动者为什么不在山区建立根据地呢?如果建立了根据地,情况又将如何?这是我一直在思考的问题,并且在作品中表现了出来。①

在以上引文中提及的长篇小说《同时代的游戏》第五章所叙述的故事发生在明治初年,村庄=国家=小宇宙这个共同体决心独立

---

① 大江健三郎与许金龙对谈:《大江健三郎将访中国,深受鲁迅及毛泽东影响》,《环球时报》,二〇〇六年九月一日。

于"大日本帝国",准备抗击帝国陆军的讨伐。长期以来,人们根据共同体的创始者破坏人通过梦境传达的指示,利用山里的特产木腊与海外进行贸易的盈余做了大量的战争准备,构筑起巨大的堤堰,蓄水淹没自己的村庄,并在堤坝上用沥青写上"不顺国神,不逞日人"的标语,以示与天皇治下的"大日本帝国"决裂的决心,同时进行坚壁清野,在山上的森林里储存粮食,建起野战医院,把壮年男女武装起来组织成游击队,还建立兵工厂以制造武器……除此以外,有人还考虑以各种语言致信各国,呼吁世界上被压迫的民族团结起来,说是"尤其是致中国的信,真想面交很快就将与大日本帝国军队开始全面战争的中国共产党军队"①。

在这些准备工作大致就绪后,政府派遣的"大日本帝国陆军混成第一中队"也临近了。这支武装到牙齿的正规军常年在这一带镇压农民暴动,现在受命前来攻打这个共同体,以将其纳入天皇统治下的"大日本帝国"势力范围。由于这一带山高林密,又是连日滂沱大雨,部队便艰难地沿着略微平坦一些的河滩溯流而上。在村庄这个共同体派出的侦察人员发现"皇军"已临近时,水库里的水也蓄到了最高水位,于是,村庄=国家=小宇宙的人们点燃预先埋置的炸药炸开堤堰,开始了长达五十天之久的、抗击"大日本帝国"陆军的游击战。

呼啸而下的洪水瞬间便吞噬了混成第一中队的所有官兵及其携带的军马。政府第一次派遣来的军队遭到了全军覆没的彻底失败。于是,其后又派遣了由一位作战经验丰富的大尉率领的中队前来攻打。共同体由此正式开始了抗击"皇军"的游击战争。

---

① 大江健三郎著,李正伦等译《同时代的游戏》,作家出版社,一九九六年四月,第232页。

当大尉率领的部队占领村庄时,却发现这是座空无一人的村庄,甚至看不到一条狗。也就是说,共同体实行了最为彻底的坚壁清野。部队在这个被废弃的村子里,连洁净的水都找不到一口,便派出小部队寻找水源,却被游击队打了埋伏。于是,被缴了枪械后释放回来的士兵报告说,游击队就在这山中的森林里。到了夜间,共同体放出的老狼以及野狗让士兵们感到惊恐,而游击队设置的、可以切割下双腿的陷阱,更是让士兵们不敢轻易进入山林。

不久,大尉便开始了他的第一次搜山清剿,部队排成横列,每隔五米站上一个士兵。而游击队方面则在转移非战斗人员的同时,由青壮村民组成若干三人战斗小组,利用有利地形埋伏下来,相机射击某一个搜山士兵,然后再将其两侧的士兵引诱过来一并射杀,使得"皇军"遭受巨大伤亡,不得不铩羽而归。

大尉指挥的第二次大规模战斗,是吸取前次横向搜山失败的教训,命令士兵纵向攻入森林深处,以破解"堪称游击战之基础的原始森林的神秘力量",并伺机破坏密林里的兵工厂,却被共同体的孩子们以迷路游戏的方式引入迷魂阵……当"皇军"士兵被诱入伏击圈后,"游击队员从藏身之处用西洋弓射出的箭没有声音,突如其来的袭击防不胜防。森林里的大树很高,日光像雾一般从枝叶的缝隙泻下,难以计数的蝉发出震耳的蝉鸣,弓箭的声音根本听不到。埋伏者瞄准出现在树枝所限的狭窄空间处的敌人,箭无虚发。在惟蝉鸣可闻的巨大静默里,大日本帝国军队的士兵中有十二人中箭身亡,另有十二人身受重伤。没有一个士兵发现新设置的兵工厂"①。

由于游击队控制了水源,大尉怀疑水源被施放了毒药,不敢再使

---

① 大江健三郎著,李正伦等译《同时代的游戏》,作家出版社,一九九六年四月,第253—254页。

用那里的泉水,转而组织运输队从山外连同粮食一同运往驻地,从而加重了运输队的负担,致使行动迟缓,被游击队在途中趁天黑夜暗之机混入运输队,"结果是担任护卫的士官和两个士兵扔下运粮队逃跑了。于是,大量粮食就被运进了密林里游击队的帐篷"①。

在大尉审问游击队的俘虏时,这些俘虏提供的信息更是让大尉心智混乱。第一个俘虏状似老实地交代说:"这个抵抗战争是从整个中国以及藏在长白山山脉的朝鲜反日游击战传过来,组织了共同战线,甚至不久就有援军到达,实际上自己就是负责和海外联系的负责人……"②在他的话语中,不时还"夹杂着一些他瞎编乱造的中国话和朝鲜话"③。第二个俘虏的交代更是玄乎,说是把森林里新发现的矿物质送到德国加以精炼,以其为原料,即将研制出新型炸弹,如果炸弹中的化学物质出事,"半个森林就可能一扫而光"④……

在屡屡失败的压力下,大尉决定用最狠毒的手段镇压这些"为了反抗大日本帝国而钻进森林"⑤的顽固山民,那就是运来大量汽油,准备火烧森林,"漆黑之夜充血的眼珠上,也许映现出了他们追赶着躲避大火而东奔西跑的半裸的女人们,也许映现出他们自己正在强奸或杀人的自我影像。直到此刻为止毫无趣事可言的战争,使他们的意识浓缩为一个观念——战争就是血腥欲望的爆发,他们今天晚上得出了这个结论,并且决定今后一定照此实行。不久之后,在转战于中国和南洋各地时,他们的这个血腥欲望果然就得到满足了"⑥。

---

① 大江健三郎著,李正伦等译《同时代的游戏》,作家出版社,一九九六年四月,第260页。
② 同上,第263页。
③ 同上,第263页。
④ 同上,第264页。
⑤ 同上,第266页。
⑥ 同上,第271页。

面对火烧森林的严峻局面,共同体在疏散了儿童后便集体投降了,其中大约一半人口得到的却是大尉的如下话语:"你们是真正地对大日本帝国发动叛乱、掀起内战的人,你们犯下的叛国罪行必须受到应得的处罚,我以军事法庭的名义宣布你们的死刑!"在进行了五十天的抵抗之后,共同体中的大约一半村民被血腥屠杀了,死在大日本帝国的淫威之下……幸运的是,共同体的半数儿童却随着徐福式的大汉逃离了杀戮,踏上寻找希望的远方。

4."我在小说里想要表现的确实不是绝望"!

从以上梗概的隐结构中不难看出,对于《同时代的游戏》第五章中关于创建根据地和开展游击战的内容,中国的读者都会比较熟悉,准确地说,应是"似曾相识"。在《毛泽东选集》第一卷之《中国的红色政权为什么能够存在?》、第六章《军事根据地问题》中,毛泽东早在一九二八年就曾准确地指出:"巩固此根据地的方法:第一,修筑完备的工事;第二,储备充足的粮食;第三,建设较好的红军医院。"① 大江在《同时代的游戏》中修筑水淹敌军的水库,正是第一条所说的工事,而且还是大型工事。而预先储备粮食以及抢夺敌军运粮队,则是第二条的完美体现。对于设立野战医院以及转送难以救治的伤员这一措施,我们完全可以理解为是对第三条"建设较好的红军医院"的模仿和再现。至于文本中更为具体的彻底疏散人口、切断敌军水源、深夜放狼以及野狗骚扰敌人、引诱敌军深入密林以便相机袭击等内容,恐怕中国的中学生都可以将其精准地概括为"坚壁清野""诱敌深入""敌进我退,敌驻我扰,敌疲我打"……这些战术是战争中弱

---

① 毛泽东著《毛泽东选集》(第一卷),人民出版社,一九九一年六月第二版,第53—54页。

势一方因地制宜地抗击强势一方的战术,在中国战争史上最早提出以上战术的是朱德,而根据国内战争的严峻局面对此予以总结并将其上升到理论和战略高度的则是毛泽东。尤其在抗日战争期间,八路军和新四军依据这个战略战术不断发展壮大,创建、依托根据地展开游击战,最终为赢得抗日战争做出了自己的贡献。

另一方面,从《同时代的游戏》这个文本中有关"尤其是致中国的信,真想面交很快就将与大日本帝国军队开始全面战争的中国共产党军队""这个抵抗战争是从整个中国以及藏在长白山山脉的朝鲜反日游击战传过来,组织了共同战线"等等表述,清楚地表明其作者大江健三郎非常了解中国共产党领导的八路军、新四军所进行的抗日战争及其战略、战术,这个了解既有少年时代的记忆,也有大学时代对毛泽东相关军事理论的学习,恐怕还与大江于一九六〇年夏天对中国进行为时一月有余的访问时所接受的相关影响有关。由此可见,大江在写作《同时代的游戏》这部小说前,曾充分接受中国有关根据地和游击战的影响,因而当其考虑在政治和文化意义上的边缘之地,也就是故乡的森林里构建根据地/乌托邦时,大量引入了中国式游击战的因素也就不足为奇了。

由此我们可以确定,作者大江健三郎在构建位于边缘的森林中这个根据地/乌托邦的过程中,确实在以中国革命和建设的模式为参照系,对以毛泽东为首的老一辈革命家所进行的艰苦卓绝的长征、建立根据地并通过游击战反击政府军围剿、发展生产以提高物质生活水平等给予了充分肯定,同时也在思索中国在革命和建设过程中遇到的一些问题及其解决方法,希望从中探索出一条由此通往理想国的具有普遍意义的通途,并试图在自己文本里设计出一个更具普遍性的乌托邦。

在此后出版的《致令人眷念之年的信》《两百年的孩子》《愁容童

子》《别了,我的书!》以及《水死》和《晚年样式集》等长篇小说中,大江对权力中心改写乃至遮蔽边缘地区弱势群体之历史的做法进行了无情的嘲讽,借助森林中口耳相传的神话/传说和历史复制乃至放大遭到政府遮蔽的山村和森林里的历史,把那座神话/传说的王国进一步拓展为森林中的根据地/乌托邦——超越时空的"村庄＝国家＝小宇宙",清晰地提出了文化人类学意义上的边缘与中心的概念,使其"得以植根于我所置身的边缘的日本乃至更为边缘的土地,同时开拓出一条到达和表现普遍性的道路"①。这种从边缘和历史出发的叙事策略显然与"马克思主义批评理论一直在努力使文学批评具有历史维度"的主张高度契合,因为这种主张"认为需要返回历史,把历史当作重要的出发点来理解文化生产、批评概念、意识形态、政治和社会的范畴"②。就这个意义而言,大江在小说文本中频频引入暴动历史以展开边缘叙事也就不难理解了。这里还有一个需要关注的地方,那就是从这一时期开始,大江在表述森林中那些神话/传说和历史时,清醒地意识到在日本这个封建意识和保守势力占据强势的国度里,包括森林中那些山民在内的弱势者的历史,一直被强势者所改写、遮蔽甚或抹杀。譬如发生在大江故乡的几次农民暴动,就完全没有被记载在官方的任何文件中。为了抗衡强势者/官方所书写的不真实历史,大江以《同时代的游戏》和其后的《M/T与森林中的奇异故事》《致令人眷念之年的信》和《优美的安娜贝尔·李 寒彻颤栗早逝去》等晚近小说为载体,从"根据地"民众的记忆而非官方记载中,把故乡的神话/传说乃至当地历史中一些具有重大意义的部分

---

① 大江健三郎著,许金龙译《我在暧昧的日本》,引自《我在暧昧的日本》,南海出版公司,二〇〇五年十一月,第96页。
② 张京媛著《新历史主义与文学批评·前言》,《新历史主义与文学批评》,北京大学出版社,一九九七年,第2—3页。

剥离、复制乃至放大出来,试图以此在某种程度上还原历史真实,回归历史原貌,进而抗衡官方书写或改写的不真实历史。

我们还需要注意的是,这种根据地/乌托邦叙事在大江的文学作品中也是在"与时俱进"——最初近似于中国国内革命战争时期和抗日战争时期的军事根据地,譬如《同时代的游戏》里的根据地和游击战;当其长篇小说《愁容童子》中的边缘性特征被中心文化逐步解构之后,在故乡森林里建立根据地的基本条件便不复存在,于是在《别了,我的书!》中,大江就通过因特网建立新型根据地,将根据地建立在边缘地区那些拥有暴动历史记忆的边缘人物的内心里,同时吸收和团结共同传承历史记忆的年轻人;及至在《水死》中,大江更是将抨击的矛头直接指向国家权力的象征:以修改历史教科书的形式强奸一代代青少年的日本文部科学省高级官员……

儿时的暴动记忆就这样在大江健三郎的诸多小说中不断变形,作者据此在绝望中发出呼喊,试图由此探索出一条通往希望的小径,正如大江在一次接受采访时所说的那样,"我在小说里想要表现的确实不是绝望"①!

三、一九六〇年的访华:由民本主义向人文主义嬗变

一九六〇年初夏时节,这个世界正处于躁动和不安之中——在亚洲的韩国,推翻李承晚政权的学生运动轰轰烈烈;在非洲,被西方大国长期殖民的诸多国家正全力争取民族独立,以摆脱殖民统治;在南美洲的古巴,反美浪潮一浪高过一浪;在拉美地区,同样正在兴起

---

① 大江健三郎与许金龙对谈:《我在小说里想要表现的确实不是绝望》,《作家》,二〇二〇年八月号,第54页。

争取民族独立的群众运动；在苏联，则因美国 U2 间谍飞机事件而怒火冲天；也是在这个时期，东西方首脑会谈正式决裂。六十年代冷战背景下的左翼反文化（counter culture）运动，更是使得全球青年先后掀起运动狂潮。众所周知，当时的日本更不是桃花源，反对《日美协作与安全保障条约》的全国性群众运动如火如荼，年轻学生们在这场运动风潮中纷纷走上街头。

一九六〇年，大江健三郎年届二十五岁，在校期间曾参加被称为"安保斗争"前哨战的"砂川斗争"。这里所说的"砂川斗争"，是指一九五五年以农民、工会会员和学生为主体的日本民众反对美军扩建军事基地的群众斗争，也是日本社会在战后迎来的第一场大规模反战运动。在此后的一九六〇年一月十九日，日本政府与美国正式签署经修改的《日美协作与安全保障条约》（简称为《日美安全保障新条约》），以取代日美两国政府于一九五一年与《旧金山和约》一同签署的《日美安全保障条约》。在国会审议过程中，有人对条约中"为了维持远东地区的和平安全"之"远东"的范围表示质疑时，时任外相的藤山爱一郎表示这个范围"以日本为中心，菲律宾以北，中国大陆一部分，苏联的太平洋沿海部分"。藤山对《日美安全保障新条约》之"范围"的解释，几乎立刻就引发人们对战前和战争期间的所谓"大东亚共荣圈"的痛苦记忆，不禁怀疑日本政府是否试图再次侵略包括"中国大陆一部分"的亚洲诸国。不同于砂川斗争时期以学生为主体的抗议活动，这时不仅学生对政府的意图产生怀疑，就连绝大部分民众也都对此产生了怀疑，从而相继投身到反对缔结《日美安全保障新条约》的群众运动中来。大江健三郎此时刚刚从东京大学毕业，在文坛上已经小有名声，却从不曾淡忘将人文主义传授给自己的渡边一夫教授所引用的丹麦语法学家克利斯托夫·尼罗普之名言"不抗议（战争）的人，则是同谋"，当然也必然地出现在了这数百万的示威群众之中。

二〇〇六年九月,在访问中国社会科学院的主题演讲中回忆当年这场大规模抗议活动时,大江表示"当时我认为,日本在亚洲的孤立,意味着我们这些日本年轻人的未来空间将越来越狭窄,所以,我参加了游行抗议活动。正是在这个过程中,我和另一名作家被作为年轻团员吸收到反对修改安保条约的文学代表团里"①。这里所说的文学代表团,是以野间宏为团长的日本第三次访华文学代表团。在这个大动荡的历史时期,在反对签署《日美安全保障新条约》的大规模游行示威活动中,青年作家大江健三郎开始了他的第一次出国之旅,与"另一名作家"开高健一同对尚未与日本恢复外交关系的中国进行了为期三十八天的访问。大江参加的这个访华全称为"访问中国之日本文学家代表团",团长为野间宏(作家),团员计有龟井胜一郎(文艺评论家)、松冈洋子(社会评论家)、竹内实(随团翻译)、开高健(青年作家)、大江健三郎(青年作家),另有担任代表团秘书长的白土吾夫(时任日中文化交流协会事务局主任)。访问结束后,白土吾夫公布了一行七人计三十八日访华之旅的大致日程。这里需要说明的是,应该是顾虑到复杂的日本国内情势,出于安全考虑,这个日程并未列入当时被视为敏感的内容,譬如六月一日,日本文学代表团在广州参观毛泽东于一九二四年创办的农民运动讲习所;六月十六日,周恩来总理突然出现在代表团所在的王府井全聚德烤鸭店,对从东京大学毕业不久的大江健三郎进行慰问;六月十七日,代表团全体成员怀着悲痛心情,为悼念六月十五日晚间在国会大厦被警察殴打致死的东京大学女生桦美智子,前往人民英雄纪念碑

---

① 大江健三郎著,李薇译《北京讲演二〇〇六》,引自《大江健三郎文学研究》,百花文艺出版社,二〇〇八年七月,第1页。

敬献花圈并由团长野间宏致悼词……

　　就在日本文学代表团访华期间,反对岸介信政府签署《日美安全保障新条约》的日本民众在东京连日举行大规模示威抗议,六月五日,多达六百五十万示威者参加抗议活动;六月十日,为阻止美国总统艾森豪威尔于九月十九日访日,示威群众在羽田机场团团包围为艾森豪威尔如期访日打前站的总统秘书 James Hagerty,致使其最终被美军直升机救出;六月十五日,五百八十万示威群众参加反对《日美安全保障新条约》签字和阻止美国总统访日的活动;当天晚间,七千余名示威学生冲入国会,与三千名防暴警察发生激烈冲突,东京大学女生桦美智子被殴打致死,示威群众与政府之间的矛盾进一步激化;六月十六日,焦头烂额的岸信介政府请求艾森豪威尔延期访日,最终被迫取消访日安排。在条约即将生效的当天夜晚,三十三万示威群众再次包围国会,试图阻止条约生效。然而,声势浩大的日本安保斗争终究未能阻止条约自动生效,却也迫使岸信介内阁于六月二十三日下台,艾森豪威尔总统则终止访日。这里需要重点提请注意的是,随着岸介信内阁的倒台,其准备修改于一九四七年生效的《日本国宪法》第九条的计划也随之束之高阁,为日本战后持续维护和平宪法、走和平发展道路打下了良好基础。正因为如此,大江才能在半个多世纪后自豪地表示:"在战后这七十年间,日本人拥有和平宪法,不进行战争,在亚洲内部坚定地走和平发展的道路,也就是说,在战后这七十年里,我们一直在维护这部民主主义与和平主义的宪法。其中最大的一个要素,就是有必要深刻反省日本如何存在于亚洲内部,包括反省那场战争,然后是面向和平……在战后这七十年里,日本没有发动战争,关于这一点,日本人即便得到积极评价也是可以理解的。"[①] "反省"是上述话语的关

[①] 大江健三郎与许金龙对谈:《我在小说里想要表现的确实不是绝望》,《作家》,二〇二〇年八月号,第54页。

键词,也是大江从人文主义者渡边一夫那里继承、坚守并内化了的道德和伦理——"保持具有人性的反省……因为我们已经决定将这种反省置于正面而去思考"①。当然,和平宪法第九条能维系至今日,也是有赖于大江等当年参加反对签署《日美安全保障新条约》的这一批抗议者以及后来者,尤其是民众组织"九条会"长年间的不懈努力。

就在这如火如荼的抗议活动中,青年作家大江健三郎受邀参加以老一辈作家野间宏为团长的日本文学代表团,前往中国进行为期一月有余的访问,以获得中国对这场大规模群众抗议运动的支持。在羽田机场与新婚刚刚三个来月的妻子由佳里以及作家安部公房等朋友话别时,大江特地叮嘱妻子:为了使八十年代少一个因对日本绝望而跳楼自杀的青年,因此不要生孩子。时隔三十八天后,还是在羽田机场,刚刚结束中国之旅回到日本的大江却对前来机场迎接的妻子说:还是生一个孩子吧,未来还是有希望的。那么,这一个来月的中国之旅到底发生了什么,竟使得大江的态度发生如此之大的变化?而且,发生变化的仅仅是对待生孩子的态度吗?我们不妨回顾一下大江访华的大致经过。

在这一个多月的访问中,代表团一行先后访问了广州、北京、上海和苏州等地,与中国各界进行了广泛接触和交流,参观了工厂、机关、人民公社、学校、幼儿园、展览馆等,并多次参加声援日本人民反对《日美安全保障新条约》的集会和游行。在此期间,大江应邀为《世界文学》杂志撰写了特邀文章《新的希望之声》,表示日本人民已经回到了亚洲的怀抱,并代表日本人民发誓永远不背叛中国人民的深情厚谊。此外,他还在一篇题为《北京的青年们》的通信稿中表

---

① 大江健三郎著《解读日本当代的人文主义者渡边一夫》,岩波书店,一九八四年,第79—80页。

示,较之于以人民大会堂为首的十大建筑,万里长城建设者的子孙们话语中的幽默和眼睛中的光亮,更让他对人民共和国寄以希望。大江发现,无论是历史博物馆讲解员的眼睛、钢铁厂青年女工的眼睛、郊区青年农民的眼睛,还是光裸着小脚在雨后的铺石路面上吧嗒吧嗒行走着的少年的眼睛,全都无一例外地清澈明亮,而共和国青年的这种生动眼光,大江在日本那些处于"监禁状态"的青年眼中却从不曾看到过。这个发现让大江体验到一种全新的震撼和感动,一如他在同年十月出版的写真集里所表述的那样:"我在这次中国之行中得到的最为重要的印象,是了解到在我们东洋的一个地区,那些确实怀有希望的年轻人在面向明天而生活着。我不认为他们中国年轻人的希望就会原样成为日本人的希望。我同样不认为他们中国年轻人的明天会原样与日本人的明天相连接。不过,在东洋的这个地区,那些怀有希望的年轻人面向明天的姿态却给我带来了重要的力量。"①

　　当然,更让大江为之震撼和感动的,是中国人民在真诚和无私地支持日本人民反对修改《日美安全保障新条约》。六月中上旬,东京连日来爆发了数百万人参加的大规模示威活动,而在上海和北京,大江一行则先后参加了一百二十万人和一百万人规模的示威游行,以声援日本国内的抗议活动。或许是出于保护大江健三郎这个青年作家的考虑吧,白土吾夫的日程记录里没有列入周恩来总理得知东京大学女生桦美智子于十五日夜晚被警察殴打致死的消息后,于十六日放下手中工作特地前来慰问大江健三郎事宜——这一天,周恩来总理及其随从人员赶到王府井全聚德烤鸭店的二层,就桦美智子在国会大厦被警察殴打至死、另有千余示威者被逮捕一事,向正在与赵

---

① 大江健三郎著,许金龙译「中国の若い人たち、子供たち」,『写真　中国の顔』,现代教养文库,一九六〇年十月,第146页。

树理等人同桌就餐、尚不知情的大江健三郎表示慰问。四十六年后，在回忆当时的情形时，大江这样说道：

> 在门口迎接我们一行的周总理特别对走在最后的我说：我对于你们学校学生的不幸表示哀悼。总理是用法语讲这句话的。他甚至知道我是学习法国文学专业的。我感到非常震撼，激动得面对着闻名遐迩的烤鸭连一口都没咽下。
>
> 当时，我想起了鲁迅的文章。这是指一九二六年发生的三·一八事件。由于中国政府没有采取强硬态度对抗日本干涉中国内政，北京的学生和市民组织了游行示威，在国务院门前与军队发生冲突，遭到开枪镇压，四十七名死者中包括刘和珍等鲁迅在北京女子师范大学教授的两名学生。……我回忆着抄自《华盖集续编》中的一段话，看着周总理，我感慨万分，眼前这位人物是和鲁迅经历了同一个时代的人啊，就是他在主动向我打招呼……鲁迅是这样讲的：
>
> "我目睹中国女子的办事，是始于去年的，虽然是少数，但看那干练坚决，百折不回的气概，曾经屡次为之感叹。至于这一回在弹雨中互相救助，虽殒身不恤的事实，则更足为中国女子的勇毅，虽遭阴谋秘计，压抑至数千年，而终于没有消亡的明证了。倘要寻求这一次死伤者对于将来的意义，意义就在此罢。
>
> "苟活者在淡红色的血色中，会依稀看见微茫的希望；真的猛士，将更奋然而前行。……"
>
> 那天晚上，我的脑子里不断出现鲁迅的文章，没有一点儿食欲。我当时特别希望把见到周总理的感想尽快告诉日本的年轻人。我想，即便像我这种鲁迅所说的"碌碌无为"的人，也应当做点儿什么，无论怎样，我要继续学习鲁迅的著作。①

---

① 大江健三郎著，李薇译《北京讲演二〇〇六》，引自《大江健三郎文学研究》，百花文艺出版社，二〇〇八年七月，第2—3页。

在大江的头脑里,血泊中的桦美智子与血泊中的刘和珍叠加在了一起,化为"虽殒身不恤"的女子英雄。中国人民的真诚支持,周恩来总理的亲切慰问,陈毅副总理的会见,尤其是其后第五天(即六月二十一日)晚间,毛泽东主席于上海接见日本文学代表团时所表示的"像日本这样伟大的民族,是不可能长期接受外国人统治的。日本的独立与自由是大有希望的。胜利是一步一步取得的,大众的自觉性也是一步一步提高的"①等勉励,给了日本文学代表团中最年轻的大江以极大的震撼和感动。多年后,大江曾对笔者表示:早在大学时代,自己就已熟读《毛泽东选集》四卷本,对其中的《湖南农民运动考察报告》《星星之火,可以燎原》《实践论》和《矛盾论》尤为熟悉,所以毛主席在会谈中的不少话语刚刚被翻译出来,自己便随即知道这些话语出自《毛泽东选集》哪一卷的哪一篇文章。会见结束后,毛主席等中国领导人站在门口,与日本朋友一一握手话别。当时,从东京大学毕业不久的青年作家大江照例排在日本代表团的队尾,终于轮到大江上前告别时,毛主席一手握住大江的手,用另一只手指点着大江说道:你年轻,你贫穷,你革命,将来你一定会成为伟大的革命家。这段话语其实是毛主席在会见期间对日本客人所说内容的一部分,大意是一个成功的革命家必须具备几个条件:一是要贫穷,穷则思变,才会参加革命;二是要年轻,否则很可能在革命成功之前就已经牺牲;三是要有革命意志,否则就不会参加革命。多年后当大江获得诺贝尔文学奖并接受德国一家媒体采访之际回想起了毛主席的这段话语,便对这家媒体不乏幽默地表示:毛泽东主席曾于一九六〇年预言自己将会成为伟大的革命家,现在看来,毛主席只说对了一半——自己虽

---

① 白土吾夫著「中国訪問日本文学代表団の三十八日の旅」,『写真　中国の顔』,現代教養文庫,一九六〇年十月,第178页。

未能成为伟大的革命家,却也成了伟大的小说家。在二〇〇八年八月接受另一次采访时,大江对采访者回忆道:与毛主席握手时,感到毛主席的手掌非常大,非常绵软,非常温暖,这种感觉已经连同毛主席当时所说的话语一道,早已固化在自己的头脑里,在每年临近六月二十一日的时候,就会提前嘱咐妻子订购茉莉花,因为日本原本没有这个物种,是从中国移植到日本来的,所以并不多见。及至到了二十一日这一天,自己就会停下所有工作,面对那盆订购来的茉莉花,缅怀一九六〇年六月二十一日夜晚聆听毛泽东主席和周恩来总理教诲时的情景。讲述这段话语的这一天恰巧也是六月二十一日,大江便对采访者指着花盆中绿叶掩映的小小白色花蕾如此说道:

今天,我妻子买来三盆白色的茉莉花(把"茉莉花"念成了"毛莉好"),是从中国移植来的,就摆在客厅的中央。花开得非常可爱,经常传来阵阵幽香。我想起自己二十五岁的时候,中国领导人在上海接见了我。我记得自己在见到毛主席和周总理之前,前方有一条狭长的走廊,走廊两旁开满了洁白的花。花的浓郁幽香从两侧沁入鼻腔(用左、右手的食指分别指向两个鼻孔),我们就沿着茉莉花曲曲折折地向前深入。走廊的尽头就是毛泽东主席、周恩来总理、陈毅副总理,还有当时的上海市负责人柯庆施。在我的记忆中,毛泽东主席、周恩来总理、陈毅副总理,还有茉莉花,都是紧紧联系在一起的。这就是亚洲伟大的人物给我留下的最美好的记忆。我和帕慕克见面时,经常对他说:"帕慕克,你记着,我是毛泽东主席的一位朋友!"(大笑起来)其实也不能算朋友,但我见过他!①

鲁迅的启示,周恩来总理的慰问,毛泽东主席的勉励,不可避免地为大江的人生观带来重大影响。这种影响首先显现在回国时在羽

―――――――――――

① 大江健三郎与许若文对谈:《卡创作了一个灵魂,并思索着诗歌……》,《当代作家评论》,二〇〇九年第一期,第95页。

43

田机场对新婚妻子由佳里所说的那番话语——"还是生一个孩子吧,未来还是有希望的"。这种对未来抱持希望的积极变化当然也反映在了其后的创作态度中。相较于初期作品中在"铁屋子"里发出的"含着大希望的恐怖的悲声",在相继发表于《文学界》一九六一年一月号和二月号的中篇小说《十七岁少年》和《政治少年之死》中,大江简直就是在呐喊了。这两部短篇小说为姐妹篇,前者叙述了一个十七岁少年为摆脱孤独和焦躁,受雇于右翼分子,成为所谓"纯粹而勇敢的少年爱国者"。后者仍然以独白的口吻,叙述这个十七岁的主人公在忠君的迷幻中,"为了天皇而刺杀"了反对封建天皇制的"委员长"。这两部无情抨击封建天皇制之虚幻、右翼团体之虚伪的姐妹篇一经发表,随即受到右翼团体的威胁。在右翼的巨大压力下,刊载该作品的《文学界》没有征得大江本人同意,便在该刊三月号上发表谢罪声明。从此,《政治少年之死》在日本被禁止刊行,直至二〇一八年七月被收入讲谈社版"大江健三郎全小说"之前的这半个多世纪里,未能被收录在大江的任何作品集里。对于标榜言论自由和出版自由的日本这个所谓的民主国家,这个事实本身不能不说是个绝妙讽刺。当然,这两篇作品的创作对于大江本人来说也是一个历史性转折,此后,作为一名知识分子,大江总是有意识或下意识地站在边缘角度,开始用审视甚至批判的目光注视着权力和中心,越来越靠近鲁迅所坚持的批判立场。

  这次访问中国给大江带来的另一个重大影响,就是亲眼看到了革命获得成功的中国,并了解到中国革命的全过程。这已经不是此前空泛的革命想象,而是一个实实在在的成功范例,是中国自古以来的以民为本的最佳实践范例,是使得亿万民众得以摆脱战乱、贫困和屈辱,逐步走向富裕与和平的最佳实践范例。无疑,这是人道主义(由于人道主义和人文主义同出法语"humanism"之词源,我们当然可以认为这也是人文主义）在中国这片辽阔土地上获得的巨大成功。这个范例之所以成功,在很大程度上取决于在革命初期,毛泽东等革命家在实践中摸索和总结出"以农村包围城市,最终夺取全国胜利"的革命道路。中国革命的这个成功经验给了青年作家大江健三郎以极大启示,在思考故乡的暴动历史时便有了一个很好的参照系,同时开始考虑将这个策略移入自己的文学创作之中。也是在这一时期,在中国宏大革命愿景的反衬下,大江开始觉察自己"陷入了作为作家的危机,因为,我在自己写作的小说里看不到积极的意义……自己未能在作品中融入积极的意义并向社会推介。我意识到了这个问题,开始怀疑将自己人生的时光倾注到作家这个职业中是否值得"①。也就是说,为了迎合高度商业化的新闻界,刚刚踏足文坛的青年作家大江不得不接二连三地创作"有趣的小说"而非具有"积极的意义"的小说。倘若不如此,就可能像诸多崭露头角不久便被高度商业化的媒体短期使用后无情抛弃的新作家那样退出文坛。然而,无论是少年时代接受的战后民主主义教育,还是大学时代学习的欧洲人文主义,尤其是这次访问中国、亲眼看见人文主义在中国获得巨大成功后引发的诸多思考,都让大江开始怀疑是否值得用自己的整个人生来迎合新闻界的商业价值取向而不断写作以往那种"有趣的小说"。答案当然是否定的,因为这些"有趣的小说"对于深陷艰难困境的人类个体乃至群体完全不具备人文主义价值!大江由此开始有意识地把故乡的山林作为根据地/乌托邦,借《万延元年的Footabll》中的农村暴动叙事抗衡官方话语体系中的"明治维新百年纪念活动";尤其在《两百年的孩子》里,运用转换时空的科幻手法,

---

① 大江健三郎著,许金龙译《作为〈广岛札记〉的作者》,引自《广岛札记》,翁家慧等译,中国广播电视出版社,二〇〇九年,第1页。

让自己三个孩子的分身往来于以往、现在和未来,让他们目睹历史上的暴动,并经历未来日本复活国家主义之际,孩子们在故乡的山林中找到具有共产主义特征的、彼此友爱的乌托邦。这个故事的梗概大致如下:

三个小主人公决定在暑假结束前,再进行最后一次冒险,而这次冒险的目的地,则是八十年后的当地山林。当他们来到未来之后感到震惊的是,原本茂密的大森林由于人为原因而开始颓败,在他们无意中闯入一座超大型建筑物附近时,却因未携带所谓输入个人详细信息的ID卡,而被戒备森严的保安队关在屋子里,其后送交县知事进行讯问。这时他们才知道,县知事正在这里举办一个大型集会,奇怪的是,出席集会的那些动作整齐划一、鱼贯而入的少男少女们穿戴的却是迷彩服和贝雷帽。后来他们在农场/根据地询问千年老树遭焚毁之事时了解到一个让他们不寒而栗的事实:在所谓"国民再出发"的口号下,未来的日本政府"掀起了精神纯化运动"的国家宗教,利用被修改的宪法烧毁国家宗教之外的所有教会、寺院和神社,以取消人们原先无论是基督教、佛教还是神道教的宗教信仰,试图从精神上对国民进行高度控制。作为具体措施,则强制性地要求人们必须随身携带输入个人详细信息的ID卡。同样可怕的是,政府动员了全国百分之九十的青少年参加了这场运动,并让这些少男少女头戴贝雷帽、身穿迷彩服,组建为一支规模庞大、组织严密的准军事组织……

显而易见,大江是在借助专门为孩子们创作的这部小说教导他们和她们如何与过往的历史进行对话,如何了解历史事件在其发生之时意味着什么,如何理解该历史事件对于当下甚或未来具有怎样的意义。

或许是担心在这部小说里对孩子们提出的预警不够充分,还不足以引起孩子们的足够重视和警觉,大江在其后第三年出版的长篇小说《别了,我的书!》里,更是借用与其在文本内的分身"长江"之日语发音相谐的"征候"来表征自己的工作:"我要做的工作,是在某些事件发生之前,就收集其细微的前兆。在那些前兆堆积的前方,一条无可挽救的、不可返回的、通往毁灭方向的道路延伸而去。……我所要写作的'征候',则要以全世界为对象,预先摸索出它前进的方向和道路。"①而且,这位由民本主义出发的人文主义作家为了让大多数孩子们都能阅读到这些"征候",特意提出要把记载这些"'征候'的书架调到适当的高度,以便十三四岁的孩子谁都能打开箱子阅读其中资料。因为,惟有他们才是我所期待的阅读者,而且,有关'征候'的我的想法,也都是试图唤起他们颠覆记录于其中的所有毁灭的标志的想法"②。大江将自己的人文主义课程对孩子们阐释得非常清晰且浅显易懂:他要将通往"无可挽救的、不可返回的、通往毁灭方向的道路"之"征候"和"预兆"告知孩子们,以期让他们产生"想法",去颠覆"其中的所有毁灭的标志",以便"创造出明亮、生动、确实体现出人的尊严的未来",而非"充满黑暗、恐怖和非人性的未来"③!我们可以将这段话语视作大江对孩子/新人的热切期许,还可以将其视为大江及其文学的人文主义核心价值观。

当然,未来也不是全无希望。还是在那片森林里,在两百年前农民举行暴动的旧址上,从南美以及亚洲各国来到此地的劳动者们以农场为基础,重新建立起了"龃根据地"。在这个根据地里,"由于成

---

① 大江健三郎著,许金龙译《别了,我的书!》,译林出版社,二〇〇八年十月,第318页。

② 同上。

③ 大江健三郎著,许金龙译《走的人多了,也便成了路!》,引自《大江健三郎文学研究》,百花文艺出版社,二〇〇八年七月,第21—22页。

年人在农场和食品加工厂里忙于工作,孩子们便依据'龃根据地'从创始之初便传承下来的志愿工作制度过着集体生活。有趣的是,这里的语言是混有日语和父母祖国语言的各种话语,而孩子们则只使用自己的语言……"①

或许有人会认为故事并不能代表现实,更不可能是未来的真实再现,对于二〇六四年那个未来所显现出来的可怕前景,我们大可不必在意。遗憾的是,东京大学学者小森阳一教授肯定不会同意这样的看法。在讨论《两百年的孩子》这个故事里未来的可怕前景时,小森教授表示,大江在作品里描绘的可怕未来,实际上现在已经开始出现——日本政要不顾曾遭受侵略战争伤害的亚洲各国人民反对,接连参拜供奉着甲级战犯的靖国神社;日本政府强行通过所谓国旗国歌法,要求学校的教职员工和所有学生在开学和毕业仪式上起立,在国歌声中向国旗致礼,而不愿向那面曾侵略过亚洲诸国的国旗敬礼者,轻则影响升职,重则被开除公职,在右翼政客石原慎太郎任东京都知事期间,这种处分更是严厉,据小森教授说,他的几个朋友已经因此而被开除公职;就在前几年,日本数十位国会议员在美国报纸上刊载大幅广告,说是不存在慰安妇问题,还恬不知耻地说什么那些慰安妇是自愿卖淫者,其收入有时甚至超过日本军队里的将军;更让人忧虑的是,日本保守派正在竭力修改和平宪法,尤其是这部宪法中的第九条有关日本永久性放弃战争、不成立海陆空三军的条款,试图为全方位复活国家主义清除最大的障碍。日本筑波大学学者黑古一夫教授的观点与小森教授相近,他认为日本的政治主导权始终掌握在保守派手中,他们期望从根本上改变日本战后开始实施的民主主义,复活战前的价值观……

---

① 大江健三郎著,许金龙译《两百年的孩子》,百花文艺出版社,二〇〇七年九月,第254页。

综上所述，大江所描述未来社会的阴暗前景，就不是毫无根据的空穴来风了，而是基于对现实的忧虑甚或预警。为了大多数人的希望，大江通过《两百年的孩子》这个故事，以艺术手法为人们展示了以往（被官方遮蔽了的暴动史）、现在（日本当下试图修改和平宪法的政治现状甚或准备违宪参战）和未来（日本几十年后极可能出现全面复活国家主义的阴暗前景），并借法国诗人、哲学家和评论家保尔·瓦莱里之口，向我们表明了历史、当下和未来的关系。尽管未来的前景是黯淡的，但是这位老作家也明确地告诉人们，情况并没有糟糕到绝望的地步，那里毕竟还有一群心地善良的人在农场/根据地里坚持自己的操守，抵制来自官方的高压，烧毁严重侵犯人权的 ID 卡，以各种方式不让孩子们参加那个准军事组织，等等。至于如何在了解历史的基础上创造美好的未来，不妨以大江在北大附中结束演讲时的一段话语来提供一种参考：

　　你们是年轻的中国人，较之于过去、较之于当下的现在，你们在未来将要生活得更为长久。我回到东京后打算对其进行讲演的那些年轻的日本人，也是属于同一个未来的人们。与我这样的老人不同，你们必须一直朝向未来生活下去。假如那个未来充满黑暗、恐怖和非人性，那么，在那个未来世界里必须承受最大苦难的，只能是年轻的你们。因此，你们必须在当下的现在创造出明亮、生动、确实体现出人的尊严的未来，而非前面说到的那个充满黑暗、恐怖和非人性的未来。我憧憬着这一切，确信这个憧憬将得以实现。为了把这个憧憬和确信告诉北京的年轻人以及东京的年轻人，便把这尊老迈之躯运到北京来了。之所以这么做，是因为已然七十一岁的日本小说家，要把自己现在仍然坚信鲁迅那些话语的心情传达给你们。①

---

① 大江健三郎著，许金龙译《走的人多了，也便成了路!》，引自《大江健三郎文学研究》，百花文艺出版社，二〇〇八年七月，第21—22页。

对于这段话语中出现的通往"充满黑暗、恐怖和非人性的未来"之可能性,大江无疑是悲观的,却决不是绝望的,更是在鼓励中国和日本的孩子们"必须在当下的现在创造出明亮、生动、确实体现出人的尊严的未来",坚定不移地憧憬着孩子们通过自己的努力,将免于陷入"充满黑暗、恐怖和非人性的未来",并且借助鲁迅的话语引导孩子们"希望是本无所谓有,无所谓无的。这正如地上的路;其实地上本没有路,走的人多了,也便成了路"。由此可见,大江既是果敢前行的悲观主义者,更是勇敢战斗的、由民本主义升华的人文主义者。

四(上)、源自鲁迅的"始自于绝望的希望"

1.初识鲁迅

在论及大江文学中的世界文学影响时,学界一直关注来自拉伯雷及其鸿篇巨制《巨人传》、但丁及其不朽长诗《神曲》(全三卷)、布莱克及其神秘长诗《四天神》和《弥尔顿》、萨特及其存在主义代表作《自由之路》、巴赫金及其狂欢化和大众笑文化系统之论著、艾略特及其长诗《荒原》和《四个四重奏》、奥登及其短诗《美术馆》、本雅明及其论著《论历史哲学纲要》等作家、诗人和学者以及他们的作品之影响,却很少有人注意到鲁迅和他的文艺思想在大江文学生涯中的存在和重要意义。其实,早在少年时期、学生时代乃至成为著名作家之后,大江都一直在阅读着鲁迅,解读着鲁迅,以鲁迅的文学之光逆行于精神困境和现实阴霾中。

正如大江在晚年间(二〇〇九年一月十七日)对铁凝和莫言追忆其所传家学时所言:"我的妈妈早年间是热衷于中国文学的文学少女……"①大江的母亲,彼时的日本女青年小石非常熟悉并热爱中

---

① 大江健三郎、莫言、铁凝著,许金龙译《中日作家鼎谈》,《当代作家评论》,二〇〇九年第五期,第52页。

国现代文学。在一九三四年的春日里,小石偕同对中国古代文化颇有造诣的丈夫大江好太郎由上海北上,前往北京大学聆听了胡适用英语发表的演讲。在北京小住期间,这对夫妇投宿于王府井一家小旅店,大江的父亲大江好太郎与老板娘的丈夫聊起了自己甚为喜爱的《孔乙己》,由此得知了茴香豆的"茴"字竟然有四种写法。在人生的最后一天,大江好太郎将这四种写法连同对"中国大作家鲁迅"的敬仰之情,一同播散在自己的三儿子大江健三郎稚嫩和好奇的内心底里,使其随着岁月的流逝在爱子的内心不断萌发和成长。

二〇〇八年二月二十一日下午,仍然是在位于小田急沿线的成城别墅区的大江宅邸,大江对来访的老友莫言讲述家世时曾如此提及自己邂逅鲁迅的缘起:

……那是一九四四年十一月的一个冬日,是父亲在世的最后一天,恰逢一个传统节气,当时自己家里的经济条件还算不错,不少孩子依循旧俗到家里来讨点儿小钱,父亲坐在火盆旁喝酒,把零钱放在手边,邻居的孩子用草绳裹着的棒子在屋里叭叭叭地跳上一圈以示驱鬼,父亲就给几个小钱以作酬谢。冬日里天气很冷,自己陪坐在父亲身边,没人来的时候就陪父亲聊天。父亲便说起中国有个叫作鲁迅的大作家非常了不起。自己由此知道,父母曾于整整十年前的一九三四年经由上海去了北京,住在东安市场附近,小旅店老板娘的丈夫与父亲闲聊时得知眼前这位日本人喜欢阅读鲁迅作品,还曾读过《孔乙己》,便告知作品里的茴香豆的茴字有四种写法,并把这四种写法教给了父亲。父亲在世的这最后一天很长一段时间里,自己一直在倾听父亲讲述鲁迅及其小说《孔乙己》。父亲介绍了鲁迅这位"中国大作家"及其小说《孔乙己》之后,也说起了"茴香豆"的"茴"字的四种写法,边说边随手用火钩在火盆的余烬上一一写下四个不同的"茴"字,使得第一次听说鲁迅和《孔乙己》的自己兴奋不已,"觉得鲁迅这个大作家了不起,《孔乙己》这部小说了不起,知道这一切以及茴香豆的茴字有四种写法的父亲也很了不起,遗憾的是自己现在只记得其中三种写法,却无论如何也记不得那第四种写法了"。母亲后来告诉自己,父亲当晚回房睡觉时,说是以前认为老大老二有出息,现在想来是看错了,以后健三郎肯定会有大出息,自己讲到鲁迅的时候,健三郎眼睛都是直的,都放出光来,这孩子对学问抱有强烈的欲望,其他几个孩子却没这种感觉,这孩子将来不会是普通人……

从以上这些文字可以看出,一九三五年一月三十一日出生的健三郎是在将近十岁时第一次听说鲁迅及其作品的,当时的情景连同对父亲的追忆一同深深地印在自己的记忆里,为其后阅读和理解鲁迅创造了条件。根据大江的口述,当年在上海小住期间,大江好太郎和小石夫妇购买了由鲁迅等人于一九三四年九月十六日刊发的《译文》杂志创刊号,那是一本专门翻译介绍和评论外国优秀文学作品的杂志,由鲁迅本人和茅盾等优秀翻译家承担翻译任务。在后来的漫长岁月里,那本杂志就成了母亲爱不释手的书刊之一。再后来,这本创刊号就成了其爱子大江健三郎的珍藏。

大江夫妇还在上海一家旧货铺各为自己选购了一只红皮箱。一大一小这两只红皮箱陪伴他们走完了其后的生涯,最终进入他们的爱子大江健三郎晚年创作的长篇小说《水死》,成为该小说具有隐喻意味的重要道具。

在中国旅行期间,这对夫妇正孕育着一个小小的生命,那就是在他们回到日本后不久便呱呱坠地的大江健三郎。诞下健三郎之后,母亲小石"一直没能从产后的疲弱中恢复过来",于这一年的年底前往东京的医院住院治疗,其间收到正在东京读大学的同村好友赠送的、同年一月出版的《鲁迅选集》(岩波文库版,佐藤春夫、增田涉译)。七十多年后,大江面对北大附中初一年级和高一年级近千名新生回忆儿时情景时曾这样说道:"母亲是一个没什么学问的人,可是她的一个从孩童时代起就很要好的朋友却前往东京的学校里学习,母亲以此作为自己的骄傲。此人还是女大学生那阵子,对刚刚被介绍到日本来的中国文学比较关注,并对母亲说起这些情况。我出生那一年的年底,母亲一直没能从产后的疲弱中恢复过来,那位朋友便将刚刚出版的岩波文库本赠送给她,母亲好像尤其喜欢其中的《故乡》。"①十二年后的春天,当健三郎由小学升入初中之际,作为贺礼,从母亲那里得到在战争期间被作为"敌国文学"而深藏于箱底的这部《鲁迅选集》,由此开始了对鲁迅文学从不曾间断的、伴随自己其后全部生涯的阅读和再阅读,并将这种阅读感悟内化为自己的价值取向,不断显现于从处女作《奇妙的工作》(1957)直至最后一部长篇小说《晚年样式集》(2013)等诸多作品之中。

2."我从十二岁开始阅读鲁迅作品"

一般读者阅读大江文学,初时可能会感到大江的小说天马行空、时空交错,从而很难将其统合起来。如果坚持读下去,最好多读几本大江小说,就会发现这其中有一个似曾相识的共性,那就是作者始终立足于边缘,不懈地对权力和中心提出质疑甚或挑战,为处于边缘的民众大声呐喊。换句话说,特别是对于熟悉中国现代文学的读者而言,在阅读大江小说或是解读大江文本之际,经常会隐约感觉到鲁迅的在场。二〇〇六年八月里的一天,笔者陪同中国社科院外文所所长陈众议教授前往位于东京郊外的大江宅邸,协调其将于翌月访华的日程安排。处理完工作后,出于研究者的职业习惯,笔者便对大江提出了自己的困惑:在您的小说文本中总能隐约感觉到鲁迅的在场,最初阅读鲁迅作品时您大概多大岁数?您阅读的第一批鲁迅作品都

---

① 大江健三郎著,许金龙译《走的人多了,也便成了路!》,引自《大江健三郎文学研究》,百花文艺出版社,二〇〇八年七月,第14页。

有哪些？哪些作品让您欢悦？哪些作品让您难受？哪些作品让您长久铭记？您是从哪里得到那些鲁迅作品的？……

  大江坐在专属于他的单人沙发上，照例安静地低着头在笔记本上记录下所有问题，然后抬起头来回答说：自己从不曾想过这个问题，也从不曾有人提过这个问题，在记录的过程中，自己已经在回忆并且思考这些问题了。现在有的问题可以回答，有的问题则因为年代久远，记忆已经模糊不清，需要进一步调查过后，待去北京访问期间再一并作答。现在可以回答的问题如下：自己确实读过鲁迅作品，而且早在少年时代就开始阅读，至于具体是几岁开始阅读鲁迅作品，还需要进一步回忆。第一批阅读的鲁迅作品有《孔乙己》《故乡》《药》《社戏》《狂人日记》……

  为了更好地梳理当时情景，这里需要用对谈的形式还原这次谈话的经过和大致内容：①

    许金龙：我知道您在儿时就从母亲那里接受了鲁迅、郁达夫等中国作家的影响，这从您的一些作品和谈话里可以感觉出来。我还注意到您在一九五五年写了一首题为《杀狗之歌》的自由体诗，也就是被您称为"像诗一样的东西"的习作，这首自由体短诗只有几行，全文是这样的：

      为了杀掉足以咬死你的大狗
      你首先要摸弄自己的睾丸
      再让你想杀死的狗嗅那手掌
      在狗上当之际，乘机打杀
      * 发出含着大希望的恐怖的悲声
      狗（A）

---

① 大江健三郎与许金龙对谈：《大江健三郎将访中国，深受鲁迅及毛泽东影响》，《环球时报》，二〇〇六年九月一日。

代 总 序

抑或你(B)

死去

或者你们结婚(C)

*……鲁迅《野草》①

您在这里引用了《呐喊》中《白光》的这样一句话:发出"含着大希望的恐怖的悲声"。从您的这处引用可以看出,您在很年轻(或者很小)的时候就接触了鲁迅文学,我想知道的是,您最初阅读鲁迅作品是在什么时候?您又是在哪里接触到这些作品的?

大 江:现在回想起来,应该是在很小的时候开始阅读的。一下子说不清当时的具体年龄了,大概是在十二岁左右吧。《孔乙己》中有一段文字给我留下了非常深刻的印象,就是"我从十二岁起,便在镇口的咸亨酒店里当伙计"。这里所说的镇子,就是经常出现在鲁迅小说中的鲁镇。记得读到这段文字时,我就在想:"啊,我们村子里成立了新制中学,真是太好了!否则,刚满十二岁的自己就去不了学校,而要去某一处的酒店当小伙计了。"②这一年是一九四七年,读的那本书是由佐藤春夫、增田涉翻译的《鲁迅选集》。当时读得并不是很懂,就这么半读半猜地读了下来。是的,我是从十二岁开始阅读鲁迅作品的。

关于这本书的来历还有一个故事。我是一九三五年一月出生的,母亲生下我以后,她的身体一直到年底都难以恢复。母亲当时有一个儿时的朋友在东京读大学,这个喜欢中国文学的朋友便送了母亲一本书,就是刚刚被介绍到日本来的鲁迅的作品,记得是岩波文库本。母亲好像尤其喜欢其中的《故乡》。两年后,也就是一九三七年,这一年的七月发生了卢沟桥事件,十二月发生了日本军队进行大屠杀的南京事件,于是即

---

① 诗文中米花注为大江本人所注。或是出于笔误等原因,作者将典出于《白光》的"含着大希望的恐怖的悲声",误认为典出于《野草》。

② 大江健三郎小学毕业前,因家中贫困,母亲无力将其送到镇上的中学继续读书,便在邻近的镇子找了一家店铺,打算等大江小学毕业后就送其去做不领工资的实习小伙计。

55

便在我们那个小村子,好像也不再能谈论中国文学的话题了。母亲就把那册岩波文库本《鲁迅选集》藏在了小箱子里,直到战争结束后,我作为第一届根据民主主义原则建立的新制中学的学生入学时,母亲才从箱子里取出来作为贺礼送给我。

许金龙:您当时阅读了哪些作品?还记得阅读那些作品时的感受吗?

大　江:有《孔乙己》《药》《狂人日记》《一件小事》《头发的故事》《故乡》《阿Q正传》《白光》《鸭的喜剧》和《社戏》等作品。其中,《孔乙己》中那个知识分子给我留下了非常深刻的印象,孔乙己这个名字也是我最初记住的中国人名字之一。要说印象最为深刻的作品,应该是《药》。在那之前,我叔叔曾从我父亲这里拿了一点儿本钱,在中国的东北做过小生意,把中国的小件商品贩到日本来,再把日本的小件商品贩到中国去。有一次他来到我们家,灌装了一些中国样式的香肠,悬挂在房梁上,还为我们做了中国样式的馒头,饭后还剩下几个馒头就放在厨房里。晚饭过后就问起我正在读的书,听说我正在阅读鲁迅先生的《药》后,他就吓唬我说:你刚才吃下去的就是馒头,作品里那个沾了血的馒头和厨房里那几个馒头一模一样。听了这话后,我的心猛然抽紧了,感到阵阵绞痛(用双手用力做拧毛巾状)。这是我有生以来第一次感受到这种内心的绞痛,不停地呕吐着,把晚饭时吃下去的东西全给吐了出来。

当时我很喜欢《孔乙己》,这是因为我认为咸亨酒店那个小伙计和我的个性有很多相似之处。《社戏》中的风俗和那几个少年也很让我着迷,几个孩子看完社戏回来的途中肚子饿了,便停船上岸偷摘蚕豆用河水煮熟后吃了。这里的情节充满童趣,当时我也处在这个年龄段,就很自然地喜欢上这其中的描述。当然,《白光》中的那个老读书人的命运也让我难以淡忘……

许金龙:鲁迅在日本留学期间,曾接触尼采、克尔凯郭尔、叔本华以及易卜生等所谓"神思宗之至新者"的思想,尤其通过尼采和克尔凯郭尔这两位存在主义先驱,鲁迅发现了尼采提出的"近世文明之伪与偏",以及克尔凯郭尔主张的"发挥个性,为至高之道德",其后就在这种影响下写出了《野草》等作品。当然,法国的现代存在主义与这种思想也是相通的。我想了解的是,您在阅读和接受鲁迅影响的同时,是否把其中与存在主义相通的某些要素也一并吸收了过来,然后在大学里自然也是必然地选择了萨特和存在主义?

大　江:我不知道鲁迅先生在日本留学期间曾接触克尔凯郭尔等人的思想。你刚才说到我在阅读鲁迅作品的同时,把其中与存在主义相通的某些要素也一同吸收过来,并在此基础上选择了萨特和存在主义,关于这种说法,我从不曾听人说起过,当然,我本人也从未做过这样的联想。但是,这是一个很有意思的提法。现在细想起来,鲁迅确实和克尔凯郭尔并肩站在黑暗的、深不见底的绝望之海上寻找着希望……

许金龙:您可能没有注意到,其实在鲁迅和克尔凯郭尔这两位先驱者的身后,还有一位戴着用黑色玳瑁镜框制成的圆形眼镜的日本老人,正与这两位先驱者一同站在黑暗的、深不见底的绝望之海上寻找着希望……

大　江:(大笑)……

许金龙:说到绝望与希望这一话题,我想起了您于去年十月出版的《别了,我的书!》。这是《被偷换的孩子》三部曲中的第三部长篇小说。在这部小说的红色封腰上,我注意到您用白色醒目标示出的"始自于绝望的希望"这几个大字。如果我没有说错的话,这是您对鲁迅的"绝望之为虚妄,正与希望相同"在当下所做的最新解读。当然,在您对这句话的解读中,希望的成分显然更多一些,更愿意在绝望中主动而积极地寻找希望。

大　江:(大笑)是的,这句话确实源自鲁迅先生的"绝望之为虚妄,正与希望相同",不过,在解读的同时,我融进了自己的一些看法。我非常喜欢《故乡》结尾处的那句话——"希望是本无所谓有,无所谓无的。这正如地上的路;其实地上本没有路,走的人多了,也便成了路"。我的希望,就是未来,就是新人,也就是孩子们。这次访问中国,我将在北京大学附属中学发表演讲,还要与孩子们一起座谈。此前我曾在世界各地做过无数演讲,可在北京面对孩子们将要做的这场演讲,会是这无数演讲中最重要的一场演讲。

许金龙:从一九五五年到二〇〇五年,这期间经历了整整五十年,跨越了您的整个创作生涯。从您在一九五五年那个习作中所做的引用,到二〇〇五年《别了,我的书!》腰封上所标示的"始自于绝望的希望",是否可以认为,您对鲁迅的阅读和吸收贯穿于您这五十年间的创作生涯?另外,您目前还在阅读鲁迅吗?还是儿时那个版本吗?

大　江:我对鲁迅的阅读从不曾间断,这种阅读确实贯穿了我的创作生涯。不过,儿时阅读的那个版本因各种原因早已不在了,现在读的是筑摩书房的《鲁迅文集》,是竹内好翻译的。(说完,急急前往书房抱回一大摞白色封套的鲁迅译本,将其放在客厅书架上让我们观看)……①

由此可见,从少年时代因战后义务教育法的实施感到庆幸而与《孔乙己》中的"小伙计"产生共情,到青年时期面对日本社会复杂现实的绝望而借助《白光》发出了诗学的"悲声",鲁迅文学对于大江的整个创作生涯而言,已然语境化于大江所处的社会现实,且内化到了其"暗境逆行"的文学基调中。

3.大江文学起始点上的鲁迅

前面引文中的《杀狗之歌》里的米花注是大江本人打上去的,其实,这段话源出于《鲁迅全集》第一卷《呐喊》中的《白光》一文,说的是一个屡试不中的老读书人在迷幻中奔着城外的白光而去,"游丝

---

① 许金龙著《大江健三郎与中国》,《传记文学》,二〇二〇年第八期,第47—49页。

似的在西关门前的黎明中,战战兢兢地叫喊"出的无奈、绝望却又"含着大希望的恐怖的悲声"①。这就直观地说明,鲁迅的影响历史性地出现在了大江文学的起始点上,始自于少年时期对鲁迅的阅读和理解,使得大江此后在东京大学就读期间,不自觉地接受了鲁迅文学中包括与存在主义同质的一些因素,从而在其接触萨特学说之后,几乎立即便自然(很可能也是必然)地接受了来自存在主义的影响。当然,在谈到这种融汇时,必须注意到一个不可忽视的重要因素——鲁迅在绝望中寻找希望的有关探索与萨特的自由选择,其实都与人道主义传统有着密不可分的内在联系,因为这两者共有一个源头——丹麦宗教哲学家、存在主义哲学创始人索伦·克尔凯郭尔及其学说:人是哲学研究的对象,不单单是客观存在,要从个人的"存在"出发,把个人的存在和客观存在联系起来。

　　用短诗所引"含着大希望的恐怖的悲声"来表现大江当时的心境是比较贴切的。这首《杀狗之歌》的创作背景是这样的:在二次世界大战的最后阶段,少年大江所在村庄的所有狗都被集中在山谷中的洼地上屠宰,用剥下的狗皮制成皮衣和皮帽,用以装备侵占中国东北的关东军,使其得以度过当地的严寒。待杀的狗中就有大江家那条狗,大江带着弟弟眼看着整日跟随自己的爱犬被无情打杀却无力解救,只是下意识地把手指放在口里咬着,一直咬出了鲜血还浑然不觉。最让少年大江气愤的是,那个杀狗人面对狂吠不止的狗并不正面打杀,而是先把手伸到裤子里摸弄一下睾丸,再将那手掌伸到将要打杀的那只狗的鼻子前,于是狗立即安静下来,只是一味地嗅着那手掌上的睾丸气味。此时,杀狗人便乘机抡起藏在身后的木棒砸向狗

---

① 鲁迅著《白光》,《鲁迅全集》第一卷,《呐喊》,人民文学出版社,二〇一九年十二月,第575页。

的脑袋,一只又一只的狗就这样倒在了血泊之中:

> 我最初受到的负面冲击,就发生在战争临近结束的时候。有一天,一个杀狗的人来到我们村,把狗集中起来带到河对岸的空场去,我的狗也被带走了。那个人从早到晚一整天都在打狗杀狗,剥下皮再晒干,然后拿那些狗皮到满洲去卖,也就是现在的中国东北。当时,那里正在打仗,这些狗皮其实是为侵略那里的日本军人做外套用的,所以才要杀狗。那件事给我童年的心灵留下了巨大的创伤。①

引发大江这段儿时记忆的,据说是大江从朋友石井晴一处听说,东大附属医院里用于试验的百来条狗每到傍晚时分便一起狂吠。也是在这一时期,日本政府为扩建军事基地而强征东京郊外的砂川町农田,并动用警察镇压当地农民的反抗。于是,大批学生和工会人员为声援农民而前往示威,这其中也包括血气方刚的大江和他的同学们。在谈到那时的情景时,大江曾在一篇文章中写道:我出生在日本,这是一件多么不幸的事啊!这种阴郁的声音在我的身体内部开始发出任性而微小的余音。当时我刚刚进入大学,并参加了示威活动。显然,儿时的痛苦记忆与现实生活中的无奈和徒劳感,使得大江对医院里那些等待被宰杀的狗产生了某种程度的共情,觉得自己和同学们乃至日本的青年人何尝不是围墙中等待被宰杀的狗?!四十五年后的二〇〇〇年九月,面对中国社会科学院的数百名学者,已是诺贝尔文学奖获得者的大江健三郎这样回忆当时的情形:

> 在那段学习以萨特为中心的法国文学并开始创作小说的大学生活里,对我来说,鲁迅是一个巨大的存在。通过将鲁迅与萨特进行对比,我对于世界文学中的亚洲文学充满了信心。于是,鲁迅成了我的一种高明

---

① 大江健三郎与莫言对谈,庄焰译《二十一世纪的对话——大江健三郎 VS 莫言》,引自《我在暧昧的日本》,南海出版公司,二〇〇五年十一月,第 22 页。

而巧妙的手段,借助这个手段,包括我本人在内的日本文学者得以相对化并被作为批评的对象。将鲁迅视为批评标准的做法,现在依然存在于我的生活之中。①

如果说,萨特让这位学习法国文学专业的大学生感同身受地体验到了墙壁、禁闭、徒劳和恶心的话,那么,作为其参照系的鲁迅则让大江在发出"恐怖的悲声"的同时,还让他"含着大希望"。那么,这是一种什么样的希望呢?我们不妨来看看鲁迅在文本中的表述:

"假如一间铁屋子,是绝无窗户而万难破毁的,里面有许多熟睡的人们,不久都要闷死了,然而是从昏睡入死灭,并不感到就死的悲哀。现在你大嚷起来,惊起了较为清醒的几个人,使这不幸的少数者来受无可挽救的临终的苦楚,你倒以为对得起他们么?"

"然而几个人既然起来,你不能说决没有毁坏这铁屋的希望。"

是的,我虽然自有我的确信,然而说到希望,却是不能抹杀的,因为希望是在于将来……②

尽管由于认识上的局限,大江当时发出的这种"含着大希望的恐怖的悲声"还很微弱、无力和被动,却历史性地使得鲁迅与萨特作为东西方文学的一对坐标同时进入大江文学的起始点,并由此贯穿了这位作家的整个创作生涯,在不同创作时期发挥着不同程度的影响,最终在其长篇小说六部曲里达到高潮。

写下这首《杀狗之歌》半个多世纪后的二〇〇九年十月,大江在台北的"大江健三郎文学学术研讨会"上做小组点评时,如此回忆了自己从青年至老年的不同时期对"含着大希望的恐怖的悲声"这段

---

① 大江健三郎著,许金龙译《北京讲演二〇〇〇》,《中华读书报》,二〇〇〇年十月十八日。
② 鲁迅著《呐喊自序》,《鲁迅全集》第一卷,《呐喊》,人民文学出版社,二〇一九年十二月,第440页。

话语的不同解读：

　　……许金龙先生的论文非常深刻而且正确地表述了我少年时期是如何接触鲁迅的，这令我感到非常怀念。同时，也使我重又回忆自己、审视自己一直都在阅读的鲁迅文学。其实，在很长一段时间内，我并没有真正读懂自己持续阅读的鲁迅文学。……后来才发现，实际上自己在年轻时并没有读懂鲁迅。在《呐喊》这部作品中，鲁迅表示要在绝望中寻找希望，发出"含着大希望的恐怖的悲声"。我认为这是鲁迅思想中最难以理解的部分。绝望中蕴含着希望，这一点我非常理解。但是，所谓"恐怖的悲声"却是在我十几岁到三十五岁这段时期所无法理解的。此后，患有智力障碍的孩子出生了。三十岁、四十岁、五十岁的时候，我在自己的人生道路上、在绝望中寻找着希望并发出了"恐怖的悲声"。六十岁以后，直到现在七十多岁，我才得以理解，在恐怖的绝望的呐喊中蕴含着巨大的希望。这是非常重要的。年轻时，我就在鲁迅作品中读到发出"含着大希望的恐怖的悲声"。随着年龄的增长，而后我发现，这两件事其实是一样的。十五六岁的时候，我非常真实地发出了"含着大希望的恐怖的悲声"，却并不是抱有很大的希望。到了现在这个年纪才发现，其实这种悲声本身就蕴含着巨大的希望。刚才，许先生在论文中对我作品的评价是：《优美的安娜贝尔·李　寒彻颤栗早逝去》表达了最深沉的恐惧，却也表现出了最大的希望。其实，这也是我正在思考的问题。①

尽管年少时初识"含着大希望的恐怖的悲声"却难解其中奥义，基于儿时痛苦记忆且糅合鲁迅深奥话语的《杀狗之歌》毕竟写了出来，为其后改写为剧本《野兽们的叫声》做了前期准备。一九五六年九月，由《杀狗之歌》改编而成的这个独幕话剧《野兽们的叫声》获东京大学学生戏剧剧本奖。一九五七年五月，也就是写下《杀狗之歌》

---

①　大江健三郎著，许金龙试译，根据"大江健三郎文学学术研讨会"台北会议录音整理而成的资料。

两年后,剧本《野兽们的叫声》再次被大江改写为短篇小说《奇妙的工作》,投稿于校报《东京大学新闻》并获该年度的五月祭奖,其后被推荐为芥川文学奖候补作品。这部短篇小说一经发表,便连同其作者大江健三郎一同引起广泛关注,多年后,大江这样回忆当时的情景:《奇妙的工作》在校报上发表是一个契机,文艺报刊因此而向我约稿,我就这样开始了自己的创作生涯。

在鲁迅和萨特这对东西方存在主义作家的共同影响下,在传授人文主义精神的导师渡边一夫教授的引导下,二十二岁的大江健三郎于一九五七年正式登上文坛,"作为渡边的人文主义的弟子,我希望通过自己身为小说家的工作,使那些用语言进行表达的人及其接受者,从个人的以及时代的痛苦中得以平复,并医治他们各自心灵上的创伤"。

4."鲁迅先生说,决不绝望!"

写下这篇"处女作"五十二年后的二〇〇九年一月,大江面对北京大学数百名学生回忆创作这部小说的背景时表示:

作为一名二十二岁的东京的学生,我却已经开始写小说了。我在东京大学的报纸上发表了一篇短篇小说,叫作《奇妙的工作》。

在这篇小说里,我把自己描写成一个生活在痛苦中的年轻人——从外地来到东京,学习法语,将来却没有一点希望能找到一个固定的工作。而且,我一直都在看母亲教我的小说家鲁迅的短篇小说,所以,在鲁迅作品的直接影响下,我虚构了这个青年的内心世界。有一个男子,一直努力地做学问,想要通过国家考试谋个好职位,结果一再落榜,绝望之余,把最后的希望都寄托在挖掘宝藏上。晚上一直不停地挖着屋子里地面上发光的地方。最后,出城到了城外,想要到山坡上去挖那块发光的地方。听到这里,想必很多人都知道我所讲的这个故事了,那就是鲁迅短篇集《呐喊》里《白光》中的一段。他想要走到城外去,但已是深夜,城门紧锁,男子为了叫人来开门,就用"含着大希望的恐怖的悲声"在那里叫喊。我在自己的小说中构思的这个青年,他的内心里也像是要立刻发出"含着大希望的恐怖的悲声"。我觉得写小说的自己就是那样的一个青年。如今,再次重读那个短篇小说,我觉得我描写的那个青年就是在战争结束还不到十三年,战后的日本社会没有什么明确的希望的时候,想要对自己的未来抱有希望的这么一个形象。①

一个农村出身的青年,从偏远山村来到东京学习法语,却难以在这个大都市里找到一份固定工作,便将自己毕业即失业的黯淡前景投射于《白光》中屡试不中的读书人陈士成,用自己的作品发出"含着大希望的恐怖的悲声",直至整整五十年后的二〇〇九年才发现,其实"在恐怖的绝望的呐喊中蕴含着巨大的希望",在这个"巨大的希望"支撑下,大江逐渐走入了鲁迅思想的深邃之处。这篇小说的发表给初出茅庐的大江带来了喜悦和希望——"我觉得自己已经成了一个真正的小说家,并决心今后要靠写小说为生。在此之前,我还要靠打工、作家教以维持在东京的生活"②。然而,当自己兴冲冲地赶回四国那座大森林中,"把登有这篇小说的报纸拿给母亲看"时,却使得母亲万分失望:

  你说要去东京上大学的时候,我叫你好好读读鲁迅老师《故乡》里最后那段话。你还把它抄在笔记本上了。我隐约觉得你要走文学的道路,再也不会回到这座森林里来了。但我还是希望你能成为像鲁迅老师那样的小说家,能写出像《故乡》结尾那样美丽的文章来。你这算是怎么回事?怎么连一片希望的碎片都没有?③

---

① 大江健三郎著,翁家慧译《真正的小说是写给我们的亲密的信》,《文汇报》,二〇〇九年一月二十二日。
② 同上。
③ 同上。

接着,这位母亲情真意切地谆谆教诲自己的儿子:

我没上过东京的大学,也没什么学问,只是一个住在森林里的老太婆。但是,鲁迅老师的小说,我都会全部反复地去读。你也不给我写信,现在我也没有朋友。所以,鲁迅老师的小说,就像是最重要的朋友从远方写来的信,每天晚上我都反复地读。你要是看了《野草》,就知道里头有篇小说叫《希望》吧。①

当天晚间,无颜继续留在母亲身边的大江带着母亲交给自己的、收录了《希望》的一本书,搭乘开往东京的夜班列车,借着微弱的脚灯开始阅读《野草》,就像母亲所要求的那样,当作"最重要的朋友从远方写来的信"阅读起来,在感叹"《野草》中的文章真是精彩极了"②的同时,刚刚萌发的自信却化为了齑粉……

当然,来自母亲的影响只能是大江接受鲁迅的契机和基础。对于一个着迷于萨特的法国文学专业的学生来说,鲁迅在《野草》等作品中显现出来的早期存在主义思想,那种"我只觉得'黑暗与虚无'乃是'实有',却偏要向这些作绝望的抗战"③的思想,恐怕也是吸引大江的一个重要原因。尤其是《过客》里极具哲理的文字,竟与大江心目中其时的日本社会景象惊人一致,而鲁迅思想体系中源自尼采和克尔凯郭尔这两位存在主义前驱者的阴郁、悲凉的因素,与萨特的存在主义中有关他人是地狱等思想亦比较相近,这就使得大江必然地将鲁迅和萨特作为一对参照系,并进而"对于世界文学中的亚洲文学充满了信心"④。当

---

① 大江健三郎著,翁家慧译《真正的小说是写给我们的亲密的信》,《文汇报》,二〇〇九年一月二十二日。
② 同上。
③ 鲁迅著《致许广平》,《鲁迅全集》第十一卷,人民文学出版社,二〇一九年十二月,第467页。
④ 大江健三郎著,许金龙译《北京讲演二〇〇〇》,《中华读书报》,二〇〇〇年十月十八日。

然,对于大江来说,鲁迅无疑是早于萨特的先在。只是囿于认识的局限,学生时代的大江对鲁迅面向"黑暗和虚无"而展开的"绝望的抗战"等思想理解得并不很透彻,这就使得《奇妙的工作》和《死者的奢华》等早期作品中多见禁闭、徒劳、无奈、恶心、孤独等元素,即便在《人羊》等同期作品中有少许反抗,这种反抗也显得被动、消极和软弱无力。当然,这种状况终究还是开始了变化——《揪芽打仔》原稿中的小主人公"我"最终死于村民的残酷追杀之下,这个结局却让大江想起了母亲的批评——"怎么连一片希望的碎片都没有?"于是将这个结尾改为开放性结局,让"我"在森林里暂时逃脱村民们的追杀,在山林中跌跌撞撞地向着不知方向的前方继续跑去。这处改写,在给这篇小说留下绝望中的希望之际,也为大江此后的创作奠定了方向。一如晚年间的大江在参观鲁迅博物馆后回忆当年情形时所言:

……在我的老年生活还要继续的这段时间里,我想我还是会和鲁迅的文章在一起。从鲁迅博物馆回来的路上,我再次认识到了这一点。至少我现在能够理解,为什么母亲会对年轻的我所使用便宜的、廉价的"绝望""恐惧"等词语表现出失望,却没有简单地给我指出希望的线索,反倒让我去读《野草》里的《希望》。隔着五十年的光阴,我终于明白了母亲的苦心。

……我想起了鲁迅先生说的"绝望之为虚妄,正与希望相同"。身患重病,又面临异常绝望的时代现状,鲁迅先生还是说,决不绝望!而且,也决不用简单的、廉价的希望去蒙蔽自己或他人的眼睛。因为那才是虚妄。[1]

由此可见,尽管面对着存在主义这一源于西欧哲学的精神命题,

---

[1] 大江健三郎著,翁家慧译《真正的小说是写给我们的亲密的信》,《文汇报》,二〇〇九年一月二十二日。

大江仍然一直站在东亚世界的宏阔视野和历史特殊性中,思考着自己与鲁迅文学的关联。鲁迅的存在主义倾向及其牵连的世界文学/哲学脉络,也与大江对法国存在主义传统的反思存在着更为深层的纠葛。从鲁迅与大江的存在主义纽带来看,二者的文学亦可被视作西方存在主义思潮在东亚不同时期、不同政治社会语境下的文学诠释。或许鲁迅深感自己的绝望呐喊终将消声于中国后帝国时代的精神"绝地",而与之相比,感受着鲁迅对于希望性力量的投注,大江选择占据偏远的故乡村庄这片日本帝制伦理斜阳之外的"飞地",来以它的新生神话和反抗史诗刺破绝望,并以积极前行的伦理(affirmative ethics)践行着从"绝地"到"飞地"的穿越,力图重构希望的轮廓。

四(下)、发自于边缘的呐喊

1."救救孩子"与"向尚未出生的孩子们敞开心扉"

在其后的写作中,大江对于绝望和希望的思考通过另一种形式体现出来——在长篇小说《同时代的游戏》等小说里,对权力中心改写乃至遮蔽边缘地区弱势群体的历史之做法进行无情的嘲讽,借助森林中口耳相传的神话/传说和历史复制乃至放大遭到政府遮蔽的山村森林里的历史,把那座神话/传说的王国进一步拓展为森林中的根据地/乌托邦——超越时空的"村庄=国家=小宇宙",运用人类文化学意义上的边缘与中心的概念,使其"得以植根于我所置身的边缘的日本乃至更为边缘的土地,同时开拓出一条到达和表现普遍性的道路"①。

---

① 大江健三郎著,许金龙译《我在暧昧的日本》,引自《我在暧昧的日本》,南海出版公司,二〇〇五年十一月,第96页。

发表于一九七九年的《同时代的游戏》中的"五十日战争"期间，村庄＝国家＝小宇宙的民众通过坚壁清野和麻雀战等多种战法与"无名大尉"指挥的"大日本帝国皇军"进行了殊死战斗，尽管这场力量极为悬殊的五十日战争最终以失败告终，很多村民为此牺牲了生命，作者却意味深长地在战争临近结束时，让"年龄不同的孩子们组成的这个队伍，年长的背着年小的，或者牵着他们的手，虽然都是孩子，却懂得不让敌军发觉，在那位大汉的带领之下，小心翼翼地朝原生林的更深处走去"①，以致在其后由日军"无名大尉"主持的极为严酷的军事审判中没有一个孩子遭到杀戮。在这里，作者意犹未尽地进一步指出："五十日战争结束之后，人们把带领村庄＝国家＝小宇宙二分之一的孩子进入森林深处的大汉，比作带领童男童女去创建新世界的徐福。"②显然，作者大江想要借此告诉他的读者，村庄＝国家＝小宇宙的人们尽管在五十日战争中失败并遭到日本军队的屠戮，但是他们的孩子们却逃离了"大日本帝国皇军"的屠刀，跟随徐福式的人物经由森林深处前往远方构建新的世界。或许，在大江的写作预期中，他的隐含读者将会为这些得到拯救的孩子未被黑暗势力所吞噬而感到庆幸，与此同时，他和他的隐含读者在这里或许还会产生一个带有倾向性的预期，那就是逃脱被吃掉之厄运、随同徐福式的人物前往远方"创建新世界"的孩子们，一定不会再去吃人，而"没有吃过人的孩子，或者还有？"③的美好心愿，则会在这个"新世界"里得以实现。

---

① 大江健三郎著，李正伦等译《同时代的游戏》，作家出版社，一九九六年四月，第252页。
② 同上。
③ 鲁迅著《呐喊》《狂人日记》，《鲁迅全集》第一卷，人民文学出版社，二〇〇五年十一月，第454页。

比上述尝试更为积极的,是大江在《奇怪的二人配》这三部曲中所做的进一步尝试——比如在《被偷换的孩子》里,借助沃雷·索因卡笔下的女族长之口喊出:"忘却死去的人们吧,连同活着的人们也一并忘却!只将你们的心扉,向尚未出生的孩子们敞开!"①这一小段话语会立刻让人联想到《狂人日记》的最后一句话语——"救救孩子……"②因为惟有孩子,尤其是尚未出生的孩子,才象征着新生,象征着未来,象征着纯洁,这新生、未来和纯洁中就可能会有希望,就可能会有光明,就可能不被人吃且不去吃人。再譬如《愁容童子》里那位如愁容骑士般不知妥协也不愿妥协、接二连三遭受肉体和精神上不同程度的伤害的主人公古义人,最终仍在深度昏迷的病床上为如此伤害了他的这个世界祈祷和解与和平。不过,相较于约半个世纪前在《奇妙的工作》等初期作品群里对鲁迅作品的参考,在此时的解读中,大江更是在用辩证的方式理解和诠释绝望和希望,更愿意在当下的绝望中主动和积极地寻找通往未来之希望的通途,最终借助《优美的安娜贝尔·李 寒彻颤栗早逝去》到达了"群星在闪烁"和"光辉耀眼"的至善、至福的天国。

2."这是我人生中最重要的讲演"

为了把鲁迅的相关话语以及自己的解读直接传达给孩子们,近年来,大江在北京、东京、柏林等地与不同国别的孩子们频频进行面对面的对话,例如二〇〇六年九月十日,在北京大学附属中学结束自己的讲演时,他与中国的孩子们如此约定:

---

① 大江健三郎著,许金龙译《被偷换的孩子》,译林出版社,二〇〇八年十月,第237页。
② 鲁迅著《呐喊》《狂人日记》,《鲁迅全集》第一卷,人民文学出版社,二〇〇五年十一月,第455页。

七十年前去世的鲁迅显然是二十世纪最伟大的小说家之一。我和你们约定,回到东京以后,我会去做与今天相同的讲演。惟有北京的你们这些年轻人与东京的那些年轻人实现真正意义上的和解,并在此基础上展开友好合作之时,鲁迅的这些话语才能成为现实。请大家现在就来创造那个未来!

"我想:希望是本无所谓有,无所谓无的。这正如地上的路;其实地上本没有路,走的人多了,也便成了路。"①

在进入讲演会场前,对于这场期待已久的讲演,竟然使得大江陷入难以自抑的紧张情绪。随着讲演之日的临近,这种期待和紧张也越发明显。二〇〇六年九月十日清晨,在乘车前往北大附中前,大江在其下榻的国际饭店的餐厅用早餐时,其用餐量却远超平日——"夫人昨天晚间特意从东京挂来长途电话,嘱咐当天晚上要喝点儿葡萄酒以帮助入睡,今天早餐的饭量则要加倍,要鼓足气力做好今天的讲演,因为这场讲演特别重要,关乎中日两国的孩子们的未来!……"在前往北大附中的路途中,大江或是局促不安地不停搓手,或是身体左转、双手用力紧握左侧车门扶手。笔者与大江交往多年,多见其或爽朗、或开心、或沉思、或忧虑、或愤怒等表情,却从不曾目睹如此紧张局促的神态,便在一旁劝慰道:"您今天面对的听众是十三至十九岁的孩子,不必如此紧张。"大江却如此回答道:"我在这一生中做过无数场讲演,包括在诺贝尔文学奖获奖之际所做的讲演,却都没有紧张过。这次面对中国孩子们所做的讲演,是我人生中最重要的讲演,我无法控制住自己的紧张情绪……"

汽车驶入北大附中校园后,在校长康健教授的引领下,一行人向

---

① 大江健三郎著,许金龙译《走的人多了,也便成了路!》,引自《大江健三郎文学研究》,百花文艺出版社,二〇〇八年七月,第21—22页。

大会堂走去。这是一座刚刚落成的漂亮建筑群,划分为大会堂和教学楼等功能区。进入建筑群大门内的大厅后,康健引导大家正要往会堂入口处走去,此前因与康健寒暄已不显得紧张的大江此刻却再度紧张起来,他停下脚步窘迫地对陪同在身旁的笔者急切说道:"我还是觉得紧张,这种状态是无法面对孩子们发表讲演的,请与校长先生商量一下,可否帮我找一间空闲的房间,让我独自在那房间里待一会儿,冷静一会儿,我需要整理一下思绪……"康健听完转述后为难地表示,师生们此刻都在大会堂里等待聆听讲演,临近的教室和办公室全都锁了起来,只有学生们使用的卫生间没锁门。得知这一情况后,大江似乎松了口气,疾步走入男生使用的卫生间,虽说空无一人的卫生间里还算清洁,只是那气味确实比较刺鼻,未及人们上前劝说,便示意大家离开这里,以便让他独自待上一会儿,冷静一会儿……不记得是三分钟还是五分钟抑或更长时间,只听见门轴声响,大江快步走出门来,精神抖擞地说道:"我做好准备了,现在我们进入会场吧!"话音未落,便领先向入口处大步走去,在学生们热烈的掌声中登上讲台,丝毫不见先前的紧张、局促和不安。在介绍了自己从少儿时期以来学习鲁迅文学的体会之后,这位老作家直率地告诉学生们:

> 现在,日本与中国的关系并不好。我认为,这是由日本政治家的责任所导致的。我在想,在目前这种状态下,对于日本和中国这两国年轻人之间的未来而言,真正意义上的和解以及建立在该基础之上的合作,当然还有因此而构建出的美好前景,无论怎么说都是非常必要的。①

随后,这位老作家要求在座的中学生们与他共同背诵《故乡》最

---

① 大江健三郎著,许金龙译《走的人多了,也便成了路!》,引自《大江健三郎文学研究》,百花文艺出版社,二〇〇八年七月,第17页。

后一段话语以结束这次讲演。于是,近千名中学生稚嫩嗓音的汉语与老作家苍老语音的日语交汇成一个富有节奏感的巨大声响在会堂里久久回响——"我想:希望是本无所谓有,无所谓无的。这正如地上的路;其实地上本没有路,走的人多了,也便成了路"。大江这是希望中国的孩子们和日本的孩子们乃至亚洲各国的孩子们,都能在鲁迅这段话语的引导下,"在当下的现在创造出明亮、生动、确实体现出人的尊严的未来,而非前面说到的那个充满黑暗、恐怖和非人性的未来",为自己更是为了未来而从绝望中踏出一条希望之路。

3. "始自于绝望的希望":为着悠久的将来

当然,这种危机意识或是恐惧、绝望却又竭力寻找希望的心情,不可避免地显现在大江这一时期创作的、以孩子们为阅读对象的《两百年的孩子》《在自己的树下》《康复的家庭》《温馨的纽带》和《致新人》等一批小说和随笔中。为了使得包括小学五年级孩子在内的中、小学生都能读懂,作者一改以复杂的复式语句和复调叙述为主体的冗长叙述,转而使用极为直白和易懂的口语文体,把当下的困难和明天的希望融汇在一个个小故事里。

在《两百年的孩子》以及此后于北大附中发表的演讲中,大江对"那个充满黑暗、恐怖和非人性的未来"所表现出的恐惧和戒备并非毫无缘由,其借助《两百年的孩子》等作品为未来的孩子们预言的危机非常不幸地正在一步步成为现实——这部小说问世三年之后的二〇〇六年十二月十五日,也就是大江对北大附中的孩子们发表讲演三个月之后的二〇〇六年十二月十五日,日本政府不顾国内诸多在野党派和民众的强烈反对,强行通过《教育基本法》修正案,要在基础教育中强调战争时期曾灌输的"爱国主义",为日本中小学教育重回战前的"道德教育"和进而修改和平宪法以及制定《国民投票法》

创造有利条件。面对以上这些有可能实质性改变日本社会本质和走向的严峻局面，大江并没有在绝望中沉沦，而是预见性地通过《两百年的孩子》等作品不断向孩子们提出警示，并亲自来到北京，呼吁中日两国的孩子们从现在起就携手合作，以创造出"明亮、生动、确实体现出人的尊严的未来，而非前面说到的那个充满黑暗、恐怖和非人性的未来"①。

在大江于北大附中发表讲演四个月后的二〇〇七年一月，他在写给笔者的一封私人信函里如此讲述了自己离开北京后的工作状态：

……在今年，将要进入自己最后的也是最大的那部分工作，我希望这是与此前所有构想全然不同的、具有决定性的作品。目前我还没有动笔，拟于二月开始写作，为此，已从去年年末开始认真做了尝试。不过，这也是我成为作家之后感到最困难的时期。总之，必须突破第一道难关。从现在开始直至月底，乃至二月上半月这段期间，我必须每天进行这种繁忙的创作尝试。②

经过种种艰难尝试后问世的那部"与此前所有构想截然不同的、具有决定性的作品"，便是大江的长篇小说《优美的安娜贝尔·李 寒彻颤栗早逝去》。这个书名取自美国著名诗人爱伦·坡的代表作《安娜贝尔·李》的诗句，那首诗说的是一个处于热恋中的纯洁少女遭到六翼天使的嫉妒，夜里从云中吹来寒风将其冻死。与大江此前创作的所有小说相比，《优美的安娜贝尔·李 寒彻颤栗早逝去》确实显现出"一种令人意外的特质"，那就是历经数十年的艰苦

---

① 大江健三郎著，许金龙译《走的人多了，也便成了路！》，引自《大江健三郎文学研究》，百花文艺出版社，二〇〇八年七月，第 22 页。
② 许金龙著，《译者序·"我无法从头再活一遍。可是我们却能够从头活一遍"》，《优美的安娜贝尔·李 寒彻颤栗早逝去》，人民文学出版社，二〇〇九年一月，第 1—2 页。

跋涉后,大江健三郎这位从绝望出发的作家终于为自己、为孩子们、为所有陷于绝望中的人,更是为着"悠久的将来"寻找到了希望。

4.鲁迅始终都是一个重要的参照系

在大江的这部长篇小说中,也有一位如同安娜贝尔·李一般纯洁的美丽少女,这位被称为"永远的处女"的女主人公"樱"身世悲惨,在二战末期,除了她本人被疏散到农村而侥幸活下来,全家人都在东京大轰炸中身亡。美国军队占领日本后,她被一个美国军人收养,身穿让邻居羡慕的漂亮裙子,似乎从此过上了幸福生活,并在那个美国军人摄制的电影《安娜贝尔·李》中饰演身穿"白色宽衣"的少女安娜贝尔·李,"樱"由此被电影界所关注,很快便成为著名童星,最终活跃在以好莱坞为中心的国际影坛。完成这部作品后,大江在《致中国读者》中这样表示:

> (自己)就写出了这部稍短一些的长篇小说《优美的安娜贝尔·李 寒彻颤栗早逝去》,意识到一种令人意外的特质正从中显现出来。最重要的是,我在这部小说的中心设置了一位女性。她与我大体上属于同一代人,作为少女迎来了战争的失败,在被占领时期不得不经历痛苦的生活。但是,她超越了这一切,通过不懈努力塑造出具有国际影响的电影女演员的成功人生。然而,现在她却要重新审视自己的一生。
>
> 她试图通过将一位女性为主人公的故事改编成电影来实现自己的想法。那位女性是日本一处农村(那是我至今一直不停写着的偏僻农村)从近代化进程开始之前便传承下来的大众心目中的英雄。当地农村的女人都支持这位既导演电影,本人也出演悲剧性女主人公的女演员,要帮助她实现这个计划。①

---

① 大江健三郎著,许金龙译《致中国读者》,《优美的安娜贝尔·李 寒彻颤栗早逝去》,人民文学出版社,二〇〇九年一月,第2页。

代 总 序

　　在这位"具有国际影响的女演员"樱正要雄心勃勃地推进自己的电影计划时,却被制片人用"卑劣"手段送进了精神病院,于是,其处于巅峰期的演员生涯至此不得不画上句号,自此沉寂了三十年之久。在这种令人绝望的状态中,樱始终抱持一个不曾破灭的希望,那就是回到日本的那片森林中去,亲自出演那里两次农民暴动中的女英雄。就在这边缘地带的故乡森林里,在以边缘人物"母亲"和"妹妹"为中心的历代农村女人的帮助下,樱振作起来回到日本,"……摄影机分开被枫叶浓烈的红色映照着的树林所围拥着的女人们进入。樱那感叹和愤怒的'述怀'高涨起来,呼应着歌谣虚词的人们如波浪般摇晃。在那声浪的高潮点上,沉默和静止突如其来。'小咏叹调'充溢其间,此时,樱的喊叫声起,作为没有声音的回音,银幕上群星在闪烁……"①

　　这里出现的"群星在闪烁"是个关键词组,使得人们立刻联想到《神曲》的《地狱篇》《炼狱篇》和《天国篇》各卷的最后一个单词"群星"。在《神曲》原著中,但丁在此处特意而且准确地使用了表示复数的 stelle 而非表示单数的 stella。《神曲》中译者田德望教授认为,"地狱是痛苦和绝望的境界,色调是阴暗的或者浓淡不匀的;炼狱是宁静和希望的境界,色调是柔和的和爽目的;天国是幸福和喜悦的境界,色调是光辉耀眼的"②。我们由此可以得知,"樱"在绝望境地里始终抱持着希望并为之不懈努力,终于在偏僻农村的森林里的女人们帮助下,从边缘地区边缘人物的记忆和传承中汲取力量,到达了"群星在闪烁"的"光辉耀眼"的"至善、至福的天国"。或者换句话

---

① 大江健三郎著,许金龙译《优美的安娜贝尔·李　寒彻颤栗早逝去》,人民文学出版社,二〇〇九年一月,第209页。
② 田德望著《译本序·但丁和他的〈神曲〉》,《神曲·地狱篇》,人民文学出版社,二〇〇二年十二月,第21页。

75

说,大江和他的女主人公"樱"都确信可以将鲁迅笔下的那座"绝无窗户而万难破毁的"令人绝望的铁屋子砸开,确信希望"是不能抹杀的",如同大江本人动笔写作这部小说前几个月在一次讲演时所引用的那样,"希望是附丽于存在的,有存在,便有希望,有希望,便是光明。……只要不做黑暗的附着物,为光明而灭亡,则是我们一定有悠久的将来,而且一定是光明的将来!"①其实,当大江在这个文本里为"樱"于绝望中寻找到希望的同时,就已经打破了那间"绝无窗户而万难破毁的"的铁屋子,就已经在黑暗中发现并拥有了希望和光明,尽管为了这一天的到来,从第一次正式阅读鲁迅作品算起,读者大江经历了整整六十年岁月;从发表正式意义上的处女作《奇妙的工作》算起,作家大江花费了整整五十年时间。大江在构思这部小说期间所表示的"与此前所有构想全然不同的""决定性的"等表述,指涉的无疑就是这里所说的始自于绝望的希望。如同大江于二〇〇九年一月在北京大学演讲时所说的那样,"我这一生都在思考鲁迅,也就是说,在我思索文学的时候,总会想到鲁迅……"②换而言之,在大江的整个创作生涯期间,鲁迅始终都是一个重要的参照系,根据这个参照系进行的五十年调整,使得大江文学也随之发生了相应变化,从不见希望的《奇妙的工作》等初期作品群出发,历经在绝望中寻找希望而苦心探索的《同时代的游戏》等作品群,终于借助《优美的安娜贝尔·李 寒彻颤栗早逝去》找寻到了希望,找寻到了始自于绝望的希望!如果说,"鲁迅和克尔凯郭尔并肩站在深不见底的、黑暗的绝望之海上一同寻找

---

① 鲁迅著《华盖集续编·记谈话》,《鲁迅全集》第三卷,人民文学出版社,二〇〇五年十一月,第378页。
② 大江健三郎著,翁家慧译《真正的小说是写给我们的亲密的信》,《文汇报》,二〇〇九年一月二十二日。

着希望"①的话,大江便是从他们倒下的地方继续前行,经历了万般艰辛后,终于在远方的黑暗中发现了光亮,那便是属于大多数人的光亮,孩子们的光亮,未来的光亮,人类文明的光亮。当然,那也是人文主义的光亮。

5."鲁迅先生,请救救我!"

然而,在文本外的实际生活中,大江却又很快螺旋一般陷入绝望之中。尽管他在此前的长篇小说《优美的安娜贝尔·李 寒彻颤栗早逝去》里一时找到了希望,可那也只是深深绝望中的些微希望,黑暗的绝望之海上的些微光亮。换句话说,正是因为那绝望越深,才越发要挣扎着去寻找希望、面向希望。而这希望的最大来源,莫过于自少年时代就已私淑的鲁迅及其人文主义光亮,有如孟子所云"予未得为孔子徒也,予私淑诸人也"②一般。在这个再次陷入绝望境地的艰难时刻,大江于二〇〇九年一月十六日再次踏上中国的土地,想要从私淑的鲁迅那里汲取力量。翌日晚间,在老朋友却也是"小朋友"铁凝特地为大江挑选的孔乙己饭店里为其接风洗尘时,他对铁凝、莫言和陈众议等几位老友说道:

> 我这一生都在阅读鲁迅。十岁的时候,我从母亲那里得到《鲁迅小说选集》,对这部作品的阅读,决定了我的一生!从十二岁开始阅读这部作品算起,我现在快要七十四岁了,在这大约六十余年间,我一直将鲁迅这个人物视为巨大的太阳。实际上我对这样伟大的作家是有着某种抵触感的。今天清晨六点钟我睁开了睡眼,直至大约七点为止,我一直

---

① 许金龙著《大江健三郎文学里的中国要素》,引自《大江健三郎文学研究》,百花文艺出版社,二〇〇八年七月,第89页。
② 《孟子译注》卷八"离娄章句下"第二十二章,杨伯峻译注,中华书局,一九六〇年,第193页。

在窗边神思恍惚地眺望着窗外的美丽景色。当时长安街上还不见车辆往来,只见火红的太阳在窗子遥远的正前方冉冉升起,周围却还是一片黑暗。这种景色在东京没有,在全日本也没有,太阳从平原上冉冉升起的这种景色。在眺望太阳的这一过程中,我情不自禁地祈祷着:鲁迅先生,请救救我!至于是否能够得到鲁迅先生的救助,我还不知道……①

为了更为清晰地梳理这段情景,这里需要将视点回溯至二〇〇九年一月十六日下午。当时,大江从首都机场乘上迎候他的汽车,刚刚在后座坐下,就用急切的口吻述说起来:在接到邀请访华的函件之前自己就已经在与夫人商量,由于目前已陷入抑郁乃至悲伤的状态,无法将当前正在创作的长篇小说《水死》继续写下去,想要到北京去找许金龙和陈众议这两位老朋友,见到他们之后自己的心情就会好起来,他们还会把莫言和铁凝这两位先生请来相聚,自己的心情就会更好。到了北京后还要去鲁迅博物馆汲取力量,这样才能振作起来,继续把长篇小说《水死》写下去……当他发现陪同人员为这种意外变化而吃惊的表情后,大江放慢语速仔细讲述起来:之所以无法继续写作《水死》,是遇到了三个让自己陷入悲伤、自责和忧郁的意外变故。其一,是市民和平运动组织九条会发起人之一、日本著名文艺评论家和作家加藤周一于二〇〇八年十二月七日去世,这个噩耗带来的打击太大了!这既是日本和平运动的一个巨大损失,也是日本文坛的一个巨大损失,同时也使得自己失去了一位可以倾心信赖和倚重的师友。其二,则是二〇〇八年十二月底,老友小泽征尔为平安夜音乐会指挥完毕后,回家途中带着现场刻录的 CD 到家里来播放给儿子大江光听,希望能够听到光的点评。谁知斜躺在沙发上久久不

---

① 大江健三郎、铁凝、莫言著,许金龙译《中日作家鼎谈》,《当代作家评论》,二〇〇九年第五期,第 54 页。

愿说话的光在父母催促之下,更是在父亲催促时轻轻推搡之下,竟然说出一句"つまらない"!在日语中,这个词语表示"无聊""无趣"或"毫无价值"等语义,这就使得小泽先生陷入了苦恼,他苦思冥想却仍然想不出当晚的指挥到底哪里出了什么严重问题,及至很晚之后,才在自己和妻子的苦劝之下郁闷地回家去了。当自己稍后去东京大学附属医院例行体检并带上大江光顺便体检之际,这才得知儿子的一节胸椎骨摔成了三瓣,从而回想起前些日子送客人之际,光在院子里不慎仰天摔了一跤,可能当时胸椎骨恰好顶在铺在路面的石头尖上。这种骨折相当疼痛,可是儿子是先天智障,自小就不会说表示疼痛的"いたい"而以表示无聊的"つまらない"代用之,自己作为父亲却未能及时发现这一切,因而感到非常痛心,更感到强烈内疚和自责。至于第三个意外,是因为母亲去世前曾留下一个早年在上海买下的红皮箱,里面有父亲生前与一些师友的通信,有些内容涉及当年驻守我们老家的青年军官,他们在战败前夕试图发动兵变杀死天皇以改变战争进程。就像去年年初莫言先生和许金龙先生来我家时曾对你们说过的那样,受T.S.艾略特的长诗《荒原》中腓尼基水手死于水底这一情节的启发,我想要为同样死于水中的父亲写一篇小说,这就要参考父亲留下的那些书信内容。长年以来,由于担心书信内容被我写入小说里从而给整个家族带来伤害,母亲一直不让我使用那些材料,临终前还特意嘱咐我妹妹:要等自己死去十年之后,才能把红皮箱交给你哥哥健三郎。因为大江家族的男人都是短寿,估计你哥哥活不到十年之后,他也就看不到红皮箱里的书信了。当母亲定下的这十年之约到期时,我打开从妹妹那里得到的红皮箱之际,却发现用橡皮筋勒着的厚厚一叠信封里竟然没有一张信纸。问了妹妹后才得知,母亲在去世前的那几年间,为了保护整个家族的安全,她陆陆续续烧掉了所有信纸……换句话说,母亲烧掉了自己在《水死》

中需要参考的信函内容,因而《水死》已经无法再写下去了。在这接二连三的沉重打击之下,自己想到了鲁迅,想到要到北京来向鲁迅先生寻求力量……

带着这些悲伤、内疚、自责和抑郁访华后发表的、题为"在不明不暗的这'虚妄'中"的专栏文章里,大江是这样表达自己心境的:

> 在随后访问的鲁迅旧居所在的博物馆内,我在瞻仰整理和保存都很妥善的鲁迅藏书和一部分手稿时,紧接着前面那句的下一节文章便浮现而出——"倘使我还得偷生在不明不暗的这'虚妄'中,我就还要寻求那逝去的悲凉漂渺的青春"。我仿佛往来于自己从青春至老年在不同时期对鲁迅体验的各种切实的感受之间。而且,我还在思考有关今后并不很远的终点,我将会挨近这两个"虚妄"中的哪一方生活下去呢?①

其实,早在到达北京的翌日凌晨,大江很早就睁开了睡眼,站在国际饭店的窗前看着楼下的长安街。橙黄色街灯照耀下的长安街空空荡荡,很久才会见到一辆汽车驶来,再过很久后又会有一辆汽车驶去。在这期间,黑暗的天际却染上些微棕黄,然后便是粉色的红晕,再后来,只见太阳的顶部跃然而出,将天际的棕黄和粉色一概染成红艳艳的深红。怔怔地面对着华北大平原刚刚探出顶部的这轮朝阳,大江神思恍惚地突然出声说道:"鲁迅先生,请救救我!"当回过神来意识到自己的话语及其语义时,大江不禁打了个寒噤,浑身皮肤起了一层鸡皮疙瘩。显然,在大江此时的内心底里,已然将跃然而出的朝阳视为大鲁迅的化身,在面对已与这朝阳化为一体的大先生面前,深陷绝望的自己下意识地发出求救的呼声也就顺理成章了,尽管话语刚刚出口,随即为自己的唐突打了个寒颤,且起了一身鸡皮疙瘩……

---

① 大江健三郎著,许金龙译《定义集》,新星出版社,二〇一五年一月,第170—171页。

怀着这忐忑的心境,大江走进了此行的目的地之一、位于阜成门内的鲁迅博物馆。走进博物馆大门后,随行摄影师安排一行人在鲁迅大理石坐像前合影留念,及至大家横排成列后,原本应在坐像正前方中央位置的大江却不见了踪影,众人四处寻找时,却发现这位老作家正蹲在坐像侧壁底部默默地泪流满面。这是私淑弟子见到大先生时的激动?抑或是委屈?还是心酸?……其后在馆长孙郁以及陈众议和阎连科等人陪同下参观鲁迅书简手稿时,大江戴上手套接过从塑料封套里取出的第一份手稿默默地低头观看,很快便将手稿仔细放回封套里,却不肯接过孙郁递来的第二份手稿,默默地低垂着脑袋快步走出了手稿库。当天深夜一点三十分,大江先生向相邻而宿的笔者的房门下塞入一封信函,在内文里有这样一段文字:

……我要为自己在鲁迅博物馆里的"怪异"行为而道歉。在观看鲁迅信函之时(虽然得到手套,双手尽管戴上了手套),我也只是捧着信纸的两侧,并没有触碰其他地方。我认为自己没有那个资格。在观看信函时,泪水渗了出来,我担心滴落在为我从塑料封套里取出的信纸上,便只看了两页就无法再看下去了。请代我向孙郁先生表示歉意。①

其后在向陪同人员讲述当时情景时,大江表示尽管那些信函内容自己全都能背诵出来,却由于泪水完全模糊了双眼,根本无法辨识信笺上的文字,既担心抬头后会被发现泪水进而引发大家担忧,又担心在低头状态下那泪水倘若滴落在信纸上将会造成无法挽回的损失,如果继续看下去,自己一定会痛哭出声,只好狠下心来辜负孙郁先生的美意……在回饭店的汽车上,大江嘶哑着嗓音告诉陪同在身边的笔者:

---

① 许金龙著《大江健三郎与中国》,《传记文学》,二〇二〇年第八期,第65页。

请你放心,刚才我在鲁迅博物馆里已经对鲁迅先生作了保证,保证自己不再沉沦下去,我要振作起来,把《水死》继续写下去。而且,我也确实从鲁迅先生那里汲取了力量,回国后确实能够把《水死》写下去了。①

这一年(二〇〇九年)的十二月十七日,长篇小说《水死》由讲谈社出版。翌年二月五日,讲谈社印制同名小说《水死》第三版。该小说的开放式结局,在为读者留下想象空间的同时,也留下了弥足珍贵的希望、黑暗中的光亮。

6. "我的头脑里目前只思考两个问题,一是孩子,另一个则是鲁迅"

从鲁迅博物馆回国后完成的长篇小说《水死》问世一年后,具体说来,是二〇一〇年十二月二日,大江夫妇邀请他们的老朋友铁凝到位于东京郊外的大江宅邸做客,围绕鲁迅的书简、保罗·塞尚的画作《大浴女》与铁凝的长篇小说《大浴女》之间的互文关系等问题进行交流。铁凝带去的礼物是让大江夫妇爱不释手的《鲁迅日文书简手稿》,两个月后,大江曾在《朝日新闻》的专栏文章里坦诚讲述了自己与铁凝和莫言等中国作家的友谊基础和铁凝的礼物:"……无论人生观还是关乎文学的信条,我与他们所共通的,是对于鲁迅的高度评价,这一切存在于他们与我亲之爱之的基础中。去年年底,我收到铁凝君从北京带来的礼品《鲁迅日文书简手稿》,那是墨迹的黑色和格线的红色美丽至极的、鲁迅亲手书写的七十三封信函的影印版。"②

---

① 许金龙著《大江健三郎与中国》,《传记文学》,二〇二〇年第八期,第65—66页。
② 大江健三郎著,许金龙译《定义集》,贵州人民出版社,二〇一九年三月,第343页。

代 总 序

　　那天的交流轻松愉快、舒适自然,竟然持续了约六个小时之久,①其中很长时间是大江对铁凝介绍他正在创作的长篇小说:自己正在创作一部新的长篇小说,估计也是自己写的最后一部长篇小说了。这部小说的主人公是一位上了年岁的女性,这位女性一直住在森林中的村庄里,她的哥哥曾获国际文学大奖,兄妹俩就通过一封封书简讨论有关孩子和新人的问题。当然,这兄妹俩在作品外的原型就是自己与妹妹。目前,这部小说已经写了三分之二。不过,自己是个反复修改稿件的人,如果说写一页大稿纸的时间是一个小时的话,就需要另外花费两个小时来修改这页稿子的内容。这已是多年以来的习惯了……说到兴奋处,大江从楼上的书房将已经完成的部分稿件取下来递给铁凝,指点着稿纸、小剪刀和糨糊瓶,在对铁凝介绍稿纸相关处的具体内容之际,顺便指出被修改处的痕迹……铁凝听着这部作品的介绍,不由得被小说内容深深吸引,不禁对大江表示,自己会为这部作品的中译本撰写序言……

　　当晚在去意大利风味的餐厅用餐的路上,大江对一直陪同在身边的笔者表示:

　　　　现在我想对你说说自己目前的工作状态和生活状态。目前,我的头脑里只思考两个大问题,一个是鲁迅,一个是孩子。自己是个绝望型的人,对当下的局势非常绝望,白天从电视看到的画面和在报纸中读到的文字都让我感到绝望,从来客的话语中听到的内容也让我绝望,日本的情况让我绝望,美国的情况让我绝望,中国的有些情况也让我绝望。每天晚上,在为光披好毛毯后就带着那些绝望上床就寝。早上起床后,却还要为了光和全世界的孩子们寻找希望,用创作小说这种方式在那些

---

① 铁凝著《与大江健三郎先生对谈》,引自《用蓄满泪水的双眼为耳》,三联书店,二〇一六年九月。

绝望中寻找希望,每天就这么周而复始。这就是我目前的工作状态和生活状态。①

说出这段话语时,大江绝对不会想到,百日之后,更有一场天灾人祸引发的巨大绝望在等待着他。在《晚年样式集》里,主人公如此讲述了其在电视画面中看到的绝望景象:

> 翌日黄昏,结束了摄制团队的工作后,设置导演再次登上陡坡,听说小马驹已经产了下来。在黑暗的屋内紧紧挨在一起的马驹和母马很快浮现而出,长方形的画面里显露出饲养马匹的主人的侧脸,他一面眺望着屋外一面说着话,对面则是雨雾迷蒙的牧场……他那阴郁的声音响起:"无法让刚刚出生的小马驹在那片草原上奔跑,因为那里已经被放射性雨水给污染了。"②

至于先前说到的那部长篇小说,遗憾的是铁凝终究没能为其撰写中译本序。因为,在她从大江家离去百日后,在那部新写的长篇小说即将完成之际,日本突然发生了震惊世界的大地震、大海啸、福岛核电站大泄漏的天灾人祸,史称"三·一一东日本大震灾"!在这个巨大灾难来袭的艰难时刻,大江感到即将完成的那部小说已经完全无法表现自己此时的绝望,更是无法帮助孩子们在这黑黢黢的绝望之海上找寻到希望。按照以往的习惯,这部厚厚的手稿应被付之一炬,不在这世上留下一片纸屑。不知是不是这位老作家还惦念着铁凝要为这部作品撰写中译本序言的话语,终究还是没舍得循惯例全部烧毁,而是存放在瓦楞纸箱里放入书库,而后振作起精神,开始着手撰写另一部表现此时此刻所思所想的长篇小说——《晚年样式

---

① 许金龙著《大江健三郎与中国》,《传记文学》,二〇二〇年第八期,第67页。
② 大江健三郎著,许金龙译《晚年样式集》,引自《大江健三郎全小说》,讲谈社,二〇一九年三月。

集》。在他的《晚年样式集》第一章第一节里,年迈的大江这样讲述着自己当时的情景:

  ……从三・一一当天深夜开始,整日不分昼夜地坐在电视机前观看东日本大地震和海啸以及核电站泄漏大事故的报道……这一天也是如此,直至深夜仍在观看电视特辑,特辑追踪报道了因福岛核电站扩散的辐射性物质而造成的污染实况……再次去往二楼途中,我停步于楼梯中段用于转弯的小平台处,像孩童时代借助译文记住的鲁迅短篇小说中那样,"发出呜呜的声音哭了起来"。①

显然,面对大地震、大海啸造成的巨大伤亡和惨重损失,更是因为核电站大爆炸和大泄漏将为人类社会带来的巨大且长久的遗祸,作者大江健三郎及其文本内的分身长江古义人与创作《孤独者》时的鲁迅产生了共情,并在这种共情的催化作用下"发出呜呜的声音哭了起来"。这是痛彻心扉的哭声,极度恐惧的哭声,深深懊悔的哭声,当然,更是"含着大希望的恐怖的悲声"!

7.他们的文学尽管多见黑暗、绝望和荒诞,最终想要传达给我们的却是呐喊和希望

这里所说的"鲁迅短篇小说",无疑是鲁迅创作于一九二五年十月十七日的《孤独者》,而"发出呜呜的声音哭了起来"这句译文,则是大江本人译自鲁迅文本"地下忽然有人呜呜地哭起来了"那句话语。对鲁迅文学有着深刻解读的大江当然知道,《孤独者》与此前和此后创作的《在酒楼上》和《伤逝》等作品一样,说的都是魏连殳等知识分子在那个令人绝望的社会里左冲右突、走投无路的窘境乃至

---

① 大江健三郎著,许金龙译《晚年样式集》,引自《大江健三郎全小说》,讲谈社,二〇一九年三月。

绝境。

　　在持续观看灾区实况转播的情景和人们的姿容表情时,大江在文本内的分身长江古义人这位老作家突然理解了多年来一直无法读懂的《神曲》中的一段诗句——"所以,你就可以想见,未来之门一旦关闭,我们的知识就完全灭绝了"①。自己之所以在楼梯中段的平台上"发出呜呜的声音哭了起来",其实正是因为福岛核电站的大泄漏使得"咱们的'未来之门'已被关闭,而且我们的知识(尤其是我的知识也将不值一提)将尽皆死去……"②在这个可怕的阴影下,儿子大江光在小说里的分身阿亮的动作越发迟缓,话语也越来越少,记忆力更是每况愈下,这就使得阿亮的妹妹真木为之担心:

　　　　在爸爸的头脑里,从那段诗句,从那段当城市呀国家的未来一旦丧失,我们自己积累的知识也将如同死物一般的诗句中,他联想到了阿亮的记忆,难道不是这样吗?!很快,记忆就将从阿亮身上丧失殆尽,他会随着一片黑暗的头脑机能逐渐变老,并在这种状态中走向死亡………

　　　　在爸爸看来,都市和国家的未来将不复存在,我们积累的知识也将如同死物一般,在爸爸的头脑中,这段诗句或许与阿亮的记忆联系在了一起。不久之后,阿亮将丧失记忆,头脑里一片黑暗,上了年岁后就在这种状态中走向死亡……如果整个国家的所有核电站都因地震而爆炸的话,那么这座城市、这个国家的未来之门就将被关闭。我们大家的知识都将成为死物,该说是国民呢?还是该说为市民呢?所有人的头脑里都将一片黑暗并走向毁灭。在这些人中,就有将远比任何人都浑噩无知的阿亮。爸爸大概是联想到这种前景,这才发出呜呜的哭声的吧。③

　　引文中的一些话语无疑将为读者带来无尽的恐惧和巨大的绝

---

① 但丁著,田德望译《但丁·地狱篇》,人民文学出版社,二〇〇二年十二月,第58页。
② 大江健三郎著,许金龙译《晚年样式集》,引自《大江健三郎全小说》,讲谈社,二〇一九年三月。
③ 同上。

望:未来之门已被关闭;我们的知识将尽皆死去;阿亮将丧失记忆,头脑里一片黑暗,上了年岁后就在这种状态中走向死亡……所有人的头脑里都将一片黑暗并走向毁灭……尤其令人恐惧和绝望的是,包括自己亲人在内的所有人并不是立即就灭亡的,而是在肉体毁灭之前,所有人的头脑里都将一片黑暗,然后在这无尽的黑暗和恐怖以及绝望中,如同凌迟一般痛苦和缓慢地走向死亡。

当然,更让这位老作家为之"因恐惧而发怔"的,是在福岛核电站大泄漏之后,面对全国民众要求废除核电站的巨大呼声,日本政治家和主流媒体相继表现出的近似歇斯底里般的疯狂思路——为了保持"潜在核威慑力"乃至实行核武装,绝不可以废除核电站!福岛核电站大泄漏七个月后,大江在《所谓核电站是"潜在性核威慑力"》的文章里引用了日本主流媒体和政治家的如下文字并表达了自己的愤怒:

  日本……利用可成为核武器原材料的钚这一权利已被承认。在外交方面,这种现状作为潜在核威慑力而发挥着效用也是事实。
    ——《读卖新闻》社论,二〇一一年九月七日

  维持核电站,可转换为想要制造核武器就能在一定期间内制造出来的那种"核的潜在威慑力"……去除核电站则会使我们放弃这种"核的潜在威慑力"……
    ——石破茂①,《SAPIO》,二〇一一年十月五日②

面对主流媒体主张继续维持"潜在核威慑力"的社论以及政府

---

① 石破茂(1957—),曾任日本防卫厅长官、防卫大臣、地方创生担当大臣、自民党干事长等职,主张扩充日本军备,突破二战后对日本自卫队规模的限制。
② 大江健三郎著,许金龙译《定义集》,贵州人民出版社,二〇一九年三月,第390页。

高官坚持借助民用核电站持续保有"核的潜在威慑力"的言论,大江愤怒且恐惧地表示:

> 我正是为以上两者间所共有的"潜在核威慑力"和"核的潜在威慑力"这种表述方式(虽然使用了貌似极为寻常的措辞方式,却仍然让我)因恐惧而发怔的。
>
> ……威慑,即 deterrence,用己方的攻击能力进行恐吓,以吓阻对手的攻击意图。就此事的性质而言,其态势可即刻逆转,这极其危险且巨大的永无结局的游戏就这样没完没了。所谓"核的潜在威慑力"假如是一种炫耀,是利用日本这个国家的核电站可随时制造出原子弹的那种炫耀,……东亚的紧张情势不也在朝着那个方向不断高涨吗?前面提到的那些论客,在怎么考虑何时、如何使他们信奉那个效力的"潜在性"力量"显在化"之战略,就不得而知了。
>
> 因这次大事故而回溯建设核电站时的情景,我们深切醒悟到直至今日的东京电力公司和政府的信息开示方法多么缺乏民主主义精神啊。然而,如这个威慑论般对民主主义的彻底无视,不更是未曾有过先例吗?
>
> 极为赤裸裸地表示去除核电站则会使我们放弃那种潜在威慑力的那位以熟识的低眉顺眼的忧愁面容进行威胁的政治家,他以为自己何时获得了国民的同意,这才手握这柄致命的双刃剑的呢?①

更有甚者,日本外务省外交政策计划委员会早在一九六九年就在《我国外交政策大纲》中如此表示:

> 关于核武器,无论是否参加 NPT(《核不扩散条约》),虽然当前采取不保有核武器的政策,却须经常保持制造核武器之经济与技术的潜力。②

---

① 大江健三郎著,许金龙译《定义集》,贵州人民出版社,二〇一九年三月,第390—391页。
② 同上,第392—393页。

由此可见,石破茂等日本诸多政治家之所以违背民意、居心叵测地坚持紧握"潜在核威慑力""这柄致命的双刃剑",也只是日本政府既定核政策的延续而已,他们"试图在目前五十四座核电站基础上再增加十四座以上核电站"①,进而"将残存的铀和生成于核反应堆中的钚从核废料中提取出来"②进行核燃料后处理,进而"即便在作为民用设施而建造的铀浓缩工厂里,也能够制造出用于核武器的高浓缩铀。核燃料后处理工厂的制成品钚则可以直接用于核武器"③。大江在这里已经说得非常清楚了——近半个世纪以来,在日本政府"须经常保持制造核武器之经济与技术的潜力"这一政策指导下,日本目前所拥有的五十四座核电站和计划在此基础上再予增建的十四座核电站,显然已不是单纯用作民用发电那么简单,长年从这些核电站已经提取和将继续提取并囤积起来的大量核废料以及早已建好的后处理工厂,更不可能是为了民用发电,而只能是打着民用幌子的"潜在核威慑力",更可能是大规模进行核武装而作的精心准备。大江及其同行者们是在担心,被称为"和平宪法"的《日本国宪法》第九条被修改之日,便是日本全面复活国家主义之时!当然,也会是日本大规模进行核武装之时!大江及其同行者们同样在担心,日本全面复活国家主义并大规模进行核武装之日,将会是日本重走战争之路之日,重走死亡之路和毁灭之路之始!由核大战所引发的末日景象,大江早在八十年代末和九十年代初,就在长篇小说《治疗塔》和《治疗塔星球》这两部姐妹篇里做了详尽描述,大概正是因为想到那个令人绝望且可怕无比的末日景象,大江在《晚年样式集》中的分身长

---

① 大江健三郎著,许金龙译《定义集》,贵州人民出版社,二〇一九年三月,第357页。
② 同上,第392页。
③ 同上,第357页。

江古义人这才"停步于楼梯中段用于转弯的小平台处,像孩童时代借助译文记住的鲁迅短篇小说中那样,'发出呜呜的声音哭了起来'"的吧!因为在他的认知中,这一天的到来不啻日本的未来之门将被沉重且永远地关上!

为了文本内外的阿亮和大江光这对永远的孩子的未来之门不被关闭,为了全世界所有孩子的未来之门不被关闭,大江借助刳肝沥血地写作小说而于绝望中挣扎着往来寻找希望,同时,也在频繁走上街头大声疾呼,呼吁人们认识到核泄漏的巨大危害,呼吁人们警惕日本政府借核电民用之名为核武装创造条件,呼吁一千万人共同署名以阻止日本政府不顾这种可怕的现实而重启核电站,呼吁人们反对日本政府和东电公司不顾日本国内民众和世界各国人民的抗议而计划强行向大海排放核废水,呼吁人们"救救孩子!"……在大江的认知中,他的文学文本周围的社会存在与文学文本中的社会存在显然是同质的,因而这位老作家拖着老迈之躯在文本内外往返来回地大声疾呼,无疑是对阿亮和大江光这对孩子永远的挚爱,也是对全世界所有孩子的大爱,这种大爱,在大江的小说中和他所有读者的心目中都在不断升华。这种大爱,在日本,在中国,在韩国,在全世界,都将成为一种希望!无论中国的鲁迅还是日本的大江健三郎,他们的文学所描述的尽管多见黑暗、绝望和荒诞,最终想要传达给我们的却是呐喊和希望,一种发自于边缘的呐喊,一种始自于绝望的希望。这无疑是一种大慈悲,是对所有处于各种暴力威胁之下的天下苍生所生发的大悲悯。这让我们立即想起大江在斯德哥尔摩的颁奖仪式上所说的那段话语:"作为渡边的人文主义的弟子,我希望通过自己身为小说家的工作,使那些用语言进行表达的人及其接受者,从个人的以及时代的痛苦中得以平复,并医治他们各自心灵上的创伤。……我仍将遵循这一信条,如若可能,愿以自己的羸弱之身,于钝痛中承受因二十世纪的科技和交通的畸形发展而积累的祸害。我更希望探索的是,从世界边缘人的角度展望,如何才能对全体人类的医治与和解做出体面的和人文主义的贡献。"

目 录

第一部 "水死小说" 1

序　章　笑话 3

第一章　"穴居人"到来 15

第二章　戏剧版《亲自为我拭去泪水之日》的

　　　　彩排 38

第三章　"红皮箱" 56

第四章　笑话被贯彻 72

第五章　大眩晕 94

第二部 女人们处于优势 121

第六章　"扔死狗"戏剧 123

第七章　余波荡漾 148

第八章　大黄 170

第九章　"晚年的工作" 191

第十章　更正记忆或梦境…………………… *208*

第十一章　父亲想要从《金枝》中读出什么？……… *224*

第三部　用这种碎片支撑了我的崩溃………… *245*

第十二章　古义的传记和附体………………… *247*

第十三章　"麦克白问题"……………………… *266*

第十四章　所有手续均被戏剧化……………… *284*

第十五章　殉死…………………………………… *299*

大江健三郎文学互文性叙事策略及其意义
　　——以"奇怪的二人配"后三部曲为分析
　　　对象………………………… 许金龙 *322*

海底的潮流
在悄声细语中拾起那遗骨。随波浮沉之际
越过老境和青春的各个阶段
继而被卷入漩涡之中。

A current under the sea
Picked his bones in whispers. As he rose and fell
He passed the stages of his age and youth
Entering the whirlpool.

——T.S.艾略特[①]（深濑基宽[②] 译）

[①] 托马斯·斯特恩斯·艾略特（Thomas Stearns Eliot, 1888—1965），出生于美国的英国诗人、批评家，一九四八年度诺贝尔文学奖获得者，著有长诗《荒原》、组诗《四个四重奏》等。

[②] 深濑基宽（1895—1966），日本的英国文学专家、翻译家、随笔家，著有《艾略特的艺术论》等，译有《奥登诗集》《艾略特》等。

第一部 "水死小说"

序章　笑话

1

　　乡下的老户人家里，即便没有特别显赫的来历，也会有与其相应的传说代代流传。纵然那些屡被视为奇特甚或滑稽的故事在外面不致遭受奚落，却也会作为一种颇具人气的"笑话"被人们记忆下来……

　　我考上大学那年，在为早已亡故的父亲所做的大概最后一场法事中发生了一件事。当时，亲戚们难得地挤满了我家宅院，有一位舅父——他的大女儿嫁给了从东京大学法学系毕业的官僚——便问道，你也考进同一所大学，可喜可贺，不过，你读的是什么专业呢？我回答说是文学系。他便露出失望的神色，表示"那么，就别指望找到正经的工作啦……"

　　然而，平日里稳重老实的母亲那时却回以这样的话，使得只希望将来成为法国文学研究者的我为之忐忑不安。

　　"假如找不到工作的话，那就当小说家吧！"

　　在一片寂静中，母亲随后的一句话却引发大笑，化解了先前的紧张。

"说到小说材料,都塞满在'红皮箱'里。"

这"红皮箱"正是我家奇特且滑稽的传说。家母这番话,更是让近亲们大笑,于是就在我心里扎下了根。当我三年后确实失去前进道路上的目标时,便尝试着写短篇小说,其中一篇刊登在《东京大学新闻》[①]上,于是得以作为小说家而生活下去。也就是说,这一切是在母亲"笑话"的引导之下发生的。在这个故事里,"笑话"这个词语虽然再度以不可一笑了之的方式出现,我却希望只将其视为陈年旧事。

2

这几年间,每当新年伊始,妹妹亚沙都会与内人千樫互贺新年,只给我留下几句口信,现在却指名让我接听电话:

"妈妈去世已经十年了,今年是遗言中……由于这是妈妈让我记录下来的口述内容,也不知道这笔记是否具有法律效力……说好要把'红皮箱'交给你的年头。假如等到妈妈的忌日十二月五日那天,就会因为临近年底而忙碌起来……夏天要去北轻井泽吧?不如今年不要去那里到四国的森林来,怎么样?来取那只'红皮箱'。你没忘记这件事吧?最近,报纸每月一次的专栏什么的,好像很长时间完全见不到你的小说了……"

"对啊。使用'红皮箱'里的材料,也许可以把'水死[②]小说'接着写下去。由于这个缘故,不知是母亲还是你,定下了死后十年这么

[①] 一九五七年五月,大江健三郎将由剧本《野兽们的叫声》改写而成的短篇小说《奇妙的工作》投稿于校报《东京大学新闻》,获该年度的五月祭奖,从此以学生作家的身份正式开始了作家生涯。

[②] 在日语中,水死有淹死、溺死的语义。

个延期交付的期限。"

"那可是妈妈的意思呀！虽然那时她的眼睛不太能看得见了，懒得写东西，可是头脑却很清楚。她估计自己死后，哥哥连十年也活不到。毕竟我们家有男人短命的家族遗传……

"刚才我说年底会忙碌起来，就像我为哥哥的旧作而联系千樫嫂子时所说的那样，是因为我要资助一些年轻人从事戏剧演出。与此相关，该说是商量呢，还是请求？我想与哥哥深谈'森林之家'的事。不知道哥哥是否可以一面调查'红皮箱'里的东西，同时在'森林之家'住上一段时间呢？也是因为得到千樫嫂子的同意，让剧团那些年轻人使用过的缘故，屋子里目前通风良好，其后他们也会把屋子收拾得很干净。"

"红皮箱"，还有"水死小说"。接到电话那天，我虽说已是老人了，却依然被仍存留着的小说家那种昂然所攫取！阳光高照期间，我便回到工作室兼卧室，拉上窗帘，躺卧在床铺上。由于我早在学生时代就开始写小说，便有人奚落说，连像样的社会现实体验都没有，这个小说家恐怕很快就要走投无路，或者像最近的年轻作家那样图谋来个奇异的大转变吧。尽管如此，我并没有退缩不前。如果时机成熟，我就去写"水死小说"。我为此反复磨炼，借主人公"我"这第一人称开始写那个故事，任凭水底的水流带着我浮起、沉下，最终，说完了故事的小说家，被猛然卷入漩涡之中……

其实，我从尚未通读一册算是小说的小说时起，就经常梦见自己的"水死小说"中的场景。反复出现的梦境源头，是我十岁时的少年体验。然后，我二十岁时，从某位英国诗人的诗作中（还附有法文版）刚认识"水死"这个单词，虽然连短篇小说都不曾试写，那部"水死小说"却已形同确定。

然而，实际上我从不曾开始写作那部小说。坦率地说，那是因为我知道自己没有为此进行磨炼。而且，即便当时我感觉到作为年轻小说家的自己不知能否存续下去的危机感，却在根本之处抱持乐观态度，相信自己迟早是要写那部"水死小说"的……

如果是这样的话，那还是在不太晚的时候着手为好，可我又以"还不到时候"为由制止了自己。倘若能够轻易遁入"水死小说"，那么写作这部对于当下的自己来说很有必要的小说时所感受到的困难，以及竭力超越这一切的苦楚，又有什么意义呢?!

3

唯有一次，我曾开始写"水死小说"，那还是我三十刚出头的时候。当时我写了《万延元年的 Football》①，认为自己的磨炼取得了相应的成功，便想到用"水死小说"试着检验这次磨炼的效果。我将小说开首那一章以及与此同步的一些文字素描，寄给住在四国森林里已年逾六十的母亲，并在另附的信函里表示，希望妈妈让我打开她在上海旅行时买回来的那只"红皮箱"，查阅续写这部将家父置于中心的小说所需要的资料。然而，原本最早说起"红皮箱"中塞满了小说素材的家母并没有直接回复，连小说的草稿也没寄回来。无奈之余，我断了继续写下去的念头，却于翌年夏天，在愤懑的驱使下，发表了《亲自为我拭去泪水之日》②，在这部作品里，我将家父与孩童时代的我本人甚至连家母，都予以讽刺画般的处理。

与家母一同生活的亚沙寄来了明信片，上面写着："相较于哥哥

---

① 一九六七年一月，大江健三郎开始在《群像》杂志连载长篇小说《万延元年的 Football》，至同年七月结束，九月由讲谈社出版单行本。作者时年三十二岁。

② 一九七一年十月，大江健三郎于《群像》杂志发表中篇小说《亲自为我拭去泪水之日》。

在小说结尾处写的妈妈那些冷言冷语的台词,妈妈以更激烈的言辞批评了你,说是我们只能与古义(我的惯称)断绝关系了。"

4

在那之前,我的家庭里诞生了头盖骨缺损的长子,实际生活中的这种困境,后来却为我与母亲之间的关系带来了新的转折。长子阿亮在同残疾斗争中成长的经历发挥了媒介作用,千樫与四国老家恢复了交往,我也自然而然地同那种平稳的家族关系联系在了一起。不过,关于我的"水死小说"序章和卡片,以及"红皮箱",家母却没有从自己口中说出分毫(她曾对我妹妹感慨地说起自己的想法,说是"古义在峡谷里生活的少年时期,钻进了非常危险的地方,由于我是歪扭着把他给拨弄出来的,所以他的人格也受到了扭曲"!因此,这或许是她不想重复教育上的失误),直至九十五岁去世时,家母一直都是如此。留下死后十年再交给我的安排后,家母过世了!

尽管如此,我从不曾怀疑自己不久后将写作"水死小说"。不过,若问起我曾否将"水死小说"强行置放在我生活的不同时期的正面,那便是或于某个时期我独自一人旅居海外期间,或是在我一直敬爱的某人死去之后,回想起来倒是确有这样的例子,却从不曾让我坚持开始写作新的文学草稿。

5

不过,在母亲死后十年之际,我被亚沙告知将"红皮箱"交给自己的时刻已到,在我来说,一直悬而未决的"水死小说"除了重新开始写作外,已经不能再有其他考虑。而且,事态发展至此,我意识到,迄今为止其实早就在缓慢地做着这个准备了。不仅家母原本保存下来的资料，就连我寄送给家母的"水死小说"序章和卡片，也在亚沙打算交给我的"红皮箱"里。倘若说起重新开始写作已为悬案的"水死小说"的伎俩，恐怕此前作为小说家的人生习惯已经积累下来了。这种想法，与我作为小说家的人生临近终结的想法重叠在了一起。

6

为了重新开始写作"水死小说"，我要去接收"红皮箱"。促使我实施这个计划的变故也出现了。我的住处位于武藏野台地顶端的高台，从西边走下坡道，曾是湿地地带的这片区域，以运河为轴线做了铺整，为相继建起的大型公寓里的居民铺修了自行车专用道。

我也曾于七十出头那段时期写过一部小说[1]，在小说的开首处写了我领着身有残疾的儿子前往那里步行训练，随之邂逅了意想不到的人物……倘若新小说的开首处，是我再度行走在自行车专用道上从而邂逅了新朋友，果真这么写下去，便有可能遭到悯笑，被人们认为这是老作家依然如故的自我模仿。然而，对于像我这样过着封闭生活的高龄老人来说，偶尔与外界接触的场所自然是受到了限制。

初夏的一天早晨，我把运动机能在近几年间加速衰退（抑制癫痫发作的药物也增大了用量）、步行训练开始困难起来的阿亮留在家里，独自一人出门步行。节奏沉稳的轻盈脚步声从身后传来，后来者快速挨近并超越我之后走向前方。身材小巧的女性将脱色为暗茶色的头发在脑后绾成一个发结，身着浅米色衬衣和相同颜色的棉质

---

[1] 二〇〇七年十一月，新潮社出版大江健三郎的长篇小说《优美的安娜贝尔·李 寒彻颤栗早逝去》，作者时年七十二岁。

长裤。柔软且泛着光泽的薄薄布料不见一丝皱褶,恰到好处地吸附在尤为小巧的屁股至大腿这段部位。在肌肉结实却不僵硬的双腿支撑下,浑圆屁股的上翘部位柔和地摆动着。姑娘很快就与我拉开了距离……

我缓慢行走着,先前从视野中消失了的姑娘正在设有单杠和长椅的小小广场上做着体操。她平静地向前伸出一条腿,然后沉下腰身静止不动,接着收回这条腿并伸出另一条腿,如此转换反复。在她超越我往前走去时,我瞥见这姑娘是个圆脸,其实却是白净的般若①型侧脸(我曾读到日本的美女分为多福②和般若这两种脸型)。运河的流水声响亮起来,是因为那里开始出现浅滩,加上支撑着小田急线铁路桥的结构体就覆盖在头部上方的缘故。不过,我的眼神却被河面上发出水声的其他动静所吸引,脚下则继续往前走去。

然后,我的头部突然撞在堵住前行道路的长明灯灯柱上!从面部右侧至外眼角显现出的紫红色内出血痕迹,竟然留了四五天。就在我眼睛昏花、危险地仰面而倒之际,却被人从背后准确且柔软地抱住。我的两腋下被有力的臂膀环抱,屁股则坐在纺锤形的基座上。我觉察到那基座的温热,那是某人的一条腿,我还觉察到自己的后背正被柔软的胸脯支撑着。我设法依靠自己的力量站立起来,将手臂扶在刚刚撞上的长明灯灯柱上喘息,却从耳边传来了自己的呻吟。

"先生,请重新坐在我的膝头上。"一如姑娘用发音匀整、平静的声音向我招呼的那样,眩晕中的老人重又恢复到先前的姿态……

虽然如此,经过一段时间(相当于阿亮从中等程度的发作中恢

---

① 般若原为梵文 prajñā 之音译,智慧之意。日本能乐中表示嫉妒和愤怒之女鬼的面具也叫般若,脸型瘦长、轮廓分明,作者借此表示此脸型较之胖圆脸型清爽、优美。

② 扁平、圆鼓之女人脸型。

复过来的时间)后,我从姑娘越发温热且汗湿的那条腿上立起了身体。接着,当我正要向姑娘致谢之际,她开始问道:

"您经常遇上这样的事吗?"

"不,不是那样的。"

"假如经常遇上,那可受不了啊。"她露出像是三十近半的人常见的从容表情说道,然后面泛微笑。面部肌肉仍因疼痛而痉挛不止,我根据自己已能把握的情况解释了刚才发生的事情:

"这上面是小田急线经过的地方,因而比较昏暗,长明灯的灯杆下部……里面好像安装了自动转换照明的装置……宽出来很多吧?而那上部却奇怪地又细又长,所以刚才没有看到……

"加上我来到灯杆旁边时,只顾注意水里发出的吧唧吧唧的声响,就一面看着那边一面行走。现在正向对岸那边游去的这群鱼,还在发出吧唧吧唧的声响,那是四五条体形漂亮的雄鱼在轮流追逐一条雌鱼。正是鲤鱼产卵的时节吧。我们乡下老家的河里没有这么大的鲤鱼成群游动,因此不知不觉就看得入了迷。当猛然意识到的时候,已经是撞上灯柱前的那个瞬间了,要是年轻时,虽说这么近大概也是能够躲闪过去的。"

"……您用语言作了准确说明,这大概也是职业习惯吧。"说了这句话后,姑娘扑哧一声笑了出来。

"我试图让自己了解,出了什么事竟坐在了女性的膝头上,却还是很可笑。"我再次表示了谢意,"实际上,是因为过于疼痛而无法站起身来,失礼了,谢谢你。"

"万幸没有撞上太阳穴。不过,您额头的边缘处好像渗出血来了。您还是早点儿回去冷敷一下才好。"

然而,当我向着平日里作为折返点的、横跨运河的桥梁走去时,姑娘却合着我的速度开始行走。于是,我醒悟到先前姑娘超越我之后,在小广场确认是我,打算对我说些什么而追赶上来的,却遇见桥下发生的古怪之事,便以帮了我为机缘,想要继续交谈下去。

"本来该先问候您的。"

"不,不,这是因为我的头突然撞上灯杆的缘故。"我如此说道。

她注视着我的表情,继续说:

"我是穴井将夫的'穴居人'①剧团的演员。听说穴井很久以前就知道先生了。好像剧团创建伊始,就通过信函向您提出请求,希望把先生的初期作品改编为话剧,并得到了先生您的厚意允诺。在那之后,《亲自为我拭去泪水之日》戏剧版演出成功并获奖,这对于剧团来说,真是莫大的光荣。以此为契机,我们'穴居人'剧团目前已把根据地转移到四国的松山,要再次推进把先生的作品改编为戏剧的计划。亚沙提供了很多帮助,以致我都觉得过意不去。《亲自为我拭去泪水之日》将重新演出,我也有幸参加表演,剧本里出现的Unaiko 指的就是我,我叫髫发子②。"

"如果是那样的话,内人也曾告诉我,她从亚沙那里听说过此事。"

"我一直在考虑,如果可能的话,我想拜会先生。这次也是因为其他事来到东京,借这个机会,我请求亚沙帮忙,她就告诉我,一旦正式预约会面,您会觉得麻烦,更是由于您到了这种年岁,不如装作邂逅。她告诉我,您经常在附近的自行车专用道上步行——虽说不是

---

① 原著中,作者极有深意地在"穴居人"三个汉字旁标注源于 The Cave Man 的片假名ザ・ケイヴ・マン,读者可以由此联想到孟德斯鸠的《波斯人信札》(十八世纪)、《古兰经》(七世纪)和发源于以弗所的基督教故事(五世纪)中的相关描述。

② "髫发"是指将小童的头发束在脖颈处,或是将小童的头发剪至脖颈处。"髫发子"的日语发音为 Unaiko,代指留有上述两种发型的小童以及元服后的少年。

11

每天早晨都如此——因此埋伏在那里就可以了。亚沙为此还向千樫确认了时间。当然,她没有具体打听您哪天会在这里步行。我这第一天,也不知道是幸运还是不幸(说到这里,她再次扑哧一声笑了出来):对于先生来说肯定是不幸,一头撞上了灯杆。由于出了这件事,在我来说,真是幸运……"

我选定的路线,是经过前面的桥梁,走到运河对岸铺有黑红两色沙子又有弹性的柏油路,再折返回出发点。姑娘说着话跟了过来。我的眉毛和耳朵间的皮肤以及额头处的皮肤,各肿起一个小瘤并伴有痛感,也都发起热来。因此,基本上我只是一个听她说话的角色。

"其实,我从亚沙那里听说了这么一件事。今年夏天,先生要返回阔别已久的故乡,这个计划已经正式确定下来,就住在'森林之家'里。亚沙说是想先把那里大扫除一下,还问'穴居人'剧团的年轻人是否可以过来帮忙。大家很高兴地接受了这个工作,在一同大扫除的那一个星期里,听说了您要返回故乡的原因。令堂去世后,亚沙代为保管遗物'红皮箱'。今年是令堂去世十周年忌辰,她要把'红皮箱'交给先生,说是哥哥将使用存放在箱子里的资料,着手写作已为悬案的'水死小说'。就像题名显示的那样,似乎是从流经峡谷的河流发大水……那是在说洪水吧?……开始写起,她说您想借回到家乡的机会,开展像拍电影时找外景的那种调查。亚沙表示,穴井将夫熟知哥哥的作品,实际上也创作了以其为素材而改编的戏剧,假如他能够协助哥哥调查的话,对于双方来说不都很合适吗?

"亚沙说,为了特别表现出令尊水死那天夜里的现实感,要让舢板也出现在舞台上,是与令尊抓住峡谷里的河流涨水的机会,乘坐其出门并死于水中的那条舢板相同大小的舢板,她认为这样做自有其意义。她还表示,不仅仅是大扫除,剧团那些年轻人还可以很好地为她完成这种体力加脑力的工作吧……

"且不说将夫怎么想,我们这些年轻人是否具有如此能力,这是值得怀疑的,不过(话虽如此,姑娘自己却又表现出有能力担当的神色),我们都非常高兴。我所说的情况,您从亚沙那里听说了吧?"

"我会在'森林之家'住上一段时间,除了亚沙一直保管着的、我年轻时所写作品的那部分序章和卡片,还要调查与父亲有关的资料,然后在当地研究小说的细节……在电话里是和亚沙说过这个计划,但是没有你刚才说的那么具体,不过,'穴居人'的情况也曾听说过。"

"'就算运气好,你见到了长江先生,也不要强行提出要求。他那人一旦不接受,就会变得难以打交道……'出发前,同样熟悉我性格的穴井将夫担心地对我这么说。我在想,那就只向您传达我们'穴居人'共同的心愿——大家都希望事情能够顺利。

"即便只能与您这么说话,也让我感到,那根灯杆处发生的变故,真是给我带来了好运。"

在自行车专用道与汽车通行的道路交错的地方,我和姑娘在禁止车辆通行的铁管栅栏前停下脚步。我将从那里上坡,回到位于高台上的家里。我捂着明显红肿起来的耳侧和额头,向姑娘说了这个意思:

"桥梁连接着这条运河的两岸,可以行走……对另一些人来说,还是跑步路线。说到偶遇,则有两种情况,一是对方从前方走来迎面相遇,再就是自己被从后方超越或超越前面的人,仅此而已。假如你从对面走来,认定我是你要找的人,我想即便你跟我打招呼,我也会置之不理错身走过。如果被对方从后面追赶上来,我越发会有压迫感,恐怕仍然无法做到和蔼可亲。先前撞在长明灯的灯杆上,是个富有意义的变故。能与你交谈,我也觉得挺好。那么请你转告亚沙,关于这件事,让她给我打电话。"

说完这些话后,我正要移步往上坡路那边走去,姑娘渐渐显现出好像与此前不同的神态(与其说是因我而起的变化,毋宁说是被她

自身的思虑所牵扯),突然发起愣来,她问道:

"……我想请教另一个问题,听说长江先生的恩师是法国文学研究者,曾翻译过十六世纪的大部头小说①吧?说是书中有一段插曲,有人借助很多条狗,在巴黎的大街上引起很大混乱……"

"嗯,是,那是拉伯雷题为《巨人传》里……确实是大部头小说……《庞大固埃》的第一卷,这个巨人国国王信任的一个家臣,也就是巴汝日,因向贵夫人求爱遭拒而恶作剧。他找来一条正在发情期的狗,用好吃的食物喂养它……让它精力充沛,大致就是这么一回事吧……其后杀了那条狗,从它的胎内取出某种东西,将其细细研磨,装在上衣口袋里外出。然后,他把这些粉末撒在刚才说到的那位贵夫人的袖口和礼服的衣褶等处。于是,很多公狗云集而来,向贵夫人飞奔而上,使得贵夫人狼狈不堪。说是有六十万零十四条以上的公狗围上来……"

"此前被杀的狗大概是条母狗吧……究竟从它体内取出了什么?"

"这可不是在这样的地方……对刚刚认识的年轻女性……说得出口的话,不过,"我确实感到为难,又回想起六隅先生那得意和愉快的口吻,就对她说了翻译文本那些详尽注释中的一个解释,"那是母狗的子宫。说是从古希腊时代起学者便知晓其功效,中世纪的魔法师亦将其用于春药……"

姑娘沉默不语,颔首示意后默然离去。我觉察到自己正欣赏着这种奇妙的滑稽,甚而泛起一种心情,觉得可以接受她们那个与亚沙的要求相同的请求。

---

① 大江健三郎的恩师渡边一夫为东京大学文学部教授、法国文学专家,曾翻译巨著《巨人传》。

第一章 "穴居人"到来

1

妹妹亚沙开车前来松山机场接机,她这样向我汇而报之:

"这次你要在'森林之家'住上一段时间,'穴居人'剧团那些年轻人为此而欢天喜地。我知道剧团女干部的莽撞行为……她倒是曾来我这里商量过……她直接到东京找你谈话之后,剧团团长好像担心此前他们按照自己的行事风格谨慎准备的事情是否会彻底泡汤……

"另外,关于镇上以前就来探询的那件事,就是哥哥获奖时修建的纪念碑妨碍新道路的建设,该如何处置那块碑的事,就像千樫嫂子所说的那样,我转告对方,没必要移动到应该放置的地方,请毁弃掉纪念碑的台座就行了。只是我想取回碑石主体,那上面刻有哥哥从妈妈写的诗句中选出来、并续上自己诗句的诗文。我提出了这样的建议。自从立碑之后,哥哥一次也没有见过实物吧?那就去看一次吧。从这里到碑石所在的本镇大河滩需要一个半小时,你不稍微打个盹儿吗?"

随后,只见亚沙显出紧闭嘴巴的侧脸,缄口不语地驾驶着车辆,大致在她所说的时间内赶到了已将河沿建为公园的地点。经由新建的桥梁驶过河川，再穿越公园，就在国道辅路将由此笔直延伸而去的处所，一个角落暂时停下了道路扩建工程，据说是母亲种下的石榴树和山茶花已被清理一空，在裸露出的地面上，放置着一块据说是陨石的圆形石块。一旦走下河岸往上面看去，便会发现显出植物般淡青色的石块上只有五行文字，我知道那上面镌刻的是将自己用钢笔写下的字句放大后的文字：

　　　　让古义攀上森林的准备都没做，
　　　　就如河水冲走般一去不还。
　　　　在不降雨水的季节里的东京，
　　　　从老年及至幼年时期，
　　　　我颠倒时序　回想起往事。

"并不像听说后想象的那么糟糕。"我说道。

"母亲开首的那两行诗句，从一开始评价就不好。"亚沙说，"有人讲坏话，说那既不是俳句①，也不是短歌②……这倒也没办法，只是让纪念碑之会的顾问先生给叫到松山去，被他责难了一番，说这诗是对美空云雀③所作之诗的滑稽式模仿……

"云雀写的是如河中的水流般，而我们的则是如河水冲走般。我对他说了，家母没有剽窃。我们本地人，把淹死在河里的，以及虽被救助却仍然被大水冲走的人称为河水冲走……一旦被河水冲走，淹死的人自不待言，就连得到救助的人，也会被大家视为其不久后将

---

① 日本传统诗歌体裁之一，由五七五共三句、十七音所构成的短诗。
② 日本传统诗歌体裁之一，由五七五七七共五句、三十一音所构成。
③ 美空云雀（1937—1989），原名为加藤和枝，享有"歌坛女王"之誉，广泛活跃于影、视、歌、剧等领域。

要离开村子。我当时还这样做了说明。

"哥哥当年承诺,只要让你去东京学习,将来就一定回到村里,却如同河水冲走般一去不还,就这一点而言,毋宁说这该是讽刺诗吧,我还曾这样告诉对方。建起纪念碑且了解哥哥情况的本地人都很清楚这一点。当时倒是向对方表示'第一行也许确实难以理解',却因为对方是大学教师,还表示自己也曾写过关于这个地方的历史和传说的书,因而无法接受我们的解释。尽管如此,还是按照哥哥寄来的底稿刻在碑石上了……

"毋宁说,我怀疑那位教师是否真的理解了第一行。在我们家里,哥哥小时候曾被称为古义,而且,我的这位哥哥曾认为自己与同样被称为古义的分身一起生活,那位教师肯定不知道这些情况吧?我觉得他对哥哥的小说知之甚少……

"假如那位教师通过研究传说来进行调查的话,是有可能知道所谓攀上森林,就是祭祀死去之人的意思,可是……"

"爸爸的遗体被挡挂在从这里延伸至下游的河中沙洲的哪里?你肯定不知道吧?"我说道,"说是遗体被送回来后不久的情景,是你人生最初的记忆……"

"古义哥哥当时对我说,你过来看看,围绕死去的爸爸躺卧的被褥转上一圈,有个死去的孩子躺在那旁边呢。在那之后过了大约二十年,从哥哥那里听说做了这样的梦,听上去如同笑话般,也如同悲苦的实话般,我觉察到这也许与你从爸爸死去的那条舢板上逃开的往事有关吧……

"在脸上蒙着布躺着的大人四周转圈,绊倒后伸出的手触摸到了湿透的发束。由于回想起这个情节,我就相信哥哥坚持说的'爸爸是被河水冲走而死的'。"

"在村子合并之前的这个镇上的新制高中里,我不是只上过一年学吗?"

"上美术课的时候,我们来到那座沙洲上写生。出身本镇的美术老师面对沙洲顶端的褪色柳树丛支起画架,画起油画来。我溜溜达达地走动着,那位老师招呼道,这里从过去就被称为'长江先生被河水冲走后打捞上岸之处',这与你家有关吗?爸爸水死在我们家里遭到否定,在外面却是谁都知道的事情。母亲在那首短诗中写入河水冲走的字样,恐怕就是出于这个缘故。"

从街道旁郁暗、繁茂的成排樱花树(说是已决定将砍伐一空)下走过,我们回到车子里,由这里向林中峡谷行驶大约二十分钟后,亚沙对我说起像是此前就一直在心里思考着的事情:

"我呀,也是因为古义哥哥要了结'红皮箱'这个悬案,细说起来,那还是我先说出口的,哥哥还说要在'森林之家'住上一段时间,我听了后很高兴……不过,我也想到哥哥毕竟上了年岁。所谓上了年岁,虽说就是这么一件事一件事地不断善后处理,在这个年龄上思考死的问题也是很自然的。

"同你一样,我也是老年人了,所以就在思考这件事情。可是呀,最要紧的问题,不就是在那之前吗?即使如此这般地对死亡有了心理准备,从现在开始直至那一天到来之前的这段时间的问题也还存在着。死亡这东西,即便你置之不理,它也照样会到来,在那之前的存活期间,自己就必须承担起责任来。

"结合妈妈那像是诗一样的句子……嗯,暂且称为俳句……来综合思考这个问题,我觉得那该不是留给回到这里观看碑石的哥哥的信息吧。让古义攀上森林的准备都没做,/就如河水冲走般一去不还。

"比较之下,哥哥那三行倒是显得温和,表示自己确实没有回到这里,更是用(大概引用了艾略特的诗句吧?)这就是我,无雨月份里的一个老头儿的身份在思考各种问题。不过，与妈妈那两行比较起来，仍然是一种悠闲自在的应答。

"在妈妈来说，即使在作这个俳句的时候，哥哥依然还是古义，妈妈一直在操心该如何让阿亮攀上森林。不如说，我呀，觉得哥哥决心在'森林之家'小住一段时间，就包含着这各种用意在内的、为让古义攀上森林而做的准备之一。"

随后，亚沙沉默着驾驶了一会儿车辆，便将汽车停靠在道路旁边：

"从这里沿着野兽小道般的坡道上山，就是通往'森林之家'的近道。哥哥也还没忘记吧？今天比较晚了，你就在这里下车，我要直接回去，稍微休息一下就送晚饭过来，哥哥的行李也会一同送来。

"另外，曾在东京跟古义哥哥交谈的那位女性呀，明天，要和剧团的穴井将夫……你知道吧，这个人曾是搞吾良的弟子……到'森林之家'来。她说呀，在哥哥于此地逗留期间，想要和哥哥你一起做的许多事情，她对你只谈了开头。明天，首先是剧团那些年轻演员也会前来为先前说过的纪念碑做善后处理。工作结束后，就与你商量今后的合作事宜。他们对此非常期待。那就拜托你了！"

2

亚沙叮嘱的所谓纪念碑的善后工作，就只是将被废弃的纪念碑上镌刻了文字的圆石，搬运到"森林之家"后面狭小的庭院里来，好像在和我一同前往观看那石块之前，她就已经决定了这么做。准备周到的亚沙似乎大清早便让小剧团那些年轻人从现场把圆石运了出来。

千樫从东京家里的庭院移植来的名为"大酒盅"的枫树和四照

花，以及我从岳母那里要来的石榴树，全都长成与后院规模相适宜的大小。对于将圆石安放在紧挨着庭院这一侧的方案，我表示同意。

厢型客货两用车到达了这里，车体上描画着请塙吾良写下的剧团名称"穴居人"放大后的字体。将森林中岩鼻①处砍伐一空后仅仅铺撒了沙石的前院里，同车前来的亚沙向我介绍了穴井将夫。我仿佛见过这位四十来岁的男人，他的确像是长期以来一直从事朴实工作的戏剧工作者。身穿工作服般成套西服、此前曾见过的那位姑娘，正稳稳站在他的身边微笑着。亚沙应该知道姑娘与我的那次怪异相遇，却没有提及此事，只介绍了一句"穴井将夫和髻发子"。寒暄也是匆匆了事，穴井便让两个年轻人将一件用旧毛毯包裹、绳索捆绑的物件从客货两用车里抬出，进而引导那两位年轻人往后院而去，这两人用两根结实的四棱木料抬着包裹。

我刚要为此前之事对仍留在原地的姑娘表示谢意，亚沙便打断我的话头开口说道：

"她的髻发子这通用名字，可是与千樫嫂子有关呢！"

"最先把我们剧团团长穴井将夫称为'穴居人'的，据说是塙吾良导演。我从亚沙这里听说，老祖母说是导演的妹妹家的千金好像髻发子似的，听说那位千金长得与我相似，也是因为与团长穴井这个姓氏的发音相近②，我就说，那就改名为髻发子吧，那些年轻人就接受了这个名字。"

千樫为让母亲与孩子们见面而第一次把孩子们领到峡谷里来的时候，大女儿真木留着与眼前这位姑娘相同的发型，母亲认为这更像

---

① 由崖头凭空向外探出的部分。
② 在日语中，"穴井"的发音为 anai，而"髻发"的发音则为 unai，故有"发音相近"之说。

是女童的模样并为此而赞叹。我也从千樫那里听说过此事,据说母亲感叹道:"非常相称呐!过去呀,男孩子也好,女孩子也好,只要留着这种发型,据说都叫鬠发子啊,真就有了这种感觉呐!"

"妈妈与千樫嫂子说这话时,我也在旁边。"亚沙说,"妈妈还高兴地对我们说起有关鬠发子这个名字出处的和歌,说是'子规掠夏空,反复啼叫不歇停,鬠发子小童,披发低垂遮项颈,梅雨霏霏天蒙蒙'①,她因为孙辈前来看望自己而心情愉快……"

为了让已经回到我们身边的穴井也能听懂,亚沙补充道:"由于这个缘故,千樫嫂子在峡谷期间就这么称呼小真木了。后来,我把这一切告诉了这里的鬠发子。

"那么,我们去餐厅看看后院那些年轻人工作的情形吧……"

然而,当我们在餐厅的餐桌旁坐下来时,石块已经安放妥当,几个年轻人也还在小憩,似乎透过镶嵌在窗框里的玻璃打量着正在观看后院的我们的反应。我对亚沙表示了满意,她便向年轻人做出手势,等他们绕行到大门时,便与他们一同离去了。我们几个人留了下来,目光投向镌刻在石块上的文字。

"我们向亚沙请教了河水冲走的意思。"穴井说道。从侧面看过去,"穴居人"这个绰号固然是对其姓氏的诙谐模仿②,却让人觉得这也是来自他那充满野性的相貌——眼睛上方的眉骨骤然隆起,额头则从那里向后倾斜而去(这种富有观察力的幽默感,也是吾良固有的风格)。

"所谓古义,其实是我正思考着的、要纵贯性地把长江先生全部小说改编为戏剧脚本的主题。这实在让我吃惊。

---

① 这段和歌出自《拾遗和歌集——夏》。
② 在日语中,"穴井"与"穴居"的发音相同,均为 anai。

"不过呀，攀上森林的准备都没做这句话，是否与长江先生小说里的神话世界相矛盾？本来，古义是作为幼年时期的长江先生的分身从森林飞降而来，其后自己又飞到森林中去的那个孩子吧？"

"确实像你所说的那样。不过，碑文上的这个古义，却是我在孩童时代的称谓。家母使用这个名字，在向早已长大成人的我发出询问。如何处理自己的身后之事，与如何处理阿亮之事的询问重叠在了一起。为你的死所做准备的第一要事，就是安排阿亮登上森林——这就是家母在诗句中所蕴含的用意。"

亚沙回到这里告诉穴井：

"那些年轻人说是要花三个小时开车去小田深山的山里，然后再回来。他们干起体力活儿来精神抖擞，在别人家里也是举止得体，剧团'穴居人'真是了不得啊。"

"对他们进行这方面训练的，是鬈发子。"穴井说道。

即便加上后来的两个青年，餐厅也不显得狭小，我们在这里饮用着亚沙制作、鬈发子端来的咖啡。

"穴井君说了，他们希望在哥哥这次逗留期间能够对哥哥有所帮助，与此同时，也期望哥哥协助他们的戏剧活动。就请穴井君说明一下吧。"

"哎呀，与其说我们对长江先生有所帮助，倒不如说我们有一个整体考虑长江先生所有作品的戏剧计划，您如果难得地在这里小住一段时间的话……这都是只顾自己的如意算盘。"

"亚沙告诉我们，您将在这里小住一段时期。商量这事时，亚沙提出在此期间能否请您听一听我们一直在推进着的构想。对于我们来说，这真是求之不得的大好事。亚沙说，哥哥似乎要借这次小住总结迄今为止的所有写作工作，应该能够把哥哥的计划与你们的计划协调在一起。

"在那一过程中，打算请您浏览我们此前所有作品的摘要。现在，就先谈谈把长江先生的作品全貌置于视野中，我们想要从事的工作的轮廓吧。

"迄今为止，我们从长江先生的作品中，以自己的视点抽出若干场面，并对其中个别场面做了戏剧化处理。我们现在所考虑的，是要展开这一切。当然，这个想法要以您此前的作品为基础，同时借助这个机会，我们考虑采访长江先生本人，并将这一形式引入戏剧之中。倘若能够得到长江先生的协助，得以多次采访的话，就用我们剧团的手法加以重构。这样一来，接受采访并进行讲述的角色，将由演员（还要饰演其他角色的'穴居人'演员）扮演长江先生。至于出现在长江先生讲述中的第三位甚或第四位人物，也都由演员们交替饰演。我要说的就是这么一种手法。

"在持续阅读您作品的过程中，我曾将其改编为若干戏剧作品，这次则打算以古义这个人物为基轴进行总结，从长江先生的全部作品中，该如何塑造古义这个出场人物的形象呢？这个构想已经成形了。据亚沙说，长江先生您将整理此前的所有作品并加入新资料，我们剧团如果充分做好目前已有可能的、与长江先生的对话，我们不也就能够为您的这项工作发挥一点儿作用吗？毋宁说，我们哪怕只在查对长江先生此前所有作品这个层面上发挥一点儿作用，我觉得也是挺好的。"

"哥哥，你曾经说过，要借这个机会……我对'穴居人'的成员们也说过已成悬案的那件事……在这个地方，似乎首先要对照'红皮箱'里的资料，重新阅读自己此前的作品，并且想要把这一切联结在新作上。我对他们只说了这些。

"以前你不也说过吗？虽说试图重新阅读旧作，可是自己独自一人无论如何也持续不下去。于是我就在考虑，假如让穴井君和他的伙伴们也一同重新阅读的话……穴井君和髻发子也积极地接受了我的设想。"

对于借助穴井将夫阅读我的作品，并确定新方向从而把握古义形象的意图，我也产生了兴趣。

"因此，即便不是尝试，即便对于我的采访以古义为主题而展开，这也挺好呐。"我说道。

"即使现在开始工作，我们也是可以的。"髻发子说道。

我将目光朝向亚沙而非髻发子。年轻时，亚沙经常为我岔开来自这种女性的挑衅。然而，亚沙却是无动于衷，一副正等候着的神态，髻发子则从她那对于女性来说过于庞大的随身携带的帆布包里取出录音器材。与最近大家都在使用的小型录音机不同，髻发子取出的是样式古老却显然是专业的录音器材。不过，髻发子和穴井将夫毕竟没有立刻开始录音。髻发子只是把那些器材放置在餐桌中央，穴井和亚沙则一同注视着器材而已。如此这般，便显示出了"穴居人"与我之间的协作配合的手法。也就是说，髻发子、穴井以及亚沙事先已多次商量并准备好让我接受采访。我虽然有这种感受，却没有产生反感。

3

穴井将夫稳稳当当地说道：

"在尚未得到长江先生应诺的情况下，我们便开始构想戏剧新作（曾与亚沙商量过此事。虽说亚沙认为沿着这个方向构思不会有问题，却也表示一旦进入与长江先生之间的斡旋阶段就要慎重）。您也知道，小剧团的主持人视基金会提供的资助金为自己的目标，为了募集这些资助金，就有必要让上演的作品获得某些奖项。'穴居人'因戏剧版《亲自为我拭去泪水之日》而得到认可一事,尽管您没有亲眼看到舞台上的演出,却也知道这个情况吧?此后,我们将提供新剧作的构想梗概。最初,我们打算选择那部原著的续集,然而,《亲自为我拭去泪水之日》却没有续集。于是,我们便转而寻找贯穿长江先生所有作品的符号。

"那就是古义!古义这个人名,是长江先生在作品中分别赋予若干不同对象的名字。不妨举一个例子——与长江先生孩童时代曾一同生活的那个与您本人一般无二的孩子。您把如此认定的对象,称之为古义。

"有一天,古义从空中往高处走去,也就是说,他回到森林里去了。也就是说,这个古义呀,他有着人的身体,却在空中行走,飘飞到高处去了。他超越了实际存在的孩子,是一个超越性的存在。我在向基金的委员会提交的梗概中,试着说服他们,将如何作为具体人物来描绘这种超越性存在。我考虑在演出中寻找最单纯的方式来体现,或者在舞台上赋予角色以实际形状,或者只是让观众意识到即可。至于素材,我已经从长江先生的全部作品中抄录下来。这种制作卡片的方法,是我在学生时代从您的随笔作品里学到的。

"暂且不去考虑最终能否存留至舞台演出,目前,我们在排练场备齐了小偶人。在制作偶人时,髻发子用碎布块拼接起外形,再将内芯塞入其中。我们把偶人放置在舞台上、从观众席所能看到范围内的最高处。我们有在其他戏剧中使用相同偶人的经验。古义这个偶人从那高处俯视着下面,这将给在舞台平面演出的男女演员带来影响。仅仅如此便可发挥出效果⋯⋯这次应该说是古义效果⋯⋯吧。

"有关古义的第一个例子,我记得作曲家簧先生曾表示,在长江的作品中,自己喜欢的是那个形象。我就根据这段话语从长江先生初期的短篇小说①中找了出来。"

"说的是青年音乐家那个死去了的婴儿如袋鼠般大小，身穿棉布贴身内衣浮游在空中的那段内容，是一个名叫阿贵的……"

"是的。叙述者是一个年轻人，陪同音乐家一起散步……这种设定已经显示出音乐家的心理状态不稳定……那位课余打工的年轻人认为，雇主所看到的幻影只是他内心想得太美所致。不过，正当年轻人因为工作关系而陪同音乐家散步之际，却在狭路上与驯兽师领着的十多条杜伯曼犬……说到这十多条的数字，倒是显露出年轻小说家的夸张癖，缺少真实感……不期而遇，总之，由于音乐家过于沉浸于袋鼠大小的婴儿，一阵恐慌便袭向年轻人，他担心音乐家本身该不会遭到杜伯曼犬的袭击吧？然而，他却什么都无法做而闭上了眼睛，只是从闭上的眼睛里流出泪水……"

　　令人难以置信的温和的、一切温和中最为核心的温和的手掌抚上我肩头。我觉得这是被阿贵所触摸。

"是的，我重新读了这一段，年轻人觉得阿贵的手掌触摸着自己肩头，我认为那大概是古义的手吧。随后，我将其改编成这么一个场景——古义置身在与浮游于空中的婴儿相同的高度，他从那里俯视着小说家。

"与此相连接的，是您在二十多年后创作的长篇小说《致令人眷念之年的信》②中最后的场景。死去的义兄与其亲友全都在人工湖中的小岛……'令人眷念之年'的小岛上。这般情景，在岛上，阿亮

---

① 一九六四年一月，大江健三郎于《新潮》杂志发表短篇小说《空幻的怪物阿贵》，这是作者第一部以残疾儿为主题创作的作品，与半年后出版的《个人的体验》有着显而易见的血缘关系。

② 一九八七年十月，讲谈社出版大江健三郎的长篇小说《致令人眷念之年的信》。

用的应该是阿光的名字(千樫在故事中则用阿由这个名字表示),古义就变成双重性存在,这情景便能够与先前的场景连接到一起了。我们呀,把刚才所说的那一页复印后带来了,就试着朗读一下。文中所说的有威严的老人,是您引用了但丁的炼狱岛上那位非洲的卡托①:

  时间像循环一般不断流变,义兄和我重新躺卧在草原上,阿节君和妹妹一同采撷着青草,如同姑娘般的阿由与阿亮也加入到采摘青草的圈子里来。阿亮由于年幼和单纯,残疾反而越发显得纯朴和可爱。晴和的阳光辉耀着杨柳嫩芽上的浅绿,高大的日本扁柏树的浓绿则更浓了,河对岸山樱的白色花房则不停息地摇曳。威严的老人应当再度出现并发出自己的声音,所有的一切,全都恍若循环的时间中平稳和认真的游戏,急忙奔跑上来的我们,再一次在高大的日本扁柏之岛的青草地上玩耍……

穴井将夫的朗读给我带来强烈的冲击。我觉得自己正在用耳朵确认演出家穴井的实力。

"……透过训练有素的声音,在舞台上表现自己写下的文章以及讲话的记录,你还没怎么体验过吧?"

亚沙话音刚落,穴井将夫便像是获得力量般直率地说道:

"包括这些地方在内,应该存在着古义隐喻的重点。当然,鬈发子表示她如果参与的话,也是会下功夫的吧。

"'穴居人'并不是团结得坚如磐石,不过正因为如此,反而有可

---

① 玛尔库斯·波尔齐乌斯·卡托(Marcus Porcius Cato,前95—前46),古罗马政治家,因反对恺撒将罗马共和国改变为独裁帝国而起兵抗击,兵败后被困于孤城乌提卡(Utica),由于不愿被俘,更不愿看到贵族共和国的覆灭而自杀。但丁非但不将其自杀视为罪行,还高度评价卡托为自由而舍弃生命的行为,故此选择其为炼狱监管者并预言其终将升入天国。

能给长江先生这一次的工作带来一些刺激吧。况且,在大学的日本文学专业里,目前好像也没有研究长江文学的团队……"

"这么直截了当地说话,原本顺利的事情也不会顺利了。将夫先生,"亚沙接着说,"就把这一切视为能为各自的创作活动相互带来积极刺激,先生就这么缓慢地向前推进吧。将夫君说是髻发子还有其他想法,髻发子你自己是怎么看待这一点的?"

"我在积极关注此事。"刚才凝神听讲时,髻发子仿佛由梳着髻发的女童原样变成了三十来岁的女人,只见她拂去先前听讲时的沉思表情,注视着我说道,"我认为无论对于穴井将夫还是长江先生,这都是一次很有意义的合作。我也有些问题想要直接向长江先生请教……"

"你们不停地这么逼问,哥哥可要更加畏惧了,啊哈哈!哥哥本身的工作是要解读'红皮箱'里的资料。不过,与其立即着手于这项工作,我对'红皮箱'也有着自己的想法,不如不用那么着急,请从容地开始这项工作吧。"

"那么,去小田深山转上一圈的那几个年轻人也该回来了吧!今后有关用车的事情还要仰仗他们,不邀请他们一起用晚餐吗?"

4

隔周的星期一上午九点钟,"穴居人"的厢型客货两用车抵达了这里。除了穴井将夫和髻发子,还有上次也曾来这里的剧团两个演员。说是考虑到交通拥堵,六点之前他们就从松山出发了,这对于两个年轻人来说当然是个负担。他们睡眼惺忪地寒暄了几句,然而一旦亚沙也加入着手将一楼部分改建为小剧场的工作,这两人便干劲十足。

他们似乎习惯于体力劳动,而此前也确实有些需要这种体力的工作,那就是在髻发子和亚沙都已同意并做了准备的"森林之家"打造共同生活的基础。亚沙倒是说过,嗯,是暂时的室内调整,可是规模很快就超出了我的预想。把我卷入"穴居人"体系、反复接受采访,这本身就是一种戏剧手法。而且为了这个目的,把亚沙此前一直借给"穴居人"使用的"森林之家"当作这种场所,好像也非常合适。早在星期日,亚沙就独自初步收拾过家里,现在她则在这里指挥着新来的年轻人。

二楼西边的顶端,是我的书库和工作场所兼卧室,此外还有一个房间,这些地方不得擅入。

一楼东边的北半部,原本设计为会客室,却从不曾使用过。南半部是大门和狭小的门厅,还有通往二楼的楼梯和客用厕所。在门厅处用门扉连接起来的,则是北侧的餐厅和低矮一段的客厅。客厅朝向前院,照例用镶嵌着的大玻璃板与前院隔离开来。在更靠西的地方,是为其他亲属来这里时作为卧室而修建的两个房间,以及浴室、盥洗室和厕所。

"要让他们把客厅的桌子、椅子,还有可以移动的书架和沙发、电视机等所有物品都搬到会客室去。"髻发子说,"去年,亚沙说是预料长江先生根本不可能回到'森林之家'来,在她的建议下,就把一楼所有空间都用作'穴居人'的排练场了。只要把客厅里的物件全都搬出去,南侧那三分之二空间就可以当作舞台使用。再把餐厅的餐桌收拾一下,那里也就可以当作观众席。"

"以往我每年来'森林之家'的时候,也只在二楼读读书,多少做点儿工作,除此以外,大致都躺卧在客厅西侧的沙发上。只把沙发给我留下就行了,其他的任由你们搬动。过去,亚沙和村里的年轻人组建剧团那段时期也是这样,不过呀,你们也不需要那么循规蹈矩,使用过后，就没必要把家具物品从会客室搬回到客厅里来了。我也曾一度把这里当作小剧场使用，亚沙对你们说了这事吧？我邀请曾为阿亮创作的小曲子录制 CD 的演奏家们在这里举办了音乐会，就让母亲和亚沙以及很少几位客人坐在舞台前和餐厅里，把钢琴放置在客厅玻璃窗下的、用砖块铺垫得高出一阶来的地方……由于这里的天井最高，所以音响效果也不错嘛。"

"我们以后也在这里举行各种活动吧。"髫发子说道，"当前的任务，就是在清理好的舞台空间里，穴井将夫和我要采访长江先生。如果把采访整理成剧本的话，就打算以舞台排练的形式演演看，我们也说到尚未请长江先生观看'穴居人'的戏剧演出，因此想要把《亲自为我拭去泪水之日》戏剧精华版表演给您看。"

说完这些后，髫发子跑到餐厅，将双手撑持在隔开餐厅和客厅的柜子上环视着客厅，还抬头打量了天井的高度并露出满意的表情。

"'穴居人'的公演，通常都把观众席设置在与舞台同高的平面上，以方便观众从那里往下看。至于这里嘛，如果您能想象观众同时还能从大玻璃墙对面观看着这里，那我们所要表达的感觉也就传达出来了。"

除了留下一条沙发，剧团的两个年轻演员，几乎也只是这么一对，已把客厅里搬运一空。从原先放置家具的地方开始，髫发子用吸尘器清扫着客厅，在此期间，我打开镶嵌着的玻璃板两侧以便通风。将夫和髫发子并肩望着玻璃墙外侧的植被，那里有千樫用诸多花盆和露天栽培植物组成的一小片玫瑰花丛，此外还有长势茂盛的石榴、四照花和挺拔高大的白桦（数年以来，千樫无法前来这里，便委托亚沙代为照料）。

"这里汇集的树木，跟森林中绝大多数树木的品种不同啊。"穴井说，"当然，即使在松山，也可以看到作为行道树而栽种的四照花，不过那都还是些小树，白桦树不也少见这么高大的吗？"

"千樫先是从北轻井泽移植到成城的庭院里，其后又把培育了二十年之久的树运到了这里。也有些树被猛烈的山风吹断了，不过，在这里由种下种子并长成的树，也长到了相当的高度。当时，千樫也还年轻，在这里勤奋劳作……"

"无论是栽种玫瑰的花盆如此之多，还是大胆地把树木培育长大的做法，在她的身上，总觉得有一种与塙吾良先生相似的东西。"穴井说道。

"吾良并没有特别关注过树木吧？"

"即使在培养阿亮的音乐才能的做法上，我也感觉到千樫嫂子有某种与吾良先生相近的东西。"亚沙说，"在我们家的血统里，可没有这种东西呀。在高中时第一次遇见吾良先生，哥哥你不是一下子就被那种东西给迷住了吗？"

"总之，他当时非常特别。另一方面，吾良对我父亲的水死很关注。除了家人以外，我第一个对他讲述了那个梦境。"

"吾良先生也把长江先生视为特殊的存在，他曾说过：'因为那家伙拥有古义。'也正是因为这样，长江先生和古义这个形象才深深地镌刻在我的内心，成为今后想要好好干上一番的根据。

"所以……现在，舞台的基本形状已经成形，为了让您了解我们将采用何种形式推进对您的采访，又打算将其改编成怎样的舞台剧本，我们可以从古义说起吗？塙吾良导演似乎有一个将其改编为电影的腹稿，却由于他没有说出更多，我也就只好通过您的小说来了解了。因此，能请您用自己的声音讲述有关古义的情况吗？"

我为那个自然的流程所吸引。与上次一样，髻发子把录音设备放置在隔开这里与餐厅之间的柜面上，对我说明夹在衣领边的麦克风。穴井则让年轻人把刚刚收拾到会客室里的扶手椅重新搬过来。

这把扶手椅随即被安放在了舞台中央。我觉得自己也被这按部就班的流畅所吸引了。

"请您用尽可能让自己舒适的姿势坐在这里。从现在开始,每个场景可能都会有不同的做法,我姑且站在您的斜前方,用简单的方式与您对话。假如我感到疲倦的话,会把搁置在那边的椅子搬过来坐下。长江先生坐着说话如果觉得腻了,就请您自由起身或是四处走动。也是出于这个考虑,鬈发子在您身上安装了麦克风……

"长江先生就那么坐好……您在正前方所看到的,请想象为是我们安放在后院里的圆石。您所思考着的那两行诗……也许应该称之为俳句……就镌刻在那块石头上。其中第一行是:

　　　让古义攀上森林的准备都没做。

"较之于出现在您小说中的古义,这个古义具有别的意义,是这样吧……"

"这个句子是我母亲写下的,因此要了解她为古义这个词语赋予了什么意义,就必须解读这个句子。此后我要说的也是我一直在小说里写着的内容——在母亲写下这个句子的晚年间,说到古义,是指头部带着瘤子降临人世的孙子阿亮。

"家母对于将来的阿亮之死放心不下,是认为我全然没有做好准备吧。她当然知道死亡正在逼近自己,也许她还想到,即使对于自己的儿子、儿时被称作古义的我来说,死亡也绝非遥遥无期。因此,那个古义,也就是我本人'在做着攀上森林的准备吗?'这种忧虑,就被吟入这个句子之中。这其中含有两种意思,家母在批评我,认为需要有人照料阿亮,好让他安全可靠地攀上森林,这一切正是我的工作,可我却忙得连自己的准备都顾不上,狼狈不堪地彷徨徘徊。

　　　就如河水冲走般一去不还。

"续着这两行,我便写出了自己那三行,我觉得被准确地说中了,感到我确实真就是那样。

　　在不降雨水的季节里的东京,
　　从老年及至幼年时期,
　　我颠倒时序　回想起往事。

"就是这么一回事……不过呀,还有一点,我想结合这一切说说古义这个称谓对我而言尤为重要的程度。通过阅读我的小说,你们应该知道了吧。

"首先,古义出自我的真名,我在幼儿时期被家里人唤作古义。然而,我本人却和一个与自己同年同岁、体态容貌也与我一般无二的,也被我称为古义的另一个幼儿非常亲密地生活在一起(是我认为生活在一起)。

"不过,在某个时候,那位古义却独自一人,也就是撇下我而飞上森林里去了。我对母亲说了这事,母亲却不予理睬。因此,我就持续不断地反反复复地告诉母亲,古义是如何离开我们家而远去的。亚沙她们都说,这就成了我后来从事小说家这个职业的原因。

"那一天,古义站在面对河流的里间走廊上(我自己如同因晃动而重影的照片一般,也紧挨着古义站在他的右侧,直至今日,从那个视角看过去的记忆仍未消失),他把碎白点单和服的衣袖搭放在扶手栏杆上,眺望着对岸的栗树林,宛若想起一个小游戏似的,踏着木栏下方防止地板端头翘曲的横木条爬上了扶手。古义张开双臂,像是保持平衡般一动也不动……然后他凭空踏出一条腿,再跟上另一条腿,摇摆着两只手水平地行走起来。

"古义越过家母种植玉米的旱田,越过旱田顶端的石墙,越过低下一截的河滩,一直走到河流中央的正上方,再重新将两条碎白点衣袖笔直展开在身体两侧,宛若大鸟一般乘风而去。从一直站在走廊上的我的位置望过去,古义很快就被屋檐遮蔽而看不见了。不过,当我从走廊探出身子仰望天空时,只见他描画着螺旋形越飞越高地飞走了。

"然后,就看不见了。我曾不断地对母亲讲述这件事,母亲却全然不予理睬,好像那个与我长得一般无二的孩子从来就不存在似的。

"这样的日子日复一日,某一天,我被卷入到一场事故当中。古义前往森林高处之后不久(对岸斜坡上的红叶已是一片鲜红),在一个满月之夜,我感觉到了动静,我走出我家前面的道路一看,背对着我站立在那里的古义沉默不语地开始往前行走。他拐上村公所和神社之间的坡道,沿着洒满月光的狭窄小路一个劲儿地向山上走去。我应该是一直紧随着他的身后行走的,可是醒过神来时却发现,自己正蹲在密林深处那株高大的米槠树的树洞里。古义不见了!天亮了,树洞外面正下着雨,黑红色的红叶林被雨水打湿……

"再次恢复意识的时候,由于高烧,我身上如同火团一般,正被腐烂的干燥木屑所掩埋,被消防队员从中抱了出来。我被盖上防雨斗篷,在充溢于森林间的雨水气味中被带下峡谷。

"好几天之后,退了烧的我了解到一个奇怪而扭曲的情况(在孩子的头脑里,只有扭曲这种感觉,自己能够用语言如此表述都是后来的事),那就是家母这次也站到我这不可思议的一方来了。我在满月之夜从家里消失后再没回来,从翌日起就一直在下雨,流经峡谷底部的河水已经微浊①,随后明显地变成大水,轰响着奔流而下,任谁都会认为,孩子是被河水冲走了,一如那块圆石上镌刻的诗句:

　　就如河水冲走般一去不还。

---

① 原文为"笹濁り",读为"sasanigori",在当地表示河水略微浑浊的意思。

"就成了这样一种人……与我续写的诗句不同,那是在秋末的雨季,由于是发生在那样一条峡谷里的意外变故,母亲因寻找不到幼儿而跑进消防队,首先肯定会要求'帮我去河里搜救!帮我沿河而下到下游搜救!'吧?

"然而,家母却恰恰相反,请求'帮我攀上森林'。由于天降大雨,进入森林的道路已然变成另一条溪流,家母却坚决要求大家逆水而上,进入到森林深处。在此期间,雨也停歇下来,消防队员转而决定深入森林,就把因感冒而发烧、像是精神失常般踢打……或者说像是小猪仔似的抵抗的小东西,从米槠树(这株巨树犹如森林中的神殿一般,无论大人小孩全都知道)的树洞里抱了出来……

"不可思议吧?家母为什么不认为我被河水冲走,反而知道我攀上了森林(或是某种直觉吧)?村里的大人经常会奇奇怪怪地对孩子说些捉弄人的话,直至很久以后都在嘲弄我说:小哥儿(就是'你小子'的意思),你想古义想疯了,就闯进了森林,给消防队找了个天大的麻烦呀。"

5

第一次录音一结束,穴井将夫便兴高采烈地说:

"今天,本来只打算请您体验一下我们的系统,却成了富有成果的采访。当然,对于长江先生来说,今后还有研究'红皮箱'的重要工作。不过,如果您能用这种方式偶尔与我们交流的话,构成戏剧的基础材料很快就会成形。就您的工作而言,这就如同创作短篇小说般精心推敲,用我们的术语来说,则是把这一切重新回馈给您……如果您能够让我们如此进展下去的话,那就太好了。下周前来拜访您之前,髻发子会把今天的录音内容输入到电脑里去。到时候先请您阅览其中内容。

"长江先生演讲过后……经常把得到的相关速记登载在杂志上吧。我大致拜读了那些材料。不过,若是以'穴居人'的做法看起来,那就没有什么出奇之处了,因为我们所做的就是面向戏剧。看上去,您在演讲时所说的那些未经加工的口头话语,会反复出现一些无用之处以及不一致的现象……不整理这些地方,可是……也就是说,我打算精心推敲长江先生的口语文体中隐含的肉体性并研究那个方向。"

髻发子则用更为沉稳的口吻接过话头说道:

"在您的协助下所做的这个采访临近结束时,长江先生,关于其后如何讲述下去……您当时似乎有两个思考方向,却在为做何种选择而迟疑不定。"

"确实像你所说的那样啊。"我赞同地说道,感受到了髻发子所拥有的观察力。

"我习惯于边录音边注意听。"

"正说着话的我设想能够看到玻璃对面那块圆石,就考虑是先把圆石上第一句中的古义与第二句中的河水冲走连接在一起讲述,还是先把话题引往其他方向,在如此思考之间,就显得迟疑了……"

"我还想听听您所说的另一个方向。"穴井将夫说,"那是您在此前创作的那些小说中表现过的内容吗?"

"的确如此。毋宁说,这与你最近从我的作品中引用的部分相近。自己的母亲是怎么想到米槠树洞的?……刚才,我想要说说自己对这个问题的看法。在她经常对我讲述的森林里的民间传说中最有趣的内容……我已经完全按照家母的语调写在了《M/T 与森林里的奇异故事》①之中。刚才,我想起了这一切……

---

① 一九八六年十月,岩波书店出版大江健三郎的长篇小说《M/T 与森林里的奇异故事》。

"家母总是对我说：在咱们这地方，流传着叫做'森林里的奇异'的民间故事，讲述的方法因人而异，各有不同，不过呀，我自己是这么认为的。"

穴井将夫并未花费多少时间，便从大笔记本中找到引用之处，并高声朗读起来：

现在，咱们珍惜一个个各自的生命，以往在"森林里的奇异"时，虽说是各不相同的各自的生命，却是一个整体。那里充满巨大的、难以忘怀的怀念。不过那时候呀，我们离开"森林里的奇异"，来到了外面。由于是一个个各自的生命，一来到外面呀，就七零八落地出生到这个世界上来了。不就是这么回事吗？！……不过呀，在自己的生命里呐，对我们原本在"森林里的奇异"里的事，不是还感到怀念吗？！

鬈发子好像也曾与将夫讨论过有关"森林里的奇异"的解释，她接着刚才的引文这么说道：

"失踪了的幼儿并非落入发大水的河里什么的，而是这个幼儿有着特殊的方向感，眼下正要回到'森林里的奇异'去。赶在这一切尚未实现之前，令堂对消防队员说出了米槠树洞这个通往'森林里的奇异'的入口……如果是这样的话，这段往事就说得通了。"

"故事倘若如此展开，就完全吻合我们正要创作下去的话剧中的一个核心元素。"穴井将夫对鬈发子的总结表现出信任，这也是我所感觉到的信任。

第二章　戏剧版《亲自为我拭去泪水之日》的彩排

1

本来，我以为在峡谷里安顿下来后，很快就会从亚沙那里收到母亲的"红皮箱"。然而，亚沙却在"穴居人"的成员面前说是不用着急研究皮箱中的内容，只是把我在大约四十年前寄给她的"水死小说"序章的草稿及其相关资料返还给我。那时，亚沙正和母亲一起生活。她表示，在我将要带回东京去的"红皮箱"里，有一些她为纪念母亲而需要复印的东西。

打开收下的纸袋一看，只见远远少于我记忆中的分量。几种文学草稿另作别论，依照小说形式而整理的部分不足二十页的四百字稿纸，处于刚刚誊清序章起始部分的阶段。当年我便把这些东西寄给了母亲，为了寻找将小说从这里发展下去的资料，便嘱托母亲，如果她存有朋友和熟人们寄给父亲的信函类，或是父亲为写回信而起草的底稿，则请她让我阅览这些资料。纸袋里还有被归整到"红皮箱"里的我的信函，这些信函用橡皮绳扎在一起，当年是我直接寄给亚沙的，用以宣泄我的愤怒，因为家母扣留"水死小说"草稿且不告诉我任何有关资料。于是我在信里表示，我撤回自己的请求，寄去的草稿即便烧掉也无妨。既然家母的态度是这样，那么我就不使用任何资料，还要把小说的叙述者与自己割裂开来，以精神病医院收治的三十来岁的男人胡说的妄想为故事而写下去。在那个故事里，父亲不是水死，而是遭到枪击而死。由于这与事实不符，你也就无法将这个故事当作以家父为原型的小说而阻止出版了吧。然而我所描述的，却是家父精神层面的真实。我就用那样一部作品取代"水死小说"，以《亲自为我拭去泪水之日》之题名发表在文艺杂志上了。其后便是要不要出版单行本的交涉，我与家母（还有亚沙）之间的（用其后我们的说法则是）"断绝关系"持续了数年之久……

且说在"水死小说"序章的草稿里，依据写这草稿期间一直做着的梦，我记述了发生于一九四五年的那件事：

平日里由岩石隔开的浅水滩上群聚着鳉鱼的地方，此时由于发大水而成了汊河，那里漂浮着一条舢板。我从石墙的墙根下踏入昏暗的水面，蹚着河水向已经上了船的父亲走去。河水竟然深至胸部，这让我为之吃惊。浸泡在冰凉河水中的胸部皮肤，呈横线状黏附上漂浮着的带有芒刺的草籽或是羽虱什么的，传来阵阵刺痛。我顾不上拨开这些东西，只是用胸部分开河水向前蹚去。洪水发出轰响。

时至深夜，雨水停歇下来，从云缝中显露出来的满月，映照出舢板尾部父亲那笔直的脊背。唯有脑袋，却猛然垂在胸前。在他的对面，宛若小山一般奔流而下的河水反映着光亮。挣扎着蹚到舢板边时，便在推动舢板的同时翻滚到父亲身边。我按照头脑中不断反复着的顺序和步骤分开水流向前蹚去，估算着自己胸部与舢板之间那淤滞着的水面的距离。

由岩石形成的汊河往这边流淌，父亲先行乘上停靠在汊河里的舢板,用缆绳固定在石墙上的一长串球根木桶顺着岩石忽上忽下地漂浮不定。缠绕在固定于石墙中的金属构件上的缆绳已经松弛,我想把这缆绳绷紧,正要转到那里去的时候,却觉察到身后有动静而扭头向后看去,只见船头已冲入急流的舢板被猛然冲走,身着国民服①的父亲翻倒在船舱里。在他的身旁,面向这边的古义死死抓住舢板的船帮,脸上显现出某种表情。水流这时冲得我站立不稳,我便拽住那连接着球根木桶的长绳。

我已经淡忘了曾在四十多年前的草稿上写下、现在也还在梦中生动出现的古义那个梦境。而且,我还研究了谙熟于心的、那个梦境(虽说是同一个梦,却也因我做梦时的身体状况而有所差异)临近结束时的场景,再次断定每次做梦时,总会看到梦境中的古义显现出某种表情。

我开始把将夫提出的,既是普通人物又是超越性存在之古义的意义联系在一起进行思考。我嘱托亚沙,除了需要送到松山复印的"红皮箱"中的资料外,把这份草稿的影印本也一并交给将夫。

其后第三周,两个年轻人驾驶厢型客货两用车把将夫和鬈发子带到我这里,同车到来的亚沙向我介绍了他们,我因那两个年轻人身穿的花哨套装而不知所措,据说那些年轻人随后还有"营业"活动。连接本州的大桥开通后,宇和岛为关西地区开车前来的客人设置了年轻艺人表演的会场。毋宁说,这对搭档叫做"助君&格君"②的艺名正是冲着这个而取的。

"他们的技艺是前卫的。这个老掉牙的艺名当然是他们有意取

---

① 第二次世界大战期间,按照当局相关规定,在日本曾被广泛穿着、近似军服的男式服装。
② 助君和格君都是《水户黄门》故事中随同水户藩主德川光国四处巡游的家臣。

的。因为从他们懂事时开始,电视剧节目就一直在播放《水户黄门》①。"

"滑稽短剧的戏迷们呀,观看'穴居人'的公演时,在与戏剧情节发展并不一致的地方却哄然大笑起来。"穴井说,"不过,这倒也说明戏剧中的陌生化处理产生了效果呀。"

把那一切整理成文字后,"穴居人"的成员花费不少时间对其进行讨论,充分确定了采访方向。这天上午的采访刚一开始,我便结合穴井将夫他们也已经读过草稿影印本的话题回答道:

"重新阅读草稿之前,我也没太重视古义在梦境中发挥的作用。你们探讨了将其改编为戏剧脚本的方向,明确了其中的意义。

"家母的俳句'就如河水冲走般一去不还'这种说法中,在漫长岁月的苦心思考中简而再简的这一句……隐含着向儿子发出的询问,只要读到这一句的儿子即可明白。我把经常做的这个梦原样写入'水死小说'起首部分,一直以来自己却并未过多思辨那一节中将夫所说的古义这个隐喻的意义,借助将要对你们进行的讲述,我本人想更清晰地弄清楚这个意义。

"我家那条舢板是军队使用过的报废品,是到父亲这里游玩的年轻军官带来的,我们称其为舢板,古义就乘上了父亲划向洪水中的这条舢板。

"这确实构成了我现在也还做着那个梦的梦境中的主要原型。为什么会做那样的梦呢?细细想来,那是因为我把看到古义乘坐在父亲的舢板上当作实有之事记忆下来的缘故。那一切便转换为梦境中的内容而呈现出清晰的形态。这并不意味着我在梦境中看到现实

---

① 水户黄门是水户藩主、曾官拜权中纳言的德川光国的别称,百年以来,其为改革社会而巡游日本各地的故事屡屡被改编为电影和电视剧。

里不曾发生过的事物却信以为真。当时,我赶上家父乘坐的舢板,在把舢板推入河水主流的同时自己也应该爬上船去,却在这过程的紧要关头失败了。这是现实中曾发生过的往事。不是在家父水死之际,更不是在家父水死的尸体被送到家里之际,我随即开始虚构出来的想象。说起这一切后,就像很久以前我诉说古义回到森林里去了时一样,家母并不搭理我的话,当时就是这么一回事。

"在那个草稿中,作为成年后的小说家,我重新写了那件事。我想告诉家母,那可是一桩非常重要的事件……却由于生性懦弱,将其整体都写成梦中记忆了(虽说事实上确实做过那个梦)。

"我继续讲述这件烦琐的事。成为梦之缘起的事件,作为事实是存在的。我记忆中的情景细节,全都扎根于现实之中。在这个国家战败那年夏天的一个深夜,森林里暴风雨肆虐,河里上涨的大水终于变成洪水。如果登上我家所在岩头的突出部,即使现在也能够俯视到那条河,只是那里筑起了漂亮的堤坝,与以往的河流毫无相似之处。就在那天深夜,父亲乘坐舢板沿河而下并死于水中。这就是事实的基础。

"家母本人只能把这个变故作为事实接受。那句俳句就建立在这个认知之上。如同'就如河水冲走般一去不还'那句俳句所表述的那样,家父便成了河水冲走。在如此这般水死之后,翌日晌午过后,家父从下游被运回到家里来了。

"也就是说,在这第一行和第二行之间,家母想要让我意识到:虽说你强调你父亲在发大水的河里顺流而去了,可是不管怎么说,遗体不是回到家里来了吗?!不是没有成为河水冲走吗?!而且,倒是你自己,一如文字所明确表述的那样,如河水冲走般一去不还。

"倘若回到第一行'让古义攀上森林的准备都没做'这儿来,那就是在这样批判我了:你在那种状态下所干的事,无异于让阿亮在一无所知的情况下,于令人恐怖的黑黢黢的夜晚的河流中被河水冲走。如果这么说的话,那倒也确实如此呀。接下去是我的诗行:'在不降雨水的季节里的东京,/从老年及至幼年时期,/我颠倒时序　回想起往事。'"

"不过,长江先生您并不是屈从于令堂,而是在对令堂诗行里隐含的声音作出这样的回应吧?自己或许会被河水冲走,不过在被卷入漩涡之前,想要回忆起从幼年时期连接着当下的自己的所有一切。这样一来,从这诗句所显示的窘境中某些逆转或许也是可能的……否则,你是要显示自己的诗在如此明显地模仿艾略特的诗作吗?"

我示意已经说完,没有回答穴井将夫的询问。然而,鬈发子并没有停下录音装置,向我提出了自己的问题:

"所谓球根木桶,那是什么东西?"

"如此与古义连接起来后,刚才所说的梦境,就成了古义这个插曲中的一个重要组成部分,想必今后还会经常出现,因此我会详细讲述的。当然,并不是说身为孩子的我如此看到了事物的整体,而是家父或许考虑到了这种情况吧,从其后的情况来看,这种说法是合乎道理的……

"我父亲从不曾对任何人说起过他的生长之地(我觉得母亲是知道的),他在东京与家母邂逅相识后,两人便回到她的故乡开始共同生活,总之,他是在后半生几乎没有工作的情况下生活的(我是这么认为的)。也就是说,他有闲暇时间,因而驻守松山的联队中的年轻军官们,在休假日便经常来这里喝酒。父亲与他们之间存在着什么样的深入交谈呢?倘若查看'红皮箱'中的资料,从军官们那位先生性质的人寄来的信函里呀,还有父亲本人的日记中,多少还是能够挖掘出一些相关内容来吧。我期待可以找到一些蛛丝马迹。总之,来自那些熟人和朋友的信息中,应该也包含着庶民层面的内容。家父预见到并不遥远的未来粮食短缺的时期将会来临。为了应对这个情况，他想出了奇特的手段。

"贯穿这座峡谷的龟川这条河的南岸有大片斜坡，当年那里全都是栗树林，目前也还在某种程度上保留着一些。我的外祖父呀，当年把山货运往关西一带，说是山货，其实就是栗子和柿子。从某个时期开始，他鼓励生产栗子的农户们从事副业，在栗树之间栽培用作造纸原料的黄瑞香。

"黄瑞香呀，是印制纸币的纸张原料，那原料要交付给内阁印刷局，不过，此前需要采伐人工栽培的黄瑞香灌木，蒸熏和剥去树皮，把那树皮晾干打捆后集中堆放在仓库里。直至这一过程，都还是农家人的工作。女人和老人把粗皮浸泡在河水里，再将其刮成真皮。

"不太公开劳作的家父设计了那台刮皮机械，向肥后守①小刀产地订购了刀具，并把这种刀具大量储存起来，以防备战争期间钢材短缺。为使纯白的真皮适合于货车运输，需要按照规格压缩成型，然后再捆绑成包。家父设计了这台颇为大型的加工机械，甚至还获得了专利。他应该没经过那方面的专业学习，只是作为业余爱好者而有着那样的兴趣吧。我本人也经常被这种用现成工具做点儿什么的兴趣而吸引。

"那么，家父打算怎样度过粮食短缺的危机呢？他注意到栗树林那片斜坡上，一到季节就绽放得红彤彤的石蒜②。在战败前一年的秋天，从石蒜的季节结束之后直至第二年的……也就是说，直至在暴风雨之夜他死于水中的那个夏天的几个月之前，他难得地经营起

---

① 肥后守原为朝廷派驻肥后国（现为熊本县）的最高官员，后泛指用于加工材料和削铅笔的折叠式刀具。
② 石蒜为石蒜科多年草，在日本亦被称为彼岸花、曼珠沙华等，古时由中国引入。

一个实业。他先是向国民学校①的校长建议,让学校的学生们挖掘石蒜的地下根茎并集中起来。多少会付点儿报酬,孩子们都热衷于这项劳动。为存放栗子和柿子而准备的仓库,这时便堆满了鳞茎的球根(在我们乡下,把这种球根称之为 HOZE)。

"母亲在我们家屋后用石墙圈起一片田地,家父便占用其中一部分建起了工厂。他用竹制水管引来溪水,安装了碾碎球根的机械(反正制造这类东西是他擅长的活计),修建走下石墙的宽大石阶,把河岸较高部位分为两段,为在那里放置大量木桶而用混凝土加固。在筹措这些物资方面,父亲与军人们的交往发挥了相应作用吧。要把碾碎了的球根放在水中浸泡。在稍稍往下去的下游宽敞的河滩上,搭建起很多铺满草席的棚子,用来晾晒浸泡之物。

"即使孩子也知道,石蒜的地下根茎是有毒的,不过也曾有人食用过。人们在将其碾碎并放入水中浸泡的同时,加入从森林里采集来的药草解除其中有毒成分,以备饥馑时所用。听说,这些事都曾记载在我们这地方的古文献上。本来,采集这各种各样的药草是一种专职工作,身为这种专职人员的母亲和阿婆虽然发现了那些药草,却只能采集少许。父亲于是请九州的大学里的朋友研制了取代药草的化学物质。如果球根工厂开始发挥作用的话,大概就能够大量提供优质淀粉吧……

"以我母亲为首,附近前来帮忙的那些人似乎都真的不相信有毒成分会就此被清除,不过生产仍在持续。在河岸的高处,装满球根碎料的木桶长长排列着。接下去,就是连降大雨的季节了。进展情

---

① 第二次世界大战期间,日本政府为推行国家主义教育,适应战时体制,培养所谓皇国国民,于一九四一年仿效纳粹德国,在全国范围内将普通中小学改制为国民学校,其学制分为初等科六年、高等科两年。该体制在战争结束后的一九四七年被废止。

况就是这样。"

"风雨大作之后天气放晴,满月从云隙间显露出来,在这样一个深夜里,令尊驾着舢板驶入洪水汹涌的河流并溺死于水中。这件事本身是真实的,亚沙也曾保证过。但是,即使这确实是事实,那也仅止于此。用您的话来说,先行上了船的古义直盯盯地看着因动作迟缓而未能上船、仍留在原处的您,我想要说,这段话大概是梦中情景吧。"将夫说,"假如将其视为梦境的话,那就太有真实感了……

"不过,我打算按照您坚持认为的那样,从那个十岁孩子在深夜里以大水为背景所看到的现实来演出。至于如何具体处理这个情节,还是在以后对您的采访中再谈吧。我所考虑的古义是具有超越性的本质性存在,可以变成普通幼儿显现出来,我想把这里设定为绝佳的场景。"

2

这一天是星期日,可是为了让我亲眼目睹"穴居人"的工作情况,他们决定在"森林之家"为我彩排经过精简的戏剧版《亲自为我拭去泪水之日》,却由于两位青年骨干演员"助君＆格君"承接的"营业"活动而延至下个星期日。正因为我看到穴井将夫身为"穴居人"主持者(至少是与髻发子共同主持)而拥有的领导力量之强大,感慨还存在着如此民主的地方,心情才特别舒畅。

当天,清晨时分刚开始彩排的准备,那些年轻人就把汽车从林中道路驶入通往"森林之家"的私人道路,他们在那里停好车后来到屋里,在将夫和髻发子的指挥下高效率地干着活儿。把一楼让给这些并未对我特别打招呼的年轻人后,我闭门待在书库里。将夫从楼下喊起"时间到了"之后,我下楼一看,亚沙也已经到达这里。

水 死

只有我们两人是观众,舞台中央摆放着从二楼搬下来的行军床和餐厅的一把椅子,我和亚沙背靠隔断刚刚站好,将夫便站在舞台中央开口说话。这是在对我和亚沙解说剧情,他那自然且有力的语调,已经在通知我们,体现他个人风格的演出就要开始。

"读了您给我们的'水死小说'影印本中的原型后,我和鬈发子考虑,就以反复梦见小说开首部分之变故的那个人物的讲述而开始这台戏。背景中有洪水汹涌的河流,通往那里的汉河上漂浮着一条舢板,父亲背对着这边坐在舢板上。在前景中,直至胸部都浸泡在浑浊河水里的少年同样背对着这边。然后,在舢板的高处,唯有一人面对着这边的,也就是正面朝向观众的古义……就从那个场景开始。

"然而,您还需要一段时间才能调查'红皮箱'并最终把'水死小说'全貌展现在我们面前。我们想要强化下一部新戏的细节而准备参考某些材料,目前正在重新阅读长江先生的全部作品。今天,我们将从已经完成制作的《亲自为我拭去泪水之日》中,节选几个场景进行表演。

"第一个场景,是十岁的少年跟随在他父亲——周围的人称其为长江先生的人物——身边,与从松山的联队开小差来到这里的军官们一道出征的场景。那个慢吞吞的哑剧(不得不慢吞吞,这是因为长江先生乘坐木箱小车的缘故),就在舞台的前景中展开。

"其实,这里的情景,与躺在舞台深处病床上那个患精神病的家伙所絮叨的往事同时展开。最初,那家伙几乎都是由用毛毯和床单包裹起来的鬈发子扮演。病人的床边,有一个身着护理师①制服的女人对他的话语显现出怀疑却沉默不语。那人是由您也熟知的二人

---

① 在日本,大学毕业之后进入护理专业学校学习,最终通过国家考试后才能获得护理师资格。

组合中的格君扮演。

"演出开始后,舞台深处病床上的病人将回想起一九四五年的夏天,他的内心活动就通过舞台前面那个少年(因为这位少年就是二十多年前的病人本身)讲述出来,您如果有意的话,长江先生,请您也模仿那些台词试着吟咏出来。因为我们忠实地一节、一节地再现了您的《亲自为我拭去泪水之日》,对于原著作者来说,您不会感到困难吧。那么,这就开始吧。"

庭院里极为繁茂的枝叶间,淡紫色和深红色的玫瑰正在绽放,被玻璃板隔开了夏日里庭院的舞台上,目前正躺在行军床上的,是被替换上去的助君,坐在金属管椅子上的大块头女人,则是格君。两人都沉默不语,直至此时一直由助君扮演的病人回想起的、他本人以往的幻影——头戴战斗帽的少年(由髻发子扮演),出现在前景里发出刺耳的尖叫声喊叫道:

妈妈、妈妈,发展成重大事态了,所以爸爸被推举成领导人,要举事了!果然、果然,由于发展成重大事态,爸爸被推举成领导人了!爸爸曾经把叫做非国民①的家伙、叫做战败主义者的家伙的名字都写到了纸上,必须仔细调查和合计那张纸上的名字!太忙了、太忙了!妈妈、妈妈,果然跟咱想到的一样!

这个场景长时间地持续着。我确实感觉到内心开始与自己的小说那奇形怪状的扭曲一同鼓动。在下一个场景的舞台前景中,父亲身穿无法随意活动身体的军服,被装入叫做木车的箱子里慢吞吞地移动着,然后连同那木车被一起搬上军用卡车。与这些动作相同步,

---

① 第二次世界大战期间,日本当局和社会对于不协助军队进行侵略战争并批评所谓国策的人进行责难的话语。即便当下,这个称谓也经常出现在日本右翼人物的言论中。

掀开毛毯和床单的少年,成为躺卧在此前只知道藏着人的那张病床上的病人,他露出面孔,用髫发子原有的平稳语音开始朗诵:

总之,八月一个清晨,与其说尚未天亮,不如说峡谷里仍是一片黑暗,军人们和我把父亲装入刚刚做好的木车里,宛若乌龟一般缓缓而行地出发了,在峡谷出口处,把父亲连同木车一起搬上卡车,终于组成一支举事的队伍,沿着弯弯曲曲翻山越岭的道路往地方城市而去。军用卡车疾驶期间,军人们前后并不连贯地长时间反复合唱着一支外语歌曲的不同部分。

"这支歌是什么意思啊?"听到我的呼唤后,父亲任由汗珠从不见一丝皱纹、如同陶器般苍白的面庞上不停滑落,却依然紧闭双目,在肥胖的身躯撞击着木箱壁板的同时对我作了说明。可是,现在我能直接回忆起的,却只是那些话语中的极少部分。"所谓Tränen,就是眼泪呐,所谓Tod,是指死亡的意思呐,这是德国话。他们正唱着的是,天皇陛下,请您亲自用手,拭去我的泪水。死亡呀,快点儿到来!永眠了的兄弟之死呀,快点儿到来!天皇陛下,请您亲自用手,拭去我的泪水。他们正在唱着的是,盼望天皇陛下亲自用手指擦去他们的泪水。"

我也曾于将近二十年前应邀观看小剧场的前卫戏剧,穴井将夫的演出此时正以当年我曾体验过的大音量,震耳地歌唱着巴赫的独唱康塔塔中的一曲。朗诵还在抵抗着,却终于被淹没在这歌声之间。

　　da wischt mir die Tränen mein Heiland selbst ab.

　　Komm, o Tod, du Schlafes Bruder,

　　Komm und führe mich nur fort;

在这段合唱久久持续期间,不知何物在我的体内开始发作了……

3

完成彩排形式的演出后,那些年轻人随即着手收拾舞台,他们刚刚离去,犹如巨大坛罐内壁一般的峡谷,便骤然成为褪去色彩的场所,尽管此时还不到四点钟。那些年轻人需要回到松山,在东京来的自创歌手举办的音乐会上,帮助打理舞台前后。我从不曾出席过这样的音乐会,不过我能够预料到,那些年轻人将会怎样富有成效地将音乐会推向高潮。

最初阶段,"穴居人"的彩排是阴郁的。髻发子扮演的那个叽叽喊叫着的少年(也就是将近六十五年前的我本人)也好,舞台深处的病人和护理师也好,膀胱癌已至晚期、在木车底部流满血尿的父亲也好,当然都不是体面且令人爽朗愉快的角色。舞台上的父亲连同木车被装上用四棱木料制成框架、以瓦楞纸板围护的车厢,少年则紧紧陪护在父亲身边,即便军官们并排站立在背后,情况也没有太大变化。

然而,当总数超过二十人的、我初次见到者居多的"穴居人"的青年男女成群跟随着军官们,头戴手制的战斗帽、腰佩仿制的刺刀加进来参加德语歌大合唱时,舞台随即爆发出辉煌和绚烂。

da wischt mir die Tränen mein Heiland selbst ab.
Komm, o Tod, du Schlafes Bruder,
Komm und führe mich nur fort;

这个合唱被止住后,原先躺在床上讲述着的病人髻发子随之站立起来,一改此前淡漠的朗诵,用凌驾于舞台的声量说道:

在爸爸的指挥下举事的军队中,咱要一直战斗到死!咱刚这样想，从地方城市那边就出现低空飞行的战斗机。军人们七嘴八舌地喊叫起来：这一架架的，可都是在这样那样地胡乱飞啊，一帮自暴自弃的家伙！趁着那帮家伙还没毁掉飞机，必须确保为了实现咱们的目标所需要的飞机！冒着迎击的炮火飞到帝都的中心，至少需要十架飞机，咱们全体人员都坐上那些飞机，向着大日本帝国之核心的皇宫，化为漫天花雨！咱们所要实现的目标，就是率先殉死，咱们全体人员都要最先殉死！军人们一一述说着自己的主张。咱们全体人员都要殉死！这句热烈话语的棘刺贯穿咱的小小心脏并停留在那里，继而持续燃烧起来。

咱们的军队在爸爸的指挥下举事，全体人员都将死去，而且，这些军人在唱着歌，盼望天皇陛下亲自用手指擦去他们的泪水。不久后，连我也仿效军官们士兵们，用叽——叽——的声音开始歌唱起来。

紧接着，髫发子再度扮回少年，走向舞台的前景，重新引领着合唱，在合唱因此而显得高涨之际，观众席上的我也开始歌唱起来！

> da wischt mir die Tränen mein Heiland selbst ab.
> Komm, o Tod, du Schlafes Bruder,
> Komm und führe mich nur fort;

"古义哥哥能够用那么大的声音唱起德语歌……我不了解发音好还是不好，不过……听说穴井将夫君把巴赫的独唱康塔塔改为合唱，总之，你能够加入到那些接受过训练的年轻人的合唱中唱歌了！长年以来，我们虽说是兄妹，可这确实让我感到非常意外。我也曾看过'穴居人'正式演出这个节目并获得成功的舞台，却没有体会到这样的感动！"

我的身边只有亚沙一人留了下来，她俯瞰着夜色渐浓的峡谷间

的黑暗,这样说道:

"我向髻发子打听了古义哥哥唱的那首独唱康塔塔的歌词内容,所以,虽说不是在政治思想上产生了共鸣,不过确实是被打动了。"

"嗯,在我的小说里,这是按照父亲的说明写下的诗句,不惜把Heiland selbst,即'救世主亲自'改为'天皇陛下,请亲自'而牵强附会。穴井君把我的小说解读成士兵们也参加了歌唱,可是在老仓屋里一面喝酒一面听着维克多娱乐公司①出品的红色唱片②的,却只有年轻的军官们。他们后来每天晚上都大声唱着,我也就记住了那首歌。在准备写小说时,就随着这模糊的记忆试着唱了唱,向吾良请教这是巴赫的哪首曲子。

"在那过程中,吾良找来了 LP 唱片③,还把德语歌词的意思也教给我,与此同时,我们两人就唱了起来,借此更正了我的记忆。虽说是这样一种原委,在戏剧中却被加工成如此宏大声音的合唱,当挤满舞台的全体演员开始合唱之际,我自己也不知不觉地唱了起来。这却是一种可笑的余味啊!'穴居人'那帮人,是要让我沉陷在合唱中啊!"

"我是边考虑着其他事情边观看彩排的。在那过程中,哥哥在我旁边开始唱了起来!变嗓音之后已经过去了六十年,可你还是在用叽——叽——的声音(这里说到的叽——叽——的声音,是我听了吾良找来的迪特例希·菲舍尔·迪斯考④的唱片后重新记住的,

---

① 维克多娱乐公司的英文全名为 Victor Entertainment, Inc。
② 维克多娱乐公司生产的、贴有红色商标的唱片。
③ Long‐Playing 之缩写,为传统的黑胶唱片。
④ 迪特例希·菲舍尔·迪斯考(Dietrich Fischer Dieskau,1925—2012),德国男中音歌唱家。

真想对你说一句:该说是男中音!)热烈地引吭高歌,听到这歌声,我可就感觉到这是真货。我认为哥哥投入了真感情。

"我呀,也认为古义哥哥就算在理智的层面上,也是不会唱出'盼望天皇陛下亲自用手指拭去泪水'的。虽说如此,却还是感觉到孩子的灼热情感现在确实正在内心里复苏……而且,这让我毛骨悚然。哥哥在新制中学的三年间以及邻镇的高中那一年里,我一直与哥哥一同生活,却从未听过哥哥这么投入地唱歌。一直被淹没于感性之中的那首歌,在倾听扮演成军官呀士兵们的'穴居人'表演合唱的过程中……或许,该不是在古义哥哥的灵魂周围复活了吧?!

"所以呀,我现在还在考虑,还是回到'穴居人'改编成这次演出的、最初的小说上来。因为呀,我清楚地记得,以《亲自为我拭去泪水之日》为转折,这是一部给妈妈和我带来极大苦恼的小说。小说里描写的那些军人的举事是在八月十六日,其实日本全国在八月十六日……按当时的说法,在大日本帝国的版图中,由那些对投降不满的军人发动的甚至包括枪战在内的举事,一件也没有发生过,当时还是年轻小说家的古义哥哥,为了不被年长的评论家提出质疑,就以住进精神病医院的患者的妄想而写出来。同坐一辆车的精神病患者记住了准备举事的军人们在卡车里唱的歌声,他在病房里就唱了起来。你让读者明白这是彻头彻尾的虚构,在小说中,患者的母亲也发表了打破这个幻想的批评言论。

"可是呀,如果追溯先于小说之前的那位少年实际经历的话,就像哥哥目前仍在说着的那样,在爸爸去世前的四五天里,从松山来的军官们在老仓屋里,父亲也加入进去一起喝酒。你听到并记住了当时酩酊大醉的年轻军官所唱的歌。歌本身是巴赫的独唱康塔塔,与天皇并无关系,总之,哥哥那时也感到心情激动吧?就算这种感受没在小说里写得那么清楚,哥哥的头脑或是内心,不还是与军官们的感动相通相连吗？！

"今天，虽说哥哥原打算以评论者的姿态观看'穴居人'的彩排，可是合唱刚一开始，就满面通红地发出了叽——叽——的声音。在看着唱歌的哥哥那期间，我就在想，这很可能是一件可怕的事……就像刚才说过的那样，我本身也深受感动，因此很复杂……"

我想要思考一下亚沙所说的可怕和复杂所象征的意义。我们任由室内一片昏暗，千樫的小小玫瑰园也好，其对面的峡谷内的空间也好，现在都染上了夜色，只见亮起了少许灯火，像是要下雨的样子，一直昏暗着的天空淡淡地浮起了薄暮。随后，亚沙继续说道：

"我呀，不是担心有人批判说哥哥现在开始向右派阵营暗送秋波什么的。不过呀，这一次，哥哥接受'穴居人'的协助，仔细调查'红皮箱'当然是最主要的工作。从哥哥的年龄来说，正要开始写作将成为最后工作的小说。如果那首德语歌曲的影响渗入好不容易才完成的作品，那么这作品又将成为什么模样呢？

"怀着这样的心情，我和髻发子把那些在今天的彩排中显示了实力的年轻人一直送到镇上的 JR① 车站，然后我们俩仔细交谈了这个问题。我对髻发子说，古义哥哥被那些年轻人的合唱所吸引，似乎无法不热情地歌唱，自己也或多或少地被那首德语歌煽动起来。就在送走那些年轻人的车站的高高站台上，我是上了年岁的妇女，髻发子则正是通晓事理的年龄，我们这两人呀，眺望着围拥盆地的连亘山岭，亲密地交谈着。髻发子和我此前也一直在通过电子邮件联络着，都同意独立于将夫君，在我们两个要好的女人之间持续着这种交谈。结果，现在我独自一人在对哥哥不停地絮叨，与髻发子的交谈同样如

---

① JR 原为 Japen Railways 的简称，为日本国营铁路分割为民营公司后的数家铁路集团。

此,说的都是今天的'穴居人'彩排的余波正在出现,这是哥哥经常使用的话语。

"且说我把哥哥迎到峡谷里来,也就做好了心理准备,所以,就把'红皮箱'交给哥哥吧。"

第三章 "红皮箱"

1

亚沙在等待着我的脚步声,将我引往从大门进入起居室的那扇门扉(打开了的门扉里面,只见榻榻米房间的令人怀念的矮桌上,备有镇上老字号点心铺的栗子馅点心)相反方向的储藏室。被保管在这里的、阿亮逗留期间听过的 CD 和音响设备旁边,放置着母亲的"红皮箱"。昭和①八年,母亲已经与家父在东京共同生活,但也是因为两人继承四国的家产之事因家父的缘故而延误下来,母亲便去了上海,探望出身世家的儿时好友,此人与身为商行职员的丈夫同驻上海并在那里生产,母亲就此历经一年也不见返回。这只"红皮箱",便是家父前往迎接并一同回国时,母亲带回来的物品。

这皮箱购入时不是新货,听说这是委托日本人经营的书店购买的半旧不新的物品,虽说猜测不出陈旧到了什么程度,不过,成为家母的物品后,她曾细致地做了维修。皮革表面尽管出现裂墨并剥落

---

① 昭和天皇在位期(1926—1989)的年号,取自于《书经》"百姓昭明,协和万邦"之句。昭和八年应为公元一九三三年。

开来,却仍然残存着泛出黑色的红色。箱子尽管不大,较之于现今女性所用之物,却是坚固得出乎意料。

"锁已经不起作用了,所以用绳子捆扎着。妈妈去世的时候,我确认过里面的东西,直到这次你回来,从没打开过这只箱子。在妈妈还活着期间,每年都要晾晒,即便现在有点儿气味,也不至于惹得你不愉快。现在就解开绳子看看吗?"

"还是带回'森林之家'再看吧。"我说道。

"即使寄送到爸爸这里来的信函中,特别是令人尊敬的先生寄来的邮件里,也包括书籍和浅淡颜色的绘画,而爸爸用铅笔添加的注解正在消失。将夫君说是不仅绘画,所有资料全都彩色复印的话,会复制得比眼睛看得更清楚,就请他那么去做了。复制好之后,鬈发子会从松山给取回来。"

且说我将终于能够自由观看的"红皮箱"放置在二楼的卧室兼工作间的南面窗边,解开绳索后,由于皮箱上用于固定的金属配件早已散失,上盖便自然滑落下来。看似沉重的物品位于箱底一侧,将其刚刚捧起,箱子便歪斜过来磕碰在腿上,原来那是三册大开本图书。我不知道麦克米伦①版的 The Golden Bough ② 共有多少卷,总之,这里有三卷。那是家父生前的事了,家母曾经说过:你爸爸从高知的先生那里借阅的书呀,写着世界上所有的事。说的就是这三本书吗?……如果是那样的话,我也曾在学生时代买了从简约版翻译过来的岩波文库图书。

书就只有那么多,我最先着手浏览的是母亲的日记,这让我回想

---

① 由麦克米伦(Macmillan)于一八四三年创办的英国出版社,主要出版教科书、文学、科学、法律等专业书籍。美国的同名出版社是英国总社于一八九六年成立的分社。

② 即《金枝》。

起把 G 笔尖蘸水笔①浸在小号墨水瓶中、背对着我这边的母亲的背影。在数度与家母发生冲突的一个和解期,我曾让亚沙把布封面的小型本(是在我承诺不把记载于其中的内容写入小说之后)拿了出来。现在,被收入皮箱里的共有十五册,拿出来的便是这其中的几册。母亲虽然知道亚沙的所为,那时却对此事予以默认。

当时,由于阅读那些日记,得以了解到孩童时代的自己所感觉到的、与家人同样重要的那位女性的相关情况。住在可以俯瞰峡谷的高地上那家宅院里的独生女,便是家母的朋友,我们称呼她为"上海阿姨"。她在中国生活期间寄给仍在家乡的我母亲的信函,被母亲详细抄写下来,构成了日记的主要内容。

早在战争时期,我便喜欢阅读《尼尔斯骑鹅旅行记》。其后,家母把大米装入用配给的军用布袜做成的小口袋,带上它造访了处于空袭威胁之下的百姓家里,用其换来几册岩波文库图书,我从中发现了《哈克贝利·费恩历险记》。在我来说,这两册图书便成为最先奠基的文学基石。前者是母亲的一位朋友赠送的,她只在村里的小学和家母同班学习,与留在峡谷里的家母不同,她从松山的高等女子学校升学去了东京的女子大学。我从这本日记中知道了这些情况。

于是,我决定首先重新阅读自己年轻时显然曾跳着读过的这一册,将手伸向用更新一些的彩色印花纸装帧的、更新一些的日记,然而,家母总是沉迷于被"上海阿姨"的来信唤起的、令人眷念的回忆的细节,并没有提及我想要探索的、家父的过去直至一九四五年这数年间所发生的事情。毋宁说,母亲像是为了将她生活中与父亲相关的部分都用橡皮擦抹去,才写下这日记的。

在这期间,我更为广泛地着手研究"红皮箱",由于直至第一天

---

① 较其他笔尖柔和,亦分为软 G 笔尖和硬 G 笔尖,适合于绘制线条。

的深夜都在读着家母的日记,因而开始研究时,已经是翌日的下午了。

我把"红皮箱"中的物品相应做了归类,铺摊至桌上、书架以及地板上,视为重点的信函类尚未从复印店取回来,母亲基于私下兴趣而收集的零零碎碎且像是有趣的物品引起了我的注意。我打开书架下格的大开本厚书(比如 *The Shorter Oxford English Dictionary*① 两卷本)掀开其中任意一页,将长时间搁置的报纸以及杂志的剪页等因折痕脆变而难以完好打开的那部分夹放于其中。陈旧脆变甚或破碎的部分,则从背面用透明胶带粘接起来。总之,对于那些内容明了的新闻报道,隔三跳四地浏览过后即叠放在书架上。

这些报道包括"伦敦海军裁军条约""侵犯统帅权问题""生丝大暴跌""农村负债四十八亿日元",还有"雾社事件②"等社会性、时事性报道,都是发生于一九三○年的事情。也就是说,在我降临人世的五年前开始,母亲便表现出她的这种关注。母亲所看重的朋友去了上海之事;最重要的是母亲深受朋友来信的影响之事;还有母亲本人的中国之行以及在那里逗留之事。倘若父亲不尽力将她接回来,眼下的我就不会实际存在!我还记得,从母亲那里像是听着不可思议的残酷的童话故事或是久远往昔的物语故事一般听到的、超过八百人的台湾原住民挥舞着竹枪、木棒和番刀举行暴动的往事……

"札幌啤酒"那摩登而日本式的半裸女人的彩色广告(而且有一种特殊印刷的感觉),则让我从记忆的角落里回想起与家母有关的往事——相当于这家公司创建者的权威人士与"上海阿姨"的娘家

---

① 即《简明牛津英语词典》。
② 一九三○年十月二十七日,台湾雾社(现为南投县仁爱乡)高山族民众针对日本殖民统治发起暴动,日本统治当局动用飞机、大炮等现代兵器进行残酷镇压,杀害高山族民众一千余人,另有二百多人被迫集体自杀。

有着往来关系,家母年轻时也曾见过此人。对于涉及"上海事变"的十多页以照片为主的剪报以及"奉天的满洲国建国祝贺"的新闻报道,我也有所记忆。身材分外高大的中国人静静游行的照片。"林白①二世的尸体被发现"的报道。多年后我曾读过一篇随笔,是莫里斯·桑达克②(受这位童话连环画天才的"被偷换的孩子"主题的启示,我写了同名小说)追忆幼儿时期随父母外出、恰巧途经一座报栏并在其间看到幼儿尸体照片时的情景。当时,我之所以被虚假的记忆所袭扰,以为自己也曾见过这幅照片,大概就是因为读过这篇报道的缘故。

依据右上角用铅笔写着的报纸名称和日期,我整理着自己出生之前相关事件的报道,在这过程中,头脑里浮现出有关再度开始写作"水死小说"的新设想。从选择这些剪报的方法中,可以看出一个方向性。且不说家母期望与否,这种选择方法不正表现出受其影响的家父对于同时代的关注方向吗?此后,自己要将与这一切相通的记述,从寄给家父的信函或是为此而写的回信中找出来。倘若能够以此为具体线索进一步深挖下去的话(我决定还要精细地再度解读家母的日记),我曾经抱有的构想,将《万延元年的 Football》重叠于写在其中的、当地民众的传说之上,面向家父曾视为生死之事的现代史的方向而展开的这种构想,不就有可能如愿以偿吗?

我的父亲当然以他的风格思考着同时代的历史。然而,基于这种思考而制订的举事计划,却向着近乎可怜的滑稽结局演变。他因独自(只有古义在陪侍?)乘其驶入洪流的舢板颠覆而水死。这位水死之人随着河底的水流而浮而沉,与此同时,尽管是并不很长的人

---

① 林白(Charles Augustus Lindbergh,1902—1974),美国飞行家。
② 莫里斯·桑达克(Maurice Sendak,1928—2012),美国著名儿童文学作家、漫画家,著有绘画本《在那遥远的地方》等。

生,他也经历过其晚年和青春的各种阶段。将这些局面一个个地放入小说中讲述,应该是可能的。最终被漩涡卷入水下之时,他能够听到这首歌:

> da wischt mir die Tränen mein Heiland selbst ab.
>
> Komm, o Tod, du Schlafes Bruder,
>
> Komm und führe mich nur fort;

我甚至唱出声来,尽管是低声。

2

翌日,我将"红皮箱"中所有物品在书架上摆放完毕,正在那书架前坐着,穴井将夫离开"穴居人"的年轻演员们,来到我这里露面。与其说这些年轻演员是在收拾彩排中使用的照明器具和音响设备,毋宁说他们是在将各种器物搬到一楼进行整理。穴井说道:

"长江先生发现有趣的东西了吗?这可不是在催促您告诉我呀!"

"你怀有好奇心也是当然的,只是目前处于区分内容的阶段……"

"我们从早晨就开始干的那些都是力气活儿,女演员则去参加研讨会。由于已经告一段落,髫发子说是能否请长江先生抽出点时间。"

"原准备由她顺道送走剩下的演员,然后让她在松山办完事情,可是她打电话询问留置在文具店的资料之事,却与对方因彩色复印部分的价格过高而发生了争执。因此,我要前去交涉此事。女孩子们也一并带走……只把髫发子一人留下来。"

髻发子已经在收拾得干干净净的大厅里等候着：

"因为请您观看了的彩排之事，亚沙说是要对长江先生说出自己的考虑。于是我随即表示，那就请你这么做吧！您听了亚沙所感到的担忧了吗？"

"听过了。不过亚沙并不是在征求感想，只是在述说她自己的想法而已。"

"亚沙也曾对我说，还是先把自己的想法说出来才好。说是长年以来，哥哥是个习惯于讲述自己意见的人，因而难以中途沉默下来……

"穴井将夫呀，甚至想把您的小说全貌用自己的手法改编成戏剧，他已被您如此强烈地深深吸引。与此同时，他也有着年青一代的批判意见。由于是包含着这种因素的关注，我当然希望运用他的方法论来演戏。

"将夫的批判和关注，与我对长江先生的感受方法一致，不过也存在着分歧。我对于这次演出《亲自为我拭去泪水之日》非常热情，却也存在着疑惑。而且，在排练期间的后半部分，这种感觉越发强烈起来，这是实话。举事的军队正要从峡谷出发之际，孩子也唱了。扮演孩子长大成人后的角色的那个人物如此呼喊着父亲的话语：天皇陛下，请您亲自用手拭去我的泪水。死亡呀，快点儿到来！永眠了的兄弟之死呀，快点儿到来！天皇陛下，请您亲自用手拭去我的泪水……

"坦率地说，这种场面是我所厌恶的部分，让我感到毛骨悚然。所以呀，在彩排的准备阶段，我们询问过将夫，演到此处时，我们是批判性地表演呢，还是无论那位用稚嫩的嗓音唱歌的孩子也好，合唱的军人也好，乘坐木车、已是癌症晚期的指挥官同样如此，全都滑稽且怪诞地表现出来呢？将夫这样回应道：你打算如何饰演那孩子的母亲？因此我问道，可以把她那冷笑式批判的话语给说出来吗？

"于是将夫发怒了，说是咱为什么必须充当长江的战后民主主义的信童？他当时试图让我理解的是这么一回事——在长江身上，存在着与那种教条主义的政治感觉所不同的、面对更为幽深郁暗的日本人感觉漫溢而出的部分。因此，咱对《亲自为我拭去泪水之日》抱有兴趣。咱还预感到，在他的'水死小说'里，那东西会更猛烈地漫溢而出。

"然而，我在实际演出《亲自为我拭去泪水之日》过程中，却有了意想不到的感动。就这一点而言，这与亚沙所感受到的东西也是相通的，我们被引发了共鸣。若是说起对什么地方产生了感动，最主要的，是参加那首德语歌曲大合唱的您在发自内心地歌唱。

"我倒不是因此而表明我通过巴赫的歌曲而被绝对天皇主义、国家主义所魅惑。因为很快就会说到，我正是从对其怀有根本性厌恶的情绪出发，继而参加'穴居人'戏剧活动的。我呀，知道您为了反对走向超国家主义的回归，尤其在随笔等文章里，一直在全力与之争斗。尽管那样，您在孩童时代毕竟经受过如此强烈的情感体验，这种情感体验目前也还在以这种形式复苏……我想说的是，受到此事的冲击，我在自己内心里发现了对不同于此前的您的关注，而且，将夫的戏剧中存在着让我如此这般的力量。

"于是，我想要说说自己的本源性体验，那是关于靖国神社的体验。这么表述，好像自己是个对靖国神社非常熟悉的人，其实并非如此。我曾于十七年前被伯母领着去了靖国神社，那是我的第一次也是最后一次，自从那次以来，就再也没去过那里。然而，这唯一的一次体验，在我来说却是一个巨大的存在。请让我把这一切说下去。

"我的伯母呀，她丈夫是文部省土生土长的官吏，也不知道是被丈夫所感化，还是反过来丈夫被伯母所影响，这对夫妇都是右派。伯母的祖父身为海军中将而战死。十七年前,把我带到靖国神社去的,就是这位伯母。

"而且,不是应邀参加靖国神社举行的仪式什么的,而是与伯母随着参拜的人流在神社院内向前移动。在那过程中,伯母止步停下,开始向其祖父的英灵祈祷,由于伯母热烈地长时间持续着那祈祷,我在她身旁羞愧地低下头去,却被巨大的声音惊吓得抬起头来,发现此前人潮汹涌的地方空了出来,在这块空间里出现了至今也无法忘记的情景。

"在那之前从不曾见过的那么巨大的旗帜在迎风飘扬,白布的正中央是鲜红的圆圈。虽说知道这是'太阳旗',那种巨大还是很特别,让我感到害怕……那面旗子之所以飘动,是一个将旗杆举在身前、身穿黑色服装的男人在操弄。巨大白布中央有着红色圆圈的旗子猎猎翻卷,完全占据了我的全部视野……

"旗子在移动,一个穿戴着旧军队的军服、军帽(从军帽后沿垂下的帽裾披展在肩头)的男人站立于其后,他拔出长长的军刀高高捧举着,然后说着像是誓言的话。那些话语虽然被缓慢地反复说着,我却不明白其意思……

"然后,我就呕吐起来。伯母试图用从胸口掏出来的东西摁住我的半截脸,可我却以冲开这东西的势头一直不停地呕吐着。伯母就脱下短外罩,包裹被呕吐物弄脏了的我的上半身,冷酷无情地将我押解出去。那个挥舞着军刀的军人于是追赶着犯下如此不敬之过的我,不仅仅是我,伯母好像也有这种想法,我们拼命地奔逃而去……

"这就是我所经历的靖国神社,而且是仅此一次的经历。然而,在那之后的十七年间,我一直在思考着这次经历。高中毕业后,我从事过小小的工作,后来又数度更换职业,受那里的同事所邀请,观看了'穴居人'演出的戏剧,于是考虑假如用这种方法能够进行思考的话……就在从事那里的事务性工作的同时学习戏剧演出。在此期间,仍然继续思考着已然纠结成疙瘩的靖国神社一事。说实话,当时我完全不了解长江先生的创作工作。不过,将夫以您为主题持续制作着他的作品,我就在观看这些作品、自己也参与其间的过程中,阅读了《亲自为我拭去泪水之日》的剧本,从而邂逅了最为清晰的长江先生的世界。

"其后的事情,您大致都知道了。从不到二十岁的时候开始,将夫就得到塙导演的青睐。因着这个关系,他好像也曾见过几次长江先生的夫人。听说塙导演曾对将夫说:好好读读长江的《日常生活的冒险》①!将其制作成电影时,斋木犀吉这个角色非将夫君你莫属。虽然那部电影没有摄制,将夫却把对他这一代而言已是以往作家的长江先生的作品,从初期开始反复阅读,这在《亲自为我拭去泪水之日》中已经体现出成果,现在还要推动将夫进一步设想——对长江先生的小说全貌进行概括,这就使得将夫把剧团的根据地转移到了松山。

"转移过来后,他随即领着我拜访了亚沙,由此开始了我们的工作。亚沙接受了我们,还让我们在'森林之家'召开了'穴居人'的研究会。在这期间,亚沙告诉将夫,长江先生正在构思总结其毕生创作工作的小说,要回乡从令堂的遗物中整理出相关资料,同时制作确定小说开首部分之细节的创作笔记,将会在'森林之家'逗留一段时间。

"'水死小说',就是它!将夫兴奋地说。亚沙的话语只是一些片断,可是通读了您最近所有作品的将夫却表示自己也热衷于作品

---

① 一九六三年二月,大江健三郎开始在《文学界》杂志连载长篇小说《日常生活的冒险》,至翌年二月结束。

中被引用的诗人,这其中大概存在着与将夫相通的东西吧。

"我就在想,假如长江先生果真在如此近旁生活的话,我就能够向话剧版《亲自为我拭去泪水之日》原作者请教他对靖国神社的事是如何思考的,能够向他讲述那个问题对自己而言又是何物。我是那种一旦有了想法就付诸行动的性格,便决定请求长江先生尽早来到这里。然后就是埋伏的经过了,而且,由于那个完全真实的偶然,事情比预想的还要顺利。"

清晨,在运河边的自行车专用道路上,支撑住我那正要向后倒下的上半身,用富有弹力的一条腿承受了我全身的重量……我也曾做过种种想象,究竟用什么姿势才能够做到这一切。我沉默着……

"不过,将夫说是在长江先生身上,还有一种与彻底支持战后改革的教条主义所不同的、幽深郁暗的日本人感觉,我对这些话放心不下,目睹在我们的《亲自为我拭去泪水之日》彩排上忘我唱着德语歌的长江先生,我也产生了新的感受。因此,今天就想对您先说说这些话。"

"如果没有特殊事由,亚沙是不会与新结识的人充满热情地开始做某件事的(可是一旦偶尔如此,便会全力以赴地做下去),坦率地说,我呀,对亚沙想要跟随你前行之事抱有兴趣。"

"将夫一直在说,亚沙在这片森林里支持着母亲,就是在支持长江先生的工作。我也感觉到,亚沙是那种为了其他人而真诚操劳的人。"

"可是,亚沙好像不太清楚你想要前往何方,我觉得这一点也很有趣。"

"亚沙在这里,让我心里有了依靠。不过呀,我本人对于自己将去往何方也不太清楚。是将夫培养了我,今后我也会与他的戏剧活动联系起来前行,因而我也是在这条线上承接了亚沙的厚意。"

"尽管如此,我却预感到或许迟早会离开将夫的路线而开创新的事业,因为将夫毕竟是男性。我觉得,这一点好像也被亚沙看了出来。亚沙曾告诫我:即便对于长江,最好也不要期待他对将来紧要关头的行动会施以援手。就这一点而言,由于自己不是男性,倒是在某种程度上可以指望……

"亚沙接着对我说,虽说如此,自己这个人还是做了各种各样的事情,经常为此做一些斡旋工作,让哥哥相应地支出一些费用,不过,哥哥最能发挥的作用,还是作为小说家(或是作为也能够写剧本的人)的作用,希望你也能恪守这条底线。

"就这样,我把自己尚未清楚的事一一告诉了亚沙,在这过程中,对于亚沙所说的她本人的情况也留下了深刻印象。最初,亚沙讲述了有关长江先生的事情,说是哥哥虽然是个乐天之人,有时却也会烦恼后悔并陷入沉思苦想,永远在为以往的事而后悔。从孩子那时开始就一直是这样。其实自己也是这样。不过,自从与'穴居人'建立关系以来,尤其是其后与鬐发子以及年轻女性深入交往期间,觉得自己好像在超越那种性格。首先,自己注意到这些年轻的女性们没有在后悔,她们甚至更不介意自己现在的行为是否会成为将来后悔的根源。而且,她们当然以往也不曾后悔。实在是轻松畅快、果断干脆。自己被这一切打开了眼界,决定改造自己的性格。

"年轻姑娘们不后悔。她们不会因为现在所做的事而担心将来是否会后悔。那么,对于年过七十的自己来说,就更是如此!关于现在的事,将来的自己会后悔。决定尽可能地做出补偿。然而还有那个时间吗?没有。就连像样地为之后悔的时间恐怕都没有。所以,自己无论如何也要随着鬐发子她们的计划前行。亚沙表示,自己就这么下了决心。她还说,虽然并不认为随着鬐发子而行,自己就能够成就什么新的事业,却也不会因此而失去什么。如果哥哥与鬐发子产生对立的话,自己将站在鬈发子这边。由于出生于农村的老户人家,亚沙并不触碰交谈对象的身体,只是如此这般地把小巧的右手伸至我的肩头侧旁,这情景一直印在我的眼底。"

翌日清晨,我仍然在架子上归置着从"红皮箱"里整理出来的物品,不时挑出显眼的资料重点阅读,这时,将夫送来亚沙委托他处理的彩色复印件。

"昨天,劳烦您面对鬈发子的独角戏,谢谢您。说实话,我一直为此而提心吊胆。大致说来,鬈发子如果只是把话剧版《亲自为我拭去泪水之日》批判为崇拜靖国的极端民族主义的话,那就失去了前来与您对话的意义。因为鬈发子表示,在这次彩排中,将要举事的青年军官以及少年,任性地以尊崇天皇的心情,歌唱着赞颂 Heiland①的歌曲,在演出到这里的时候,长江先生真的在感动地歌唱着……目睹此情此景,她想要询问那是怎么回事……然后呀,说是您倾听了她的那些话,于是对您的不信任也就基本消除了。鬈发子还说,自己并不仔细倾听对方的讲述,亚沙说长江先生也是如此,可是……就我的戏剧方法而言,不管是什么人的发言,都要将其视为运用各种思维方式进行思考的人们中的一人的思考而听取,以便在舞台上再现不同人物的自我表现。我反反复复地使用那种方法,这有点儿悖论的意思,她在'穴居人'里一直发挥着作用。"

"即便鬈发子是二十几岁时加入剧团,可在这短暂的年月里,她就在这个共同体内如此清晰地表明自己呀。"

"在这一点上,她很特别。也不知什么缘故,鬈发子拥有的影响力不仅及于比自己年轻的那些人,还影响到稍许年长一些的女性。鬈发子成为'穴居人'正式演员也才五六年,却影响她身边那些二十

---

① 德文,救世主之意。

来岁的女演员制作了一部作品,是个三十分钟左右的话剧,安排公演后受到观众的欢迎。剧名叫做《扔死狗》,对这个剧名,您有些印象吧?

"当然,那还是在'穴居人'的根据地仍设在东京近郊的卫星城市①那个时期。每天一大早,年轻演员或步行或跑步,都在尽力锻炼基础体力。您也在为了健康而步行,那个时期,东京都以及临近区域的地方自治体都开始建造那种场所。与此相同时期,郊外新迁居民兴起养狗的热潮,带着狗出来散步的妇女们与正参加训练的剧团演员们发生了冲突。一伙热衷于跑步的年轻人,对那些带着狗出来散步却站在跑步路线上闲聊的妇女表示了不满,认为这是个妨碍。虽然他们只是这种程度的反应,参加训练的这伙年轻人中相当于头儿的角色是髻发子,她却对于领着狗的那些妇女的习俗和行为产生了兴趣。

"于是髻发子就构思,出现了一股势力试图压制那些带着狗散步的妇女,她根据这个构思编织出戏剧的剧情,那就是基于参加训练的剧团年轻演员所讲述的内容,把焦点置于妇女们对此进行反击的方法之上,以此来推动剧情,这就是髻发子的做法。在她的剧情设定中,反击之际,那些妇女侮辱男人们的相关形容,全都是围绕着公狗的话语表述,这一点显示出了髻发子的才能。男人们为之迎战,他们的势力和啦啦队位于观众席。占据着舞台的女人们组成各自牵着狗的人群,面向男人们,她们一齐扔出用塑料袋包裹着的狗粪进行战斗。髻发子使得争斗进一步升级,开始把自己的狗扔了过去,制造出这么一种高潮。当然,越过观众席扔过去的狗和粪都是人工制品。

---

① 原文源于英文 bed town,表示大都市周边只用于居住而没有产业功能的住宅区。

"剧名强调出这一点,髻发子命名为《扔死狗》,啊哈哈!"

抗议越南战争的市民性批判运动在欧洲达到高潮时期,在君特·格拉斯的一部关于西德青年阶层的现场报道一般的小说里,一个年轻人提出在公众面前烧死爱犬的计划。我想起这段存留于心里的内容,便将这个回忆也说了出来。

"柏林的大学生如果真这么做的话(实际上也是可能这么做的),就会成为社会性丑闻吧。'穴居人'的《扔死狗》也遭到了来自爱犬团体的抗议,身为剧团负责人的我可被叫了出去呀。虽然我表示了要'自我约束',髻发子的小团队却并没有沉默。在调换上演的那家剧场里,说是要维护小剧团表现自由的女性们蜂拥而至,她们很有可能把狗粪或是死狗扔到出面协调的我的身上来。我就为这而如此这般地操劳着。"

"因而'穴居人'将要分裂?不会发展到那一步吧?"

"'穴居人'内部的男人们也为事态的发展而觉得有趣,因为他们原本就是出于这种感觉而参加戏剧演出活动并以此为乐的。只是,在髻发子身上……靖国神社即是其中一例,她有一种绝不退让的东西。就这一点而言,她仍然是独特的。"

"亚沙身上也有这种东西,可是这个亚沙却被髻发子给迷住,而且今后想要追随髻发子前去她所向往的、她真心打算做某事的地方,我也相信这是确切无误的。"

"亚沙这个强有力的伙伴已经形成了,可是她们两人所认准的对象,该不是长江先生您本人吧?这么说来,也许有人会认为,我的语调像是与己无关似的。不过,通过与髻发子交谈,我在重新认识长江先生小说的过程中构思的戏剧里,核心正在形成,这也是确切无误的。

"在我早先的构想中,要围绕您的作品全貌多次采访,可是即便在构想中设定了古义这个主题,焦点还是比较模糊。髫发子希望把这个问题直接与长江先生的'水死小说'之进展联系起来。"

"实际上正在这样演变,在目前这个阶段,我并没有因此而为难。"

"可是,假如髫发子超越了亚沙的好意调控,在髫发子与长江先生之间也就可能产生纠纷吧……嗯,不过直至目前为止,髫发子从未采取让'穴居人'的活动陷入困难境地的冒险主义。

"比如说,因为她呀,从不曾策划在靖国神社的境界内演出简化了的《扔死狗》之类的节目。只要您协助我们,我们就能够以髫发子为先导,把'水死小说'的戏剧化构想向前推进。对此,我也转而变得乐观起来了。

"可是,这所有一切都存在以下问题……长江先生基于新资料而奔向'水死小说',从而为我们的'水死小说'戏剧化指出方向……

"一切都取决于您解读'红皮箱'的成果。"

第四章　笑话被贯彻

1

从穴井将夫手中取过纸质信封的时候，我有一种不协调的感觉，那是因为那东西尽管体积膨大却是很轻。

彩色复印资料装在三个四角形的 A3 信封里，各份原件应该是在大幅和纸上加入文字和绘画的文人作品，就连墨迹和颜料的渗透痕迹都完好地复印下来了。然而，我所期待的、可称得上实际内容的信函却是一件也没有……

在我的记忆里，家父总是在那间狭小的房间里做着与家传行业的业务无关的事情，我曾偷偷看见他在那里恭敬地用双手捧持着尤其是来自高知那位先生的、作有画和赞的大纸。

"那上面，写着什么样的事情呐？"我当时询问家母。

"是我们都不太清楚的事吧！"家母只是如此回答，不过那可是含有十足敬意的表述方式。其后，在我忘了曾如此询问过的时候，她却向我说明道："爸爸发现《大汉和辞典》第一卷出版了，爸爸还说，诸桥先生①的大作如果连后面数卷也都完成的话，就可以说不会再

---

① 诸桥辙次（1883—1982），编有《大汉和辞典》和《广汉和辞典》等。

有找不到的词语了！"

我对此所说的话语，也就是：

"人们写的文字全都出现在辞典里了，所以就没有新的东西呐？假如那样的话就没意思了！"家母把这些话传给了家父，又来对我说：

"爸爸笑了，他说，说不定你打算自己写出辞典里没有的东西……"

我所知道的是，描绘着那些画的作品，使用的都是被内阁印刷局检查淘汰了的"等外品"黄瑞香抄出来的纸张。即便当局默认把那些没有通过检查的原料抄成纸张的行为，当时在我来说，也还是挺可怕的事情。家母的反应则是一副出乎意料的模样：

"爸爸说，虽然'等外'是不光彩的事，可也能抄出优质纸吧……"

每当家父把那些纸张送给高知那位尊敬的先生，在用那纸绘成的画面上添加汉字之赞的作品，便连同依然是父亲提供的、用葡蟠和雁皮抄成的纸张写的书信一起寄来。由于信上附有写给家母的简短话语，当我问及那是什么内容时，家母便用冷淡的语调回答道：

"收到了松茸呀、香鱼呀、晾干的杜父鱼，对此表示的回礼！"

我把收到的大信封暂且放置在架子上，所有封口的，都是只有信封却没有信笺的复印件，我为此而感到震惊。不仅如此，每当收到书信，父亲都会为回复而写底稿，并用橡皮筋将其与对方的信封固定在一起（母亲一直夸奖着这个习惯），这些东西现在也没有了。总之，我把椅子搬到架子前面，一页一页地连续阅读复印出来的资料。在充满峡谷的光亮尚未减弱之前，虽然不能说心情甚至坏到了郁闷的地步，可是上午刚开始作业时抖擞起来的精神，却是不见踪影了。

73

2

　　太阳下山了,说实在的,我已完全陷入郁闷之中。就在这时,亚沙送来了晚饭。她从我的表情中觉察到所发生的事,看着我一声不响地用筷子夹送着摆放在面前的菜肴。在这期间,并不是为了表示某种怜悯,她用中立的说话方式开口说道:

　　"在眼睛还能看得见的期间,妈妈是那种隔上几年就要整理一次的人。每当这种时候,妈妈总像挂念着什么似的仔细整理。在看着妈妈如此这般的过程中,有时我就在想,难道书信全部消失殆尽、就只留下了信封吗?……"

　　"如果像你说的那样,妈妈如此花费时间整理,而且什么都没有了……今天傍晚,我也在考虑着一个问题,而且这可不是发牢骚啊。因为大家都知道,这一切全是她的东西,比如说曾让旧美术品店和旧书店给看过,都是些没什么价值的东西。很长时期以来,只有我执意想要好好地看看内里之物,仅此而已。而且,那个执意就是:爸爸遗留下来的、妈妈一直存放在'红皮箱'中的重要书信以及爸爸的日记(如果有的话)之类,与我的想象之物有所关联,可以具体告诉我……或许我还可以将其与所谓'现代史资料'对照起来。只是这么一个梦想而已。"

　　"难道哥哥没有想过,实际上,能够与哥哥的想象连接的线路并不存在,即使作为妈妈,也没有把徒劳无益的劳役强加给哥哥。即使最后……在各种各样的信封上,写有妈妈也很眷恋的名字,因此才留存在'红皮箱'里……"

　　"在我看来,能够连接自己长年以来那个梦想的线路,就像你说的那样,一条也没有。我对此已经想通了。毋宁说,自己永远无法停止对于父亲的想象这件事本身让我感到不可思议。在爸爸活着期间,而且在'水死小说'开首部分的事件发生之后(其实我也曾怀疑过,那个深夜里的事件本身该不是自我想象的产物吧?),即便这样,我依然做了各种各样的想象。不仅如此,我还写了《亲自为我拭去泪水之日》。妈妈所做的,就是指出那些想象全然没有任何根据并摧毁掉那一切。让已然到了这个年岁的我认知这一切的(由于我没有反证的线索),用裁判的话语来说,则是那个人的全面胜利。"

"依我来说,哥哥此前无论如何也没能觉悟到这一点,真是不可思议。在妈妈去世后的这十年间,莫如说,我担心可能会做下对哥哥不好的事,就一直没打开'红皮箱'。即使这样,在妈妈还活着的时候,我也曾隐隐约约地看过几眼。因为,妈妈时常像是突然想起来似的取出箱里的东西之际,我总是在那旁边。不久之后,我被告知妈妈在早已不用的炉灶里把那些东西给烧掉了。关于内容,倒不是这呀那呀地告诉我,而是一看到我哪怕露出少许介意的神情,妈妈就会说,我看那也是多余之物吧。妈妈花费人生中漫长的后半辈子一直在做着的事,我认为应该是正确的。妈妈是在独自一人长期持续思考,而不是冲动之下进行决断,她每隔一段时间,就烧毁少许……

"在此之前的、哥哥小说中的爸爸,都被怪诞地夸张……或是滑稽,或是悲惨,有时也被装扮成看似英雄的人物……摇摆得都很厉害。也就是说,哥哥没有把握。我觉得,妈妈对此的反应是打碎了哥哥的幻想,却认为那对爸爸是公平的。哥哥曾表示'由于厌恶那个人',妈妈则回以'我却不在那种层面上看问题,只是觉得要对死去的人公平而已,不就是这样吗?'你还记得这个反问吧?

"妈妈活着期间,就在抗议哥哥写的东西,她大概担心自己去世以后,哥哥会被卷入爸爸那些有点儿可疑的朋友的书信……那时,能够抗议的第三者也不会有了,因而想要防止哥哥夸张地表现爸爸,妈妈只是在这样思考吧。

"莫如说,我呀,现在看到哥哥失魂落魄的模样……我觉得很可怜呀……然而我再次意识到,妈妈做了正确的事。妈妈死后那搁置十年的冷却期间,也是为了让哥哥有个冷处理的时间……即便意气消沉,在哥哥这个年龄上,所谓意气消沉就是老人的冷静呀……那可不是一种不好的感觉。

"除了交给鬐发子她们的那部分'水死小说'草稿,我还读了卡片那样的东西,上面写有看见老仓屋里的年轻军官们的宴会啦,更年轻的士兵划着舢板在教哥哥掌舵啦等描述。而且,发大水那天夜晚的事情被汇集起来写在一起,不过对于哥哥来说,除此以外的情况就没能留在记忆里了吧。大体上写得比较真实的、爸爸乘坐的舢板在洪水中被冲泻而下的情景,与古义哥哥那种风格的想象也重叠起来,比较有意思,只是没有真实感。妈妈认为那种毫无根据的展现大概会让人感到厌烦。

"实际上,我也赞同妈妈根据自己的意愿整理'红皮箱'。不过,我不认为妈妈下定决心要彻底毁掉哥哥的'水死小说'计划。如果是那样的话,就算建起堤防之后也还发了几次大水的期间,她只要吩咐我把'红皮箱'扔进河里不就行了吗?

"我呀……说几句感伤的话吧,我觉得妈妈一直爱着哥哥,她认可哥哥迟早完成一直挂念着的'水死小说'之事是哥哥的自由。只是她意识到,哥哥自己对于爸爸所抱有的想法是错误的,而且还必须要写出来。那不就是因为妈妈……恐怕与她爱着哥哥一样……在爱着可怜的爸爸吗?妈妈认为爸爸人生中最糊涂的事,就是被那位先生的书信给弄得不正常了,就是受其影响,在战争临近结束之际,想要与那些军官干点儿什么的往事。因此,如果存在那些能够成为证据的东西的话,就要一件不留地全部销毁,对于妈妈来说,这种考虑也是理所当然的吧?因此,每当打开'红皮箱'时就想扔掉充满那种号召的书信,这同样是理所当然的吧?开展实际行动的号召,与其说直接来自爸爸的那位先生,莫如说也是从先生在各地的崇拜者那里得到的。妈妈在很长时期内不断烧毁那些书信,是因为她觉得爸爸可怜吧。唯有那些书信的信封不是留下来很多吗?我在晾晒书籍和信函时,也读了其中一个内容,写着'大兄在森林里的师团的'等字样、含有戏弄意味的内容。就算那种计划是事实,可真正相信了那个计划的,也许只有父亲一人,所以那个计划遗留下的,不也就只有一个人的水死之体吗?

"哥哥在小说里描述那样的计划,究竟有什么意思?妈妈这样推想,不也很正常吗?尽管如此,即使只剩下了信封,妈妈也没有扔掉。于是,我怀着遵循妈妈遗志的想法,一直守护着'红皮箱'。"

"是啊,就像你最先说的那样,我对爸爸一直抱有幻想。

"另一方面,妈妈期待着,期待我把与这种幻想所不同的、并不太愚蠢的爸爸写入小说里的那一天将会到来……你能说出这些来,在我来说,又是一种新的震撼啊。总之,是新的信息。"

"说是哥哥发表《万延元年的 Football》①三年之后,从那时起就一直在写着的'水死小说'的、截至当时已经完成并誊写出来的部分,连同卡片一同寄过来时,妈妈要求正在京都的我'回来读那些东西',这是'因为自己不太明白'……

"如果说起哥哥为什么要让妈妈看那种正在写作之中的小说,

---

① 一九六七年一月,大江健三郎开始在《群像》杂志连载长篇小说《万延元年的 Football》,至当年七月结束。同年九月,由讲谈社出版同名长篇小说单行本。

那是因为希望妈妈同意你查看她手中的'红皮箱',那里面存有把小说继续写下去所需要的资料。我告诉妈妈最好拒绝这个要求,妈妈随即表示,其实她自己也读了那份材料,与我的意见相同。然后,我就在回信中写了妈妈和我的一致想法。古义哥哥很快就坦率地接受了这一切,让我很吃惊,说是撤回自己有关'红皮箱'的希望,寄来的草稿不妨烧掉。当时,妈妈高兴地说:怎么能做那种过分的事!我想放到'红皮箱'里去,这可是时隔二十年的新内容!妈妈之所以会那么高兴,是阿亮虽然处于困难之中,却仍然创作出题为'森林里的奇异'的音乐,在等待将其录了音的录音带送达这里之前,妈妈再也不考虑其他,就是这么一回事。

"然而,就在将到未到一年之际,哥哥却发表了《亲自为我拭去泪水之日》。我代替受到打击的妈妈刚表示抗议,哥哥就说道:无论谁读了,都会明白这是虚构的作品。就像你也知道的那样,我并未参考'红皮箱'里的资料。作为小说的那种内容,我曾在书信里表示过,你们应该明白。我把爸爸作了讽刺画式处理,对我自己的批评也以夸张手法写得很严厉。妈妈那冷静的批判紧接其后,明显是作为精神正常之人的声音而写出来的。在整部作品中,我倒是表现了自我批评。就连这些都要否定吗?难道这不是在侵害创作自由吗?我和妈妈都感觉到,自以为成了东京人的那个小说家,已经不同于我们曾称之为古义的那个人了。于是,就出现了那么长时间的断绝关系。于是,在那期间,妈妈一直为之而苦恼。"

刚一沉默下来,妹妹便开始流淌眼泪。她用力闭上双唇,已成黑红色的脸(那也是我妈妈的习惯,没用手掌遮住流淌着泪水的脸),如同当地上了年岁的妇女之原型就在其中一般,显露出简单化了的愤怒表情。

"时隔四十年后归还的这部分古义哥哥的'水死小说',是以讲述'很长时期以来,自己一直在做着这个梦'而开始的吧？然后你接着写道:至于那是把现实经历过的往事作为梦境之源,还是实际上先在梦境里见过,再将其认定为现实、重又在梦境中见到的呢,现在已经弄不清楚了。'哥哥你装什么糊涂呢？'在返回的夜间列车上读着那段话的时候,我就一直在想这个问题。这难道不就是实际发生过的事情吗？我被哥哥领去后间①看父亲,还触摸过躺在被褥上的爸爸那湿漉漉的发束！

"我由此推测,哥哥为何这么执着于'水死小说'？尽管这样,仍然表示不清楚那是现实还是梦境,该不是因为爸爸乘坐舢板在洪水中顺流而下并死去时,自己虽然也被吩咐跟随前去掌舵却是慢吞吞的,由于爸爸是那种急性子的人,就独自一人划了出去,因而哥哥在为此而烦恼吧？

"我对妈妈有过承诺,原本打算绝不说出来的——当时妈妈就站在石墙上的旱田里看着下面,而且呀,妈妈对我说,哥哥没有随同父亲前去,真是太好了。妈妈之所以不告诉哥哥自己曾看到那情景,是因为她觉得那是残酷之事啊。在那个发大水的夜晚,自己低头看着现场,在月光下什么都看到了。如果妈妈这么说的话,哥哥就将会失去逃逸之地吧。究竟是现实还是梦境,装糊涂的这个空间将会失去吧？"

"……妈妈真的认为我没有随同而去是好事吗？我明明受到爸爸的信任,让我练习了掌舵,而我却在浑浊的河水浸泡到胸部时慢吞吞地行走,因而使得事态演变成那样。妈妈应该看穿了这一切呀……如果从上面一直俯视着的话……暴风雨停息了,满月从云缝里照了下来。"

---

① 正房后面的和式房间。

"那么,古义哥哥也清楚地看到了正等候着爸爸舢板的、发着洪水的河了吧?哥哥隐约瞥见爸爸的舢板被卷向水流,就用狗刨式游了回来。妈妈可是说了,觉得这比什么都让她高兴。

"假如续写'水死小说'的话,无论往哪个方向写,都要为爸爸和那个用狗刨式扑通扑通游回来的男孩子恢复名誉!哥哥,你这样想过吧?只要从'红皮箱'里找出资料,就能想方设法做点儿什么!哥哥,你如此白指望了吧?"

亚沙的面庞上已经不见红色,只是泛出黑色,眼泪持续不断地从面颊流向塌陷下去的嘴角。我被打垮了,难过地坐着。在这期间,为了再度开口说话,亚沙睁开了眼睛,在她那郁暗的脸上,早已没有流泪的迹象。她坚定了进一步深入攻击的决心:

"妈妈说是'不要告诉哥哥'的事情,既然已经对哥哥说了,那就索性都说了吧。这里有一盘盒式录音带,录下了妈妈去世前三年期间,由她本人讲述的、爸爸在发大水的河里乘船外出、终而水死那天夜里的情况,我要让你听听。妈妈由于眼睛渐渐看不清楚而无法写信后,不是用她经常用来听阿亮音乐的那台机器,录制代替感谢信的话并寄给你们了吗?为了'森林里的奇异'而说的话,哥哥原封不动地用在了小说里。

"当时为她录音的也是我。'我要先说说大水之夜的事情',妈妈说出这句话时,我觉得这样也许还会被用于小说,当时并不了解妈妈的想法,却也觉得'总之,这是重要的事情',就帮她做了这件事。录了音的录音带始终放在'红皮箱'里,最近取出来搁在了一边。

"一会儿回到家里……今天晚上鬈发子会住在那里,就让她代我送录音带过来。她能够熟练操作设置在这里的机器,不仅如此,作为我来说,还想请谁陪伴在哥哥听这录音带的场所。"

3

　　汽车驶入前院,照例一身工作服装扮的鬈发子说了声"是亚沙让送来的",便将用包袱包着的东西放在餐厅的餐桌上——装在中学校长遗留的那个不挂釉彩的素烧瓶里的烧酒,同样是他根据自己的兴趣而收集的三个又大又深的大酒杯,另有若干菜量很少的菜肴装在备前烧①的碟子里,并用保鲜膜覆盖着。我不喝烈酒已有一段时期了,却因着旧习尚存之人的习惯查看烧酒瓶上的标签,正在安排、调试播放设备的鬈发子于是问道:

　　"是一面用餐,一面听录音吗?"

　　"亚沙从不为晚餐配上酒水,却让你把这酒送过来,大概是预计到听了录音后有必要喝点儿酒吧。那就先不喝酒,听录音吧。"

　　运进器材后,大厅有点儿像是小剧场,鬈发子将餐厅的椅子推过去,面对着放置在大厅南边的扩音器,就在操作音响和照明的地方占据了位置。我在扩音器对面的高处,目光转向被门灯映照着浮现而出的白桦。鬈发子调整着耳语般开始的声音并再度倒回,传出妈妈那远比我记忆中更为衰老的声音:

　　……你爸爸拿定主意要坐舢板划到大水中离开这里,我们就趁你爸爸小睡那阵子,在古义从老仓屋运来的、基本都塞满了的"红皮箱"里,又放进换洗衣服啦毛巾啦。你爸爸准备的东西都是文件什么的,在那下面放着的,是从自行车轮胎里取出来的一条内胎。因为呀,总是古义一个人分解打扫那辆已经旧了的自行车,还用黄瑞香捆包机器的油给自行车上油,你爸爸就吩咐

---

① 日本备前市周围生产的陶器。

他只把内胎给取出来,古义就精神抖擞地干了起来,用嘴巴把空气直接吹了进去。沿河边那条马路上的自行车店呀,也没自行车可卖了,就只是修理车子……说是修理,也没有新零件,只是把断了的链条接起来啦,用胶水把扎破的轮胎补起来啦之类的,所以呀,既然取出来就没有更换的内胎。从战败那年直到第二年,古义把绳子塞到轮胎里,用它来代替从车轮里取出来的内胎,一直就那么骑着呐。古义回家来的时候呀,一听远远传来的那个咯吱咯吱的声音就知道了!

取出来的那条鼓胀着的内胎派上了什么用场?那是浮囊嘛。假如把内胎卷起来塞到"红皮箱"里,就算舢板沉下去,由于那个浮囊的浮力,"红皮箱"也会忽忽悠悠地漂浮起来吧。你爸爸放进"红皮箱"里的东西呀,我都看到了,全都是文件什么的。你爸爸他们的举事是什么人提出的方案?被怎样地付诸准备?由于身处这座大森林中,因此只能写信给松山啦还有更远的地方好联系。由于打电话会被村里的话务员听去,所以就留下很多很多的信啊。他要把那些信全都带走。你爸爸带着那些信走下正发大水的河里,往河面宽敞、水流迟缓的地方去了……也就是往旱田和水田都已经泛滥的地方去了……找到这样的地方后,就离开舢板上岸,沿着附近火车站的铁轨步行,这样一来,就能从追赶自己的那些人手中逃掉……至于逃出去之后再怎么办,我就不知道他是怎么想的了。我们所知道的呐,你爸爸那天决心要逃走……就只有这些。

而且你爸爸呐,一心以为自己想要逃跑的意图被看穿呐,他担心呀,这一带谁都认识自己,沿着道路无论往上游走还是往下游去,都会受到监视,所以无法走到邻镇的那一边去,就算顺着山走,一旦下山来到国道上,追捕者还是会抓到自己。万幸连续发了两天大水,就想到用舢板从河里逃走。可是,那舢板却在邻镇入口处被河中沙洲给挂住翻了,你爸爸就水死了。尽管这样,我觉得在那之前还是平安地顺流而下了!

……"红皮箱"呐,把有关举事的文件装在里头,就说明把它看得很重很重吧。他认定绝不能让外人看到这些文件吧。我呐,在你爸爸水死以后,对此一直深信不疑啊。可是果真如此的话,假如舢板翻了之后,任由"红皮箱"顺流而下,被冲得不见踪迹不是更好吗?不知道什么道理,就是他自己沉到水底,也要让那"红皮箱"忽忽悠悠地漂流下去呐,指望人家捡到那"红皮箱"……

那后来又怎样了呢?"红皮箱"实际上被捡到并送到警察那里了,战争结束之后又过了很久很久,就被送回到我们这里来了!

刚开始听军官们喝酒时对他说起举事的时候,你爸爸还不是那样的,却渐渐地就热情地加入进去了,可是到了实施举事的阶段,他还是真的想要干吗?我觉得,在那过程中,军官们是果真考虑举事并且在做准备,所以他感到害怕了。我觉得,他就终于逃了出去呐!

你爸爸走下河里死在了大水之中,可是他果真相信能够用舢板渡过那场大水中的洪流吗?我也在考虑,他是不是一心一意只顾逃出峡谷,从而没有认真思考的余裕时间呢?话虽如此,他想要带上古义同行,却是一件卑鄙的事。看到古义扑通扑通地冲开浑水回来,我真是特别高兴!

在那之后,我考虑了很长时间,觉得你爸爸还做了一件卑鄙的事,那就是他算计到,就算自己水死,"红皮箱"大概也会漂浮起来被人捡到并送到警察那里去!而且,他大概还算计到,警察即使调查箱中内容,战争也该结束了,经过一段时间后,"红皮箱"将会送还到我们家里。假如不是这么考虑,为什么要耗费心机地把轮胎的内胎做成浮囊放进去呢?

我得出这么一个结论:你爸爸认为即使自己溺水而死,只要"红皮箱"里的文件被送到家里,家人很快就会读到那些东西吧,而且,自己虽然身为民间人士却还是参加军队的叛乱,为了那个任务而在夜里逃出峡谷,不料由于大水而壮志未酬身先死……你爸爸原指望家里人肯定会这么考虑。实际上,古义不就是根据这个思路打算写"水死小说"的吗?《亲自为我拭去泪水之日》把你爸爸的行动写得很滑稽,而且,我在小说里进行着批判,是这样一种构思,可是,从中不也能清楚地看出一种企图吗?那就是总有一天要用"水死小说"来挽回你爸爸的名誉吧。

我暗示守候在播放装置旁正注视着我的髻发子,说是自己将独自慢慢听录音带里的后续内容。我还告诉她,打算开始喝与录音带一同送来的烧酒。髻发子熟练地把录音带倒了回去,同时帮我将播放装置调为 ON 状态。

我用烧酒瓶为自己的大酒杯斟上酒,以手指向髻发子示意她用另一个大酒杯,她却从包袱里取出矿泉水瓶放置在餐桌上,说是还要驾驶汽车,从而没有接受我的邀请。我随即喝干杯中之酒,重新斟上一杯。

从髻发子的神态上看,无论我从录音带的内容中感受到了什么震动,只要我自己愿意说出那种感觉,她就会转为倾听者的角色,只是我并没有想要对髻发子开始诉说的心情。由于这个缘故,我沉默不语地不停喝酒,目睹此景的髻发子这时便开口说道:

"您一直想以六十多年前去世的令尊为题材写作的作品,就是令堂也使用了'水死小说'这句话的那个故事,亚沙也表示'妈妈认为是这样的作品,大致就是她所说的那样的东西吧',我明白了令堂为什么一直对此持反对态度。

"您于这个夏天莅临'森林之家'以前,亚沙也曾对我打过招呼。我们把这里借作'穴居人'的集训场所,把家里打扫得也很干净,使这里成为穴井将夫和我以及剧团所有年轻人的集训地。本来预订借用一周时间,也是因为剧团的年轻人需要打工的缘故,我一个人这整周每个夜晚都住在这家里。'可是,这很寂寞吧?'于是亚沙就经常来这里与我聊天。

"在这期间,长江先生来取与自己有着微妙关系的'红皮箱'的时候快到了,当然,亚沙期待着这一天,同时她也在担心。我没有盘问打听过这些事,而是感觉到了这一切。对于这个问题,穴井将夫倒是个敏锐的人,他就说道,该不是'红皮箱'里实际上什么也没有吧?至少没有长江先生想要积极写入小说里去的东西。我就放心不下,在这里与亚沙深夜长谈之际,她终于说出了这样的事情。我就表示,如果事实果然如此,那还是在长江先生到达之后,立即告知箱中没有他所期待的资料吧……只有这件事是我过于冒失地多管闲事了……

"当然嘛,亚沙当时表情僵硬。穴井将夫在演出之际为了不让年轻演员们有畏缩情绪(他是这么说的),经常会告诉大家:咱是在有意识地抑制着对你们的愤怒。我觉得,唯有亚沙才真是这样……当时她说,既然如此,我就把那些想不开的烦恼事全都对你说了吧。然后,她就回到沿河的家里取来睡衣和毛巾,把被褥并排铺下,躺下后便对我说了起来。

"比溺水而死的令尊遗体被发现处远得多的下游,被捡到并交给了警察的'红皮箱',最初是原封不动地放在一旁,不过在其后的漫长岁月里,令堂便开始挑选和处理那些文件,这也使得她一点点地真正了解了令尊所做的事情……

"驻守松山的联队那些年轻军官手持高知的先生的介绍信函来到这里，令尊原本只是期待与他们一起喝酒并交谈。用渔网捕获的增肥期间的香鱼被烤干后存留至下个渔期的香鱼干、让峡谷里的孩子们捕来后放养在养鱼笼里的津蟹啦、鳗鱼啦，甚至吊存在山洞里的被私宰了的牛肉，都被令尊用来招待他们喝酒。您曾经写道，古义让人把包裹在报纸里的、沾满鲜血的牛尾送来，父亲便用这牛尾做菜。然而，据说令堂却表示'像样的好肉都被军官们吃了'，说是军官们吃着这种山里的风味盛宴，喝着从当地酒铺子设法弄来的酒水，令尊只是听着他们吃肉喝酒之时的愉快话语。

"据说在这期间，所说的话题逐渐紧迫起来，军官们说到必须改变维新以来的历史进程，如此一来，就不让伺候宴席的村里那些姑娘进入老仓屋，改由令堂独自一人承担酒宴诸事。

"而且，令尊初时只是一言不发地负责温酒，却逐渐听得热烈起来，在这期间，自己也加入到年轻军官们有关举事的商议中来了。

"说是传来情报，九州建成了特攻队的基地，装载了炸弹和单程飞行燃料的特攻队从那里起飞。据说这是最后一次侍宴，令堂也只能往老仓屋那边运送菜肴。再往后还有一件事，令堂认为这也可能是重要的事。亚沙说，那是让自己最难以明白的事——听说在军官们不来的日子里，爸爸每天直至很晚都在自己那间狭小的学习房间里，阅读几册大开本的英文书。那些书都装在'红皮箱'里了吧？"

"这也是刚刚才弄清楚的，是弗雷泽①《金枝》中的所谓第三版中的第一卷和其他两卷。我们这一代人曾试图借助岩波文库的译本阅读其精简版……"

---

① 詹姆斯·乔治·弗雷泽（James George Frazer, 1854—1941），英国的文化人类学家、民俗学家，著有巨著《金枝》。

"为什么会是那套书?"

"不知道。"我回答道。

"因为令尊水死的缘故,其后就有了家人间也不提及令尊之事的这条不成文规定,可是长江先生在发表《万延元年的Football》之后,表示接下去要写'水死小说',于是令堂的担忧便开始了。然而,长江先生放弃了包括第一章在内的写作计划,说是连'红皮箱'里的资料也不要了,因而令堂重又放下心来。话虽如此,长江先生却在没有任何资料的情况下,写出并发表了《亲自为我拭去泪水之日》。亚沙说,于是一切都改变了。长江先生在《亲自为我拭去泪水之日》里描绘的假想,是把令尊置于木车中,为筹措叛军所需资金而袭击松山的银行,然后被射杀而死的这种无聊的……令堂将其称之为粗俗的……故事。据说令堂反复表示,这不就是对以水死形式悲惨死去的父亲的侮辱吗?难道他认为自己拥有干下这等事情的资格吗?

"亚沙如此对我说着这些话时的表情,是我们这样年龄的女演员根本无法模仿的、不知该说是痛苦还是悲伤的那种非常非常深沉的东西……我在想,亚沙在录制今晚由我播放的这盘录音带时,也会是那么一副表情吧?我又一次说出了多管闲事的话……"

"此后,我会再次倾听母亲的录音带……同时想象着亚沙确实显现出那种表情正坐在我身边时的情景。那么,作为今晚工作结束之时的干杯,你也喝上一杯,如何?"

我用就连亲耳听起来都觉得很可怜的声音如此结束谈话,然后再度将确实像是好酒的烧酒斟入髻发子面前的大酒杯,她并未接受,而是站起身来说道:

"亚沙自不必说……就是将夫也在担心长江先生听了这盘录音带后的心情。请您不要过多饮酒。"

我尊重髻发子的忠告,尽管我是一旦喝烈酒就会不停喝下去

（或者说性格弱点）的那种人，但在我再度回到扩音器前的椅子上时，却只将为髻发子斟的那杯酒一口喝干，并没有把自己的大酒杯和素烧瓶搬过去。

4

翌日清晨，我连一点儿梦都没做便睁开了睡眼，为了喝水而爬起身来（清晨六时），发现将夫就在餐厅近旁的室外。蓬及肩高的石榴叶丛所围出的明亮处中间，他独自一人低垂着脑袋，那副模样虽说温顺、谨慎，却是坐在镌刻着我和母亲诗句的那块圆石上。

我回到餐厅，坐在能够从左斜方看到将夫的位置，从仍然与烧酒瓶一并放在餐桌上的塑料容器里，数度往微微散发出烧酒气味的大酒杯里倒满水并喝了下去。将夫抬起头来，隔着镶嵌住的玻璃板感觉到了这里的动静，并未特别做出寒暄的动作，他便消失在西侧。将夫用交给剧团的钥匙环中的厨房那把钥匙打开门扉走进来，刚在我的正对面坐稳，就往从厨房带过来的杯子里倒上水并喝下去。然后，他为自己，也为我往杯里（根据手握的塑料容器的分量而斟酌着水量）各倒了一杯水。

"您在这里逗留期间原本应该写完的'水死小说'如果不存在的话，我们那个与其搭配的话剧计划也将半途而废吧？"

"此前我没有余暇仔细考虑这个问题，不过，本来打算长期住在这个家里，借助母亲的'红皮箱'把早已中断了的写作工作重新做下去的计划，现在是不存在了。"

"可是，您将因此而中止这次……我记得您也曾说这是最后一次……在这座'森林之家'的逗留，我们为之感到遗憾，不仅仅是作为我们的问题……因为我也好，髻发子也好，实际上已经开始实施计划,因而这个想法是我们所共有的……毋宁说,对于长江古义人的'晚年的工作'来说,不也很遗憾吗?对于这个问题,亚沙难以放心,天还没亮就给我打来电话,说是这对于您本人来说该是多么大的失望啊,还表示您曾说过自己上了年岁后,每天一大早睁开眼睛就在思考悲观主义的问题,因此目前正独自一人在那里苦挨那种时间,她说为此而感到担心……虽说也知道这不是自己的责任,却还是来打扰了。"

我沉默不语,然后倾听着耳鸣开始响起。后院尽头的杂木林中,只要曾是母亲的土地,就不会被周围的杉树和扁柏的混丛林所吞并,原有的阔叶林一如既往地留存在那里。仰头向那上面望去,只见晨曦之中,多种多样的绿色的繁茂枝叶非常显眼。这十多年以来,每当我回到"森林之家",便会在其幽邃、静谧中首先意识到自己的耳鸣,甚至想要与蕴藏在其深处、仍是以其为基础的"森林之音"再度邂逅。现在也是如此,我感到自己仿佛在聆听回响于巨大绿色光辉中的"森林之音"。我没去关注将夫。我更是感到,作为无力且无用的老人,我正将母亲的"让古义攀上森林的准备都没做"之诗句与眼前这曲"森林之音"重叠在一起倾听。将夫好像回到与刚才独自坐在石榴树下时相同的内心状态,把翻开内页的大开本笔记摊放在膝头(我曾多次看到髻发子也摆出这番模样),却也不像要阅读其内文的样子。

"你现在拿着的这个,是演出用的笔记本吗?在戏剧界,有着这样的习惯……"

"尽管曾经认真阅读开创了日本话剧的那些人的、所谓斯坦尼斯拉夫斯基体系的'演出笔记',我手上的却不是那种方法上的东西,只是单纯的笔记。明明时间没有过去太久,我却经常绞尽脑汁地思考,究竟出于什么考虑、为什么会记录下这样的事情。毋宁说,更有帮助的,是从资料中誊写出来的细节,或是把复印件剪切下来后粘贴上去的那些部分,因此我的戏剧原本就如同引用的拼贴画一般……"

穴井尽管没把摊放在膝头的自己那本笔记递过来,却也不介意我的目光投向打开了的页面上。在列举英语诗行和日语诗行的地方,标有红墨水的旁线和铅笔添加的注解,那里写得很漂亮,我觉得自己看到了有别于实干家将夫的另一个侧面。

"这源自您给我看的'水死小说'草稿。与梦境的场景不同,从年轻时就准备的、有关深濑基宽的译文以及艾略特的原诗之引用非常有趣……所以让我大吃一惊的是,草稿中小说整体的题词援引的竟是法语文本。虽说那是艾略特的东西……

"我与当时写下这一切的您的年龄相仿,我感兴趣的是,在英语、法语以及日语(您将深濑基宽译作当成定本,同时也很珍爱地对待西胁顺三郎①译文呀)之间的摇摆不定。

"也就是说,我把这种感觉记在了笔记本上。比如在深濑译文所说'走过年岁和青春的各种阶段'之处,西胁译文则是'他接连回忆起年老时的日子和年轻时的日子'。

"从这两个翻译中,让我意识到'这就是年轻的长江先生无法释然的重点吗?'的艾略特的那个英语单词浮现而出。也就是 age 这个单词。在深濑的译文中是年岁,而在西胁译文里则是年老时。然而,当我逐字逐句地尝试着翻译艾略特的法语诗之后,却发现那是'他所逝去的一生之诸阶段'。于是,我想知道的是,水死了的腓尼基②

---

① 西胁顺三郎(1894—1982),日本诗人、英国文学学者,著有诗集《现代寓言》和长诗《失去的时间》、论述《T.S.艾略特》和《欧洲的文学》等,译有长诗《荒原》等。
② T.S.艾略特的长诗《荒原》里的人物,请参阅《荒原》之四"水里的死亡"。

这个人物……他还很年轻,即便说到其一生中的阅历,或许是惊人的青春以及悲惨的幼、少年时期,也或许是阴暗的……总之,深濑的译文侧重与年轻相对的年岁,西胁的译文干脆就翻译成年老时的日子。而在法译里,则将年轻和年老的日子归拢起来一并处理。

"那么,您在小说里对水死了的令尊逝去的一生诸阶段所做的再访,都设计成什么形式了呢?"

"是在'水死小说'中吗?(我仿佛被拉回到非常遥远的关注之所!)"

"所谓再访,是说令尊逝去的一生之诸阶段。当时还算年轻的作者处理这一问题很困难吧?"

"你读了我年轻时写的'水死小说'草稿。那部作品我写到父亲让古义掌舵、舢板冲入洪流里就中断了。将近四十年后,既然我想要继续写下去,那么打算从哪里如何着手呢?你想知道的是这个问题吧?

"你呈现出以采访形式追踪我写作'水死小说'的过程这种新构思,因而实际上你当然不是局外者。我觉得处理水死了的父亲的 age 确实比较困难,需要回想一个个场景。由于描写这一切的我已是老人,也就不好把自己深信不疑的东西与年轻的父亲重叠在一起。

"写那个草稿的时候,我打算追踪的是,草稿开首部分便水死了的家父是如何面对那个水死走完他那一生的。这几天里,我浏览了汇集在一起的那些卡片的种类,发现上面首先写着单纯的编年史式的东西,我把自己六七岁至十岁之间从阿婆和母亲那里听来的往事写入其中。村子里的传说、我家的历史、家父是作为什么来历的人加入其间的?……我以少量零散听来并记住的回忆为线索,试着驱动年轻作家的自由想象。似乎就是这么一种计划。因为在作品里,驱动想象的主体是在水底的水流中浮起沉下的水死之遗体嘛。至于要让这个家父按照怎样的顺序回想起什么来,那可就是我的自由了,于是我重新阅读了《乞力马扎罗山上的雪》。我要运用与写实主义手法全无关系的方式,尝试着把未能写入《万延元年的 Football》里的历史和传说,与历史年表一一对照起来写,同时准备再插入一些小故事。那些东西都在这一张那一张的卡片上。

"可是,如何让其回忆出水死之遗体本身亦即父亲的、摸索着走到直至发大水那天深夜死去的那一生呢?是从他记忆犹新的……他经历了年岁的,也就是年老时每一天的(父亲当时虚岁五十,现在说起来则是壮年,不过那时生活在乡下,也的确正是老年吧)种种事情开始写起?抑或回溯至他那始于日清战争的一生中幼、少年时期的小插曲并从那里写起?……

"在翻来覆去地思考这种问题期间,我决定只要能够确认自己一点点听来的(大多是从阿婆那里听来的)小插曲……与我母亲的邂逅相识啦,年轻妻子为照顾生孩子的幼时好友而去了中国却迟迟不归、为带回那年轻妻子而作的旅行啦等等,从我通过亚沙打听这些事情时起,母亲与我之间的斗争预兆便出现了,然后就发展到了很严重的地步。结果,我进退维谷,寸步难行,以我提出放弃此前寄给母亲的草稿……'水死小说'而终告结束。当时,查看'红皮箱'所藏物品是梦中之梦呀。"

"然后这件事就那么搁置下来,直至这次重新写作'水死小说',其间放弃了将近四十年,是这么回事吧。"

"不过,昨天晚上重新听鬈发子留在这里的录音带时,我非常清楚地明白了自己强加给母亲那种任性的乐观主义中的、货真价实的粗鲁。那就是我心存那种期待:总有一天,母亲会把'红皮箱'交给我,而我则在其同意之下,得以舒舒服服地重新开始写作'水死小说'。然后就到了母亲死后十年这个限期,我的那些如意算盘却被亚沙给彻底搅黄了。也就是说,是被母亲和妹妹的联军所打败。那两位女性呀,一直是认真的……真厉害呀。"

穴井将夫说道:

"我也向亚沙和髻发子打听过,那还是在您来到'森林之家'以前的事了,随着对这纠葛的复杂程度有所了解,我对长江先生想要把死于洪水中的父亲作为英雄写成另一个昭和史,却只能抱着怀疑态度,觉得该不会在起步阶段就停顿下来吧。

"然而,当实际上果真如此演变时,我却仍然像是在说着闲话,我重新想到,当年艾略特那段题为'水里的死亡'的诗,在年轻的您身上唤起的立意真是漂亮。水死之遗体在水底的水流中浮起沉下之际,走过年岁和青春的各种阶段。由于艾略特是个诗人,因而只能显示一下这个构思,可如果从那里开始小说家的散文写作的话……

"作为您在四十来岁时经常说的、被评论家伙伴所嘲弄的所谓'方法论',这不是很出色吗?"

"可是,我年轻时最初并不是从'方法论'出发的,而是以那些评论家伙伴也肯定感到为难的、彻头彻尾的'私小说精神'对'红皮箱'寄予厚望,所以才会一筹莫展、陷入困境嘛。虽然进入大学那年,在我们当地举办的那场法事上,母亲的'笑话'曾在我的内心里埋下种子!

"亚沙的确早在当年就洞察了这一切呀,昨天晚上她让人送来的烧酒还没喝完,就用那剩下的烧酒小酌如何?"

第五章　大眩晕

1

关于这一天亚沙本人直接对我说起的事情,以及晚间让鬐发子送来的录音带所说的内容,亚沙没为了对我说明这一切而再度前来。从那天夜晚起便一直住在亚沙家里的鬐发子来这里送饭时告诉我,亚沙说是这一两周因自己家中有事而留在那里,需要几天时间处理。

我已经决定离开"森林之家",考虑到这可能是最后一次回到峡谷并在这里逗留,便花费几天时间整理自己的生活。在让鬐发子告诉亚沙"我将于下周头几天动身回东京"后,亚沙打来电话,表示有实际事务要说便赶了过来。

"我给千樫嫂子也打了电话,说是古义哥哥在'森林之家'逗留的目的是探索'水死小说'的材料,这种探索已经失败。嫂子随即冷静地回答说:那就回来吧。之所以说冷静地,是因为我担心放弃重要工作将对经济造成严重后果。于是,对那边进行说明就变得容易起来了。嫂子表示,来自国外的版权收入也好,文库本的销售行情也好,都在急剧下降,好在报纸还在连载随笔,只要前往不太热闹的地方讲演一直思考着的问题,就会有杂志登载这些演讲记录,她觉得这样才是纯文学作家生活中的'晚年的风格'……古义哥哥,你真是走运啊,跟一位多么了不起的人结婚了啊!

"且说哥哥最近听了我提供的母亲那盘录音带。我非常清楚录音带里的内容,却仍然感到于心不安,就让人送来了你应该时隔很久才喝上的高度烧酒。第二天早上,我问了将夫,他回答说,好歹你睡得很熟,心情似乎也很爽快。即便如此,我又开始了另一种担心,那就是你好不容易才戒掉高度酒,而我……不过,今天我走进这屋里时,去厨房看了看,在目前这个就连峡谷里的超市也能很便宜地买到苏格兰威士忌的时代,厨房里还没有满地空酒瓶的模样,只有送来的烧酒那酒瓶空空如也。

"因此,今天的晚餐呀,就让鬈发子送来我亲手制作的菜肴和冰镇啤酒。我还请她作陪,你们一起喝点儿怎么样?'水死小说'失败之后,此前一直在跟'穴居人'合作的计划肯定无法继续下去了。所以呀,鬈发子当然想要跟哥哥你说说话,比起我这个人来陪你享用离别前的晚餐,鬈发子更能让你心情舒畅吧?"

2

鬈发子来到这里再次与我见面时,且不说上次彩排时的装扮,较之于女演员,她的装束倒是更像后台工作人员。她身着潇洒的轻便衣服(如此说来,当我在运河岸边锻炼时她现身之际也是这样)来到这里,浅色花样的衬衣配上鼓胀起来的裙子。相对于身为"穴居人"干部举手投足之时,鬈发子现在更像是朝气蓬勃的姑娘。晚餐上除了火腿和香肠,亚沙还制作了用她亲自采摘的各种山野菜油炸而成的天妇罗。鬈发子吃了很多,也喝了很多。她说原以为自己还算年轻，可是喝到某个阶段后很快就会醉倒，便预先做了安排，两个小时后，将夫会前来接她回去。

她又说了很多。按理说，我仍处于最近数日的郁闷的余波中，可是后来意识到时，我还是喋喋不休地说了不少。在此期间，鬈发子直言不讳地谈起了最初感到忌讳的话题：

"也许，您不太想提及已经结束了的事情，可是我无法忘却长江先生在梦境里所见到的……而且，据说直至最近您仍然一直做着这同样的梦……令尊驾着舢板在洪水中顺流而下的情景。您能看到令尊穿的衣服吗？'水死小说'草稿上写着：乌云消散，月光洒了下来。"

"看得很清楚。"

"每当在这梦境中见到时，这情景会时常发生变化吗？"

"完全相同，就像陈旧的黑白照片嵌入我的视野……那就是我一直坚信梦境中的这种情景是实际看到的根据之所在。"

"令尊身穿什么衣服？亚沙认为'应该穿着国民服'，那是一种什么样式的服装？在《亲自为我拭去泪水之日》戏剧版里，退役军人被设定为身穿军服。"

"国民服是土黄色的……是战争时期全体国民穿的制服。父亲身穿国民服，头戴帽子，把'红皮箱'放在身旁。"

"令堂在说起那件事的过程时表示，令尊最初作为民间人士只是听听而已，后来却主动加入进去，然而，在将要开始实际行动之际，却又因为恐惧而逃了出来。我认为令尊的行动是很自然的，至少比《亲自为我拭去泪水之日》所描绘的更像是正常人，难道不是这样吗？"

"正是那样。最近，我也被吸引过去，甚至唱出了那首德语歌，却感觉到自己的小说本身尚未成熟。我还意识到，在那部作品里所描绘的，只是在对丈夫和自己儿子显现出来的孩子气进行批判的我母亲……"

鬈发子已经处于啤酒引发的醉酒状态中，她用力晃动着看上去比实际年龄要年轻的面庞说道：

"可是，长江先生，您本来是想把顺着洪流而下的令尊写成正常人的吧？"

"是的。而且我一直怀着这种信念，这次也是如此，作为实现这一切的必要阶段，我本来打算写成顺流而下的。因为，这毕竟是从那位少年的视角写作，长期以来，在那个现场的少年/我就是这么相信的，即便在如此一番的梦境中，少年也是一直坚信不疑。这是父亲在水底的水流中不断浮起沉下并回顾其一生的故事。这就是'水死小说'。"

"在《亲自为我拭去泪水之日》里，唯有母亲一人简直不可信任，父亲则作为年轻军官们的举事计划不可或缺的人物出场。孩子把这样一位父亲视为英雄了吧？"

"写出这些内容，是在因母亲的反对而无法写作'水死小说'并放弃写作计划，还与母亲为此而做了约定的那段时期。对母亲抱有的那种委屈心情，可谓显而易见啊。"

"在《亲自为我拭去泪水之日》结尾部分，富有现实感的人物是母亲。儿子坚持认为父亲完成了英雄般的死亡，而否定了儿子的固执己见的，唯有母亲。这部作品是要证明她独自一人是精神正常的吗？"

"在我的小说里，没有一部作品是要证明其中唯有某人是精神正常的。在木箱中忍受着癌症痛苦折磨的父亲也好，头戴冒牌战斗帽的少年也好，吼叫着德语歌的军官们也好，他们都是等值的。"

"对于像我这样单纯的人来说，就会因此而怀疑这其中是否具有社会性意义了。不过,长江先生此前已经着手写作被称为'晚年的工作'的'水死小说',等到大致成形后一看,这不是与《亲自为我拭去泪水之日》相同的作品吗？直到最后,小说中的任何意图都未能现实性地实现,就连什么是最重要的都没能显现出来。若干个小插曲被用溺死者尸体的声音讲述出来,会说话的溺死者尸体被卷入漩涡……于是这就结束了吗？

"我呀,先前觉得只有在'晚年的工作'状态下写出来的作品,才能有异于此前您屡试不爽的渐降法,顺着洪流而下、从警察和军队的包围圈中钻出来的父亲将会举事。尽管我也知道,作为现实问题,在这个国家的历史上并未发生那样的事情。不过,父亲哪怕在仅仅构建了那个重大事件的出发点之后就死去,便任何时候都可以写出与渐降法那类小说大相径庭的作品来了。

"听了令堂的录音带,您了解到令尊岂止不是起事的关键人物,反而是那种惧怕将要发生的事情而出逃的人……而且,还是由于舢板沉没而溺水身亡的人。于是,'水死小说'就写不下去了。这不正是极致的渐降法吗？

"对于没能在自己交出的'红皮箱'里发现'水死小说'真实的细节便意气消沉的长江先生,亚沙为之而痛心。虽说她从一开始就知道事态将会如此发展……不过,她已经有了心理准备,觉得事已至此,无可奈何。亚沙想要让那个在头脑中一直把溺水而死的父亲描绘成英雄般形象、年过七十还在梦境中再现十岁时那一夜情景的人恢复正常。

"我协助播放了录音带,因而同样感受到了责任。然而,我因此而得出的结论却是:那不也挺好吗！岂止不是以日军中枢为目标举行叛乱的同伙,更是为自己这伙人的计划而惊恐不安并抽身外逃的乡下老爷子。"

对于这位以越来越快的速度显现出醉态的讲述者,我感到阵阵恼怒,该不是已然表现出总也不能成熟的老人那种丑态了吧？我平静下来,在"森林之音"的围拥之中,被不断下降的忧愁和笑的冲动交替摇撼着,度过一段已没必要举起酒杯却很充实的时光。早已习惯髫发子如此醉态的穴井将夫出现了,我在被解放出来之后,却感觉到了一种不舍。

3

翌日,穴井将夫把迟到的早餐送来时告诉我,髫发子由于宿醉而没能起床。他凝视着后院那块镌刻着我和母亲诗句的圆石,嘴里却开口说道,髫发子说是让我代为询问昨晚本该由她提出的问题。

细说起来,将夫大学时代的一位朋友在这个县里的高中任国语教师,以他们的重逢为契机而开始的计划,是由"穴居人"选择现代文学作品并改编为朗诵剧,在初中和高中巡回演出。这个夏季里,他们打算为两个学期的综合学习时间制作新的演出节目。髫发子考虑,要与长江先生商量此事。

"内容将汇集在两次演出里,一次四十五分钟左右。第一次是归纳了故事情节的朗诵剧,第二次则计划吸收学生们的提问,转变为我们与学生诸君之间的讨论剧。我们已经制作了几个演出节目,有宫泽贤治[①]的《银河铁道之夜》、坪田让治[②]的《风中的孩子》和《孩子的四季》、芥川龙之介的《河童》……

[①] 宫泽贤治(1896—1933),日本诗人、童话作家,著有《银河铁道之夜》等小说,《春天与修罗》等诗歌。
[②] 坪田让治(1890—1982),日本小说家、童话作家,本名为坪田让二,著有《魔法》和《孩子的四季》等作品。

"今年,有人点到漱石①的《心》,我们就开始准备这部作品。有几个年轻人加入到这个节目里来,其中一人担任'先生'的会话和遗书部分,另一人则承担'我'的会话以及内心的话语。因此,第一阶段就要把《心》的概要改编为朗诵剧的脚本,可是有个问题却让鬈发子从一开始就难以释怀。"

穴井将夫取出总是随身携带的大开本笔记。今天的笔记本有别于"穴居人"为完成新作而专用的笔记本,像是与鬈发子共同使用的那种笔记本,同时,他还打开了岩波版小型《夏目漱石全集》。

"被卡在了小说将近结束、明治天皇驾崩的地方:

当时,我仿佛觉得明治精神因天皇而始,亦由天皇而终。最为强烈地接受了明治影响的我等,此后继续存活下去,毕竟也将落后于时势,这种感觉强烈地撼动着我的内心。我明确地对妻子做了如此表述,妻子只笑了笑,并未理会,却不知想到什么,突然嘲笑般地对我说道:那么,如果殉死的话,也未尝不可吧。

"在目前的准备阶段,鬈发子读了'先生'的遗书那部分,我还是要反复地强调,在阅读过程中,鬈发子陷入了冥思苦想之中。她先是向我提出了疑问,我却无法给予清晰的答复。于是,昨天晚上鬈发子就打算通过您弄清楚这个问题。她吩咐'关于这一点,请询问长江先生'。如果明治精神确实流布于整个明治天皇时代,那么,生活于这个时代的所有人,都会因此而接受了这种影响吗?或许您会认为这是个简单的问题,然而,毋宁说这确实是我想要了解的。也就是说,就某种意义而言,鬈发子和我便是长江先生的小说《奇怪的二人组合》的一个变种。'先生'不就是那种与所处时代隔绝开来、决心

---

① 夏目漱石(1867—1916),日本著名小说家、英国文学研究者,著有《心》《哥儿》和《三四郎》等长篇小说。

以死去之人的心境生活下去的人吗？那种人也不可能不受到明治精神的影响吗？"

"年轻时，我也曾思考过这同样的问题。而且，我不认为自己当时得到了满意的答复。然而，现在被你这么一问，清晰的答案却奇怪地浮现而出。我在想呀，唯有脱离时代，试图尽量断绝与周围所有人的交往而生活下去的人，才会接受那个时代精神的影响。我的小说大体上都在描绘那种个人，尽管那样，不正是在以最重要的时代精神为目标吗？这倒不是说我主张'其中有着积极的价值'……我是在考虑，即便我因此而失去几乎所有读者，倘若为此而死去的话，自己就是在为时代精神而殉死了。我不正是这么考虑的吗？"

"关于这一点，您是在思考相当久远的未来之事呢？还是怀有实际感受而预想具体日期和时间的呢？"

"那是髻发子昨晚也想向我询问的问题呢？还是你现在所想到的？"我如此反问道，却没有得到回答。

"那么，"他转换了话题，"今天，您似乎已经没有为了回东京而特别需要做的准备工作了，您打算如何处理接下来的时间？亚沙告诉我，您好像还在考虑'水死小说'的外景之事，因而我为此做了准备，您不妨四处走走，仔细看看峡谷的景色，尤其是龟川沿岸，怎么样？考虑到您今后还会来到这里，还要在沿河的街道上行走，较之于我们，您更是远离故土、久居他乡的人物，所以呀，当您遇见……就算是老相识，就算是并非如此……当地人时，彼此都会大吃一惊。对方、总之知道您身为何人，从而向您打招呼，而您却视而不见的话，就会成为麻烦事。因此，当有人向您打招呼时，就由我上前应酬，您点头颔首就可以了。就是这么一种方法，需要预先练习一下吗？"

穴井将夫还带来了具体的计划。

"长江先生，您曾经把脑袋塞进夫妻岩的裂缝中观看雅罗鱼的鱼群，还差点儿被淹死，我们就到夫妻岩附近游泳，怎么样？在您来到这里之前，'助君＆格君'说是要调查小说的细部，曾潜入那里。听说，即使现在，也还有相当数量的雅罗鱼在那里游动！"

我和将夫换上泳裤，再套上Ｔ恤衫和短裤，便往下面的峡谷走去。目前正处于农忙期的休假，秋季学期尚未开学，沿河的路面上也好，隔着成排房屋与堤岸平行的大街上也好，全都不见孩子们的踪影，同样没有遇见上前打招呼的大人们。倘若我果真遇上当地的故知旧友，也该是六十来岁、七十来岁甚至年岁更大的人了，然而，上午的峡谷里却仿佛不见人踪一般。我们沿着堤岸的阶梯走下龟川的河岸。现在，孩子们都在学校的泳池里游泳，曾是这一带最佳游泳场所的夫妻岩周围空无一人。这里有一座角锥形岩石，仅仅高出水面的部分就有大约三公尺，原本还有一座相同形状的岩石与其相连相接，据说为了采集石料建造目前已不再使用的混凝土桥，便将那座岩石给炸了。也就是说，夫妻岩失去了其中一座，当地甚至有一种传说，说是沿河一带因此而寡妇众多（比如我的母亲）。那座岩石遮住浅滩流淌过来的河水，从而形成深深的渊潭，此处渊潭以及从中流淌而出并拥有一定水深的这一带，便是我在孩童时代的游泳场所了。

砂岩长长地探向河中，发大水那天夜晚，我曾在此处目送漂浮在其背后汉河里父亲的舢板。我们在砂岩上脱光衣物，裸身走入水中齐腰处，便往夫妻岩游去。

逆流而上时，我仰头看到对岸的森林，那些挺拔的树木里，任何一株都比记忆中的更加高大，树形也很坚挺。在我的记忆里，存留着与战争结束和其后那三年间密切相关的峡谷间的风景，当时，围拥着峡谷的森林明显地衰弱了。经过六十年之后，森林又恢复过来，与村子里人口过于稀少的趋势形成了反比……

当水深及胸时，我和将夫以自由泳向夫妻岩游去。我戴着曾在东京的泳池里长年使用的潜水镜护住眼睛,好不容易游到那座岩石后,便如同孩童时代的自己如此休憩一般,将前臂搁在隐入水下的岩石断层上,让身体得以休息。没有佩戴潜水镜的将夫把染红了的眼睛转向我,他说道:

"您在文章里写道,是通过英语和法语的教科书而自学游泳的,确实是那种游泳姿势啊。"

"是借助那些方法矫正自己独特姿势的。"

"从右侧沿着岩石前进一公尺,把面部潜入水中,就可以看到岩石上的那条裂缝。您还记得吧?助君说,如果是孩子的脑袋,是肯定能钻进去的。您需要再度窥视那里面,观看雅罗鱼的鱼群吗?"

就像将夫所说的那样,我沿着岩石逆流而进。孩童时代的自己,也曾如此这般地将手指脱离岩石的外缘,多少次被岩石东侧冲来的水流那强劲的力量给冲走啊。现在,我却能够用剪式打腿动作经受住这一切……也就是说,我成了大人(虽说因进入老年期而显露出了老态)。然后,我将上身潜入两块岩板之间,成年人的脑袋却随即被拒之于外。不过,我还是能够看清内里水中那明亮的空间展现开来的情景。

刚一将身体委身于强劲的水流我便在河底改变了方向,用自由式泳姿游回到将夫的身边。

"您已经无法把脑袋塞进那条裂缝里去了……所以,如果您从一开始就断了这个念头,只是从裂缝里窥视过去,笔直地观看那里面情景,那您就一定会成功!"

我确实是这么做的。透过附有近视度数镜片的潜水镜,我清晰地看到数十条令人怀念的雅罗鱼,在浅淡的、略带蓝色的光亮照射下,以与水流等速的速度对着上游在游动。被洒上银蓝色光亮的雅罗鱼头部侧面那一只只黑色的眼睛里,像是认出我而隐约在转动。

只要我还能继续呼吸,就一直这么观看着。接着,我推开刚才抓住的岩石边缘,将仰着的脑袋冲出水面呼吸着空气,任由水流把身体冲向下游……

将夫面对就这么漂流了一会儿后再度游到他身边的我说道:

"您在《愁容童子》①第一版里,把雅罗鱼写成数百条,十岁时的您把头部伸入岩石之间,为了更清晰地看到映现在雅罗鱼眼睛里的'童子'……也就是名为古义的您自己,致使脑袋被夹在岩缝里而险些溺水身亡。当时,雅罗鱼的那些眼睛应该是数十个吧。因为,我们向据说曾在峡谷里捕过淡水鱼的人了解过,说是夫妻岩内里的雅罗鱼的数量恒久不变,就算根据那个人的经验而言,也是一如这个传说所说的那样。也就是说,您现在原样看到了六十多年前曾见过的景色。当时是数十条吧?"

"我不清楚具体数量,不过……那时候,我的脑袋被岩石夹住,假如就那么溺水而死去的话,现在我也会身为雅罗鱼中的一条,看到身处这边的我。"

"可是,在那种情况下,在当下这个时点上,从这边窥视雅罗鱼鱼群的您就不可能存在了……"

"是啊,无论是数百条还是数十条,我终究没能成为在这座岩石的裂缝间那泛着蓝色的光亮中永远游动着的雅罗鱼鱼群中的一条,而是一个凭仗剪式打腿动作而勉强没被从岩石上冲走,从而浮游在水中的老人。我只能接受浮游在这一侧的那老家伙了。"

"您借助强大的水流全速冲了出来,说是已经断了念头,断了把自己比作在下游的水底不断沉浮……比现在的您要小上二十来岁的您那年轻父亲的念头。"

---

① 二〇〇二年九月,讲谈社出版大江健三郎的长篇小说《愁容童子》。

"确实如此。父亲溺水而亡的遗体与雅罗鱼更加接近。"

将夫没有理睬我那悲叹的语调。

"髻发子生气了,说是把衰老的身体(虽然将直至胸部的身体浸泡在水流中,濡湿了的肩头处的肌肉紧绷着的褐色浑圆,仍显现出明显的年龄差距,他以这种年龄差距原有的毫无顾忌的方式说道)以这种状态悬浮在河水中,假如让他因此而感冒并患上肺炎什么的,该如何是好?"

下游平行坐落着两座新旧两样的混凝土桥,其中一座经不起大量汽车通行而不再使用的桥梁上方,两位结伴而立的女性用力挥舞着臂膀,将夫回头向她们看去。

"我们这就上岸吧。"

我们的手离开岩石,并排向下游漂流而去,随后便开始用自由式泳姿游动起来。喘息之际抬头望去,只见髻发子她们的肢体动作变成了声援,于是将夫当真想要拉开我们之间的差距,而我也是尽力不被他拉开距离。早在孩童时代,我也曾借助从夫妻岩侧旁的深潭流出、在不断变宽的同时仍然湍急的水势,横穿急流爬上沿河道路一侧的岩石上,游的是孩子们的这条线路,从不曾顺着水流往下游方向游去。然而,将夫却斜向一直游到水深不适合再游自由泳为止。我们踏着河沙和沙砾站起身来(河水深度只及膝盖稍上一些),应该已经游了一百五六十公尺。这也是后来才想到的,这次全力游泳,给我的身体带来了伤及根本的沉重负荷。

来到河滩上,我用毛巾擦拭着上半身,同时担心会被混凝土桥上的髻发子发现我的下肢正在颤抖。我和将夫收拾好装束,便看到她们被从中学放学回家的学生们围拥起来,手忙脚乱地开始应对那些学生。我们这种装束不便上岸出现在身着校服的中学生,尤其是那些女生面前,便仍然站在河滩上说着话:

"去年秋天,从夫妻岩后面的灌木丛直至栗树林上面的斜坡,开满了怒放的红花,于是我意识到,这大概就是石蒜吧。"

"是的,采集球根……现在也有人采集。"

向后方翘挺着的干枯了的红色花瓣间,挟带着喷射之势的那些雄蕊和雌蕊的花丛,看起来难以计数。

"我在想,花儿如此争奇斗艳、竞相开放,那么在眺望这美景的时候,被激起事业心也是人之常情。或者说,我还感觉到,较之于在这些花儿凋落、叶片枯萎之后挖掘出来的球根之山,红色鲜花完全覆盖峡谷斜坡的现状,不是更能让人联想到遍地燃烧着的火焰吗……"

我已经没有心情思索将夫像是在深深思考着的青年军官们的问题。面对不予作答的我,将夫开始说明那些围拥着髫发子的中学生:

"不仅那些初中生,就连邻镇高中里的女生们也都是髫发子的粉丝。髫发子打算通过这些女生,打通与她们父母亲之间的渠道。因此,她非常重视与那些粉丝的亲密交往。因为在髫发子来说,她没有停留在借助戏剧演出促成的交往上,而是加上社会性方向并予以展开……"

"刚才的自由泳好像给身体带来了消极影响,能帮我把车子绕到桥头来吗?髫发子她们是开车下山来的吧?"

将夫似乎这才注意到我的疲惫困乏,却仍然表示髫发子与峡谷里的初中生的亲密交往恐怕还要持续一段时间。听了这些,我便建议道,从上游不远处的堤岸上安装的铁梯子爬上河岸,然后领着他从近道赶回"森林之家"去。

4

　　也是因为当天晚上很早便上床睡觉的缘故,在离天亮还有很长时间之际,我就睁开了睡眼。当我从睡眠中醒转过来时,较之于心理上这个说法,更是早已为身体上的恐慌所折磨。在黑暗中,与其说某个拥有形状的东西现身而出,不如说那个形状正以崩溃的方式自行消灭。虽然那个势头带来了巨大冲击,如此认知的头脑中却是一片寂然……我仍然被做了暧昧之梦的睡眠所控制,摁下床头灯的开关,我将目光投向在书架和天花板的下端之间恍若呈六十度角镶嵌在那里的圆盘。圆盘开始向右旋转,在得到某种助势之后,便唰啦一下向右崩落下去……

　　我不禁闭上眼睛,意识到自己正被不曾经历过的规模和强度的眩晕所袭扰。再度睁开眼睛,视野中那块呈六十度角的圆盘唰啦一下崩落。这一次,我是一直睁着眼睛的,醒悟到在沉睡期间曾不断感觉到,在这黑暗之中,那块呈六十度角的圆盘在唰啦啦地崩落。现在,呈六十度角的圆盘被书架上的书脊挡住,那些书籍像是被横向砍倒一般唰啦啦地崩落。我四肢无力,用软绵绵的右手摁下床头灯的开关,重又回到一片黑暗之中……就感觉而言,那个漆黑的墙面也使得呈六十度角的圆盘那黑色的形状唰啦一下崩落,较之于睁着眼睛观看那情景,这样倒是更易于忍受……但是,发作将会以这种形式继续下去,就连看着那片黑暗的眼睛,也不得不闭合起来……

　　我意识到,在沉睡期间袭击了我(或是在痛苦地醒来之际,因仰望黑暗中的天花板……也就是倒扣过来的井底……而开始)的病痛,在这已然越发激烈的发作中,将会更加痛苦地持续下去。我就那么闭着眼睛抬起上身,绵软无力的上半身却在发作中被唰啦一下旋转了六十度,从而翻倒在床。我更为清醒地意识到,这是从不曾经历过的、强而有力的眩晕。

在这么意识的同时(我还意识到,之所以能够如此意识,大概只是身体被眩晕所困扰,而头脑却还清醒的缘故吧),我意识到这一切才刚刚开始。该不会进一步恶化、巨大的头痛也将来临吧?既然眩晕到了这种程度,将不可能不伴有强烈的呕吐感。在此之前,我有一些必须处理的事务……

我睁开眼睛,却由于书架呈六十度角的那一面唰啦崩落而立即闭上了双眼。不过,我弄清了自己的位置和房间的方位,而且试图把身体滑溜到地面上。此事进展得并不顺利。手脚的细微之处被那呈六十度唰啦一下的崩落所影响。即便如此,我仍然在设法趴伏下来。终于,我掉落而下并躺卧地面,用绵软无力的手脚毫无把握地在地面爬行,试图爬到走廊上。

头痛尚未到来,尽管一睁开眼睛,意识就被唰啦啦的崩落撕扯得七零八碎,却只要闭着眼睛,便能够多少思考一些问题。我一面如此考虑,一面沿着走廊往厕所方向爬去。难道大脑内部发生了脑出血的疾病?年岁相仿的熟人中这人那人都曾遭到那种疾病的袭击,有人就这么死去了,存活下来的那些人的大脑机能也是大不如前。我的生命或是执笔工作这两方面,抑或其中一方将看不到前景……无论涉及哪一方面,作为小说家,我都将走到尽头。如果是那样的话,那就要在决定性的、巨大的头痛袭来之前,必须处理好想要解决的事务。

就执笔工作而言,要让人把所有未写完的或是修改中的草稿都废弃掉。如果只留下写有这种意旨的东西(虽然现在自己的头脑里浮现不出任何固有名词),会有前来执行的人吗?我回想起,扶手椅和夹有草稿纸的画板都在床头板和南侧窗子之间的空间处,我总是坐在那把扶手椅上工作。并非由于语言而引发,而是由于那幅画面本身也立刻面临分崩离析的危险。要用手指握住钢笔是困难的,若是摆放在旁边的那好几支已经削好了的粗杆彩色铅笔(德国制LVRA深蓝色那支)的话,只要仍然闭着眼睛拿起来,还是能够潦潦草草地写出来吧……

  我获得了力量。不过,要写明废弃掉什么呢?我的头脑里浮现不出任何东西,可这并不是因为我的头脑变得混乱无力所致。我觉察到条理清晰的大脑正在运转。正因为我的头脑里浮现不出任何东西才是正常的,那是由于我并没有任何正在做着的工作。巨大的释怀和悲惨的自我嘲弄的感受涌上心头。也就是说,置身于这里的咱无异于已经死去。对于死去的自己来说,面对死亡却感受不到任何恐惧也是理所当然。接下去,与此不同的恐慌情感便降临了。那是镌刻在石板上的文字!虽然自己已经闭上的眼睛还看不到那情景,不过如果真看到那些文字的话,自己将遭受严重打击,并醒悟到已入老境的自己这一生毫无意义吧。还是就这么闭着眼睛,让马上就会到来的、无法忍受的巨大头痛终结掉这所有一切为好。然而,我睁开了眼睛。在呈六十度角的圆盘唰啦一下崩落之前,阅读镌刻在幻觉中的石碑上的两行诗句:

  让古义攀上森林的准备都没做,
  就如河水冲走般一去不还。

5

  三天后,我回到成城的家里,请医生开具处方并服用了那些药物,还决定稍后再去医院从容进行精细诊察。我们全家总是承蒙其关照的附近那位熟识的医生持乐观态度,虽然非常谨慎地听取了有关眩晕的病情介绍，却基于发病后恢复的状况，鼓励我说这只是暂时性的毛病。就这样度过一个星期后的那天，我察觉到起居室的电话铃声一直传到二楼的卧室里来了。

我从千樫那里听说，阿亮最近感到抑郁，渐渐地不再接听电话了。回到家里以来，我一直难以入睡，通常都是等阿亮他们用完午餐后才起床下楼，这时借助挂钟弄明白现在还是上午，在下楼去的中途，电话铃声停息了。阿亮后仰着身子浅浅地坐在餐厅的椅子上，将两条腿搁放于另一把座椅，凝视着摊放在膝头的五线谱纸面，一副心情郁闷且身体肥胖的中年男子模样，全然没有注意到我的出现，正用橡皮擦擦去自己写下的乐谱中的部分内容。

在此时再度打来的电话里，千樫说她正在邮局。昨天晚间送来了快递，估计至少楼下的家人都已静睡，邮递员留下便条后就返回了，说是如果急需的话，就请来邮局领取。千樫随后为我读出发件人的地址和姓名，表示自己为取回这件快递而来到邮局，却由于办理相同紧要邮件者人多拥挤，意外花费了过多时间。阿亮去东京大学附属医院的预约时间就快到了，可我自己的身体状态并不好，根本无法带领阿亮去医院。如果你的状况尚可，则想请你替代自己带阿亮去医院。目前自己正在邮局等出租车，打算请你们继续乘坐这辆车从家里绕往医院。

我刚刚设法弄妥外出的装扮（阿亮已经做好准备，在等待母亲期间，继续着他的作曲），千樫就赶了回来，阿亮和我便坐进那辆出租车前往医院。

离预约的十一点还有一段时间，受理窗口表示负责阿亮的医生将约定的诊疗推迟了一个小时。我没有不满，因为千樫是在知道这科的主任医生有时需要处置急诊的情况下，点名约请这位医生的。看了我递交的就诊信息卡后，那位看护师表示首先要为阿亮做血液检查。于是,在确认装入了保险证等资料的文件夹时,我发现预约时间已经改为明天,只是不知道看护师是否已经做好安排,以确保我们的等待时间有效。这个问题虽然迅捷得到解决,阿亮却对突然要做的血液检查(是因为对抽血感到恐惧的缘故)心怀不满。

确切保住候诊区的座椅后,我终于打开航空邮包,那是结识多年的美国女性寄来的包裹,内里附有一张卡片,说是自从我们共同的朋友、比较文化·文学专家 E.W.萨义德①死去后,第一次有检查其遗物的空闲时间,现寄上整理过程中发现的与你有关的物品。这物品被夹在硬纸文件夹里原封不动地做了包装,里面装的是把贝多芬的钢琴奏鸣曲第一、第二和第三号印刷在优质绵纸上的豪华装订的三卷书。

赠送这三卷书的女性是金·S.,将萨义德和我连接到一起的人物。她的公寓位于曼哈顿岛最高档区域的高处,公寓里有一间用伊斯兰的古老刊本样式做了内部装饰的 E.W.S.②室,这里曾为萨义德患白血病第一次住院后的出院而举行庆贺仪式,当时旅居纽约的我也受邀参加。每年的除夕夜(是我们日本新年的下午),萨义德和金·S.都会从聚集两家所有成员的宴席上给我打来电话。萨义德也曾从这里给没有电子邮件地址的我发来传真,说是刚从金那里听说搞吾良自杀之事。那天,金·S.家里有个聚会,萨义德演奏了钢琴,金·S.将萨义德用铅笔潦草写在那乐谱上的内容誊写一清,以便能在传真上鲜明地显现出来。萨义德去世后,金·S.曾表示只要发现那乐谱便寄过来……

---

① 爱德华·W.萨义德(Edward Wadie Said, 1935—2003),出生于耶路撒冷,美国哥伦比亚大学文学系教授,著名政治、文化评论家,著有《东方主义》《文化与帝国主义》《流亡的沉思》和《乡关何处》等重要论述。

② E.W.S.为 Edward Wadie Said 的缩写字母。

对于我的手头事务，阿亮这一天第一次显示出积极的兴致，将目光朝向从邮包里取出的乐谱。"这是献给海顿①的三个奏鸣曲"。从金的长长来信中，我知道萨义德弹奏了这三个奏鸣曲中的第二号。刚开始查看这三卷乐谱，很快就找到他用铅笔潦草写下的地方，随即便把乐谱放回包裹里。

我和阿亮下楼去一楼厕所，仔细清洗了自己的手和他的手（对于这个异于平日习惯的举止，阿亮同样感到不满）。在住院患者使用的小卖部，我还买了两支削好笔尖后装在塑料袋里的 HB 和 B 号铅笔。刚刚回到放有随身行李的座椅，阿亮的神态就为之一变，兴冲冲地伸出手来，我便把钢琴奏鸣曲的乐谱和那支软芯铅笔递了过去。阅读乐谱之际，阿亮或用铅笔浅淡地轻轻圈上若干小节，或加上我全然不解其意的注解。我已经确认，友人之遗物的这些乐谱的厚纸足够结实，回家之后，只要将阿亮的所圈所注全部抄写到家里那本贝多芬的奏鸣曲上去，再用橡皮擦小心擦去，大概就不会留下痕迹吧。

阿亮把打开了的乐谱像是举到胸前似的开始阅读起来，我从那里嗅到与自己拥有的几本欧洲豪华装订本的纸张和油墨相同的气味。这一次，是我在小心翼翼地压低声音向立刻就入了迷的阿亮问道：

"有趣吗？"

"当然有趣。"

"能把第二号奏鸣曲那卷让我稍微看看吗？"

"那部分，可真有趣。因为和莫扎特的 K550 号相同嘛。"阿亮用断音的气势敲打着乐谱的边缘向我示意。

---

① 弗朗茨·约瑟夫·海顿（Franz Joseph Haydn, 1732—1809），奥地利作曲家，维也纳古典乐派的奠基人，世界音乐史上影响巨大的重要作曲家，代表作有《惊愕交响曲》《午别交响曲》和《时钟交响曲》等。

"那封信上写着,幽默地弹奏了其中第一主题之后,在弹奏第二主题的时候,就悲伤起来了。我读了这些后,当时还对你说:去把那CD 给选出来。"

"我,放了古尔达①的 CD,听了那种弹奏方法。"

"确实,像你说的那样……音质也很柔和。为了让爸爸看明白,请你用铅笔把那里圈起来。回到家里后我一面看着那里,一面试着去听那盘 CD。"

阿亮浮现出了(细想起来,这还是我回到东京以后第一次看到的)微笑。他就那么微笑着,以内心里涌动着的音乐速度追看着乐谱,我怀着一种释怀翻开《金枝》第一卷开始阅读。这部书随身携带虽然显得过于庞大,却还是被我偶然想起,便将最近一点点地读着的这部本来存放在"红皮箱"里的书带了出来。阿亮把那三卷乐谱中的第二卷看至结尾时,便重新从第一乐章开始反复阅读。在他另一侧的椅子上,坐有一位像是初中或高中的教师模样的女性,她对阿亮专心致志的状态似乎表现出兴趣,乐谱版本延展到了女性那一侧,我为此而对那位女性怀有歉意。

且说轮到阿亮接受诊察的时候,他把乐谱搁放在膝头,用两只胳臂抱住先前一直低垂着的脑袋(我们在这里已经等了三个小时)。把乐谱放回航空邮包的袋子里需要耗费一些时间,阿亮斜视着如此这般的我,颇有气势地走向诊室。就在这时,刚才说到的那位女性招呼道:"就这么放着,让我替您看管吧,我的号好像还在后面呢。"

诊察完毕后,阿亮开始阅读那位女性还回来的乐谱,我则留下阿亮,自己到收费窗口前等候。及至办完手续返回来时,看到阿亮把什

---

① 弗里德里希·古尔达(Friedrich Gulda,1930—2000),奥地利钢琴演奏家,经典演奏曲为贝多芬的《月光》和《热情》等。

么东西递给身旁那位正要去诊室的女性。就在擦肩而过之际，女性举起一支粗杆圆珠笔对我笑着说道：

"能使用两种颜色，还是方便呀。阿亮君的眼睛有点儿不太好使吧？"

我的胸口被一种甚至可以称为暴力的东西所堵塞。阿亮膝头上打开了的乐谱部分，被一大片墨黑围框起来，上面的空白处，则大大地写着"K550"！大概是我已然勃然变色，微笑从仰起头来看着我的阿亮的脸上消失了。

"我，看不清墨色浅的字，所以……"阿亮的语气也低落下去。

"你，混蛋！"我大声喊道。

阿亮脸上波动着激越的情绪。片刻之后，他将双臂用力旋过头顶，吧嗒吧嗒地抽打着两只臂膀。这是个只能被视为狠狠地殴打他本人的动作。很久以前，在遭到我的训斥时，这个动作是他为了表示反抗的意志，也是为了让我看到他在惩罚自己而采取的姿态。在周围众人的注视之下，我让他站起身来（他的动作至少不是四十来岁的男人应有的举止），捡拾起从他膝头滑落在地的乐谱，向楼下走去。先前我根本没去想那种举动将可能产生怎样的效果，此时便反复对自己说道："你才是混蛋！"

6

乘坐出租车的时候，阿亮全身上下都表现出拒绝的情绪，从我面前转过脸去。他不是把额头蹭擦在车窗上，而是将身体竖得笔直，只是一味顽强地面对着那边。千樫为我们打开大门，阿亮仿佛用力蹬踏一般从她身旁走过，消失在自己的房间里。我把重新装入国际邮包的信封后带回来的乐谱放在餐桌上，自己也坐了下来。千樫当然从阿亮的举止中觉察到了不寻常,默然无语地过了一会儿便走进阿亮的卧室。

我注意着避免让用两色圆珠笔加上注的那个页码引人注目地显现出来,将附有封面的那三卷薄本乐谱抽出并放在桌上,阅读第二卷封底上那些细小的文字。

那就是金·S.用钢笔将其誊写过后再用传真发过来的内容,被我用大头针在书桌前钉了两三年。萨义德的英文话语大意是,得知我多年以来的朋友自杀身亡(也就是塙吾良之死),特向我转致哀悼和激励之意。我将其中一节译为日文,还曾在悼念萨义德因白血病而死的追悼会上引用。我还记得那段文字:

我刚刚听说你目前正经历着一段困难的时期。于是我给你写信,想要表现我的 solidarity 和 affection。你是非常坚强的人,是个富有感受性的男人。因此,我坚信你终将克服那一切。

千樫回到了这里,虽说我并不是在凝视着那三卷乐谱,却是一动不动地坐在那些乐谱前面。千樫俯视着这三卷乐谱开口说道:

"阿亮说,爸爸非常介意贝多芬那三个钢琴奏鸣曲的乐谱……可是,爸爸却又另外说'你,混蛋!'……

"这样的事此前从未发生过,所以他受到很大的打击。在从北轻井泽回东京的电车上,你还与这样说了阿亮的那人扭打成一团,被迫在高崎下车,却连铁道公安这个层面都处理不了,从而被带到警察那里去了,你还记得吗?因为我们都去了警察那里。刚才我对阿亮说,爸爸自己是不可能说出那样的话来的吧。阿亮却不认可我的说法,只是念念不忘地表示:爸爸说,你,混蛋!

"他也知道自己做了错事,不过他好像想说,这样做是事出有因,说是有人教他用圆珠笔写出有关贝多芬第二号奏鸣曲的情况……"

"我是对阿亮说了'你,混蛋!'(不出所料,惹下麻烦了,不过,现在轮到无法与自己内心里的愤怒达成妥协的我开口抱怨了)。这是金·S.在她家客厅的钢琴旁边找到的乐谱,吾良死去时,萨义德从她家发来的传真,就是以此为传真件底稿的……"

我让她看了写有底稿的那一卷的封底,再翻开第一页,自己却照例移开了视线。千樫拿上翻开的乐谱返回阿亮的卧室,我听见她用压低了的声音反复询问,也听见长久间隔后,阿亮违背自己的反抗意志对此作出的答复。

我走进厨房喝水,将水注满水杯后却又改变心情,将黑啤和熟啤各一罐倒入高脚酒杯,就那么站着喝了下去。喘出一大口难以区别于打嗝的粗气后,刚想要回到餐厅,便看到阿亮在千樫的陪伴下走了出来。他无视我的存在,把自己从 CD 盒里取出的东西交给了千樫。我正往高脚酒杯里重新斟入啤酒,耳边却传来古尔达演奏的、"献给海顿的三个奏鸣曲"第二号的第一乐章。"萨义德肯定也是这样演奏的!"我再度被这种感怀所震撼。接下去是 K550 号交响曲,我不知道这是谁在指挥,与刚才的第一主题相同的旋律在回响着。

我喝完啤酒后来到餐厅,阿亮已经把两张 CD 盘分别仔细地放回柜中。

"阿亮说,已经把爸爸在医院里所看的乐谱中,这两支曲子共通的地方明白易懂地播放出来了。不过,由于被呵斥为'你,混蛋!',因而受到了刺激。"

我俯身看着千樫送回到餐桌上、被双色圆珠笔的画痕弄得惨不忍睹的乐谱。某种长度(决定性)的时间流逝而过,阿亮认为在此期间倘若我开口招呼或许便意味着让步,现在他对这个让步已经断了念想,消失在了卧室里。他的行走姿势(我经常如此感觉)与塙吾良年轻时的行走姿势比较相似……

那天是星期六，因而是一个星期之后的周末，在不会遇见阿亮的时间里（话虽如此，只要不想走出房间，阿亮便利用床边的音响设备倾听 FM 播放的古典音乐，及至该节目结束，他已经原样录制下来，再启动自行重复的 CD 程序反复倾听。阿亮经常如此，等同于终日闭门不出），我来到楼下，将早餐连同中餐一起吃完后便回到书房。此时，千樫将邮件和咖啡送到处于这种生活状态中的我这里来，在我浏览邮件期间，她便整理床铺，然后坐在自己刚刚整理好的地方。千樫缓慢地说了起来。自从发生那件事以来，这还是第一次。

"阿亮说，在医院里，你让他把贝多芬钢琴奏鸣曲的主题与莫扎特的主题相互重合的地方告诉你。他还说，当他用铅笔在那个部分做记号时，身旁那位患者把圆珠笔借给了他。对于可以使用铅笔而不能使用圆珠笔这个区别的意义，阿亮大概难以理解吧。只是最终接下递过来的东西，不才是阿亮的过失吗？即便如此，他也感觉到自己污损了漂亮的乐谱不好。可是，关于被你斥以'你，混蛋！'这件事，他无意做出比刚才所说更大的和解行为。这不是与你本人无意提出和解之意的心情相同吗？

"今天早晨，与真木在电话里谈了这事，她的态度比较冷淡，说是爸爸没有勇气对阿亮提出和解，他对阿亮说出了'你，混蛋！'……怎么做才能把这句话从阿亮的记忆中消除掉呢？毫无疑问，他一定在黑暗的内心里，正这个那个地考虑着无论如何也不可能办到的事，却没有勇气对阿亮说出'我们和解吧'之类的话，所以毫无办法。真木接着还说道，这件事真是稀罕，每次偶尔回到成城的家里都会感觉到，大约从一年多前开始，阿亮的身上出现了一些变化。爸爸难道没有觉察到这种变化吗？难道没有觉察到由于四十多年来一直生活在一起，因而针对阿亮的那种压制态度正在固化吗？她还像是同情似的说,那都是由于爸爸的老龄化所致,似乎并无不合理之处……这样下去,最终不会停留在说出'你,混蛋!'这个层面上,甚至会发展为冲突……担心该不会变成没有让弄臣跟随自己前来、彷徨在荒郊野外的李尔王那样吧?假设这一带有那种荒郊野外,在独自一人彷徨、徘徊,直至变得有点儿疯癫,要在成为丑闻之前结束自己生命的荒郊野外……

"由于你对阿亮说出'你,混蛋!'这句话,真木正在气头上,竟至说出这样的话来。那么,我也曾想试着对你谈谈与真木所说不同的、我最近放心不下的事。我的老龄化和你自己的老龄化自不必说,你曾认真考虑过阿亮的老龄化吗?至少在肉体方面,阿亮的衰老不断加剧。你大致都在家里或工作或读书,在这样的生活中,你之所以抽出一定时间出门行走,是因为有必要领着阿亮外出训练步行。这个行为持续了很长时间,其后却成为你一人每天早晨步行长达一小时的习惯,那是由于阿亮在散步过程中屡次因发病而倒下,于是,你对领着阿亮出门训练步行之事也就死了心。然而,与其说那是癫痫的症状在加重,不如直率地说,阿亮的衰老使得继续行走变为不可能,我们不就是这么理解的吗?

"阿亮大部分牙齿已经不行了。内科为他做的血液检查的结果,你是直接从医生那里听取了说明,我只是核对了一下记录而已……没有标注需要注意印记的项目越来越少了。还有夜里的无呼吸睡眠,我们尽管在努力减轻阿亮的体重,这个病状却没有得到改善。他在大白天里之所以经常打盹儿,是他自己在弥补睡眠不足。

"早在阿亮还在残疾人福利设施工作的那段时期,所长让我们看了截至那时的所有在编人员的……那些智障人员的、平均寿命统计表。你也在一旁听了那说明吧?所长说是有着智障的孩子,从某个时期开始,会超越也是一年年变老的父母而迅速衰老下去。当时我感到不可思议,还曾问你'为什么?',可你却沉默不语。现在我也那么认为:确实就像所长说的那样。问题在于,我们的阿亮目前也在追赶着那个速度。

"你停止写作'水死小说',我觉得以前并不明白这对于你来说究竟意味着什么……你不去完成已经开始写作的小说,却就那么停止写下去,这还是第一次(要说长时间中断写作并搁置下来,倒是曾经有过一次,可那也正是这部小说)。现在,我也一点点地明白这个意义了,是目睹你一直在抑郁的这个事实而明白的……因为我感到那也是此前从不曾有过的强度……所以我开始意识到这可是重大变故。然而,阿亮也明白无误地抑郁起来。起居室里是你,餐厅里是阿亮,你们不都沉默不语地各自坐在那里吗?你是在读书,阿亮则读乐谱,虽然这与此前相同,家里两团巨大的抑郁疙瘩……如果有'抑郁疙瘩'这种说法的话,它们……我感到它们长久地坐在那里,担心这两个'抑郁疙瘩'假如发生冲突的话……然后,它们终于发生了冲突。

"自从阿亮出生以来,你从未对他说过'你,混蛋!'之类的话。而且,阿亮现在也已经理解了你说出的话……想到这里,我觉得就像真木所说的那样,你缺乏对阿亮提出和解的勇气是当然的。今天一大早我就醒了,一直在思考问题。今天凌晨,阿亮也是天还没亮就起了床,听那动静有些不对劲儿,我担心是否在发病,就走进他的房间一看,他正在呜呜呜地哭泣。说实话,发生那件事之后,阿亮甚至都不愿意独自听音乐。自婴儿时期以来,这种现象可还是第一次出现。"

我被追逼得走投无路。说起来实在像是孩子气的话,我甚至热切希望,自己现在就发作那个大眩晕,以便从千樫的追究下逃脱出来!然而,眩晕并没有发作,我又没有装扮成眩晕发作的演技,便只能在千樫持续不断的话语面前一动不动地忍耐着……

当天夜晚,我的内心受到严重打击,刚在卧室兼工作间的床铺上躺下来,"献给海顿的三个奏鸣曲"第二号便从枕头下传来。起居室正以相当大的音量播放这支曲子。我躺卧在床未予理睬,及至听到接下来的 K550 号交响曲的时候,却没能控制住自己。我起身下楼,只见阿亮正坐在音响装置前的地板上。

"已经很晚了,明天再听吧。"我说道。

阿亮甚至都没有转过头来看我一眼。我陷入了愤怒之中。随后,我刚在阿亮身旁蹲下身来,他就将音量调得更大。仍然面向着前方的阿亮的脖颈染上了红色。千樫走出卧室,在餐厅入口处向这边悄悄看了一会儿,看到我已然变色就退了回去。曲子结束后,阿亮细致地收拾好 CD 便站起身来。我对着朝向我这边的阿亮说道:

"你,混蛋!"

我回到二楼,仿佛从黑暗的底部仰望黑暗深处似的挨过很长时间,回到东京后这是第一次打开床头灯,摸索着从枕边的书架上取过一本书,开始阅读这本书的时候,那册文库本中细小的文字充塞而成的长方形、四周的空白部分(如果用英语表述这情景的话,可以使用 margin,还可以用 marginalia 来表述往那种余白里写入注解。在一次闲谈中曾经说过,那还是我与文化人类学者以及建筑家的朋友们偶尔把边缘性作为共同主题的那段时期,总像是充耳不闻身边人所说的话语、独自陷入冥想之中的篁先生,不久后发表了题为"边缘性"的深刻而美丽的文章。在我的人生中,那是我置身于最具创造性环境之中的时期!),以及斜斜撑持着那本书的自己的手指、手腕乃至其对面的书架、倾斜至六十度的圆盘,都唰啦啦地崩落了。此后被家人(阿亮除外)称为大眩晕的病症,这时便转为慢性病并第一次复发。

第二部 女人们处于优势

第六章 "扔死狗"戏剧

1

大眩晕之后,我便有了个新习惯——在发作之后便坠入睡眠,是黑黢黢的睡眠。倘若最初那次大眩晕之后的睡眠是死亡的话,我由生往死的转移肯定轻而易举。也就是说,现在的我就是死后的我,唯其如此才是 cogito, ergo sum①,因为在如此设法驱动意识,因而我是存在的。

那位活着的自己正处于什么样的状态之中呢?在黑暗中睁开半醒的睡眼(虽然已是清晨,但窗帘仍未拉开),却猜测不出结果。然而,我的耳朵却反复听到一首告知目前状态的、令我感到怀念的歌曲。……A current under sea/Picked his bones in whispers. As he rose and fell/He passed the stages of his age and youth/Entering the whirpool.②

在水底的水流中时而浮起时而沉下……但是,尚未被卷入漩涡

---

① cogito, ergo sum 之原意为"我思故我在"。
② 请参阅 T.S.艾略特《荒原》之四"水里的死亡"相关内容。

之中。而且，因为这里说的是 he，所以这个自己既是我，又不是我。我是他，是父亲。是比受到眩晕袭击的我本人要年轻二十岁以上（从现在的感觉说来，则是壮年）的父亲、水死了的父亲。而且，我感到自己在爱着父亲！随后，在不知缘由的羞愧和沮丧的相互推拒中，我再度清醒过来。

还有一个新习惯也涉及睡醒的方式，那就是经常被类似于大眩晕预感的感觉折磨至深夜，服用了处方药物后翌日凌晨睡醒的方式。不过，经过一段时间以后，也能够就那么与自然睡眠衔接起来，上午便能产生丰足睡眠过后的感觉。

对于这种药物，我有过自我克制的想法。因为借此沉入睡眠并在其后醒来时，我所产生的旺盛的回想内容甚为特别。于上午再度醒来时，便用铅笔如同素描一般粗略记下先前醒来之际回想起的内容。我也曾想过，那该不是与引导大眩晕的力量密切关联吧……

我感到，大眩晕为我带来的回想本身肯定不是毫无意义。而且，我还有这样一种稀奇古怪的坚定想法——只要大眩晕超出我已经历过的那种规模，就不可能不给头脑的机能造成损害。但是，那可能不是怀有恐惧之心，而是试着以与其相关联的这个回想出的内容为对手。

我之所以没有任由那些回想流逝，或许是因为职业习惯使然，是那种始于每天将那些经过五十年之久却大体上并不确切的思虑写在纸上，从中汲取可作为工作线索的职业习惯。而且，我确信对于创作"水死小说"已然死心，认定如果不写"水死小说"的话，自己便再无小说可写。尽管如此，我仍然要把那些回想简略地写在卡片上，只能说这是出于我这一生的痼疾……

2

　　我回想起战争结束那一天。与我同时代的这人那人之中,也有人把那天写成阴天,可是在四国的森林里,却是晴朗的、接近正午的那段时间。当时,我是一副适合于观测太阳位置的姿势。在河流北岸部落里的女人们洗涤衣物的场所,水柳附着在岩棚的裂缝上,在其下端,则有一块圆形的隆起。它的背阴处却鬼斧神工地形成三角形,如果抬脚向河中水流走去再躺卧下来,那里恰好能够容下一个孩子的身体。如果用腿脚将身体往深处推动,如同天井一般的岩石便探出来,涌出的水珠滴落而下。

　　由于这处洼坑被从水流中分隔开来,躺倒的身下沉积着溶开的细碎黏土,我的身体便被柔软滑溜的黏土包裹起来。如果躺卧在那里,是不会被蹲在洗涤处的女人们发现的。我回想起钻入那里的往事,当时我还只是一个孩子,平日里总是自由自在地躺卧在那里消磨时光……

　　对于回想起这一切的我来说,有关这个小小隐匿处所的回忆尤为浓厚而细微,是与我后来阅读的法国作家以星期五的口吻讲述的《鲁滨孙漂流记》这部小说的读书记忆相重叠。在孤岛上因辛勤劳作和每一天的危险而疲惫不堪的鲁滨孙,隐身于柔软潮湿的黏土洞窟里的愉悦……读了这个情节,不仅内心,就连身体深处都受到了魅惑。

　　一天上午,峡谷里的孩子们排列成队,沿着国民学校后面的坡道向高台上的村长家行进而去。由于孩子们未能获准进入村长家宅院,便一群群地围拥在树篱之下。天空晴和,森林辉耀着光亮,蝉的鸣叫声覆盖了周围的一切。宅院里响起男人们的喊叫声,村长的演说使得男人们安静下来后,女人们的哭声却高涨起来。接着,国民学校的两名教师从大门旁的便门现身而出,发布指令说:天皇陛下的无线电广播已经结束,大家都下山回到峡谷里去。我们便聚集在一起赤着脚沿着滚烫的坡道往山下走去,同时从年岁稍大的同学那里听说战争已经失败。

我家大门那边的木板套窗(自从父亲死后就不曾打开)仍然关闭着,母亲好像正在后间里做手工活。我穿过自家旁边的小径,从河岸边攀向夫妻岩。我把被汗水濡湿的衣服摊放在洗涤处的岩石上,系着丁字形兜裆布,将身体浸泡在隐匿处的水洼中。

我将仰面朝天的身体在水洼中沉至耳畔躺卧下来。随着时间的流逝,当我把手臂从水中抬出时,便感到了阵阵凉意。我应该是长时间地陷入了沉思。我坐起上半身,注视着屹立在边辉耀着光亮边流淌着的河水中的夫妻岩,决定了自己要做的事。我游向击打着夫妻岩的激流,在越过岩石的那个地方,将身体委于湍急的水流,就那么随同激流而下、将身体挨近夫妻岩。我熟知此后手脚的划动方式,感受着胸口被形成漩涡的水流弄得酥麻的感觉,同时移动身体,仰面朝天大口呼吸之后便潜入水中,把脑袋塞进早就选作目标的岩石裂缝间。在我这一侧已然暗下来的、带有蓝色的水流对面,阳光歪斜着照射进来。在那块空间里,数十尾雅罗鱼充满力量地静止在那里。一个硕大男人的裸体躺卧在那下方黑黢黢的阴暗深处。随着水底的水流缓缓浮动的父亲。我尽力模仿着那人的身段举止。

然后,我将想起的英语单词原样标注在卡片上写着的词句旁,那就是近乎绝望地爱着父亲……

3

　　古义哥哥,我收到了千樫嫂子寄来的恳切的信——只能说是恳切的那封信。信里没有乐观的或是悲观的闲话,只把哥哥现在的情况告诉了我。只是我在一些地方或许做了想当然的解释,因而想请哥哥确认一下。

　　1. 哥哥的大眩晕,并不只是在这里发作过一次,回到东京以后,也反复发作了三次。

　　2. 哥哥请经常就诊的医生诊治,虽说静下心来养病,在大学附属医院里却根本没有接受核磁共振摄影①的精密检查。千樫嫂子和真木都指出了这一点,哥哥却没有接受。她们认为,在四国老家那次大眩晕的发作,给你带来了很大打击,所以担心自己是否还能够承受检查结果带来的进一步打击。假如哥哥被判定为头脑内部产生异变的话,就无法再写作和发表文章,那时候,你就只能承认无法东山再起了。哥哥,当六隅先生尽管自我感觉到了异常,却拒绝接受有关肺癌的诊察时,你受六隅夫人嘱托,承担了再次说出那些话的任务,现在却想要一如先生回答的那些拒绝理由而生活下去。

　　千樫嫂子已经有了精神准备,说是如果哥哥预感到了重大事态,那就只能尊重哥哥的意愿。我也同意千樫嫂子的想法。我有一种感觉,觉得今年回到峡谷里探亲,让哥哥预感到了什么特别的东西。如果这是误解的话,就如同哥哥此前也曾因固执己见而引发各种事态时那样,当作笑话便可。

　　3.尽管如此,哥哥如果稍事休息,就又可以在能力范围内开始工

---

①　原文为英语缩写字母MRI。

作吧,就像六隅先生曾经做过的那样。不过,假如哥哥自己没有觉察到,便在那种状态下发表出现异常的文章,那就是一个大事件了。因此,千樫嫂子正考虑建立一种机制,那就是请一直以来提供帮助的各位编辑,今后要在稿件正式发表之前探讨研究所有内容。她这是想让你表明:如果确实发现问题的话,长江将中止作家生涯。

4.就目前而言,即便哥哥感到忧郁,却仍然过着与健康时并无多少差异的生活,唯有"水死小说"的写作中断了,可是每月一次在报纸上连载的随笔仍然在继续。读书大致也是如此,只是查阅词典并花费很长时间阅读外文书籍之事需要注意。

根据大眩晕之后的情况,哥哥与我之间如何相互联系呢?我也是打算确认有关定期通信的方法(当你那边出现紧急状况时,请千樫嫂子给我打电话),才写了这封信。我本身没有什么特别变化,只是关于将夫和鬐发子的演出活动,在哥哥离开四国之后,倒是比以前更加频繁地一起商量了。尤其是鬐发子,比此前更亲近地对我说起知心话来。与此相关联,我觉得必须与哥哥商量的事情肯定也会出现。

然而,对于我的来信,哥哥能否每信必复则是无法保障的(这是千樫嫂子说的),哥哥并非作为小说以及随笔的草稿而写下的那些卡片也在不断增加,所以就请把经过同意的卡片复印之后寄过来。我和鬐发子打算把那些复印件当作哥哥的回信加以阅读。

已经收到了第一封这样的信,我与鬐发子入迷地阅读着收到的这份复印件。鬐发子一面阅读,一面就像当着哥哥的面一样干劲十足地予以否定的,是哥哥告白自己心情之处,告白近乎绝望地爱着我们爸爸的那个地方。

鬐发子表示,哥哥逗留于"森林之家"期间,她曾说起自己在靖国神社的经历，认为无论如何也必须抵抗，要围绕这个国家的人们根本性的特性进行批判（对于《亲自为我拭去泪水之日》演出版中的德语歌曲也是如此），却没能打听出长江先生的想法。

鬈发子说，她还在考虑今后要面对那个方向进行表现，说是长江先生表示"水死小说"已告结束，并坦率告白从"水死"了的爸爸身上感受到了强烈的爱，关于这个问题点，她说想要批判。鬈发子热情洋溢地说道，作为哥哥来说，就算"水死小说"已告结束，也不能因此而认为与"森林之家"伙伴们的，尤其是"扔死狗"戏剧的因缘就结束了。

下面报告鬈发子的实际工作情况。穴井将夫比谁都能够深刻理解哥哥放弃"水死小说"之事。与我相反，作为对此事深为遗憾的人，他的内心留下了挫伤。听说哥哥将前来写完"水死小说"时，将夫振奋地说道终于、终于……就连鬈发子也笑着把自己的工作搁置起来。由于与哥哥的执笔过程紧密相连，加之有意完成此前他独自积累下来的、将长江的全部小说改编为戏剧的工作，我认为这种兴奋是不无道理的。

然而，鬈发子却是积极看待哥哥从"水死小说"中获得自由一事。她试图通过批判哥哥引发出今后的合作。有关县里的中学以及高中的演出课，鬈发子正在与哥哥商量吧。围绕如何演出漱石的《心》，她与将夫迅速提出试验方案，已经在若干学校上门教授这种演出课程，引起了良好反响，接二连三地收到了追加授课的要求。

不过，鬈发子并不是乐观地看待这种好评、反复演出相同剧目的那种类型的人。她把学生们实际观看了演出课后的感想录下音来并展开探讨。首先，鬈发子在这样做之前，于演出后的反省会上，她那种风格的戏剧表演会把学生们吸引过来。然后，她就把这一切原样应用于下一次演出课。在《心》的朗读剧中，鬈发子试图作更进一步的拓展，想要在将夫的协助下，把成果制作为合成版从而形成固定的作品。此前在面向一般观众的舞台上，她们一直在推敲"扔死狗"戏剧的手法，鬈发子打算把那种手法有效地应用于演出课。以《心》为素材的演出课就是这一切的开始，在好几所学校里，让他们扔了很多"死狗"，是观看方的学生们的批判以及演出方反批判的"死狗"。

现在，她们决定制作把这一切编排在一起的合成版。而且，哥哥你也并非与此毫无关系。我们镇上的高中老师提出一个建议，说是委托将夫的"穴居人"剧团在这个峡谷的中学里的圆筒形讲堂中举办演出活动。由于是以漱石的《心》为素材，好像哥哥也参与了磋商，学校方面了解到这个情况后，就找到我这里来，带来一个把演出与古义哥哥的讲演合并在一起的计划。我尽管在回答中表示了YES，却又想到"红皮箱"里的内容，意识到在哥哥没有看到那一切的情况下再求你办事是不公平的，就没能对你说出口来。

随后就是哥哥的大眩晕，我就去学校表示歉意，老老实实地告诉对方：我还没有取得哥哥的OK，目前又是这么一种情况。接待我的那位老师却并不显得紧张。此前，由于仅靠一个学校的经费无法筹措足够费用，那位老师便联络了好几所高中并处理了相关的实际事务。他对我说，那就干脆演出《心》朗读剧的合成版这个大家伙吧。他表示，正在呼吁全县所有高中的学生和教师，还要向初中里希望参加该活动的人开放，同时也在考虑向家长开放。我就在担心，他该不是把哥哥的讲演已经中止之事给听漏了吧。

于是，他这样回答：当然，这是一个很大的变更，因此，学校方面也要随之改变姿态。县里学校的年轻教职人员之间，曾用因特网提出各种建议，总括来看，高度评价"穴居人"在松山公演的"扔死狗"戏剧所引发的反响居多，对于把这种手法一点一点地应用于朗读剧《心》，人们也给予了好评。他询问我，干脆将其作为合成版而隆重推出，如何？

　　由镇上高中主办、呼吁全县高中和初中参与的这次尝试中，有关"穴居人"公演加上文学讲演这个计划，说实话，评价并不好。在作为建筑学成果而广为人知的建筑物里举办新型文娱活动的计划受到了欢迎，然而，"为什么是长江古义人？"学生们多作如此反应……毋宁说，哥哥的讲演因故中止倒是更为合适。由于时间延长了一倍以上，因而要让髻发子在中学里正式公演"扔死狗"戏剧。在初中生减少的情况下，对于花费巨大开支建设的圆筒形讲堂，存在着批判的声音。如果将其称呼为面向大众开放的圆形剧场并有效利用的话，对于激活日益空洞化的村子不是将发挥积极作用吗？这对学校和镇上可都是雪中送炭啊。所以，说是古义哥哥不能讲演，那就因此而请你帮助制作髻发子的朗读剧本等等，就算你回到东京也要这样，因而拜托了！在这条狭小的峡谷里，身为也是面对各种批判的古义人的妹妹，我长期以来就是这么走过来的。我也不得不成为这种政治人物啊。

4

　　"扔死狗"戏剧的情况一直有所耳闻，倘若这次自己也被要求具体参与其中若干工作，那就不得不放在心上，这便是我的性格。以漱石的《心》为基础制作面向初中生和高中生的朗读剧。无论关于其缘起，还是关于扎根于此的展开，我都要询问穴井将夫。不过，只知道最初缘起的情况，并不足以了解将如何显示出把漱石作品改编为戏剧会是怎样一种进展。在髻发子演出的这台戏剧中，舞台与观众席之间展开的话语往来理应形成主要局面。即便是布制的玩偶，却又如何使得那"死狗"被互相投来掷去呢？首先，这种场合的所谓

"死狗"究竟是什么?

经过种种想象之后,我让千樫打电话询问髻发子,"穴居人"的,尤其是髻发子主导的团队正在组编的是什么样的戏剧?其排练又是如何开展?

髻发子回答说,目前"扔死狗"戏剧的话语往来所使用的排练台词(已经从亚沙那里听说),以在初中和高中上演时录下的孩子们讲述的内容为基础。据说,她还表示想原样沿用那些台词,因而想要听听长江先生的感想。然后,髻发子便在电话里朗读了往来台词,千樫觉得有趣,就照样学给我听了。在那之中存在着生气勃勃的展开,"扔死狗"戏剧的高潮随之来到。从舞台上的一方飞到另一方,同时从舞台飞到观众席,再从这一对一对的相反方向飞回对方,布制狗玩偶被不停顿地扔着、掷着、飞着。这一切作为惯例深为多次参与的观众所知晓,然而,由于这是遛狗的妇女们与对此反感的男人们在路上引发的争议发展至争吵的戏剧演出,最初是模仿用塑料袋装着狗屎,随后又发展成作为"死狗"的布制狗玩偶,因而最初是自然而然地发生,而且得到了很好的评价。然而,这种手法甚至被引入更为广泛的"穴居人"的戏剧中来,因观众喝倒彩而被追逼到无法表现其演技这个死胡同来的女演员(有时,被追逼得走投无路的当事人则是髻发子),便会向从观众席站起并越说越激昂的观众进行反击。

不过,在事情的起始阶段,观众尽管对舞台上的髻发子及其伙伴抱有好感,却仍然似乎含带嘲弄的乐趣发声提问。髻发子认真地对此反驳,观众听了这反驳后便也不再谦让,双方的争论于是尖锐起来。

此时的演出节目,是复活并上演战前的话剧繁盛期的家庭剧,年轻的妻子坐在复古情调的西式客厅里的椅子上,膝头放着代表宠物犬的布制狗玩偶。被观众的倒彩追逼得走投无路的年轻妻子,便用逼真的演技勒死那只狗,向着因胜利而昂然自得的观众扔去。当然,那也是被从观众席上扔回来的"死狗"。在下一场越发有意识地采用这一手法的演出中,舞台上相互对立的演员之间的反感,开始超越脚本而展开,"死狗"便在演员中飞来飞去。无论舞台上还是观众席,都在热闹地大吵大嚷。

现在的这些演出中,数位囤子隐身于观众席各处,从一开始就打算在观众间挑起喧闹,其中有人准备好自备的"死狗"带来剧场。被扔过来,再扔回去,好几只这样的"死狗"。然后,就在这些"死狗"被投来掷去的最高潮,舞台落下帷幕。这种形式(也并不是说全部都是如此)已大致固定下来……

髻发子对千樫讲述了接下来将被改编为舞台剧的《心》将会具体出现怎样的情景。演出将以从县里的初高中挑选出来的学生以及教师和家长为观众,实际上,音乐大厅很快就会被称为圆形剧场,在那里的整场演出,将首先以朗读剧的形式开始,因而男女演员们将排列在舞台上进行表演。朗读剧部分结束后,那些演出者将排列在一侧(舞台下手),而此前一直隐身于观众席的囤子则排列在舞台的上手。刚才一直在观看戏剧的观众,率先向演出者们提出质询以及批判。对于这些质询和批判所作的回应,很快便过热并展开争论。直至此时为止,这一切都还是男女演员们根据事先写出并反复演练的台词来回应。然而,一旦加上自由参加到这个队列里来的观众的发言,毋宁说,来自观众席的那些热烈而猛烈的发言便成为主流,最终就会出现"死狗"无拘无束地满天乱飞的情景。毋宁说,将把焦点放在第二部分,同时完成其合成版。

5

九月将尽的那个星期六,在森林里峡谷中的圆形剧场,鬈发子以初高中为对象演出了第一场合成版并获得巨大成功!此前鬈发子一直放心不下,说是上次在电话里对千樫嫂子所作的说明,肯定无法使得剧情充分浮现在眼前。这封信就是要请古义哥哥和千樫嫂子你们二位(如果可能的话就)尽情地开心。

不过说实话,以《心》为素材而改编的"扔死狗"戏剧的成功,为鬈发子和我带来了新一步,因着这新的一步,写这封信无非是为了引出古义哥哥的协助。为了今后直接向你讲述这一切,这次当然不能把所有话都说完,不过,我必须先告诉你,鬈发子获得了多么精彩的成功!

在空无一物的舞台与形成半圆形并把舞台围起来的观众席之间没有幕布,因此在黑暗的圆形剧场中,观众席由于排列着椅子而显得高出一截,舞台则好像敞开洞口的浅浅洞穴,是更浓的黑暗处。舞台中央,只看见身材修长的鬈发子站立着的姿势。照明灯刚刚亮起,就显现出鬈发子扮作高中的国语女教师的模样。

鬈发子的一只手里拿着岩波版小型本全集的《心》,酷似在教室里开始上课那样开口说了起来。由于这三年以来,她已经在县里好几所初中上门讲授演出课程,所以与升入高中的学生们比较面熟。此外,更有多次参与的热心观众在等待着。

戏剧的形式,是鬈发子面向塞满整座圆形剧场的初高中学生讲课。在这堂国语课上讲述的语言中,存留着她与古义哥哥谈话的痕迹,即使在后半场的演出中也是如此,就没必要对哥哥描述这一点了。

水　死

　　"我第一次阅读这部小说时,正好是在你们这个年龄。从那时开始,我就用红铅笔和蓝铅笔画上旁线或是画上围框……你们使用标记方法吗?……并反复阅读。不过,我从一开始就抱有疑问,现在就从这个疑问说起。

　　"为了预习,我给大家布置了两道课外作业。第一题是一份问卷调查,请每位同学列举自认为在这部小说中出现的一个关键词。至于第二题,则是请大家像我最初解读时那样独自阅读《心》。因此大家应该知道,这部小说的叙述者是名为'我'的青年,他与叫做'先生'的人物亲近起来。然而,那位'先生'却自杀身亡,只留下'先生'的遗书。青年在巨大的震惊中开始阅读那份遗书……这就是小说的整体构成。在遗书中,'先生'本人回忆了自己当初不再提防青年时的往事……就请朗读这一处。朗读者是我们剧团的演员。他现在正带着文本来到舞台。在这里,他的任务只是朗读这一段落。在我们的戏剧中,各位男女演员都要扮演若干角色,既有一直留在舞台上的人,也有暂时离开舞台的人。当剧团里饰演新人物的演员上台之际,大家可以不鼓掌。"

　　先生:我看到你时常流露出像是并不满足的神情。及至最后,你便逼迫我将自己的过去如同画卷一般展现在你的面前。那时,我才在内心里开始尊敬你。因为你让我看到了决心,想要无所顾忌地从我的腹中抓出某种曾为活物的那种决心。因为你要切开我的心脏,吮吸那流淌着的热血。当时我还活着,我讨厌死去,所以约你改日再谈,从而拒绝了你的要求。现在,我切开自己的心脏,想要把那里的血泼到你的脸上。当我的心脏停止鼓动之时,倘若你的胸脯能够孕育出新的生命的话,我会感到满足。

　　"就像我刚才所说的那样,我阅读小说的这一部分时,正处于你们这个年龄。简单说来,接受了被青年称为'先生'、并如此亲密地对青年说了这番话语的人物是主人公,当时我认为,这部小说大概是以对自己这代人进行教育为主题的作品。

"然而,情况并非如此。在'先生'和'我'之间尽管也有直接对话,'先生'对青年却几乎没有教授过任何东西。

"'恋爱就是罪恶吗?'对于'我'的询问,对方答以'是罪恶,确实如此'。他甚至还规劝道,倘若家里有财产的话,当然要获取应该得到的那一份……双方都扎根于为'先生'的一生带来阴影的问题之中。

"接下去,就是朗读'先生'所写遗书的阶段,我注意到,这部作品只是为使'先生'通过遗书自我表现而写作的小说。我认为,对于社会而言,'先生'一直过着将自己封闭起来的生活,却为了唯一一次的自我表现这个目的而写下了遗书。先生在遗书里表现了什么?'遗书'包括'请记住'这半行和'请记住。我就是这样生活过来的'这两行文字。'先生'理应把如此这般的讲述,当成了自己人生中的唯一一次表现。

"那么,'先生'所谓如此生活过来的具体内容又是什么呢?二十岁的时候,'先生'这个人物被叔父抢夺了财产,从此几乎从未对他人敞开过心扉。大学时代,当他得知一同寄宿的朋友与房东的女儿正谈恋爱时,自己便背着这位朋友,与房东的女儿缔结了婚约。受到伤害的朋友随后自杀身亡。

"'先生'目睹了自杀现场。我为大家朗读这一段。"

先生:我呆然木立,动弹不得。这情形如疾风般从我身上掠过,其后我又想到:啊啊,失算了!一道业已无可避免的黑光,贯穿我的未来,转瞬间便可怕地照亮横亘在我面前的整个人生。随后,我就哆哆嗦嗦地颤抖起来。

古义哥哥,我承认髻发子是个敏锐且拥有可靠知性能力的人,可是,这并不是在评价她作为表演者而了不起。观看她们演出"扔死狗"戏剧那种小作品,尽管显得滑稽般轻松,却突然转变成攻击性的内容,虽说我也知道这是独特之处……

然而,当髻发子站在舞台上朗读"先生"本人不断重复的那些过于残酷的回忆时,我却看到从圆筒形大厅的墙壁高处开放的细长窗子里和天井上那半球形强化玻璃中射出的微弱光亮照耀下的舞台上,一道"黑光"横切而过!我就是这么感觉的。

而且呀,好友死去后,"先生"没有向姑娘说出真相就与她结婚,却没能走上社会参加工作。"那是因为他出于这样的想法",当髻发子正要朗读下去时,那道黑光再度隐约可见。我甚至为此询问了将夫:你这次把演出交给了髻发子,自己却奔走于各种角色之间,还要兼顾照明工作(为了让扔"死狗"的场面热烈起来,照明发挥着重要作用),操作那好像"黑光"的东西,是这样的吧?将夫却笑而不答……

先生:从那时起,我的胸中时常闪现出可怕的阴影。起初,那阴影偶尔从外部袭来。我惊异不已,毛骨悚然。然而不久之后,我的内心便呼应那可怕的阴影。最后,即使外部没有阴影袭来,也开始觉得自己的心胸底里像是与生俱来地潜隐着那阴影一般。

髻发子的朗读技巧使我对她身为女演员的实力留下了印象,不过,在剧情的设定中,她是站立在舞台上讲授国语课的女教师,所以还要加上简短说明以推动剧情:"先生"对友人怀有罪恶感,于是下了一个决心,终于把生活持续下来……随后,她改用"先生"的声音将剧情转至引用阶段。

先生:就当自己已经死去了似的活下去吧。我下了这样的决心,内心却不时因为外界的刺激怦然跃动。然而,当我决心向某一方面冲决而出时,那可怕的力量就不知从何处出来,用力攥紧我的心,使得我丝毫动弹不得。

鬈发子作为"先生"如此朗读过后,又转回到女教师的角色,开始对高中生们讲述起来:在这种状态下,要在社会这个现场工作和生活,是难以办到的吧……

"先生"用剩余财产与妻子悄悄地过着日子,即使在明治时代将近结束的时候,这也算得上特殊的生活方式呀。在这过程中,"先生"却难得地与一位亲近他的青年交往起来。鬈发子继而解说道:这真是漂亮的手法!下面我们回到遗书中来。"先生"表示他如下述般一直在考虑着一个问题,说是自己所能做到的唯有自杀……

然而,尽管那时知道演出"扔死狗"戏剧,这场合成版却是第一次观看,所以我也是大吃一惊,只见一只"死狗"被从观众席扔到鬈发子的脚边……由于那是由男生的臂力扔出来的"死狗",所以很容易让人以为将会砸在鬈发子的胸部或是腹部,却落在了鬈发子的脚边。像是直接回应扔来"死狗"的那个高中生似的,鬈发子继续朗读着:

先生:或许你会瞪着眼睛问"为什么",那是因为总是紧紧攥住我的心的那股不可思议的可怕力量,在所有方面封堵住我的活动,却只把供我自由进入的死亡之路预留出来。倘若不活动便也罢了,哪怕稍微动上一动,自己除了沿着那条道路前行之外,就再也没有其他道路可走。

接着,鬈发子像是想要铭刻在我们心底那样开始朗读刚才已经说明的那一段:

先生:请你记住,我就是这样活过来的。

稍作停顿之后,鬈发子说:"大家在问卷调查上的回答是正确的,作者在小说中有意识地屡屡使用的单词,与大家的问卷调查上的统计是一致的。"学生们听了这话后都很高兴。鬈发子宣布道:"问卷调查中回答最多的,是和题名一样的'心'这个词语,共计四十七份,'心情'则多达十二份,位居其次的'觉悟'有七份。"她接着说,"随后,就发生了让'先生'觉悟到那个时刻已然到来的事件,导致'先生'因此而决定自杀。不过,我们现在所说的、答以'觉悟'这个词语居多的这个'觉悟'的内容,将作如下说明。"她便回到了倾注感情的朗读中来:

先生:于是,在夏日里最热的时候,明治天皇驾崩了。当时,我觉得明治精神似乎始于天皇,亦终结于天皇。最深刻地受到明治影响的我辈,此后苟活下去毕竟将落后于时势,这种感觉强烈地震撼着我的心胸。我明确地对妻子说了这一切。妻子笑了起来,并没有理睬我。不过,也不知她想到了什么,突然对我戏说道:"那么,你就殉死好了。"

……

我面对妻子回答道:"自己如果殉死的话,那就打算为明治精神而殉死。"

戏剧的前半部到此结束。我的信函越来越长了,因此我要把余言放在下封信里。

6

戏剧的第二幕(从这里开始,合成版的特征便显而易见),在休息时间里,我第一次看到遮住天井上五个半球形天窗的装置被驱动。与此同步,场内逐渐陷入一片黑暗。站在舞台上却不见身影的髻发子就在这黑暗中开始朗读,"黑光"这句话被再次强调。

先生:我"喂"地招呼一声,却什么回音都没有。"喂,你怎么了?"我又向K问道,K的身体仍然纹丝不动。我随即爬起身来,一直走到隔扇处,从那里借着煤油灯的微弱光亮,扫视着他房间里的情景。

……我的眼睛刚向他的房间看了一眼,就像玻璃做的假眼一样失去了活动能力,我呆然木立,动弹不得。这情形如疾风般从我身上掠过,其后我又想到:啊啊,失算了!一道业已无可避免的黑光,贯穿我的未来,转瞬间便可怕地照亮横亘在我面前的整个人生。随后,我就哆哆嗦嗦地颤抖起来。

……

于是我回头望去,这才看见飞溅到隔扇上的鲜血。

朗读刚一结束,具有方向性的灯束便斜射下来。舞台上尘埃飞扬,光束的方向性显而易见。

光束投射下来,看上去恍若刚才贯穿于舞台的"黑光"的余象。而且,那光束照耀在从舞台深处推出来的两扇陈旧的隔扇上,那隔扇上面浮现出粗大毛笔饱蘸红色涂料后抹上的痕迹。此处与漱石的小说略微错开,自杀了的朋友迸溅出的鲜血,被清晰地表象出来。从高处投射的光束很快就消失,于是在重新看见了的"黑光"的余象中,高中生们("穴居人"那些年轻人所扮演的高中生也加入其中)从观众席跨进舞台,把那隔扇拾掇到黑暗的角落里。从事这项工作的都是男生,女生们也加入进来后,这大约十五人就来到舞台前部,髻发子则回到女教师的角色,离开下首位置站立不动。站满舞台两侧的所有人员都被映照出来。

髻发子面对高中生们开始讲述:

"先前我已经说过,我在你们这个年龄上阅读《心》的时候,起初以为这是有关'教育'的书,却由于在学生的'我'与'先生'之间并没有类似'教育'的交谈,便感到了失望。然而,时至今日呀,清晰地赋予其方向性并且重新阅读之下,用英语表述则是 reread,也就是重新阅读，就觉得这还是一本'教育'的书。及至读到'先生'的遗书这部分，就知道'先生'在遗书中曾讲述自己进行了怎样的教育。那是拼上性命进行的教育。一如此前已经两度朗读过的那样，是这样的话语：请你记住，我就是这样活过来的。这里也是如此，倘若转换成英语就很好理解，这是现在完成时的表述方法。如果是这样的话，那么接下去'先生'理应说出口的仍然是有关'教育'的话语，就会是未来时吧。我就是这样死去的。

"身为小说叙述者的'我'和阅读者的我们，已经阅读了正在死去的'先生'的信，因而我想请你们每一个人，把自己置换成这部小说中的'我'并展开思考。这封信……已经成为遗书的'先生'的信，让你感到自己被教育了吗？"

站在舞台上的男女高中生七嘴八舌地答以这样一些话语，现在予以汇总（我觉得这是汇集此前上门授课时学生们的回答，然后作为台词分配给大家的。高中生们非常自然地说了起来……）。

不认为受到了教育。/认为受到了教育。/那么，是怎样受到教育的？/因为自己所尊敬的人做好死去的精神准备并说出了一切，然后在这个前提下死去。那个人能够如此对自己说出一切，然后在这个前提下死去，仍然活在世上的我如果这样思考问题的话，那不就受到了教育吗？我感到自己还是第一次意识到，唯有如此，才是深深铭刻于心的教育。我认为，自己假如受了这种教育的话，是不会忘记的，也是不会被忘记的。/你是这样理解曾经记住的、"先生"就是这样活过来的，就是这样死去这句话的吧。而且一辈子也不会忘记。/不过，记住这一切意味着你接受了什么内容的教育呢？难道是不得背叛朋友并致使其自杀？你以为有谁不知道那种事吗？把那种事作为教育的内容，能让学习到的内容在自己的身心里发挥作用吗？那种事仅仅发生在这部小说中非常特殊的场合吧？/你原先对那名年轻姑娘没有什么感觉,只是在你的朋友喜欢上那位姑娘后,你不愿意那姑娘被朋友所占有,就向女方讲述了自己的意图,从而进展顺利。为此而受到打击的朋友却自杀身亡……你认为这种事情可能发生吗?你们就那么当真?有了那种事,即便将来走上社会,也只能靠做临时工生活,就算哪个姑娘与你这样的人结婚,在这期间她也会出逃离去吧?或是在这之前你就打算为了"平成精神"而殉死?

于是,舞台上的那些高中生也好,观众席间为数更多的高中生也好,全都大笑起来。从高谈阔论的相互对抗中败下阵来、在众人的大笑中唯有一人委屈地沉默不语,瞪着把自己驳倒的女高中生,其实他不是高中生,而是我也曾介绍给哥哥的"助君&格君"中的一人。在他的身边,是双人组合的另一人,对于伙伴的困难,他只是袖手旁观地笑着。实际上,把助君或是格君追逼得走投无路那人也不是女高中生,她平日里从事"穴居人"的音乐工作,从髻发子进入剧团那时起,两人就是好伙伴,她担任髻发子的秘书工作,还与髻发子一同生活起居,此外兼任家庭教师。尽管如此,却也是一个谦恭谨慎且完全可以依赖的人。她此时打扮得非常年轻,站在舞台上。我甚至都要喊出声来:她就是我们发自内心爱着的阿律!且说髻发子挤到那队列中说道:

"即便那'平成精神'是说笑话,这里的'明治精神'却非常重要,因此稍后再讨论这个问题吧。在此之前,认为小说的叙述者'我'最终没有受到教育的同学请集中在右侧,剩余的同学们则集中在左边。

"然后,我还要询问右边的同学。实际上,'先生'豁出性命从事了你们根本不认为有什么作用的'教育',在你们来说,他算不得教育者吧?那么你们认为这个人究竟为什么要了这么大一个花招呢?"

如果先前那人是助君的话,那么虽说时而大笑却忠实地守护在

被驳倒了的伙伴身边的便是格君了,他此时发言道:

"我想要说的是,至少还不能说那就是耍了大花招吧。'先生'尽管感到就当自己已经死去了似的活着,被那股不可思议的可怕力量限制住了自己的活动,却仍然在这种情况下依靠自己的力量站立起来,所以,'先生'在这里的死去,在他本人来说,毋宁说是自然的行为,难道不是这样的吗?"

"你连这样的情况都考虑到了呀,同时……"鬈发子完成了调整,"你能告诉大家吗?如果'先生'不是教育者的话,那么你认为此人是干什么的?"

于是,穴井将夫从观众席中站起来要求发言。我原本以为那是将夫临时穿插的即兴表演,可实际上又是如何呢?我觉得,"扔死狗"戏剧的新手法,在这个合成版中已经完成——把舞台上的表演者们一分为二,再把第三种观点引入其中,从而促使讨论更加活跃。

"我还不能说相当于你们父亲的年龄,不过,也已经是上了年岁的辈分了。"将夫开始了他的发言,"我是个写作剧本并演出戏剧的人。就像此地出身的长江古义人先生借助小说表现自己一样,我也在借助戏剧表现自己。虽然能力有限,却是整年都在考虑表现之事。我可以这么说吧?

"关于《心》中'先生'的遗书,就像你们也读到的那样,开首处有这么一段话:'当我的心脏停止鼓动之时,倘若你的胸脯能够孕育出新的生命的话,我会感到满足。''先生'希望自己的死亡能够让新的生命孕育在阅读遗书的青年的心胸里。竟然有人讲述了这样的事后死去?我年轻时曾为之而感动,那是因为我把自己重叠于叙述者'我'这位青年所致。我在想,倘若果真有人对自己讲述了这种事情后,再如其所述的那样死去的话……

"可是呀,随着年岁的增长,自己的想法发生了变化,觉察到自己在阅读《心》的时候,开始无法接受这里的内容了。'先生'难道确实认真地考虑过自己想要把遗书留给其的那位青年的情况吗？'先生'难道不是只考虑自己的事情吗？那个所谓自己的事情,又是什么呢？在那之前,'先生'一直远离社会,用现在的话来说,就是躲在家里生活过来的。他唯有一次试图'表现'自己。也就是说,那般'表现'自己之事,也只是写下遗书,这就是目的。尽管如此,他怎么会相信,阅读自己的遗书,就将使得新的生命孕育在一个青年的心胸里呢？在今天的舞台上,已经两次被大声读了出来,这份遗书最值得关注之处,就是'请你记住'和'请你记住,我就是这样活过来的'这两句话。像这样强加于人地对别人讲这些话,可就是'先生'的'表现'啊。老实说,我真是扫兴啊。难道不是这样吗,各位!"

　　对于如此提高声调并故作姿态的穴井将夫,"死狗"从其背后和两侧投掷而来。将夫一个一个地拾起砸在自己身上并掉落在周围的"死狗",像是仔细端详一般,把收集到的"死狗"抱在怀中,温和地坐了下来。从那个被扔了"死狗"从而认输的家伙处领会到这是正确做法的初高中生们的笑声,再次高涨起来。

　　将夫在前半部分的高调表现,相应地把初高中生们卷入其中,及至被扔了"死狗"而显现出的低调姿态,也巧妙地在笑声中提高了精神上的紧张程度。

　　鬈发子对这一切洞若观火,此时就走到舞台前面,显示出高中女教师的威严,想要吸引坐满圆形剧场的观众的注意力。

　　"每当'先生'所写内容遭到批判之际,在你们中间,认为'先生'不是已经自杀了吗？从而想要反对批判的人不是有很多吗？大家就思考一下这个现象吧(鬈发子这么说着的同时,她的身体做出动作,暗示阿律和'助君 & 格君'这对组合走向前来。在舞台上分为两拨的高中生里,这三人扮成高中生并恰如其分地发挥着作用)。

"刚才你强烈表示,'先生'在这里的死亡是自然的。请参照遗书说明一下,你为什么会如此认为?另外,你也是从刚才一直持反对意见,也请你继续发言。认真听了两方面的主张后,请大家把'死狗'用力扔向自己所反对的那个人!"

被约请出来的"助君 & 格君"(这一位是助君,现在,已经可以分辨在照明灯光中显现出来的面庞了)中,助君也拿着打开了的漱石的书并予以引用:"或许你会瞪着眼睛问'为什么',那是因为总是紧紧攥住我的心的那股不可思议的可怕力量,在所有方面封堵住我的活动,却只把供我自由进入的死亡之路预留出来。倘若不做活动便也罢了,哪怕稍微动上一动,自己除了沿着那条道路前行之外,就再也没有其他道路可走。"

"就是这么一回事。然后是明治天皇亡故,乃木大将①死去,从而感到自己也被示以死亡机会来到。这难道不是很自然吗?!"

"你是怎么把那个机会与'明治精神'整合在一起的?"阿律扮装的女高中生追问道,"被自己背叛并伤害了的朋友自杀了,大概是那个有罪的意识在纠缠着'先生'吧?不过尽管如此,'先生'却并未自杀,说是没有办法,决心就当自己已经死去了似的活下去吧,这是对自己缓期执行吧?终于,他决定结束缓刑期,意识到死亡之时已经来到。然后,不是说这是因为'明治精神'已经灭亡,要为'明治精神'而殉死吗?在这里为什么会出现'明治精神'?这个'明治精神'的登场自然吗?在这以前,无论是在背叛朋友之前还是其后,不是从未意识到'明治精神'什么的吗?为何现在才提出什么'明治精神'?

---

① 乃木希典(1849—1912),日本明治时代的军人,参加日本内战西南战争期间曾被对方夺去军旗,故而以此为一生之耻。日俄战争期间为陆军大将,任第三军司令,指挥攻占旅顺的战斗。在任学习院院长期间,明治天皇去世,乃木与妻子静子一同为明治天皇而殉死。

只是简单地表示已经失去了就当自己已经死去了似的活下去吧的心情,决定自杀而死,这不是很自然吗?

"所说的这种'明治精神'究竟是什么?是'先生'决心就当自己已经死去了似的活下去吧,却不时因为外界的刺激怦然跃动的内心,也被那不知从何处出来的可怕力量用力攥紧,从而丝毫动弹不得的缘故吧?这股力量就是'明治精神'?或是与其正相反的力量?不,不对,简单说来,你是说那是经历了始于明治维新的建国时期的人们所共有的东西?以这样的自己独自一人的罪意识与社会隔绝开来的人,怎么能与生气勃勃的明治社会的参与者的'明治精神'连接起来呢?"

"你之所以不明白,是因为你是女人的缘故!"格君走上前来叫喊道。

那是"助君＆格君"这对二人组合的致命过错。转瞬之间,"助君＆格君"这两人都遭到了"死狗"的总攻击。与其说立刻就被站在身边、原本与自己同属一方的女高中生扔来"死狗",毋宁说落得被对方从正面用那"死狗"殴打侧脸的境地。对方从舞台地板上拾起雨点般飞来的"死狗",特地拉开距离再用力砸过来。一切都没完没了!一面扔过去,一面被砸过来,同时也都在喋喋不休地讲述着自己的主张。形势很明显……就在那吵吵嚷嚷喧闹不已的最高潮,照明光束开始缩小,舞台上人们的动作变得好像皮影一般,这里显示出演出的品质之高,耳畔可闻的声音也在减弱,终于转为某种倾注真情的低声细语。皮影的动作也静止下来……然后就是落幕。

虽说是落幕,在这圆形剧场里并没有幕布,转暗了的舞台稍后再次明亮起来,以阿律为主导的女高中生们轻松愉快地站立着,"助君＆格君"这对二人组合则蹲坐在地,看上去就像被"死狗"堆给埋上了一般。这时爆发出要求重演的鼓掌声,舞台再度转暗,"助君＆

格君"这对二人组合就扑簌簌地抖落身上的"死狗"站起身来,接受混杂着喝倒彩笑声的鼓掌……这种转暗与要求重演的鼓掌连续交替数次,如同突然想起来一般,几条"死狗"被扔了出去。也就是说,"扔死狗"戏剧获得了巨大成功!

第七章　余波荡漾

1

　　看到面向初、高中生演出的"扔死狗"戏剧获得成功,我对鬈发子说了舞台上的演出还在进行时自己就已经想好的事情,而且她也接受了我的想法。由于此事与"森林之家"直接相关,就给古义哥哥写下这封信。我强烈希望哥哥能够赞同我的想法。说出这样一种开场白,就有了"我从不曾向哥哥提出这种程度的愿望,在我的算是草草了事的人生中,也就只有这么一次"这种强行索求的感觉,这并不是我喜欢的行事方式。请阅读我在意识到这一点的同时却仍然写下的信函。

　　我开始考虑这个计划的最初契机,是哥哥放弃了(在我来说,我觉得是请哥哥放弃了)"水死小说"。由于哥哥取消了把爸爸写入"水死小说"的计划,因而我觉得自己完成了为妈妈而做的最后一件工作。妈妈死去十周年之际,在把"红皮箱"交给哥哥前后,因为无法说出实情,就只好装模作样。因为说实在的,我当然知道"红皮箱"里没有哥哥写作"水死小说"的材料。尽管如此,也要让哥哥自己弄清楚"红皮箱"里的内容,再由哥哥本人说出放弃"水死小说"的话来,这对我很有必要。因为,这毕竟是妈妈一直那么挂念着的事情……

且说"水死小说"之事(话虽然不中听)已经处理完毕,我终于可以一个人走出妈妈的影子。意识到这一点后,我马上想到,实际上还不能说只有我一个人。我已经与髻发子共同起步。于是我对髻发子表示,自己被这次舞台演出所感动,今后将全力协助你所要做的工作。就像一拍即合似的,髻发子马上就说,她与阿律一直在商量,觉得更需要亚沙那样的女性协助,而不是穴井将夫那样的男性。我们就像毕业典礼上的高中女生一般,感动得紧紧拥抱在一起!

我现在想告诉哥哥,在此前的生活中,我的头脑里总想着妈妈的"红皮箱",可是今后我要一心一意地考虑"扔死狗"戏剧,以协助髻发子为目的而生活下去。而且,我要把自己的能力和时间投入到碰巧在相同时间里她想要开展的新计划中去。

我从妈妈那里和哥哥那里获得了自由,想要与髻发子联手以一决胜负。如果说起此前我做过的值得一提的工作,那就是协助制作由于合同纠纷而尚未在这个国家上映的《铭助妈妈出征》的电影。可是细想起来,那也只能说是在妈妈和哥哥的影响下,才得以协助国际女星樱·荻·马加尔沙克的。不过,从这次的工作开始,我将不再完全依赖哥哥,就髻发子和我的想法而言,打算先请哥哥作为原作者正式签订合同,然后再推进工作。唯有在起点这个阶段,没有哥哥的好意帮助就无法起步,如果工作能够顺利开始的话,就将以我和髻发子独立且共同经营的形式来实现她的演戏构想。髻发子远比我年轻,却背负着与我那种单纯的经历大不相同的东西。她这个人拥有独自积累起来的东西,那些未必为她所期望却已是经历了的复杂东西,她就是要策划建立在这个基础之上的决一胜负,加上我们还有阿律这位富有才干的经理。于是,我现在第一次不是那个背负着妈妈的影子、哥哥的影子生活过来的自己,我要把自费筹办的胜负之举与髻发子的决一胜负重叠在一起。

此话再追溯到以往,古义哥哥曾对我说:自己也已经到了将无法返回森林里的时候,因此帮我考虑一下那时所需要打理的事务性杂务。我曾与在镇公所工作的年轻人商量过此事,现在就实施为那时而制定的试行方案,则是我的构思,只是赠予权利的对象并不是我。在不远的未来,我也将无法在森林中继续生活下去。届时,继承我的权利的人,也不会是理应继承这权利的儿子。

修建"森林之家"时,说好原属于妈妈的那块土地归于我的名下,而建在那块土地上的"森林之家"则归于哥哥的名下。目前正是髻发子重新出发之际,我在考虑把"森林之家"用于作为"扔死狗"戏剧的剧团而独立的、她的这种演戏以及相关活动。

哥哥不是认为最近的这次小住是最后一次来这里吗?在这种情况下,我想恳请哥哥把"森林之家"的所有权转至髻发子的名下。我也会把土地的所有权做如此安排。还有,由此而产生的税费呀,已经开始施工的、把"森林之家"改建为正式排练场的费用,我也想请哥哥承担。请你就当作是对我一直以来管理"森林之家"的酬谢,好吗?

当然,如果哥哥想要观看髻发子为确定新的方向而开始的"扔死狗"戏剧(哥哥为此而提供的协助,对于髻发子来说比什么都重要),考虑在这里实际参与联合作业的话,我们更是可以原样保留"森林之家"的二楼部分,因此今后你也能够自由地使用那里。

且说髻发子试图在新体制下开始演戏活动,这与她不得不如此的事由密切相关。以这次演出获得巨大成功为转折点,来自当地右派针对"扔死狗"戏剧的批判也强烈起来。如果这种批判发展为现实性干扰的话,那就只能与之斗争了。髻发子想要明确表示,从在生活风格上不愿意进行政治性介入①的将夫的"穴居人"那里独立出来,作为另行组建的剧团与那种干扰展开斗争。剧团拥有可作为担保物品的资产,对于从银行借贷活动资金就有了意义。

　　出于这种缘由,对你提出了请求,希望你在仔细考虑之后给予回复。

2

　　感谢你接受了我的请求。在上封信中,只顾陈述我的愿望了,而在这封信里,我要写写在圆形剧场上演之后、自从新年以来所发生的事情。

　　在那次巨大成功之后,髻发子的"扔死狗"戏剧《心》版,经过充分准备,以成年观众为对象,在东京的前卫性剧团也表演过的松山小剧场再次演出,并获得了成功。这再一次演出中尤其引人注目的是,髻发子此前听到的针对圆形剧场里以初、高中生为对象而演出的戏剧进行批判的反响,她把那些反响编织到剧情里去,从而利用对方的论点进行反击。

　　在此前的信里,我所能做到的,只是写些简略化的实况讲解,今后恐怕也不会做得更好。不过,在谈到髻发子的戏剧时,像我这样的外行自不必说,就连老到的记者,大概也很难写出能够把握全局的报道来。那是如此多方面的元素共同推进的舞台,我想要说说存在于其中的髻发子的新颖和独创性。随着剧情的发展,不仅仅舞台中心,舞台角落也到处都在开始争论,与此同时,就连观众席上也活跃起

---

① 源自法文单词 engagement,意为萨特提出的、在表明政治态度的基础上对社会的介入。

来。髫发子聆听着全场的动静(这么写的话,似乎会被说成"这又不是圣德太子"①),把看似有趣的两个或三个对话者引导至舞台前面。对于来自观众席的外行人的争论,则让剧团那些老手提供帮助。这就是髫发子的做法。然而,当原本逐渐有趣的对话开始平淡时,"死狗"就会从四周飞来,扔到那几个身上。煽动人们扔出布制狗玩偶,使得那几个人陷入只能撤下舞台这个下场的,也是最初发现了他们的髫发子。我觉得髫发子拥有记者的才能。

在松山小剧场的首演日,观众席上有个人说出的话引人注目,被髫发子请到了舞台上,他是我们镇上高中我也认识的教师。去年秋天,他还前来观看在峡谷里演出的戏剧。此人说,戏剧的开首阶段,是"先生"自己在作陈述,也比较有趣。他接着强调说:可是,从"先生"的遗书中引用其内容处开始,就是第三者,而不是"先生"本人。他本人没有参加讨论,因而毫无惊险可言(有人起哄说:"那不是理所当然吗?他已经自杀身亡了嘛。"可是发言者并不气馁)。既然自杀了那就自杀了吧,让那位自杀的"先生"到舞台上来不也很好吗? 这可是戏剧!他接着说:我看到剧场前厅里有为残疾人准备的轮椅,从头到脸蒙上白布……也就是说,让死去的"先生"坐在那里,向他提出问题,让他回答问题。我想请你们在这里如此演出! 就我本人而言,想要把那位死去的"先生"叫回到这个人世间来,我有一些需要向他咨询的问题。就在刚才,我还与友人在观众席上谈论这一切……

这么一来,观众们就来了劲头,期待眼瞅着就热切起来。于是,"助君&格君"这对二人组合把白布蒙在髫发子而非别人身上,再把她放在轮椅上推到舞台中央。说是有问题要问的那位高中教师,就

---

① 圣德太子(574?—622),飞鸟时代的重要政治家、思想家,五九二年即位,六〇四年颁布十七条宪法,六〇七年派遣小野妹子为遣隋使前来中国,遣隋使和遣唐使由此不断前来中国学习先进文化。

只能与这个死人说话。

高中教师：你的遗书呀，我也曾和许多学生一起读过……可是，在二十一世纪的公立高中里，围绕国家主题发言是有难处的，必须非常谨慎。半年前，这个戏剧在我们镇子演出时，学生和一般国民……我现在表述为一般国民，同时想请你们记住我曾使用这样一种说法……若干人参加了。我要叮嘱的是，今天，这里更是演出戏剧的一般性场所，因而不是在教室里说话。

如果要问我在叮嘱谁，我是在叮嘱我们镇的教育委员会那些人。今天，他们甚至特意来到松山的剧场并在这里聚齐。由于上次在中学讲堂里的演出正成为一个问题，所以就要实际观看一场，大概就是这么回事吧。请大家看看他们的尊容，因为他们都不像是在这场实验性演出中露面的人。

首先，我要从在我们镇的中学讲堂，也就是圆形剧场演出戏剧之事说起。

那场活动也是呀，最初并不仅仅是"扔死狗"戏剧的计划，据说是与曾在我们镇的旧村区域升入新制中学的第一批学生长江古义人的讲演搭配。然而，由于长江先生眩晕发作……我们可是一读长江先生的文章就眩晕发作啊（笑）……就只有演出戏剧了。

截至这时为止，对于镇上的教育委员会都还算方便吧。之所以这么说呀，长江这位作家，是个对已经失去了的旧教育基本法[①]极为

[①] 即基于日本国宪法的精神于一九四七年三月制定的教育基本法，这是一部规定日本教育理念的法律，因而亦被称为"教育宪法"，其教育目的之一在于"形成和平的国家以及社会"，以此诀别于战前的明治天皇的《教育敕语》所代表的军国主义教育。加藤周一、大江健三郎、井上厦等著名文化人士都是教育基本法的受惠者。然而，二〇〇六年十二月，执政党不顾民间和平力量的激烈反对，全面修改教育基本法，将教育目标定为"爱国心教育"，开始回归战前的军国主义教育。

热心且深受其惠的人。如果是旧制中学那个时代的话，从家庭经济来说，此人是无力升入中学的，却因为森林中这时恰好建立了新制中学，他就升学进入那里。新制中学是一所因新宪法以及基于新宪法而制定的教育基本法才创建的学校。这部法律在被除去核心部分之前呀，有这么一段我将要朗读的内容。那位长江先生曾呼吁大家，这部法律虽然已遭修改，但是我们自己要把此前的教育基本法做成小册子放在胸前的口袋里。他自费制作了许多，却与他的小说一样，或者说与他的小说同样（笑），似乎卖不出去。由于我买了一册，这就取出来朗读：教育不应该服从不正当的控制，而应该对全体国民直接负责并实施。

另一方面，在被修改后的现行法律中，也保留了教育不应该服从不正当的控制这句话语，其后却改为其他语句，接下去的是：而应该根据这部法律以及其他法律所规定的内容予以实施。这对重新制定法律的那些人而言，什么样的教育都是能够实施的。目前，这一切在这个县里正在变为现实，所以我们在说到有关教育的问题时，必须极为小心谨慎。有人已经向我扔了三条"死狗"，因此我要尽快进入正题。

且说"先生"的遗书。"于是，在夏日里最热的时候，明治天皇驾崩了。当时，我觉得明治精神似乎始于天皇，亦终结于天皇。最深刻地受到明治影响的我辈，此后苟活下去毕竟将落后于时势，这种感觉强烈地震撼着我的心胸。"

"先生"，你对夫人说了这番话，却为夫人所笑，并未理会，甚至遭到她的嘲弄，说是那么，你就殉死好了。就这一点而言，其实，我也呀……"先生"，我并不想嘲笑你的这些表现……只是感到不可思议。所以，我就想要向你请教，你是怎么产生那种心思的呢？你说是最深刻地受到明治影响的我辈，然而真是那样吗？你背叛朋友的结果，是使他自杀。可是，那属于个人的秉性，不能说是因为深刻地受到明治的影响，才做下那种事情的吧。你不就是完全因为个人事由，就背离所处时代的社会，从社会上沉沦下来的那种人吗？使得你如此这般的，并不是时代的精神，毋宁说正好相反，是你个人的内心作用使然。即便如此，你也想要设法面向社会、面向时代而有所行动。于是，"一股用力攥紧我的心，使得我丝毫动弹不得"的力量就发挥了作用。那股力量果真来自外界吗？难道不是来自你个人的内心世界吗？而且，你确信是时代精神在对自己发挥作用，在我来说，你的这种确信显得非常不可思议。你的夫人看似柔顺且单纯，却毕竟是女性这种不可捉摸的大活人呀。不外出工作只是待在家里……被即便向妻子本人都无法坦率说出这一切的奇怪力量所攥取而动弹不得！与这种男人长年的共同生活，锤炼得她对你那照例貌似深刻的话语只是付之一笑，难道她不是已经变成那样了吗？我可是这么认为的。在潜意识这个层面上呀，当她说出"那么，你就殉死好了"之时，难道更是出于她的真意？

古义哥哥，我情不自禁地站立起来鼓掌。鼓掌的不只是我一人，小剧场内三分之一的观众都在鼓掌，甚至还站立起来挥舞着手臂。当时就成了这么一种状态。

然而，在难得客满的观众席的最后面，依然身穿雨衣并站着的三四个男人，却呜呜地挥舞着"死狗"（大概是认为立刻就扔出去不足以强调他们的抗议行动），向那位高中教师强烈地表示异议。虽然不能说他们全都是教育委员会的同伙，却可以清楚地看出，是在其影响下……前来这里确认曾在中学上演过的戏剧的一帮人。暂且以那个种类的"国民"之名，把他们的言论总括在一起：

国民：难道是在怀疑我觉得明治精神似乎始于天皇，亦终结于天皇吗？不是说了最深刻地受到明治影响的我辈了吗！而且，也确实为明治精神而殉死了！你是要贬低这尊贵的死吗？

然后，国民们的"死狗"便砸向高中教师，与此同时，对此持赞同态度的一般观众（那些年轻人的身姿同样引人注目）的"死狗"也嗖嗖地飞了过去。不过，针对国民们的"死狗"攻击却是数量更多气势更大。就在这时，装扮成自杀了的"先生"、坐在轮椅上的髻发子霍地站起身来，取下白布，显现出的确像死人那样的苍白面孔。小剧场顿时鸦雀无声。现在，髻发子开始以她那精妙的朗诵技巧，运用她扮演"先生"这一角色时的声音，围绕"先生"说了起来。

先生：虽然我在扮演"先生"，可是一直演到这部小说的最后部分，都没能理解自己所扮演的"先生"的内心。其实，我在扮演"先生"时完全不明白他的内心世界，唯有赴死之心却是急不可待，似乎感受到了那位"先生"的心情，甚至感叹"即便在这种情况下，人也是可以自杀的"，从而好像也想要死去。

我在报纸上读了乃木大将死前写下的东西。当读到"自西南战争时被敌人夺去军旗以来，为了谢罪曾数度想要死去，却不由得活到今天"这种意思的语句时，我不禁屈指计算乃木先生决意一死之后活过来的年月。……我在思考，对于那样的人而言，是活过来的三十五年痛苦呢？还是将刀刺入腹内的那一刹那痛苦呢？是哪一种痛苦呢？

在那之后过了两三天，我终于下了自杀的决心。一如我全然不明白乃木先生死去的理由那样，或许你也无法很好地理解我自杀的缘由。倘若果然如此，那便是由于时势推移而造成的人之差异，因而毫无办法。或者，不妨说那是个人与生俱来的性格之差异更为确切。为了尽我所能地让你理解我这个不可思议的人物，才在此前的叙述中将自己一无所遗地表述出来。

"先生"呀,瞧,就是如此这般地彻底纠结于个人的内心问题,在尽力想要使年轻人理解自己个人的、因个人而起的、为了个人的内心问题之后死去了。这怎么就是为了明治精神而殉死呢?请大家把我的死恢复成只是为了我自己才死的。为了有助于这个恢复,请大家把"死狗"扔向那些国民!请扔很多个、很多个!

3

接下去我要继续写的是新的信。此前所写的已经寄到鬈发子那里,是为了请她确认我与哥哥之间的约定。不过,在这期间我同时收到了千樫嫂子寄来的两封信。

古义哥哥,从现在起我将要写下的信非同寻常。至于如何非同寻常,则像哥哥所预想的那样。可是,千樫嫂子已经把对我来说全新的、全然没有想到的信息通知了我,那可是有关两个重大变故的信息。

第一个,是关于阿亮与哥哥的关系。第二个,则是千樫嫂子被发现患有重病(听说医生们也认为有恢复的希望。我也是长年作为看护师而生活过来的人,知道医生们对千樫嫂子那种人格是不会敷衍搪塞的,因此是有希望的)。

自不必说,哥哥肯定已经知道第一和第二这两个都很重大的事态。其中第二个事态,由于目前刚刚表面化,所以我收到的不是来自哥哥的通知,而是千樫嫂子目睹哥哥惊慌失措的模样,她本人所做的理性的情况说明以及她的计划。我深怀敬意地认为,这种处置是妥当的。

但是,关于正在发生的第一个事态,哥哥曾说好要以回到东京后的有关大眩晕的预后报告为中心,把生活的状况一并告诉我,还说将把写在卡片上的内容复印下来作为书信寄给我(尽管实际上你也这么做了),却什么也没有通知我。千樫嫂子在信中写道,阿亮与哥哥的关系已经尖锐到从不曾有过的程度,哥哥(由于对成为这个事态之诱因的自己那个举止感到羞愧)因而把此事详细地记述在替代日记的卡片上,却指示真木,即便她用打字机将其打印出来,也不要把复印件寄给我。千樫嫂子该如何安排她本人与疾病作斗争?在这一方面,是无法指望哥哥的。千樫嫂子写道,虽然真木会来家里帮助打理家务,可她还是想请我这位老资格的看护师协助真木。当然,我将全力以赴。

可是,比起自己与疾病的斗争来,千樫嫂子更挂念阿亮和哥哥如何恢复关系。首先,她将把家务事和哥哥工作上的事务嘱托给真木,却不能片刻不离地继续守护阿亮。假如过多的事务都挤压过来,真木的忧郁症或许会往不好的方向发展。因此,在修复哥哥和阿亮的关系方面,也能帮着出出主意吗?这是千樫嫂子在写给我的信中发出的(在她来说,是最为紧急的)的呼吁。

对于这两个重大的事情,我必须回应。我想要立即给千樫嫂子回信,可正当我在考虑如何写回信的时候,万事周全的千樫嫂子却直接打来了电话。等待我咕咕哝哝地说完慰问的话之后,千樫嫂子就立即说了那些必要的话语。关于她的病患本身,由于负责她的看护师换人了,在患者本人说到新来的看护师时,她的语调里表现出"再好不过"的语感,我为此而深受感动。关于千樫嫂子的病情,哥哥当然已经从主治医生那里听取了说明,因此我就不再重复。

由于千樫嫂子就是那么一种人,既然亲自打来了电话,就已经想好了期待我提供帮助的事项。只是这两件事都非我出面不可,她希望我考虑一下,怎样才能让这一切得以并存。我很高兴被她发自内心地如此信赖。

在希望我作为看护师给以协助的同时,千樫嫂子还表示,她想让我把古义哥哥和阿亮送回到森林里去。于是,这条嘱托也被我接受了。我还考虑到,那样做同样符合哥哥的意愿。千樫嫂子打算在她自己将要住院之际,把哥哥和阿亮送往"森林之家"生活。她会把以此为基础的计划安排妥当,再向第三者详细介绍。因为那就是千樫嫂子的行事风格。我随即拿定主意,自己将作为千樫嫂子的看护师去东京,此外,将与鬈发子和阿律商量如何照顾前来"森林之家"的哥哥和阿亮。这就是我的行事风格。

古义哥哥,我听说阿亮其后已有半年之久没听音乐了。千樫嫂子身患癌症之事也是这样。我甚至在想,自从吾良自杀以来,我还从不曾这样惊恐不安!

古义哥哥,我还在想,你因被迫停止写作"水死小说"而引发的郁闷肯定是巨大的,大眩晕当然也是如此。可是,你以那种态度对待阿亮……如果妈妈还活着的话,她肯定会说那才是"失礼的"!难道不是这样吗?我认为,最终在阿亮身上引发的一切,这责任都在于古义哥哥。然而,除了阿亮,哥哥遭受的伤害将比任何人都严重,这也是确切无误的事实,所以只能让人慨叹不已。这是多么糊涂的举止啊!这个信息,也是千樫嫂子以她特有的冷静传过来的。千樫嫂子所说的带有感情色彩的话只有一句——今后还将如何?真让人害怕!

听了这句话后,我就说:千樫嫂子,关于这方面的事情,恐怕只能等待时间了,就像不久以前,阿亮停止作曲那个时期一样(每当想起这些毫无意义且装模作样的宽慰话语,我甚至就不得不转来转去地生闷气,也就只有慨叹了)。

从千樫嫂子的以下回答中,我觉察到她虽然冷静沉稳,其实内心深处已经无路可走：

"阿亮在一段时期内停止了作曲，那是出于他本人的意愿，在那之后，还是出于他本人新的意愿再度开始了作曲。无论前者或是后者，都是他自己的意愿使然。此前，一想到他可能因这次变故而不再作曲，我就感到凄苦，不过这也是他自己如此决定的，所以我也就释然了。而且，即使在那段时期里，阿亮也还照常收听 CD 和 FM 广播的音乐。

"这次，无可挽回的事情发生在阿亮身上，他似乎已经决定，不再与我们家庭……尤其不再与爸爸……共同拥有某种东西，这是我们从没有经历过的事情。我们就在这家里没了音乐的氛围中生活，这是最最不可思议的。"

我不甘心地这样说道：

"那就等古义哥哥外出时，无论莫扎特也好巴赫也好，用小音量播放 CD，怎么样？"

"关于音乐，阿亮为什么必须那样偷偷摸摸的呢？而且，他也不会那么做吧。"千樫如此说道（我好像透过电话看清发出这个声音的那人的眉头周围显现出来的严峻表情，不禁打了一个寒颤。不过，千樫嫂子随后转成更为中立的、陷入沉思的声音，继续说着仿佛面对自己而讲述的话语，把我解脱了出来）。我很害怕，假如并非阿亮自己选择并播放的那些音乐，与一直以来支撑着阿亮的音乐正好相反……就好比相对光亮而言，那是黑暗的……奇怪的音乐响起来的话……"

就这样，我虽然得以摆脱令我战栗的境地（得益于千樫嫂子在病状很糟的情形下给予的宽容），却说出了更加刺激她的话……

"你是说在阿亮和哥哥之间发生了从不曾有过的断绝交往的情况，可是，哥哥没去尽力修复他与阿亮之间的关系吗？在此之前，如果哥哥和阿亮之间出现与这次相似的情况,哥哥都是全力以赴地修复的。只要读一读《新人呵,醒来吧!》……"

　　我的这番询问话音未落,她就用我从未听过的语调这样回答说(一直以来,千樫嫂子都把哥哥你称呼为爸爸,她此时说出的那个人这种表述,先就让我紧张起来,千樫嫂子接下来的话语,那才叫作严厉呢,所以通完电话以后,我一直在梳理,试图重新把握,该怎么说呢,甚至是用抽象的文体记忆下来的):

　　"虽然不能说那个人对阿亮伸出和解之手的方法全都是表面上的、假装出来的,却总是用那种方法达成了和解,即便如此,那个人对于阿亮的压制,不是一直就存在着吗?

　　"现在,他与阿亮的关系彻底陷入了僵局,那个人如果试图用以往的手法来解决这个问题的话,毋宁说,我不希望他这么做。特别是喝了酒什么的之后,就找来自己认定的、以为阿亮会有兴趣的新CD……我绝对不希望他这么做。在阿亮的生活中,音乐是最最重要的元素。在自由的意愿下倾听音乐(被强迫则不会听),这个原理必须得到遵守。就像听音乐的自由必须得到遵守那样,不听音乐的自由也必须得到遵守。唯有如此,才是那个人总是在说的'基本人权',难道不是这样吗?

　　"现在,如果用强使阿亮听音乐这种强制手段……压制的新手段……的话,阿亮的内心世界或将发生无可挽回的变化。或者说,大概会把从没有过的、暴力性抵抗转向那个人……

　　"刚才我所说的,其实是真木说过的话语在我内心里的回声。假如真的发生了这一切,真木或许会前来带走阿亮,让他与自己共同生活吧。我认为,我将无法反对那一切。"

　　随后,千樫嫂子像是觉察到我手握话筒却在颤抖,便不再使用那个人的称谓,她这样说道:

"我也曾说过在成城的家里有两团'抑郁疙瘩'这样的话,只要一想到眼前这两人只有他们俩在家里时的情形,我就感到害怕。因此,我想把两人一同送到能够勉强和睦生活下去的地方,然后我再去住院。对于爸爸来说,终究是被森林围拥着的那块土地最合适吧?能够充分得到你的照顾(加上我的护理)……我打算这样安排。"

千樫嫂子帮我如此解脱出来之后,就放下了电话。说出刚才那段激烈独白的千樫嫂子的声音,在我的头脑里如同鸣叫一般,独自待在家里比较痛苦,我想要与鬈发子说说话,就去了"森林之家"。可是,无论鬈发子还是一同打理事务的阿律却都不在家,屋门已被锁上。我去的时候没带钥匙,于是绕到房屋后面,在刻有妈妈和哥哥的诗句的石碑前坐了下来。

  让古义攀上森林的准备都没做,
  就如河水冲走般一去不还。

古义哥哥,你现在所干的事,难道不比那诗句说得更糟糕吗?即使写了这些话,也只能算是毫无意义地对你大肆攻击吧……因为我清楚地知道,哥哥本人确实正处于较之写后继诗句时更加糟糕的状态。

  在不降雨水的季节里的东京,
  从老年及至幼年时期,
  我颠倒时序 回想起往事。

古义哥哥,你要认真听取千樫嫂子和真木所说的话,请你慎重……再慎重。我之所以说到慎重,是出于两个意思。在古义哥哥曾一直说起的"水死小说"不复存在的当下,把年事已高的哥哥与这个世界连接在一起的纽带,或许已经从工作关系上给切断了。阿亮对于哥哥来说,则是无比重要的人生的纽带,然而,那个阿亮与哥哥目前似乎并未连接在一起。于是哥哥就钻进了牛角尖,觉得自己与现世之间已经没有任何纽带连接……我要说的是,请你慎重,不要因为那种轻薄的想法而陷入无聊老人不顾前后的莽撞之中。

较之于你的回信,我更期待真木寄来哥哥卡片的复印件。

4

倾听古典音乐,创作与此连通的自己的音乐(都是短小作品,却很可爱),已经四十五岁的阿亮基本上是以此为中心而生活过来的。截至这次变故之前,阿亮出版了四张 CD,我在小说里描绘了以他为核心的家庭日常生活,基于这部小说改编而成的电影,也被塙吾良导演拍摄出来。阿亮不曾懈怠过请音乐专家教授的课程(这段时间将近两年,其间包括阿亮停止作曲的时期)。在我们家的餐厅和起居室里,从巴赫到莫扎特、贝多芬以及舒伯特,还有肖邦、梅西昂、皮亚佐拉的曲子,都被用有节制的音量持续播放着,这便是我们曾经的日常生活。

现在,古典音乐从我们家里消失了。阿亮仍然核对 FM 广播周刊杂志的古典音乐节目(订正从月刊杂志卷末的播放节目单中发现的、被印错了的作曲家名和作品名这种每日的习惯性活动也是照常不变),按照头脑中似乎在进步和发展着的构图调整安排 CD 盒的他那身姿,还是与以往一般无二。然而,这半年以来,阿亮没有沉浸在古典音乐真实声音的空间里。不过,千樫在话语不多的讲述中提到,阿亮的卧室里,直至深夜还传出小小的 FM 接收机在节目之间插播的简短报道和广告,由此可见,他似乎经常戴着耳机独享音乐。

这是怎么回事儿? 在愤怒的驱使下,我对阿亮说出的是"你,混蛋!"这句非常简单而粗野的话语。在北轻井泽那片桦树林里,骑坐在我肩头的阿亮对于附近湖里的野鸟叫声,有生以来第一次说出

"是、秧鸡"，从这句回应的发声开始，阿亮对语言的感知能力迅速发展。在那之后的三四年间，对于针对自己的那些来自外部的否定和嘲讽、辱骂等话语，他也能够辨识并把握。真木当时还是初中女生，前去接在特殊班级的阿亮时，发现他正被男生包围着，回家后便立刻告诉了厨房里的千樫。正在起居室听着音乐的阿亮为遮住妹妹的声音（却还想继续听音乐），只见他扬起双臂用手掌捂住耳朵，却又设法调整那手掌。

现在，爸爸在向自己大声吆喝着那些最为露骨的否定性话语，爸爸正在移身前往发出那种噪音的那边。已经持续了半年的这种状况，还将一年、两年地持续下去。阿亮和我不能共享一片回响着音乐的空间，我们的这种生活将会如此这般地十年、十五年地发展下去吧。

5

真木是个听话的孩子，确切无误地回应了我的要求，及时把古义哥哥写在卡片上的、围绕哥哥与阿亮之间的那种窘境用打字机打印出来，再复印过后寄给了我。仅仅这部分内容，就已经让我知道真木觉得哥哥你太可怜了，她还附上了千樫嫂子写给哥哥你的信。当然，哥哥已经读过这封信，肯定也曾相应地努力过吧。由于真木寄来的不是复印件，而是书信原件，因此哥哥的手边不会有这封信，所以我会发出传真，哥哥或许还想要重新阅读这封信。

很久以前，你读了年轻读者的来信后，就那么沉默不语地躺在书库行军床上。我想起了那时的情景。为了避免与就要去住院的我告别，你前去理发，把包裹着手工封套、你正读着的那本书放在沙发旁边，我打开一看，果然是夏目漱石的《心》。

那位读者（当时你本人还年轻，他充其量比你小上十岁左右吧)读了大学的消费合作社书店里免费赠阅的、出版社的歌剧剧本上由你写下的题为"请记住。我就是这样生活过来的"之短文,就把写在大学笔记本上并撕扯下来的那一页寄了过来,上面写着(总之,读了标题)你让谁记住?记住你这家伙怎样生活过来的又将如何?看了那几句话后,我不禁笑了出来,让你越发陷入郁闷之中,却由于我做出的反应是非常正确的解答,因而你什么话也没说。

离开家里之前,我在二楼巡视了一圈,抬头看着书库中排列着你本人所著作品的书架,回想起漱石那一行文字和现在肯定也已经是老年人的那位读者的回应(是针对你所引用的漱石话语),扑哧一声笑了出来。总觉得也有些凄凉,所以,想到有一件事要请你帮助。你能从排列在那里的你的书里,摘录出阿亮说过且被你写入其中的话语并送给我吗?我打算让真木将其编辑成漂亮的明体字,尽管听说这已经落伍了,再请她用打字机打印成袖珍本。

我乐观地认为,应该能够克服这次危机,就像此前每当遇到相当规模的危机时,我如此考虑并如此实现了一样。细想起来,我们一家,就连阿亮在内,虽然身患残疾,却基本都受惠于健康的身体。六隅先生从拉丁语准确翻译过来的"健康的身体中,未必寄有健康的精神",说的就是那种情况吧。而且,目前我们俩都是老年人了,我装模作样地前来讲述最终的、却是有节制的话——离我们并不遥远的、你所面临的危机也将因此而告结束……那是我从你翻译的塞利纳①的一行文字中学到的:总之,

---

① 塞利纳(Louis Ferdinand Destouches,1894—1961),法国作家,原名为路易-费迪南·德图施,塞利纳原是其外婆的名字,作者在发表《茫茫黑夜漫游》(亦有《长夜行》之译名)时以其为笔名。

打起精神来!

　　只是在书库环视着那许多书的时候,就像那位读者一样想到,如果被你告之"请记住这所有作品"的话,那该多么疲惫啊。你基于自己与吾良的交往而写下《致令人眷念之年的信》,从那本书的中间处开始,我再也没读过你的小说(也是为你的随笔画了诸多插图的缘故,这是例外),因此现在计算起来……漱石也曾写过我不禁屈指计算年月呀……已经二十年没有读了。现在,就连借这个机会试着读上几册书的气力都没有了。

　　于是,就希望你把写入作品中的、阿亮那些话语给摘录出来。你还记得自己认真说过的那句话吗?——关于阿亮的话语,我无法说出完全遵照事实地写,不作粉饰,并让阿亮"你自己来订正那些文字"的话来。

6

　　古义哥哥,以你从小说中摘选出来的"我的台词"(由于用黑体铅字印刷,因而很容易看到,就像在音乐方面已经明显表现出来的那样,阿亮是个记忆力很强的人,所以他讲了"还记得自己说过的这些话")为标题而制作的袖珍本,真木也寄给我一册,已经收到了。

　　在阅读这册袖珍本的时候,髫发子很快就沉醉于其中,再三引用书中话语。不过,真木在附加的卡片上表示,她未必赞成这种选编方法。我觉得真木并没有直接对哥哥你讲述卡片内容。千樫嫂子曾经说过,直至初中生活过半时,真木还是一个活泼的孩子,却很快就变得沉静下来,只有在忧郁症发作时,才转变为想说什么就说什么那种个性。我想起任看护师时的常识,那就是在抗忧剂中含有攻击服用者的药物成分。那个问题暂且另作别论。我相信这是有益于哥哥的意见,因此就转达给你。

真木写道,其实此前阿亮也曾强烈地抗拒过哥哥你。就像《新人呵,醒来吧!》里的相关内容那样,欧洲的反核群众运动风起云涌之际,哥哥为了制作电视纪录片而在那里逗留并拖延了很久,阿亮深信爸爸死去了:"是吗?下周的星期天回家吗?就算那时回来,现在,爸爸也已经死去了。爸爸死去了呀!"而且,他对活生生的妈妈采取充满攻击性的应对方法,这就成为爸爸回国后斥责他的诱因。然而,当爸爸出现痛风的症状,在家里成为最病弱的弱者时,就以呼唤红肿起来的病脚为媒介,阿亮与爸爸达成了和解。毫无疑问,小说中的故事,包括阿亮的"我的台词"在内都是事实,却也有与这次危机不同的地方。真木对此这样批判道:妈妈在期待如同那时一样的和解,假如爸爸也以此为目标,制作了那册引用本的话,两人就都会过于乐观。即便爸爸想要在这条线上与阿亮和解,却以为他对阿亮的压制(唯有这个,不正是妈妈所指出来的吗?)仍将照常不变。她还说:大家只是觉得阿亮的"我的台词"中的话语差异滑稽可笑罢了,难道不是这样吗?!

千樫嫂子前去住院的时间提前了,我应该及时前去东京以赶上这个时间,却是耽误了,就经常与真木电话联系。在那期间,真木顺便表示想要说明她对哥哥你如此严厉的原因。于是,当初我从千樫嫂子那里听说她的痛苦心情时还不很理解,现在总算知道了详情:爸爸曾两次用激烈而粗暴的话语呵斥阿亮,即便暂且不论第一次,自己也绝不容忍这第二次的侮辱。爸爸目前的状态不太好,在思考这样那样的问题,可是,倘若阿亮与爸爸不和解而分开生活的话,这怎么就不好呢?如果事态发展到那一步的话,自己会决定与阿亮一起生活,而且对妈妈也这么说了。这些都是真木的真心话。的确,那本漂亮的书里存有你对萨义德的缅怀,可是就算污损了那本漂亮的书致使你迷失自我并引发第一次事件,但在第二次事件中,你已经上了床,却特意下楼前往起居室来到阿亮面前说出那句话,即便当时已是深夜,你也肯定喝了睡前酒。

我真是无话可说。还是把话题转回到真木制作的那册漂亮的袖珍本上来吧。就像先前所说的那样,髻发子为之深深感动。她和阿律这两人正要摆出阵势以接纳古义哥哥和阿亮,只是髻发子尽管熟悉哥哥你,可她与阿亮却是第一次见面,因而有些放心不下,当然就精细研读了袖珍本,于是她终于发现哥哥和阿亮之间得以和解的线索,说是因痛风而红肿了的病脚之处简直妙不可言。缝制那个人所擅长的布制玩偶"痛风之脚",并不是一件难事。

髻发子认真说出的话语经过汇总整理后,大致是如下内容:父亲是家庭的掌权者,他正在对自己生气,面对父亲的(自己正在抗拒他的压制)身体中心部位,也就是面部以及头部,自己没有勇气伸出和解之手。父亲发怒的面孔非常可怕。不过,父亲那只因痛风而痛苦并红肿起来的脚,则属于身体的边缘部分(而且,好像正在抗拒中心部分)。对于这只脚,自己可以主动靠近,对它说出乖乖好脚这句话。"脚,你好吗?乖乖好脚,乖乖好脚!脚,你好吗?痛风,你好吗?乖乖好脚,乖乖好脚!"

阿亮的行为在演戏领域是非常深邃的自我表现,在现有戏剧的舞台上,还从不曾看过这样的场面……

我这一段时期的信,一直包含着对哥哥的批判。由于打忾,哥哥没把阿亮另一句话语引用到"我的台词"里去,一句比起自己来更惦念爸爸情况的语句,我决定将其添加到真木寄给我的那册袖珍本上去:

"爸爸,你睡得很好吗?即使我不在了,你也能睡得着吧?请你打起精神来睡觉!"

那么,我到达东京与古义哥哥和阿亮前来四国而从东京出发之际,将在羽田机场会面,这总算是一件值得期待的事吧!

第八章　大黄

1

千樫的手术日程刚刚确定下来，我便领着阿亮回到了四国那片森林里的峡谷。亚沙在医院陪护千樫，无论真木还是被陪护的千樫，都觉得身为看护师而度过半辈子的亚沙是最合适的人选。

成城的家里有关国内和海外的版权事务、各种各样的询问和请求的信函以及传真件，全都交由真木处理。因此，假如真木一直待在家里的话，阿亮肯定希望与她交换看家的差事。于是真木耐心地说服阿亮，说是千樫放心不下，担心对自己很重要的这两人之间为了某事会发生冲突。说服的结果，便成为目前这种情况。然而，千樫之所以期望我和阿亮展开四国之行，更是因为她期待我们能够恢复关系，那是千樫、真木还有我之间（在重要性上足以与千樫的手术其本身相颉颃）仍持续着的课题，这肯定也是阿亮本人可以感觉得到的。

话虽如此，对于四国之行的成功，我却没有任何乐观的依据，就像围绕千樫的病状所说的"长久以来，子宫里一直就有肿瘤，只是从此前的休眠状态开始活跃起来"这个简单说明，以及千樫所说"爸爸是个爱操心的人，因此这次治病的事，就请交给我们女人吧"这些话让我无法乐观一样。音乐是阿亮在此前生活中的实质性内容,也是他在家庭内部进行交流的手段,现在,他拒绝让我与他共享这种音乐。一往那个方面想去,我只能意识到自己那副老年人贫寒的本来面貌。

目前,阿亮在心怀巨大不满的同时,沉默不语地向四国而去,我对此却没有具体的方法。这一天,在羽田机场内,真木前来迎接刚刚抵达的亚沙,并为阿亮和我送行。在我们这几人之间,活生生的感情也没能高涨起来。

唯有不屈不挠的亚沙准备好了为我打气的计划。

"我把古义哥哥的谈话伙伴大黄给请来了。原本他姓黄,在孩子时代便身材高大,就被称为大黄,把他当作返回日本的孤儿给办的户籍上的名字叫做大黄一郎,也真是可怜,妈妈采集的药草中的大黄,在村子里的通称是羊蹄①,也就这么称呼他了……此前因着'水死小说'的事,不便对哥哥提起大黄的话题。细说起来,是妈妈禁止这样做。不过,哥哥显然已经停止写作那部小说,也就没必要在意妈妈的禁令了。对于古义哥哥而言,大黄是个令人怀念的、仍未死去的人吧?我请大黄来参加妈妈的十周年祭祀时,与他一说起话来,他就表示清楚地记得昔日往事,还说是'真想见见古义人啊'。"

在机场里,亚沙主要是与阿亮说话,只用甚至带有事务性语调的口吻向我转达了上述意思。当时,随即浮现在我头脑里的,是被妈妈称为羊蹄的那个人,以及听起来像是汉语一般的古怪语调。不过,我那时正考虑着自己与阿亮今后的生活,也就把那些话当作耳旁风了。在飞往四国的飞机里,阿亮后背右侧靠近腰部的地方疼痛起来却无

---

① 蓼科多年生大型草本植物,高约两米,叶与羊蹄相似,根茎呈黄色,去除表皮后,为制作药材"大黄"之原料。

171

从倾诉,我则在他的身旁稍稍睡了一会儿,醒过来时,想到自己果真显现出老年的征兆,把亚沙所说的那个死去很久的大黄将前来相见这句话给听错了。

我第一次旅居柏林之后回国时,从几个自称是大黄继承的修炼道场最后一批训练生的人那里,收到大黄已经死去的通知。连同"值此痛失先生、卖掉修炼道场的大部分土地和建筑物并解散之际,奉上大黄先师于流经道场下方的溪流里钓上来的甲鱼"这份致意便函,他们邮来一只将近四十公分的年轻和精悍的鲜活甲鱼。我感到自己受到了挑衅,便开始与那只甲鱼对抗。整个过程从深夜直至拂晓,厨房里到处都是鲜血⋯⋯

从松山机场搭乘的出租车,行驶在沿着龟川铺设的道路上,抵达"森林之家"时,却听说髫发子和阿律完成接纳我们入住的准备后,便回松山的事务所去了。上次逗留期间曾见过的"穴居人"的一位年轻女性,已经备好晚餐在等待着我们。我和阿亮沉默不语地用了晚餐。对于阿亮来说,只要生活场所一有变动,就不能不对那里进行探险,那位姑娘引导阿亮如此探险之后,交出家里的钥匙便回去了。阿亮上楼进入她所告知的、位于我的工作间兼卧室旁边的他那间卧室。在作为排练场而进一步完善了的客厅里,我打开行李并喝了少许睡前酒。阿亮的卧室里没有任何声音传出,我置身于巨大的孤寂之中,躺倒在残存着晒过太阳气味的床铺上。前去确认厕所的长明夜灯时,发现了阿亮用完晚间药物的标记,胶囊盒以及其他东西被放置在了显眼位置。

翌日早晨,楼下的电话铃声响起,我下楼(阿亮像是还在睡觉)刚拿起话筒,便听到一个确实耳熟的声音自报姓名为大黄。对方感受到了我的震惊,就解释说,修炼道场解散之际,那些年轻人与古义人开了个玩笑,因为那与同伙们为自己举办的"生前葬礼"有所关联。俺已经到了沿河一带,从河沿溜达过去大概需要三十分钟,那时再拜访你。亚沙把钥匙交给我保管,也是因为被亚沙叫去观看戏剧活动的缘故,对于"森林之家"的情况还是知道的。

"假如你不事先联系而直接过来的话,大概会把你看作亡灵吧。在我来说,死去的熟人也是越来越多了,所以毋宁说,更会有一种自然的感觉……"

"已经对亚沙说了呀,你一到这里,就马上登门拜访……修炼道场的伙伴送上的甲鱼,好像让你相当费劲呐。长久以来,俺也渐渐地、乐趣只在于读书了……读了古义人的小说……你把那甲鱼呐,倒扣过来放在案板上,就不会费事了。它不是会伸出脖子想要把身子倒顶翻正吗?你切下那脖子就行了呀。像你这样的人,也还有知识上的漏洞呀!"

在昨晚抵达这里后让我留下印象……与餐厅相连接的客厅虽然已被装修为排练场,为了我和阿亮的到来,却还是做了一些准备……的这个生活空间里,大黄正等着我。长方形的桌子和两把椅子被从靠近南侧的照明器具以及扩音器等大件物品之间移到了中央,大黄正坐在其中一把椅子上。镶嵌着的玻璃前面被整修成狭小的舞台,打开了的行李箱放置在地板上。为了就要下楼来的我和阿亮,他把沙发空了出来。我甚至感觉到只在英国小说里读过的、承担管家职务的那个人进入到了我的生活之中。

大黄从座椅站起身来,示意我坐到沙发上去,同时将目光转往楼梯方向,期待着阿亮的到来。我还想起,修炼道场的训练生写来的信上,把他们的导师写成独臂只眼,单臂一如在峡谷里就曾见过的那样,然而,我在沙发上坐了下来,稍稍移动椅子后便也坐下来的大黄转到我这边来的眼睛,却是一只也不少。

"古义人,你已经是老人呐,你的模样让俺想起长江先生假如一

173

直活到老年的话……且不说外貌的变化,"大黄确认了我之后,说道,"先生曾乐呵呵地说你是个有趣的家伙,你是否像先生所期待的那样在生活呀?"

"较之于有趣的家伙这种说法,我记得说的是滑稽的家伙……"

"说的可是有趣的家伙啊,有趣的家伙不同于滑稽的家伙。从长江先生的《汉和辞典》里找出不可思议的字来……你干的就像采集昆虫那样辨识汉字那样的事吧?当长江先生欣赏地说起某个字词之际,古义人却表示那个汉字在辞书中不是那个意思。还说那都是密密麻麻的小字,所以该不是看错了吧……于是先生用放大镜一看,一如古义人所说的那样!"

实际上,那是我值得夸耀的往事。当时父亲才五十岁,或许是因为山村的生活加之战争时期的营养状态都很恶劣,便成了老花眼,所以就看错了铅字。我热衷于借助《汉和辞典》的音训[①]索引查找怪僻汉字,这时便说中了那个误读。我一直记得,当父亲其后找到那本读错了汉字的文本时,表现出了与年龄不相称的兴奋。

那个文本就是折口信夫[②]亲自解读《死者之书》的解说文章"山那边的阿弥陀像之绘画动机":

> ……在四天王寺里,自古便有所谓日想观往生之风习,诸多虔诚信者的灵魂,向往西方之波涛,深深沉入海中。在熊野,将与此相同之事称为普陀落渡海。信其颇有在观音净土往生之意,划开淼淼之海波终将到达,此乃悲哀之事。

[①] 日语汉字的音读和训读。

[②] 折口信夫(1887—1953),日本民俗学家、诗人,师从柳田国男,拓展了民俗学研究,并将民俗学研究引入日本文学领域,著有小说《死者之书》、诗集《古代感受集》、论著《古代研究》和《日本文学的发生序说》等。

父亲将这一段中的淼淼错看为森森,他用鹰嘴钩把晾干而成的黄瑞香白色真皮(我家的祖传行业)捆束钩到膝前,一面检查上面附着的表皮碎片,一面对坐在身旁帮忙的母亲这样说道(已是壮年的我想象着):

"'森森之海波'的说法很有意思。在这个地方,不是说死人的灵魂会腾空而起,回到森林里去吗?对于从高空下降到森林深处去的那些灵魂来说,森林中的树叶就是那大海的波浪吧。果然是森森之海波啊。"

我们峡谷里的人死去后,就向围拥着峡谷的高处飞去。长期以来恪守这个信仰的,并不是外乡人的父亲,而是一直与阿婆共同守护着小祠堂的母亲。沉默寡言的父亲所说的这段新奇话语,大概让母亲感受到了喜悦吧……

然而,我平日里喜欢查阅汉和辞书的音训索引,曾看到过"淼"这个汉字,此时,原本在一旁侧耳倾听的我便接过话头说道:

"'淼'是用三个水写成的字,与用三个'木'写成的'森'字不同。辞书里有'淼淼'这个单词,表示大水呀,水面辽阔无边呀……"

父亲戴上搁在身边的银框老花眼镜,脸上显出与平日里的父亲全然不同的神情走进里面的小房间……后来,就对母亲发表了大黄所听说的那段感想。于是,现在浮现于我头脑里的父亲,不是在广阔无垠的大海里,是在洪水泛滥的河底被波浪所翻滚、眼看就要卷入漩涡之中去的父亲;是同时经历了步入森林深处的运动感以及被水流拽入其中的被动感这两种感觉的父亲;还是可怜地相信即若森森亦若淼淼的那种……另一个世界的父亲……

"长江先生学习了社会呀国家将如何演变,把自己通过与了不起的人物互通书信学来的东西尽力教给俺们。不过,要说起先生是不是政治问题呀经济问题方面的专家,应该说不是的吧。古义人往文学方向发展而去了。而且,都说古义人读了从长江夫人那里得到的书,就开始走上文学道路。然而,俺对此一直都有不同的想法。"

这天早晨,在我和大黄交谈期间,鬈发子为我们准备好了早餐。她为我和大黄端来咖啡时的姿容,与中式开衩喇叭裤配以宽舒的运动套衫上衣这个印象并无变化,不过我却感觉到,如同亚沙在来信中所说的那样,圆形剧场的巨大成功给鬈发子带来了自信,显现出与以往全然不同的表情。

鬈发子围绕何时唤醒阿亮、早晨的药物定于几点之前(关于药物的种类和剂量,她已从真木那里得到具体指示)服用等问题共同磋商时的方法同样生气勃勃。至于今后的工作,她也好像与大黄事先商量好了。我对鬈发子说,自己这就去二楼叫阿亮起床,关于早晨的服药时间并没有特别规定。鬈发子则从容地表示,有关早餐的细微之处,真木已发来附有解说图的传真。

昨天夜晚,我确实留意了阿亮熟睡中的呼吸,却没有一直等到他起床上厕所。自从那件事情以来,我放弃了每天深夜等待阿亮从厕所回来后为他归整床铺的职责(尽管此前认为唯有这样做的时间才是自己的永远)。现在,我虽然推开了依旧拉着窗帘、充满阿亮体臭的卧室房门,却迟疑着是否需要打开电灯。这时,床铺的方位有了动静,我这才摁下电灯开关。

阿亮直挺挺地躺在床上,用夏用薄被盖住身体,正仰视着天花板。

"我们来到了四国的'森里之家',妈妈和真木都不在,所以就自己起床吧。亚沙姑妈的朋友鬈发子做好了早餐。厕所好像你已经去过了,盥洗室要下楼去,请在那里漱口刷牙。"

"我知道了。"这句不带感情色彩的回话传了过来。

在阿亮起床的动作中,我感觉到某种迟缓的迹象。于是,在他下床之际我想要伸出手去,迟疑之下却又从他旁边擦身而过,上前拉开了窗帘。窗子附近的树木枝条尚未发芽,前院显得空落落,峡谷对岸被阴云笼罩着的斜坡上一片荒凉。我背对着阿亮站在窗前,觉得阿亮好像比平日里利落地换好了衣服。我们相距一定间隔走下楼去,髻发子将阿亮引往盥洗室。

　　由于阿亮并未开口寒暄,我也一味沉默不语,大黄便只是注视着阿亮的行走模样。我和阿亮还在二楼期间,大黄像是看过了挂在沙发旁的、为排练场唯一装饰品的那幅单色版画。

　　"这条狗,实在是很粗野呐。要是这样训练的话,它可是连人都能杀呀。要说看了这幅画之后想起来的事呀,那就是在长江先生的人格中,还是有那种无法寿终正寝的东西。不过,这种东西没有传到古义人身上。俺还认为,这也挺好。可是,就在这位古义人生活的、有时也在这里工作的场所,却挂着这幅画呀。俺就在想,那是怎么一回事呀……在看画的过程中,就想起一件事来,搞吾良只有十多岁,也就是说古义人也是十多岁呀,两人一起来到俺们的修炼道场。当时,吾良与古义人就争吵起来,后来,看上去体格也大,还受过相应锻炼的吾良……由于俺是那种专业的内行,一看就知道……却畏惧生了气的古义人。真是不可思议呀,俺可就在想了,吾良大概知道古义人那种个性吧。"

　　"哎呀,已经死了心了,本来要把父亲死亡前后的往事写入小说,打算把这幅画挂在写这部小说的地方,就带到这里来了。返回东京的时候,却遗忘在了这里……"

　　"亚沙告诉我,这种遗忘也许是停止写'水死小说'的象征,或是附体的灵魂离去了什么的。"

　　髻发子把阿亮领到盥洗室后折返回来,她看着版画这样说道:

　　"不过,把这幅画带来也好,就那么忘在这里回东京去也好,都没有太多意义。只是得到并一直持有这幅画倒是事实。"

我对大黄和髻发子说起得到版画的缘由：

"这幅画呀，也算不上大黄甚至深信不疑的那种不祥的……作品，虽说完全不是和谐与和平的环境下的作品。在版画的签名下面，有用铅笔写着的年号吧。一九四五年，在我的父亲去世那一年，由墨西哥画家创作的版画。

"创作这幅版画的动机呀，是由于政府镇压墨西哥城的报社，就发生了新闻记者大罢工，在他们呼吁文化各界给予支援的活动中，画家们就用自己的作品募集资金。听说，这幅画就是其中一幅作品，是我在墨西哥学院担任教师期间买下的……

"新闻记者遭到镇压，等同于他们的新闻遭到了践踏。因此，作为处于困境中的记者们的象征，画家就创作了这幅作品。占据整个画面的，是以特写手法描绘的、面向这边愤怒咆哮的狗。至于那条狗，是反抗镇压的记者们的肖像？还是表现镇压新闻的权力者的凶暴？把我带到展览会去的墨西哥城那些文化人的意见也不尽一致。……不过，我只是单纯地喜欢这幅画才买下来的。我在墨西哥学院的任期结束时，用半年的薪金一次性支付了款项，因此而买下了这幅画。上面有西凯罗斯①的签名。"

"就是那位西凯罗斯吗？"髻发子坦率地表示了自己的惊奇，"如果是大型壁画的话，我曾在画集上看过。不过，即便从这幅小小的版画中，也能看出他是一位相当了不起的画家。我还曾对亚沙说过，如果我们也能制作出如此生动逼真的狗玩偶的话……"

"这么说来，当'扔死狗'戏剧在圆形剧场的准备工作取得进展

---

① 西凯罗斯（David Alfaro Siqueiros，1896—1974），墨西哥著名画家，曾创作诸多大型壁画，其代表作为《资产阶级的画像》《新民主》和《处死法西斯》等。

时,亚沙可是说过:就把版画挂在那里的客厅墙壁上,以替代回到东京去的哥哥的贺词,如何?"

"亚沙对于'扔死狗'戏剧有一个不满,说是有的观众认为把狗玩偶缝制得太可爱了……她这才要把这幅画装饰在这里的吧。"鬈发子说,"下次呀,就让我们这么做吧。如果您能允许的话,我还想让伙伴们全都穿上印有版画照片的T恤衫。"

"俺也想要一件。"大黄说道(我这才注意到,从他的年龄来说,无论是米色的灯芯绒上衣还是茶色的厚厚棉织衬衫,都使得他显出一副非常潇洒的模样)。

鬈发子把准备好的咖啡、面包外加鸡蛋放在桌面上,我们在桌旁坐了下来,大黄却说自己吃完早餐后来的,便只取过咖啡,走近面向餐桌的阿亮身后。

"阿亮,后背感到疼痛吧?"大黄询问道,"是这一侧的最下方……"

"非常,疼。"阿亮罕见地发出倾注感情的声音,"一直,疼啊。"

"请就这么继续吃饭。要稍微摸一下呀,不会疼的。"

说了这句让阿亮镇静下来的话之后,大黄便用两膝顶在阿亮的座椅旁,将其右臂(由于没有左臂,他的上半身便紧贴在椅子背后的空间)按在阿亮后背靠近腰部的地方。

"是这一带疼吧?睡觉的时候,这里也疼吧?"

"一直,疼啊。"

"伯伯不摸那里,不过这脊梁骨的下面呀,摔个屁股蹲儿什么的,那时不痛吗?"

"发作时……在大门口摔了以后,就疼起来了呀。"

"由于后背疼痛,就没有摸那个疼痛骨头的地方吧?阿亮,可要稍微摸一摸那周围呀(阿亮由于紧张而僵硬的上半身出现了痉挛),

对不起,你是个有忍耐力的人呀。阿亮,睡觉的时候,你也感到疼痛,可是对谁都没说,是吧?"

"我没有说过呀。"阿亮将面孔转向大黄。

"古义人,有个在俺的修炼道场待过的人,解散后他接受了正规训练,在镇上开了骨折治疗所。后来成为那家伙女婿的人物,他毕业于大学的医学部,把接驳断骨的治疗所发展成了医院。先去那里拍X光片子吧。俺觉得胸椎骨最下面那块椎骨好像有一片给摔裂了。再说一遍,阿亮是个忍耐力很强的人呐。"

阿亮再度把脸朝下,不过可以看出他对仍然用膝头顶住身体侧旁的那位身子单薄却腰背挺直的老人所抱有的信任。大黄本身的情绪高涨起来,甚至从浅黑且枯干了的面颊直至脖颈都浮现出一片血红色。对此我只是袖手旁观,髻发子向我瞥来批评的目光。

"还是早些去为好。"髻发子说道,"就用车子送到你弟子那位女婿的医院去吧。车子今天早晨被阿律开出去了,因此就麻烦大黄啦。阿亮,我也一起去呀。"

2

大黄帮助找到了头绪,从而发现阿亮的第十二节胸椎骨破裂,背部也感到肌肉疼痛。我对亚沙如此报告过后(惊慌之余,我说成第十三节胸椎骨,却被岔开去,说是人类可没有那种骨头),她便介绍松山红十字医院的专家为阿亮制作了石膏。把回到"森林之家"来的阿亮托付给他所彻底信任的大黄并送走之后,我回到二楼躺在床上,连读书的气力都没有。我在思考自己对于阿亮的身体异常(虽说也因为他在飞机座位上的模样而不安)竟然没有采取任何应对措施。对于阿亮不向父亲诉说、宁可忍耐着痛苦而沉默不语,我同样没有觉察到。这时从楼下传来声响,下楼一看,只见鬈发子正站在大门口。

"我担心长江先生的情绪过于消沉,就对开车归来的阿律说了此事,她却提议说,曾听亚沙说起前往'在'的途中的'鞘'的传说。阿律还说,由于那里肯定是与下次的公演有关的场所,如果能趁现在这个机会,请长江先生领我们去的话……能够拜托您吗?"

做好在森林中行走的准备再次下楼来,鬈发子早已整好行装,正在"穴居人"剧团那台汽车的高高驾驶室里等候着,我上车坐在鬈发子的身边。

"我也好,阿律也罢,只稍微说了很少一些,阿亮就会听从我们所说的话。不过,阿亮以前就是这般可叹可忧、自己不想主动做任何事情、一直抱有这种生活态度的人吗?亚沙曾经告诉我们,阿亮每天或听音乐或读乐谱,而且还作曲,因而那种印象与眼前的情景相差甚远。"

我被如此问及,却对于说明(虽说甚为必要)发生在阿亮与自己之间的事情感到不快。不过,鬈发子已经从亚沙那里详细听说了事情的原委,而且她也不是非要等我开口说话的那种类型。

"关于亚沙与千樫的交谈内容,我知道一些。目前,在与长江先生共同生活期间,阿亮根本就不打算听音乐呀。大眩晕之后,除了去医院外,您通常不出门,从一大早直至深夜一直在家里做着什么。阿亮无法从容地听音乐。医生制止阿亮头戴耳机长时间听音乐,他只能夜深时在床上调小音量收听 FM 广播。您在禁止阿亮听音乐吗……或是阿亮如此理解……"

"千樫说,或许我下意识地那么做了。"

"阿亮是否觉得对你做了坏事,又不肯原谅自己的过错?"

"我所知道的,只是他已经决定不再与父亲共享音乐。"

"是个自尊心很强的人啊。"

"通常说来,对于有着智力障碍的人,家里人一直会将其当作孩子对待。我家里也经常会有这种情况,这是事实。但是,阿亮是成年人……已经四十五岁了……因此确实是个自尊心很强的人啊。"

"怎么办呢?有这么一种可能,您难道不希望吗?……我想请教一下。为了有效利用这辆汽车在路途上的时间,我们基于能够播音和录音的概念,对这辆车子进行了改造。实际上,我们在这里还曾制作过广播剧。车上安装了录音和播音装置这些好东西。

"我或是阿律与阿亮出来开车兜风,把车子停放在森林的高处,我们在车子前半部的空间里工作或是做其他事务,请阿亮在后半部自由地听他的音乐。这种事情有可能吗?"

"你们如果能够把阿亮约出来兜风的话,我不反对这样试一下。"

"今天,阿亮乘坐大黄的车子前往松山来回一趟,所以,我觉得我们这么做也是有可能的吧。那就找个机会试着邀请一下阿亮。"

我们沿着与龟川平行的国道向东行驶,穿过在那场著名的暴动中农民曾伐制竹枪的大竹林,便进入了岔道。刚刚驶离那里,就看到通向"在"的几个村落的道路也被铺修得很好。途中,我们再度面临分为两条路的岔道,沿着其中一条通往北方的道路继续行驶下去,越过溪流并穿过对面斜坡上的杂木林,便看到"鞘"了。不过,那里的道路开始狭窄,变成了林道。只有徒步沿着这条林道,才能走到"鞘"那里。

我站在鬈发子的前面开始引路,刚走下斜坡,便进入茂盛稠密的阔叶树林,顺着细小的路径往逐渐明亮起来的方向攀爬而去,就来到了"鞘"的下方。我们站在较为开阔且修整过(樱花时节当然可以举办赏花宴会,只是此时花蕾连萌发的迹象都没有)的草地上,仰望着形成舒缓坡面向北逶迤而去的斜坡。

"从这里眺望过去,大致在斜坡恰好中央的位置……不过,实际上在更上一点儿的地方,不是有一块黑色岩石吗?那是陨石坠落下来,造就了这个'鞘'……毋宁说,陨石横扫原始树林而制造出的空地直至大岩石,在其下方,也拓展出'鞘'的幅面来了吧。藩府的年轻武士们把这里改作马场,在此训练武装集团,为幕府末期的动乱时期做准备。这里还是有着那种传承故事的场所。"

"亚沙说过,她们平整了那块黑色大岩石以及岩石下方那片平坦土地,还移植了树木,好让森林一直延续到紧挨着那块土地的上方,以那里为舞台上演戏剧,把下面的整片土地当作观众席,当地的女人们竟然集结了五百人……为舞台上演出的剧情而狂热起来。她说,摄影机完整追踪了剧情进展并将当时情景摄制成了电影。她还说,能够参与如此盛大的工作,一生中也只能有一次。"

"亚沙承担着责任,成功地完成了电影的摄制工作。问题出在那之后。当美国和日本编辑摄影材料的工作到了最后的关键阶段时,NHK①系统的制片厂表示不满,说是电影的主题超出了合同范围。美国方面,也就是投入了个人资财的女性……亚沙对其倾注了诸多精力的那位国际女演员,则以合同为盾牌不接受那个要求。已经三年多了,目前还是那种状态。制片公司破产了,权利所属也变得含混不清。由于亚沙曾四处奔走以在当地组织志愿人员,在这个过程中与演戏方面那些人也建立起交情。她之所以与你们'穴居人'越来越亲近,也是因为这个缘故吧。对于亚沙来说,事情总体并不是毫无意义的。"

"那部电影在加拿大和捷克的电影节上获奖了吧?亚沙是个不

---

① 日本放送协会(NIPPON HOSO KYOKAI)之日语发音的缩写。

轻易开口的人,她说尽管如此,也还没到公开放映的地步,给相关各方带来了麻烦,审理还在持续着……我和阿律在考虑下一次公演的计划,因而对那部电影有兴趣。只是请她给我们看看电影剧本之事,她表示事关审理裁决而无法做到。电影的合同也是这样,国际性的东西实在是麻烦呀。就连亚沙,也把手里的电影剧本交给了律师方面,听说至今都未归还。虽说从一开始就有'还是与长江先生商量一下'的想法,却仍然被亚沙劝下,她说还是等待时机吧……"

　　电影剧本的最终版本以及与此相对应的英译本都已经送到我这里,然而,我沉默着没有说话。髻发子也没有追问,只是仰望围拥着"鞘"的阔叶林的那种无垠,她那笔直的站姿和确实面目一新的清秀侧脸,正在持续思考着什么,这是确切无疑的。

3

　　据说,自从"森林之家"成为演出"扔死狗"戏剧的剧团的产业以来,一楼西侧尽头的那个房间便作为髻发子和阿律的办公室兼卧室而使用。我和阿亮搬入之后,她们虽然还在那里工作,却像是顾忌到我们,目前似乎也经常住在沿河那边因亚沙出门而空下来的屋子里。剧团排练节目时也是这样,注意尽量不让说台词的声音呀、戏剧中的伴奏音乐传到二楼上来。相反,倒是年轻演员们在林道上自由的发声往往随风可闻。

　　大黄每隔一天的下午出现在这里,主要从事屋子周围的修整,像是已然把从事必要之事视为自己的工作。当我亲自动手做晚饭之际,便让他开车驶向镇上的超市。如果我下楼来到客厅(那是髻发子或阿律与阿亮为在车上听音乐而外出期间),他也会成为我的谈话伙伴,我注意到这时他便会克制自己,缩短谈话并尽快结束。在此期间,髻发子会把我们在"森林之家"的生活状况汇报给亚沙。根据亚沙在每周回复的传真中的提醒,我也会向大黄支付与这个峡谷里付给雇佣人员的日薪相当的费用。在我来说,包括为阿亮上石膏事宜在内,我对大黄的托付接连不断,所以心情也好了起来。邮件也是如此,让大黄取回了寄往亚沙离去后变成空宅的邮件。

且说在髻发子对亚沙所作的汇报里,好像提到我在"森林之家"无所事事的情形,亚沙便发来一份写有对此放心不下之内容的传真。髻发子在汇报里甚至写道,即便我因"水死小说"不复存在而停止写作,却也没在一楼看见我专心读书的模样,感到我是在任由时间流逝,从而被勾引起悲哀的心情。

亚沙便开始询问,这是否是因为大眩晕的后遗症(或是警惕呈慢性化的这种病症会不时发作)而在限制读书?我在回复中说,与阿亮搬过来之际,已经从客厅的书架上把肯定要在这里阅读的书都放在地板上了,却没有时间寄送那些书籍。亚沙便表示,那么她就回到成城的家里,在休假日邮寄过来。很快,我就收到送上门来的三个瓦楞纸箱。

这纸箱里的一件物品,也让我仿佛看见自己那上了年岁的苦脸。过了一两天之后,才着手取出箱中物品,那瓦楞纸箱的材质相同,最终才发现初时未曾看到的那个装在大纸箱里的小包邮件。这个邮件包装得非常牢固,却又很轻,而且还是从松山市内的"穴居人"办事处寄出的。打开来一看,只见在一块经年老木料制成的画框里,用透明胶带粘贴着一张联名签署的卡片,便明白这是剧团那些被我记住姓名的主力演员送给我的礼物。卡片上写着"长江先生,很高兴你回归森林"。刚一揭下牛皮纸,一位站在绘有大都市夜景的舞台装置前的、女性的全裸照片便出现在眼前。在那位体态丰腴的年轻姑娘身上,我看出了髻发子那昂然的侧脸!

拍摄这幅照片的人,在观览席最前排或是更靠前的低矮位置备好照相机,或许旁边还有人用马灯打出光亮。正要抬脚行走的姑娘那黑色高跟鞋,从舞台的尽头迈了出来。然而,她的两条腿确保了平衡,支撑着向左侧敞开了上半身的身体,显示出行动的去处。虽说被柔和的脂肪所蒙覆,却依然显现出坚实的侧腹,爬上浑圆下腹部的丰盛毛发,还有其形状如同漫画般完美无缺的乳房……

我肯定看得入了迷,因为当髻发子从紧挨着我的右后方招呼我时,我陷入了惊慌失措之中。

"这张照片被寄出之前,在办事处的墙壁上展示了一整天。同伴起哄说,该不是预见到长江古义人是个恋阴癖,从而早在五年前就准备了这幅照片吧。也就是说,在五年前的公演中,我被偷拍了,就是现在这张照片的样子。这样做的企图,并没有超出只是逗弄老长江这个范围。他们开了恋阴癖之类的玩笑,我不希望您把我看作他们的同伙……尽管如此,您好像挺喜欢呀。"

"是挺喜欢!"

"那么,就请接受我的伙伴们的心情。"

髻发子抱着洗好的毛巾,跟随从二楼下来的阿亮离去。我企盼阿亮刚才没看到画框里的照片。直率地说,这是因为那照片属于阿亮会表现出敌意的种类。

"这是送给我的礼品,就放在工作间吧。"

阿亮发出声响关上盥洗室的房门。现在,我们陷入了尴尬境地。从以前开始,每当我与来客的交谈中出现被他认为具有性意味的会话(其中也有他不能清晰辨识其意义的话语),便会引发不愉快。不知道是否是因为感受到了这一切,髻发子将其话语修正为正规的文脉后继续说道:

"从这个角度看过去,只是裸体笔直地站在那里,显得很无聊。

其实，舞台的上首是军舰旗和太阳旗组成的队伍。姑娘裸露自己与他们对抗……话虽这么说，究竟能给对方施加多少威胁，却还是个疑问。观众只能在转瞬间瞥见裸体的姑娘，剧场内随即便转暗。穴井将夫的演出基于暧昧，说是裸体的姑娘也是光明正大，却用大背心一直覆盖到腿上来。不过，我强硬地坚持了全裸演出。

"对这个裸体表演尝到甜头的家伙翌日又来观看，偷偷拍摄这幅照片并出卖给了写真杂志，这就成了话题。就在'穴居人'表演'扔死狗'之前，还被当作丑闻的一个例证加以评论。穴井将夫虽然强硬地提出了抗议，可是对方却向剧团提出了这个物证，于是事情不了了之。

"问题在于把长江先生有恋阴癖当作借口，而把照片寄到您这里来的那位老资格成员的意图。这个意图扎根于畏惧之中，是惧怕我和阿律在亚沙的协助下正要着手的下一场大公演。我们当然怀疑，'扔死狗'戏剧是否会被置于'穴居人'的优先位置。在这个国家并不均衡的社会里，即使被视为由拥有新意识的人们汇集而成的戏剧团队里呀，同样存在歧视女性的基调。"

4

这天刚吃完早饭，大黄就提前来到，告知来了通知，说是阿亮的石膏已经送到镇上的医院。

"睡觉时要卸下来，每天早晨，再装上去……如果习惯了呀，阿亮，自己都能安装或是拆卸。最初阶段古义人能够操作那东西吧？开车领着阿亮和爸爸去实习，看看怎么装卸那石膏，好吗？"

"大约四十年了，只要在家，每天晚上我都会为阿亮准备床铺，我觉得没有困难。"

"现在,我一个人准备。"阿亮仍然低着头说道。

"昨天晚上,爸爸在你疼痛的地方贴了消炎膏吧?当时你还在担心,会不会碰到骨折了的椎骨……"

"髻发子和阿律,也都不疼。"

我沮丧地说道:

"即便只在最初阶段,石膏的安装和拆卸,也要请她们两人帮助吗?就算她们有那个时间……"

"我向大黄打听过取石膏的预约时间,打算今天也由我或是阿律陪着去。目前,我们只是在推敲下一场公演的主要内容,所以希望做一些有助于阿亮的事。今天,由我来开车好吗?"

"我觉得挺好!"

"那么,就拜托啦!"说这话时,大黄也没有把脸转向我这边。

阿亮和髻发子的车子开出去之后,我继续把剩余的书从瓦楞纸箱中取出来。大黄在沙发上坐了下来,不时把手臂伸向图书。

"死去的塙吾良和我,带领占领军的语言学军官……当时称他为皮特……去了你的修炼道场。根据从皮特那里把在朝鲜战争中报废了的美军自动步枪弄到手的计划……我和吾良上了大黄花言巧语的当……"

"古义人,你可把那一切全都写到小说里去了。人家告诉俺之后就读了那小说,啊啊,俺就在想,古义人干下了这种事呀……从古义人和吾良领来的皮特那里,收到了原本肯定会处理给废铁行业的报废枪支。不过,你同时还写了修炼道场的人抢夺了皮特用于自卫的手枪。看到那个内容后,警察那边就来了人,调查很久以前的事情啦。俺们只是使用收到的报废枪支,进行类似于战斗训练的事情……"

"我和吾良相信了如此训练的修炼道场那些人的说法——将在

那一年的媾和条约生效的当天夜晚……是四月二十八日吧……袭击松山近郊的美军基地,我们俩直至深夜还在收听无线电广播。"

"据说甚至拍了纪念照片……俺们似乎让你们感受到悲壮的情绪,做了对不住你们的事啊。"

"当时的计划是,袭击一方明知手中武器无法使用……因为是报废枪支……虽然那是一场端着报废武器的战争游戏,可是守卫美军基地正门的美国陆军士兵,却只能视为游击队的恐怖袭击。大黄你和自己的部下很快就会被射杀……不过,作为盟军占领下的日本唯一的武装暴动,将会留存于历史。"

"那种事并没有发生,说实话,当然也是不可能发生的……以俺来看呀,那其中却有一个认真的意图呀,古义人。你相信俺们的只是以被射杀为目的的袭击计划,即使在当日白天里,你或许终究会在修炼道场露面,俺当时就是这么想的。这样一来呀,俺们就会跟你约定停止战争游戏,作为交换条件,打算让长江先生之遗孤的你来担任其后的运动首领!

"俺们铭记在心、永世难忘的,是战争刚刚失败之际,军官也好,士兵也罢,就都像从鬼魂附体的状态中清醒过来似的,竟然硬把他们自己曾表示要去干的事若无其事地说成'笑话'啦、不是真心的啦。然而,只有长江先生,一如他本人下定的决心,离开村子踏上了不归之路。难道不就是这样吗?尽管在达到目的之前,就在发洪水的河里仙逝而去了,可这不就是在以生命为赌注吗?俺们决心继承他的遗志,把修炼道场继续开办下去,所以如果能把长江先生的儿子尊为首领,那或许会成为多么巨大的鼓励呀!

"就从这种想法出发,策划出那个说大话一样的计划,等实际到了那一天,就连自己也纳闷怎么会想出这个稀奇古怪的计划来,甚至与那帮年轻的家伙一起笑了出来……后来读了古义人的小说,知道那天夜里古义人和吾良把头靠在一起,自己跟吾良为把那些枪支弄到手而当了帮手,却不知道今后将会如何,就拍下了那张纪念照片。可真是有意思呀!"

第九章 "晚年的工作"

1

我坐在为归整排练场布局而塞入的沙发上,从东京寄来的书中取出一些,在其中一册上花费少许时间,再拿起下一册书……然后将其全部放回瓦楞纸箱,重新取出另外几册。三天以来,我一直重复着这些动作。倒不是在寻找此后将要专心研读的新主题。想要寄往"森林之家"而汇集起来堆放在地板上的书,都是原本打算为不久后将要重新阅读①而排列在书架上层的书籍。在卧室兼工作间的书架上,藏有此前长年间收集来的、以六隅先生的著作全集为中心的思想家呀作家呀诗人的珍藏本。此外,还有与这些藏本不同的、为了改日从容地重新阅读而陆续放在那上面的书。曾漠然想象着阅读这些书的那个时机,现在正由于已放弃写作"水死小说"的念想而来到了眼前。因为除此以外,自己并没有其他"晚年的工作"计划,因而现在恰逢其时!然而,就在为了那个重新阅读的现在,每当翻开一册书不久,便会焦躁地换上另一册(与此前隔三跳四地挑着读过的书也有

---

① 原文于日文汉字"再読する"旁标注由 reread 转译的片假名リリード。

关联),这种现象一直持续着。而且,现在的自己感受到与时间紧迫的真实感所不同的另一种焦虑,这种感受相同于刚刚着手写作新的长篇小说之际,虽然尝试了种种试写却仍然看不到确切前景之际的那种感受。可是,我知道自己并没有想要写作的新小说。

都说用这种方法挑着读,对于消磨时间大概不会有什么帮助,可当我意识到这个问题时,通常已经过去了两三个小时。这一天,阿亮乘坐由髻发子驾驶的"穴居人"那辆大汽车离去,他不仅仅去听音乐,还将步行训练(这已是每天的习惯性活动)。然而,时隔不久,髻发子便打来了电话。话筒里混杂着杂音,髻发子本人显然处于惊慌失措之中,我无法听清她的话语。即便如此,也听出她想要告知有关阿亮的什么事,我便从沙发上站起身来。在咯吱咯吱的杂音照例越发提高的情况下,电话就中断了。我只是把话筒放了回去,却仍站在原处等待着。等到将近十分钟的时候,东京的亚沙打来了极为冷静的电话:

"阿亮发作了,当时他正和髻发子在'鞘'训练步行呢。我告诉髻发子,如果让阿亮安静下来,发作就会平息。可是,髻发子正处于近似恐慌的状态,说是她打给哥哥你的电话没有打通……再试了试,与多麻吉的手机却打通了……好像是她让多麻吉和我联系的。因此,说是让我同哥哥联系,从而让你前去'鞘'。多麻吉正在'森林之家'的后山,往栽培苗木的旱田那边上行,所以说是能够立即赶往那边。请你在通往林道的出口处等待。"

发作暂且不说,倘若阿亮摔倒下来,他的头部就有可能撞上"鞘"那一带满地的石头(想到这里,心神不安的自己竟然古怪地想起被髻发子紧紧抱住时她那腿部的弹力)。不管怎样,我提起与阿亮外出时需要携带(至今不曾想到要托付给髻发子)的"配套式"提箱,刚刚走出大门,亚沙的儿子多麻吉就驾驶轻型卡车下坡来到面前。他依旧坐在驾驶席上,伸出被晒黑的手臂为我打开车门,我刚一坐进去,他便急急地出发了。

"亚沙让我走上林道等你,可是上了年岁,凡事都慢吞吞的呀。"

"我又给鬐发子打了电话,据说阿亮已经爬起来了,说是正领着阿亮走向河边去洗身子。"

我放下心来。此时,多麻吉没有选择下行至峡谷的林道而是向上坡道驶去,我便向如此选择的多麻吉询问道:"往这边去没问题吧?"

"如果从峡谷里往'鞘'上行而去的话,就只能放弃车子走着过去。所以要从这边迂回过去。我打算绕行到'鞘'上面的林道。"

我得承认,即便关于森林里的地理概念,自己也已经有了偏离。

"亚沙说,拍摄电影的时候,你对森林里的事情全都能掌握,她就容易了许多。你也把森林里的事务当成一辈子的工作了吧。"

"舅舅不也在文章里写了,小孩子的时候曾想做这个工作。'村之会'早在拍电影那事很久以前,就正式整修了'鞘'的周围。电影拍摄一开始,男人就不得入内,所以我们只能善后收拾,拍好的电影也看不到……"

"就算在编辑阶段,也能通过录像看到吧,看到你们的森林被整修一新,从而发挥了多么大的作用啊。"

"哎呀,也曾向 NHK 的松山分台打听过,还听从他们的建议,请求了美国的制作总部,可是要用英语写正式的申请,我们无论如何也难以做到。"

"不过,那么多当地女人,而且全都是女人,在'鞘'举办像是祭祀那样的活动,这可是大事呀。每当观赏红叶而畅饮时呀,可就把'暴动以来!'这句话当作干杯的信号了呀。"

"'暴动以来!'这句话说得好啊。"我也发自内心地说道。

我们行驶在不太稠密的阔叶林中的林道上,刚刚越过一条小坡度的山梁,正面便耸立着由五十年以上树龄的杉树和扁柏组成的混生林之壁,这片树林一直覆盖至往东北方向倾斜而下的长长斜坡。行驶在这条被遮住的林道的过程中,我想起新制中学全体学生被动员前来植树造林的那一天。

在此期间,我们把车子停在了"鞘"的最上方。从上面向下方望过去,可以看见深深埋于草原上的那块与古代船只颇为相似的大岩石。我将目光投向大岩石对面那条由涌出之水形成的小小溪流,在小溪边沿发现了人影。阿亮随意躺卧在褪为茶色的草原上,髻发子则一动也不动地抱膝坐在他的身旁。我们向那里笔直地跑了下去。

我们的动作一定映入了他们两人的眼帘,可是无论阿亮也好髻发子也罢,却都没有表示出明显的反应,尤其是髻发子显出疲惫不堪的模样。起初,我们试图挨近那个传出清晰可闻的音乐的源头(是舒伯特的钢琴五重奏曲《鳟》),却随着阿亮坐起上半身的动作,音乐便中断了。

"是我大惊小怪了,对不起。"髻发子道歉说,"较之于从亚沙那里听到的情况,我以为这是更大的发作,觉得也许是新的疾病,从而陷入了恐慌。他刚才全身都在痉挛。"

"阿亮,发作已经平息了吧?"我询问道。他却沉默不语,一副"就像你看到的这样"的表情。

"下车后稍微往坡上走的那处地方,昨天夜晚的雨水积成了水洼,由于拉着手无法通过,阿亮就紧张起来。尽管如此,还是设法走了过来,却在刚走过来时跌倒了。是横着倒下的,看他还在笑着,我就放下心来,谁知情况却不是那样(阿亮忍耐疼痛的表情,有时看上去好像在笑着一般)。他站起身来,刚刚走到'鞘'就发作起来了。我随之心慌意乱、失去方寸。"

"这种情况，只要在'森林之家'安静休息几天就会好起来的。阿亮，先去一趟厕所吧……那是不需要担心的。"

髻发子看出阿亮对我所说的建议表现出抗拒。

"亚沙对我提醒过'发作时腹泻'之事，我已经处理妥当了，只是由于内衣和长裤没有替换之物，所以阿亮比较介意。"

我把"配套式"手提箱交给了髻发子。刚才即便我走近身边，阿亮也照样坐着不动，是因为从腰部往下只围着髻发子那宽大的披肩和上衣的缘故。

"如果下山去往峡谷的道路难以通行，刚好我停放着轻型卡车，就坐那辆车回去吧。"多麻吉说，"从这里直到上面的林道，就由我背着阿亮走上去吧！"

"不要，我想坐髻发子的车回去。"

"也许还会摔倒。"

"那么，就由我背下去吧！"

"就请你那么做吧。"我对阿亮说，"如果'发作时的腹泻'已经结束，也就没必要着急忙慌了。稍微休息一下再走吧。"

"多麻吉，刚才你真是帮了大忙。我从亚沙那里得到你的手机号码……所以总觉得有一种钻空子的感觉，不过，能请你领着我看看'鞘'这一带吗？植树造林之职是你的工作嘛，想请你介绍一下围绕着'鞘'的那些树木。"

"这很简单……"

"而且，我还听说，拍摄电影的时候，多麻吉是在那块大岩石上建造舞台的负责人。那部电影的剧本你读得很熟吧？能请你也说说那方面的情况吗？"

大致说来，多麻吉板着一副不高兴的面孔，却又干劲十足地领着髻发子前去观看了。阿亮重新在草原上躺下来，我在他的旁边（隔开一定距离),把没能发挥作用的"配套式"提箱当作枕头随便躺了下来。如此仰望过去,只见围拥着"鞘"的阔叶林诸多枝丫间,亮起了淡淡的黄绿色和并不很鲜艳的红色(那也是因为挂上的花儿与那些树木的质朴相似的缘故吧)。山樱甚至挂上了白色的花儿,以其内里的常绿树林为背景(虽说比山梁对面那些树木年轻,这里的杉树和扁柏却仍然是人工种植林),显得越发惹人注目。在我多次翻动身体期间,觉察到这是头枕着的提箱过高的缘故。我坐起身来打开提箱,只见弄脏了的长裤塞在"可燃垃圾"袋里,夏季薄毯则被折叠着层层卷裹起来,显得蓬松硕大。后者是临出门之际,被我自己放进"配套式"提箱中去的。我走向阿亮躺卧的地方并在那里站住,将夏季薄毯从他的胸部一直覆盖至双腿。阿亮伸得笔直的身体不见丝毫动静,蒙住硕大面庞的双手也是依然不动。

　　回到自己先前躺卧的地方,我的头脑里浮现出"让古义攀上森林的准备都没做"这句诗文。而且,这里所说的古义,现在显然就是阿亮。咱作为让他于现在、于这里便攀上森林的人而来到此处。然而,咱这个人如何才能推进这件事呢?可是咱自己的准备都还没做,如何才能完成这个准备呢?咱全然无从判断。毋宁说,现在的咱呀,难道仍是那个无力的孩子吗?仍是古义曾是咱实际通称时的那个无力的孩子吗?将孩童时代的咱弃之不顾,去往围拥着这片森林的高处的另一个古义,如果从那里俯视咱这毫无防备的躺卧姿势的话,甚至会扑哧一声笑出来吧?

　　这时,又突然产生一个想法。髻发子和多麻吉(正是亚沙的代理人)很快就会围着"鞘"绕行一圈再下山来到这里。而且,这两人或许会把阿亮当作另一个搭档给起用。然后,他们就事无巨细地劳作起来,不正是要完成让咱攀上森林的准备吗?

　　不过,倘若果真如此,咱能够如愿以偿地被赋予自己所憧憬的、安乐之身的处世之法吗？如果事实可以如此的话，那么此前原本作为现实事物而理解的一切，便全都是幻影！咱走出这片森林前往东京，尽管拽着"这不是自己曾认真追求的那个东西"这种心情，却仍然在学习，并且依靠通过学习掌握的那点儿本事劳作（不过，咱确实奋勉努力，从不曾有过怠惰的余裕），到末了，在已取得什么成果都不明确的状态下回到这里来，连自己独自攀上森林的方法也不知晓，从而走投无路……正是那一切，才全都是幻影！其实，咱从不曾离开这里而去往外面，平常就生活于这里的现在，直至年届七十四岁。而且，将使用这片森林中的老人们全都知晓的方法，去完成司空见惯的死亡。多麻吉和鬈发子现在试图加工、润饰那个准备，从而攀上"鞘"的斜坡，正在大岩石的背阴处商议……

"长江先生，像这样躺着打盹儿，可是要感冒的呀。尽管我也知道，是我让您受了很大惊吓，您才精神疲倦的。"

站在身边俯视着我的鬈发子如此招呼道……

然而，下山来到此处的这两人着手照料的并不是我，而是阿亮。多麻吉小心翼翼地注意着阿亮后背肌肉的疼痛（在哪个允许范围内，即便触摸也不疼痛），将他搀扶起来，顺手背上后背并站立起来，阿亮也在协助着多麻吉的动作。

多麻吉比我低矮，却是一副习惯于山里工作的躯体，把比他高大的阿亮稳固在后背上，便领先走了出去。鬈发子和我则跟随其后，分别拿着像是"穴居人"汽车上备置的、构造坚固的播音装置。

"我从多麻吉那里听说了，被亚沙动员来的女人们多么盛大热烈地站满了'鞘'啊！"鬈发子亢奋地说，"要说指挥那么多的女人可了不得啊，多麻吉却告诉我，听妈妈说，我们这里的女人们，围绕参加暴动之事灵机一动，长年以来罕见地开动了脑筋。嗯，也不仅仅是那样吧，《铭助妈妈出征》就一如事实那样被拍成电影啦。"

多麻吉把阿亮送进鬈发子的车里后,要独自回到"鞘"的高处去,鬈发子对他不断致以糅入了亲近感的谢意。

2

当天下午,真木来了电话,说是亚沙姑妈目前正守护在医院里,却对阿亮的发作情况颇为挂念,因此自己想要代替姑妈询问阿亮的情况。"既然如此,你就先与阿亮直接通话吧。"我把话筒送到阿亮的房间里,慢慢地等了一段时间后,阿亮前来送回话筒。接着,真木就在这话筒里讲述了自己与阿亮的谈话内容。

真木告诉阿亮,听说他在森林中爸爸不在的时候病症大发作,从而感到非常担心。阿亮对此所作的回答,是基于他从真木也送给他的那册袖珍本"我的台词"中引用的内容(由于现在不读乐谱,这才热心于阅读这本书的吧):

"我马上就要死去!因为已经开始发作啦!没关系啊!因为我就要死去!啊——!完全听不到心脏的声音!我觉得就要死去!因为心脏不再发出声响!"

对阿亮的这种玩笑,真木也一一给予非常认真的回答:不,阿亮不会死去呀,发作不是已经结束了吗?在你倒下的时候,没听到胸口那怦怦跳动着的声响吗?那就是心脏的声音。阿亮没有死去。对于真木的这番话语,阿亮仍然引用"我的台词"给予更纯朴的回答:

"非常痛苦啊,已经坚持了!"

可是真木认为,阿亮之所以说出这种话来,毋宁说是与自己的发作相重叠,是在担心妈妈的疾病。真木便告诉阿亮,正如亚沙姑妈详细通报的那样,妈妈的手术进展顺利,大夫表示"目前没有发现最可怕的转移,这真是太好了"。阿亮的发作也顺利平息,妈妈的手术也

已经结束,今后就等着康复啦,请放心吧。谁知阿亮听了这番话后,却开始模仿"我的台词"而大声强调说:

"不,不,妈妈已经死了!是吗?两三个星期后就回来吗?就算那时回来,现在,妈妈也已经死去了,妈妈已经死去了呀!"

真木对我说,她认为阿亮在这话语中表达了毫无杂质的真心话。

"妈妈在住院之前,曾希望爸爸从小说里,把阿亮将爸爸长期不在家与死亡联想在一起的地方摘录出来,是吧?

"妈妈为什么会在自己危难时刻让爸爸做这件事?我曾对此感到不可思议……妈妈这是联想到自己的情况,而在思考阿亮将如何看待亲人的死亡啊。较之于阿亮的这番话,我希望他能想出另一套'台词'来告慰妈妈,希望他们在电话里玩说'台词'的游戏:当阿亮表示'妈妈太辛苦了,已经坚持了!'之后,妈妈就说,'谢谢你!感谢你让我坚持下来了!'"

这天晚上亚沙于很晚的时候,也就是说,结束了医院的陪侍,将要乘坐小田急线轻轨去往成城学园前车站的时候,她给我打来了电话:

"今天,我试着对千樫嫂子说呀,已经把阿亮的事托付给了髻发子和阿律,就让古义哥哥本人前来探视吧。千樫嫂子呀,却说是'让孩子他爸看到衰弱的糟糠之妻,或许会让他抽抽搭搭地哭起来吧'。在吾良去世的时候,从确认遗体开始,千樫嫂子就一直看着吾良那受到严重创伤的遗体。当古义哥哥到达汤河原后,吾良家未亡人说是终于把吾良修复成漂亮的面孔了,因而请他上前看看。然而,听说千樫嫂子制止了,表示还是不看为好。是这样吧?她这是知道古义哥哥生性懦弱。

"千樫嫂子继续说,她同时还认为,孩子他爸现在岂止如此,停止写作'水死小说'且没有其他计划,说是因为情绪急躁,就对有着残疾的儿子说出'你,混蛋!'。比谁都生气的人是真木,毋宁说,我为真木将与爸爸如何争执而感到害怕。后来,当那个人好歹在考虑用自己的力量来解决他与阿亮的问题时,就劝他和阿亮这两人回到森林里去。与其说是对于阿亮,不如说更是对于那个人来说,现在最最重要的不就是这事吗?

"古义哥哥,我感到放心的,是哥哥和阿亮在'森林之家'的生活,自有鬈发子和阿律帮着照料。我认为鬈发子是天才。这里所指的并不是头脑聪敏或是有教养,她就是离开演戏事业也还是天才。她是那种不论对什么问题都会依靠自己力量不停思考的天才。对于古义哥哥和阿亮的关系,她同样依靠自己的力量在仔细思考吧。那个人呀,无论事态发展到哪一步,她都不会对古义哥哥妥协的。由于她坚持自己的信条,因而将成为哥哥可以信赖的规则。另一方面,阿律并不考虑自己的成就之类,因而显示出鬈发子所不具有的深度和从容。"

3

自从在"鞘"发生那件事以来,阿亮与鬈发子的关系就(也就是说,他与阿律之间同样)越发亲近起来。阿亮时常在鬈发子和阿律共同拥有的房间里度过一段时间,但也绝不可能因此而表明阿亮与两位成年女性之间就有了成熟且系统的对话。此前,阿亮一直在餐厅和客厅从事他的工作,当"穴居人"成员需要使用那个空间时,他便在她们的房间里工作(除了FM周刊杂志外,他也核对古典音乐节目表)。而且,好像有时他还利用她们房间里的音响装置倾听FM广播或是CD的音乐。他所凭依的条件,是父亲确实不会进入也是女性卧室的这个房间。也就是说,阿亮不与我共同享有音乐的这种意思之表明,当然正在得到贯彻。在这个月的月底,需要派出阿亮的代理人去东京的医院领取下个月的药物。阿亮听到我在电话里对真木说起此事后,在翌日早晨与真木定好的通话时间互通电话之际,阿亮便告诉真木,如果有谁前去东京取药的话,希望把自己的 CD 给捎过来。

在这个过程中,又出现另一件事,以至髻发子和阿律这两人都需要出门。她们在圆形剧场和松山的小剧场的成功,使得各种信息网都热闹起来,因而对髻发子表示关注的动向,便以从松山到东京的规模持续扩展。于是,我们这等人也知道其大名的戏剧导演(他在各种领域内富有抱负的演出惹人注目)就提出"想要聊聊"。由于在"扔死狗"戏剧即将开始新的展演之前,亚沙为了护理千樫而来到东京的缘故,包括亚沙在内,髻发子和阿律这三人当然有必要花费时间共同磋商。

在"森林之家"里,阿律现在与阿亮的接触比谁都密切,我有意让她把阿亮的生活状况向千樫汇而报之(同时我也做好了精神准备,关于我本身在"森林之家"的生活,将会成为阿律口中具有批评性的内容)。

4

目前,髻发子与戏剧演出界相关人物一举建立了新的交往关系,她响应这些人的招呼,或观看戏剧,或访问排练场所,每天积极地四处走动。因此,阿律将先行回到"森林之家",她大概会向你详细讲述千樫嫂子的情况。说不定髻发子会以目前的艺术风格,加盟大剧场那些令人注目的公演。对于实现这一切所需要的合同书,阿律也必须发挥她的作用。

阿律就是如此这般地辛勤劳作以支持髻发子。而且,我这次能够与阿律充分交谈,也是很好的收获。阿律还与真木探讨了阿亮的健康管理。有这样的人帮我照料阿亮和古义哥哥,我也就放心了。

那天我与真木在医院换班后回到成城已经很晚了,鬐发子和阿律一直等到我迟迟归来。然后,我们就一面喝着从古义哥哥的酒库里任意取出的藏酒,一面说着话,话语中有些可能是当事人没有直接听说过的长江古义人论,所以就复原其中一段吧。起初是鬐发子说起古义哥哥的话题,谈谈中阿律就加入进来,终于罕见地主导了这段谈话。按照"扔死狗"戏剧的方式,录音机在这种时候也照常转动,因此能够正确地传达这段话语。

"说起长江先生的工作呀,以前我几乎一无所知。有一段时期,我曾接受与音乐相关的临时工作,约定只参加剧团的一个公演,这就遇上一个也是临时打工者之类的身份、却让我强烈感受到魅力的、想要成为女演员的人物……她就是鬐发子……我和她后来也都正式参加了那个剧团。剧团的负责人是穴井将夫,他从长江古义人的小说里取材,将其制作成自己的戏剧,由于这么一个原理,我也就一直从事与长江先生的作品相关的工作,不过自己并没有主动进入长江先生的作品。鬐发子也是如此。我们出生的时候,长江先生的最盛期已经结束,而且,即便我们这些孩子开始阅读同时代的日本文学,那时也过了十八九岁,无论怎么考虑,长江先生都不是我们会阅读的作家。

"与我相识的时候,鬐发子好像也曾说过,穴井将夫的团队正以'现代作家[1]'……也就是说,她全然没有视长江先生为'当代作家'

---

[1] 在文学史划分上,日本与中国略有不同。日本近代文学通常指明治维新(1868)至战后(1945—1950),现代文学则是从战后至当下。中国现代文学是从五四运动(1919)至新中国成立(1949),当代文学则是指一九四九年至当下。考虑到中国读者的阅读习惯,特将原文中的近代作家和现代作家分别对应翻译成现代作家和当代作家。

的感觉……为中心而工作,与那个现在感觉的错位真是有趣。因此,鬈发子热衷于长江先生作品的这个转变,也是经过了若干年之后的事,实际上甚至在《亲自为我拭去泪水之日》戏剧版那个阶段,鬈发子还保持着批判性。现在,鬈发子已经超越穴井将夫,成为醉心于长江的人物。细想起来总是这样,尽管晚了一步,却还是要赶上鬈发子的我这个人,也终于开始阅读长江先生的作品了。"

"'我大致也是这样。'鬈发子赞同地说道,这让我感到了意外。"亚沙写道,"于是我就说,自己曾查阅戏剧杂志中介绍新剧团的报道,不是写着'穴井将夫是将长江的作品从初期小说开始改编为戏剧发展而来,得到其多数主要作品中的表演者(使用现在的艺名)鬈发子的支持'吗?话音未落,阿律便说道:确实如此,不过还写着'鬈发子的演技在未能紧跟穴井将夫的定向这一点上仍然一以贯之'。"

"正是那样啊。就请阿律解释一下这个转换是怎么发生的吧。"

"鬈发子转而发自内心地热衷于长江古义人,其实并不是因为阅读长江先生的小说,而是缘于她引用了长江先生为萨义德的'晚年的工作'这句话所作的定义。她呀,把这个定义复印下来并用大头针钉在工作台前面,向我鼓动说,萨义德是这么说的:真正的艺术家上了年岁之后,将到达与圆熟啦协调啦相反的地点,因着苦思苦想那个'晚年的工作',有时甚至会落得悲惨的结局……

"老年作家独自做着那些也挺好呀,假如就那么心无旁骛地向着'晚年的工作'奋勇前进,这不就是老人的自由吗?不过呀,我觉得,像鬈发子那样三十来岁的女人,却期待走向悲惨结局的老人勇往直前,这是错误的。目前,看到长江先生放弃了'水死小说',与阿亮两人生活在'森林之家',加上鬈发子自然地与之交往,我感到很高兴。前不久阿亮发作之际,鬈发子怎样地手忙脚乱啊,得知这一切之后,我觉得这个人好像也在稍稍地发生变化……变得比以前有人情味了……"

"被你这么一说,我觉得自己以前对阿律是多么独断专行呵。"髻发子表现出不像是她的温顺语气说道。

"不、不,我把一切全都托付给了髻发子从而生活至今,今后也不会再有其他生活方式。"阿律说的确实是真心话,却也采用了开玩笑的讲述方式。

对于阿律这个人,我有一种获得百万援军的感受。与此同时,我还意识到,较之于髻发子是一位天才的戏剧女演员这种说法,她身上更是具有一种对自己来说非常重要(阿律也是这么说)的人性的感觉。于是,我就提出了这样的问题:

"髻发子呀,这个问题我本来打算询问将夫的,怎么样?'穴居人'一直尊重家兄迄今的所有作品,在等待家兄完成作为'晚年的工作'的'水死小说'的同时,要一同表现写作那部小说的家兄和那个故事中行将水死的家父。把那种戏剧制作下去的计划里,不是都开始录音了吗?

"然而,尽管那是'穴居人'整个团队的演剧计划,作为'扔死狗'戏剧,你们当然也承担了其中一部分,可是你们打算怎么把'水死小说'消化成你们风格的戏剧呢?"

"已经对最初那部分录音中的若干段落预先做了练习,在我来说更是如此。不过,尚未出现如下情况:已经把握长江先生的'水死小说',并以此为基础,甚至看到了我们制作的舞台的细节部分……

"我和将夫有幸密切接触在'森林之家'写作'水死小说'的长江先生的生活,我们在这个问题上达成了协议,亚沙你可是知道的。不过,我们在此基础上所考虑的,是将夫制作的'穴居人'的'水死小说'戏剧,以及作为'扔死狗'戏剧而由我们创作的部分,其后互相向对方亮出手里的底牌,同时互相协作,共同创作(双方当然都会邀请长江先生参与),然后作为一个晚间的公演而一同上演,如此而已。而且,在我来说……对于将夫也是同样……却只是具体完成最初的和最后的场景。

"最初的场景,是我们从长江先生那里听来的、长达六十多年来他一直在梦境里看到的情景。因洪水而使得河中央鼓凸而起奔流而下的夜晚的河流,在河这边漂浮着被月光映照出来的河中舢板,父亲背向这边坐在船里。用胸部蹚开冰凉而浑浊的河水向前行走的少年,登上舞台的几位演员循序讲述这位少年的情况。悬在空中的古义俯视着这一切。

"另一个场景,仍然是从长江先生那里打听来的、'水死小说'最后的情景,当时我们决定原样朗读写完了的小说相应部分。这也是由舞台上的演员们用声音来表述,行将水死的老人的所思所想就是其内容。然后,用话语表现了这一切的讲述者们,就被猛然卷入漩涡之中。悬在空中的偶人古义同样俯视着这一切……

"不过,如此这般地说到这里,小说接下去的一个个场景将如何写作和构想,却是并不明确呀。说不定浮现在长江先生头脑里的,该不会只是艾略特创作的,而且是深濑基宽翻译的那一节吧?"

髻发子这么说完就沉默下来。可是那人呀,当然不可能对听者不作任何表示就沉默不语:"我想起那一节来了。"在我现在读这传真的同时,古义哥哥肯定也在这样做吧……

  海底的潮流
  在悄声细语中拾起那遗骨。随波浮沉之际
  越过老境和青春的各个阶段
  继而被卷入漩涡之中。

5

　　就在我作了长长汇报的那次协商的翌日，阿律前来与千樫嫂子道别，让我小睡了一会儿。在我小睡期间，听说千樫嫂子也谈到了有关古义哥哥的"晚年的工作"：

　　长江去了四国的森林里，想要在那里写作"水死小说"，可是最终还是决定放弃。他所放弃的，是他长年持续小说家的生活之后，试图将其作为最后一部作品的小说。可是，即便结束了"水死小说"，长江也将继续存活下去，哪怕这段时间不会很久，因而不管什么形式，"晚年的工作"不也将继续下去吗？当吾良以那么一种方式死去时，与他同行业的那些人说他作为电影导演的工作已经结束了。不过，我却认为如果继续活下去的话，他是一定会创作出新作品来的。在那之前并不经常说起吾良电影的长江有一盘录音，是他在柏林自由大学讲习会上的讲话。长江说，吾良晚年面对日本记者的采访不太认真说话，然而对外国那些热诚的专家却不是这样。长江自己收集并阅读英语和法语的报纸，至于无法阅读的德语报刊，则让他在柏林教的学生们阅读并写出小论文。他在此基础上得出结论，那就是吾良此后还有若干需要制作的电影。只是对于吾良为何越想越钻牛角尖以至走向自杀，他终究没有明白。

　　长江不会毫无理由地越想越钻牛角尖。实际上，他也正要重建他与阿亮之间的关系。长江还会找出他那种风格的"晚年的工作"，难道不是这样吗？如果有一种倾向认为对于"水死小说"的流产，实际上长江可能比谁都放下心来的话，我觉得那种倾向是错误的。

　　古义哥哥，刚才转达给你的，是熬过艰难手术的千樫嫂子对你的声援，请你这样理解。这里还有一段我听到的由阿律转述真木的话。

除了因着鬈发子的需要而与其同行之外，阿律经常在家里帮我做事，这次真木也得到了她的很大帮助。这两人都是谨慎、节制且温顺的性格，在难以言说的问题一定要说清楚这一点上，两者却又非常相似。大概正是出于这种相互信任，真木才对阿律说出这种事来的吧：

"妈妈虽然明白爸爸和阿亮这对二人组合在那种状态下将会给你们添加麻烦，却还是让这两人去了四国。我觉得那首先是因为妈妈对于这次能否经受住手术而忐忑不安。在住院之前，她收拾、整理了很多事务，住进医院以后，也没让爸爸和阿亮到医院探望。我认为，妈妈这是在通知爸爸也是在通知阿亮，自己死后，他们要想不过于厌恶地生活下去，只有两人共同努力。

"我已经把这个意思传达给了阿亮。送爸爸和阿亮出发去往四国的时候，也是我在机场迎接亚沙姑妈的时候。由于阿亮的情绪非常消沉……这也就违背了妈妈的意愿……我告诉阿亮，妈妈将从医院归来，在五月初。阿亮的回答照例是以那人奇妙的幽默，从'我的台词'中稍许改变后引用：'是吗？是五月初归来吗？就算那时回来，现在的妈妈也已经死去了。妈妈死去了呀！'"

古义哥哥，你所喜欢的"新生"，在阿亮的"我的台词"里就是这样写着的吧？是这样的吗？

第十章　更正记忆或梦境

1

　　髻发子迄今一直在以小剧场为中心的舞台演出，现在却要在迥异于那些舞台规模的剧场作为期四周的客串演出，阿律就先行回到了"森林之家"。考虑到"扔死狗"戏剧的事务将要扩大，阿律委托负责剧团舞台装置的年轻人进行内部装修，阿亮便将她和髻发子的房间当作自己的活动场所，把阿律带回来的 CD 安置在那里。他花费半天时间，按照自己的整理方法排列之后，首先从皮亚佐拉的吉他合奏 CD 中挑选了一支曲子，看样子，他是要一支接一支地试听下去。阿律则上楼到我的工作间兼卧室打扫卫生，并汇报了探视千樫病房时的情况，虽然她也知道，亚沙已经把很多情况都转告给了我。阿律把床单、枕套和睡衣类物品归拢到一起，发现了搁在放着硕大辞书的书架上的髻发子那幅勇敢的舞台照片，而且给照片找了一处妥当的位置。她还说，在千樫的病房里，只有吾良的一幅照片（那是一本书的封面，就那么）立在那里。

　　"吾良死去已经十年了，一本书从自杀后不久的丑闻氛围中获得自由并得以出版。那幅照片就是我们原本不知道的、那位比吾良年岁小的摄影家朋友拍摄的吧。千樫说如果拍摄剧照的话，吾良就会转而想得过多，甚至不像是那种职业人，他在这幅照片上显现出了罕见的放松呐。"

"这里没见阿亮呀长江先生的照片呀。我的话音未落……却也不是特别有意这么说的……千樫像是考虑了一下，随后说道：阿亮的照片呀，我喜欢在他第二张CD大量销售之后，报社的周刊杂志封面上的那幅黑白照片，只是那照片太大了。千樫接着说：那幅身有残疾的年轻人的照片呀，无论是被拍摄的本人还是摄影家，不知这么说是否合适……面对残疾本身大都会感到紧张，可是这幅照片确实显得放松和轻快。而长江的照片，在长江年轻时由吾良拍摄过一幅，不过大致说来，那倒是与放松和轻快相反的、反而无法忘却的感觉。

"于是我说，想要看看那幅照片，她便告诉我，就在《被偷换的孩子》中描述拍摄前后经过的那一页……在成城的家里让真木挑选阿亮的CD时，我要来了这一册。还没有时间阅读，照片也还没看……"

2

阿律去了为阿亮提供抗癫痫剂以及其他药品的大学附属医院，围绕此前那次大发作的情况进行了协商。于是，说是并没有增加用药量，而是听取了运动之际应注意的事项。回来后，她立即重新制订出包括休息时间在内的、周密的计划表，除了"配套式"以外，还带上从不曾携带过的水壶，出门重新开始第一天的徒步训练。其后，大黄来到这里，也是因为与话题相关的女性们不在场从而无须多虑的缘故，谈话便围绕"扔死狗"戏剧而展开了。

"解散以来历经这些年月，不曾与修炼道场的伙伴们集聚过呀，不过，从他们那边说起来，各自都还是在县内外正发挥着作用的现管，这个那个的，倒是经常给我打招呼呀。最近，我见了那些伙伴中负责联络的家伙，他的职业是运输业。

"这个人物说是惦记上了髻发子的戏剧演出。髻发子的戏剧……特别是在松山得到好评的剧目，后半部明显演变成讨论的形式呐。而且，跟她的主张相对立的这一边人，被砸了很多'死狗'，最终吃了败仗。那个家伙呀，说是认真考虑自己想法的这一边人，被砸了无以计数的'死狗'，于是就焦躁起来。

"当然，他肯定自有企图，虽然不至于说到俺偏袒这样一种戏剧，却也表示听到了各种传闻，就问这是怎么一回事，说是就算考虑到长江先生，就算长江先生的夫人长期给予照顾，可是跟古义人呀亚沙呀关系亲密，看上去又是那个剧团的支持者，这是怎么一回事呀？运输业呀，既有人手又有机动能力，因而仔细调查了俺最近的评价！

"这个家伙说是髻发子的戏剧演出偏于一方，而且肯定还有长江古义人的影响。他说，长时期不在这块土地上生活的长江古义人只要一回来，这里就开始出现一些与他经常往来的人物，据说大黄先生跟那些人物演出的戏剧也有所牵连，这是怎么一回事呀？

"'这里是保守派在教育界确立了优势的县……'这家伙还拿出一张说是跟他关系亲密的教育委员会委员长的名片说：松山出的报纸无论哪一家都还维持着对古义人自工作以来的批判吧？那个长江古义人一回来，大黄就跟他重新交往，好像还跟'扔死狗'戏剧的那些女人也亲密交往，这是怎么一回事呀？

"于是俺呀，就说了：听说'穴居人'是以古义人的小说为中心而发展过来的，那些姑娘的演戏活动更是独立开展。只不过亚沙对'扔死狗'戏剧产生了共鸣，而亚沙的思考方式呀生活方式都跟古义人不同，所以这就是她个人的性格。尽管如此，在长江夫人在世期间,亚沙也是站在母亲这边跟古义人对立。现在的俺呀,就算跟亚沙的做法不同,也不打算反对她那个人并说出什么来……

"就在这种你来我往之间,那家伙说出了真心话,说是'扔死狗'戏剧在中学的公演有明显的偏向,如果向学校提出'在中学里上演那么一种反国家性质的戏剧合适吗?'的质询函,那座由于本校的讲堂在建筑界享有盛名,因而在初中生不断减少的趋势下把该讲堂作为全镇的文化设施灵活利用的目的,以及因此而出现的言论表现的自由,都必将遭到批判……他还表示,自己那伙人必须为此而展开活动!

"另一方面呐,面向下一次将在圆形剧场举办的大规模公演,阿律和鬈发子似乎在准备跟前几年亚沙参与的那场电影有关的戏剧。亚沙吩咐说,阿律为此已经开始调查,所以在自己离开村子期间,想让俺给阿律介绍采访对象。这样说来,那部电影原本是根据古义人的剧本拍摄而成的吧?那些家伙说他们被愚弄了。至于他们将会采取什么行动,希望你多加注意。在亚沙没有返回峡谷之前,肯定不会有人告诉古义人存在着这种势力,俺就放心不下……"

"大黄呀,你说的那个伙伴所谓反国家性质等等,如果是鬈发子在'扔死狗'戏剧中说出来的、针对《心》里那位'先生'的批判的话,确实存在于我对将夫说出的话语之中。因此,不能说与你那个伙伴的批判毫无关系。

"你从亚沙那里知道我放弃写作'水死小说'后,据说'大黄高兴地表示即便为了长江夫人也该如此',我还听说,亚沙对你说起'红皮箱'已不再是问题,因而恢复与哥哥的交往也未尝不可……她对你说了这些,并邀请你前来访问。

"所以我要说呀,大黄,我现在认为父亲似乎并不是政治意义上的国家主义者。你所说的'毋宁说,长江先生对文学性和民俗性方

211

向具有兴趣……在读书方面,也是如此定向'这些话,则是直接的启示。

"我已经确认,'红皮箱'里那三本英文书是弗雷泽的《金枝》,上次回东京时我带了回去,本来已经一点点地开始阅读,却又因为家庭纠纷而中断至今。我现在有一种心情,今后想要阅读那三本书。不过,对于那些书受到特别优待,被存放在'红皮箱'里这件事,你都知道些什么?"

大黄凝视着我,他的目光强烈,甚至使得我移开视线,将目光转向他背后刚刚发芽的嫩叶(是石榴的红色嫩芽和橡树那葱绿色的叶片)。我和吾良作为松山的高中生与大黄再会的时候,他有时便会显现出这种强烈的目光。接着,他用仿佛要把这个记忆重新镌刻于我内心里的表述方法说道:

"关于这件事,俺可既不能阅读英文书什么的,又没有尽早思考那些书与长江先生的关系,也就没想到要把这些思考汇总起来告诉你,请你再稍微等一等吧。"

3

在亚沙和髻发子都离开这处峡谷期间,阿律在勤奋地工作。

起初,我并不了解"穴居人"剧团成员们的经济生活(虽说也觉察到年轻姑娘都各自在外打工)是怎样一种结构。关于我和阿亮每周的生活费,亚沙要求我提前支付如此这般的金额,我便把略多一点儿的钱放入摆在餐厅餐桌上的饼干罐里,下周的周一或周二打开盖子,就会看见连同详细的发票一起放入的剩余纸币和硬币。我试着对阿律说,现在麻烦她为了我们的生活而劳作,因而想要送上相当于支付给大黄那个金额程度的谢礼,却被对方答以"等亚沙回来之后再说"而不予理睬。从为阿亮准备用餐直至他的全部生活,阿律都一一照料。有关鬐发子要在大剧场客串演出这个新事态,也与"扔死狗"戏剧和"穴居人"的事务相重叠,阿律照例要发挥经理人的作用(从寡言少语的阿律那里听说,一位广为人知、同样有着特殊艺术风格的女演员出了问题,已经起用鬐发子为替角)。只能说,这是一位具有多方面才能且勤奋工作的人。大黄也不仅仅是帮助阿律,毋宁说,是听从她的指示,干起收拾家屋周围的工作来了。

至于阿亮的康复训练,只要不是阴雨天,阿律就用车子把阿亮带到"鞘",在保护好胸椎患处的同时,帮助阿亮进行周围肌肉的恢复性训练。自不待言,在这期间,可以自由放大音量倾听的音乐,把阿亮(从他与我那尴尬和拘束的共同生活中)解放了出来。

就这样,阿律的每一天都排满了工作,却还要从沿河的村子前去所谓"在"的村落,在那里进行采访调查。这与最近从大黄那里听说的事情相一致,与鬐发子、亚沙以及阿律围绕"扔死狗"戏剧下一次大公演已经决定了的方针相关联。更为直截了当地说,这是一次探访活动,探访鬐发子提议、亚沙支持的、摄制电影《铭助妈妈出征》时的证人的活动。

鬐发子和阿律预定好的下一部剧作,是围绕当地在明治维新前后爆发的两次暴动,尤其是围绕第二次暴动,用"扔死狗"戏剧的手法演出的戏剧。这部戏剧将基于史实(或是民众间的传说)进行创作,直接的引导则是根据我写出的剧本而摄制的电影《铭助妈妈出征》。阿律在知道我从大黄那里得知这个计划之后,虽说照例寡言少语,却还是必要且充分地说明了此前的"秘密主义"所依据的两个原因:第一,亚沙说是赞成把哥哥选为新的戏剧活动的帮手类人物(还将美言说项,促成此事),却由于大眩晕之事而暂且搁下,加上与阿亮不和,千樫又患上重病,哥哥越发陷入窘境,考虑到哥哥的这种状态，再多搁置一些时候吧。第二，则是髻发子首先干劲十足地想要基于自己的想法来构思戏剧演出。于是，阿律着手进行的，一是在本镇的图书馆查阅有关暴动的资料，二是寻访实际参加电影摄制的当地女性并收集证言。

其后，阿律的证言调查便经常成为"森林之家"晚餐时的话题。一天，像是陷入沉思的阿亮毅然决然地离开餐桌，上楼去了他的卧室。那里有真木重新整理并送来的阿亮的资料箱。时间不长，他就把一部用蓝色布料装订的大开本抱在怀里下楼回到原处。

"……就是这本吧，因为作品第一百一十一号钢琴奏鸣曲的乐谱也夹在里面呀。"阿亮确切地把那本书保护在胸前（也就是说，他并不想直接交给我，却在催促我向阿律说明那是什么物品），同时就那样说道，"是樱·荻·马加尔沙克女士送给我的。"

"啊，原来你有那部电影的剧本啊，是樱在返还你借给她的贝多芬乐谱时，把这本最终版的剧本送给你的呀，那是为纪念电影制作成而装订的最终版。"

阿律翻开布质封面，一如阿亮所说夹放于其中的乐谱便掉落在地板上。阿亮机敏地捡起乐谱（这也是因为胸椎骨在持续再生，再就是由于连日来的运动，肌肉也在恢复的缘故吧），整理好页码后就递给了阿律。

"在'鞘'摄制电影的时候，作为临时演员而参加的人全都听见这首曲子在'鞘'回响。在调查中会有女性谈到了这件事吧。樱的'述怀'和那首曲子，似乎给大家留下了非常深刻的印象（阿律点点头）。樱在拍电影的时候，想要查清甚至让她留有痛苦记忆的这段音乐，也就是贝多芬的奏鸣曲，曲名暂且不论，不过，是阿亮特别确切地指出了她记忆中这段音乐的演奏家。他为了向 NHK 负责音响的工作人员展示在电影中必要部分的长度，还在自己的乐谱上画上标识并交给了他们。"

阿律仔细注视着翻开那个页码并让她观看的阿亮,她询问道:

"阿亮指出的那位钢琴演奏家的 CD,这里有吗?"

"有啊,是阿律给我捎来的呀!"阿亮话音未落便返回二楼,他的脸上显现出久违了的积极表情。

"扔死狗"戏剧以及"穴居人"为把客厅作为排练场使用而正式安装了音响装置,现在我们为这些装置接上了电源。为了让砖块铺砌的临时舞台两侧的扬声器完全显现出来,阿律拉开了南侧的窗帘。这次回到"森林之家"后,我和阿亮只在从北侧那面镶嵌着的玻璃透进来的光亮中生活(年轻的剧团演员们开始排练时,我们就避让到二楼去。他们拉开南北两侧的窗帘排练,一旦排练结束,便拉上南侧窗帘并撤走器材,把客厅归还给我们)。刚刚发芽时显出暗紫红色、其后逐渐转为浅绿的枫树,果实分为可以食用和并非如此、却同时开花的两种石榴树,高大茂盛的白桦树,加上刚刚开放出红色和白色花朵的四照花树……面向南侧庭院所看到的这些景色此前一直被封闭着,就这一点而言,我和阿亮此前被封闭着的生活也被显现出来。

现在,阿亮以例外地充满广大空间的音量倾听着他所偏爱的钢琴演奏家谷尔达①的演奏,显而易见地兴奋起来。及至电影曾采用的第二乐章时,阿亮将面部从乐谱上抬起转而朝向阿律。阿律则将《铭助妈妈出征》的剧本稳稳搁放在膝头,随着阿亮的轻微动作而晃动着她的脑袋。

---

① 弗里德里希·谷尔达(Friedrich Gulda,1930—2000),奥地利钢琴演奏家,经典演奏曲为贝多芬的《月光》和《热情》等。

4

翌日清晨,趁着阿亮尚未从卧室下楼,阿律在餐厅说起阅读剧本之事以及她还与亚沙和鬃发子通了电话之事:

"亚沙说,那剧本能读下去固然很好,不过此事先就这样吧,就像此前已有精神准备的那样,说是不要认为哥哥立即就会着手开始。而且她还说,哥哥对'铭助母亲'的解释中,仍然存在着男性中心主义的味道,因而要多加注意呀……

"鬃发子也很高兴,不过长江先生也曾从亚沙那里听说并有所了解,鬃发子有一种心情,她想从这次公演开始,就有力地推出我们自己的戏剧演出特色。我请当地人讲述她们拍摄《铭助妈妈出征》的经历,再将其依次汇报给鬃发子,因为我想通过观察她的反应,成为第一个知道她打算组织出什么样戏剧的那个人。

"至于'铭助妈妈'的'述怀'嘛,我请沿河村子和'在'的那些人根据她们的记忆进行模仿,并做了各种各样的录音。在'铭助妈妈'号召大家除了参加暴动别无他路可走这地方……也就是据说盂兰盆会舞中现在也还唱着的'siyauya 述怀'①,我甚至想说,每个表演者的旋律也好话语也好全都不一样。这次在剧本中看到了相关部分,便完全了解了,觉得'啊啊,这就是阿婆和令堂所讲述的"文体"'。在电话里,我不分语句不加抑扬地读了一下那词句,鬃发子却让我一遍遍地读给她听:

---

① syouya 实为"庄屋"之日语发音,语速放慢时易于误听成 siyauya,是江户时期管理庄园事务的庄司和庄官之遗称,由领主任命村民中声望较高者出任,隶属于郡代、代官,为一村或数村之长,负责纳税等事务。

哈　嗯呀——考拉呀
　　朵、考伊　锵锵考拉呀
　　出来参加暴动呀
　　咱们女人出来参加暴动呀
　　不要被骗呀、不要被骗呀！
　　哈　嗯呀——考拉呀
　　朵、考伊锵锵考拉呀

　"剧本采用了自古以来的'述怀'形式，不过在歌剧来说该是宣叙调吧，在相对于合唱部分的说明性讲述中，也感觉到了'文体'。这就是长江先生在孩童时期曾听阿婆和令堂讲述的'文体'吧？我如此询问亚沙时，她表示那是哥哥作为小说家对其一遍遍地修改而创作出来的吧。我就在想，如果髫发子和我都对当地女性们所记忆的内容进行录音，再输入电脑，然后进行修改……只要这样持续下去，我们的'文体'不就可以形成了吗?！我兴奋地对髫发子说了这些后，她就说，自己已有无论如何也想要表现的主题，所以这才希望创造出我们的'文体'来。"

　"所谓主题创造'文体'，正如刚才所讲的那样。"我说道，"而且，那是极其微妙的地方……"

　"我说到了阿亮的剧本，髫发子最先打听的是，'铭助妈妈'的'回答'是怎样的？也就是把'铭助的转世之人'作为领导者而成功了的第二次暴动之后的事情。失去了旧藩身份却又不能去往外地的原年轻武士们，变为流氓恶棍……这么说的人也是有的……前来追赶放弃了大河滩阵地返回村子的'铭助妈妈'她们，用碎石子活埋了'铭助的转世之人'，'铭助妈妈'则遭到很多人强奸。面对被抬在门板上返回村子的'铭助妈妈'，路旁酿酒卖的大酒铺老板……装出一副喂水的模样上前询问。对于这个询问的'回答'，剧本里是怎样表述的？我听参加拍电影的那些女性说，是'你想知道好不好受吗，老爷？下次就该轮到你了吧！'"

我沉默无语。阿律用一种批评般的目光看着处于这种状态中的我，继续说起另一个岔开了的话题：

"髫发子首先就这样询问，她明白了打算用自己的什么主题来创作作品。于是，我也……下定决心，无论遇上任何情况，也要让髫发子的'文体'贯彻到底……绝不妥协地做下去。"

我再度沉默无语，然后接着她的话说道：

"这场戏肯定也是首先在中学的圆形剧场里演出吧？那样的话，目前阿律四处采访的当地那些女性也将出现在观众席上。或许还要加上'扔死狗'戏剧式的问答……"

"是的。承蒙对方让我前去听她们的讲述，每次我都约定，要在圆形剧场请大家看戏，还让她们带来自己制作的'死狗'。"

5

我和大黄并肩背靠"鞘"的大岩石上，把光脚的脚脖子埋在新发芽的青草丛中说着话：

"从亚沙那里听说呀，古义人详细地记着长江先生在发了大水的河里乘船而去的情景呐。"

"关于那天的事，我对亚沙呀髫发子她们说起的，是原本打算当作'水死小说'序章的内容，与根据当时看到的情景记住的东西并不相同。常年以来，我真的一直在做着几乎完全相同的梦……我记住的是那个情景的积累吗？它在多大程度上与实际经历一致呢？就连我自己也觉得靠不住呀。"

"所谓那不是梦，长江先生背对河岸坐在舢板上，古义就站在他身旁什么的,就像你刚才说的那样,其实没有那回事呐。古义人你曾固执己见地表示,叫作古义的另一个小孩跟自己一同生活……虽说那个时期俺也还没来到日本……后来却也听说了村子里广为人知的古义的说法,连同那位古义的事情,该怎么说呢,俺可就开始把古义人看作特殊的人呐。

"说到古义人你见到的梦境,据说在长江先生出行的那条舢板上,另一个古义站在那里……俺被这里打动了。

"说实在的,因为俺清楚地记得那天夜晚的古义人!古义人你没注意到俺吧?在军官们集中居住的老仓屋的入口处,就是露地房间和铺板房间各占一半的地方,放着先生专用的刮胡子用的宝椅子①。俺就把被褥铺在那后面并睡在那里。如此一来,就看见古义人独自走了进来。为了照亮走上二楼的楼梯,那里点着一盏蒙上防空灯罩的电灯泡。古义人最初走进来时,俺原本想起身,以为这是长江先生让古义人来传达让俺去干的工作呀……可是,古义人在露地房间脱下草鞋后,像是带着什么想法吧,低头弯腰地爬上了楼梯。于是,俺就装作睡觉的样子一动不动,同时自我贬低地想道,你这一只胳膊的年轻人能干什么呢?……二楼铺着厚厚草垫的房间里,住着两个任意使唤俺的军官,靠这边的房间里睡着三个士兵,古义人从更靠这边的会客间里,扛着一个用防雨斗篷层层包裹的物件走下楼来。在那之后,俺起身查明二楼的军官们还没有睡觉……

"古义你扛着的那东西,是一件并不很大却有棱有角的行李,我知道那是'红皮箱'。还在白天的时候,军官们牵挂当天没到老仓屋来的长江先生,于是吩咐说,长江氏说是如果独自干点儿什么就会带

---

① 可仰起和转动的扶手椅,是创建于一九二二年十月的宝椅子贩卖株式会社的产品之一,主要用于理发和牙科等领域。

走的那只'红皮箱',你拿来让咱们瞧瞧,就让俺去正屋借用。

"当天晚上,酒宴从黄昏时分起就开始了,可是参加酒宴的只有军官们和那几个士兵。在前一天夜晚的会议上,长江先生跟他们……用军官们后来所说的话就是'决裂'了,回到正屋去了,第二天没在老仓屋露面。这样一来,军官们就把俺送过来的'红皮箱',从卷着的防雨斗篷里抽出来,调查了箱中的所有物品。他们还一面笑着,一面大声说,'装进去的都是些无聊的玩意儿!'俺一声不吭地站在那里,由于那是先生的所有之物,在那期间,俺一直站在房间的角落,一动不动地看守着。俺所记住的是,虽说当时俺不能读出英语的书名,可是后来帮助长江夫人晾晒衣物、书籍时,意识到那就是俺陪长江先生去高知的先生那里带回来的沉甸甸的书呀,就把那书名抄写在纸上,是叫作 The Golden Bough 的三本大部头书。皮箱中的大部分东西是书籍和一束束信函。信函的信封呀信纸啦,军官们一件件看过之后就装回原处,可也有一些被扔进或是烫酒或是热菜的那座长方形火盆里烧掉,火头子都蹿了上来。烧剩下的一些信函……府上因为是纸铺子呀,所以就有储藏上等纸的那种油纸吧……就用那油纸包起来放回皮箱里,再用雨天上山干活儿的防雨斗篷把箱子重新包裹起来。那就是夜深时古义人前来取回去的'红皮箱'。"

"关于那个阶段,我想不起前去取回行李的事了。除我之外,也不会再有其他人能够去老仓屋取回父亲的行李,因此确实是我去取那件行李的,不过……我记住的是在那之后的场面。这次的情景是我把行李送给已经坐上舢板的父亲。我用胸口顶开冰凉的河水,从船边暂且返回,是为了系好眼看就要被大水冲走的球根木桶的绳缆而回来的。我一直梦见这个情景,一直如此重新记忆、重新记忆。可是,在系着那条绳缆的混凝土基座上的铁环里,正扣着舢板的系船索。毋宁说,该不是父亲吩咐我解开那绳扣,我这才返回来的吧?……现在与大黄一面交谈一面思索,觉得当时确实就是那样。然而,大概是连回到船上去的时间都没有了吧,回过头来一看,只见舢板像是被水流的力量猛然揪下般已经顺流而下……

"就是这样一幅情景。"

"那么,古义人一直梦见并感到苦恼的……在紧要时刻干了不让球根木桶被大水冲走这种无谓的杂事,然后就来不及……你说的这些都是错误的呀。而且,按照俺的推测,长江先生如果打算直接坐着舢板出行的话,就算不让古义人返回去,他总是在皮带上别着那把刮黄瑞香树皮的小刀呀,只要用那小刀割断系船索不就行了吗?!不让古义人返回来不就可以开船了吗?!已经不需要那条绳索固定舢板了。俺呀,觉得那是有意让古义人留下来的呀!

"然后,长江先生就独自在发大水的河里水死了。在那之前不久,据说古义人曾经订正先生弄错了的汉字……是'森森'和'淼淼'吧……现在看来,仍然是长江先生对汉字的理解正确呐,难道不是这样吗?!先生并没有流向淼淼大海的尽头。当地不是有个传说吗,说是死去之人的灵魂会登上森林,停留在天定属于自己灵魂的那棵树的树根底下。俺觉得先生正是回归到了森森延展的森林之中!

"俺不是这座森林里出生的人呐,森林里没有俺的灵魂能够回归的自己那棵树吧。俺死去的时候,也想进入那森森大森林!

"虽说亚沙给予的评价不高,俺可是很喜欢古义人跟长江夫人合作的那首诗啊。阿亮虽然生长在东京呐,不过只要古义人你充分做好准备,他其后也是可以独自攀上森林,前往自己那棵树的地方呐,难道不是这样吗?!"

大黄尽管表示自己不是当地人,关闭修炼道场之后却也长期生活于此,在这期间,显然逐渐通晓了当地的民间传说。原本大概是好学的性格(选来选去偏偏认了我的父亲为师,且不说这其中存在的问题),即便在我一直误解着的"鞘"的地形学方面,这一天,为光裸着搁放在草丛中休息的脚穿上鞋子后,便在"鞘"纵横行走,把正确的情况教给了我。

当地也有一种传说,认为在大岩石周围可以发现古人制作的石斧。大黄对此表现出兴趣,曾在这周围反复挖掘,还说把实际挖掘出来的大部分石斧都埋入大岩石下面,并给我带来一块长达二十五公分的石块。

我们开始走下"鞘"的时候,河边的柳树群恍若蒙上轻烟般绽开嫩叶,只见两个男人走近阿亮和阿律在河边做体操的地方。他们蹲下身子,开始与躺在褥垫上的阿亮和跪坐在旁边的阿律搭话。阿亮将身体坐起一半(直至前不久,那肯定还是伴随着痛苦的举动,由此可见阿律的按摩发挥了效果),抬起双肘用手掌捂住了耳朵。这是在电视的漫谈节目中搞笑艺人说到有关性的不雅话题时,阿亮表示拒绝的动作。我开始加快脚步往坡下走去。

那两人直起腰来,看上去都是四十来岁的男人,摆出一副像是对我拉开架势的模样,沉默不语。阿律走下褥垫并穿上轻便散步鞋,她对我说明道:

"他们问我知道当地的'鞘'这个地名吗,然后不等我回答,就自说自答起来,由于那是些叫人讨厌的话,阿亮就这样了。"

"鞘"是指陨石在原始森林里造成的细长空间,在当地也是意指女子性器的隐语……

看到紧随着我赶到的大黄,那两个家伙终于离去,同时像是经历了什么趣事似的拍打着彼此的肩头并发出笑声,露出通红的面孔不断回过头来看着我这边。于是大黄说道:

"这些家伙是要逃跑啊,嗯,当然呐,因为古义人握着那么一柄石斧呀!"

"刚才我还在想,这也太能纠缠了,怎么办呢?"阿律也说道。

"不要紧呀,因为爸爸会战斗呀!"阿亮由衷地说起"我的台词"中久未听到的一句话。

第十一章　父亲想要从《金枝》中读出什么？

1

　　与阿亮开始和解以来(虽说"尚有保留",但我觉得这种表述比较妥当),生活较之此前就有了变化。髻发子和阿律房间里的音响装置被移到餐厅里来,阿亮将身体斜躺在地板上听着音乐(骨折的那节胸椎骨恢复效果非常明显,只是想要保护那里的心理还在发挥作用,因而后背右下方的肌肉仍然酸痛)。

　　阿律一天也不曾停止在"鞘"的康复训练,还要到沿河村子和"在"进行采访,却总是惦记着阿亮的情形。我则经常待在被改建成排练场的客厅西南角的沙发里,沙发旁的小桌上放着书籍以及辞典和卡片之类。我突然意识到,这种生活形式与成城的家里(只是一旦开始排练,我和阿亮便撤回到二楼)并无二致。

　　阿律基本上用她和髻发子共有的那台电脑处理事务,自从阿亮开始在餐厅听音乐以来,阿律大多时候也是在餐桌上整理有关拍摄《铭助妈妈出征》电影的采访记录。

　　只要大黄一出现,我和他就移动到阿律旁边交谈。阿亮用节制的音量倾听的音乐,毋宁说对阿律的工作是有益的,对于我和大黄的谈话也没有妨碍。反过来说，只要不去与阿亮正听着的扬声器的音乐声较量，我们说话的声音也不会打扰阿亮。这是真木根据自己的观察得出的看法，说是对于阿亮而言，接受音乐的大脑功能与说听话语的功能并不相同。

目前在我来说，（细想起来，曾一直着手处理的）"晚年的工作"的小说这种想法已经消失，因而也就不存在为选择与此相关的主题而需要阅读的书，能够随着当天的心境而自由读书。也还存留着惧怕大眩晕的自我克制意识……由于这个缘故，较之于二楼的工作间兼卧室，还是在楼下沙发上舒适地读书的方法更为合适。

在那样一种时候，委托在东京当编辑的友人弄来的詹姆斯·乔治·弗雷泽写的《金枝：巫术与宗教之研究》①寄到了，是一九二二年发行的麦克米伦出版社第三版影印本。我之所以想要凑齐全卷，是想确定"红皮箱"里那三册在全卷中的位置。加之碰巧《金枝》原著第三版的全译本刚刚上市，好像又有文化人类学的学者朋友从中斡旋，便也赠送给我一套，而且还给寄送到这里来了。大眩晕之后，我一改长时间集中读书的习惯，养成了把书放在床边小桌上，随着心情翻开书页的新习惯。由于在与大黄的交谈中出现过这个书名，便成为我积极关注的对象。

较之此前我开始认真起来的证据，首先就是精心寻找"红皮箱"里那三册原版书的旁线以及加注的字句，也就是说，细心寻找父亲凭借有限的英语能力全力阅读过的痕迹（最初依次翻动页码的阶段我未曾留心）。虽说仍然没有可称之为加注的东西，却发现了浅淡的记号，不是用即便在战前的日本也肯定能弄到手的进口货，而是用国产硬笔芯彩色铅笔（红色和蓝色）加上的、疑是当时就有不久后即用

---

① 原著为 The Golden Bough: A Study in Magic and Religion。

橡皮擦去的打算而加上的浅淡记号。

　　书曾一度被水浸泡,很难完好无损地一页页翻开陈旧的纸张。即使这样,还是看到在若干页面上,彩色铅笔浅淡地圈住印刷部分两端一处处小标题。在此期间,我想到一个问题:把贵重的原版书借给(如果是赠予的话,就应该是全卷)我父亲、却由于我父亲的水死而无法收回这三本书的那位物主,该不是他在我父亲应予阅读的地方注上这记号的吧?

　　倘若果真如此,这个彩色铅笔的主人,就一定是母亲曾反复听到其名字的高知那位先生,是父亲带领大黄沿着坂本龙马①脱离藩府的道路逆向而行,翻越四国山脉向其讨教的高知那位先生!

　　我开始了探索。首先,父亲肯定看过的那三本书,是《巫术和王的起源》②,也就是第一部的第一卷和第二卷,进一步用我的影印版进行对照,还有跳过第二部第一卷的第三部《走向死亡的神》③那一卷。不管高知那位先生用怎样的精度(是出示教科书后说明小标题那种程度?还是一行行地讲解正文?)作了讲述,父亲接受教导后让大黄将原版书带了回来,肯定借助我记得在家里曾看过的陈旧小开本《简明英和字典》读了原版书,我现在即着手探索这些原版书。然而,当我读了在页码旁小标题上加了红色和蓝色记号的那些内容之后,随即便轻而易举地判断出,这三本书为何会成为高知那位先生对父亲进行个人授课的教科书!那显然是实实在在的政治教育……

　　在如此阅读《金枝》并取得进展的第二天,阿律把咖啡端到沙发

---

① 坂本龙马(1835—1867),江户末期的尊王攘夷派人士,高知藩的乡士,后加入勤王党,因不满高知藩的政策,于一八六二年经由大江健三郎的故乡逃离高知藩,改入胜海舟门下,协助创建神户海军操练所。一八六六年与萨摩藩和长州藩结为讨幕同盟,一八六七年在京都遇刺身亡。
② 原著名为 *The Magic Art and the Evolution of Kings*。
③ 原著名为 *The Dying God*。

旁小桌上来，她向我招呼道：

"您在工作间之外的其他地方读书时……需要搬来这么多相关书籍呀。"

"这就是那本装在'红皮箱'里的书……我在试着调查父亲是怎样读这些书的，大致已经明白了。"

"*The Golden Bough* 被译为《金枝》这事我倒是知道，不过还没读过。您的工作如果告一段落的话，能请您稍微说给我听听吗？现在，我就把自己的咖啡端过来。"

阿律在与我所坐的沙发位置成直角形相连的地方坐下，我把影印版书和翻译本中对于谈话所需要的部分放在了她的面前。

"《金枝》虽说是民俗学的书，在研究人与人的关系方面，却也能够学习到政治性原理啊。家父是通过这本书接受政治教育的，我却由此得知他身上似乎还有文学性资质，这真是有趣。阿律，你听到大黄称家父为长江先生而感到奇怪吧？这是他作为家父的超国家主义的修炼道场弟子的痕迹。不过，这次与他交谈，却有了意外发现。据大黄说，长江先生喜欢用强硬派话语说些国家啦大东亚共荣圈啦云云。可是存在于那种表象之下的真实的先生，却好像以文化青年的姿势一直活到五十岁呐。

"我试着研读父亲读过的 *The Golden Bough*，在有些页码的印刷文字外侧，有像小标题那样把内容概括起来的记号，三本书里都是这样，用彩色铅笔在好几处将其圈了起来，而且是用具有教师经历的人的方法这么做的。然而，还有一些起初我没注意到的、以前不太使用旁线和加注字句的人用彩色铅笔圈起来的地方。顺着读下去，觉得这些地方似乎出自家父的手笔。之所以这么说，也是因为圈起来的部分一如大黄所述：该说是文学性还是诗歌性呢？显然是被那种侧面所吸引而阅读这些书的。先生试图把这些书使用于政治教育，并

227

因循这个原则进行阅读,实际上却也希望使用其他阅读方法。我有生以来第一次发现了(比起现在的我要年轻将近二十五岁的)这种状态下的家父。作为第一卷起首部分的箴言诗,引用了这么一首诗。请看全译版,译者名叫神成利男①,就感觉而言,这像是文化人类学或是民俗学专家的译文呀。

> 平静如镜的湖
> 眠于阿里奇亚丛林之下
> 在这丛林微暗的阴影中
> 可怕的祭司君临于此
> 祭司击倒暗杀者
> 可是,自己也终将被如此弑杀

"我不认为这翻译违背了原诗,嗯,就是这种程度的诗歌吧。不过呀,弗雷泽用散文体写了内容与此大致相同的情形。那是一篇略显华丽的文章,却是很畅快,有一种直率的美。家父该不是用那《简明英和》词典一个字一个词地查阅着来领会这种美的吧?我甚至在为那个五十岁的水死之人呀……我的父亲而感到悲哀啊。"

2

接下去,我围绕父亲的先生圈起来的部分作了说明:

"最初两册就这样被翻译为《巫术和王的起源》。第三部是《走向死亡的神》。第一部第一章的'森林之王',甚至可以说在文化史上也是广为人知。意大利的阿尔巴群山中内米湖畔的森林里,有一

---

① 神成利男(1917—1991),《金枝》日译者之一。

株巨大的橡树。面色阴暗的王手提利剑守护着这株大树,也可以说这是在守护着王本人。与这个王殊死拼杀且击杀王的年轻人,会成为新的王。如同'走向死亡的神'这句话所说的那样,诸神也不是不死之身,注定终将死亡。一旦王开始年老体衰……目前由于其身体的生命力在保障着世界的丰收……世界也只能走向毁灭。如何应对这个危机呢?那就是人们努力防止王的自然死亡。在王还残存着能量期间,就让王的候补者将其杀死。借助新王的诞生,世界的丰收便得以更新……就是这么一种结构。

"内米的森林之王的神话,是《金枝》全篇之主题的发端,谁都会一读。弗雷泽深入到了有关老王被杀、通过新王使得世界的丰收得以更新这个神话原型的、庞大的资料收集之中。在书中内容展开的过程中,把书借给父亲的那个人,直接跳跃到刚才说到的第三部里的 *The Dying God*,在那里也在应予阅读的地方标注上了记号。此处有个页码再度详细讲述了内米的森林之王如何被杀、世界的力量如何因此而得到了更新。谕示之意一以贯之,我的父亲可是遇上了热衷于政治教育的教师。"

我在对阿律这么说着的同时,看到阿亮举起一只胳膊对走入客厅的大黄致意。在进入客厅之前,大黄在南侧庭院里忙这忙那的,由于镶嵌着的玻璃门旁的侧门已经打开,他像是也听见了我和阿律的交谈。

"古义人呀,自从你陪吾良一起到修炼道场去的那次以来,还是第一次看见你这么专心谈话呐。"大黄说,"俺不要紧,请继续讲解。"

"让大黄也顺便听下去吧,这就回到弗雷泽的书中去。我明白高知那位先生的解读方法具有政治性定向。我还在想,在接受他授课的同时,家父似乎从《金枝》这个文本中感受到了文学之美。这可是从大黄那里听来的呀。可是,授课其本身好像已经往政治性方向而去，也就是往讲述王的下属们必须干什么事这个方向而去了。

"我来朗读相关译文：

　　……不管如何注意和给予关怀，都无法防止人神变老、衰弱以致最终死去。他的崇拜者们不得不关心这个悲哀且必然之事，必须竭尽最好的努力加以应对。这个危难是非常可怕的……为了避开这个危难，只有一个方法。一旦人神的力量开始显现出衰弱的征兆，就必须立即杀死这个人神，在他的灵魂尚未因可怕的衰弱而导致严重损害之前，便将其转移至强健的继任者身上。如此杀死人神而不使其因年老和疾病而死的优点，在野蛮人来说确实是非常明显的……崇拜者们一旦杀死人神，首先，能够在他的灵魂逃出之际准确地捕捉到并将其转移至合适的继任者；其次，在人神的自然精力衰减之前将其杀死，能够借此确切无误地防止世界与人神的衰弱同步走向崩溃。像这样杀死人神，趁他的灵魂尚留存于全盛期之际，将其转移至强健的继任者身上，由此而使得所有目的都能够达到，一切危难全都能避免。"

阿亮（从先前一直躺着的姿势中，尽管后背下部像是感到疼痛，却还是努力站起身子）从我们旁边走过，消失在通往厕所的走廊上。紧接着，传来了很大的声响。

"阿亮正听着FM广播的音乐，却被转换成临时新闻，他讨厌其中的杀人事件报道。"阿律在为阿亮用力关门发出的声响而周旋。

我向大黄打听道：

"家母和亚沙曾因我写作'水死小说'而惧怕着什么，现在呀，我可知道她们惧怕的是什么啦。我觉得她们害怕我写出如下情形：父亲把高知那位先生为他解读的《金枝》，牵强附会地与以下事实联系在一起——向青年军官们传达,'为了避免国家的危难而杀死人神!'从而一度把他们引往那个方向。"

大黄沉默不语。我继续说道:

"不过呀,大黄,在身为孩子的我全然不知情的情况下,老仓屋里的会议竟然那么充满热情地持续召开着,然后家父就被青年军官们忽然抛弃掉,这真是难以理解,现在也是……

"大黄,我想要知道,家父与军官们真的相互理解吗?那么一种关系遭到破坏,家父独自一人成了那样。这一切难道没让年轻的你感觉到任何东西吗?不会有这样的事吧?"

前院投射过来的光亮使得大黄脑袋上那短短的白发泛起金色的光泽,他笔直地挺起脑袋思考着,我则等候着他的回答,阿律却对我表现出了焦躁:

"要把阿亮关在厕所里到什么时候?阿亮独自收听 FM 广播和 CD 期间,不也是忍耐着长江先生你们在他身边谈话吗?!阿亮喜欢的'古典音乐特别节目'眼看就要开播了,请你们把这个时间还给他,怎么样?

"我们下午要去'鞘'。在那里,只要离开阿亮倾听音乐的场所,你们不论用多大的声音讨论,我都不介意。"

3

我们把车子停放在专事山里工作的卡车用于掉头的空地,这里的植被不同于围拥着"鞘"的阔叶林,我们沿着跨越溪流的路径往前走去。大黄用一只胳膊扛着薄薄褥垫和毛毯走在最前面,隔着阿亮和阿律,我跟在最后面。阿律的护理工作无可挑剔,虽然提着硕大的旅行袋,但在阿亮将要倒下之际,便跨进草木繁盛处支撑住阿亮,并以这种姿势，用山地行走专用帆布鞋使劲儿将脚下踩踏结实。

来到"鞘"的下游，大黄把行李卸在溪流旁边平坦的草地上，展开了体操用褥垫。阿律从旅行袋中取出音响装置和 CD 盒，阿亮则脱掉鞋子坐了下来，此时，我和大黄已经攀上了"鞘"。

"那还是在战争时期，把沿河村子里的黄瑞香仓库的二楼给了俺，俺就在那里住了下来。不过走进'鞘'这一带来，还是在那之后很久的事了。"

"'鞘'也有一个从古时就流传下来的传说吧，说是这里不是当地人可以带外地人进入的地方……"

"镇上那个女婿是医生的家伙呐，这是他约俺去钓香鱼时说的话……听说长江先生的遗体被打捞出水的三角洲呀，成了孩子们也不能去游泳的特殊场所。刚想到这种地方一些有说道的古老场所，却又出现了那种新的场所呐。

"发大水那天夜晚，目送长江先生乘坐舢板出行，古义人一直梦见这个情景。亚沙还经常笑着讲呐，说是哥哥坚持认为曾看到父亲沉在深深水底的情景……俺呀，觉得那才是做梦呐。之所以这么说，是因为发现长江先生的遗体沉入水中的，是俺呐。

"亚沙讲了，哥哥说是只有自己跟早已坐进舢板的古义，才看到长江先生乘坐舢板外出的情形，其实母亲也从石墙上的旱田里看到了。不过呀，还有其他更多人也看到了。俺就是其中一人。然后，那些监视者看准长江先生出发，就向老仓屋的军官们报告，然后在士兵的命令下开始部署逮捕事宜，俺跟那些监视者就成了朋友。在或明或暗的天光下，俺们骑着自行车顺着龟川沿岸向前驶去，有人借着月光看见舢板翻在镇子的河中沙洲的上游，就赶紧搜寻了河中沙洲那一带。然后，俺发现了泡在水里的长江先生。

"就是这么一回事呀，可是在那之后，长江夫人不让那些了解如何把遗体打捞上岸的知情人接触古义人。你在十五岁时就离开这座森林去了外面,然后再没跟当地人亲密交往过吧?在那以前也是这样,有人作证说,你从十岁起,就一直是独自一人,即使去了新制中学,也只是独自在教室里读书呀!只有亚沙,是你跟当地人之间的交流渠道,而且,这也是一条要接受长江夫人审查的渠道。像你这样被从当地连根拔起后长大的人,再也没有其他人了吧?

"可是,要依俺们来说,就算是这样的情况,古义人也还是这座森林里的人呀。以你从老阿婆和令堂那里听来的故事为基础,你写的那些事呀,不管加进了多少空想,也还是散发着真事的味道。俺曾对长江夫人这么说:古义人已经成了东京的人,这也是因为他渐渐地几乎不回来的缘故,还是允许他偶尔回来走动走动吧。古义人的小说都是空想呐,可是俺就在想,竟然能够这么完美地空想呀!毕竟那是才能啊。于是,俺也说出算是了不起的一句'那不是空想,而是想象'来,长江夫人却根本不当回事儿,说是当家的读了柳田国男[①]先生的书,他说那上面写着'空想与想象不同,想象自有其根据',因此古义是通过想象来写书的吧。他清楚地记得我和母亲所说的故事,是以此为根据进行想象的,所以我们读了之后,认为无中生有的空想是一个也没有呀!俺在委屈之余就说了,《亲自为我拭去泪水之日》怎么样?说是长江先生得了膀胱癌,被装进木车里袭击银行。于是夫人就说'那是妄想'。哈哈哈哈!

"被拖到有关长江夫人风格的有趣回忆里来了,俺们这是在无须客气的地方,所以必须回到紧要的话题上来!由于那是麻烦的问题,即使俺独自思考的时候,也不由得要躲开去呀……假如有了放弃

[①] 柳田国男(1876—1962),日本民俗学创始人,曾创建日本的民间传承会、民俗学研究所,著有《远野物语》和《桃太郎的诞生》等。

那个想法的精神准备,就能够跟古义人所看重的做梦那事连接下去。亚沙讲了,古义哥哥做了这样的梦。古义人你把自己也写到文章里来了。由于那些缘故,俺怀疑那真的只是在做梦吗?围绕这个梦倒是有些说道。俺只在面向外行人的判断梦境的书里读过,据说有人早在孩子时期,想要对母亲说点儿什么却又不被理睬,反复如此就有了这种记忆,这种话又说不出口,就做了这样的梦,最终形成了这么一种性格。俺倒不是梦想着要给古义人作心理分析,只是经常在想,这种也可以说是参照记忆的……东西,似乎从古义人的梦话里泄露出来了。

"这是古义人你在报纸的专栏里写的内容呀,你的朋友是文化人类学学者,在印度尼西亚的佛罗勒斯岛吧,说是在那山里的村落中见到的呀。当地部族的人呀,在森林中开垦出来的地方,摆放着一个用木材拼凑制作起来的巨大的飞机模型。你说听了那事之后内心就激荡起来……

"读了这篇文章,俺感到古义人该不是在自己的梦境里想起孩子时期曾看到的情形了吧。"

"的确,我被那个学者……他那素描画得比内行人还要内行……画在野外调查笔记上的飞机图给吸引了,与此同时,我思考了自己所梦见的特殊梦境。

"而且,现在之所以被你指出的问题吓了一跳,是因为我梦见的那个特殊梦境中的舞台,正是这里的'鞘'。尾翼就搁在比这块大岩石更往上去的北面高处,机体则对着斜坡下方。在我的梦境中,并非用树木碎片拼凑而成,而是汇集旧飞机零部件制造出来的……真正的飞机就停放在那里。不过,大黄你的想象可真是厉害呀……"

"因为俺的想象虽说不是长江夫人所说的那样,可也是有根据的。俺觉得,在老仓屋连续不断地召开会议和举办酒宴的日子里,古义人虽是孩子,但偶尔也会听到那里的争论吧。尽管你并不清楚内容,却知道听到了什么重要之事,内心里因此而慌乱不已呐。致使长江先生单独出发的、前一天在榻榻米房间里的争论持续不休,俺可还记得古义人好像担心似的站在榻榻米房间后面走廊上的模样。你估计那是在讨论非常重要的事情。但是,长江先生死后,是你自己想把那一切都严密地封闭起来,就算对于你本人,也只在梦境中认可那个秘密吧。现在,俺就来泄露那个秘密吧:计划从吉田滨的军用机场起飞装载了炸弹的自杀攻击机向东飞去。这个计划的前期准备,是首先要把这架飞机从吉田滨转移到这座森林中的'鞘'并掩藏起来。这是会议进入最后阶段的最大议题呀。"

"如果是这件事的话,我在《亲自为我拭去泪水之日》里,可是把它作为就要发疯的青年之妄想写进去了呀。"

"俺也读了那部作品。当时曾被长江夫人叫去盘问,说是十岁时的古义听到那些争论了吗?还是大黄你告诉他了?不过就这一点而言,俺觉得这大概是由于小说家头脑的奇异性,使得一度被忘掉的事能够通过梦境再现出来吧。

"说实话,俺呐……当长江夫人让俺也看那本《亲自为我拭去泪水之日》的时候,夫人发自内心地害怕,害怕古义人该不是理解了长江先生在临死前一天跟军官们争论的内容,今后会把那些事写进很大的小说里去,从而使得自己这一家人沦落到'大逆事件'①的幸德

---

① 一九〇八年前后,明治政府加强对社会主义者的镇压,自一九一〇年六月起,政府以有人图谋暗杀明治天皇为由,在日本全国陆续抓捕社会主义者数百人并对其中二十六人诉以大逆罪,判处幸德秋水、森近运平等二十四人为死刑(后将其中十二人改判为无期徒刑),另两人为有期徒刑。一九一一年一月二十四日,明治政府在全世界的抗议声中执行死刑(管野萱于次日被执行死刑)。其后,政府开始越发严厉地镇压社会主义运动。

秋水①及其家属那样的境遇。俺也就断然对夫人说：不，那样的事情绝对不会发生。就算像自己这样比古义人岁数大的人，对那次会议也都是糊里糊涂。实际上，古义人并没有写那件事。而且，谨言慎行的亚沙也放心地说道，你现在已经完全放弃写作'水死小说'了。俺当然觉得这很好。

"另一方面呐，俺也是感到怀疑。古义人不是有意识，而是无意识的，可以这么说吧，总之，本人是在不明真相的情况下，听到了会议上说的话。那些话的意义一直没被弄明白。不过，却在梦中弄明白了那些话的意义。在梦中明白了所有意义。那种事情实际上不是已经出现了吗？当时有一个让飞机在'鞘'紧急着陆并掩藏起来的计划，正是这个计划让长江先生决定了最后的态度，而你知道这一切。而且，你在梦境中甚至得知计划实际上并没有被实施的后续情景呐。"

"不，只有被隐藏在'鞘'那片草原上的飞机这个形象呀，算是我的浪漫主义证据吧，那可是空想呀，是没有根据的东西。"

"哎？怎么是空想？！那可是有根据的呀！就像刚才说的那样，那不就是导致长江先生跟军官们决裂的最大争论点吗？！在最后那次会议上，大家情绪激昂，认为战争好像将比此前一直议论的时间更早地以失败而告终，因而必须立即断然实施长江先生的一贯主张——安排特攻队的飞机飞往帝都的中心。于是，新参加的、带领一队海军飞行预科练习生来到村里挖掘松树根的军官就提出建议，说是必须从吉田滨安排一架飞机，还要装上炸弹后掩藏起来。这不就

---

① 幸德秋水（1871—1911），明治时期的社会主义者，出生于高知县，曾师从中江兆民，一八九八年加入社会主义研究会，一九〇三年反对日俄战争，一九一〇年被政府以大逆罪逮捕，翌年一月被处以死刑，生前著有《二十世纪之怪物帝国主义》和《社会主义神髓》等。

成为会议上最大的重点了吗?!……哎?可是古义人你不记得了吗?!"

"我所做的梦呀,是不可能弄明白在老仓屋酒宴上的会议全部内容的。在我来说,那次会议上所讨论的话题,到现在还有很多弄不明白。比如说呀,刚才我读的那一节,确实是高知那位先生用彩色铅笔圈起来的地方,不过会在多大程度上现实性和政治性地把贯穿三卷本的'杀死人神'并给国家带来巨大恢复的神话构想……与这个国家的天皇制直接联系在一起解读呢?我也没有证据来揭示这一点。大黄,你当时一面准备酒水一面旁听会议,我想要询问大黄你的是,在那个时候,为打开这个国家的困境而提出的那个战术提案,那个构想,大部分是我父亲的想法吗?"

"是的,是那样的。假如你说的都是真实的话,那么古义人你当时并没有听清楚截至那时的讨论进展吧。不过,说是让海军飞行预科练习生那些年轻人展开作业的军官呐,当他具体说到借助爆破'鞘'正面中央处那块大岩石的作业,还可以验证他们自己准备下的炸弹的威力时,长江先生激昂地叫喊道,所谓爆破'鞘'那块大陨石算怎么回事儿?怎么能让你们这些外人的脚踏入'鞘'呢?!那里不是明治这个现代国家之等级的事情,从非常古远的时代起就是非常重要的场所,绝不是可以让你们为了修建临时机场而大兴土木工程的地方。你听到那大声喊叫了吧?"

"嗯,听到父亲的大声喊叫,说实在的,我都哆嗦起来了。军官出门来到我哆哆嗦嗦站立着的走廊上,说是接下来就要开始讨论重要问题,小朋友回正屋去吧,我就照办了。父亲很晚才回来,他曾与母亲一起商议。不过,他们的谈话内容当然不会一直传到我的睡铺上来。第二天早晨,父亲决定乘坐舢板,沿着因下雨而发了大水的河流离去。此时已不是我能够直接向父亲询问什么的时候,只有母亲一人根据父亲的命令在做着准备。我仅仅帮了一个忙,就是从旧自行车的轮胎里取出内胆并往里面吹入空气。我的内心由于不明就里的担心而难以平息,却还要……

"在此期间,老仓屋的军官们也是照例没有动静。然后,那天将近黄昏时分,清晰印在我记忆里的情景就出现了。"

"这么一说呀,俺也就知道古义人并没有很清楚地理解那次会议上说的话。"大黄用力说道,"直至目前为止,俺有时也会怀疑古义人是否在对已经知道的事情假装糊涂,不过,俺现在知道不是那样。不如这样说吧,很长时间以来,你禁止自己想起往事,细说起来,就是有意识地忘却呀。而且呀,古义人,俺还认为那是自然而然的吧。那些军官跟长江先生的对立呀,当时的古义人就算听到了也是无法理解的,不就是这样吗?!

"之所以那么说,是出于这么一种考虑。首先,长江先生在高知那位先生的指导下读了《金枝》,获得'为了防止国家的衰亡需要杀王'这种构想,而且军官们被说服了。至少,与酒宴同步进行的会议的气氛非常高涨。然而,虽说是孩子却也是在国家的方针下接受了教育的古义人,却无法面对那一切。

"其实,俺之所以猜想到这个情形,是因为此前看了以《心》改编的'扔死狗'戏剧,又经过了考虑呀。

"《心》里的'先生'不是说起'时代精神'吗?那是'明治精神'?还是两者兼而有之呀?于是就有人提出质疑,说是像'先生'那样背离时代和社会而生活的人,也受到甚至可以为之而殉死的'时代精神'的影响了吗?终于,出现了若干只'死狗'飞来飞去的混乱场面。

"而且俺呀,想起了长江先生在世期间、战争临近结束时的往事。可是呀,古义人,想到的可是有关你的事。对于军国主义教育之下的古义人少年来说,'时代精神'该不是漱石和乃木大将的'明治精神'所无法比拟的、'作为神的天皇/现人神的精神'吧？

"古义人，十五年前，据说你表示自己是战后民主主义者，因而不能接受天皇陛下的褒奖，所以你就成了俺的修炼道场那些年轻人不共戴天的仇敌。使用甲鱼的那场恶作剧，对于他们来说并不只是消愁解闷。不过俺认为呀，在长江古义人身上，作为'时代精神'，存在着两个'昭和精神'。古义人所生活的昭和时代的前半期，也就是直至一九四五年的'昭和精神'，其后的民主主义的'昭和精神'也是那样，对你来说依然是真实的呀。

"前半期'昭和精神'背景下的孩子/十岁少年，当从自己所尊敬的父亲口中说出经过训练的士兵乘坐特攻机，以自杀方式攻击'现人神天皇'并'杀死人神'的作战构想时，你认为能够很容易地接受那一切吗？古义人少年的意识拒绝听懂那一切。而且，他在无意识间，只把谈话中有关年轻人借助飞机训练从'鞘'起飞……的内容，不予消除地存留了下来。古义人，这可就是你常年以来所做之梦的内容啊。想象出那个梦境的细微之处呀，就算是具有日后成为小说家才能的孩子，其想象的根据也还是那个孩子在那次会议上听到的话啊！

"因此，俺的结论是这样的：对于'昭和精神'背景下的孩子古义人来说，长江先生所说的内容是无论如何也不能接受的。可是另一方面，长江先生也不是本地人，却是发自内心地接受了森林里流传下来的传说，比起他对军官们讲授的超国家主义思想，森林中的那种影响更是根深蒂固。所以呐，就演变成为这种模样。'鞘'的土地不是理所当然地被视为当地森林的中心吗？！外地那些小子用他们为熬制油料而挖掘松树根的洋镐啦铁锹啦要把那里挖毁，然后为了让飞机紧急着陆而平整土地等等，难道不应该制止吗？！

"反对那种战术。可是，身为当初制定这个战略方案的人，作为

（这是战后流行、俺们也曾听说并记住的）象征性行为，需要独自一人奋起。那么做就说得过去啦，这才做了那样的事吧。作为自己这些人的战略的重大趋势，假如战败之际通过某种方法使得天皇离去，就要预先为之殉死，这样的事也是有的吧。如果你要问为什么选择殉死的话，古义人，在起飞特攻机飞往帝都中心的阶段，长江先生确实做好了预先为之殉死的精神准备啊！"

4

我背靠大岩石站了起来。太阳向西偏斜，稍稍染有红色的烟霭笼罩着围拥"鞘"的阔叶林的新芽。据说南方的常绿树尚未进入弗雷泽笔下的古代的内米那座森林，也看不到意大利常见的月桂树啦橄榄树和夹竹桃（柠檬以及橘子等树木不在讨论范围之内），唯有落叶性的山毛榉啦和橡树比较繁茂。我想象着这遥远的光景。落叶性这个译词难以习惯，其原文是："When the beechwoods and oakwoods, with their deciduous foliage..."

"阿律正在招手。阿亮也站了起来，在独自安装石膏。"大黄说道，"刚才说了很多话，俺早就打算迟早要对古义人把这些都说出来。长江夫人曾盘算说，古义像是希望去大学呀。听了这话后，俺就在想，如果是那样的话，自己也要学习，必须成为能够跟古义人对话的人，这就开始接受函授教育了。那笔费用虽说并不很高呀，可是资助俺每年到东京短期在校学习的人，却是长江夫人。而且呐，还可怜俺！说俺是长江先生的弟子，战争结束以后也因为放不下修炼道场而不能过上普通人的生活。"

在我和大黄下坡走到早已阴暗下来的"鞘"周围的草地之前，阿律已经把行李收拾妥当，大黄用一只胳膊稳稳扛起那行李，因康复训练的运动效果而四肢暖和的阿亮提起旅行袋,阿律则护住他的腰部向前走去。我照例排在队列的末尾,虽然没拿任何东西,却觉得在搬运着从大黄那里听来的沉重话语,只是沉默不语地走动着,而大黄当然没有理由如此沉默:

"古义人,在长江先生五十岁上去世之后,俺呀,活过了比那位先生的人生还要长的时间。知道长江先生事情的人也几乎都去世了。先行离去的那些人里的大人物,还是长江夫人……不过这位夫人呀,还没说说长江先生的任何事就死去了。完全没说,什么也没说!俺从亚沙那里听说了古义人打开据说装入长江先生遗物的'红皮箱'以及看过之后的反应。说是最终确认了没有任何东西!只是以装入其中的《金枝》那三册原版书为开端,俺得以认真地跟古义人交谈。于是就说到了'鞘'周围草地里肯定掩藏着飞机的话题,就算仅仅说了这些,古义人跟俺交谈也不算徒劳无益吧,这让俺很高兴!

"俺呐,一见到古义人就马上毫无顾忌地开始说起来,可是在那期间,面对基本沉默不语的古义人呐,就感到自己并不很了解这个人思考的东西呀。从古义人读高中二年级、跟塙吾良来到俺的修炼道场时,俺就有那种感觉。这次也是如此,俺这么热情地说了之后,还是不了解古义人目前思考着什么。只是古义人跟俺呀,在考虑长江先生的态度上呐,倒是有相似之处。也就是有……古义人也好俺也罢,一直都经常想起长江先生水死那天夜晚的情景……这件事呀。古义人在梦里也能看到。可是呐,古义人你呀……话虽如此,但确实答不出长江先生为什么那天要做那种事,不是这样吗?先前已经说了依据俺的作风为此找到的理由,可是……

"俺从亚沙那里听说呀,长江夫人认为令尊是对自己所做之事感到害怕才逃出去的呀,古义人你听了长江夫人的这个看法后(据说还听了录音呀),还是沉默不语,一直在思考着……

"不过,并不像俺呀古义人这样把长江先生之事看得很重的那些人,倒是早就认清长江先生为什么会成为那种样子。很久以前,那些军官就在长江先生的背后说了各种各样的话。而且,在那些话中出现了怨魂这种话。其实,俺也是其后因某事而看到这个字词时,才想起'啊,当时军官们曾说起过这个'……

"这还是从那些军官跟长江先生过从甚密的时候就说出来的话。长江先生并不是从最初就参加军官们的讨论,而是突然就热情起来,最终还去了高知的先生那里商议。在那过程中,一位军官说了这样的事:长江氏正因为出生在这森林深处(是长江先生让他们这么认为的呀),将会以让自己这种来自城市的人感到可怕的气势热衷于此事,就像是被怨魂附体了一般……这个军官还说,那种人的思考是很强的……

"而且,长江先生决心要做那样的事,是在古义人也听到的那次会议上,先生跟军官们围绕当前的行动产生了分歧,接下去,就做了那样的决定。第二天,大家都知道先生将乘坐舢板离去。虽然长江先生在做着离去的准备,可是军官们却是无意挽留。尽管如此,过午之后,军官们还是决定适当地办下酒宴,并且命令俺,把先生启程之际将携带而去的'红皮箱'借来。这是为了检查其中内容!因为有了这件事,深夜里,古义人就前来老仓屋取回那只'红皮箱'了。

"当天夜晚,老仓屋的军官们呐,看穿了事情的实质,说是就这样让长江先生乘坐舢板离去,他会淹死在大水之中,能够威胁自己这些人的证据将荡然无存,也就能够摆脱烦恼。因此,他们没有制止先生的行动。就连像俺这样的年轻人也被控制起来,让俺只是看着先生的所作所为,却什么也不能做,任由先生的舢板离去了。当俺看清舢板离去就跑回老仓屋报告之后,才终于让俺获得了自由,允许俺前去寻找肯定已经成为尸首的先生。

"俺可无法忘记当时一个军官对另一个年轻军官所说的话:如果长江氏全面响应从吉田滨把零号战机运到这座森林深处来的这项作战计划,就会对海军飞行预科练习生那些年轻人找碴了吧。第一号强硬派的长江氏心中的支柱,将会因此而咔嚓一声折断。关于那个作战呀,对于自己这些人来说,只是一个类似于'笑话'的玩意儿呐!

"俺到现在也无法原谅说了这种话之后就……该说是失笑呢,还是无力之笑……笑起来的那两个人,可是他们已经死去了吧。

"只是无法忘掉这样的情景,在梦境中不断看到这一切的,只有俺和古义人这两人,再也没有其他能够认真记住长江先生的家伙了!"

话说到这时,我想起一个想要询问大黄的事来:

"大黄,你清楚地记得那个大水之夜和第二天清晨的事,可是我运送到舢板上的那只'红皮箱',后来经过怎样的过程才由我母亲保管的?"

"那件事呐是这样,'红皮箱'从舢板翻了的地方远远地流淌下去,是被河里打鱼的人送到警察局去,然后经过很长时间才发还给长江夫人的。那箱子里的东西呀,不管是书籍也好信函也罢,在古义人深夜前往老仓屋取回之前,都已经被住在那里的军官们检查过了,所以不管是在战争仍然持续期间,还是战败以后……倒是调查者一方发生了重大变化,也正因为如此,才不存在可以发现问题的那种东西。就算是警察,在那个剧烈动荡的时期,也不可能花费功夫阅读《金枝》并调查吧。最终仔细调查了'红皮箱'的,不就只有长江夫人跟亚沙这两人吗?如此一来,这两人就防止古义人因写作'水死小说'而给自己跟他人带来麻烦。

"长江先生是我一生的老师,而长江夫人则是更高一层的人。

243

俺呀，从孩子那时起，就一直觉得古义人不是寻常之人。不过长江夫人认为，亚沙比起你古义人来，等级要更高一些呀，她不是说过最长寿的人将是亚沙，从而放心地死去了吗？说是长江家的血统呀，是女人比男人更占优势……就算从更久远的阿婆那代说起来，进一步说，就算追溯到似乎沾有远亲关系的'铭助妈妈'那里，不都可以这么说吗？"

第三部　用这种碎片支撑了我的崩溃

第十二章 古义的传记和附体

1

一天早晨，我觉察到"森林之家"后面有点儿动静，此前我已睁开睡眼，在床上躺了将近一个小时，这时便起床下楼往后院去，只见穴井将夫站在那里，正俯身观看刻有诗句的圆石。我和阿亮回到"森林之家"后，还不曾与他会面。将夫静静地抬起头来看着这边，像是对什么死了心一般（由于这里的所谓什么与我不无关系，因而这种说法也是显得奇异），透出一股畅快和轻松。我感觉到，他也在我身上看出了那种畅快和轻松。

我在厨房那座小小的台钟上确认现在还只是五点，便从真木让我们从东京的家里带来的咖啡机里接出四杯咖啡，预计会在添换咖啡的那段时间里与将夫开始对谈。一楼西端房间里正睡着的阿律（髻发子或许也在一起）和二楼的阿亮还要两个小时才会起床吧。

走进家里的将夫身上散发着香烟的烟味，却是没有再度开始抽烟的迹象，或许是为了走进家门之前抽上一支烟，这才站立在圆石前面的。在那期间肯定也一直在考虑着的问题，被将夫略去寒暄的话语直接说了出来：

"最近,鬈发子和阿律值守在这里,专心致志地做着'扔死狗'戏剧的准备,因此呀,我独自一人整理事务所的资料,从而得以回顾改编为戏剧以来的长江作品之整体。"

"亚沙同情地说,由于我这里的原因,你们围绕'水死小说'的进展而要制作的戏剧被终止了。"

"可是从结果来看,却是因为这个缘故而得以从终点进行回顾。迄今为止,由于一直是以长江作品的戏剧化改编为主轴,因而戏剧批评界的朋友不时浅显易懂地讥讽说,所谓'穴居人',就是'住在长江的洞穴里的人'吗?……

"您的'水死小说'如果完成的话,我就打算把我们在戏剧演出中积累的剧目都聚在一起,以此与其抗衡。这最后的整体加工润色,大概还会显示出存留于我们内部的、针对您的批判吧。在鬈发子来说,似乎还有从其他角度切入的批判。而更年轻的'助君 & 格君'等人,则趁势说出所谓'长江先生的生前葬礼'这一卖点……

"我们以伏击'水死小说'的做法而制作的场景,首先是冲入发洪水的河流里启程出发。由于这是受到从您那里听说的有关梦境的话语启发,如果被界定为'住在长江的洞穴里的人',那倒也恰如其分……古义乘坐在舢板上的形象……我们想把古义做成偶人,让他浮游在空中,以此来把那个形象具体化。即便现在,也还在考虑做成偶人、浮游在空中的古义呢。这就是我决心今天清晨与您交谈的理由。

"我想提一个孩子气的问题,这个古义对于长江先生您来说,到底意味着什么?现在,您是否有与我讨论这个问题的心情?"

"有啊,"我说道,"因为第一个认可古义有可能实际存在的团队,就是'穴居人'!在孩童时代,愿意听我说'古义现在就在那里'这话的人,除了逗弄我而取乐者之外,再无他人。家母在那里的石块上镌刻的诗句中,把古义当作实际存在之人。不过,那却是我幼时的外号古义……也就是说,那是除了我本人之外,还加上了阿亮。

"然而,一说起古义出现在梦境中的话题,你们马上就做出反应,构思出让乘坐舢板冲入洪水中的古义这个偶人浮游在空中的创意。那是因为你们的古义并不是幻影的标识。"

"我们都理解不会有'水死小说'了,也不会有'水死小说'的戏剧版了,因此这个笔记本也就不具有任何实用性意图。只是出于舞台导演的'个人习惯'吧,我不由得准备了一些问题。如果可能的话,能请您回答吗?"

穴井把大开本的笔记本摊在膝头,我则表示了同意。

2

穴井将夫: 长江先生,您表示人们没有客观地接受您的古义,可是在阿律的调查中,有若干人说起在孩童时代的您身旁曾有古义。他们是您在国民学校的同班同学,有的是当地的农业负责人,有的也是同班同学、当时是医院家小姐,等等。不过,却没人能说出那个古义是怎么出现在您身旁的。阿律似乎认为不能采访令堂是个损失……

第一次见面时我就已经说过,当您获得一个奖项并面向下一阶段展开工作时,我们所关注的是古义。包括研读您的随笔在内,我们也曾持续探索古义是何时来到您身边的。与这样一种存在的邂逅,在孩子的记忆里可谓弥足珍贵。我们认为,在什么地方肯定藏有可作为其证据的东西……可是,我们的希望一次次地落空了。有关古义是如何离去的,这已经叙述得很详细了,可是关于古义是何时、如何来到的,您却未作任何讲述。也就是说,当您意识到自己生活于这个世界上的时候,就已经与古义在一起了。

除您之外,其他人看不到古义。可是您的举止却显示出与自己相同姿容的古义总是在身旁。有关于此的直接证言,我是从亚沙那里听说的。除了古义以外,您不与任何小朋友玩耍,即便对于妹妹,也是很少把她视为游戏伙伴。您总是在对古义述说,或是倾听古义所说的话语……

亚沙说,在您沉默倾听之时,古义讲述的大概是森林世界里的事情吧。她还说,这与出现在您小说里的、您对阿婆和令堂的述说或许是相同的。您曾写过在森林中捉迷藏的故事,说是小鬼一方和藏起来的一方都成了迷路的孩子,目前还在森林深处徘徊。亚沙很喜欢那个故事,死乞白赖地想要听得更为详细,令堂却说并不知道。亚沙还询问阿婆,怀疑那是否是古义哥哥编造出来的故事,听说阿婆则表示那样的故事不是独自一人可以编造出来的。亚沙还说,他那么热衷于和我们看不见的存在交谈,该不是从……总之,从哪位与森林有关的人那里听说来的吧?作为原则,古义的存在,是向你传递了森林里各种各样的信息,是这样的吧?

古义人:是的。

穴:那位古义离去的日子终于来临。您站在里间的走廊,刚意识到身旁的古义爬上扶手栏杆,他就凭空行走起来,走到河流的正上方,然后飘飞到森林的高处便消失了。在您的讲述中,就是这么失去古义的吧。

古:我只能这么认为。

穴:不过,古义再度降临而来。月圆之夜,您无法入眠,某种信号传导过来,走出家门一看,古义正沐浴着月光站在那里,一声招呼也不打就走动起来。在他的引导下,您攀上了森林。在此期间,您意识到下起雨来……

我认为这个月圆之夜发生的事很重要,虽然迄今为止,您没说过古义来自哪里,可是从这里可以清楚地知道他是从森林下来的。

还有一个问题,是关于孩童时代您的内心问题。当古义从走廊的栏杆往河流上方走去时,如果您有勇气的话,或许就可以跟随在古义身后一直走到河流上方,再从那里展开双臂飞向高处,从而能够飞上森林,却由于自己胆怯,没能实现这一切。当您躺在黑暗、狭小的卧室闷闷不乐地为此事而烦恼时,作为再次送来机会的人,古义为您降临而来。您如此想着欢喜着,终于随行而去,是这样的吧?

古:正是那样。

穴:不过,攀上森林的您却遭到雨淋。消防队的队员说是森林里的道路已经成了小河,所以……我觉得那种表述本身意味深长……拒绝前往救助。在这期间,您在米槠树的树洞里正在发烧。假如再这样拖上一个夜晚,您大概会死去。古义的邀请在这两个场合都只让您以死亡为媒介。即便别离之际走向河流上方的那次步行,如果您也如此而行的话,脑袋大概会撞在河滩的石头上从而死去吧。

然而,您在这两个场合却都活了下来。而且,古义也从您的身边消失了。在尚未脱离危险的恢复期里,您为自己孤单一人而感到胆怯。由于那时的您是一个可怜的孩子,令堂就说出代代相传的"铭助妈妈"故事中的那句话,说是"就算你死去,我也会再生出一个你来,没关系",是这样的吧?

古:我所记住的母亲这句话,其实是用方言说出来的……

穴:假如就那么留在米槠树树洞里的话,就会在古义的引导下前往彼界,再也不会长久分离。我可是觉得您不可能对此没有懊悔之意。不管怎么说,在您面向孩子写下的书里,令堂与您的对话幻变成了美丽的场景。

古:……

穴:然后,十岁时的您目送父亲乘坐舢板出发并冲入洪水之中。自己没有随同而去,却看到古义代替自己坐在父亲身边。在您直至七十四岁的人生中,这幅景象不断出现在您的梦境里。"事不过三,如果当时跟过去就好了!"您现在也还有这种想法吧?

古:是那样的呀。

穴:于是我就在想象,您是要借助写作"水死小说"而谋求最后的逆转吗?……即便只是在小说里,您也要写出自己与古义同心协力为父亲而干活儿的场面吗?如果小说的作者等同于出现在小说中的"我"这种做法不合情理的话,难道咱就不能制造出第三人称的英雄,并把这个场面作戏剧化处理吗?!然而,长江先生放弃了"水死小说",而且说是对"红皮箱"中的内容感到失望,从而只能放弃计划。可是,这不正是E.W.萨义德所指出的艺术家在其一生的终点会推翻此前的全部作品,失去从事真正的"晚年的工作"的勇气吗?……

古:也许正像你所说的那样。

3

结束在东京的客串演出后,鬓发子刚在"穴居人"的事务所安顿下来,便乘坐穴井将夫驾驶的汽车从松山来到"森林之家"。看上去,鬓发子依然保持着因在大剧院公演四周而显现出来的昂奋和抑郁。

"演出的戏剧取材于《平家物语》①,是平清盛②和其后把建礼门

---

① 《平家物语》为军记物语,描绘了平氏一门的荣华、没落直至灭亡,成书时间有一二一九至一二二二年之说和一二四〇至一二四三年之说。

② 平清盛(1118—1181),平安末期的武将,一一六七年出任太政大臣,从而建立平氏政权,一一六八年出家为僧,其次女平德子(建礼门院)于一一七二年入宫为高仓天皇之中宫,平氏一门或为公卿或为殿上人,由此进入全盛期。平氏晚年间,因源氏在诸国起兵伐平而于失意中患热病而死。

院①视为中心的通俗性内容。只是我一如文字所表述的那样是个滑稽角色,所以或许会让长江先生觉得有趣。脚本上只写着'附体'②。舞台导演说,那是《平家物语》第三卷中,扮演各种生灵和死灵的角色的称谓。不过,这可就是解说的全部内容了,因此具体情况我还是什么也不明白,便询问在电视综合节目中作为知识分子而广为人知、扮演清盛的演员,却只得到一句冷冷的'如果查阅辞典的话……',可这句话却是正确的解答。说实话,阿律帮我查阅了长江先生放在工作场所那张侧桌上的辞典,并用传真发送给了我。"

鬈发子从女式提包中取出与将夫那本相同的大开本笔记本,让我看夹放在其中的、连同《岩波古语辞典》封面的那两页复印资料。

"'附体'……通常指行者祈求神灵降临之际,神灵附体于等候在一旁充当灵媒之小童,顺口说出神谕等话语……

"高贵的女性临盆之际感到痛苦。由于这是阴魂作祟而导致的疾病,就需要对那个或那些个阴魂进行镇压。为了镇住阴魂,就必须将其呼唤出来并让其发出声音。在行者为此发起的祈祷中,灵媒所发挥的作用,就是'附体'。躺在产床上的是年轻的中宫,就像你所说的那样,她是成为那个悲剧性建礼门院的人物,她的父亲是平清盛。这是一座代表那个时代最为豪华之成员的舞台。"

"确实如此,所以,附体于我这个灵媒身上的阴魂,每一个都非常豪华。即便只是呼唤它们称谓的表述,也是御灵呀、死灵呀、恶灵呀什么的,有多种多样……"

"还出现了生灵,比如被清盛流放到鬼界岛去的俊宽什么的。"

---

① 即高仓天皇之中宫平德子(1156—1213),为平清盛之次女,安德天皇之母。在一一八五年的坛浦之战中因战败而怀抱安德天皇跳海,却为源氏所救,后剃发为尼,法号真如觉,居于洛北大原寂光院。

② 原文为よりまし。

"是呀是呀,总之,阴魂的数量很多。如果是在九百年前的宫廷里临产的话,必须被呼唤出来的阴魂的数量无论多少,大概都需要准备相应的'附体'。可是因为经费有限,只由我一人对应所有阴魂,我为此而竭尽了全力。联想到'扔死狗'戏剧的古典版,我甚至还大喊大叫了一通呀。关于那个角色,舞台导演本来似乎考虑女性灵媒,作者却对于我按照自己的风格塑造的角色感到满意,因而揭示阴魂原形的台词无论多少他都能编得出来,为了自如地扮演这接二连三的角色,就必须拥有灵巧的身步。于是,我就让对方安排我扮演了少年角色。"

"在这一点上,我认为你是敏锐的。至少被灵魂'附体'的……我在其他辞典里看到的文字,就有尸童、尸首小童呀……这是由于在象形文字中,'尸'那个汉字的象形写法是个这种文字的缘故。是这么一种文字……"

"真是逗人喜爱呀。其实即便在我的构思里,身边就有这样的模特儿。"髫发子话音未落,将夫就接着说道:

"是古义,而且是你们吊在排练场的古义。"

"我们曾为之探索的'水死小说'戏剧版并不是毫无用处!"

"在东京舞台上的高涨情绪还没有平息下来,就根本之处而言,是因为立足于以下这个现状——承蒙长江先生参与到千樫和亚沙之间的商议中来,给予髫发子的剧团从'穴居人'大致独立出来的经济基础。就让她为今后的戏剧计划大吹大擂吧。戏剧版'水死小说'消失了,'穴居人'处于开店营业却没有顾客的境地,而髫发子则认为'扔死狗'戏剧这个今后的胜负手既是危机也是机会,而且还是很大的机会。您从阿律那里也听说了这项稳健的计划吧?最先想干的,就是《铭助妈妈出征》电影的戏剧版。在东京工作期间,髫发子也一直在考虑那个问题,应该已经让阿律在这里开始了前期调研。

"为了这件事,髻发子刚开口与亚沙商量,对方就说道:较之于危机和机会,古义哥哥目前正处于多重危机之中,所以请不要直接让他感到过于厌烦,不过自己将参与商议,而且哥哥已经表示,等自己回到峡谷之后一块儿谈谈。因此,我忽然想到,一旦千樫的出院之日临近,就可以预料亚沙的返乡之时,总之,阿律在日记上记载着目前已经开始的情况,要与借助'扔死狗'戏剧组建新体制的髻发子她们,与维持合作关系的'穴居人'的人们……来到'森林之家'的所有人全都阅读这个日记……阿律尤其希望让长江先生读到这个日记。拜托了。"

4

我执笔写下这个日记,是在意识到要把与我有着相当于父女代沟的长江先生当作第一个读者的情况下写的。不过,也是作为不妨让所有来到"森林之家"排练场的人任意阅读的读物而写的。由于这个缘故,我觉得需要自我审查一番。不过,我希望本着尽量自由书写的态度。就算读过的人认为其本人的情况被写了出来从而不知所措,当然还会提出异议,就算出现这种情况也是没办法的事(为此而向这个日记提出异议则是自由的),我想做好这样的思想准备后开始动笔。

首先从髻发子写起。髻发子在东京得知阿亮把电影《铭助妈妈出征》剧本的最终版交给我之后,照例极其渴望了解其中一个场景后来变得怎样了。髻发子确信,那是作为描绘"铭助妈妈"故事的电影最后那个重要场景而被摄影和编辑的,就是"铭助妈妈"被放在门板上抬回村里来的场面。如果根据实际的电影剧本来回答这个问题的话,将会比较困难。目前,髻发子已经阅读了这个剧本,同时还读了其后我请长江先生提供的、参与这部电影之后不久便写下的笔记，以及后来成为电影剧本的小说形式的未定稿，试图以这些资料为基础制作出新的脚本来。因此，我也就得以超越了"该如何传达才好？"这个苦恼的问题。可是，我希望经由深入研读根据实际拍摄的电影整理而出的剧本最终版来写我的日记。

电影中……在那里被采用的、基于事实的故事内容，被称为"述怀"……"铭助妈妈"的御灵出现并唱歌一般讲述，作为第二次暴动的故事而展开。可是，电影并不是单线发展，各式各样的新颖手法被运用于若干场所。首先，御灵利用歌舞伎乐曲的伴奏控制住唱歌般讲述的节奏。这与我从参加那次电影摄制的人们口中广泛听到的内容是一致的。那是长江先生的阿婆和母亲在战败后不久，在峡谷中的戏园子里上演的东西，在搭建于"鞘"的舞台上，以将其再现出来的形式拍摄了电影。

接下来，是展开逼真的历史剧电影的场面，讲述了藩府在这个地方的专制政治造成的悲惨景象。无可避免的第一次暴动在"铭助君"的指挥下爆发并获得成功。然而，唯独"铭助君"一人被追究责任，并被关入藩府的牢房。"铭助君"病倒了。在这个阶段，电影逼真地复原了故事。"铭助妈妈"前去探视。由于藩里那些年轻武士对"铭助君"的敬意，"铭助君"得以度过相对自由的时日。他与比较年轻的母亲之间那充满情爱的别离场景。著名的"铭助妈妈"那句台词被讲述出来——"就算你死去，我也会再生出一个你来，没关系。"

下一个场景，是"铭助妈妈"的御灵再度"述怀"，阐明了自己的决心，讲述第一次暴动后的农民遭受更严酷压榨的穷困状况，可是自己这些人并没有甘愿屈服，"铭助的转世之人"出现了，情况要改变，自己这些人也要改变。

而且，此刻她从"述怀"的座位上站立起来，重新成为现实人物的"铭助妈妈"，陪伴在"铭助的转世之人"那位童子身边。此前一直围绕着"述怀"座位、一味发出表示共鸣的呻吟或只是摇晃着身体的农妇们前行至舞台前面。她们摆出准备战斗的架势，"铭助妈妈"被各自挺起单膝并抬头仰视着的女人所围拥，吟唱出著名的出征"述怀"：

> 哈　嗯呀——考拉呀
>
> 朵、考伊锵锵考——拉呀
>
> 出来参加暴动呀
>
> 咱们女人出来参加暴动呀
>
> 不要被骗呀、不要被骗呀！
>
> 哈嗯呀——考拉呀
>
> 朵、考伊锵锵考——拉呀

挤满舞台的女人的歌声，与这首"述怀"相关相连。随后，女人们跳起舞来。不停舞动且武装起来的村里那些女人组成整齐的阵列。暴动先锋队以"铭助妈妈"和"铭助的转世之人"为前导而出征……

当时，必须与髻发子商量的，是其后发展到最后一幕的情景。在"鞘"的舞台上，"铭助妈妈"的御灵重新坐了下来，讲述暴动胜利的经过。国家的体制已经发生了变化，暴动并不是针对藩政的权力，而是与东京派遣来的大参事的军队展开战斗且获得了胜利。大参事自杀身亡，暴动队伍撤销设在大河滩的基地，人们陆续撤回……

如此呼应着"铭助妈妈"吟唱着内含"述怀"的歌声，摄影机逼真放映出来的，是在这片大地的壮阔风景中，"铭助妈妈"牵着"铭助的转世之人"乘坐的马，沿着丛林间忽隐忽现的陡峭小径往山上走去。

满山的红叶，还有贝多芬最后那支钢琴奏鸣曲的第二乐章。在音乐的最高潮，女人悲痛的"啊——啊——"叫喊声传来。音乐再次高声奏响，出现剧终的标记……

髫发子借助实际交给她的那部剧本从头至尾重新阅读了我在电话里曾经说过的内容。

"这怎么可能成为我们的'扔死狗'戏剧？樱女士的叫喊声突然响彻电影中的时候，我认为那是悲痛啊。而且，毫无疑问地表现了从那个时代一直持续至今遭受强奸的女人的悲惨。因为，这也是那位女士作为她本人悲惨记忆的表现而制作的电影。不过，我想要通过自己的肉体来表演悲惨的实际状态，而不是通过从远方传来的喊叫声！"

我沉默不语地低下头来，觉得自己被髫发子舍弃了。由于第二次暴动的胜利，大河滩基地被关闭，最终，与暴动指挥部的人们，尤其与并肩战斗的一小群女干部告别后，"铭助妈妈"和"铭助的转世之人"将去往山上的森林。旧藩的机构不存在了，蜕变为流氓团伙的年轻武士们，却埋伏在隔开旧城下町和山里的那座山岭的高处……

即便如此，髫发子还是继续对被追逼得走投无路的我说道：

"连'铭助妈妈'惨遭强奸的场景都拍摄下来呀，作为这种基调的电影的最后一幕，确实是不合适的。尽管如此，借助峡谷里的戏剧，'铭助妈妈'不是以'述怀'的形式从正面讲述了悲剧的核心吗？刚刚战败之际，借助暗中倒卖不再被使用于制造纸币的黄瑞香原料而挣来一大笔钱，长江先生的阿婆和母亲得以在峡谷中的戏园子里演出，通过咏唱'述怀'，不是让整个戏园子里都狂热起来了吗？就这样，表演者不就把当地那些战后的女人与八十年前参加暴动的女人连接起来了吗？在男人全都顺应战败后环境的那个时代。我们要鼓励长江先生，请他帮助把当下的我们这些女人再度与参加暴动的女人们连接起来！由于没能帮上乘坐舢板出行的父亲，他目前还在做着那个懊悔之梦，我们就把这最后的机会给予耿耿于怀的老作家吧！"

5

阿律的日记是在意识到将要被鬖发子甚至被我阅读的情况下写出来的，我无法忽视这个事实。我直接与鬖发子谈了话。在她本人来说，虽然充分尊重亚沙的制约，却还是设计出《铭助妈妈出征和受难》这个"扔死狗"戏剧的剧名。不管怎么说，我得在想起刚才所说的那部电影中最终被删去的自己剧本里那个细部的方向上展开合作。当然，那也是当初让我参加樱的电影的内在动机。

我表明了这个意向后，剧团里的年轻演员们也随即表现出欢迎的态度。而且，我深切地感觉到，他们（尤其以"助君 & 格君"为中心）并不希望我只把剧本的原有形态改编为戏剧的脚本，他们呈现出一种热情，想要立足于阿律的调查，有效利用鬖发子的构想，改而创作出一部全新的戏剧。由一楼的客厅和餐厅合并起来的排练场，此时成了阐述有关于此的意见的会场。

我的心情也受到感染，觉得作为面向剧团的这个脚本，要以他们朝气蓬勃的构思为核心，对自己整理好的资料进行解体和组合，唯有如此，才能参与"扔死狗"戏剧的脚本创作。我把放置在客厅沙发四周读书用的卡片、笔记以及辞书之类的物品搬上二楼，决定清晰地阐明自己的态度。就在实际上正这么做着的时候，鬖发子身穿一套女式西服正装，领着一个陌生男子走了进来。她走近抱着书站在那里的我之后，便责备道：

"你们这些年轻人，今后就不会照顾这位帮助我们剧团工作的年长者了吧?"

　　先前,将夫、男演员们和女演员们并未介意我表示要收拾自己的东西,以便扩大共同工作的空间。髻发子接过我的《金枝》影印版全卷,同时把刚进来的那位身着灰色灯芯绒外衣、配以高领黑色衬衫的男子引见给我。就感觉而言,他是一个与将夫不同的人物,更不用说那些年轻的演员了,不过大家好像已经把他视为伙伴。

　　"是我的男朋友,经常写一些戏剧评论,似乎另有本职工作。他说因为那边的工作而途经松山,我就去机场把他给接来了。说是由于乘坐傍晚的航班回东京,哪怕只是很短一段时间,也想见见长江先生。我就把他给带来了。

　　"怎么样,长江先生,这里这么乱哄哄的,听说大家不太去您那边,能让我们去二楼您的房间说说话吗？他对作家的书房很有兴趣。我曾请亚沙让我观看放在书架上的图书,就对他说了这事……"

　　那男子帮我抱起剩余的书,我收拾好卡片后,就引导两人前往二楼。阿律预计到今天很多人会聚集在客厅,很早便带领阿亮去了"鞘",行前还为我整理好了床铺,这时却正好合适。南侧和北侧窗户的木板套窗和窗帘都已经打开,西侧墙壁处立有书架,书架前则是写字台和一把反向放置的椅子,一直以来,我都是坐在斜椅上,把脚搁放在反向的椅子上面,再把画板放置在膝头进行工作,不过现在却只是读书。此时我把斜椅放在南侧后坐了下来,告诉那男子把反向放置的椅子推过来并坐在上面。髻发子则把东侧那张床铺旁边的、我用于拿取书架上层图书的圆椅拉了过来。

　　"请让我看看这个书架上的书。"那男子说道,同时按下坐在圆椅上正要欠身而起的髻发子的肩头,站立在一个书架前面。虽说那里并不是我从初期至中期的小说的所有初版,却也汇集了作品的最早几个版本。较之于最近的出版物，我更喜欢那时候图书封面的质感和色彩。

"我最初开始阅读长江先生的书，还是在您获取那项大奖之前不久。当时报纸上说您停止写作小说了，我还因此而误解为，'难道这个作家去世了吗？'就收集了您的文库本阅读，所以从不曾见过这种精装本，不过，每一本都是让人愉悦的书呀。"

"从最初出版自己的书那时起，我就亲自选择美编。我第一本书的手写体书名，是塙吾良写的。以此为契机，他就作为手写体文字漂亮的美编而为人所知。"

"《我们的时代》则是六隅先生呀，装订也是法国式，扉页的素压花文字很漂亮，我曾在父亲的书架上看到过。"随着那男子的话语，鬈发子麻利地抽出那一册书来。

我决定把那本书签名后赠送给他，便询问了男子的姓名，叫作桂达夫。

"我真高兴。那时借助文库本读完长江先生的小说之后，就开始同步阅读每隔上几年就会出版的长篇小说。说是一直以来就喜欢阅读您的作品也未尝不可，却由于自己是从三十来岁才开始阅读的，所以从不曾把来自小说家的启示理解为面向自己的东西。与此有所不同的是，尤其在这大约二十年间，您不是没再努力用自己的小说向年轻读者发出呼吁了吗？您不愿意自己的作品被广泛阅读吗？

"比如说此前出版的《优美的安娜贝尔·李　寒彻颤栗早逝去》。开篇便是像您本人的那位肥胖老人手持树脂制作的运动器具，陪伴同样肥胖的中年男子步行训练的情景。我们可是知道，老人的儿子亦即那位患有智力障碍的人物，啊，就是阿亮。而且，在这部小说中，国际协作制作电影的实际经过也很有趣，不过就年龄而言，

261

能在作者身上感受到同代人那种亲近感的读者,即便有的话……恐怕也只会是来日无多的少数人吧。"

"在我与小说里描述的国际女演员樱之间,确实存在着年龄上的差异,可是就个人而言,却是被她所吸引。"髻发子说道。

"我呀也是,对于帮助那位女演员且活跃异常、在驹场校区与作家同在一个班级的老制片人怀有钦佩之情。不过,作为老练的配角而给予她们和他们相应的位置也就可以了吧。还是以青年和姑娘们为主角……从他们的性格或是别的什么出发,一切都通过想象力创造出来,写成严肃小说。您没有这么做吧?"

"确实是这样的,《优美的安娜贝尔·李 寒彻颤栗早逝去》的叙述者就是作家本人,他还曾借助银幕熟知少女时代的国际女星,完全是私小说呀。不过,也不能因此就说那不是严肃小说吧。"

"的确如此,这就是长江先生的严肃小说,无论从文体来说还是就构造而言。可是,最近这十年、十五年,长江先生所有长篇小说不全都是这种风格吗,髻发子?基本模式不外乎叙述者=第二主人公……有时甚至是身为主人公的人物……都与作家本人相重叠。那不仍然是做过头了吗?这能被理解为像是小说的小说吗?一般而论,这将无法吸引希望阅读像是小说的小说的那部分读者。为什么要如此这般地把世界狭窄地限制起来呢?"

"我也承认这一切。原本已经放弃这种做法了,可是此前一直在准备一部小说,想要写六十多年前在五十岁时死去的父亲。现在我已经不抱希望,知道无法完成这部作品,正在思考与你刚才所说内容相同的问题——自己为什么会钻入这种狭路呢……而且,很快呀我就意识到,倘若不用这种写作方法的话,就无法维持写作其本身,也就是说,我只能狭窄地限制我自己。"

"……不过,即便只从眼前这个书架来看,您不也是个兴趣非常广泛的人吗?"

像是警觉到叮问过甚,桂转换了话题:"而且,您是个阅读方法很独特的人……比如说 T.S.艾略特,英文的专业类书籍的数量也很多,不过,您还收集了各种各样的日译版本呀。

"长江先生,从叶芝①到奥登②,您物色了把他们的诗歌译为日文的译者,从而发现了您所钟爱的人。那位学者的所有著作这里都有,从书架上看起来一目了然。专业的研究者也不会如此为诗歌译者花费钱财吧?"

"我还是需要依靠在驹场校区相识以来就是朋友、后来成为柯尔律治③和艾略特的专家的那位学者,不过从不曾听他说起谁的诗……就连他自己的译诗也是如此。我只是在引用短小原诗时,向他请教过最新的注解。

"到了这个年岁,我所意识到的是,在我来说,对于外国的诗歌……英语的也好法语的也好,如果是但丁的话,意大利语的也罢……对于原诗并不能深刻理解。我首先是记住原诗,的确总是在嘟嘟囔囔地背诵着那些诗歌呀。可是即便在这种时候,如果是艾略特的话,我的头脑里就会浮现出深濑以及西胁的译诗,这时才会因为那些译诗与原诗的交响共鸣而得以充分接受。"

"您的个人生活应当就处于那个接受的场所,您的小说不也是

---

① 威廉·勃特勒·叶芝(Willam Butler Yeats,1865—1939),爱尔兰诗人、剧作家,一九二三年度诺贝尔文学奖获得者,著有抒情诗《驶向拜占庭》和诗集《旋梯及其他》等。
② W.H.奥登(Wystan Hugh Anden,1907—1973),英国诗人,二十世纪三十年代新诗运动的领袖,写有《不安的时代》等诗歌和《第二个世界》等评论文章。
③ 塞缪尔·泰勒·柯尔律治(Samuel Taylor Coleridge,1772—1834),英国诗人、批评家,曾与华兹华斯共同发表《抒情歌谣集》,从而成为浪漫主义运动的先驱。著有《老水手行》和《忽必烈汗》《克里斯德蓓》等。

在那里诞生的吗？比如说，即便是布莱克①，您也是把他的原诗与您喜欢的译诗排列起来编入小说里去的吧？这会让日本读者感到亲切，可以说其中还有一种聆听合奏的情趣呀。不过，说到《新人呵，醒来吧！》这部小说，其英译本打算怎么处理呢？我在凭空想象，是要把由日本译界名手译为有着个人特征的日译诗，模仿中世纪英语翻译过去并与原诗排列在一起吗？"

"小说的英译者只是原样引用了原诗而已。不过，当初写作这部小说时浮现在脑海里的、译诗与原诗之间的差异所形成的……不妨称为奇妙的……那种趣味却没有出现在作品里……"

"用大头针固定在这个书架上的卡片，是《荒原》临近结束处的一行嘛。首先是引录了原诗，同时写上深濑译句以及其他几人的译句。"

"这是苦恼地写作'水死小说'的痕迹，正是由于英语能力不足，已经读了五十年的一行诗句，却开始不明白了，就为此而感到烦恼。壮年时期应该理解得非常清楚，也是因为惦记着是否已经开始老年性智力衰弱……在深夜的床铺上会想出深濑的译诗，想要将其还原回原诗里去，却是无法做到，于是起身查阅……在这个过程中，我得出这样的结论——我对这一行艾略特诗句的理解，是建立在对翻译过来的日语的误读之上的（鬈发子把这张卡片递给正要继续说下去的我）。

"深濑的译文是这样的：'我用这种碎片支撑了我的崩溃'，在这一行的前面，我把从但丁以及钱拉·德·奈瓦尔②那里引用来的诗

---

① 威廉·布莱克（William Blake，1757—1827），英国诗人、画家、雕刻家，著有诗集《天真之歌》和《经验之歌》等。

② 钱拉·德·奈瓦尔（Gérard de Nerval，1808—1855），法国象征主义和超现实主义诗人、作家，著有《小颂歌集》等诗集，《安婕丽嘉》等小说，《波西米亚小城堡》等散文集。

句归拢到一起,称为这种碎片,用那些东西支撑了我的崩溃。原诗是这样的——'These fragments I have shored against my ruins'。

"迄今为止,我的解读是:我曾这样认为,我这个人正置身于很可能走至崩溃(走至 ruins)的处境。要设法度过海难的危机……而且,虽然只是这种碎片,却还是小心翼翼地将其一直运送到陆地上来了……我的解读方法,正被拖入 shored 的、从船上卸货的、业已登陆这些语感中来。现在自己就在陆地上,借助只不过是这种碎片的东西,得以设法从崩溃中幸存下来了……像是共有'终于……'这种放心的感觉一般,理解了这一行诗句。

"我应当将其重新理解为情况并不是那样的。重新理解为自己实际上现在也还面临着崩溃,正要想方设法维持着那一切。重新理解为这些碎片现在仍然可以凭依。如此一来,艾略特的原诗就将与存在着暧昧之处的深濑的译文极为完美地合二为一……

"而且,我所领会到的呀,是因着自己已是如此老境,每一天都暴露在崩溃的危机之下,也就是说,这已经能够被真实地感受到了。"

回过神来才发现,鬈发子那笔挺的鼻梁两侧,流淌着可称之为盛大的大量泪水。尽管顾忌到我的存在,桂还是揽过鬈发子的肩头,我向不知所措的桂示意:你就这样把她给带走吧。鬈发子还在流淌着泪水,同时温顺地站起身来,被引导着往楼下走去,我默不作声地目送她离去。

第十三章 "麦克白问题"

1

　　我也不曾意识到,如果没有必要的话,阿律是不会显示出自己特殊技能的,可当这一点明确起来后,却给阿亮带来了强烈的喜悦!他以往只是通过耳机或是把音量调小至极限的便携式收音机收听音乐,当得知阿亮不再如此这般后,真木寄来了很多 CD。不仅这样,说是阿亮已经能够重新开始中断了的乐理学习和作曲,真木就收集了题为《音乐练习问题集》的习题集啦、未写完的五线谱纸等等,一并寄了过来。尤其是后者,便成了其后之事的缘起。

　　邮寄上门的硕大纸箱中的物件杂乱无章,正当我整理这些物件之际,去"鞘"做了康复训练后回到家里的阿亮随即就像粘在桌面上一般。

　　我把餐厅让给阿亮和阿律后便上了二楼,大约一个小时后,当我下楼喝水时,只见阿亮一手拿着铅笔,正面对着《音乐练习问题集》。阿律从他身旁看着这一切,发出"哎呀,哎呀"的叹息,"阿亮算错了音的长度!其他都很正确,为什么……"

　　"我最怕计算谱号什么的。"阿亮也承认了误算。

然后，我站在餐桌旁与阿律交谈起来。对于我的询问，阿律全都作了准确的回答，说起她曾就读于东京艺术大学钢琴系，从研究生院中途退学后，在"穴居人"剧团打工时与鬈发子成了朋友。如此说来，我也曾在登载剧团公演历程的小册子上，于音乐候补这个头衔处看到过她的名字，还从亚沙先前的来信中得知"阿律是音乐的专职人员"。

也是因为钢琴课的先生在东京的缘故，目前这课程一直处于中断状态，我询问阿律是否可以重新开始这门课程。这件事刚刚确定下来，并不喜欢多管闲事、生来就是执行者的阿律，便与在公演的准备工作中亲近起来的中学教师交涉，获得了使用圆形剧场里钢琴的许可。正好阿亮的 CD 也曾被该中学的音乐课所使用，这真是幸运之事。阿律陪同阿亮探讨重新开始的作曲，很快便这么说道：

"要向阿亮提供足够的五线谱纸、铅笔和橡皮。上课之前，阿亮用了大约十分钟写谱子，绝对没有任何错误，可是弹奏出来的音却有不协调的感觉，就稍稍弹奏用其他方法也能表现出来的地方。于是，阿亮写出修改稿并让我看，再按照修改稿弹奏出来，我不禁'啊！'地为之惊讶。"

三天过后，阿律对我说，阿亮已经完成在东京开始创作的曲子，不过来听听吗？我接受了这个邀约，抖擞精神随着阿亮前往那里。据阿律介绍，对于阿亮按照他自己风格完成的作品，一经表示还有其他方法也可以参照，他就经常会在下一次课上循着那个方向创作。由于担心东京的老师不知会如何看待，就把变化过程记录在笔记本上。阿亮在订正作业时，会用橡皮细心地擦去原有笔迹，再重新写上新的内容。他不在栏外打草稿呀或是就那么粗略地擦去原有笔迹后便移写至下一处，当阿律加强他对写过一次的内容的记忆力时，却都能够复原出来。我无法理解乐理，经过订正转而变好的事实（而且我感觉到这就是阿亮的音乐）却是显而易见。如此一来，阿律那张与鬈发子不同的、不太显露出感情的脸上就现出了喜悦。

我看了放在钢琴上的乐谱，意识到阿亮平常总是在想起作曲时便立即填写的曲子没有曲名，便问起阿亮誊写之前的乐谱上是否署有曲名。

"我不知道阿亮的这种习惯，因而没有特别注意观察这一点。"

看着对此事认真起来的阿律，我想起很久以前模仿电视台播出的 CM 节目与阿亮之间的语言往来，相隔多日后的此时，我试着说道：

"阿亮，你这支曲子的曲名，到哪里去了呢？"

阿亮并没有应对我的笑话："因为我把它擦去了嘛。"

"既然这样，就为已经完成的这支曲子署上新曲名吧。"

"是'大水'。"阿亮答道。

"'大水'在这地方就是洪水。"我对阿律解释道，"这么说来，我和阿亮相互对立，他不再听音乐也不再作曲……发生了那样的事，是在我对'水死小说'断了念想之后不久，即便回到东京，也会每每说起在'大水'中死去的父亲。阿亮在创作后来成为这支曲子核心部分的同时，或许对'大水'这个莫名其妙的词语留下了印象呐。可是，他却说在东京开始创作时的曲名给擦掉了……"

"在东京创作的那部分内容，某些地方确实存在着郁暗的东西，这次他转而想要改写那部分。新的曲名或许叫'洪水之后'更为妥当。暴风雨的翌日，天气放晴，洪水也退去了……不就是那种氛围吗？"阿律说，"在兰波①的诗里，也没有这样的标题吗？"

---

① 兰波（Jean Nicolas Arthur Rimbaud, 1854—1891），法国诗人，著有诗集《地狱的一季》和《灵光集》等。

"是'大水'呀。"阿亮再度说道。

2

"回去的车子,不直接开往'森林之家',而是驶向森林深处去兜兜风,怎么样?"阿律开口说道,"有些事想与您商量。"

我刚一表示同意,阿律便用与此前不同的口吻,将话题转到显然是为了向我述说而准备的"商量"上来:

"髻发子为了《铭助妈妈出征和受难》,期待长江先生认真参与其中……她在日记里写了这样的话。而且,您能理解我们的心情,这真让人高兴。然而,到了这个阶段呀,如果不更为详尽地说说我开始放心不下的那些事,我认为是不公平的。因此,我想请您听听。将夫认为我是一个按照髻发子意图行事的机器人……这十多年来都是这样……而且,这次也是如此,我要往那个能实现髻发子真心期望的方向努力,这是不会有变化的。在此基础上,话虽这么说……髻发子目前正要组织的戏剧,首先就是在舞台上描摹《铭助妈妈出征》这部电影。长江先生的协助是必不可少的。就这一点而言,与'穴居人'迄今为止的戏剧演出相牵相连,将夫之所以热心起来,就是因为存在着这个因素。然而,另一个与之不同的、髻发子独自的那一面也将被呈现出来。有关这个问题,我为髻发子还没与长江先生交流而感到担心。在与髻发子说到那一点时,她就说'不,这在长江先生原本的构想之内,是铭助妈妈的悲剧什么的'。可是,髻发子是要用她自己的做法来表现那一切……

"所谓髻发子的做法,就是'扔死狗'戏剧的手法。而且这么一来,就像此前的做法那样,她将完全以自己为中心来推进剧情吧。因此,长江先生将可能被卷入到意想不到的麻烦之中。

"在这次的上演中,希望长江先生对此充分注意。阿亮对于音乐非常专心,却是并不仅仅如此,对于父亲的情况他同样侧耳细听。甚至可以说,这让我最最放心不下。

"尽管如此呀,在目前这个阶段,我还不能告诉您有关鬈发子在这次公演中将抛出怎样的'扔死狗'戏剧的计划。我不会背叛鬈发子。她本人很快就会对您讲述这一切吧。或许会被说成夸大其词,可是对于鬈发子来说,这却是她一生的课题。

"话虽这么说,我想要对您说到的是,围绕这次公演呀,在客观上处于怎样的情况之中。您大概会从大黄那里听说,此前在中学里的那次公演,使得很多人对鬈发子的观点大为生气。早在我们把根据地转移到这里之前,他们就是这个县的教育界颇有势力的右派人物(我们是从大黄那里听来的,因此先生您大概已经知道了)。他们党派的代表,将被送入下次在圆形剧场公演时的观众席,听说已经确保了入场券。

"他们将如何决定靶子呢?关于长江先生创作的电影剧本中的、樱女士以陷入沉思的表情表演的'铭助妈妈'遭受强奸的场面,他们做了非常彻底的调查。而且,他们知道那个场面曾被摄影,还知道由于参与共同制作的 NHK 或是美国的发行公司的意向,被从电影中完整地删除了。他们公开说,让对方删去那个场面的,正是自己这些右派的力量。

"然而,他们打探出鬈发子试图挽回那一切。'铭助妈妈'受到伤害后精疲力竭地被放在门板上抬回来的场景非常重要,可是他们探知,包括那个场景之前的'铭助妈妈'遭受强奸、'铭助的转世之人'惨遭杀害的情景,肯定全都会恢复过来。我和鬈发子以及将夫在讨论,间谍究竟在哪里呢?听说,这是他们把'长江古义人蔑视乡里,改写自虐性近代史'这些历来的攻击进行翻新后的战术。在此期间，我在镇上的超市购物时遇见了大黄，他说他是前来侦察他们讨论会的。

"髻发子说，就是现在告诉长江先生，已经发展为如此这般的战斗，他现在也是肯定不会逃走的。当然，髻发子本人已经做好精神准备，要堂堂正正地直面这来自新国家主义分子的喝倒彩啦抗议等挑战。要借助'扔死狗'戏剧中的议论来战胜他们，髻发子要在'述怀'里改写的'男人在强奸/国家在强奸/咱们女人出来参加暴动呀'这个合唱（尚未请原作者长江先生认可这一点）中，让'铭助的转世之人'在天之灵的布制玩偶四处飞舞……

"即使这样，就像在'扔死狗'戏剧中经历过的那样，强硬派的争辩无论处于怎样的高潮，都难以引导观众直至情绪性爆发。因此，髻发子事先悄悄准备了一个对策。我所说的还不能由自己将其报告给长江先生，髻发子肯定会直接告诉长江先生的那段话，指的就是这件事。"

在我来说，也没打算尝试着强行打听出阿律如此表述的具体内容。于是，我转而问起另一个让我牵挂的话题：

"髻发子带来据说是自己男朋友的男子，我呀也是兴致大发，说了各种各样的话。可是谈话将近结束时，那才叫作情绪性爆发吧，髻发子竟然流出了眼泪。那是怎么回事呀？"

"她说，长江先生引用他所喜欢的深濑翻译的艾略特……用这种碎片支撑了我的崩溃，这让她很悲伤。她还说，即便是老作家，人生的痛苦也还没有结束，直至现在仍然在持续着……就像我刚才说的那样，她虽然以自我为中心，却还是为因此而把老人卷入麻烦之中感到悲伤，她也是这样一种人。"

3

亚沙最终在东京待的时间比谁都要长,这才回到了沿河的家里。她再次对我说起,我把阿亮在阿律指导下取得的成果详细告诉了真木,长期以来教授阿亮的老师听说这些成果后,给予很高的评价,并把此前在彼处授课的主要进程中理解到的东西(包括所有完成和未完成作曲的亲笔乐谱)委托带过来了。

围绕这件事,亚沙还与我谈了一次话,其中也包括阿亮牵挂的消息,说是他的老师前往在南德国富有传统的交响乐团担任副指挥的丈夫那里为音乐而留学之事,已经有了进展……

一同用完午餐后,阿律领着阿亮外出康复训练,这时亚沙就告诉我,真木把成城家里的会计事务转交给千樫后,亚沙与真木做了一次开诚布公的谈话。千樫的住院费自有医疗保险承担,因而没有问题,不过真木考虑的是明年报税的事。往年都会有新书出版以贴补家用,然而今年则因"水死小说"已经中止,新书也就没了指望。今年至明年的生活还可以预测,只是三月底的纳税又该如何处理?

"因此呀,古义哥哥,我提出了一个方案。《铭助妈妈出征》电影剧本的版权在我们这里,这已经很清楚了。据阿律说,你好像决定(用'扔死狗'戏剧的方式来)写《铭助妈妈出征和受难》的脚本(以作为那台戏剧的原案)。你不向鬈发子要求执笔报酬,而是另行把这两个脚本合为一册书出版,怎么样?小说家的电影剧本和戏剧剧本应该不会畅销,不过大致还是会引起关注吧?说到当初理应负责'水死小说'出版事务的人,我是认识的……向那人打探一下如何?事情就这么决定下来,我已经发了电子邮件。"

"说到对你那封邮件的回复,直接给发到我这里来了。那家出版社文艺杂志的主编，也是个对电影和戏剧非常关注的人，听说会把将要出新书的戏剧脚本首先登载在那家杂志上并支付稿酬。除了亚沙，还没有任何代理人竟能引来这般关照！"

亚沙并不在意我那不高兴的腔调：

"一旦登载在文艺杂志上，写作已经答应髫发子她们的脚本之事就无法逃避了吧？我肩头的负担这就放了下来。因此，既然古义哥哥需要鼓起干劲认真写作，那就有必要实地勘察暴动路线。这不还从未沿着龟川走过全程吗？出于髫发子的愿望，我同意陪她实地勘察'铭助妈妈'暴动后在什么样的场所、如何受难。下个星期天就要实施勘察，因此请古义哥哥你也同行。"

4

亚沙乘坐髫发子驾驶的汽车而来，我便与她一同坐在助手席上，承担用解说性讲述方式向髫发子进行说明的差事，亚沙则扮演打听的角色。

"围绕如何领路，我作了一番思考。"我说道，"对于孩童时代流传的'破坏人'，也就是在当地最受欢迎的传说中人物，我觉得还是虚构处理为好，不过呀，我们也曾围着他的遗迹兜过圈子吧。他是二百五十年至三百年之前，在藩的权力所不能及的森林中缔造了独立共同体的人物。此人极为长久地活着，在那期间他的身体也开始巨人化，据说在他的主导下，人们建造了'死人之路'等大型工程……我去看了那些工程。其中有处如同圆台般的高地，只生长绿油油的青草（是'破坏人'的午睡之地！亚沙想了起来），在那里，说是死去的'铭助'的灵魂与'铭助的转世之人'并排躺在一起，教给他第二次暴动的战术。我觉得这个传说大概是真的吧。"

"当时我是一个野丫头,即使一般女孩儿不去的地方,我也不在乎,跟随着古义哥哥就去了。那是哥哥想进入森林,却因为知道那里流传着的不少传说,反而感到害怕,这才带着我同行的吧?"

"在我来说,想把那里作为今天的出发之地呐。"

"已经嘱咐过多麻吉了。我也对多麻吉说,自己在考虑'破坏人'的午睡之地,想从那个宽敞舒适、与暴动有着因缘关系的场所开始。多麻吉就说,目前从事疏伐材木的工作赚不到钱,所以没人上山干活,也就难以接近那附近。因此我决定,我们不妨选择从一开始就沿着龟川往下游而去,再从大河滩徒步攀登上来的路线。就这样追寻'铭助妈妈'倒了大霉的场所、'铭助的转世之人'被碎石子活埋了的洞窟吧。车子就停放在大河滩,多麻吉会骑自行车前来开走,预计我们走累的时候,他再开车过来接上我们。"

髻发子笔直向前驾驶着车辆,她把在东京表演"附体"演技时染成金色的头发染回乌黑色,在脑后梳理起来,整体而言有一种庄重的感觉。

"髻发子已经开始揣摩并进入'铭助妈妈'这个角色了吗?"

"正在有意识地增肥。我想为出征'述怀'增加扣人心弦的力量。"髻发子为强调丰腴起来的侧脸而转动着脖颈。

阿律虽然对"铭助妈妈"出征的那条暴动路线表示出具体兴致,却因陪伴有点儿感冒的阿亮而留在了"森林之家",亚沙对此有些牵挂:

"她是多么关爱阿亮啊!每天都在电话里和阿亮说话的真木总是这样说。我动身去东京时,古义哥哥和阿亮之间尚未充分和好,此前我每次去'森林之家'不都要为阿亮刮胡子吗?当时我竟忘了安排替换者就出发了,到了千樫嫂子的医院长达一个星期之后才想起这件事来,不就大吃一惊了吗?就请真木确认一下此事,阿亮却回答说'爸爸没刮我的胡子',真木说那时脑海里就浮现出阿亮那张胡子拉碴的脸,为之感到震惊。然而,据说阿亮呀,用他独特的、怀有图谋的答复……继续说道,'现在是阿律帮我刮,不像爸爸刮得那么疼。'"

"即使出现新的事态,阿亮也不会自己说出来。因此,如果帮他巧妙引出想要说的事情,他会非常高兴。"

"……在那种困难的情况下,阿律主动承担起刮胡子的角色。阿亮说的是这件事。那两人当时连语言交流可都没有,惧怕那剃刀伤了阿亮也很自然吧?阿律真是个有勇气的人。"

讲完想要说的事情后,亚沙转而向鬈发子直接说明:

"说说这辆汽车的预定路线吧。先是一直到镇上,然后行驶在沿着龟川铺建的国道上,穿过因哥哥和家母的纪念碑被移走(当然不仅仅如此)而拓宽了的迂回道路,再一直行驶到大河滩。路上需要二十分钟,因此我想说说古义哥哥的家庭生活,假如能请鬈发子也一起听听的话,我会感到高兴。

"千樫嫂子出院后,与我和真木共三人开了个庆祝我从陪床事务中解脱出来的庆贺聚会。当时,真木正处于每个月在心理上比较困难的时期……一通过那个关口,就不会有像她那么好的人……对哥哥你说了攻击性的话。

"她开始说起了这样的事:妈妈在这次住院之际,该不是做好了精神准备吧,认为自己已经无法治愈,就对我说起了重要的话。可是爸爸又是怎么考虑我们的未来呢?妈妈果断地把阿亮和爸爸送到森林里去是正确的处理,情况正在好转。可是,爸爸这次同样没有持续思考他与阿亮之间的问题点,难道不是这样吗?妈妈充分考虑了自己的死亡,爸爸却没能像妈妈那样仔细考虑死亡之事,难道不是这样吗?

"今年年初,爸爸不是说了'哎呀哎呀,已经超过六隅先生去世时的年龄了!'吗？然后还开心似的说了这样的话:在这一点上与真木相似,咱也曾在刚跨入中年时患上忧郁症。于是就被先生说了:觉得自己完全理解了某人的著作,比如即便说到拉伯雷,也要等自己到达他死去时的年龄。如果你对我也有兴趣的话,希望你到达我死去的年龄时,读完我的所有书。而且,现在,咱已经通读了先生的书。……当时我就在想,爸爸大概没有考虑到阿亮将如何接受自己的死亡,没有考虑到阿亮将如何生存下去。

"面对这一切呀,由于是当着我的面,千樫嫂子没有紧紧抱住真木,却劝解说:不,我认为爸爸为此也作了各种考虑。那是'麦克白问题',爸爸把自己与阿亮的事视为'麦克白问题',并没有逃避……

"我之所以说这些话呀,是要向古义哥哥报告,现在,就在成城你的家里,千樫嫂子和真木正在怎样地认真思考。我并不指望哥哥现在就回答她们'我是这样考虑自己死后有关阿亮问题的',我并不指望这样的事,只是想说说这几件事。"

亚沙说完后便缄口不语。汽车已经穿越镇上的街道,行驶在隔着堤岸可见长长的河中沙滩的地方。隔了一些时间,鬈发子问道:

"所谓'麦克白问题',是指什么事情？"

"木下顺二①翻译为'这种事不能这样地去想,这样想下去会使我们发疯的'这段麦克白夫人的台词一般的问题。"

我回答时的神态中或许隐含着一种气势,使得鬈发子无法续上这两句台词。在亚沙的眼里,这确实如同表现一般,她却没有说出口来。然而,鬈发子并不是因此而沉默不语的性格,她后来说出的话语

---

① 木下顺二(1914—2006),日本剧作家,其代表作为《三年寝太郎》和《夕鹤》等作品。

对我(也是对亚沙)发挥了独特的力量：

"看见阿律为阿亮讲授音乐课，我觉得她感受到了从不曾体验过的生存意义。迄今为止，我一直依赖着阿律。有时也会与阿律分开来各自生活，可在确实困难的时候，我就在想'阿律快要来了'，从而恢复了精神，而阿律往往也就真的回来了。我如此依赖阿律，却又确信，较之于我，她不会在为别人工作时做得更出色……可是，在'森林之家'，阿律为阿亮上音乐课，作曲取得进展，我听了由此弹奏出的音乐，这显然超出阿律来我身边帮的忙，而且，我感到这一切也在把阿律推向一个新的高处。这就是刚才听了真木的……与其说是针对长江先生，不如说是对阿亮而说的话语后所想到的。"

"在电子邮件里，我要写上'听了我转达给爸爸的、真木你所说的话，髻发子说出了这样的话来'。"亚沙说道(出于她的性格，对此照例附加了保留条件)，"只要收到我发出的邮件，真木会为之高兴的……我相信会这样嘛。不过，这并不是说我在考虑阿律将来或许会与阿亮一同生活，假如真是在想这样的事情，那才正是'麦克白问题'。可是，在古义哥哥去世之后，阿律在保持与髻发子的伙伴关系的同时，假如愿意接受为阿亮当音乐教师、为千樫嫂子当秘书这个工作的话……那可就是积极意义上的梦中之梦呀！"

5

"来吧，这里就是大河滩！啊！哪里是大河滩？现在就是哥哥也会这么想吧……我领人到这里来，最后一个为之感动地说出'啊——大河滩！'的人，是樱·荻·马加尔沙克女士，那还是在出售新建住宅的大公司动工开发这里以前。"

"可是，就这模样呀，樱女士的电影想象力无论多么丰富，又能有什么样的感动呢？"

"古义哥哥浮现在脑海里的，是前来拍摄《铭助妈妈出征》那部电影时的樱女士吧？我所说的，是你和樱女士在大河滩第一次相遇时的事情。承蒙制片人木守先生与我联系，我请了在日本红十字会工作以来从不曾利用过的有薪休假，用来陪同樱女士。当时哥哥在数寄屋桥参加救援金芝河①的绝食斗争……曾是你同班同学的木守先生前来访问了你的帐篷，并把樱女士介绍给了你。说到这里，你连年号都能想得起来吧？（'是一九七五年，六隅先生去世那一年。'我回应道。）由于美国与韩国合作的电影停止拍摄，樱女士去汉城表达了歉意，在回程中……对于从哥哥那里听说的'铭助妈妈'暴动故事产生了兴趣，就来这里看大河滩了。少女时期曾在松山的占领军设施里生活的往事，也是那时候听说的。当时，妈妈的身体还算硬朗，甚至唱起了'铭助妈妈'的'述怀'……樱女士没有忘记这一切，三十年后，她自己出资为拍摄电影再次来到这里。

"然而，虽说不至于像现在这样，大河滩却是变了模样，暴动队伍在这里集合的外景拍摄构想调整了计划。相反，借助'述怀'，'铭助妈妈'的御魂鼓动大家出来参加在'鞘'举行的暴动那第一个镜头却产生了。因为'鞘'的景致并没有变化嘛。"

"在我来说，有关大河滩最确切的记忆，是在爸爸说到'战争日渐激烈，在这里举办的放大风筝活动，今年是最后一次了'，用自行车驮着我来看热闹的时候。在那之后就再没来过，所以发生变化也是很自然的……"

---

① 金芝河（1941—2022），韩国诗人，一九七四年曾因反对独裁统治而被判处死刑，包括大江健三郎在内的世界各国文化人士举行了声援运动，韩国政府先后将死刑判决改为死刑缓期执行和无期徒刑，后于一九八〇年十二月将其释放。其代表作有《你的悲痛使我跪下》等诗作。

我和亚沙看着眼前的情景,都被这情景带来的负面的震惊所压倒,在那种状态下变得饶舌起来。在此期间一直沉默不语的鬈发子却出人意料地表示出正面的昂扬:

"我觉得这样挺好。前来观看我们戏剧的主要是当地观众,因此对眼前这个景致非常熟悉。这个景致与'铭助妈妈'和'铭助的转世之人'构筑阵地的大河滩之间的落差,反而会使得想象栩栩如生吧。对于前来圆形剧场看戏的那些观众呀,请他们开始把用力踩踏茂密丛林里的草丛、弄出合适场地强奸'铭助妈妈'的年轻武士们,与被推倒在巨大停车场混凝土地面上的 OL① 联系在一起。这样一来,我们所演出的,就不是电视里的大河电视连续剧,因为我们能够让大家明白当下日本女人的现实状况!地名还没改动过吧,只要看到那个停车场的招牌就……"

"把鬈发子带到这里来真是太好了。"亚沙寻求了我的赞同,"刚才她所说的事件,确实曾在这里发生过呀。当地报纸还作了大幅报道呢。"

然后,亚沙让鬈发子把汽车驶入从我们站着远眺的堤岸往下而去的那座停车场,自己则去停车场事务所,说明另外有人前来取回车子。我们行走在往东的坡道上,好不容易走到古来便有的民宅所在的高处,回过头来看去,闪烁着光亮的河流这才映入视野。

我一面走动一面仔细打量着眼熟的旧道,亚沙却发现一辆公共汽车从前方另一条堤坝般宽阔的崭新道路上驶来,便提议从旧道去往那边,还吩咐鬈发子跑去车站,让公共汽车等待"老人们"。

鬈发子毫不费力地迈开大步往那条新道奔跑上去,我们则气喘吁吁地随后追赶。亚沙告诉驾驶员,请他在目前与旧道平行而去的

---

① **Office Lady** 的缩写字母,职业女性、女办事员之意。

道路上,选择一个朝向松山路线的地点,在那里让我们下车。亚沙曾经长期在医院工作,在这个地区是个广为人知的人物。

"在那里一下车,就是'铭助的转世之人'被用碎石子活埋的那座山的入山口。"亚沙对向她开口打招呼的乘客颔首示意,同时为鬈发子如此说明。

大约十分钟左右,我们下了公共汽车。

"从大河滩的东边出发,沿着龟川进入深山,然后穿过北面的峡谷往森林而去,'铭助妈妈'和'铭助的转世之人'与暴动中那些重要人物告别之后,就从这里进入了森林。就路线来说,还是那条路线。让'铭助的转世之人'骑在马上,'铭助妈妈'拽着缰绳,'述怀'里就有这些台词嘛,走上森林高处的道路,铭助君的灵魂寄宿的高大枫树就在那里。原本打算把'铭助的转世之人'一直送到此处后,自己就从这里骑马返回峡谷,却被追赶而来的那些人抓住。'铭助的转世之人'被推落到山沟里的洞窟中,用碎石子活埋的方式给杀害了,而'铭助妈妈'则在洞窟边上遭到很多人强暴。由于那马逃了回来,本来向着峡谷走去的那些人就折返回来,找到了'铭助妈妈'。然后,不知从哪里设法弄来一副门板,就让那受了伤害的人躺在门板上……"

不久后,我们经过搭建在溪流上的泥土路面的小桥,来到一座小祠前面。亚沙挥舞着镰刀(镰刀原本插放在小祠正面短短阶梯的背阴处),为身穿短裙的鬈发子砍去在小祠侧旁挺起茎秆、顶着穗子的高茎野草,进入到草丛深处。在小祠后面,有一片因修剪了树丛而明亮起来的空间,砍切整齐的孟宗竹被松散地捆扎起来,放置于这空间的正中央。

"在覆盖着的这些竹子下面,有一个洞,由于这只是一个古老的洞,竹子也就那么挡在洞口。像这样松散地捆扎在一起,长长的竹竿就不好挪开了嘛。说是这个洞危险,曾一度给埋了起来,可是在山里干活儿的人反而连续发生事故,说是'铭助的转世之人'在作祟报应,就又挖了出来。当时有人前来与母亲交涉出资之事,我这才知道我们家与小祠之间的关系。每隔上几年就来更换竹捆的也是母亲,不过现在我把这事委托给了在山里干活儿的人。"

"这座小祠非常古旧了,当初,在'铭助的转世之人'和'铭助妈妈'受难之前,就已经在这里了吧?"髻发子环顾着四周,开口问道。

"我认为不是这样。就算是精力非常充沛的年轻武士,在离祠堂很近的后面,也会不好意思吧?只是这附近是野猪往来之路,听说那洞窟可能是野猪的陷阱。为了不让被碎石子活埋了的孩子的死魂灵加害于人,这才在洞窟前面修建了这个祠堂的吧。"

髻发子试图从被捆扎在一起的孟宗竹的缝隙间窥视那洞窟,稍后刚抬起头来,便"啊——"地叫出声来。我和亚沙回头看去,只见从小祠侧旁分别露出如同男人般额头的中年女性以及另一个圆脸盘中年女性,她们正注视着我们这边。这两人对亚沙像是旧交似的打了招呼后,就径直对着刚刚直起腰来的髻发子招呼道:

"是髻发子吧?承蒙让我们观看了学习《心》的那台戏。我们虽说在不同的中学,却都是教国语的伙伴。

"真是非常偶然,能够遇上你,如果能够请教一下我们平常讨论的问题的话……刚才还说到这个话题,不过,在圆形剧场的公演中,你将要扮'铭助妈妈'那个角色吧?我们也没什么意见,因为那是当地的一个传说,不过我们担心初中生、高中生也会看那场戏,却听说其中有强奸的场面……我们就在想呀,那可怎么是好呀?"

"你们说'那可怎么是好呀?',可是……"髻发子开始缓缓回答。

"……我们觉得呀,在那之前,强奸这句话本身就过于露骨了,于是改说为 rape。在初中生和高中生们仰视着的舞台上……因为这是由你主演'铭助妈妈'的戏,因此……当然是在表演你本人被 rape 的场面,可是,那可怎么是好呀……"

"你认为'不好'?"

"'铭助妈妈'被 rape 了,传说中是这么说的,所以……暂且不论这是不是可以信任的史实,也不是说此事从不曾发生过。不妨在下一个场面里向孩子们传达'铭助妈妈'曾遭到强奸,经历了残酷和悲痛之事,以此作为补偿,这样你还有什么可担心的呢?"

"首先,你们说是强奸这句话因为过于强烈而被改说成 rape。在强奸被实际实施的地方,比如在美国的南部,假设黑人的女儿遭到了 rape,那么对于被 rape 了的姑娘而言,这才是露骨的话语吧。因着日本人把强奸改说成为 rape,事态将会发生怎样的变化呢?那将给实施强奸的男人多少带来一些好心情吧……多亏了那句英语嘛……但是,被强奸的姑娘并不能逃脱残酷和悲痛的感受,实施强奸的男人则是无可辩解的强奸犯。我还把那种男人称为强奸人。首先,我想请你正视'强奸'这个单词。我可没说观看我们戏剧的初中和高中的男生全都是强奸人的后备军。然而,初中和高中的女生却是一个不漏地全都置身于遭受强奸的危险之中。你说是应该能够间接表示出'铭助妈妈'曾被强奸、经历过残酷和悲痛。可是,我们借助演技所要表演的,是毫不犹豫地提出'铭助妈妈'现在正现实性地遭受强奸,强奸是当下现实的、你们的问题!"

"你为什么要在众人面前表现那么可怕的事情?"圆脸那位问道。

"那是因为在这个国家里,一百四十年间,实际上尚未得到补偿。因此我要表现那个可怕的事情——'铭助妈妈'一直在遭受强奸,目前也还在遭受强奸。"

"……你究竟为何如此执着强奸的戏剧,并想要表演强奸(已经不再说 rape）的戏剧？为什么要在当地演出这台戏？"长着男人般额头的那位返回到谈话的主题上来，"为什么一定要在这里特意演出那台戏？都说你的戏剧演出中隐藏着自己的意图。"

"不知道这是从哪里听来的消息，所以我想请教一下，真是那样的吗？"亚沙站到前面来，"只是听说了什么传闻，随后就臆测将要上演的戏剧内容，说出类似于审查的话来，从言论和表现的自由这一角度来说说，怎么样？早在我丈夫担任镇上中学校长的时候，你就听过眼前我这个哥哥偶尔回老家时发表的讲演，却又是把演讲说成'那是左派'的那帮人的同伙，是这样吧？"

"这并不是言论和表现的自由之类的话题，因为我是教师也是母亲，就真实感情而言，是在担心面向初中和高中的男女学生实际演出强奸的场面将会如何。也是因为星期天，偶尔进山采摘野菜，碰巧遇上就打了招呼，让你们受惊了。"

"不，不，据说这里是野猪的往来之地，我们也不会为了这种小事而受惊吓。不过，这个季节里说到所谓野菜，那是什么野菜？"

两位女性就那么退往祠堂的阴影里。亚沙并没有摆出要去追赶她们的姿态，她继续说道：

"看见我们开车沿着与龟川平行的马路下坡而来，此时确实是事出偶然吧，然后就灵机一动，推测这应该是为了让髻发子前来观看这里，是这样的吧？

"那么，髻发子，就一直走到残酷和悲痛的'铭助妈妈'被用门板抬下来的途中、现在已不再开那酿酒铺、曾被'铭助妈妈'的名言警句击退的老板家宅院前面吧。我们又不需要门板……"

第十四章　所有手续均被戏剧化

1

　　暴动处于在大河滩集结的阶段时,这里曾发生相当规模的示威行动,而撤退之际则老实温顺地通过镇子。我们现在便穿越这镇上古老的成排房屋,然后朝向以沿着龟川的那条道路为中心重新组成的新街道下行而去。虽然记忆中的旧道似乎彻底消失了,却眷念地发现这儿那儿因着国道而被重新修建起来的建筑,我们同时信步而行。龟川上还有一条河流与之汇合,就在交汇处正前方原本架有两座桥梁的地方,现在却由立体交叉给统合起来,那里建起了贩卖当地农产品的超市和一座停车场。

　　"我们镇子,包括这整个盆地在内,刚开始实行地方城市化,就出现像这样有着所谓郊外区域感觉的地方,以及人口过于稀少的进程无法抑止的地方。其分界点就在这里呀。"亚沙说,"我们当然要面向自己的峡谷,也就是人口过于稀少化的现场。是在超市的自助区域喝点儿咖啡什么的,同时等待多麻吉的车子? 还是用将近一个小时的时间试着走回去?"

　　"那是'铭助妈妈'受难的道路,我想在那条道路上行走。"鬈发子回答道。

巨大的长途运输卡车不断超越我们而去,于是就成了髫发子和我并肩而行,亚沙则跟随在后面的形式。

"路变宽了,有些弯弯曲曲的地方也被拉成直线了,不过确实是'铭助妈妈'被用门板抬下来的道路。河对岸是杉树和扁柏的混成林,可是这一边的林子是阔叶树,那个崖头上茂盛的树丛什么的,与'铭助妈妈'仰望时或许没有太大的变化。"

"所谓自古以来的道路,是说这条路原本就是古来有之吗?仿佛从不曾任意开拓道路一样,我觉得这是以往的人很高明地选择的路线。"髫发子眺望着道路一侧古老的植被,眺望着河流,眺望着对岸的远景,同时这么说道。

"高中时期的搞吾良呀,确实是个时髦的年轻人,却也说过同样的话,虽然有些扭曲。那句'以往的人了不起!'曾是他的口头禅。"

髫发子边听边点头,其间也像是决定由自己说出某事来:

"刚才两位女教师中领头的那位质询为何执着于强奸的戏剧。我已经准备好了回答,对方却很快就从那里离开了。我如果能答以'自己最初参加戏剧活动的根本动机即在于此'就好了。

"再说,虽然并不在那两位教师的质询范围之内,在我来说,与强奸相连接的根本性主题则是堕胎。我们的戏剧,就是从遭受强奸、被强迫堕胎的女性角度出发的。而且用简单的话来说,我本人就是曾遭受强奸、被强迫堕胎的女人。"

弄清楚我虽是沉默不语却在倾听之后,髫发子省略会话性交谈,她继续说道:

"我曾对你说起过我在靖国神社呕吐的往事,当天,我站在缓缓舞动着巨大旗子正在礼拜的……原军人的男人身后,出了那事以后,被伯母盘问之下,我回答说觉得自己怀孕了。对方马上就问:'那男人是谁？'我不了解男人这句话的意思，傻傻地发呆，却被越发急不可待的声音所催逼，这才转过神来，说了声'是伯父'。

"伯母大声说道：'果不其然！'因而我也想到'啊，正是那样啊'。我们先是在横须贺线的站台上等候，由于湘南电车先行发出，我就像被轰赶着一般乘上这趟电车，讯问一直持续到电车抵达藤泽车站。车厢两端和车门处会有人偷听，那可不行，就在周围没有乘客、大致位于车厢中部的空席上，伯母详细听取了事情的经过，然后说道：伯父结束即便在文部省也处于很高地位……那是改名为文部科学省以前……的工作之后，为了完成他的事业，刚刚调任到另一个工作岗位。目前正是最最重要的时刻，因此绝不能对任何人说起怀孕之事。你大概还不明白，那将成为国家的丑闻。

"我无法理解这些话……或许露出不明白的神情了吧，伯母便申斥道：为日本的教育事业做出如此巨大贡献的人，却对自己的亲侄女开始猥亵，最终发展至强奸……如果媒体这么登载的话，将会怎么样？我第一次把'强奸'这个词作为与自己有关的内容听到耳朵里，就是这个时候。

"伯母从藤泽车站给伯父挂了电话，在伯父从新任职的政府机关返回之前，伯母和我便乘坐出租车回到镰仓，随即又返回藤泽，去了医院。我在那里被强制堕胎，随后伯母说我不能在那里待三天以上，便把我给撵了出来。就在那种极端状态下，我独自一人回到了大阪的父母家。

"所谓伯父，是我父亲的哥哥，与长江先生一样出身于四国，是三兄弟中唯一上了大学的人，而且从东京大学法学系毕业后，就成了一名了不起的官僚。我父亲没上过大学，在大阪经营一家接印临时业务的印刷铺子。他这人经常说，自从接了印刷文部省有关文书类业务以来，就时来运转了。我的父亲自不必说，母亲的态度也一样，哪里谈得上为我的事情向伯父提出抗议,听说他们还向伯父交了一份'一概不成问题'的保证书。

"在毫无隐瞒地对伯母说出怀孕始末那天,与伯父之间也就这样了,在那之后,至今不曾会面,这也包含在保证书的内容之内吧。随后我待在大阪父母家的那两年里,只是思考强奸和堕胎之事。由于没去上大学,就业便也受到了限制,两次变换工作单位后,在二十二岁时去了东京,因了些许小事开始观看'穴居人'的演出,成为熟客以后,穴井将夫就邀我参加剧团。我也在其他地方兼职打工,同时与阿律成了朋友,她和我身份大致相同,只在剧团里负责有关音乐的各种工作。自那以来的十三年间,的确得到了将夫的支持,却是与阿律以二人组合的形式生活过来的。

"在过着这种生活的同时,经常持续思考强奸和堕胎的事情……虽然不能把这事本身作为演出节目,可是说到探索自己的戏剧这一点,却是一直在做着准备。因着'水死小说'之事,我结识了长江先生,又因着这个关系,从樱·荻·马加尔沙克在电影中的'述怀',联想到或许可以演出一如自己所想象的那种戏剧,这就是现状。演戏的中心,是《铭助妈妈出征和受难》,我在考虑把国家、强奸和堕胎都串联起来,编出一台全新的'扔死狗'戏剧。"

髻发子闭上嘴,仿佛用尽了全部力气似的放慢了脚步。于是,此前为了确切听清髻发子的讲述而把脑袋探入她和我的肩膀之间的亚沙便跨上一步,把我推挤出来独自行走。这种时候,我往往会自言自语般开口说出(未曾仔细思考的内容)来,此时便不由得说出这样的话:

"至今一直把强奸和堕胎联系起来,这好理解。至于说强奸是'国家在强奸',这个命题也……由于文部科学省就是国家,髻发子自然会想到这一点吧。可是说到堕胎,这该怎么理解?"

"堕胎就是杀人嘛，"亚沙把勃然大怒的面孔转向后面说，"作为能够合法杀人的国家的习惯，就有战争和堕胎。还是少女的髫发子难道不是被'国家'所强奸、被'国家'强迫堕胎的吗？

"既然说出这种感觉迟钝的话，古义哥哥，对于向我们说出痛苦经历的髫发子，你可必须力所能及地去做啊。

"那么，这就向在那个高处睁大眼睛等候我们的多麻吉和汽车发出信号！"

2

从此以后，每天的整个上午，我都摆开架势，协助以髫发子为核心的团队，他们汇集在一楼客厅为公演而努力工作着。我和阿亮共同使用隔板这一侧的餐桌，由于阿律偶尔也会在同一张餐桌上工作，阿亮因而显现出与此前不同的庄重，也就是把以往趴在餐厅地板上从事的作曲，转移到位于音响装置前的餐桌旁的席位上来做。我则把阿律汇总起来并用电脑誊写清楚的《铭助妈妈出征和受难》未定稿放在自己面前。与此同时，我也每每躲在自己的工作间兼卧室里……

我所做的工作，毋宁说，是要完成将登载于文艺杂志的剧本定稿。以我的未定稿为基础，年轻演员们一面核对台词，一面插入"扔死狗"戏剧特有的即兴台词。上演时的小册子明确说明那是由髫发子和"助君＆格君"负责的部分，我接过其中大部分，对术语进行核对。我想在整体上保持一种风格，因而需要参考我写出的那部分以便最终定稿。

在我来说，这一切都很新鲜，可以认为这是在学习自己从不曾参与过的"共同制作"。其中之一，就是阿律罕见地提出议案的"大哭孩子①"之事。

阿律最初听说"大哭孩子",照例是在采访并笔录《铭助妈妈出征》摄影情况的过程中。对方是"在"里一户世家温和的夫人,她从一个表示出明确异议的人那里听到批判的话语,说是"樱女士不知道'大哭孩子'的语义,却吟唱了'述怀',难道不是这样吗?"

"铭助妈妈"出征之际,明治政府试图驱散集结在大河滩的武装暴动队伍,政府的军队便闯入了由临时窝棚组成的武装暴动总部。然而,大哭孩子却舍身挡在他们前面,使得他们无从应对。樱女士并不了解大哭孩子(ŌNAKIKO)这个词组中接续在后半部分的KIKO,而将传说中的ŌNAKIKO解释为老妇人,也就是ŌNA,说这是老妇人因痛苦而扭动身体的举止。然而这个解释却是错误的,一如文字所表现的那样,"大哭孩子"就是大哭着的孩子。在前来清除武装暴动总部的政府军面前,"大哭孩子"中的大多数都躺倒在地,大声哭嚷,使得军队无可奈何。想出这种战术的,是暴动队伍中的年轻母亲们。

阿律对工作团队说,就是在当下的社会里,不也存在着那种"大哭孩子"现象吗?以前在东京的时候,自己偶尔也会在街上遇见。然而让自己担心的是,即使在松山好像也经常看到那种孩子。不过,看到的不是成群结队的"大哭孩子",而是独自一人、大致三至五岁的女孩儿一味放声大哭着走过去的情景。也不知道是幼儿自己在大发脾气,还是因为害怕,一面哇哇地哭嚷着,一面往前直行而去。尽管如此,却不时抬起红红的小脸看着前方。我也受到影响往那边看去,只见将头发脱去黑色、满脸发黑的年轻女人引人注目,却并不顾

---

① 原文为"大泣一子",日语发音为"ŌNAKIKO",此处根据其语义试译为"大哭孩子"。

及这边的女孩儿,只是毫不停顿地往前方走去……与其说是这么一对母女,看上去倒更像是哭嚎着往前走去的女孩儿和她的母亲。

回应这段话的声音接连响起,都说自己也曾看到这样的情景。在这天早晨的会议上,鬈发子身边的桂也加入了发言:

"我曾听制作电视纪实节目的友人说起与此相似的话,只是在母亲也绝望地抛弃了如此剧烈哭泣着行走的孩子这一点上并不相同,也好像是其他类型的故事,可是我感到在某一点上有所联系,因此请大家稍微听一听。

"其实,我本人也看到过那种'大哭孩子'。然而,即使那'大哭孩子'走过来,无论谁都只是困惑地看上一眼,便任由她从面前走过去,通常都是这样的。那位友人就说了,他看到既不是警察,也不是为那种孩子提供帮助的机构中的极为普通的男人,上前紧紧抱住一味嚎哭着行走的女孩儿……出于电视纪实节目作者的本能,友人开始观察那男人此后将会如何。过了一会儿呀,任由女孩儿哭泣、自己却快步走开的年轻母亲折返回来,站在那个男人和女孩儿旁边。不一会儿,'大哭孩子'和满脸发黑的年轻母亲成了两对,也没见她们这两对母女之间开始交谈,两对母女以那男人为中心站立着。电视纪实节目的作者碰巧只是一人,于是就那么离开了现场。在回忆事情的整体经过时,意识到与她们相隔不远的地方,似乎停着一辆中型客货两用车。友人所说的就是这种内容。他还说,想找个机会开始追踪调查……

"于是我就在思考,那男人难道是什么活动的创始人?难道是他把目前在街头已经不难发现的'大哭孩子'和绝望的年轻母亲一对一对地召集起来,让她们在某处待机而动的吗?难道汇集那种母女的、具有一定规模的共同寄宿处已经建成?那是作为某种确实丑恶的企业而展开的准备?抑或那将是从不曾有过的、充满希望的设施？

"因此我又有了一个想象。一百数十年之前……当时那个时代不要说客货两用车，在这个国家就连一辆汽车也没有。农民在那个只能发动武装暴动的贫困社会里，说到'大哭孩子'和母亲的组合，大概要多少有多少。在农民的窝棚里……也可能是寺院或神社，总之在那样的地方……难道不是已经存在着大量既无房屋也无粮食的'大哭孩子'和年轻母亲吗？于是当'铭助妈妈'出征之际，不就提供了那种不可思议的先锋队了吗？至少那种'大哭孩子'的事迹被代代传扬。在这个场合，'铭助妈妈'为发起暴动而让女人集中起来组成先锋队的目的当然是实现了。'大哭孩子'们也好，母亲们也好，全都成为积极的力量。难道这不是令人愉快的事情吗？"

"我认为，桂先生围绕'铭助妈妈出征'的传说所做的解释，并不是有害的空想。"阿律说道。

这次桂便越发说出了自己的保留看法：

"可是呀，友人关于刚才所说的'大哭孩子'和绝望的年轻母亲那番话倘若是真的，我的空想才正是有害的天真之物。

"因为，她们被某种势力出于某种意图而召集起来，等待被运往某处，这不是显而易见的吗？"

阿律反驳道：

"你这是什么意思？"

"毋宁说，桂君大概是担心她们有可能走向极为悲惨的方向？"鬈发子那经过训练的嗓音响了起来，"我们很清楚地知道发生在东南亚的事例……"

"我只是在说，在现代世界里，肯定有一些团伙把那种'大哭孩子'和绝望的年轻母亲召集起来，然后卖到国外去，这么考虑也很正常吧。可是，这难道不是过于平庸的联想吗？少女卖春啦幼儿色情画啦,说起因特网上的那种影像,正在四处泛滥。因此我呀,知道自己的犯罪性天真,就告诉那个友人,不妨探索其他方向上的纪实节目。

"实际上,目前在东京,包括在松山这样的地方城市,也有很多对'大哭孩子'和那种弄得满脸发黑的母亲。而且,那就不可能是某些积极意义上的前兆吗?我的友人可是在相当程度上见识过社会和世界的人物,他看到被紧紧抱住的'大哭孩子'好像对那个陌生男人敞开了心扉,他说是'至少不再大哭了'!"

"穴居人"的年轻演员二人组合"助君 & 格君"此前直接坐在地板上专心听讲,这时便伸长脖颈招呼道:

"长江先生你是怎么考虑的?我想说说刚才提到的'大哭孩子',我们想出一个主意,可以用于《铭助妈妈出征和受难》的序幕——让'大哭孩子'真的一面哭泣,一面跑着登上舞台,请髻发子借助这个方案,把观众的注意力引向舞台。在那个狭窄的舞台上,让她如何跑动?跑向哪里?说实话,我们发现有可能做到这一切!建筑家荒先生在圆形剧场沿着墙壁竖立着直至靠近天井的螺旋状转梯。那是为簧先生的音乐会而制作的,听说实际上只使用了四分之一。这么设计是为了在舞台内里放置高达两层的房屋道具,这道具现在还被保管在体育馆里。我们就使用那转梯,怎么样?而且,如果能找到非同寻常地聪明、身材小巧的中学生……需要多次查明安全性,并与体育教师充分商量。

"因此,我想请长江先生写新序幕的场景,不过要有别于'扔死狗'式的即兴插入。由髻发子扮演绝望的年轻母亲,还要扮演讲述着希望的女性,是桂先生明知天真却仍然向往的那种女性。女孩儿只是一面哇哇地嚎哭一面行走,没有必要请长江先生为她写台词!"

3

　　以鬐发子和阿律为中心，公演准备在顺利推进，工作团队正在推敲"助君 & 格君"提议的序幕和最后一幕的计划，我在加入这个工作团队期间，却被卷入一个新的事件。亚沙打来电话，说是剧团的那些年轻演员下午将在"森林之家"排练，她本人要在河沿的自己家里谈一件特殊事情，希望我能在场，她要会见在鬐发子不久前那番痛苦讲述中出现的伯母……

　　"没想到吧？由于对方说是无论如何也有这个必要。从中斡旋的是大黄。大黄这个人呀，这已经是过去的事了，他曾参加行动队，破坏和离间县里的日本教职员工会。大体上呀，反对公演鬐发子戏剧的那伙人，就算不是修炼道场出身，也是其第二代、第三代。给古义哥哥送去特大甲鱼那件事，曾听他们夸口说，在县议会举行议员选举时，现在也还说起此事。即使这样，中学方面仍然乐观地认为能够克服妨碍公演的行为，相反，这是因为大黄和我之间的关系。

　　"那么，这又是怎么回事呢？曾是这个国家教育界拥有实权的人物，获得过很多勋章的人……是鬐发子的伯父……他知道大黄和我以及鬐发子之间的关系。'扔死狗'戏剧那独特的讨论场面，与基于哥哥的《铭助妈妈出征》电影剧本创作的主要情节并不相同，由于那是在'助君 & 格君'主导下展开的，因而这个伯父受到了愚弄，因为泄露出去的信息表明'而且是以过激的方式'。想要设法让剧团停止演出。为此，想要与十八年未见的鬐发子再度相见，从而修复那别扭的复杂关系。那个精明能干的伯母可是振奋起来了！那人下手可真是快呀，她已经到了松山的全日空饭店。大黄前去迎接了。"

　　鬐发子的伯母，也就是小河夫人，看上去六十过半，却是日本人中少有的大块头女性,而且她那骨骼结实的身体不见附着脂肪。在髻发子停妥我和亚沙搭乘而来的汽车而后赶过来这期间,大黄把我介绍给小河夫人,她对我竟是置之不理,心思似乎都放在了尚未现身的髻发子身上。稍后,伺机而动的小河夫人把后背笔直地靠在放置于榻榻米上的和式桌边,目不转睛地看着髻发子在她面前坐下来。

"好久没见了,你的变化还是很大嘛。"她招呼道。

髻发子也毫不示弱地说道:

"十八年没见了,那时的我还是个真正的孩子。如果没在不懂世事的情况下被迫堕胎的话,会与那个也许现在正坐在我身旁的孩子很相似。或者,你们是连同那个孩子一起怀念的吧。"

"我觉得呀,那才是我们当家的怀念的哟。光子是个开朗豁达的姑娘,小河那时是从心底里疼爱着呢。"

"承蒙他白天黑夜地都疼爱着。"

"于是就疼爱过度了,那可是事实啊。不过最初呀,从大阪来到家里的十四五岁的光子,害怕宅院旁镰仓那座著名的扁洞式古坟,小河就去光子的寝室陪睡,后来就成了习惯。由于我有头痛病,想要早点儿睡觉,因而觉得正中下怀……

"当家的上班回来比较疲惫的时候,就会说去光子的房间放松一会儿。"

"那个放松是有问题的。那事马上就开始了。伯父与侄女的爱抚不能把手伸到内裤里去,但是允许一直爱抚到内裤的边缘……对于伯父的这种说明,我就在想'原来是这样啊'。不久后,在手指不进入体内(因为伯父说那样近似做爱)这个条件下,渐渐地触摸起内裤内侧来了。"

"我盘问过当家的,他表示渐渐变成那样之后,他为分泌液竟然如此丰沛而大吃一惊,还说那就是逐步升级的缘起。也就是说,他说对方也表示并不讨厌……光子,当时你也在享受那个爱抚吧?"

"习惯之后,是那样的。"

"我听当家的说,光子上了高中三年级后,还曾引用从早熟的朋友那儿听来的话,说是自己和伯父所做的,是'两人同时进行的自慰行为'。"

"是说过像刚才那样的话。当时,想要确认那不是做爱。"

"如果是那么一种关系的后继发展,通常不都说成通奸吗?"

"不,那是强奸。当时还不是所有房间都有冷气设备的时期,我光着身子分开双腿躺在床上纳凉,伯父从很近的地方看着我的胯间,他大声说,'两人同时进行的自慰行为'结束了,然后就强奸了我。伯母那时因参加女子大学的同窗会而去了京都。我由于痛苦而哭喊着,伯父却对我说,一旦贯穿就不会再疼痛了,此后直至早晨又强奸我两次之后,便回自己的卧室去了。我等伯父随同前来接他去机关上班的人走了之后,就回到了大阪。至于被强奸的证据,从第二次就穿上的内裤上全都是血,我把那内裤带走了。至于那之后的事情,你都知道了。

"过了大约百日,我被伯母叫到东京去,伯母说要在这个国家最庄严的场所做祓禊,然后商议将来之事。在靖国神社,巨大的太阳旗在我面前挥来舞去,我头晕目眩并呕吐出来,因而知道自己是怀孕了,后来就被强迫堕了胎。当时被血渍弄脏了的内裤,也被我作为证据带了回去。"

"……据说,光子说是要把刚才所讲的事,在中学讲堂的公演中公开自白,是吗?听说,那是描述曾领导当地农民举行武装暴动的女性的戏剧,为什么那个内容会与刚才所说的自白产生联系呢?"

"'铭助妈妈'这个人物,曾率领这座森林中的当地女人武装暴动并战斗。暴动虽然取得了胜利,'铭助妈妈'却遭到强奸,儿子也被杀害了。一股势力捏造事实，说是我将扮演'铭助妈妈'，长时间地表演被诸多梳着明治维新以前的男式发髻的男人所强奸的场面。这股势力已经开始汇集初中生、高中生的母亲们的反对并正在进行策划。因此，我就改变了做法。原本我不认为自己能够表演'铭助妈妈'的痛苦和悲伤，于是就想告诉大家，在这台戏剧中饰演'铭助妈妈'的我本人，在现实中就曾被强奸，胎儿则被杀死，请大家看着曾遭此厄运的我，这种情况现在仍然在这个国家里实际持续着。我认为这个证言也将传达给初中、高中的学生们。

"假设呀，即便让观众看到眼前饰演历史剧的女演员身着宫廷妇女礼服被推倒在地并哭泣着的场面，也是不会认真当回事吧？然而，如果女演员本人在舞台上大声告诉观众'自己曾被强奸'的话，人们将会大吃一惊。于是，有血有肉的表演和传达就此开始。这就是我们的'扔死狗'戏剧的表现手法。这并不是说我将如此演出'扔死狗'戏剧，也不是说仅仅是我一人在讲述并独自获得胜利。就像伯母现在所做的这样，伯父也可以参加并对我提出反方盘诘。我奉上机会，让你们把'丰沛的分泌液'啦、'两人同时进行的自慰行为'，等等，作为伯父的'死狗'扔回来。"

"这样说下去呀，是不会有任何结果的。"小河夫人显现出确实高大的站立姿势说道，"我的任务结束了，以后就由小河站到前台来吧。针对光子的证言，还可以有小河的反方盘诘，是这种手法的戏剧演出吧？小河也上了年岁，现在只是一个小丑，因此他也许同意用浑浊的嗓音列举'丰沛的分泌液'啦、'两人同时进行的自慰行为'啦，等等。长江先生是民主主义者，大概不会对台词进行审查吧……

"从尚未进入戏剧表演领域之前，光子就已经是个具有表现能力的人了。我看到在有线电视转播的节目中，为了镇定附体于建礼门院的那个鬼魂，你装扮成小恶魔，又是呻吟又是哼唧地热情表演，与那个一模一样的声音,我可是从当家的正在放松的房间那里听过哟。"

4

对于《铭助妈妈出征和受难》的公演,表示反对的动向接连出现。不过,此事一经阿律管理的"扔死狗"戏剧网络报道,却反而聚集起积极支持的反应。万事谨慎的阿律开始说,希望看戏者的增长势头非常显著,圆形剧场将无法容纳,因此着眼于举行公演的那一天,不妨在峡谷的空地里举办大型活动,希望大家能够建设性地看待这种势头。其实,我也是因为偶尔之事,为此多少发挥了一些作用。

在拍摄《铭助妈妈出征》时,亚沙和樱·荻·马加尔沙克的良好关系超过任何人,可是最近却与她失去了联系。直接的原因,是因为这部电影在国际上的公开放映存在着纠葛,同时也是因为参与电影制作的木守有去世。即便如此,不久后还是收到了从木守事务所传来的、很难说是确切的电影公开放映的消息。后来那个动向也没有了,亚沙与樱女士的接触通道被关闭了。

然而,此时有人前来与我联系,说是由于全国性报纸上报道了针对《铭助妈妈出征和受难》公演的批判性动向,报道中出现了樱·荻·马加尔沙克夫人的名字。此人是九州某大学的英美文学教师,在华盛顿某大学留学期间,受到曾是日本研究的中心人物马加尔沙克教授的关照。虽然教授去世了,此人又与援助日本留学生的教授夫人继续联系。他去年有一个前往华盛顿的机会,便拜访了目前靠养老金生活的夫人,对方说是怀念长江先生及其家人……我刚问及目前她的住所是否不便公开,他就立即把樱女士的现住址和电子邮箱都告诉了我。马加尔沙克夫人虽然精神状态良好,却是越发不善于阅读日文信件,所以与日本的熟人和朋友间的接触自然就越来越少……

我写了封英文信,阿律帮着用电子邮件发送出去,很快就收到了樱女士用英文写的回信。我在第一封信里写道,目前正协助自己的朋友们(包括亚沙)制作《铭助妈妈出征》的戏剧版。那部电影的公开放映虽然继续存在着纠葛,不过事情如果有了变化,比如说倘若能够看到电影的DVD,这对于将要在舞台上表演樱女士曾饰演过的"铭助妈妈"的"述怀",该有多大的助益呀!

其后的电子邮件往来,就由阿律不通过我而直接快速推进,事态于是峰回路转。樱女士对阿律明确表示,目前,与电影公开放映相关的权力在自己手里,因此将马上寄送DVD。不过,是在中学的讲堂公演戏剧版吧,峡谷里目前还没有电影院吗?希望尽可能多地邀请曾作为临时演员参加拍摄的当地女性,邀请她们观赏这部在日本尚未公开放映的电影。

因此而想到呀,为配合戏剧版的公演,是否可以在曾拍摄电影的"鞘"举办电影招待会?自己这里就有适合于野外放映且便于搬运的全套设备(可组装式巨大银幕)。木守制片人肯定没向长江先生支付写作电影剧本的相关费用,因此将用自己的费用提供这一整套设备(也就是说,将负担航空运输费用)。

由于这种情况,鬈发子和阿律便共同制订了扩大公演的实际计划,那是面向因圆形剧场而受到限制的观众而扩大公演的实际计划(照例是在亚沙四处活动的掩护之下)。

第十五章　殉死

1

我离开聚集在观众席中央正前方的相关人员，来到后排与穴井将夫并肩坐在一起。这是公演前一天的彩排。

圆形剧场的正面深处，看上去虽说狭小却很结实的桥梁般双层结构体被组装起来。身穿发暗的藏青色麻布长裙、头戴相同颜色帽子的女子，沿着较之舞台略微高出的道路，从上首往下首用力踩着地面横穿而过。由于深深垂着头，我觉得一如排练时那样是髻发子。间隔一段时间后，先前消失于垂幕处的女子，（仍然是从上首）出现在悬挂于大约一人高的桥上，迈着同样的脚步横穿而过。然后，她又横穿更高那层的桥面，于是明白这是在攀走一条连通着的螺旋形道路……

在这期间，相邻的将夫告诉我，髻发子有一个必须出面的紧急会议，所以年轻女演员便作为替身代她出场。不过，这女演员的背影仍然如同髻发子的一般。当她走近最高那层桥面顶端的阴影处时，原本隐约可闻的幼女哭泣声开始高高回响。加上舞台上高出处那条路，在桥上走了三圈的女子消失在暗影里，哭泣声越发高昂地响起。

随后，身着浅花衣服、脚穿帆布鞋的幼女出现在三层桥最下面那层上桥处，一面大声嚎哭一面向桥上走去。这幅场景缓慢地持续着。幼女在上面那段桥面上哭泣着，同时竭尽全力继续行走，倒入从下方恍若薄雾般弥漫上去的暗影中，那哭声戛然而止，一束照明光照亮舞台。杳无声息的舞台上，先前那位女子站立着。女子仍是垂头上桥时的那副抑郁神态，却在用沉稳的声音开始大声讲述：

"在大街上，在车站的地下通道里，很多人会遇见倾尽全力大声嚎哭、独自行走的女孩，即便无法确认发出哭声的那个孩子。大家可以看到走在女孩前方的年轻母亲，却无意缩短她们之间已经拉开了的距离，只是迅速向前走去。这就是我们社会的实际状况。

"一百四十年前，在这块土地上，在'铭助妈妈'指挥下出征的女人们的暴动前锋，是一群'大哭孩子'。秉承在旧藩之下发起的暴动，女人们发起了第二次暴动，用力嚎哭、拒不理睬大人干预的'大哭孩子'们以全身上下的气势，阻止了新国家的军队威势踏入这第二次暴动的阵地。'铭助妈妈'指挥下的暴动，以这里为根据地展开战斗并取得了胜利，就像当地的各位都参加的盂兰盆会舞上现在也还在歌颂的'述怀'一般。我们为这段'述怀'加了一行：

  哈 嗯呀——考拉呀
  朵、考伊 锵锵考拉呀
  出来参加暴动呀
  咱们女人 出来参加暴动呀
  男人强奸咱们、国家强奸咱们
  咱们女人 出来参加暴动呀
  不要被骗呀、不要被骗呀！
  哈 嗯呀——考拉呀
  朵、考伊 锵锵考拉呀

"那么,我们就这样开始演出戏剧。如果我们能够顺利超越面临的困难,我们就能把刚才走过去的'大哭孩子'和处于绝望中的母亲再度召回到舞台上来。那时,'大哭孩子'不会是独自一人,年轻母亲也不会是独自一人。许多女孩将不再大声哭叫而是幸福地微笑,许多母亲也将浮现出希望的表情吧。

"那最后一幕将呈现出这样的场面,在我们的戏剧之内和之外悲伤、哀痛的女人,也将不会'与一无所有相同,与任何人生都过不下去相同'。这就是我们的愿望。"

哈　嗯呀——考拉呀
朵、考伊　锵锵考拉呀

舞台转暗,"述怀"的歌声在远方激荡起回声并折返回来,胜于男人们声音的女人们的欢呼声响起,如波涛般翻腾并越发高涨。这表示暴动以成功而告结束。音响由阿律操作,音源则取自樱女士送来的电影《铭助妈妈出征》。从这天的上午开始,也曾参加拍摄电影的多麻吉和他的伙伴们便大显身手,在"鞘"搭建了大帐篷,在此处放映的电影的声音像是刮风的动静,在沿河的街道上都能够听到。观众们凝视着明天公演的舞台,将再度深刻理解响彻"鞘"的那音响的意义吧。公演的入场券数量有限,早已销售一空。地方报纸自不必说,地方电视台也报道了活动全貌,因而"鞘"的电影放映活动也早已人满为患。

舞台被再次照亮,衰弱的"铭助"躺卧在舞台中央的两块铺席上。借助周围被照亮的影像,可知那里被橡木四棱方柱的围栏围困于其中。

年轻武士数人进入围栏里,倾听怒火燃烧的"铭助"的话语:你们虽是藩府的新势力,却又采纳代表暴动的我提出的要求。你们也只能如此，因为我们曾是朋友。暴动队伍刚刚解散，你们就跟旧势力妥协，转而追究我一人的责任。我已身陷牢狱，且身染重病。

年轻武士们回答说：必须有人为暴动承担责任。

"铭助"便说：为什么不让我逃亡？

对方就说：你已病势沉重，纵然获得自由，也无力领导下一场暴动。也就是说，纵然将你释放，对于农民来说也是毫无意义，你如果死于狱中，旧势力将会重新信任我们这些人吧，这将有助于今后的改革。

年轻武士们离去。绝望的"铭助"开始向蹲伏于四棱方柱外的女性述说。这位仍然年纪轻轻的女性，便说出了在暴动传说中最最有名的那句话，"就算你死去，我也会再生出一个你来，没关系。"

橡木四棱方柱的影像开始消失。"铭助妈妈"来到"铭助"枕边，为他整理衣领和被褥。原本集中的照明光柱渐隐……

从那些相关人员处响起了有节制的掌声。我理解这掌声的意思。围绕这个场景，学校方面和髻发子一直推拉不止。学校方面要否定在亲生母子之间生出"铭助的转世之人"这个（最古老版本的）传说，髻发子则是毫不退让。我想起自己最初说起这句话的时候，樱女士曾表示："我倒是在想，即便是亲生的母亲，那就算是恶行吗？"不过，我没有加入争论，只在这个脚本里写上目睹不久于人世的儿子，母亲做出的那种朴实且有实际意义的举止。我多年来一直在写着小说，现在也还是反复改写文稿的那种人，因为这种习惯而获得的智慧之一，就是倘若对改写没有信心的话，便整个儿删去相关部分。我这次就这样做了。

舞台恢复了照明。

"现在的掌声是献给长江先生的。"将夫说道。

"不,是髻发子把演技锤炼得如此纯熟,年轻女演员学习之后成功进行了表演,所以这掌声是献给髻发子的。"我回应道。

随后,我发现亚沙站在舞台下首(也是观众席一部分)的狭窄通道上,如同刚才看到的"大哭孩子"的母亲那样深深低垂着头。她并不看我这边,像是只想让我注意到她自己站立在那里。

我起身往观众席后方走去,在那里等待亚沙。舞台上,为"铭助的转世之人"所指挥的新暴动之出征而做的场景转换,正在观众的眼前进行。亚沙走近我的身旁,她说道:

"三个男人在原是大黄的修炼道场那地方监禁了髻发子。听说,三个家伙中的两人开着他们自己的汽车,另一人逼迫阿律驾驶着髻发子和阿亮乘坐的汽车离去了。他们对剧团的小青年丢下一句话,说是长江如果报警的话,阿亮就要倒大霉。后来,大黄打来电话,让我只对哥哥说这事并把哥哥给领来。在那之前,我打算把这一切全都埋在自己一人的心里,就等待着对方出手做出什么举动来,因此嘱咐剧团的小青年不得告诉任何人,目前将夫还什么都不知道。

"对方说并不是要对哥哥直接做点儿什么,好像他们其他同伙正在核对脚本,在强迫髻发子修改,可是髻发子却坚持说,即使修改'扔死狗'戏剧中的即兴穿插部分,也需要长江古义人的认可。

"不知道大黄是什么立场,我只知道大黄与小河夫人及其当家的是故知老友。现在就连谁是己方谁是敌方都不清楚,还不是对警察说这个那个的阶段。"

2

我坐在亚沙驾驶的汽车里,到达在整体地形中依稀记得的深谷对岸能够抬头看到修炼道场农场的地方。阴沉的天空完全黑了下来。在我回忆出曾是吊桥的地方，已是悬着一架铁桥。过了那铁桥，是一座只有屋顶的车库，车库里停放着一辆卡车和一台小型拖拉机。能够通行车辆的道路往坡道上方延续着，劫走鬈发子、阿亮和阿律的轿车却是不见踪影。孤零零的一根长长的圆木柱上亮着一只裸露的灯泡，两个身穿西装的家伙从那个光圈外面突然现身而出，说是让把车子停入车库背面。如此这番之后，在他们的引导下，我和亚沙走上了长长的上坡道。砍去阔叶树的树林后开垦出来的农场，远比记忆中耕作得精细，这样的场所有着一种安定感。灯光从一大块土地的上方照射下来，仿佛有些竖立着细细竹枪隐藏着的人拥挤在一起似的，我们来到这个地点，发现那里是精耕细作的西红柿田。农家出身的中学校长亡故后，亚沙便在一块说是家庭菜园却要广阔许多的范围内种植蔬菜，常常把这里的收获物给我们送来。这时她解释道：

"这是像水果那样的西红柿，曾听大黄说起，是供应给松山的饭店的，也与特殊的油麦菜一起用于沙拉凉拌菜。"

"……"

"因为他是一旦开始做什么就全力投入的人嘛。现在也是这样，说是曾在修炼道场待过的以往弟子的孩子去大阪呀横滨呀，转了个圈又回到这里……大概是被父母亲所要求……前来学习这种种植方法，平时总有四五个干活儿的人。"

我的寡言与亚沙的饶舌，肯定缘于同一个担心。总之，我们在那种状态下往坡上走去。当年我和吾良都是高中生，曾陪同占领军那位年轻的语言学军官造访修炼道场，当时引入了温泉的主楼现在一片黑暗，位于左侧高处的两层建筑却是亮起了灯火。右侧深处，模糊不清的记忆中的平房事务所已经悬上挂帘，大黄便从那漏出灯光的地方走了下来。他无须用携带着的手电筒照亮这边，便已认出我们两人。

"古义人，把你也给卷了进来，实在对不住。在那边的事务所里，鬐发子跟对方……上次，请你参加了那位夫人跟鬐发子协商的叫作小河的人物……正围绕当时也谈到的问题核对脚本。实在对不住，鬐发子说是想请你旁听两人的主张……"

"只是为了核对戏剧脚本，这不是太无理取闹了吗？就算只说阿亮的事，我也是难以原谅你们的。"

"俺再三叮嘱了这事呀……这里对不住你了，请多包涵，古义人！"

如此道歉的措辞甚至显得卑躬屈膝，他的态度却是与出入"森林之家"时截然不同，我感到其中表现出一种可说是权威般的东西。

"我也认为这太过分了。据说绑架阿亮和阿律的家伙说，假如报警的话，就要让阿亮吃苦头……这是要让我和你之间今后划清界限吧。"亚沙说，"不过，我首先要问，现在阿亮和阿律在哪里？"

"鬐发子正在那边的事务所里天高海阔地谈笑风生吧……我带来了阿亮夜晚用药和内衣类物品，还准备了当晚饭用的三明治和其他东西。哥哥要去与你所说的小河氏谈话，我现在马上就要确认阿亮平安与否。请带我到关押阿亮的地方去。如果你没那个闲工夫的话，喏，就请吩咐那个站在暗处正监视着我们的家伙！"

大黄没对亚沙说出已被大家看穿的借口，他命令不同于刚才那几个家伙的、像是农场人员的年轻人接过亚沙的提包并上前领路。我依仗大黄的手电筒（在此期间，含有湿气的夜晚冷空气仍然严实地包裹着我们），登上了通往事务所的、用石头铺就的小路。我还感觉到，亚沙那番激愤的话语，使得自己或多或少回复了平常心态。

大黄用一只手旋开入口处的门把，将半个身子塞进门内，在原地用脑袋顶开看似沉重且陈旧的挂帘。我跟随着大黄，也伸出自己的手臂推回那挂帘，确保了前行通道。刚一走进将裸露的灯泡低低拉

305

垂下来的房间,只见狭小的三合土地面脱鞋处上方的地板区域,排列着一张方桌,在这张方桌的对面,挤挤挨挨地排列着好几把椅子,并非并肩而坐的一男一女(髻发子)目不转睛地看着我这边。

大黄把电灯的电线圈挂在从天井垂挂下来的铁丝上,扩大了照明的范围。虽然髻发子把大幅披巾从头部缠到肩头的姿势并不眼熟,却也不见疲惫的模样。我随即看出,位于她正面的深处、正从椅子上站起身来让大黄通过的老年男子,就是髻发子父亲的哥哥。他的白发密密匝匝地围着窄小的额头,两者间显得并不相称,高高的鼻梁,一张面颊丰满的脸盘,眼中那种颖慧的感觉与髻发子相似。他好像在用这眼睛(绝不表露出感情)向我致意。

髻发子向她那一侧示意招呼,那男人看出我不会回敬致目礼便垂下头去,我就在他对面坐了下来。挨近房门的两侧椅子上,坐着最先看到的那两个身穿西装的家伙,看样子,他们还兼有阻挡髻发子试图逃脱的任务。

"只能作必要范围之内的介绍呀,"大黄开口说道,"这一位,是因髻发子戏剧中的情况而要提起诉讼的小河……先生,这个称谓对于俺们来说也很自然呀,可是不论是谁,就请都让俺直呼其名……在这个国家的教育行政领域留下了成就。在他担任文部省某局局长这个要职期间,经常出现在国会的电视转播节目中。像古义人这样关注战后教育之未来的人,是会感到眼熟的吧。这一位,就是在刚才说到的那条线上也表明政治态度的小说家长江古义人,您同样熟悉他的面孔吧。俺叫习惯了古义人这个名字,因为跟此人父亲之间的渊源,好歹往来到了今天。本来,小河夫人也是要来这里的,已经为商议预备性会谈而来到四国,说实话,却因为那件事而认为无可挽回了。总之,小河说,也是为了弄清楚是否除了打官司就没有其他办法,所以自己想要跟髻发子谈谈。

"可是，髻发子这一方却强硬表示已经跟小河夫人谈过，这就无法安排和平的会见喽。与其说是小河，倒是正在此处的小河财团里的这两位说是必须让小河跟髻发子直接会谈……从髻发子这一方来说，就成了强制性的会面。不过呀，如果问题能够在这里圆满解决的话，打官司的事就应该会一笔勾销。"

挂帘被推开，一看便知是农场人员的两个年轻男子走过去，把塑料瓶装饮料和纸杯以及像是带馅儿面包的纸箱，搁在堆放着文件的空当里。陈旧且看似沉重的挂帘好像充分发挥了隔音效果，在门扉被打开的短时间里，突然倾盆而下的雨声与大风吹动森林的风声传了进来。离开峡谷之前我顺路去了"森林之家"，还为阿亮带来了遮蔽杂音的"博士"牌头戴式耳机，我认为自己做出了正确选择。

"那么就开始吧，在长江到达之前，直接到达（这在髻发子来说，是被迫带到）此处的这两人之间已经探讨了问题点。从髻发子这一方来说，这个部分无论如何都是非常必要的；而从小河这一方来说，则是绝对要删除此处或是必须修改，目前存在着这样的对立之处。

"而且有两处这样的地方。首先请看第一个问题点，到底是伯父跟侄女之间的关系吧，这甚至都让俺感到意外了，髻发子马上就说这里可以删除……

"脚本里呀，首先是这里，用红色签字笔圈起来的部分，说是可以删去这整个儿一个场景。由于是完整地删去一个段落，所以据髻发子说，不需要为修补此处而改写，仅仅删去就可以了。也就是说，没有必要为修补此处而写新台词。所以，订正后的脚本，该说是文体吧，也就没必要因此而烦扰古义人了。"

小河看着我确认脚本，毋宁说，他的态度看上去倒是在检查着我本身。在看清我读完问题之处后，小河开口说道：

"这个场景，得到髻发子的同意，确定将被删除，因而实际上已经无须谈论了。只是这样的场面本来是要演出的,长江先生对此也表示了同意,我……作为从年轻时就同时代地阅读您作品的人呀,就对髺发子说,较之于思想内容云云,这首先就不是长江古义人文章的文体,倒不如说,这才是对作家长江的失礼。然后,就要求髺发子删除这一段内容。这是我要对您说的。

"不过,这个场景呐,就内人的理解而言,说是隐藏着更深的恶意……髺发子邀请我参加明天的公演,期待出现如下剧情进展——坐在观众席上的我与舞台上的髺发子之间发生争论。据说那是'扔死狗'戏剧的做法呐。髺发子揭发我的罪状,我对此进行反驳。看到这个情景后,说是髺发子就对正在舞台里面伺机而动的、扮成系列电视节目中上场人物装扮的二人组合命令道:'助君、格君,让他看看那东西!'二人组合就手持棒头绑上塑料袋的棒子……说是里面塞进了沾有陈旧血渍啦干燥后的污物的物件……用那根棒子的棒头咚咚咚地敲打地板,威胁我说'没看到这个吗?'……说是这样的场景可是经过长江先生的认可,这才写入脚本的。"

"那是在戏剧中作为次生性插入的场景而制作的。"我回答说,"是假想你和髺发子之间将发生损毁名誉的官司,年轻演员……就是组成'助君 & 格君'这对搞笑节目搭档的两人……根据一个构思编制了滑稽短剧,这个构思就是髺发子她们面对在法庭上为原告方作证的你提出反方盘诘。的确,是我把它收入到最后一稿中的。"

"在这个场景中,发挥'死狗'作用的、用塑料袋装着的东西,是如果确实打官司的话,将会向法庭提供的证据。"髺发子说,"第一个袋子里,装的是我十七岁被你强奸时附着血液和体液的内裤。第二个袋子里,装的是我被迫堕胎时,鼓起勇气向护士要来的……处理过后的东西。我请教了专家,据说可以经受住当今的 DNA 鉴定。"

"无论这种证据物在打官司的法庭上是否会被采用,在明天的公演上呀，我们年轻时流行的隐秘的低级趣味暂且已经被删除了。"小河对我说道，"也是为了国际性文学大奖获得者长江先生的名誉嘛，这样很好。"

"我认为这有别于长江先生在文学上的名誉。"髻发子说，"关于说好了由我这方面撤销的部分，这不就可以了吗？从现在开始必须讨论的是，关于大黄所说的第二个问题点，这就开始讨论吗？

"……这第二个问题点，是小河的律师们提出的主张。这个主张认为，直至发生那个事件之前，小河与我那将近三年的同居生活是圆满的，毋宁说，是作为那种亲密关系的延伸，才发展到那一步的。也就是说，我们拥有发展至性行为的基础。而且，还强调指出那一年我已经十七岁了。"

"你呀，用你本人俏皮地说出的话来说，你同意且享受我们'两人同时进行的自慰行为'，在某个阶段为了终止而彼此使用手指，因为永远拖下去就做过头了（这可也是你的措辞），这不就成了那种习惯了吗？"

"可我当时没意识到这就是性行为。"

"确实是那样，在那个时间点上，不知不觉就越出了常轨……不就是那样吗？"

"越出常轨？这是指'从已然成为习惯的行为中脱离了正轨'吧，伯伯？"

"你能如此从正面认可这个语义，关于第二个问题点，不就可以看到超越的方法了吗？（小河氏好像被髻发子所称呼的伯伯这个称谓所鼓励）我们共同享受那一切，而且这种关系还让我们有意识地品味'两人同时进行的自慰行为'那句话的滑稽……不就是那样吗？

"可是突然间，因为先锋派戏剧暴露低级趣味的做法，就要用你那公开隐私的戏剧呀，把我给骗出来。假如我不上那个当的话，你就准备好扮演我这个角色的家伙。那家伙将在脖子上吊一块画板,把我的姓名、以前的官职直至获得的勋章都写在那上面。事到如今,那样的场面究竟还有什么必要继续保留?"

"自从那时以来的这十八年间,我一直在思考着的根本问题,就在于这其中。要翻到那一页吗?在这种风雨交加的大风暴中,无论喊出多么大的声音我都无所谓。"

仿佛向小河挑衅一般,髻发子把上身挺得笔直。小河受到了一击(而且确实情绪复杂、思绪翻涌,从内到外都在震撼着,我至今还能回想出那个情景),我看着他站起身来。

"像这样呀,大黄,协商又回到了出发点。这个人呀,我说的话她可一句也没听进去。这完全是在徒劳无益地浪费时间……我需要休息一下,跟内人和律师约好的打电话时间也已经过去一个多小时了吧?"

小河已经走了出去,两个男人随后而去,大黄也只对我做了个像是打招呼的动作,便在狂烈的狂风暴雨中一路追去。

髻发子被单独留在我的面前(事务所门外监视着的那两人身穿白衬衣的脊背,在倾盆而降的大雨的阴影中隐约可见),脸上显露出此前一直戴着金属眼镜压下的痕迹和疲惫、激愤,她将面孔转向我,说道:

"直至最后的最后,还是给您添了麻烦,对不起。"

"我总是对小说进行改写,对讲演记录进行改写,比起从一开始写稿子来,我需要花费更多的时间修改稿子呀。出于这个习惯,我正在考虑,是否就按照小河他们的要求,对刚才小河提出的要求,以及你们已经达成协议的、有关他的台词那部分,修改成你也不会感到为难的内容。"

"在我来说,存在着绝对难以认可的部分,"髻发子说,"不过,由于中学方面过于严格地遵守演出时间,所以请你对这次公演用的脚本作了多次修改。虽说我和阿律的草稿建立在你的电影剧本的基础上,却另加了我们自己想要表述的东西,因而过于冗长……请你咔嚓咔嚓地删去,设法接近了'述怀'的文体。为了确认这一点,在'鞘'举行电影放映活动之前,观看了《铭助妈妈出征》DVD……樱女士在摄影机前一面表演'述怀',一面发出被鬼魂附体的声音。'铭助妈妈'的鬼魂就出现了。

"刚才与伯伯争吵时,我意识到就像自己在这次公演中将要扮演的、被'铭助妈妈'的灵魂附体了的'灵媒'一样,我也是一直被十七岁时的我本人的灵魂附体在身的'灵媒'。伯伯之所以大吃一惊,该不是因为他与我几乎同时意识到了这一切?该不是感觉到了转移至三十五岁女演员扮演的'灵媒'上来的、显现到现实中来的那十七岁的灵魂了吧?我甚至在想,伯伯该不是为了确认显现在现实里的十七岁姑娘,而在今晚再度回到这里来的吧!"

大黄穿着湿透了的工作外套回到屋里,雨水同时从帽子上滴落而下。脱去工作外套后,大黄把自己抛在里面的沙发上,从他身上传来浓烈的雨水气味。

"小河氏与跟随在夫人身边的律师通了电话,结论已经出来了。说是能够显示小河氏跟十八年前的鬐发子之间关系的台词,要求全部删掉;如果不能就此达成一致,就继续监禁鬐发子;在那个时间点上,公演将彻底完蛋!假如企图重新演出的话,就以已经弄到手的演出脚本为根据,提起损毁名誉的诉讼。这就是所谓的最后通牒。而且,小河氏摆出架势,今天夜晚要等待鬐发子的态度开始软化。

"不过呀,古义人,俺刚才也还对小河氏说,俺认为这台戏是应该演的。当地的农民苦于贫困,爆发了'铭助'的暴动。女人们也好,孩子们也好,都集中在'铭助'的旗下。暴动成功了。数年过后,农民们又被逼得走投无路。在此期间出现维新的大动荡,藩消失了,又被从国家派来的大参事折腾得痛苦不堪呀,无论对手是谁,要是最弱的女人和孩子不参加暴动,一切都无法开始。于是,'铭助妈妈'被推选为新的领导人。叫作'铭助的转世之人'的孩子进入森林,在'破坏人'午睡的地方(跟死于牢狱中的'铭助'的灵魂并排躺下)被传授战术。这次不是由旧'藩',而是从新国家的'郡'派出军队,决心踏毁大河滩上的暴动队伍阵地。在战斗的开始阶段,'铭助的转世之人'带来的幼小孩子们哭了又哭,这些'大哭孩子'跟女人们终于迫使军队撤退。明治政府派遣来的大参事自杀身亡⋯⋯

"这个暴动的故事呀,老实说,俺也收到了髻发子你们的这个脚本,可是知道得非常清楚啊!尤其是刚才那段内容,古义人把阿律调查来的情况给收入到新的'述怀'中来了吧?俺认为,就算仅仅是为了让当地的人们记住这一切,也是自有演出这台戏的价值的!

"那么,接下去就是俺想问问髻发子的问题。在这台暴动的戏里,髻发子为什么必须要说遭到小河氏强奸的事呢?为了使公演成功而忘掉那件事,在演出结束时反复唱着女人们出来参加暴动的歌,让气氛热烈起来,以此结束全剧,这不是很好吗?要是这样的话,小河氏是不会进行任何干扰的。为什么不这样谈妥呢?髻发子,这就是俺的疑问啊!"

"首先我要说的是,大黄,"髻发子笔直地面对着大黄调整好坐姿,她开口说道,"'铭助的转世之人'被用碎石子杀害,'铭助妈妈'遭到强奸甚至惨遭轮奸,被人用门板抬下山来,这些内容在盂兰盆节的'述怀'里都有。即使在'鞘'放映的电影里面,听说在最初的电影剧本里,那些场景也都是有的。在电影制作阶段,那个场景被剪去了,因而没能完成。实际放映的电影,就像大黄所说的那样,'铭助妈妈'再度'述怀',在参加暴动的女人们的大合唱中达到高潮之际剧终。还有贝多芬的音乐呀喊叫声的、某种余波一般的美好表现……

"我也是呀,把这个大合唱形式的剧终原封不动地引入了戏剧。只是在那之前,我的戏剧清晰地描绘了'铭助妈妈'和她孩子的受难。而且,此前我一身'铭助妈妈'的装扮,以'述怀'形式讲述了在那之前的受难故事……这时却要独自拼命脱去歌舞伎的戏服……扮回在序幕阶段身穿藏青色长裙的女性。那个我呀,被姑娘的怨魂所附体,一一讲述十七岁的姑娘遭到强奸,强奸了她的男人,是个在自传里写着'自己在这个国家的教育领域里构建了目前的支柱'的人物,他的夫人则说是为了维护国家的教育而强迫姑娘堕胎。

"男方如果需要反驳的话,我们在观众席上为此而准备了演员。不过,他的证言将会被我的反方盘诘所粉碎,获得胜利的我被登上舞台的女人围拥起来,这将成为女人大合唱的'述怀'。气氛越发高涨,催促女人们为了将再度发动的……可以说是永远的暴动而出征便形成这最后一幕。然后,新出生的'大哭孩子'及其母亲们也将加入进来。"

髻发子讲完了,她在连续讲述期间直视大黄,不曾避开她目光的大黄此时低下了头。由于这沉默,暴风雨的声响越发高涨起来。过了一小会儿,又过了一小会儿,终于,大黄(还有我)消除了紧张。

3

在极短的时间内,髻发子便露出极为疲惫的神态,她的块头不小,胸脯却显得单薄,只见她将脑袋低垂在胸前,于是大黄转而恢复为处理事务的语调,用沉稳的声音说道,先前自己跟亚沙商量的事情,现在已经准备妥当。在老旧的主楼里,已经扩建了古义人的也曾洗过澡（虽然大黄这么说，可是入内洗澡的却是语言学军官皮特和吾良）的那个温泉，从外部也可以使用了，又在温泉另一侧建起了面向一般客人的大餐厅。不过目前也没人来了，便只将其深处改建成大黄的起居室。

新楼是在修炼道场全盛时期，被指定为县里的教师培训设施而建造起来的。一层是大教室、自习室、餐厅和教师们的住宿设施。二楼是特殊客房。尤其是东头边角的房间，既有厕所又有浴室，如果在饭店里的话就是套间，髻发子住在寝室里，这一侧的起居室呀，没有办法，小河氏财团的那些家伙搬进去两张预备床铺并控制起来了。挨着套间的西边那间贵宾房，虽说并不那么宽敞，却也有两张床铺，当然，房间里也有厕所。阿律跟阿亮住在那里，现在又加上了亚沙。亚沙问了阿亮，说是睡觉的时候呀，就请古义人跟阿律替换着睡，怎么样？

"不，我要保护阿律！"阿亮这样答复。

"俺请亚沙就在她主动让给古义人的那间起居室里照顾古义人。且说小河氏，也是考虑到夜里夫人要打来电话，在这么高的地方使用手机又比较危险，就在长期讲师住的另一栋拉上电话线的屋子里，请他喝睡前酒……情况就是这样，俺打算就此结束今天夜晚的所有预订安排。暴风雨越来越厉害了，因此会让年轻人把小型厢式货车开过来，把髻发子、古义人还有自己这三人送到住处。然后，自己将回到这里，打算也稍微喝点儿睡前酒。古义人你要是有急事，就对守候在新楼大厅里的青年打个招呼，让他用厢式货车给送到这里来。髻发子会受到小河氏带来的那几个家伙的监禁，实在是无可奈何。"

我们各自在过夜的地方安顿下来时，已经过了凌晨两点，从窗帘缝隙中看到的森林一片黑暗。每当远方响起霹雳，在闪电的照耀下，阔叶树那繁茂的叶片便突显而出，看上去如同翻滚着的浪潮一般。

暴风雨丝毫不见减弱的迹象。

从幼年时算起,我和亚沙相隔六十多年后,又在同一个房间各自躺在并排铺放的被褥里。熄灭电灯后不久,只听见猛烈的暴风雨的声音。

"……古义哥哥,又记得年轻军官们唱的德语歌,鬈发子开始练习'铭助妈妈'的'述怀'之际,你又指出歌谣中的节奏不合拍,还帮她修改订正。当年,我和妈妈为阿亮的音乐才能而感动,那时我认为这是源自千樫嫂子的血缘,可是,这其中或许也有古义哥哥的遗传吧。妈妈曾说过,那年自己在峡谷中的戏园子里演出时,你没费事就记住了'述怀'……"

借着暴风雨的声响(房屋也在不停地吱嘎作响,几乎让我忘却了平日里的耳鸣),我装作没听见亚沙那压低了的声音。

"古义哥哥,你大概还记得峡谷里的童谣吧?'羊蹄羊蹄①从哪里来?羊蹄把一只胳臂忘在了哪里?咚咚。'我学着周围的孩子唱着这歌,却被妈妈敲打了耳朵后面,由于这是第一次被妈妈敲打,当时还吓了一跳……"

我当然无法想象出大黄年幼时的面容(当时亚沙也是为嘲笑年长的大黄才唱的吧)。

"……古义哥哥,在你和阿律前去对面的二楼看望留在那里的阿亮期间,我自己留在这里,当时大黄过来检验让年轻人运送过来的被褥,我从那张桌上拿起镶在旧框子里的照片,刚想细看,大黄就过来说道:'这个,哎呀!'随手把那照片揣进湿漉漉的工作雨衣的口袋

---

① 羊蹄为蓼科多年生大型草,自生于原野和路旁湿地中,根茎粗大呈黄色,雌雄同株,茎、叶可食用,根茎则可药用,且可与大黄代用。文中童谣以此喻指单臂之人大黄。而大黄则为蓼科多年生大型草,高约两公尺,叶与羊蹄相似,根茎呈黄色,去除表皮后为制作药材"大黄"之原料。

里。在大草原上高高突起的顶端,身着旅行家似的服装的……这该不是间谍吧?……爸爸站立着,旁边有一头驮着行李的毛驴,大黄虽是孩子,个头却不小,像是要守护搭载着的行李似的把身体依靠在上面……古义哥哥不妨问问大黄是朝鲜还是中国的出身……'水死小说'已经没有了,所以羊蹄也不会再防范了吧。"

我仍然沉默不语,当然,亚沙知道我是在装睡。

"大黄是个从小就吃了很大苦头的人,所以在外人看来,是不会知道他相信谁或是不相信谁的。不过,他是个有想法的人,我觉得这一次和以前一样,他跟谁都不是同一伙的。"

由于亚沙说了这种话,我终于回应道:

"除了他相信我们的父亲是他终生的恩师这件事。"

"我觉得是在与爸爸拍了那张照片后不久,羊蹄就……把一只手臂忘在了哪里……而吃了大苦头,这是事实,估计爸爸是感到了责任,从而多少履行了自己的义务。"

"在对面的事务所里呀,就是我第一次把吾良带回家里、你也见到他的那一次呀……是从这里回去的途中,顺路回到峡谷里的……现在细想起来,当时看到了好像与妈妈那只'红皮箱'配套的,也就是说肯定是爸爸所有之物的、形状稍大的皮箱。这次也是,那皮箱就放在事务所靠里面那张沙发上呢。

"于是我就回想起来,吾良和我在松山与大黄见面时也是这样,他让修炼道场的年轻人把那皮箱搬送到道场后的旅店里来了,还说这是自己这些人随身携带的武器库。就是在峡谷的河里捕鱼的弹弓鱼叉嘛,把磨尖顶端的粗铁丝装进竹筒,再用橡皮筋的弹力发射出去。吾良说这恐怕算不上武器吧,大黄于是发起火来,说道:当敌人打探到这里的藏身处时,会让侦察兵从钥匙孔往里面窥视。那时就可以从里面'啪'地发射出去,怎么样?吾良就说真恶心。大黄随即说道,如果能搞到时髦的武器,就不会使用被你称为恶心的战斗方式了……"

亚沙也表示这真恶心,像是受了刺激的样子。作为不想继续说下去的象征,她把自己备下的、放有安眠药和水的托盘推近我这边的草席。

4

我沉睡在最近不曾有过的深度睡眠中。睁开睡眼后,我松了一口气,这是因为虽然还在继续下雨,森林中的空气和微光已经充满天井低垂的房间。面向农场那边的窗子只打开了木板套窗,窗下的榻榻米至被褥这边的狭小空间里放着一张藤制无腿靠椅,亚沙坐在那靠椅上,正小心谨慎地等待我的醒来。

"都已经是那么多年的职业了,我还是弄错了安眠药的剂量……由于古义哥哥睡眠中的呼吸毫无问题,我也就不担心了。"亚沙说,"尽管这样,你还是听到手枪的枪声了吧?"

我虽然不曾听到枪声,却也感到自己对于这句话并没有特别吃惊。

"似梦非梦之间,好像是感觉到发生了什么。虽说是梦,却没有相连的条理……而是断片性的东西。"

"我要说说已收到的阿律的汇报:阿亮也是托'博士'牌头戴式耳机的福,一直沉睡到刚才。关于这一点,请你放心。"

以亚沙对我如此说出的内容为基础,还包括事后阿律补充的细节,我书写整理如下:

昨天夜晚,阿律和阿亮吃了亚沙送来的便利店供应的夜宵,在并排放着的两张床铺中的一张床上,把阿亮那硕大的身躯用毛毯包裹妥当后,阿律便也睡下了。雨点直接打在屋顶上的雨声,还有森林里如同漩涡般的巨大风声,使得阿律无法入眠,阿亮却和我一样,丝毫没有睡醒的迹象。

在这期间,成年男性的说话声隔着东侧墙壁传了过来。男人在不停地大声讲述(较之于在事务所短暂见面时,感到小河氏的说话声平和下来)。有时是女性的声音在应答,那是好像顾忌阿亮的情况而压低了嗓门的鬈发子的声音。不像是争辩的声音。有时则是两人互相推搡对方身体的动静,这动静很快便中断,继而像是男人在调戏女人的模样而且越发露骨。然而,尽管鬈发子感到愤怒,需要帮助,却不曾大声呼喊。小河氏那边也是如此,无疑是在执拗地挑逗着,却不时混杂着笑声,这种你来我往在持续着。

将近一个小时过去了,随后,在床上进行对抗的动静隔着墙壁确切无疑地传了过来。阿律没打开室内灯光,只把房门稍稍拉开一点儿,便与在隔壁房门正面(手持警棍)正监视这里的、小河氏手下的视线相遇。或是为了威胁阿律,或是为了向她身后的所有人表明自己的意思,总之,那家伙高高地挥舞着警棍。阿律关上房门,就那样站立在原处。听那动静,已经不是调戏而是持续不断的搏斗,在此期间,小河氏用与此前不同的厉声命令第三者做什么事情。随后是打开房门和关闭房门的声响。阿律放下心来,回到自己的床铺并坐了下来。阿律估计,是隔壁房间直接监视这边的另一个手下先前调戏了鬈发子,小河氏短暂离开后回来时发现并训斥了那个手下。尽管如此,阿律仍然放心不下,再次打开房门,向隔壁房间的门口偷偷望去,不见了刚才那个家伙,不过房间里的声响和推搡的动静却仍然持续着。房门自然锁上而关闭起来,阿律从亮着微弱灯光的大厅下楼来到一层前厅,却没有任何人出来。唯有被带到农场来的时候曾与大黄短暂见面的事务所里亮着灯光。在风雨交加的黑暗中,阿律连雨具都没有,便光裸着双脚沿着铺石路走了下来。

大黄和衣躺在事务所里面的沙发上,正从放在方桌上的一升装烧酒瓶往杯子里加掺酒水。他虽然看到阿律,却是什么也没说,什么也没问,只是随即穿上立在脱鞋处的长靴,套好先前扔在一旁的工作雨衣,然后回到沙发那里,从搁在沙发角落处的皮箱里取出用橡皮圈勒住、防水油纸包着的东西,将其装入雨衣的口袋里。他用一只手从外套外面用力捂住那里,只在转瞬间盯着阿律看了一眼,显现出不寻常的表情。阿律没能领会那是什么意思。大黄既未打开手电筒,也不见留心脚下的样子,出门大步向远处走去。过了一段时间,连续传来两声枪响,阿律依然坐在方桌旁那排椅子里顶头的那把椅子上。

大黄很快就回到了这里,他把后背依靠在打开的门扉上(那里满是从大黄身上淌下的水滴,虽然只有一条胳臂,他的身体却是格外庞大,阿律惧怕得连话都说不出来),用温和的声音对阿律说道:

"开枪击中了小河。枪里还有子弹,不过没有伤害小河的手下(大黄这么说着,把手枪包裹放在脚边的地板上)。已经吩咐他的手下,等天亮后通知警察把尸体运走,在那之前,先给装到车里去。要是就那么放在房间里,鬈发子会感到害怕吧。

"古义人起床后来到这里的话,请你告诉他。俺在隐蔽处看到舢板离去的情景,以为先生的继承人古义人会随同而去。你大概会认为,继承人要是一起死在大水里不就全完了吗?但是,先生让古义人帮着……这里可是要紧的地方呀……预先做了浮囊装置放在'红皮箱'里。河边的孩子都精通游水,只要有能被抓住的、装有浮囊装置的'红皮箱',就不用担心会被淹死呀。先生本人已抱有赴死之心,却想在死后把附体于自己的怨魂转移到古义人身上,是想把古义人当作真正的继承人吧。俺眼下可是想到呀,父子俩在那场大水中坐进舢板出行,是为了把怨魂的'灵媒'从自己身上转移至古义人的

319

更换仪式。

"可是,当古义人坐进舢板时出了错(也可能是出于自己的意思而拒绝),就没能顺流而下,只是目送着古义的幻影跟父亲一起离去……刚才开枪的时候,俺虽说只有一条胳膊,却未曾射偏,本来附体于长江先生的怨魂,现在把俺当作新的'灵媒'了。虽然已经耽误了太长时间,不过俺还是跟随而去呀。长江先生最好的弟子,还是俺大黄啊!"

大黄随后踟蹰起上半身(阿律担心他这是要脱去长靴上来,从而越发害怕起来,结果却不是那样),用原本插在房门内侧伞架里的物件整理脚下以便出行,然后头也不回地出门而去。暴风雨尚未停息,周围仍是一片黑暗,早先看到停放于旧楼里面的大型奔驰车沿着农场的道路一路向下驶去。阿律消除了自己的紧张,因担心阿亮而哭泣出来。

亚沙继续说道:

"当然啦,鬈发子受了打击,搬到阿律的房间里,已经让她睡下了。将取消今天的公演,已经请村公所广播通知。给千樫嫂子打了电话,告诉她阿亮和古义哥哥都平安无事。电话里顺便说起了鬈发子今后的事,估计媒体会哄闹起来,因此鬈发子的戏剧活动暂时是不可能了。由于蒙受了那么一种事情,也许她会怀孕。万一果真如此,我无法说服那人接受人工流产。直至孩子出生以及在那之后,鬈发子和桂君如果打算在'森林之家'隐居的话,我会尽自己的力量提供帮助。关于'森林之家'的事,我希望按照以前商定好的那样安排,话刚说完,千樫嫂子就慨然答应了我的要求。

"另外,剧团的活动如果暂时停业的话,大概也会出现生活上的问题,我对千樫嫂子说,可否考虑让阿律去东京,在那里继续负责阿亮的音乐课?我想知道嫂子的想法。说完这话后,我把电话转给了阿亮,他就说道:因为中学里的钢琴没有调音嘛。他这是把前面所说的阿律在东京教授音乐课的话给考虑进去了呀。"

我感到新楼方向有了许多人在活动的响动,同时觉得亚沙面对现在以及今后的事态所做的处理非常可靠,有一种不屈不挠的精神。还有一件不同于此的事,那就是我想起在这个夜里的深度睡眠中,时断时续地梦见的一个景象——(自己仍然只是)目送着往滂沱大雨中的森林高处、往森林深奥之处登攀而去的大黄的背影。

支撑着我这梦中记忆的,是两个汉字。不见停息的暴雨使得阔叶树林里积满了大量雨水,其全貌将森森广远、淼淼深邃吧。在这漆黑的夜晚,被强风吹倒或失足滑倒的人,倘若没有重新站立起来的想法,水死于那里也是很容易的吧。

不过,大黄是个善于在森林中行走的老手,他会谨慎地奋勇向前而绝不会倒下吧。修炼道场正上方的森林从本镇区域迂回过去,与峡谷的森林连接起来。大黄将会奔走不息,将近拂晓之际,就已经到达无须担心追踪的警察队伍会追赶上的场所吧。然后,他只需将面孔埋入树木最浓密的叶片上蓄满的雨水中,站立不动水死而去。

大江健三郎文学互文性叙事策略及其意义
——以"奇怪的二人配"后三部曲为分析对象

许金龙

在大江健三郎文学浩瀚的小说作品中,创作过程历时十多年的"奇怪的二人配"六部曲(《被偷换的孩子》《愁容童子》《别了,我的书!》《优美的安娜贝尔·李 寒彻颤栗早逝去》《水死》和《晚年样式集》)无疑是大江文学的集大成之作,更是其剜肝以为纸、沥血以书辞的巅峰之作。尽管在大江文学的几乎所有小说文本中,都或多或少地存在与其他文本和自己的前文本之间的互文关系,可是较之于"奇怪的二人配"这晚年间创作的六部曲,此前的互文性写作可就算小巫见大巫了。囿于篇幅所限,本文将聚焦于后三部曲(即《优美的安娜贝尔·李 寒彻颤栗早逝去》《水死》和《晚年样式集》)的互文性叙事策略及其意义。

其实,互文性原本是文学批评术语,由文学批评家克里斯蒂娃于一九六七年在《词语,对话与小说》中提出,经由其导师罗兰·巴特的讨论而广泛传播,其拉丁语词源"intertexto"以及由此派生出的英语单词"intertexture"都是与纺织相关的用语,含有"编织、交织、混合"等语义。早在克里斯蒂娃提出互文性这个术语之前大约半个世纪,英国诗人T.S.艾略特就在诗歌创作中尝试了"编织、交织、混合",并于一九二〇年在《圣林》一书中表示:在一个诗人的作品中,"不仅最好的部分,而且最具有个性的部分都是他前辈诗人最有力地表明他们不朽的地方"①。

在"奇怪的二人配"六部曲中,这种情况亦然:六部长篇小说里"最好的部分,而且最具有个性的部分",照例也是其"编织、交织、混合"了诸多诗人、作家、剧作家、文化人类学家、作曲家等前辈的作品中具有意义的部分后,在生发出新的意义之际,"最有力地"佐证了这些前辈"不朽的地方"。譬如六部曲之第四部《优美的安娜贝尔·李 寒彻颤栗早逝去》与普鲁士剧作家和小说家海因里希·冯·克莱斯特的《米夏埃尔·科尔哈斯》之混糅,六部曲之第五部《水死》与法国启蒙运动时期思想家夏尔·德·塞孔达,孟德斯鸠的《波斯人信札》之混糅,六部曲之第六部《晚年样式集》与大江私淑的"大先生"鲁迅的《孤独者》之混糅,都"最有力地表明他们不朽的地方"。更为重要的是,大江借助如此互文叙事策略,在《优美的安娜贝尔·李 寒彻颤栗早逝去》中建构出一片跨越人种、民族和时空的场域,在这个场域里,无关人种和时空,社会底层贫民总是在经受着林林总总的苛捐杂税、巧取豪夺、强奸/轮奸、压榨和杀戮等梦魇式的各种苦难,当然,贫民们也总是在用其微弱的暴力反抗给他们带来巨大苦难的藩主和容克,尽管这种向死而生的反抗经常伴随着惨重的牺牲;在《水死》中,借用弗雷泽有关"杀王"记述,对自己的精神史进行解剖,从而发现日本社会种种危险征兆的根源皆在于绝对天皇制社会伦理,进而呼吁人们奋起斩杀存留于诸多日本人精神底层的绝对天皇

---

① 李应志著《互文性》(*Intertextuality*),收录于《文化研究关键词》,译林出版社,二〇〇七年,P117。

制社会伦理这个庞大无比、无处不在的王,迎接将给日本带来和平与安详的民主主义的这个新王;在《晚年样式集》里,爱德华·萨义德之"作为意志行为的乐观主义"与鲁迅之"绝望之为虚妄,正与希望相同"的叠加作用,使得大江在文本内的分身长江古义人得以在"三一一"东日本大地震、大海啸、福岛核电站大爆炸导致的核泄漏这一末日景象中挣扎着站立起来,为孩子们写下了"我无法重新活上一遍,可是/咱们却能重新活上一遍"……

如何与过往的历史进行对话,如何了解历史事件在其发生之时意味着什么,如何理解该历史事件对于当下甚或未来具有怎样的意义。"反省"是上述话语的关键词,也是大江从人文主义者渡边一夫那里继承、坚守并内化了的道德和伦理——"保持具有人性的反省……因为我们已经决定将这种反省置于正面而去思考"①。

这种从边缘和历史出发的叙事策略显然与"马克思主义批评理论一直在努力使文学批评具有历史维度"的主张高度契合,因为这种主张"认为需要返回历史,把历史当作重要的出发点来理解文化生产、批评概念、意识形态、政治和社会的范畴"②。就这个意义而言,大江在小说文本中频频引入暴动历史以展开边缘叙事也就不难理解了。

一、人文主义的审美指向——向死而生的战斗精神

晚年六部曲之第四部长篇小说《优美的安娜贝尔·李　寒彻颤

---

① 大江健三郎著《解读日本当代的人文主义者渡边一夫》,岩波书店,一九八四年,P79—80。
② 张京媛著《新历史主义与文学批评·前言》,引自《新历史主义与文学批评》,北京大学出版社,一九九七年,P2—3。

栗早逝去》出版于二〇〇七年十一月,这部小说里也有一位如同爱伦·坡笔下那位安娜贝尔·李一般纯洁的美丽少女,这位被称为"永远的处女"的女主人公樱身世悲惨,在惨烈的二战末期,除了她本人被疏散至农村而侥幸存活下来,其余家人均在东京大轰炸中身亡。美军占领日本后,她被一个美国军人收养,身穿让邻居羡慕的漂亮裙子,似乎从此过上了幸福生活,并在那个美国军人摄制的电影《安娜贝尔·李》中饰演身穿"白色宽衣"的少女安娜贝尔·李,樱由此被电影界所关注,很快便成为著名童星,最终活跃在以好莱坞为中心的国际影坛。

　　为纪念普鲁士著名剧作家、小说家克莱斯特二百周年诞辰,一些国家的电影制作团队计划将其小说《米夏埃尔·科尔哈斯》制成不同版本的电影,樱被这个"M计划"选定为亚洲版电影的女主角。电影即将开机之际,由于摄影师偷拍近似裸体的少女这一丑闻而被迫中止,制片人木守为迫使樱中止摄制计划,便心怀叵测地让其观看她少女时代出演的《安娜贝尔·李》原版电影,由此她才知道每夜所做噩梦的真相——拍摄那部电影时,自己被诱骗服下安眠药后,收养了自己的那个美国军人(后成为其丈夫)便在草地上残忍地将"粗大的拇指转动着强行戳进狭小的小穴"①……然而,当樱与其后变身为"马加尔沙克教授"的那个美国人结婚后,这位教授却从不曾与宁芙特征日渐消逝的樱发生真正意义上的性爱关系,只是在研究室里珍藏着当年拍下的《安娜贝尔·李》原版电影,或者说,珍藏着躺在草地上的那具白色的"小小裸体",至死都没有对樱说出这个秘密。当然,目睹自己幼时惨遭蹂躏的镜头所带来的刺激并不是唯一的打

---

①　大江健三郎著,许金龙译《优美的安娜贝尔·李　寒彻颤栗早逝去》,人民文学出版社,二〇〇九年一月,**P167**。

击——制片人木守不久前还在京都的旅馆里与樱同宿一床,为迫使她退出原计划摄制的电影,现在不惜用这个"卑劣"手段把她送进了精神病院……樱处于巅峰期的演员生涯至此不得不画上句号,从此沉寂了三十年之久。在这种令人绝望的状态中,樱始终抱持着一个不曾破灭的希望——回到日本那片森林里去,亲自出演发生在那里的两次农民暴动中的女英雄。就在这边缘地带的故乡森林里,在以边缘人物"母亲"为中心的历代农村女人的帮助下,樱振作起来回到日本,"……摄影机分开被枫叶浓烈的红色映照着的树林所围拥着的女人们进入。樱那感叹和愤怒的'述怀'高涨起来,呼应着歌谣虚词的人们如波浪般摇晃。在那声浪的高潮点上,沉默和静止突如其来。'小咏叹调'充溢其间,此时,樱的喊叫声起,作为没有声音的回音,银幕上群星在闪烁……"①

在大江的文学地形学图版上,故乡村外那座由阿婆和母亲长年供养的庚申堂这座小祠堂是个极为重要的符号,直接指涉其供养者阿婆和母亲。当然,在这个文本里也不例外,我们可以很容易地根据这个符号的相关指涉推演出这样一幅线路图:阿婆和母亲供养的小祠堂收藏着母亲演出用的戏服→母亲曾演出"铭助妈妈"并激昂"述怀"→"铭助妈妈"协助并实际参加了森林里的暴动→暴动胜利后,暴动领袖"铭助的转世之人"惨遭官方势力活埋,"铭助妈妈"则被藩府的打手们残忍轮奸→被救下山时,面对富商不怀好意的嘲弄,原本全身瘫软的"铭助妈妈"却"从门板上扬起头来大声答道:'如果你想知道心里好受吗,老爷,下次就该轮到你了吧!'"②→这种激越的台词与悲剧性情节形成悲苦、激愤和不屈的"述怀",借助"母亲"的吟

---

① 大江健三郎著,许金龙译《优美的安娜贝尔·李 寒彻颤栗早逝去》,人民文学出版社,二〇〇九年一月,P209。
② 同上,P156。

唱和樱的演出,"铭助妈妈"连同那段暴动历史被森林内外的女人们传承下来→"银幕上群星在闪烁"……

显然,这个源自大江故乡暴动历史的戏剧演出,使得不甘遭受藩府苛捐以及种种欺辱从而领导暴动的"铭助妈妈"母子噩梦般的苦难经历具有了广泛的社会性,森林内外的女人们尽管并未亲身经历那场苦难,却认同、接受了这个创伤记忆并感同身受地与之共情,再经由阿婆和母亲等女人们的戏剧演出一代代地传承开来。出于偶然也是必然,深陷绝望三十年之久的樱将"铭助妈妈"这个"女英雄"向死而生的战斗精神内化为自己的审美取向,从而成功饰演了这位"女英雄",在群星闪烁的银幕下,樱仿佛早已化身为那位"女英雄",在为自己找到希望的同时,也为更多处于绝望困境中的人们带来了希望……

这里的"群星在闪烁"无疑是个关键词组,使得我们立刻联想到《神曲》的《地狱篇》《炼狱篇》和《天国篇》各卷最后一个单词"群星"。在《神曲》原著中,但丁在此处特意且精准地使用了表示复数的 stelle 而非表示单数的 stella。《神曲》的中文译者田德望教授特意为我们指出,"地狱是痛苦和绝望的境界,色调是阴暗的或者浓淡不匀的;炼狱是宁静和希望的境界,色调是柔和的和爽目的;天国是幸福和喜悦的境界,色调是光辉耀眼的"①,由此可以得知,樱在绝望境地里始终抱持着希望并为之不懈努力,终于在偏僻森林里的农村女人们的帮助下,从文化和地理意义上的边缘之地的边缘人物的记忆和传承中汲取力量,到达了"群星在闪烁"的"光辉耀眼"且"幸福和喜悦"的天国。

---

① 田德望著《译本序·但丁和他的〈神曲〉》,引自《神曲·地狱篇》,人民文学出版社 2002 年版,P21。

令人扼腕的是,尽管樱在群星闪烁的银幕下为自己找到了希望并获得了新生,大江在这个文本里平行安排的另一个暴动领袖科尔哈斯却被代表容克贵族利益的选帝侯送上了绞刑架。这里提及的科尔哈斯是克莱斯特发表于一八〇八至一八一〇年间的中篇小说里的主人公,也是樱原本计划饰演亚洲版《米夏埃尔·科尔哈斯》电影中女主人公丽丝珀的丈夫。这部小说源于十六世纪发生在普鲁士的真实暴动事件,大江如此概述了故事的缘起:

> 科尔哈斯和仆役赫尔泽一同领着几匹马渡过易北河,进入邻国萨克森时,在一座漂亮的城堡旁被横在路面上的、从不曾出现过的木栅拦住去路。科尔哈斯被守关人告知,曾是自己故知的那位老城主已经死去,名叫温策尔·封·容克的幼主继承了城主的地位,根据他的命令,需要拥有通行证才能通过城堡前的关卡。
>
> 科尔哈斯要求向新城主直接陈述意见,恰巧这里缺少农耕的马匹,在管事的怂恿下,新城主对健壮的黑马表现出兴趣,商洽却未能成功。科尔哈斯与对方约定,自己路过德累斯顿之际,办好通行证后即来这里,并以黑马为抵押,留下照料马匹的仆役后,科尔哈斯便继续前往马市大集所在地莱比锡。
>
> 然而到了目的地后,科尔哈斯被告知通行证之说只是一个谎言。他还听说,旅客们在特隆肯堡受到了非法待遇。在回去的路上,他刚走进城堡就听说自己的仆役被打走、黑马遭受酷役而变得不成模样……
>
> 科尔哈斯办妥了在萨克森州德累斯顿的法院起诉容克少爷的手续,却由于容克有很多贵族亲戚在高层活动而遭致驳回。
>
> 于是科尔哈斯出卖了自己在勃兰登堡和萨克森的所有财产以筹措资金,决定用武力抗拒接连不断的各种非法迫害。为了阻止科尔哈斯的行动,妻子丽丝珀提议由自己代替丈夫,亲自前去将请愿书送到勃兰登堡的选帝侯手里。在实施这一计划的过程中,丽丝珀被阻止其接近国王的护卫所伤,不久后因此而死去。在葬礼这一天,冷酷无情的裁决书送

到了。

……那时,她以深情的眼神看着丈夫,握紧他的手,就这样咽气身亡了。科尔哈斯在心里想道:"我向上帝发誓,绝不原谅这个土财主!"他扑簌簌地流着眼泪,同时亲吻着妻子,将她的眼睛闭合上后,便离开了房间。

这时,大江不失时机地让文本中的角色木守有插上一句"这与幕府末年动乱期的社会气氛比较相似呀,应该会发展为皇帝无法控制的内乱"。这里的前一句话语将十六世纪发生于普鲁士的暴动与十九世纪发生于日本那座森林里的暴动巧妙地勾连起来,后一句话语则为大江在文本里思考暴动/革命的意义提供了空间,也为克莱斯特展开暴动/革命的叙事埋下了伏笔。与此同时,如此互文叙事策略还为其构建跨越时空和人种的历史场域提供了方便,这就使得文本中的历史维度具有越来越开阔的空间和越来越厚重的分量。他的这种从边缘和历史出发的叙事策略显然与"马克思主义批评理论一直在努力使文学批评具有历史维度"的主张高度契合,因为这种主张"认为需要返回历史,把历史当作重要的出发点来理解文化生产、批评概念、意识形态、政治和社会的范畴"①。就这个意义而言,大江在小说文本中频频引入暴动历史以展开边缘叙事也就不难理解了。

木守有所言"应该会发展为皇帝无法控制的内乱"这句话语,还预示了马贩子科尔哈斯为报复容克而发起的暴动将不断升级,最终发展至撼动国家政治秩序的暴烈程度。事实上也确实如此:遭受容克以及与之沆瀣一气的贵族们种种盘剥和欺辱并因此失去爱妻丽丝珀之后,"绝不原谅这个土财主!"的马贩子科尔哈斯变卖所有家财,

---

① 张京媛著《新历史主义与文学批评·前言》,引自《新历史主义与文学批评》,北京大学出版社,一九九七年,P2—3。

拉起队伍走上了为自己和爱妻讨回公道的暴力维权之路。这种伴随着极端暴力的维权行动不断升级,从纵火焚烧整座城市直至与"萨克森选帝侯集结起两千人马的大军"进行战斗,逐渐演变为暴动队伍与国家军队之间的正面战争。在酣畅淋漓地接连赢得胜利并获得底层民众的同情之际,科尔哈斯却也受到诸多指责和恶骂,被视为大奸大恶的残暴之人,"德高望重"的宗教改革家马丁·路德在张贴于柱子上的文告结尾处甚至如此怒骂:"汝当自知,汝所持之剑,为掠夺之剑,杀戮之剑,汝则为逆反之徒,而非正义之上帝的战士。汝之下场,今生当遭车裂与斩首之极刑,彼世则因恶行与渎神而遭诅咒。"①

由于既有政治架构的卫道士马丁·路德的介入,事态很快便发生了巨大转折:在马丁·路德的所谓"调停"下,科尔哈斯解散了暴动队伍,"他本人则为等待约定好了的公正审理而进入德累斯顿",最终在柏林将要接受"处刑之际,勃兰登堡选帝侯宣布,科尔哈斯通过军事行动所要求的一切权利都得到了满足。科尔哈斯满意地走向死亡"前,"当着萨克森选帝侯的面将写有占卜结果的纸片吞进肚里,实现了最后的复仇"②。

遭到科尔哈斯"最后的报复"的萨克森选帝侯是个对下属营私舞弊置之不理且生性冷酷之人,正是在他本人及其属下贵族与容克的联手迫害之下,才致使科尔哈斯在四处申诉无门之后,只能以非正义的极端暴力手段来伸张正义。理性、廉洁且温和的勃兰登堡选帝侯接手案子后,由两匹黑马引发的这桩惊天大血案很快便得到公正审理:一、满足科尔哈斯通过极端暴力手段追求的一切正当权益,由

---

① 大江健三郎著,许金龙译《优美的安娜贝尔·李 寒彻颤栗早逝去》,人民文学出版社,二〇〇九年一月,P56。
② 同上,P49。

政府抚养科尔哈斯将要遗下的一对儿女;二、科尔哈斯也必须对其造成的杀戮行为付出生命代价。小说写到此处时,克莱斯特安排了一个吉普赛女人将一张写有"为萨克森和勃兰登堡这两位选帝侯占卜命运并在纸上写出他们各自国家前途"①的纸条交给科尔哈斯,并告知萨克森选帝侯为获得这张纸条而化妆来到现场,等待科尔哈斯受刑并下葬后再掘开墓穴取出纸条。得知这一切后,面对永不能原谅的萨克森选帝侯,科尔哈斯在绞刑架下微笑着将纸条吞入肚里,带着报复的爽快被悬挂在绞架之上。

发生在亚洲和欧洲的这两场时隔约三百年的暴动就这样落下了帷幕,在大江的互文性叙事构建出的这个时空统一体中,尽管"铭助妈妈"和科尔哈斯这两位暴动领袖最终都遭到官方的毁灭性打击,他们向死而生的反抗意志却是依旧如一,譬如刚刚经历儿子惨遭活埋、自己亦被轮奸的"铭助妈妈"被救下山时,"面对眼前这个因绝望而瘫倒在门板上的女人,却有人试图打听出'罢休了没有'",而"'铭助妈妈'猛然挡开那个长柄水杓,从门板上扬起头来大声答道:'如果你想知道心里好受吗,老爷,下次就该轮到你了吧!'";再譬如在绞刑架上即将被绞死的科尔哈斯尽管已无力对屡屡迫害自己的萨克森选帝侯进行实质性复仇,却在生命的最后时刻吞下那张写有萨克森选帝侯个人及其国家命运的纸条,以杜绝这位选帝侯盗取纸条的图谋,从而带着爽快的微笑离开人世。显然,大江和克莱斯特这两位作家是想借此告诉他们的读者:为反抗暴政,暴动可以失败,人亦可以死亡,唯反抗精神永远不灭!这两位作家是在将人文主义思想化为武器,唤醒贫困民众的战斗精

---

① 大江健三郎著,许金龙译《优美的安娜贝尔·李 寒彻颤栗早逝去》,人民文学出版社,二〇〇九年一月,P48。

神,鼓舞他们用自身的微弱暴力反抗给他们带来巨大苦难的藩主和容克,尽管这种向死而生的反抗经常伴随着惨痛的牺牲。与此同时,两位作家也在呼吁暴动者需要有限且适当和必要地使用暴力,以制止来自于藩主和容克乃至国家强权对弱势者的巨大暴力压迫。显然,这便是人道主义的大慈悲和大悲鸣,也是两位作家的伟大人格使然。

二、民主主义的价值取向——大江在《水死》中追求的时代精神

绝对天皇制也称为近代天皇制,在战败后被象征天皇制所取代,然而战前和战争期间支撑着绝对天皇制的社会伦理并没有因此而消灭,近年来反而显现出越发活跃的势头,成为复活国家主义的沃土。大江健三郎在六部曲之第五部长篇小说《水死》中的互文性叙事,不啻对自己的精神史进行了一场彻底解剖,发现日本社会种种危险征兆的根源皆在于绝对天皇制社会伦理,从而借用弗雷泽在《金枝》中的"杀王"记述,呼吁人们奋起斩杀存留于诸多日本人精神底层的绝对天皇制社会伦理这个庞大无比、无处不在的王,迎接将给日本带来和平与安详的民主主义的这个新王!毫无疑问,这也是大江借助《水死》所追求和传播的时代精神——"坚守和平宪法中的反战、非武装思想"的重要组成部分。

(一)"天皇陛下万岁"引发的有关时代精神的思考

如果说,社会伦理是有关社会共同生活的道德规范之总称,那么绝对天皇制社会伦理当然是指涉围绕绝对天皇制的社会共同生活道德之规范。近年来,日本社会越发显现出由这种绝对天皇制社会伦理引发的种种危险征兆,比如一九九九年通过《国旗国歌法》法案;

翌年五月,时任首相的森喜朗公然声称"日本是以天皇为中心的神国";二〇〇五年以《冲绳札记》"严重侵害原告的名誉和人格权"为由,右翼势力将其作者大江健三郎及发行商岩波书店送上法庭被告席;二〇〇六年更为特别:小泉纯一郎最后一次以总理大臣的公职身份于八月十五日参拜靖国神社,当天进行的舆论调查表明,超过半数的被调查对象认可小泉的参拜,这在战后尚属首次;同年十二月,日本政府不顾在野党和市民团体的强烈反对,强行修改了一九四七年颁布的《教育基本法》,为今后修改宪法第九条打下了基础;二〇〇七年一月,防卫厅被升格为防卫省……

在谈到有关上述诸问题的冲绳诉讼案时,大江健三郎在《来自"晚期工作"之现场》①的演讲里,讲述了日本保守势力把他送上法庭的经纬:

> 这是一起由图谋复活引发太平洋战争(贯穿整个近代直至战败)的超国家主义,并且强暴干涉现今中等教育的人士提起的诉讼。在持续阅读由这些人士幕后指使的原告方的材料时,我开始思考对自己而言的"时代精神"……究竟是什么?
>
> ……
>
> 当时的这种思考,影响了这五年来我持续创作的两部长篇小说。第一部是截至目前我的最新长篇小说《优美的安娜贝尔·李 寒彻颤栗早逝去》……为什么我要在《优美的安娜贝尔·李 寒彻颤栗早逝去》后,即刻开始创作《水死》呢?这是因为我决心思考刚才提到的两种"时代精神"的前一种,并且采用表现内心思考的根本手段——小说这一形式

---

① 二〇〇九年十月七日,中国社会科学院外国文学研究所与台湾相关研究机构在台北举办"大江健三郎文学学术研讨会",《来自"晚期工作"之现场》是大江健三郎为研讨会所做的主题演讲,全文请参阅《作家》杂志二〇一〇年八月号相关译文。

进行。①

从以上引文中可以看出,《优美的安娜贝尔·李 寒彻颤栗早逝去》的姐妹篇《水死》与前者一样,也是大江作为冲绳诉讼案的被告对时代精神进行思索的产物。如果说这两者有什么不同的话,那就是"《优美的安娜贝尔·李 寒彻颤栗早逝去》这部小说,表现了我所经历过的、战后的'时代精神'。而且,这是一种与权力相抗争的民众精神"②。这里所说的时代精神,是指"从我十岁那年的战败直至七十四岁的今天,这六十多年间我一直生活在其中。这种'时代精神',在我们国家的宪法里表现尤为突出的,是战败之后追求新生的时代精神"③。

《水死》则是这种思考的进一步延伸,为了表现"我十岁之前一直生活于其中的'时代精神'……",为了检验自己"还能否抵抗'天皇陛下万岁'的'时代精神'的再次来袭"④,大江借助文化人类学家詹·弗雷泽的巨著《金枝》中的"杀王"表述,在《水死》中构成多重对应关系,用以表现包括父亲/长江先生、父亲的弟子大黄和"我"在内的各种人物及其时代精神,以及这些人物面对错综复杂的时代精神进行的必然选择。

在进入文本分析之前,我们需要了解先前提及的冲绳集体自杀诉讼案的由来。日本的"自由主义史观研究会"和"新历史教科书编撰会"是分别成立于一九九五年和一九九七年的右翼团体,前者的发起人暨后者的副会长藤冈信胜将日本战后的历史教育视为"自虐史观"和"黑暗史观",于二〇〇五年四月声称要在"战败六十年之

---

① 大江健三郎著,熊淑娥译《来自"晚期工作"之现场》。
② 同上。
③ 同上。
④ 同上。

际,揭开'冲绳战集体自杀事件'的真相"①。为了达到"通过编写中学历史教科书向日本青少年灌输修正主义史观作为其战略"②的目的,这些右翼团体把"南京大屠杀、随军慰安妇(军队性暴力受害者)、冲绳战概括为'侮辱日本国家和军队的名誉'的'三件套'"③。在他们的策划和怂恿下,曾在冲绳担任守备队长的梅泽裕少佐与另一位同为守备队长的赤松嘉次大尉的弟弟于二〇〇五年八月五日提起的冲绳集体自杀诉讼案,便是这三件套中的冲绳问题之一。

此案被告大江健三郎如此介绍了那场集体自杀惨案和诉讼案的背景:

> 这起诉讼源于第二次世界大战即将结束之际,日本的两座小岛上……发生了岛民被强制集体自杀的悲惨事件,而强制岛民集体自杀的正是日本军队,我在三十九年前的文章④中如是批判。对此,惨剧发生时的守备队长以及另一位已故队长的遗属提起了诉讼。在这两座小岛上,渡嘉敷岛的三百二十九名岛民,座间味岛的一百七十七名岛民,均被强制集体自杀死亡。
>
> 但是,图谋复活日本超国家主义的那些人士,企图将这幕由日本军队强制造成的集体自杀惨剧美化成为国殉死的义举。在他们策划的接二连三的事件中,就包括这起诉讼案。日本的文部科学省也参与其中,从高中生的教科书中删除这一历史事实的图谋已经公开化。我正为此

---

① 陈言著《代译后记 当内心的法庭遭遇世俗的法庭》,引自《冲绳札记》,三联书店,二〇一〇年,P181。
② 董炳月著《平成时代的小森阳一》,引自《天皇的玉音放送》,三联书店,二〇〇四年,P289。
③ 胡冬竹著,引自《南风窗》杂志社官方网站文化栏,二〇〇九年三月十一日。
④ 大江健三郎曾于一九七〇年发表随笔《文学家的冲绳责任》,同年由岩波书店出版《冲绳札记》。引自熊淑娥注,《作家》,二〇一〇年第八期。

奋力抗争。①

由以上叙述中可以得知,日本文部科学省作为主管教育的政府机构也参与其中。早在二〇〇一年四月三日,文部科学省便宣布藤冈信胜等人编撰的、严重歪曲史实的《新历史教科书》"检定合格",更于二〇〇七年三月"在审查高中历史教科书时,删去有关日军在冲绳之战中强制当地居民集体自杀的表述。在遭到冲绳十一万民众于当年九月二十九日举行大规模集会抗议后,仅仅将'强制'置换为'参与'这种极其暧昧的字眼"②。这部经删改的教科书很快就被原告方作为证据出示在二审的法庭上,以表示文部科学省所代表的政府立场同样否定了集体自杀的真实性。显然,这是文部科学省在运用国家权力遮蔽那段同样是由国家权力造成的历史悲剧,以为复活国家主义排除所谓的干扰。

(二)失败的杀王尝试——"父亲"的时代精神

在晚年六部曲之第五部长篇小说《水死》中,为少年古义人的早期世界观带来重大影响的,便是主人公"我"的父亲了。战争进入最后的惨烈阶段时,父亲以酒肉招待手持高知县一位"先生"的介绍信函来到村里的年轻军官,席间听他们说起"必须改变维新以来的历史进程"以避开即将到来的战败结局。于是,父亲带领弟子大黄越过四国山脉拜访高知的"先生",受其教诲之后得到大部头《金枝》全集中的三卷。尤其在第三卷 *The Dying God*(《走向衰亡的神》)相关处,将书借给父亲的那位"先生"特意在应予重点阅读处——画上记号。其中一页的内容是这样的:

……不管如何予以注意和给予关怀,都无法防止人神变老、衰弱以

---

① 大江健三郎著,熊淑娥译《来自"晚期工作"之现场》。
② 引自《作家》二〇一〇年第八期 P3 熊淑娥之注。

致最终死去。他的崇拜者们不得不关心这个悲哀且必然之事,必须竭尽最好的努力进行应对。这个危难是非常可怕的……为了避开这个危难,只有一个方法。一旦人神的力量开始显现出衰弱的征兆,就必须立即杀死这个人神,在他的灵魂尚未因可怕的衰弱而导致严重损害之前,便将其转移至强健的继任者身上。如此杀死人神而不使其因年老和疾病而死的优点,在野蛮人来说确实是非常明显的……崇拜者们一旦杀死人神,首先,能够在他的灵魂逃出之际准确地捕捉到并将其转移至合适的继任者;第二,在人神的自然精力衰减之前将其杀死,能够借此确切无误地防止世界与人神的衰弱同步走向崩溃。像这样杀死人神,趁他的灵魂尚留存于全盛期之际,将其转移至强健的继任者身上,由此而使得所有目的都能够达到,一切危难全都能避免。①

弗雷泽在这篇调查报告中还表示,王/人神之所以拥有超人的力量,只是因为寄宿在他体内的灵魂/神在发挥着作用,保佑着人、畜、庄稼的繁盛和丰收。然而,任何人都会生病、衰老和死亡,寄宿于王/人神体内的神也会随着宿主/王/人神的衰弱和死亡而衰弱和死亡,因此,就像内米湖畔阿里奇亚丛林中那位守候在圣树下的森林之王那样,只要"体力或防身技巧稍微减弱一些",便会有人将其杀死后取而代之。换句话说,为了保证人畜兴旺,庄稼丰收,人们有必要在王显现出衰弱迹象后便将其杀死。

我们必须注意到四国那位"先生"非常明确的政治意图——面对不可避免的战败前景,先是把青年军官介绍给信奉国家主义的"父亲",随后耳提面命,让其重点阅读《金枝》全集中有关杀王描述的三卷,使其"向青年军官们传达'为了避免国家的危难而杀死人神!',从而一度把他们引往那个方向",探讨"会在多大程度上现实

---

① 大江健三郎著,许金龙译《水死》。

性和政治性地将贯穿三卷本的'杀死人神'并给国家带来巨大恢复的神话构想……与这个国家的天皇制直接联系在一起进行解读"①。于是,"在最后那次会议上,大家情绪激昂,认为战争好像将比此前一直议论的时间更早地以失败而告终,因而必须立即实施长江先生的一贯主张——安排特攻队的飞机飞往帝都的中心"②。这里所说帝国之都的中心正是皇宫,不言而喻,轰炸皇宫的目的当然是杀死天皇,以此防止战败以及由此引发的国运衰微。然而,当一位与会军官提出为了掩藏秘密弄来的载有炸弹的飞机,需要在森林中因陨石撞击而产生的开阔地修建临时机场并炸掉那块巨大陨石时,"长江先生"却激烈地大声反对,认为外人不可以踏入森林中那块名为"鞘"的开阔地,因为那里"从非常古远的时代起就是非常重要的场所,绝不是可以让你们为修建临时机场而大兴土木工程的地方",因而"怎么能让你们这些外人的脚踏入'鞘'呢?!"。显而易见,以森林这个边缘场域的神话和传说为核心的边缘文化的影响,远远超过国家主义思想以及杀王/杀天皇的计划对父亲/长江先生的诱惑。尽管他并非出生于此地,却仍然无法容忍因修建临时机场而破坏那座拥有暴动历史之记忆的森林,同样无法容忍青年军官们踏入森林中那片神话和传说的空间,哪怕这样做是为了杀死天皇这个现人神进而"给国家带来巨大恢复"。

父亲/长江先生的下场是悲惨的,为了在保住这座森林的同时设法杀死天皇,他只能先行为天皇殉死以明志,从而激励青年军官们起飞特攻队的飞机轰炸帝都中心。翌日晚间,他独自乘坐舢板在洪水中顺流而下,带着那三卷《金枝》和永远都不可能实现的杀王/杀天皇

---

① 大江健三郎著,许金龙译《水死》。
② 同上。

的宏愿,溺死在不远处的下游。

(三)东施效颦的"杀王"——大黄的时代精神

父亲/长江先生的思想倾向和行事风格不可避免地影响了其弟子大黄。当年,大黄目睹恩师在青年军官们的胁迫下为了自己的时代精神而殉死。其后,大黄为继承遗志而在深山里组建国家主义团体,多年以来在当地的右翼分子心目中拥有很大影响力,且与各种右翼人物有着不同程度的交往,这些人中就包括曾任日本文部省某局长要职、在日本"这个国家的教育行政领域留下了成就"的小河。

关于小河及其妻子的政治取向,其侄女髻发子说得非常清楚:伯母的"丈夫是文部省土生土长的官吏,也不知道是被丈夫所感化,还是反过来被伯母所影响,这对夫妇都是右派……"十七年前,小河的妻子带着髻发子参拜靖国神社,髻发子多年后如此回忆了当时的情形:

> 从不曾见过的那么巨大的旗帜在迎风飘扬,白布的正中央是鲜红的圆圈。虽说知道这是"太阳旗",那种巨大还是很特别,让我感到害怕……那面旗子之所以飘动,是一个将旗杆举在身前、身穿黑色服装的男人在操弄。巨大白布中央有着红色圆圈的旗子猎猎翻卷,完全占据了我的全部视野……
>
> 旗子在移动,一个穿戴着旧军队的军服、军帽(从军帽后沿垂下的帽裾披展在肩头)的男人站立于其后,拔出长长的军刀高高捧举着,然后说着像是誓言的话。那些话语虽然被缓慢地反复说着,我却不明白其意思……
>
> 然后,我就呕吐起来。伯母试图用从胸口掏出来的东西摁住我的半截脸面,可我却以冲开这东西的势头一直不停地呕吐着。伯母就脱下短外罩,包裹被呕吐物弄脏了的我的上半身,冷酷无情地将我押解出去。那个挥舞着军刀的军人于是追赶着犯下如此不敬之过的我,不仅仅是

我,伯母好像也有这种想法,我们拼命地奔逃而去……①

在伯母的逼问下,十七岁的少女说出了十四岁以来被伯父长期猥亵,最后惨遭强奸以致怀孕的隐情,随即被伯母训诫道:

伯父从文部省的高位上……退下来,为了努力完成他的事业刚刚调动到另一个工作岗位。这是比任何时候都重要的时刻,因此不能对任何人说起怀孕之事,也许你不明白,那将成为国家性的丑闻……②

伯母当天便将少女送到医院秘密堕胎,于堕胎后的三天内将少女独自赶回大阪老家。此后两年间,少女只在家中思考遭到强奸和堕胎这件事对自己的意义而没能去上大学,在二十二岁时参加剧团"穴居人",同时继续思考遭致强奸和被迫堕胎的经历。十多年后,謦发子为了进行自己的抵抗和批判,决定排除当地右翼势力的各种干扰和破坏,在拥有暴动历史记忆的当地女人们帮助下,编排和饰演古义人剧本里的暴动女英雄"铭助妈妈",把女英雄惨遭藩府武士们轮奸、儿子则被对方用石子活埋等受难场面,与自己遭强奸和被强迫堕胎的不幸经历连接起来,认为"由于文部科学省就是国家……",因而是国家强奸了自己,便打算将这段不堪回首的往事编入话剧,在公演的舞台上展示被强奸时留下的沾满血渍的内裤以及堕胎后经过处理的实物,用当年参加暴动的女人们吟唱的曲调,勇敢地唱出"……出来参加暴动呀/咱们女人　出来参加暴动呀/男人强奸咱们,国家强奸咱们/咱们女人　出来参加暴动呀/不要被骗呀、不要被骗呀!……"③意在警示观看节目的中学生,一百四十年以来,日本的女人们一直在遭受着男人的强奸,国家的强奸。由此可见,被任文部

---

① 大江健三郎著,许金龙译《水死》。
② 同上。
③ 同上。

省高官的亲伯父猥亵、强奸并怀孕的鬐发子对惨遭藩府武士轮奸的暴动女英雄"铭助妈妈"的苦难感同身受,一百四十年的漫长时间也因为国家权力施加在她们身上的苦难而停止流动,鬐发子打算将这两者的梦魇般苦难用戏剧艺术形式再现出来,从而使得这些苦难在具有社会性的同时产生意义。

作者大江健三郎借此向我们喻示,在这条浸染着女人们和儿子们鲜血的连线的暗影里,还有一条极为隐秘的、与此平行的连线——用绝对天皇制、靖国神社、皇国史观,甚或各种右翼组织混糅而成的平行线。这里说到的绝对天皇制也可以称之近代天皇制,东京大学教授小森阳一指出:"'天皇制'实质上指的是明治维新之后成立的、经《大日本帝国宪法》以法律方式予以确立的绝对主义性质的政权机构。"[①]那位"神权天授"的明治天皇除了身为陆军和海军的最高统帅并总揽统治权,还是国家神道的绝对权威,代表皇家和国家进行祭祀,把为天皇而战死的士兵升格为国家的英灵,普通士兵完全可以通过为天皇战死来获得神格并受到天皇和国家的祭祀。于是,国家神道因这种忠君爱国的思想而成为政教合一的绝对天皇制思想体系的重要支柱。小森就这个问题回答记者时表示:"支撑象征天皇制之情感结构的其实就是靖国神社。一九四五年十一月,日本宣布投降不久,当时尚未发表《人间宣言》,也就是依然号称具有神格的昭和天皇裕仁……参拜了靖国神社。正是在这次参拜中,天皇裕仁把从'满洲事变'开始到日本投降为止的十五年中战死的二百五十万日本人一起作为'英灵'加以祭祀……这确实是一个用意深远的政治谋略,用另一位日本学者高桥哲哉的话说就是'情感的炼金术',

---

[①] 小森阳一著,陈多友译《天皇的玉音放送》中文版序言,三联书店,二〇〇四年八月,P5。

通过号称具有'神格'的天皇对靖国神社的参拜,把二百五十万死者的遗属的悲哀转化成似乎沐浴着'神'的光辉的欣悦。"①

另一方面,右翼学者中西辉政则从"忧国之士"的角度做了这样的表述:要"将靖国神社作为为国家献出生命的、即阵亡者慰灵的核心设施,今后也永远守护下去,这也是国家安全保障政策上占首位的重大课题"。"对于发挥为国家的存在而奉献生命这种无与伦比的、高尚的自我牺牲精神的人们,国家必须全力予以表彰,使之传诸后世。否则,此精神作为国家对道义心即告崩溃,在将来的危机中挺身而出的日本人当然也就不可期待。"②从而"用赤裸裸的语言印证了子安宣邦阐述的'祭祀之国即战争之国'的逻辑,并且使小泉纯一郎参拜靖国神社这一行为的政治神学意义再次显现出来"③。正是在中西辉政们的这种政治神学、更是在绝对天皇制社会伦理的影响下,穿着各种制服的右翼人员、穿着日军军服的旧军人、穿着笔挺西服的政府阁僚、当然、也包括《水死》中穿着和服的小河夫人等等便络绎不绝地走进靖国神社"沐浴着'神'的光辉"并感受着这种"欣悦"⋯⋯

至于第二条连线中的皇国史观,《广辞苑》的相关词条是这样表述的:"基于国家神道,将日本历史描绘为万世一系的、由现人神天皇永远君临之万邦无比的神国的历史观。"如果以这一表述为参照系,日本文部省于一九八九年四月对《学习指导要领》进行战后最大规模的修改,规定小学、初中和高中在举行入学、毕业等重要仪式时,

---

① 小森阳一著,赵京华译《靖国神社问题与现时代的语言运动》,《博览群书》,二〇〇六年第十期,P6。
② 中西辉政著《靖国神社与日本人的精神》,引自《国家与祭祀》,三联书店,二〇〇七年,P166—167。
③ 董炳月著《子安宣邦的政治神学批判》,引自《国家与祭祀》,三联书店,二〇〇七年,P189。

要像战前和战争时期那样升太阳旗和唱国歌《君之代》之行政命令应该是这种皇国史观的体现;小渊惠三内阁于一九九九年八月通过的《国旗国歌法》法案体现了这种皇国史观;翌年五月,继任首相森喜朗声称"日本是以天皇为中心的神国"等言论体现了这种皇国史观;自一九八〇年铃木善幸首相率内阁成员参拜靖国神社以来,多届继任首相及其阁僚以及诸多右翼政客相继正式参拜靖国神社体现了这种皇国史观;鬠发子的伯母对靖国神社的虔诚参拜,无疑同样体现了这种皇国史观。由此可以看出,战后的日本保守势力继承了皇国史观,在《水死》文本内外制造了无以计数的各种事件,其共同特点便是企图恢复皇统,以绝对天皇制社会伦理为中心并奉为至高无上的价值观。由此我们可以确定,处于这第二条连线末端和外缘的战后国家主义组织以及《水死》中形形色色的右翼组织和人物,便是构成这条连线的基本材料。

让我们回到文本中并继续此前的叙述。通过当地右翼势力打探到公演内容后,同为右翼分子的伯父和伯母带着律师和保镖等人马很快赶到当地,先由伯母出面阻止,失败后再由伯父小河出面,干脆动用当地右翼势力以暴力将鬠发子连同古义人等人一同绑架到右翼分子位于深山老林里的巢穴,威逼不成后,在雷电交加、风雨大作的长夜里再次彻夜强奸鬠发子,以摧残她的身体,摧毁她的意志,使得她无法参加翌日的公演……如果说,十八年前对亲侄女儿的强奸只是出于兽欲的话,那么十八年后的强奸就是兽欲加政治迫害了,这一切确切无误地印证了鬠发子所要唱出的"男人强奸咱们,国家强奸咱们"。更加令人惊悚的是,"曾是这个国家的教育界拥有实权的人物、获得过很多勋章"的这位文部省前官员在自传里自诩"在这个国家的教育领域里构建了目前的支柱"。换句话说,这个代表自己和国家多次强奸亲侄女的实权人物,通过构建这个国家教育领域的支柱,确切无疑地在教育领域里强奸了和将继续强奸日本的一代代大中小学的学生！不难想见，那根"支柱"倘若继续耸立在日本这个国家的话，无疑会以越来越快的速度侵蚀战后民主主义的教育体制及其成果。

彻夜未眠的大黄见证了小河再度强奸亲侄女鬐发子，终于用两声枪响结束了小河的可耻生命。在潜入森林之前，大黄表示这样做是为了追随恩师而去，因为"长江先生最得意的弟子，还是俺大黄啊！"当然，我们不会因此而忽视森林中的边缘文化在大黄的潜意识里发挥的重要作用。就像他对小河以及古义人和鬐发子所清晰表明的那样，"俺认为这台戏剧是应该上演的"，因为这能让当地人回想起历史上的暴动以及暴动者们遭受的种种苦难。如同他的恩师"长江先生"一般，当他发现小河的所作所为只能给复活国家主义之大业的教育带来灾难时，便模仿恩师开始了自己的"杀王"行动并以此为恩师殉死。意味深长的是，杀死小河所用的武器是他于六十年前从美国军官皮特手中抢夺来的手枪。联想到历史和当下的日美关系，作者的这种安排便有了颇为深刻的内涵和广泛的外延。同样意味深长的是，"杀王"成功后，大黄没有像恩师那样在暴风雨中顺流而下，而是带着那把手枪潜入曾多次发生暴动的森林深处，潜入追捕的警察队伍无法进入的场所……

大黄的所为给我们留下了思考的若干空间：首先，大黄在恩师死后继承其遗志，数十年间一直发展坚持皇国史观的国家主义团体，甚至与身处日本文部省某局局长高位的小河多有合作，并且协助小河将鬐发子、恩师的儿子长江古义人、女儿亚沙、孙子阿亮等多人绑架至自己位于深山中的巢穴，胁迫鬐发子按照小河的意愿修改剧本。在所谓"调和"不成并目睹小河彻夜强奸鬐发子后，或许是觉察到依靠这种人更有可能给复活国家主义之大业带来消极影响，同样是"为了避免国家的危难"，大黄只能像他的恩师一样杀死这个已不能发挥"王"之作用的"王"。其次,大黄是少年时代被恩师从中国带到那片森林里去的。然而,数十年间在森林中的生活,使得他像恩师那样深深接受了当地边缘文化的影响,正是在这种影响之下,他才明确地表示"俺认为这台戏是应该演的",在那个风雨交加的夜晚,这个认识终于超越了他的国家主义史观,促使他用两颗子弹结束了小河的生命。再其次,杀死小河后,大黄并未像恩师那样乘坐小船死于风雨之夜的洪水中,而是在暴风雨中携带手枪潜入曾多次发生暴动的森林深处,潜入追捕的警察队伍无法进入的场所……在作者的写作预期中,大黄可能会"将面孔埋入树木里最繁茂的枝叶上积攒的雨水中,站立着溺水而死吧"。与此同时,我们或许无法否定另一种可能,那就是仿效森林中历代暴动的先民,以手中的美制手枪为武器,将再次暴动的枪口指向愈发右倾化的权力中心甚或政府的盟友美国……或许,这也是作者的一种写作预期?

(四)与绝对天皇制社会伦理的对决——"古义人"的时代精神

皇国史观的一个重要特征,就是围绕针对天皇的立场和态度来评判相关人物或事件之于天皇是忠诚或是叛逆。有关长江古义人的评判当然也不可能例外,右翼人物大黄是如此界定古义人这个人物的:"古义人,十五年前,据说你表示自己是战后民主主义者,因而不能接受天皇陛下的褒奖,所以你就成了俺的修炼道场那些年轻人不共戴天的仇敌……"[①]这里所说的修炼道场,是古义人的父亲长江先生初创,其大弟

[①] 大江健三郎著,许金龙译《水死》。文本外的大江健三郎于一九九四年十月获得诺贝尔文学奖后,文部科学省依循惯例,建议向尚未获得文化勋章的大江健三郎颁发这一勋章。每年的授勋仪式应于十一月三日在皇宫"松之间"举行,由天皇颁发文化勋章。在此前的一九九四年十月十五日,大江便表示自己作为"战后的一位民主主义者",他无法接受天皇授予的"国家荣誉"——文化勋章。他还表示,天皇坐在从第二次世界大战前遗留下来的社会等级制度的顶端,他接受这项奖就等于接受他所拒绝的日本等级制度。

子大黄继承的国家主义分子的巢穴。数十年来，一代代右翼分子从这里长大成人、走向社会，形成一股不容忽视的保守政治势力。由于获得国际文学大奖后竟然"不接受天皇陛下的褒奖"之"大逆不道"，在《被偷换的孩子》和《愁容童子》等诸多前文本里，无论是在参加国际文学大奖颁奖仪式前的斯德哥尔摩、在从东京飞回故乡的机舱里，还是在东京自家的宅院中、在故乡的菜馆里等诸多地方，古义人这个右翼人物眼中的叛逆者一直遭到"家乡人"如附骨之疽般的盯梢（包括长途甚或跨国盯梢）、各种直接和间接的威胁以及式样翻新的殴打，即便回到家乡，古义人仍然会是各种右翼势力围堵和挑衅的头号对象。面对这一切公开的和隐蔽的威胁，长江古义人这位曾获得国际文学大奖的著名作家认为，对于自己来说最重要的，便是表现具有积极价值的时代精神，即便因此而失去所有读者也在所不惜，如果由于这个原因而死去的话，那就是在为时代精神而殉死了。

  然而，即便是如此追求民主主义时代精神且不惜为之殉死的长江古义人，在他来到故乡的森林中，观看"穴居人"演员们彩排的、由自己的同名小说改编的话剧《请亲自拭去我的泪水之日》时，当演员们演唱《请亲自拭去我的泪水之日》之际，古义人被战争时期改自于巴赫"康塔塔"作品第六十五号中四、五两节的歌词①所打动，开始情不自禁地在内心里附和着歌曲，及至演唱发展为合唱时，"原本在观众席上的我"，也开始用德语怀着激情大声歌唱起来："天皇陛下，请您亲自用手，拭去我的泪水。死亡呀，快点儿到来！永眠了的兄弟之

---

① 巴赫"康塔塔"作品第六十五号四、五两节内容如下：第四节：我已经准备好/带着向往和渴念/从耶稣的手中/接受我至乐的遗产。/如果我能看见宁静的港口，/我会多么地幸福。/那时我将忧愁埋入坟墓，/救世主会拭去我的泪水。第五节：来吧，啊死亡，你睡眠的兄弟，/来吧，只带我离去。/请解开我的船桨，/带我去往安全的港湾！/可能有谁会害怕你，/而你却让我快乐/因为通过你，我来到/最漂亮的小耶稣的身旁。（李永平译）

死呀,快点儿到来!天皇陛下,请您亲自用手,拭去我的泪水。他们正在唱着的是,盼望天皇陛下亲自用手指擦去他们的泪水。"①

显然,古义人这个民主主义作家的儿时记忆被激活了!儿时所接受的皇国史观教育的影响被激活了!以"天皇陛下万岁"为象征的绝对天皇制之遗传基因被激活了!这使得古义人意识到,绝对天皇制的幽灵仍然存活于包括自己在内的诸多日本人的精神底层。换句话说,诸多日本人的精神底层都不同程度地存留着以"天皇陛下万岁"为象征的时代精神,这是连接着战争、死亡和毁灭的时代精神。令人担忧的是,一旦外部环境出现所谓的消极变化时,包括文本内外的长江古义人和大江健三郎在内的诸多日本人"还能否抵抗'天皇陛下万岁'的'时代精神'的再次来袭"?一如大黄指出的那样,古义人身上确实存在着两种时代精神,第一种是直至一九四五年战败,作为军国少年而接受的、以皇国史观教育为主体的时代精神。大江曾如此表述这种时代精神:

……村长高声三呼"天皇陛下万岁",聚集的村民也随声附和。手榴弹引爆后仍然活着的人,则由家人代为绞首断头,一共死亡三百二十九人。此番强制集体自杀的行动,是由"天皇陛下万岁"这句话引发的,这种情形令我感到异常恐惧。

因为,这句话当时也曾支配着我这个年仅十岁的日本山村少年的国家观、社会观和人类观。如果我所在的村子也被强制集体自杀的话,它无疑将成为鼓动我走向死亡的话语。这句象征性话语,对遭受侵略或殖民的亚洲人民来说,是为自身带来死亡威胁的呼喊声。这句象征性话语,我在人生的最初十年间也曾呼喊过,如今是否依旧在我的内心深处具有操控力呢?②

---

① 大江健三郎著,许金龙译《水死》。
② 大江健三郎著,熊淑娥译《来自"晚期工作"之现场》。

由此可见，至少在十岁之前，以"天皇陛下万岁"为象征的时代精神"曾支配着我这个年仅十岁的日本山村少年"，而且六十余年来一直积极提倡民主主义之时代精神的大江本人现今仍在怀疑，"天皇陛下万岁……这句象征性话语……如今是否依旧在我的内心深处具有操控力呢？"进而反省："在不远的将来……我还能否抵抗'天皇陛下万岁'之'时代精神'的再次来袭呢？或者，它将成为撼动老年的我内心世界的、复活的'时代精神'？"

令人感到惊悚的是，无论在少年大江健三郎本人的实际生活经历中，还是在作家大江健三郎创作的诸多小说里，我们都可以发现皇国史观教育留下的痕迹——以"天皇陛下万岁"为象征的时代精神。

促使大江意识到潜隐在自己精神底层的这种时代精神的，无疑是冲绳集体自杀诉讼案，引发其"也在思考，如果让出现在我小说中且热烈拥护'天皇陛下万岁'的角色们在此法庭上作证的话，反方询问将会如何进行？如果作者被要求提供相关证言，那么我小说中隐藏的部分将会揭露出什么？"显然，揭露出的真相让所有人为之震惊和战栗——林林总总的右翼团体和人物自不必说，他们极力提倡的皇国史观和绝对天皇制社会伦理，不仅存活于渡嘉敷岛的纪念碑上刻下"一家人，或围坐一圈拉响手榴弹，或由身体强健的父亲以及兄长，中断柔弱无力的母亲以及妹妹的生命……存在于其中的，则是爱"①这段文字的女作家曾野绫子的心中；存活于冲绳集体自杀诉讼案的法庭上为原告方作证的、表示"毋宁说，我所感到不可思议的是，以那般为国捐躯的美好心灵赴死的那些人的事迹，为什么到了战后，却被说成是在命令之下受到了强制？这样的说法，是自己在玷污

---

① 大江健三郎著，许金龙译《面向"作为意志行为的乐观主义"》，《作家》，二〇〇八年第七期，P3。

慨然赴死的清纯之心。对于这种说法,我无法理解"的、在渡嘉敷岛之战中幸存下来的前日军军官的心中;存活于《水死》里曾获得国际文学大奖的民主主义作家长江古义人的精神底层;存活于这个文本外的诺贝尔文学奖获得者、民主主义作家大江健三郎的精神底层;存活于无以计数的普普通通的日本人的精神底层!

至于大江健三郎及其《水死》中的分身长江古义人的第二种时代精神,大江本人是这样界定的:

一九四五年夏天之前,倘若身处冲绳强制集体自杀的现场,毫无疑问,我将成为奋起响应"天皇陛下万岁"的号召并引爆手榴弹自决的少年。此后,日本战败,在被占领两年后,我成为一名热情支持民主主义宪法的年轻人,站在与主张绝对天皇制的超国家主义截然相反的另一端。现在,我是由全国近八千个市民团体组成的宪法"九条会"的一员,坚持和平宪法中的反战、非武装思想。

说起我所经历的"时代精神",即《优美的安娜贝尔·李 寒彻颤栗早逝去》中描绘的"时代精神",对我来说,从我十岁那年的战败直至七十四岁的今天,在这六十多年间,我一直生活在其中。这种"时代精神"在我们国家的宪法里表现得尤为突出,是一种战败之后追求新生的时代精神。①

在这种追求新生之时代精神的影响下,大江意识到"至高无上的天皇制社会伦理,也如同一根棒子般从上往下地扎了下来。……儿时所感惧怕的那种具有沉重压力的社会伦理的纵向大棒,现在仍然扎在这个国家的每一处。战争期间,我们的精神和肉体都被扎着那个纵向的棒子。从那时到现在,我们真的获得了解放吗?"②这里

---

① 大江健三郎著,熊淑娥译《来自"晚期工作"之现场》。
② 大江健三郎著,李均洋译《致君特·格拉斯》,引自《小说的方法》,二〇〇一年,P253。

表述得已经非常清楚了,绝对天皇制社会伦理这根大棒子至今"仍然扎在这个国家的每一处",也不可避免地扎在《水死》的作者大江健三郎的"精神和肉体"里,扎在《水死》的诸多主人公——大江在文本内的分身古义人、髻发子和律子等青年演员、文部省前高官小河夫妇、大黄及其培养出来的一代代国家主义弟子——的"精神和肉体"里。

被"从上往下地扎了"绝对天皇制社会伦理这根大棒子的大江早在青少年时代便开始痛苦地思考和反省"日本人是什么?能不能变成不是那样的日本人的日本人?"[1]等问题。这种思考和反省是他从导师渡边一夫那里继承、坚守并内化了的道德和伦理——"保持具有人性的反省……因为我们已经决定将这种反省置于正面而去思考。"[2]在长期的思考和反省中,大江在文本内外不断通过创作和走上街头以强调自己的主张——斩杀绝对天皇制社会伦理这个庞大无比、无处不在的王,迎接一定会给日本带来和平与安详的民主主义这个新王! 在大江的认知中,其文学文本周围的社会存在与文学文本中的社会存在显然是同质的,故而大江的文学创作和社会抗议活动从来都是并行的,在创作晚年六部曲之后三部曲的同时,与加藤周一、井上厦、小田实、泽地久枝等贤达结成"九条会",在东京、在北京、在首尔等地到处演讲,以呼吁更多人共同维护放弃战争的宪法第九条。大江的这些文学活动和社会活动不可避免地接连冲撞绝对天皇制社会伦理的禁忌。于是,长江古义人因为"蔑视故乡,重写自虐般的近现代史",更是因为竟然"不接受天皇陛下的褒奖"而越发成为故乡各种右翼势力的攻击对象,现实生活中的大江健三郎同样不

---

[1] 大江健三郎著,陈言译《冲绳札记》,三联书店,二〇一〇年,P45。
[2] 大江健三郎著《解读日本当代的人文主义者渡边一夫》,岩波书店,一九八四年,P79—80。

可避免地遭致各种右翼分子长期的攻击和迫害,前面提及的冲绳集体自杀诉讼案,便是这形形色色的攻击和迫害中最具代表性的案例。

不过,也正是因为这起诉讼案,使得大江更清晰地意识到,如果任由绝对天皇制社会伦理在日本列岛上肆意蔓延,"倘若这个国家的文化朝向复活大规模的、超国家主义的方向扭曲,朝向我们的祖先,甚至孩童时代的我们自己都曾经历过其悲惨的大规模的、超国家主义的方向扭曲,我们的下一代,以及下一代的下一代,都将不会再有希望"①。

二〇〇七年一月十二日,大江在给笔者发来的传真中曾这样写着他内心里的苦楚和担忧:"祝愿中国和日本的文化交流在这个新年里取得进展。去年,我访问了中国,以此为中心,我还访问了法兰克福和佛罗伦萨,确实是收获丰盛的一年。在国内却在围绕教育基本法的较量上吃了败仗,是痛苦和辛酸的一年。"②

这里说的是日本政府依仗执政优势,于二〇〇六年十二月强行修改战后基于和平宪法而制定、实施了将近六十年的《教育基本法》,重新提出战争期间曾灌输的"爱国心"。大江之所以如此感到"苦涩和痛苦",是因为他"已经预见到,很快就将通过全国的教育委员会的全力运作,使得这个国家的初中等教育出现异常显著的巨大变化……这与面向修改宪法而开始实施的具体手续相连相接"③,因而"无论怎么说,现在这种修改教育基本法的意见,都是有百害而无

---

① 大江健三郎著,许金龙译《面向"作为意志行为的乐观主义"》,《作家》,二〇〇八年第七期。
② 大江健三郎著,许金龙译《优美的安娜贝尔·李 寒彻颤栗早逝去》,人民文学出版社,二〇〇九年一月,P7,译者序《我无法从头再活一遍,可是我们却能够从头再活一遍》。
③ 大江健三郎著「教育力にまつべきものである」、「なぜ変えるか?教育基本法」,岩波书店,二〇〇六年,P24。

一利的"①。大江没在这份传真里说出的另一件令他为之苦涩和痛苦的事,则是在修改《教育基本法》的同时,防卫厅被升格为防卫省,由此一举完成了"事实改宪","和平宪法"随之成为一纸空文。而在此前四个月,"日本的政治领导人不愿意重新认识侵略中国和对中国人民干下极为残暴之事的历史并毫无谢罪之意。岂止如此,他们的行为还显示出与承认历史和进行谢罪完全相悖的思维。小泉首相在八月十五日进行的参拜,就显示出了这种思维。其实,较之于小泉首相本人一意孤行的行为,我觉得更可怕的,是在小泉首相参拜靖国神社之后,由日本几家大报所做的舆论调查报告显示,认为小泉首相参拜靖国神社挺好的声音竟占了将近百分之五十"②,"这是战后最大的历史转折点"!③

面对这种令人绝望的严峻局面,为了抵御"'天皇陛下万岁'之'时代精神'的再次来袭",为了避免"我们的下一代,以及下一代的下一代,都将不会再有希望"的、野蛮的穴居人社会的恐怖景象成为现实,大江首先抓住了"在那危险的时刻闪现在心头的某种记忆"④——祖辈代代相传,却被强势者改写(或正在改写)抑或抹杀的传说,并对这些故事进行叙述或重述,以唤醒在更多人内心底里沉睡不醒的相关传统和记忆,从而重构"故乡"的边缘性特征,在黑暗中发出些微的光亮。之所以选择叙述或重述,是因为"与叙述恰当的故事比较起来,没有什么哲学、没有什么分析、没有什么格言在寓

---

① 辻井喬著「ほんとうの伝統とは何か」、「なぜ変えるか? 教育基本法」,岩波书店,二〇〇六年,P11。
② 大江健三郎著,许金龙译《走的人多了,也便成了路!》。
③ 大江健三郎著,李薇译《北京讲演二〇〇六》。
④ 本雅明著,《历史哲学论纲》。

言的强度和丰厚上能够如此地意味深长"①。

为此,长江古义人和大江健三郎这两个虚拟和实在的人物都把希望放在了远离文化中心的边缘之地以及拥有暴动历史之记忆的边缘人物身上。面对小河的恶行"不屈不挠"的妹妹亚沙是这种边缘人物,再度遭到亲伯父彻夜强奸的鬐发子当然也是这种边缘人物。如果说,"父亲"是"为了回避国家的危难,向青年军官们传达杀死人神的指令并将他们引往那个方向"的话,长江古义人则是为了避免"我们的下一代,以及下一代的下一代,都将不会再有希望"的恐怖景象成为现实,而向那些边缘人物乃至更多被唤醒的日本人"传达杀死人神的指令并将他们引往那个方向",而且同样"将贯穿三卷本的'杀死人神'并给国家带来巨大恢复的神话构想,……与这个国家的天皇制直接联系在一起进行解读"。当然,与"父亲"所不同的是,古义人宁死与之对决进而试图杀死的,是存留于诸多日本人精神底层的、以"天皇陛下万岁"为象征的绝对天皇制社会伦理这个庞大无比、无处不在的王。这应该是"杀王"意象在《水死》中的最大隐喻,也应该是《水死》的互文性叙事策略的意义之所在,还应该是大江在当下的绝望中寻求新的时代精神的最大之希望!

三、幽暗意识的肯定性转向——大江在《晚年样式集》中与鲁迅的对话

"奇怪的二人配"六部曲之最后一部长篇小说《晚年样式集》中文版问世的二〇二一年,恰逢鲁迅先生诞辰一百四十周年。如同毛泽东主席于一九三七年在延安发表讲演时对鲁迅在新文化运动中作

---

① 《法律现代主义》,中国政法大学出版社,P246。

出的重大贡献所评价的那样:"鲁迅的方向,就是中华民族新文化的方向。"当然,这位新文化运动健将还是伟大的文学家和思想家,其留下的巨大文化遗产和精神资源不仅为一代代中国人所继承,也为包括日本作家大江健三郎在内的亚洲乃至全世界的诸多作家、诗人、政治家甚或普通民众所继承和珍惜。

在大江的整个创作生涯中,鲁迅不仅是其文学创作的重要参照系,更是其重要的精神资源,正如其本人于二〇〇九年一月十九日在北京大学讲演时所言:"我这一生都在思考鲁迅,换言之,在我思考文学的时候我总是会想到鲁迅。"[①]从其不见希望的处女作《奇妙的工作》(1957),直到在末日景象中寻找希望并展开反本质叙事的封笔之作《晚年样式集》(2013),从他早年间为反对日美安全保障条约而走上街头示威游行,直到晚年间为反对日本试图构建"潜在核威慑力"而四处组织大规模群众集会……在这些文学创作以及社会活动中,大江的行动主义(activism)无不彰显其对鲁迅"勇敢战斗的人文主义、果敢前行的悲观主义"精神的继承和呈现。聚焦大江的晚期作品群,尤其可见这两者间的张力,譬如大江的晚期集大成之作"奇怪的二人配"六部曲之第六部长篇小说《晚年样式集》,就处处充溢着这种"勇敢战斗"与"悲观主义"之间的巨大张力。我们不妨以大江书写日本福岛核电站泄漏灾难及其可怕前景的这部《晚年样式集》为例,分析大江在日本的末日景象中与鲁迅"幽暗意识"的对话,并阐释其从绝望出发转而寻求肯定性(affirmative)力量的精神机制。

(一)后灾难语境中,大江与鲁迅"幽暗意识"的互文性

"幽暗意识"的提法源自学者张灏对于中西宗教、哲学中怀疑精

[①] 大江健三郎著,翁家慧译《真正的小说是写给我们的亲密的信》,《文汇报》,二〇〇九年一月二十二日。

神之比较研究①。在高歌猛进的五四新文化乐观主义思潮之中,在文化现代化进程的昂扬话语中,鲁迅的绝望气质形成了一股逆流,这种冷峻的孤独处境,使其得以在深刻洞察现实的过程中,"直面乱世中逃无可逃的现实,……表现出对于人性恶的潜能以及虚妄的敏锐感知"②。至于其在五四新文化革命高亢进程中对于现代性的失败之体认,亦为对文学革命之未完成性的体认。在五四精英的理想主义进步话语和令人绝望的国民文化现状的错位之间,鲁迅的幽暗意识当然不能被片面理解为单一的消极主义或西方虚无主义,它在与一种向上的肯定性力量间发生着复杂的纠葛。这种纠葛体现为鲁迅在文学创作和言论批判上的行动主义,以摩罗诗力的反叛性想象和现代哲学的批判性质疑来介入现实,王德威将这两者形象地阐释为"神思"和"悬想":

  在鲁迅的视野里,"神思"神游物外,以匪夷之所思引领叛逆想象;"悬想"则出虚入实,搁置视为当然的成见,重新发掘事物的真相。这两者都强调历史当下的无明与因循,无法以理所当然的科学启蒙来解脱,而必须涉及想象力的介入,以辩证否定的方式演绎人与世界的密切关系。这一介入的方法付诸实践,就是"文学"。③

如上所述,鲁迅将文学作为幽暗意识在绝望凝视与行动主义间的辩证媒介,他的这一文艺思想亦暗合了大江在日本战后复杂社会生态中以想象性、批判性的写作介入现实的姿态。大江早在少年时期阅读"孔乙己"时,鲁迅的幽暗意识就已深深触动和刺激着他的想

---

① 张灏著《幽暗意识与时代探索》,广东人民出版社,二〇一六年。
② 应磊著《鲁迅与批判性的佛教:佛乘的怪兽》,引自《中国文学与文化》,杜克大学出版社,二〇一六年,P420。
③ 王德威著《鲁迅,韩松与未完成的文学革命》,《探索与争鸣》,二〇一九年五月号。

象。从早年的创作实践一直贯穿到《被偷换的孩子》《愁容童子》《别了,我的书!》《优美的安娜贝尔·李 寒彻颤栗早逝去》《水死》和《晚年样式集》这"晚年六部曲"之中,社会批判与文学诗思的辩证已显著地表现为绝望与希望并行的主线。然而,正如鲁迅的幽暗意识中亦潜藏着行动主义的动因,大江的文学世界亦构筑于对光明愿景的向往至上。

在后灾难时代的末日景象中,黑暗中的绝望感愈发使大江的创作契近鲁迅文学中暗境前行的意味。大江将其与鲁迅的互文作为肯定性精神支柱,正如弗兰兹·卡夫卡在黑暗中传达出对光明的展望那般:"在黑暗中苏醒着的,终将获得更灿烂的生活。"然而,经历了创作生涯中的万般艰辛后,在"深不见底的、黑暗的绝望之海上",大江寻找到的这束光亮,在历史的风暴中却是那般微弱,仿佛随时都可能被无尽黑暗所吞噬。就在《优美的安娜贝尔·李 寒彻颤栗早逝去》(2007)问世大约三年半后的二〇一一年三月十一日,日本东部发生九级强震并引发特大海啸,导致福岛第一核电站发生极为严重的核泄漏事故,在福岛以及周边地区造成后患无穷的次生灾害。这次巨大的灾难直接导致两万两千余人遇难、失踪,以及在避难过程中去世。在其后的漫长岁月中,核泄漏事故造成的次生灾害则不断夺去因此而罹患各种疾病的儿童、青年和老年人的生命,因这次核泄漏事故而造成的动植物和海产品那些光怪陆离的各种变异更是触目惊心,如果联想到日本政府拟将严重污染的大量核废水直接排入大海以及因此必将产生的严重后果,那就越发令人不寒而栗了。

这种惨淡的末日景象几乎立即就遮蔽了大江刚刚在《优美的安娜贝尔·李 寒彻颤栗早逝去》和《水死》等晚期作品群中为孩子们寻找到的那束微弱光亮,无可避免地使得大江再度螺旋形地陷入不安、恐惧和绝望。当然,也同样无可避免地使得大江越发振作起来,继续"为了光和全世界的孩子们寻找希望,用创作小说这种方式在那些绝望中寻找希望……"①。在这部继续"寻找希望"的自传体长篇小说《晚年样式集》里,大江这样讲述了他在那些艰难时日留下的记述:

> 从三一一当天深夜开始,我不分昼夜坐在电视机前持续观看东日本大地震和大海啸以及核电站大事故的各种画面……这一天也是如此,直至深夜仍在观看追踪报道因福岛核电站扩散的放射性物质而造成的污染实况的电视特辑。结束以后……再次去往二楼途中,我停步于楼梯中段用于转弯的小平台处,像孩童时代借助译文记住的鲁迅短篇小说中那样,"发出呜呜的声音哭了起来"。②

这里所说的"鲁迅短篇小说",正是鲁迅创作于一九二五年十月十七日的《孤独者》,而"发出呜呜的声音哭了起来"这句译文,则是大江本人亲自翻译的"地下忽然有人发出呜呜的声音哭了起来"那句话语。对鲁迅文学有着深刻解读的大江当然知道,《孤独者》与此前和此后创作的《在酒楼上》和《伤逝》等作品一样,讲述了以魏连殳为象征的旧中国知识分子在那个令人绝望的社会里左冲右突、走投无路的窘境乃至绝境。凝视黑暗现实却无法寻见光明进路的挫败与孤独,通过《孤独者》和《在酒楼上》中的叙事勾勒出鲁迅本人系缚于时代暗潮的精神困境。这种知识分子的低潮感,在鲁迅的文本中联结为"幽暗意识"的脉络。魏连殳所象征的乐观主义改革者在最终的碰壁后发出的"呜呜的声音",正是这种"幽暗意识"的孤独呜咽。在大江与鲁迅的互文性叙事中,这一呜咽当然是大江对于鲁迅文学之幽暗意识在日本灾难语境中的复现。那么,使得这位老作家竟至

---

① 许金龙著《大江健三郎与中国》,《传记文学》,二〇二〇年第八期,P67。
② 大江健三郎著,许金龙译《晚年样式集》。

"像孩童时代借助译文记住的鲁迅短篇小说中那样,'发出呜呜的声音哭了起来'"的,究竟是何等可怕的电视画面呢?

在小说里,作者大江健三郎及其小说里的分身长江古义人如此讲述了他和他的亲人以及所有日本人在当下所面临的窘境乃至绝境:

> 翌日黄昏,结束了摄制团队的工作后,节目制片人再次登上陡坡,听说马驹已经产了下来。在黑暗的屋内紧挨在一起的母马和马驹浮现而出且一闪而过,紧接着,竖长画面里显露出饲养马匹的主人的侧脸,他一面眺望着屋外一面说着话,其对面是看似正在下雨的牧场。由于照明被调至狭窄区域内,这或许只是傍晚时分的昏暗而已。可是,当马匹主人阴郁的声音说起"无法让刚出生的马驹在那片草原上奔跑,因为那里已经被放射性雨水给污染了"时,便让人切实感受到那就是正在下个不停的霏霏细雨。
>
> 人们(至少在咱们存活期间……实际上远不是那种轻松的用语,而是较其极为久远的漫长期间)无法让遭受这些放射性物质污染了的地面恢复到原先状态。了解到这一切的那个表情直接震撼着我,我凝视着显露在并不充分的照明下的马匹主人那上半身、扛着摄像机的节目制片人那肩头。倘若能够用咱们的来加以概括的话,那就是咱们的同时代人干下了这一切。无法在咱们存活期间使其恢复……由于被这个想法所压倒,我,发出了衰弱的哭声。①

在持续观看灾区实况转播的情景和人们的姿容表情时,大江及其分身古义人突然理解了多年来一直无法读懂的《神曲》中的一段诗句——"所以,你就可以想见,未来之门一旦关闭,我们的知识就完全灭绝了"②。这位老作家之所以在楼梯中段的平台上"发出呜呜

---

① 大江健三郎著,许金龙译《晚年样式集》。
② 但丁著,田德望译《神曲·地狱篇》,人民文学出版社,二〇〇二年,P58。

的声音哭了起来",正因福岛核电站的大泄漏,使得"咱们的'未来之门'已被关闭,而且我们的知识(尤其是我的知识也将不值一提)将尽皆死去……"①在这个可怕的阴影下,儿子大江光在小说里的分身阿亮的动作越发迟缓,话语也越来越少,记忆力更是每况愈下,甚至使得阿亮的妹妹真木为之担心:

> 在爸爸的头脑里,从那段诗句,从那段当城市呀国家的未来一旦丧失,我们自己积累的知识也将如同死物一般的诗句中,他联想到了阿亮的记忆,难道不是这样吗?! 很快,记忆就将从阿亮身上丧失殆尽,他会随着一片黑暗的头脑机能逐渐变老,并在这种状态中走向死亡……在爸爸看来,都市和国家的未来将不复存在,我们积累的知识也将如同死物一般,在爸爸的头脑中,这段诗句或许与阿亮的记忆联系在了一起。不久之后,阿亮将丧失记忆,头脑里一片黑暗,上了年岁后就在这种状态中走向死亡……如果整个国家的所有核电站都因地震而爆炸的话,那么这座城市、这个国家的未来之门就将被关闭。我们大家的知识都将成为死物,该说是国民呢? 还是该说为市民呢? 所有人的头脑里都将一片黑暗并走向毁灭。在这些人中,就有将远比任何人都浑噩无知的阿亮。爸爸大概是联想到这种前景,这才发出呜呜的哭声的吧。②

放射性雨水污染了牧场,以致刚刚出生的小马驹将永远无法"在那片草原上奔跑""咱们的'未来之门'已被关闭,而且我们的知识(尤其是我的知识也将不值一提)将尽皆死去……""不久之后,阿亮将丧失记忆,头脑里一片黑暗,上了年岁后就在这种状态中走向死亡""如果整个国家的所有核电站都因地震而爆炸的话,那么这座城市、这个国家的未来之门就将被关闭。我们大家的知识都将成为死物……所有人的头脑里都将一片黑暗并走向毁灭"……以上这些文

---

① 大江健三郎著,许金龙译《晚年样式集》。
② 同上。

字勾勒出一幅极为可怕的末日景象,这幅末日景象无疑为作者及其在文本内的分身带来了无尽恐惧和巨大绝望。尤其令人恐惧和绝望的是,包括智障儿阿亮等亲人在内的所有人并不是立即就灭亡,而是在肉体毁灭之前,所有人的头脑里都将一片黑暗,然后便在这无尽的黑暗和恐怖以及绝望中缓慢滑向死亡和毁灭。面对这幅末日景象,大江立即联想到《孤独者》主人公魏连殳的悲惨境况——为了"还想活几天",从而"这半年来,我几乎求乞了,实际,也可以算得已经求乞。然而我还有所为,我愿意为此求乞,为此冻馁,为此寂寞,为此辛苦。但灭亡是不愿意的……"①。然而,魏连殳终究还是"失败了。先前,我自以为是失败者,现在知道那并不,现在才真是失败了"②。当然,看清了自己在乱世之中逃无可逃的残酷现实后,在逐渐滑向毁灭深渊的过程中,魏连殳是不甘心的,也曾"流下泪来了,接着就失声,立刻又变成长嚎,像一匹受伤的狼,当深夜在旷野中嗥叫,惨伤里夹杂着愤怒和悲哀"③。即便在即将毁灭的前夕,还在挣扎着"偏要为不愿意我活下去的人们而活下去"……然而,魏连殳终究还是于沉默中在"惨伤里夹杂着愤怒和悲哀"被黑暗所吞噬。好在鲁迅在文本中的分身"我"被这死亡所催发,"仿佛要从一种沉重的东西中冲出,但是不能够。耳朵中有什么挣扎着,久之,久之,终于挣扎出来了,隐约像是长嗥,像一匹受伤的狼,当深夜在旷野中嗥叫,惨伤里夹杂着愤怒和悲哀。我的心地就轻松起来,坦然地在潮湿的石路上走,月光底下"④。由此可见,鲁迅及其分身此时已经选择了要在沉默中爆发而非死亡的求生道路,从而越过终结性临界点并感到"我的心

---

① 鲁迅著《孤独者》,《鲁迅全集》第二卷,人民文学出版社,二〇一九年,P103。
② 同上。
③ 同上,P90—91。
④ 同上,P110。

地就轻松起来"。

显然,魏连殳的悲惨际遇引发了大江的共情,电视特辑里的可怕景象叠加了这种共情——福岛核电站大泄漏事故将使阿亮在浑噩无知中逐渐走向死亡,"而且我们的知识(尤其是我的知识也将不值一提)将尽皆死去",日本的未来之门将被关闭,日本这个国家及其所有民众将逐渐向着死亡和毁灭这个临界点沉沦下去。面对这种末日景象,大江没有过多沉溺于恐惧和绝望之中,或者说,他没有时间沉溺于恐惧和绝望之中,因为他需要借助鲁迅的力量,从眼前这幅颓败和绝望的末日图景中,凝练出超越个体生命的巨大能量,正如托马斯·曼借助《死于威尼斯》这部小说所言:"那座城市的秘密、绝望、灾难、毁灭,就是我的希望。"①这就体现出大江借助与鲁迅的互文,以"幽暗意识"为共情的起点,从而延伸出他所理解的鲁迅对于绝望中置之死地而后生的状态,并以此为日本后灾难时代的寓言赋予肯定性的正面力量。

(二)绝望中的希望:大江文学中肯定性力量的转向

由幽暗意识通往肯定性力量的途中,大江与鲁迅对于时代的批判性思索的互文,正如尼采在否定性的"重新评估"后通往"肯定性道德"(affirmative morality)的思想机制②,这也是大江在其文学生涯中,从早期虚无主义的否定性思考和欧洲人文主义的乐观主义情怀的纠葛中,以"孤独者"中的临界点为元点,在黑暗时刻坚守文学创作和政治活动的积极行动主义的"大肯定"③。一如他的前行者鲁

---

① 爱德华·萨义德著,阎嘉译《论晚期风格》,三联书店,二〇〇九年,P160。
② 克莉丝汀·戴格尔著,韩王韦译《尼采:德性伦理学……德性政治学?》,《现代外国哲学》,上海:三联书店,二〇一八年春季号(总第十四辑)。
③ 宋灏《落实在身体运动上的质:讨论尼采的"大肯定"》,《国立政治大学哲学学报》,二〇一七年一月,第三十七期。

迅和萨义德那样,大江在这"未来之门将要关闭"的危急时刻,通过《晚年样式集》开始了他的反本质叙事,针对日本社会既有的主流价值观和貌似符合逻辑的官方话语以及日本现代性叙事提出质疑和驳斥。这里将要提及的,甚至使大江为之"因恐惧而发怔"的官方话语,指涉的是在福岛核电站大泄漏之后,面对全国民众强烈要求废除核电站的巨大呼声,日本诸多政治家和主流媒体相继表现出的近似歇斯底里般的疯狂思路——为了保持"潜在核威慑力"乃至实行核武装,决不可以废除核电站!福岛核电站大泄漏七个月后,大江在"所谓核电站是'潜在性核威慑力'"的文章里引用了日本主流媒体和政治家的如下文字并表达了自己的愤怒:

> 日本……利用可成为核武器原材料的钚这一权利已被承认。在外交方面,这种现状作为潜在核威慑力而发挥着效用也是事实。
>
> 《读卖新闻》社论
> 二〇一一年九月七日

> 维持核电站,可转换为想要制造核武器就能在一定期间内制造出来的那种"核的潜在威慑力"……去除核电站则会使我们放弃这种"核的潜在威慑力"……
>
> ——石破茂①《SAPIO》
> 二〇一一年十月五日②

面对主流媒体主张继续维持"潜在核威慑力"的社论以及政府高官坚持借助民用核电站持续保有"核的潜在威慑力"之言论,大江恐惧且愤怒地表示:

---

① 石破茂(1957—),曾任日本防卫厅长官、防卫大臣、自民党干事长、地方创生担当大臣等职,主张扩充日本军备,突破二战后对日本自卫队规模的限制。
② 大江健三郎著,许金龙译《定义集》,贵州人民出版社,二〇〇九年,P390。

我正是为以上两者间所共有的"潜在核威慑力"和"核的潜在威慑力"这种表述方式(虽然使用了貌似极为寻常的措辞方式,却仍然让我)而恐惧而发怔的。

……威慑,即 deterrence,用己方的攻击能力进行恐吓,以吓阻对手的攻击意图。就此事的性质而言,其态势可即刻逆转,这极其危险且巨大的永无结局的游戏就这样没完没了。所谓"核的潜在威慑力"假如是一种炫耀,是利用日本这个国家的核电站可随时制造出原子弹的那种炫耀,……东亚的紧张情势不也在朝着那个方向不断高涨吗?前面提到的那些论客,在怎么考虑何时、如何使他们信奉那个效力的"潜在性"力量"显在化"之战略,就不得而知了。

因这次大事故而回溯建设核电站时的情景,我们深切醒悟到直至今日的东京电力公司和政府的信息开示方法多么缺乏民主主义精神啊。然而,如这个威慑论般对民主主义的彻底无视,不更是未曾有过先例吗?

极为赤裸裸地表示去除核电站则会使我们放弃那种潜在威慑力的那位以熟识的低眉顺眼的忧愁面容进行威胁的政治家,他以为自己何时获得了国民的同意,这才手握这柄致命的双刃剑的呢?[1]

更有甚者,日本外务省外交政策计划委员会早在一九六九年就在《我国外交政策大纲》中如此表示:

关于核武器,无论是否参加 NPT(核不扩散条约),虽然当前采取不保有核武器的政策,却须经常保持制造核武器之经济与技术的潜力。[2]

由此可见,石破茂等日本诸多政治家之所以违背民意、居心叵测地坚持紧握"潜在核威慑力""这柄致命的双刃剑",也只是日本政府

---

[1] 大江健三郎著,许金龙译《定义集》,贵州人民出版社,二〇〇九年,P390—391。

[2] 同上,P392—393。

既定核政策的延续而已,他们"试图在目前五十四座核电站基础上再增加十四座以上核电站"①,进而"将残存的铀和生成于核反应堆中的钚从核废料中提取出来"②进行乏燃料后处理,进而"即便在作为民用设施而建造的铀浓缩工厂里,也能够制造出用于核武器的高浓缩铀。核燃料后处理工厂的制成品钚则可以直接用于核武器"③。大江在这里已经说得非常清楚了——半个世纪以来,在日本政府"须经常保持制造核武器之经济与技术的潜力"这一政策指导下,日本目前所拥有的五十四座核电站和计划在此基础上再予增加的十四座核电站,显然已不是单纯用作民用发电那么简单,长年来从这些核电站已经提取和将继续提取并囤积起来的大量乏燃料以及早已建好的后处理工厂,更不可能是为了民用发电,而只能是打着民用幌子的"潜在核威慑力",更可能是大规模进行核武装而作的精心准备。大江为此担心被称为"和平宪法"的《日本国宪法》第九条被修改之日,便是日本全面复活国家主义之时。当然,也会是日本大规模进行核武装之时,大江同样在担心,日本复活国家主义并大规模进行核武装之日,将会是日本重走战争之路之日,重走死亡之路和毁灭之路之始。大概正是因为想到这个令人绝望的可怕前景,大江在《晚年样式集》中的分身长江古义人这才"停步于楼梯中段用于转弯的小平台处,像孩童时代借助译文记住的鲁迅短篇小说中那样,'发出呜呜的声音哭了起来'"的吧。因为在他的认知中,这一天的到来不啻日本的未来之门被不可挽回且沉重地关上。

为了文本内外的阿亮和大江光这对永远的孩子的未来之门不被关闭,为了全世界所有孩子的未来之门不被关闭,大江在通过小说于

---

① 大江健三郎著,许金龙译《定义集》,贵州人民出版社,二〇〇九年,P357。
② 同上,P392。
③ 同上。

绝望中挣扎着往来寻找希望的同时,也在频繁走上街头大声疾呼,呼吁人们认识到核泄漏的巨大危害,呼吁人们警惕日本政府借核电民用之名为核武装创造条件,呼吁一千万人共同署名以阻止日本政府不顾这种可怕的现实而重启核电站,呼吁人们"救救孩子"。如果说,《洪水淹没我的灵魂》中的勇鱼对大木靖的关爱,是这部灰色调小说中最有温度的光亮的话,那么在《晚年样式集》这部令人几近绝望的深灰色调小说里,大江在文本中的分身长江古义人于黑暗的绝望之海上寻找到的那一丝光亮及其些微暖意,无疑是投向阿亮、投向亚洲和全世界孩子们的希望。正如弗兰兹·卡夫卡所言:"在黑暗中苏醒着的,终将获得更灿烂的生活。"无论是文本中的阿亮,还是亚洲乃至全世界的孩子们,都将因着"在黑暗中苏醒着的"大江而"获得更灿烂的生活"。因为,大江在《晚年样式集》结尾处向他的所有读者们保证:"我无法重新活上一遍。可是/咱们却能重新活上一遍。"毫无疑问,这正是其复杂的"幽暗意识"被日本后灾难的文化、政治和生态绝境所激发的行动主义之"大肯定"。